일본 유학생 작가 연구

지은이 하타노 세츠코(波田野節子, Hatano setsuko)는 1950년 니가타 출생이다. 1973년 아오야마가쿠인대학 문학부 일본문학과를 졸업하고 현재 니가타현립대학 교수로 있다. 역서로『저녁의 게임』(段々社, 2010)과『無情』(平凡社, 2005)이 있고, 저서로『李光洙・『無情』の硏究』(白帝社, 2008),『『無情』을 읽는다』(소명출판, 2008)가 있다.

옮긴이 최주한(崔珠瀚, Choi Ju-han)은 숙명여자대학교 화학과를 졸업하고 서강대학교 국어국문학과 대학원을 거쳐 연세대학교 국어국문학과에서 박사후 과정을 마쳤다. 서강대, 순천향대, 숙명여대 등에서 강의했고, 현재는 김포대에서 강의하고 있다. 저서로『제국 권력에의 야망과 반감 사이에서―소설을 통해 본 식민지 지식인 이광수의 초상』이 있고, 역서로『근대일본사상사』와『『무정』을 읽는다』등이 있다.

일본 유학생 작가 연구

초판인쇄 2011년 5월 10일 **초판발행** 2011년 5월 15일
지은이 하타노 세츠코 **옮긴이** 최주한 **펴낸이** 박성모 **펴낸곳** 소명출판 **출판등록** 제13-522호
주소 서울시 서초구 서초동 1621-18 란빌딩 1층
전화 02-585-7840 **팩스** 02-585-7848 **전자우편** somyong@korea.com **홈페이지** www.somyong.co.kr

값 45,000원

ⓒ 2011, 하타노 세츠코

ISBN 978-89-5626-559-9 93810

일본 유학생 작가 연구

Study of writers who studied in Japan during colonial period

하타노 세츠코 지음 / 최주한 옮김

소명출판

세 유학생 작가의 문학적 초상

　하타노 세츠코 교수의 노작 『일본 유학생작가 연구』는 한 마디로 말
해 유학의 근대 문화사요 일본 유학생 출신 작가들의 문학적 초상인 동
시에 한국 근대문학의 한 단대사(斷代史)이다. 그래서 이 책의 시각은 처
음부터 독특하다. 신소설과 세기 전환기 우리 근대문학의 세계에서 가
장 긍정적인 지식인상으로 제시되고 있는 인물들은 바로 유학생들이다.
오딧세우스처럼 새로운 이향(異鄕)을 향한 지적 모험의 여로와 도정에
있는 유학생은 역사상 신라의 견당(遣唐) 유학생들이 그러했던 것처럼,
문명의 마차용 말과 같이 신문명을 실어 나르는 문화 횡단의 주역이며
전위들인 것이다. 이 시기의 문학이 새로운 지식의 수용과 문화 체험을
위한 길 떠남의 열정과 과정을 중요한 서사구조로 삼은 것은 대중적 신
기성(新奇性)에 영합하려는 요인도 있었겠지만, 문명개화와 근대화 지향
이라는 시대정신과 밀접히 결부되어 있기 때문이다.
　한국 근대문학의 형성기에 있어서 유학생의 기능과 역할이 중요한
것은 이같은 서사적 인물로서의 긍정적 입상화(立像化) 이전에 이 시기의
우리 문학의 생산자요 창작 주체인 작가들이 거의 모두 유학생이거나

유학생 출신이라는 점이다. 그리고 이들 유학생이 선택한 지향적 준거(準據) 대상국은 거의 일본이란 나라로 한정되어 있다. 이것은 일본이 근대적(서구적) 가치 수용을 위한 매개 기능을 한다는 의미를 함축하지만, 유학 환경과 조건의 제약성이기도 하다.

이 시기의 일본과 조선은 식민지배와 피지배라는 매우 비정상적인 상태, 즉 억압과 불평등, 갈등과 긴장의 관계였던 것이 사실이다. 그래서 먼저 개화한 타자인 일본에 대한 우리의 심리적 반응과 태도는 저항과 동경의 대립적인 양가감정이 작용한 것도 엄연한 사실이다. 그러면서도 식민지 조선의 교육제도는 어쩔 수 없이 지배국 일본에 의존하는 관계에 있을 수밖에 없는 현실이어서, 조선의 많은 청년들이 유학생으로서 수학하고 체험하는 가운데 뜻있는 사람들이 한국 근대문학을 선도하는 작가와 시인으로서의 문사가 되었던 것이다. 이 점에서 한국 근대문학의 성격은 그 생성사에 있어서 적지 않게 이들의 유학과 관련된 일련의 일본 체험 및 학습과 연계됨으로써 유학생의 문학에 대한 문화·사회적 그리고 비교문학적 고구(考究)의 작업이 요망될 수밖에 없었던 것이다. 한국문학을 연구하는 일본인 학자로서 양쪽 문화나 문학의 접합점이라는 유리한 입지에 자리하고 있는 하타노 교수의 관심이 바로 이 문제에 집중되어 있는 것은 어쩌면 바람직하고 당연한 현상이다.

모두 4부로 형성된 이 책은 일본에서의 수학시대를 보낸 대표적 작가인 이광수·홍명희·김동인 3인을 대상으로 하고 있다. 이광수의 경우, 그의 유학생활을 살핌과 함께 「체험과 창작 사이」장에서 나혜석·허영숙과의 만남이 『무정』 등의 작품에서 인물형성상에 어떤 긴요한 작용을 하고 있는지를 살핀다. 그리고 '민족개조론' 논의에 있어서는 이론적 근거가 된 귀스타브 르봉의 민족심리학에 대한 이광수의 이해와 원용이 '자의적 수용'이며, 단지 '르봉이라는 이름을 따라 권위를 이용한 데 불과'하다고 추단함으로써, 드물게 이광수에 대한 비판적 속내를 드러내 보이기도 한다. 역사소설가인 홍명희 편에서는 바이런에 경도했던 유학생활의 면면을 기술하고, 그의 의적 모티프의 역사소설 『임꺽정』에 관련된 그의 양반론, 실록의 검토, 서지 작성 및 작품의 서사적 연계 구성의 불연속성이 일어나게 된 외현적 요인을 고증하는 등, 역사문학의 시학보다는 역사가의 시선을 십분 발휘하면서 '히스토리오그래피'와 같은 작품에 관련된 사실 등에 대한 실증적 검증에 주력한다. 김동인 편은 문학적 시각이 가장 두드러지는 장이다. 연재소설 「여인」과 「광화사」를 대상으로 하여 저자 특유의 전기적 검토와 함께 작품의 원천이 된 작품들과의 비교문학적 관련성 및 서술양식과 구조, 이미지 등을 검토하는 내재적 비평의 모습을 보여준다.

무릇 문학의 연구방법은 다양하지만, 저자의 방법은 크게 두 개의 시선이다. 역사학자의 시선과 문학자의 시선이 그것이다. 특히 전자가 돋보이는 것으로, 이는 전기주의(傳記主義)의 실증적 방법과 직결되어 있다. 삶과 작품의 일치와 연계라는 명제를 전제로 명증한 실증에 근거한 문학적 전기를 작성하는 것이 그의 연구의 강점이다. 거기에다 텍스트의 구조와 이미지를 검색하는 내재적 비평의 자세 또한 결코 외면하지 않음으로써, 타산지석(他山之石)과 같은 타자의 시선이라는 다른 각도에서 그는 한국문학에 대한 유익한 기여를 하고 그로써 우리를 알게 하는 존재인 것이다.

저자인 하타노 교수는 이제까지 나와는 한 번도 직접 상면할 기회가 없었던 사이다. 그럼에도 불구하고 나는 그의 역저인 『『무정』을 읽는다 —무정의 빛과 그림자』를 통해서 마치 오랜 지면(知面)처럼 가깝고 친숙한 느낌을 갖고 있다. 때로는 그가 '매크로'의 거시성이나 문학성보다는 '마이크로'의 사소한 디테일이나 주변적인 것에 너무 집착하는 듯한 점이 아쉽기도 하지만, 외국인 학자로서 한국문학에 대한 출중한 통찰력과 나무랄 데 없이 명료한 자료적 전거를 찾고 샛날이 고운 천과 같은 촘촘한 그의 글읽기 솜씨를 더 없이 신뢰한다. 한국문학을 위해서 우리가 접하기 어려운 발굴한 귀한 자료를 보여줌에 대해서도 고마워한다.

역자는 이광수문학 연구로 박사학위를 받았고 현재는 대학에서 가르치고 있는 역량있는 신진 학자이다. 그의 번역은 유려하여서 전달력이 있다. 두 여성 학자의 협조에 의해서 이루어진 『일본 유학생 작가 연구』의 발간을 경하(慶賀)하며, 이 책이 '한일문학'의 상호맥락화 및 비교문학적 연구를 위한 중요한 디딤돌로서 기여할 것이라 굳게 믿는다.

2011년 2월 이재선
서강대 명예교수

『일본 유학생 작가 연구』를 간행하기까지

　이 책은 저자가 한국에서 펴내는 두 번째 논문집이다. 먼저 번에 낸 『『무정』을 읽는다』(소명출판, 2008)에는 1990년대 전반기에 쓴 옛 논문들을 실었지만, 이번 논문집에는 그후 현재까지 발표한 비교적 새로운 15편의 논문을 수록했다. 서문을 어떻게 써야 할지 여러 모로 궁리한 끝에, 저자가 이런 제목의 저서를 내게 된 경위를 설명하기로 했다. 이는 일본에서 한국 근대문학 연구가 어떻게 진행되고 있는지 그 일단을 소개하는 일이기도 하다고 생각했기 때문이다.

　1990년대 중반, 이광수 연구에 일단락을 지었던 저자는 다른 작가를 연구하고 싶다고 생각하고 있었다. 이 무렵 토쿄 외국어대학에서는 사에구사 토시카츠(三枝壽勝) 선생님을 중심으로 조선문학연구회가 꾸려졌다. 연구회에는 와세다대학의 오무라 마스오(大村益夫) 선생님도 참가하고 계셨는데, 어느 날 연구회 모임 후 식사 자리에서 문부성의 과학연구비를 지원받아 공동연구를 해보자는 이야기가 나왔다. 일본에서는 한국 근대문학 분야 최초의 공동연구였다. 오무라 선생님께서 연구 대표를 맡고, 저자가 신청서를 작성하기로 했다. 연구 제목은 「근대조선문학과 일본의 관련양상」으로 결정되었다. 구성원은 사에구사 토시카츠, 오무라 마스오, 시라카와 유타카(白川豊), 세리카와 테츠요(芹川哲世), 후지이시 타카요(藤石貴代), 그리고 저자 이렇게 여섯 명과 당시는 전임교원 자격이 없었던 호테이 토시히로(布袋敏博)와 이상범이 연구 협력자로 참여했다. 이 무렵 일본의 대학에서 전임교원이 전부 모였지만, 연구자의 수는 이것밖에 되지 않았다. 또 사에구사 선생님은 2년째부터 공동연구를 그만두셨다.

　신청서를 쓸 때 가장 중요한 것은 연구 목적이다. 저자는 "조선의 근대문학과 일본의 관련양상을 구체적인 자료를 통하여 밝히고, 궁극적으로 일본의 근대화 양상을 역으로 조명하는 것"이 목적이라고 썼다. 지금 생각하면, 이때 쓴 연구 목적이 그후 저자 자신의 연구 방향을 결정했던 것 같다. 전후(戰後) 50년이 지나자 일본에서는 옛일을 아는 사람들이 차츰 사라져가고, 건물도 동네 이름도 없어져 풍경이 크게 바뀌었다. 그런 와중에 한국의 문학자들이 일본에 머물렀던 흔적 또한 사라져가고 있는 데 저자는 위기감을 느꼈다. 다행히 신청한 연구가 채택되고, 3년간의 공동연구가 시작되었다.

　당시 저자는 김동인 연구를 맡기로 했다. 이광수를 항상 라이벌로 여겨 「춘원연구」라는 평론까지 썼던 작가에 대해 상세히 알고 싶었기 때문이었다. 그 외에도 한국의 근대 단편소설을 확립한 작가로 평가되고 있으면서도, 그가 문학과 만나 창작활동을 시작하고 마침내 한국 최초의 문학 동인지 『창조』를 창간하기까지 했던 일본에서의 행적이 제대로 밝혀져 있지 않은 점도 마음에 걸렸다. 전집의 연보에 후지시마 타케지(藤島武二)에게 배움, 카와바타 회화학교(川端畵學校) 입학, 일본 여성과 교제 등 창작소설 「여인」에 나오는 내용이 그대로 사실인 듯이 기재되어 있는 것도 의문이었다. 작가가 일본에서 지내던 무렵의 행적을 밝히는 것은 한국의 연구자에게는 어려운 일일 것이다. 이런 부분이야말로 일본 연구자의 '몫'이라고 저자는 생각했다.

당시 김동인의 주변 상황을 조사하여 지금까지의 통설에 사실성이 결여되어 있음을 밝힌 것이 본서 제4부에 실린 「「여인」에 대하여」(1998)이다. 그러나 과학연구비 성과보고서에 수록한 이 논문을 한국에서 주목하는 사람은 없었고, 저자는 공들인 연구 성과가 사람들에게 알려지지 않는 것이 내심 씁쓸했다. 그런데 2009년 여름 한국에 체류하던 무렵 동국대학의 황종연 교수가 김동인이 정말 후지시마 타케지의 제자였는지 저자에게 물어왔고, 그래서 이 논문 이야기를 꺼냈더니 이 논문을 학회지 『사이』에 싣도록 도와주었다. 정말 기뻤다.

물론 작가의 경력을 밝히는 것은 개별 연구의 기초작업이지 목적이 아니다. 「『여인』에 대하여」에서는 김동인의 일본에서의 행적을 탐구하면서 그의 문학이론에 대해서도 얼마간 알게 되었다. 그리고 이것을 토대로 쓴 것이 「『광화사』다시 읽기」(1999)이다. 이것으로 저자는 김동인 연구를 일단 끝내기로 했다. 같은 제4부에 수록한 「한국 근대단편소설과 김동인」은 역자 최주한 씨가 제목을 붙여준 것으로, 사실 이 글은 헤이본샤(平凡社)에서 올해 간행될 예정인 번역서 『김동인소설집』의 역자 해설이다. 본서의 마지막에 실린 번역론 「문학 텍스트를 어떻게 번역할 것인가」에도 썼듯이, 자기가 연구한 한국의 문학작품을 일본의 독자에게 알리려면 직접 번역해야 하는 것이 현재 일본의 출판 상황이다. 최근 한류 드라마다 게임이다 하지만, 번역이 어렵고 구매자도 거의 없는 근대문학작품에는 수익을 고려하여 출판사도 손을 대려 하지 않는다. 한국 번역원의 지원을 받아 『조선근대문학선집』 시리즈를 계속 간행하고 있는 헤이본샤는 실로 양심적이고 예외적인 경우이다. 이 시리즈의 하나인 『김동인소설집』의 해설로 쓴 이 글은 김동인 연구의 총결산이라는 의미도 있고 해서 본서에 수록했다.

　김동인 연구에 이어 저자는 홍명희 연구에 착수했다. 1999년 오무라 마스오 선생님을 연구 대표로 두 번째 공동연구가 시작되었는데, 구성원은 이전보다 조금 늘어 시라카와 유타카, 세리카와 테츠요, 호테이 토시히로, 시라카와 하루코(白川春子), 후지이시 타카요, 쿠마키 츠토무(熊本勉), 그리고 저자까지 여덟 명이었다. 제목은 '조선 근대문학자와 일본'으로 바뀌었지만, 연구 목적은 동일했다. 저자는 홍명희 연구를 맡았다. 이광수가 문학활동을 시작할 무렵 그의 곁에 있었고, 또 그가 북한에서 삶을 마감할 때도 가까이에 있었던 인물이라 관심이 많았던 까닭이다. 홍명희가 일본에서 보낸 시절을 조사하여 쓴 것이 본서 제3부에 수록된 「홍명희가 토쿄에서 다닌 두 학교─토요상업학교와 다이세이중학교」(2002)이다.

　공동연구가 끝나자 저자는 그대로 『임꺽정』 연구에 착수했다. 『임꺽정』의 성립과정과 『조선왕조실록』의 관계에 주목했던 저자는 「홍명희의 『임꺽정』과 『조선왕조실록』」이라는 제목으로 과학연구비를 신청하여 2003년부터 2년간 지원을 받을 수 있었다. 연구비 신청 당시 저자는 한국의 연구 협력자로 강영주 교수의 이름을 올렸다. 이 무렵 저자는 한국 쪽 연구 협력의 필요성을 절실히 느끼고 있었다. 저자는 한국 유학 경험이 없어 한국과는 거의 단절된 상황에서 연구를 시작했는데, 자료를 얻거나 또 본국의 최신 연구를 파악하기 위해서도 본국 연구자의 협력이 필수임을 통감했던 것이다. 그래서 과감히 홍명희 연구의 제1인자인 강영주 교수에게 메일을 보내 연구 협력자가 되어 달라고 청했더니, 일면식도 없는 저자의 부탁을 흔쾌히 받아들여 주었다. 정말이지 뛸 듯이 기뻤다. 그후 2년 간 강영주 교수는 항상 저자의 연구에 적확한 조언을 해 주었다. 연구 결과에 즉각 반응해 주는 연구자가 곁에 있다는 경험은 저자에게 처음 있는 일이었고, 정신적으로도 얼마나 도움이 되었는지 모른다. 연구 내용뿐만 아니라, 성실한 연구 태도, 명석한 어법과 문장, 북한의 현재까지를 시야에 넣는 넓은 안목 등, 강영주 교수는 모든 면에서 저자의 귀감이 되었다. 홍명희 연구의 성과로 저자는 「『임꺽정』의 '불연속성'과 '미완성'에 대하여」(2005)와 「『임꺽정』 집필 제2기에 보이는 '요동'에 대하여」(2006)를 쓸 수 있었는데, 이것은 모두 강영주 교수의 협력 덕분이다.

이 두 논문을 끝냈을 때, 저자는 홍명희에 대해서 좀더 연구를 계속할 생각이었다. 『임꺽정』의 성립과정은 어느 정도 밝힐 수 있었지만, 이 작품 속에서 홍명희라는 작가가 어떻게 투영되어 있는지, 그가 도대체 어떤 인간인지에 대해서는 감을 잡을 수가 없었기 때문이다. 그러나 저자는 결국 포기했다. 이 무렵 저자는 '유학생'이라는 존재에 관심을 갖게 되었고, 저자에게 남은 시간을 헤아리자 다시 이광수 연구로 돌아가지 않으면 안 된다는 생각이 강렬해졌던 것이다.

저자가 한국 근대문학과 '일본 유학'이라는 문제의식을 갖게 된 것은 홍명희를 연구하고 있던 무렵이었다. 그때까지 근대문학 초창기의 작가 세 사람을 개별적으로 연구하면서 그들 각각의 인생에서 '일본 유학'이 결정적인 요소였다는 것은 깨닫고 있었지만, 처음에는 그저 개별적인 문제라고 여겼었다. 그러나 차츰 그것은 한국 근대문학 전반에 각인된 문제가 아닐까 하는 생각이 고개를 들었다. 그래서 이 문제의식에 기반하여 이번에는 일본 국내뿐 아니라 한국의 연구자와도 함께 공동연구를 하기로 마음먹고, 2006년 저자를 대표로 하여 과학연구비를 지원받아 3년 간 공동연구 '식민지기 조선문학자의 일본 체험에 관한 종합적 연구'에 착수했다. 구성원은 쿠마키 츠토무, 와타나베 나오키(渡辺直紀), 심원섭, 신은주, 야마다 요시코(山田佳子), 권영준, 그리고 저자까지 모두 일곱 명이고, 연구 협력자로는 오무라 마스오, 시라카와 유타카, 세리카와 테츠요, 우라카와 토쿠에(浦川登久惠)가 참여했다. 그 외에도 일본문학 가운데 시라카바파(白樺派)와 여성문학 연구자인 에구사 미츠코(江種満子)와 1904년부터 8년간 일본에서 유학했던 조소앙을 연구하고 있는 타케이 하지메(武井一)에게도 협력을 요청했다. 한국에서는 최원식, 서정자, 김영민, 김철, 이경훈, 정대성을 연구 협력자로 맞아 서울과 니가타에서 모임을 갖고, 마지막에는 토쿄에서 심포지움을 개최하여 토론과 대담, 문학 산보 등의 시간을 가졌다.

공동연구에서는 유학생들에 대한 자료 수집 및 자료 번역에도 힘을 쏟았다. 특히 오무라 선생님께서는 지금까지 모아두신 귀중한 대학 관련 자료를 제공해 주셨다. 여기에 시라카와 유타카, 세리카와 테츠요, 서정자, 마키세 아키코(牧瀬曉子), 쿠마키 츠토무, 그리고 저자가 수집한 자료를 모아 본서 말미에 있는 부록 「일본 유학생 학적 자료」에 수록했다. 최근에는 개인정보 보호 차원에서 졸업생의 학적부나 성적표를 확인하는 것이 극히 어려워졌기 때문에, 이미 외부에 유출된 자료를 한곳에 모아둘 필요가 있다고 생각했던 것이다. 자료는 누구라도 볼 수 있는 형태로 한곳에 모아둘 때야말로 가치가 있다고 생각한다. 자료를 제공해 준 모든 분들께, 그리고 한눈에 알아보기 쉬운 형태로 편집해준 편집자에게도 이 자리를 빌려 진심으로 감사드린다. 「식민지기 조선문학자의 일본 체험에 관한 종합적 연구」를 통해 저자는 19세기 말 한국을 기점으로 하는 일본 유학의 '물결'을 느낄 수 있었다. 그리고 이 공동연구를 끝내며 쓴 것이 본서 제1부에 수록된 논문 「한국 근대문학자의 일본유학―한말의 세 물결」(2009)이다. 이 '물결' 속에서 이광수는 일본에 건너와 『무정』을 썼다. 이런 생각을 하면서 저자는 공동연구에서 수집·정리한 자료를 토대로 「『무정』을 다시 읽는다(상)(하)」(2010, 2011) 두 편의 논문을 썼다.

이렇게 서문을 쓰고 있자니, 이 책은 결코 저자 한 사람의 힘으로 쓴 것이 아님을 분명히 알겠다. 원래 이 책이 간행된 것 자체가 번역자 최주한 씨의 도움이 없었다면 불가능했다. 언제까지고 저자의 머릿속에만 머물렀을지도 모를 이 책을, 그녀가 끌어내어 번역하고, 내용을 확인하고, 제목을 붙여 편집해 주었다. 그리고 저자가 존경하는 이재선 선생님께 서문까지 청탁해 주었으니, 요컨대 이 책을 세상에 내보내 준 셈이다. 얼마나 감사한지 모른다. 제자 최주한 씨의 부탁이었다고는 해도 일면식도 없는 저자를 위해 서문을 써 주신 이재선 선생님, 지난 번의 저서에 이어 이번에도 연세근대한국학총서의 하나로 이 책을 내주신 김영민 선생님, 편집 마지막 단계에서 유학생들의 학적 자료를 싣고 싶다는 저자의 부탁을 흔쾌히 받아들여 준 소명출판의 박성모 사장님, 그밖에 여기에 이름을 올리지 못한 많은 분들께 진심으로 감사드린다.

시작할 무렵 적막했던 저자의 연구생활은 지금은 매우 활기차고 즐거운 작업이 되었다. 연구를 매개로 국적을 초월한 교류의 날이 오고 있다고, 춘원 이광수 선생의 묘 앞에 보고할 수 있는 날이 하루라도 빨리 오기를 간절히 기원한다.

2011년 3월 11일
하타노 세츠코

:: 논문 출처 목록

1. 韓國近代文學者の日本留學 ― 韓末の三つの波 ── 油谷幸利先生還曆記念論文集
    『朝鮮半島のことばと社會』明石書店 2009年11月

2. 『無情』を書くころの李光洙 ──『縣立新潟女子短期大學研究紀要』No.45 2008年3月

3. 李光洙の第2次留學時代 ―『無情』の再讀(上) ──『朝鮮學報』217輯 2010年10月

4. 体験と創作のあいだ ―『無情』の再讀(下) ──『朝鮮學報』218輯 2011年1月

5. 李光洙の「民族改造論」とギュスターヴ・ル・ボンの「民族進化の心理學的法則」に
    ついて ──『國際地域研究論集』No.2 2011年3月

6. 獄中の豪傑たち ──『大谷森繁先生古稀記念朝鮮文學論叢』2002年3月

7. 洪命憙が東京で通った2つの學校 ──「科研成果報告論文集」2002年1月

8. 東京留學時代の洪命憙 ──『縣立新潟女子短期大學研究紀要』No.41 2004年3月

9. 洪命憙의 兩班論과『林巨正』──『韓國近代文學과 日本』소명出版 2003年8月

10. 『林巨正』の不連續性と未完性について ──『朝鮮學報』195輯 2005年4月

11. 『林巨正』執筆第2期に見られる「ゆれ」について ──『朝鮮學報』199・200輯合倂号
    2006年7月

12. 金東仁の文學と日本の關連樣相 ── 大村益夫 代表
    『近代朝鮮文學における日本との關連樣相』綠蔭書房 1998年1月

13. 「狂畫師」再讀 ──『朝鮮學報』173輯 1999年10月

14. 韓國近代短編小說と金東仁 ──『金東仁小說集』平凡社 2011(予定)

15. 實踐的翻譯論 ──『韓國語教育論講座第4卷』くろしお出版 2008年1月

제3부 홍명희 편

제1부
한국 근대문학자의 일본유학

한말(韓末)의 세물결

한국 근대문학자의 일본유학

한말(韓末)의 세 물결

1. 시작하며

본고에서는 한국 근대문학 작가 가운데 1910년 일한병합 이전, 즉 대한제국 말기 일본에 유학하여 문학작품을 쓴 작가들의 유학시절을 고찰한다. 그들은 애초에 문학자가 되려고 유학한 것은 아니었다. 일본에 건너와 처음 근대문학과 만난 그들은 계몽수단으로서의 문학의 가치에 주목했고, 혹은 시와 소설에 심취하여 창작을 시작했다. '문명'을 배워 자국(自國)을 '개화'시킨다는 사고가 그들의 머릿속에 있었고, 이들 가운데 극히 일부가 일본에서 문학을 만나 결과적으로 문학자가 된 것이다. 본고에서는 그들이 어떠한 경로로 유학했고, 일본에서 어떤 체험을 했는지 고찰한다.

1876년의 개국(開國)에서 1910년의 일한병합에 이르기까지 34년간 일본유학의 흐름에는 세 차례 커다란 물결이 있다. 제1물결은 1881년 신사유람단에서 시작된 유학생 파견이 갑신정변으로 중단된 시기이고, 제2물결은 갑오개혁이 한창일 때 다수 파견되었던 유학생이 아관파천 후 줄어들게 된 시기이며, 제3물결은 보호조약 바로 전 해에 파견된 50명의 황실유학생과 이 무렵 증가한 사비(私費) 유학생들이 일본에서 공부했던 병합 이전 시기이다. 본고에서는 이 세 차례의 물결을 고찰하는 것을 목적으로 한다.[1]

2. 갑신정변 전후

일본 유학을 추진한 것은 애초부터 개화파 사람들이었다. 일본 유학의 효시는 개국 5년째인 1881년 신사유람단의 수행원으로 일본에 갔던 유길준(兪吉濬), 유정수(柳定秀), 윤치호(尹致昊) 세 사람이 그곳에 남아 게이오의숙(慶應義塾)과 도진사(同人社)에서 공부한 것을 꼽는 것이 일반적이다.[2] 김옥균(金玉均)을 중심으로 한 개화파는 당시 근대화에 성공하고

1   본고는 일본 학술진흥회에서 과학연구비를 보조받은 공동연구[2006~2008 기반연구 (B)「식민지기 조선문학자의 일본체험에 관한 종합적 연구」(과제번호 18320060)]의 일환으로 씌어진 것이다. 이 공동연구 과정에서 수집된 많은 자료는 연구협력자인 와세다대학 명예교수 오무라 마스오(大村益夫) 선생님께서 제공해 주신 것이다. 이 자리를 빌려 오무라 선생님께 진심으로 감사드린다.
2   김영모는 한말 관료의 유학이 1869년부터 시작되었다고 주장하며(金泳謨,「韓末外來文化の受

있던 일본에 주목하고, 1879년 이동인(李東仁)이라는 승려를 일본에 보낸다.[3] 부산 동본원사(東本願寺)의 도움으로 밀항한 이동인은 쿄토와 토쿄의 동본원사에 머문 다음, 1880년 후쿠자와 유키치(福澤諭吉)를 방문하고 그와 개화파 사이에 다리를 놓는다. 유길준들의 유학은 바로 이 연장선상에서 이루어진 것이다. 그후 후쿠자와의 게이오의숙은 개화파가 보낸 유학생들을 떠맡는 곳이 된다.

개화파는 조선의 근대화에 힘쓸 인재를 양성하기 위해 백여 명에 가까운 관비 유학생을 일본에 파견한다.[4] 그런데 그 대다수가 1884년 갑신정변에 가담하여 살해되든가 행방불명이 되어 파견이 중단된다.[5] 김옥균과 박영효(朴泳孝) 등 중요한 개화파 인사는 일본으로 망명하고, 그후 수구파 정권은 유학생을 적대시하여 일본 유학생들은 때로 생명의 위협까지 받게 된다. 한 예로 1882년 일본에 건너와 일본에서 세례를 받고 조선에서 처음 복음서를 조선어로 번역한 것으로 알려진 이수정(李樹廷)은 본국 정부의 방침을 거스르지 않았음에도 불구하고 1886년 귀국

容階層—韓國開花期留學生の實態」, 『韓』 第1卷 第7号, 1972, '開化思想と留學生'), 아베 히로시는 1881년의 신사유람단보다 1개월 앞서 한국 정부가 일본공사관에 의뢰하여 4명을 파견한 것이 최초의 일본 유학이라고 주장하고 있다. 阿部洋, 「解放前韓國における日本留學」, 『韓』第5卷 第12号, 23면.

3 이동인은 일본 체류 중 미국 외교관 어니스트 사토우와 서로 알게 되었고, 그에게 조선어를 가르쳤다고 한다. 사토우는 이동인과의 교류 및 그의 사람됨을 일기에 남기고 있다(萩原廷壽, 『遠い岸—アーネスト・サトウ日記抄 14』, 朝日新聞社, 2001, 76~136면). 귀국 후 이동인은 고종의 신임을 얻어 밀항한 죄를 용서받지만, 신사유람단과 함께 재차 일본으로 건너가기 직전 행방불명된다. 대원군에 의한 암살, 혹은 김홍집에 의한 모살(謀殺)이라는 설이 있다. 杵淵信雄, 『福澤諭吉と朝鮮—時事新報社を中心に』, '3. 遊覽朝士の來日', 彩流社, 1997 / 李光隣, 「開花僧李東仁—韓國開化運動と佛教思想」, 『韓』 第1卷 第2号, 1972.

4 朴贊勝, 「1890年代後半における官費留學生の渡日留學」, 『近代交流史と相互認識 1』, 慶應義塾大學出版會, 2001, 71면.

5 阿部洋, 앞의 글, 23면.

후 처형된 것으로 알려져 있다.[6] 일본과 조선 사이의 냉각된 관계는 일청전쟁이 시작될 때까지 지속되며, 이 시기 유학생 가운데 나중에 문학작품을 쓴 사람은 눈에 띄지 않는다.

3. 갑오개혁 이후

일청전쟁이 시작되자, 일본을 뒷배로 성립한 개화파 정권이 갑오개혁을 단행하다. 이 정권은 많은 유학생을 일본으로 보냈지만, 정권의 붕괴와 더불어 학비 지급이 줄어들어 유학생 파견은 중단과 재개를 반복한다. 이번 절에서는 이 시기에 유학하여 뒷날 문학작품을 쓴 안국선(安國善), 이인직(李人稙), 석진형(石鎭衡) 세 사람을 다룬다.

1) 1895년의 유학생들

1894년 여름 조선에 출병한 일본은 곧 조선 정부를 장악하고 개화파 정권을 세운다. 개화파 정권은 갑오개혁이 한창일 때 유학생을 파견하기로 결정하고, 이듬해 1895년 4월에는 선발시험에 합격한 113명의 관비 유학생이 일본으로 출발한다.[7] 유학생 파견의 중심인물은 망명지 일본에서 이제 막 돌아온 박영효였고, 유학생 가운데는 개화파의 자제들

---

6   上垣外憲一,『日本留學と革命運動』,東京大學出版會, 1982, 14면.
7   박찬승, 앞의 책, 73면.

이 많이 포함되어 있었다.[8] 파견은 그 뒤에도 계속되어 유학생은 모두 200명이 넘었다.[9] 그들은 조선 정부가 게이오의숙과 맺은 위탁 계약에 의거하여 1년 간 일본어와 기초지식을 배운 다음, 게이오의숙의 상급 단계로 진학하든가 혹은 다른 학교에 진학하기로 되어 있었다.

유학생 제1진영을 토쿄에서 맞은 선배들 가운데는 2년 전에 유학하여 토쿄전문학교에 재학 중이던 홍석현(洪奭鉉)이 있다.[10] 33년 후 그는 와세다대학의 교우지(校友誌)에 기고한 글에서, 당시는 생활비가 많이 드는 탓에 곤궁해서 와세다의 은사들에게 경제 원조를 받아 졸업할 수 있었다고 회상하고 있다.[11] 하지만 그가 곤궁했던 이유는 생활비가 많이 드는 탓뿐만 아니라, 나중에 언급하듯 관비(官費) 지급이 지체되었던 것 때문이 아닐까 싶다. 홍석현을 비롯하여 이 시기에 일본으로 온 유학생들은 본국의 정치 정세에 휩쓸려 커다란 어려움을 겪게 되었던 것이다.

4월에 인천에서 박영효의 전송을 받으며 조선을 떠난 유학생들이 토쿄의 생활에 익숙해지기 시작한 7월, 박영효는 정부에 반역의 의심을 사 일본으로 재차 망명해 온다. 당시 유학생 가운데 한 사람이었던 18세의 유치형(兪致衡)은 조선을 떠날 때부터 일기를 썼는데, 나중에 그의 아들 유진오가 현대어로 번역한 내용에 따르면,[12] 당시 유학생들은 이 사실

8   위의 책, 82~84면.
9   阿部洋, 「舊韓末の日本留學(I)」, 『韓』 第3卷 第5号, 1974, 67면.
10 박찬승, 앞의 책, 75면.
11 1928년(昭和 3) 5월 발행 『早稻田學報』
12 유진오가 현대어로 번역한 것은 첫해 10월까지의 부분이다. 최종고 해설 「유치형일기」, 『법학』 24권 4호, 서울대 법학연구소, 1983. 유진오는 1973년 『동아일보』에 연재한 「편편야화(片片夜話)」 중 「19세기 동경의 유학」(3월6일), 「후꾸자와와 박영효」(3월7일)에서 부친 세대의 유학에 대해 언급하고 있다. 유진오가 1938년 『동아일보』에 연재한 「창랑정기(滄浪亭記)」에 나오는 주인공의 부친이 유치형이다. 이와나미 문고 『朝鮮近代短篇小說(下)』에 오무라 마스

에 크게 동요했고 본국 정부에 오해받을 것을 걱정하여 집회를 열어 대책을 강구했다고 한다.[13] 잇달아 10월에는 민비시해사건이 일어나 유학생들에게 격심한 충격을 주었다.[14]

그 이듬해 2월 고종이 일본의 감시를 피해 러시아 공사관으로 들어간 이른바 '아관파천' 사건이 일어나자, 개화파가 파견한 이들 유학생들의 입장은 미묘해진다. 고종이 왕후의 시해에 관계한 개화파의 체포와 처형을 명령한 터라, 개화파 다수는 일본으로 망명하고 개화파와 관계 깊은 유학생 가운데는 신변의 위험을 느껴 미국으로 망명한 자도 있었다.[15] 본국 정부는 일본에 있는 유학생들이 망명자와 공모하여 체제 전복을 시도할 것을 두려워하여 그들을 소환하려 했고 학비를 부치는 데도 냉담했다. 학비는 도중에서 끊기곤 하다가 마침내 1897년 연말에 중단되고 만다.[16] 앞서 언급한 토쿄전문학교 학생 홍석현의 곤궁한 생활은 이러한 상황 탓도 있었을 것이라 생각된다. 다행히 홍석현은 은사들의 도움으로 그 곤란한 시기를 극복하고, 1897년 7월 15일 무사히 "와세다에서 최초의 정규 졸업생"[17]이 될 수 있었다. 하지만 뒤에 언급하듯,

오(大村益夫)의 번역으로 수록되어 있다.

13 양력 7월 19일 금요일

14 양력 10월 8일 화요일. 그런데 「유치형일기」 양력 5월 28일에 "시사랑(柴四郎)이라는 만국(萬國)의 개화를 잘 아는 사람"이 자신의 저서 『애급사략(埃及史略)』 100권 남짓을 유학생들에게 보내왔다는 기술이 보인다. 조선에서 유학생이 온다는 이야기를 듣고 이 저서를 보낼 준비를 하고 있을 무렵, 볼일이 있어 조선에 가게 되어 게이오의숙에 부탁하고 떠났던 것 같다고 기술되어 있다. 시사랑이란 『가인지기우(佳人之奇遇)』의 작자 토카이 산시(東海散士)로, 민비시해사건에도 관여한 인물이다

15 박찬승, 앞의 논문, 79면.

16 박찬승, 앞의 논문, 90면. 阿部洋, 「舊韓末の日本留學」(1), 앞의 책, 74~76면.

17 大村益夫, [早稻田出身の朝鮮人文學者たち], 『言語フォーラム』 14号, 早稻田大學 語學教育研究所, 2001, 1면.

그는 졸업 후 곧바로 귀국하지 않는다.

2) 안국선(安國善)

박영효가 망명하고 난 다음달 8월 24일, 유치형은 일기에 "오늘 학도 안명선(安明善)이 의숙에 들어오다"라고 적고 있다.[18] '안명선'이란 뒷날 신소설『금수회의록』을 쓴 안국선(安國善, 1879~1926)이 1907년까지 사용했던 이름이다.[19] 이 이름은 이해 4월 인천을 출발한 113명의 유학생 명부에는 보이지 않고,[20] 그가 머물렀던 게이오의숙이 작성한 학적부 '게이오의숙 입사 명부'에 들어 있다.[21] 그가 유학생과는 별도의 경로로 일본에 건너와 현지에서 관비 유학생이 되었기 때문이다. 시기는 분명치 않지만, 안국선은 다른 세 명의 청년과 함께 니치렌종(日蓮宗) 승려 사노 젠레이(佐野前勵)의 귀국길에 동행하여 일본으로 건너왔고, 시즈오카(靜岡)현에서 공부하고자 했으나 뜻대로 되지 않아 관비 유학생으로 합류했던 것이다.[22] 학부대신의 요청을 받은 외무대신이 주일공사(駐日公使)에게

---

18 유치형,『유치형(1879~1926)일기』大朝鮮開國 504년 7월 초 5일(8월 24일 토요일), 165면.

19 최기영,「안국선의 생애와 계몽사상(上)」,『한국학보』, No.1991~2, 129면. 그 동안 안국선의 생년월일은 식민지시대에 작성된 호적(戶籍)과 제적부(除籍簿)에 따라 1878년 12월 5일로 간주되어 왔다. 그러나 최기영은 이전에 작성된『죽산안씨족보(竹山安氏族譜)』를 근거로 하여 1879년 12월 5일(양력 1880년 1월 16일)이라고 주장하고 있다. 본고도 최기영의 주장에 따른다. 최기영, 앞의 책, 127면.

20 박찬승, 앞의 논문, 71면.

21 阿部洋,「韓國政府委託慶應義塾留學生に關する契約書」,『韓』103, 1986, 207면.

22 박찬승, 앞의 책, 77면. 안국선 외에 조병주(曺秉柱), 서연악(徐延岳), 이하영(李廈榮) 세 사람이 함께 시즈오카(靜岡)로 왔고, 이 세 사람은 7월에, 안국선은 8월에 게이오의숙에 들어간다. 사노 젠레이(佐野前勵, 1859~1912)는 승려의 도성(都城) 출입 금지 해제에 힘쓴 것으로 이름이 높다. 徐鍾珍,「植民地朝鮮における總督府の宗教政策 : 抑壓と懷柔による 政治」早稻田大學 大學院 政治學科 研究科 博士論文, 2006, 23~24면 참조.

지시를 내려 합류가 이루어진 것으로 보아, 이 청원건은 당시 정부의 요직에 있던 숙부 안경수(安駧壽, 1853~1900)의 입김이 작용했던 듯하다.[23]

16세의 안국선이 어떤 경위로 승려와 함께 일본으로 건너 왔는지는 분명치 않다. 안국선은 경기도 안성군(安城郡) 출신으로 본관은 죽산(竹山)이다. 높은 벼슬을 지낸 선조가 없는 가문이었지만, 그의 숙부 안경수는 시대의 물결을 타고 이례적으로 높은 지위에 오른다. 안경수는 일찍이 일본과 조선을 왕래하며 언어를 습득하여 1887년 주일공사 민영준(閔泳駿)의 통역관이 되며, 그후 화약 제조와 조폐 업무에 종사하여 두각을 나타낸다. 그리고 갑오개혁 때 고위관리로서 참여하지만 삼국간섭 후에는 민비 쪽에 가담하여 군부대신이 된다. 1896년에는 독립협회 초대회장을 맡지만 1898년 황제를 양위(讓位)시키려는 음모가 발각되어 일본으로 망명한다. 1900년 하야시 곤스케(林權助) 주한공사의 중개로 공정한 재판을 받는다는 조건으로 귀국하여 자수했다가 결국 처형되고 만다.[24]

아산(牙山)에서 일청전쟁 전초전(前哨戰)의 포성을 들으며 일본으로 건너갈 뜻을 굳혔다는 안국선은,[25] 필시 일족 가운데 가장 먼저 출세한 숙부처럼 일본에서 공부하여 입신출세할 생각이었을 것이다. 일본으로 건너온 뒤 유학생 파견 사실을 알았던 것인지, 아니면 양반 자제가 압도적이었던 유학생 선발 시험에는 합격하기 어렵다고 보고[26] 숙부의 뒷배

---

23 최기영은 안국선이 조선에서 관비 유학생으로 선발되었을 즈음 안경수의 추천이 있었다고 추측하고 있지만(최기영, 앞의 책, 129~130면), 안명선의 이름은 처음의 명부에 남아 있지 않으므로 선발 시험을 치르지 않았다는 얘기가 된다. 또 안국선은 병합 후 1911년 안경수의 양자로 입적된다.

24 『한국민족문화백과대사전』, 한국정신문화연구원, 1991.

25 자식 안회남(安懷南)의 회고록. 최원식, 「아시아의 연대—『비율빈전사』에 대하여」에서 재인용. 『한국계몽주의문학사론』, 소명출판, 2002, 194면(初出 『문학과 역사 1』, 한길사, 1987)

로 관비생과 현지에서 합류하는 방법을 취한 것인지는 명확하지 않다. 어쨌든 그는 관비 유학생으로서 게이오의숙에서 공부하고 1년 뒤에는 토쿄전문학교 정치과에 진학하여 일본어로 강의하는 정치학을 공부한다.[27] 관비 지급의 지체와 중단, 숙부 안경수의 망명 등 파란이 있었지만, 그는 16세부터 20세까지의 다감한 시기를 게이오의숙과 와세다에서 배운다. 그리고 그 4년간 배운 지식은 그의 인생의 기반이 된다.

1899년 7월 토쿄전문학교를 졸업한 그는 조선에 귀국한 뒤 11월 친구 일에 연루되어 체포된다. 게이오의숙에서 함께 공부했던 오성모(吳聖模)라는 친구가 박영효의 정치자금 조달에 관여했던 때문이라고 한다.[28] 이 시기 한국 정부는 유학생이 망명자와 손을 잡고 음모를 꾀하는 것을 극도로 경계하여 일본을 왕래하는 자를 주시하고 있었다. 한 예로 1900년 21세로 일본에 밀항하여 육군사관학교에 입학하고 뒷날 지사(知事)를 지냈고 실업계에서도 활약했던 박영철(朴榮喆)은 그의 회고록에서 자기가 일본으로 건너간 무렵은 "일본으로 왕복하는 자 다수가 감옥에 들어가 비참한 압박을 받았다"고 회상하고 있다. 그는 전주(全州)에서 일본어를 배우고 일본에서 공부할 뜻을 세워 육군사관학교의 학생이 되었지만, 생명의 위협 때문에 장기 휴가 때도 귀국하지 않았다고 한다.[29] 또 그의 회

---

26 박찬승, 앞의 책, 73면. 「유치형일기」 가운데 '대조선개국(大朝鮮開國) 504년 3월 18일 기축(己丑)' 항목에는 "2백여 인 가운데 (…중략…) 123인을 선발했다"고 되어 있다.

27 안명선은 1896년 9월 21일 토쿄전문학교 정치과에 입학하고 1899년 7월 15일 졸업한다. 와세다 졸업생 명부에는 본적이 "조선 경기도 양지군(陽智郡)"으로, 게이오의숙 학적부에는 "조선 경기도 양지군 황촌(凰村) 주직수(主稷壽) 장남"으로 되어 있다. 안국선은 안직수(安稷壽)의 장남이었지만, 1911년 안경수의 양자로 입적한다.

28 오성모는 게이오의숙을 나온 후 토쿄제국대학 농학부를 졸업한다. 그는 자신이 박영효의 정치자금 조달에 관여하고 있는 것을 안국선과 또 한 사람의 친구에게 이야기했는데, 그 친구가 고발했다고 한다. 최기영, 앞의 책, 131면.

고록에는 앞서 언급한 '와세다 최초의 정규 졸업생'이 된 홍석현이 졸업 후에도 귀국하지 않고 일본에 머물렀던 사실도 언급되어 있다.[30]

이러한 상황으로 보건대, 안국선의 귀국은 약간 무모했던 것 같다. 그가 체포되고 나서 2개월 후에 숙부 안경수가 귀국한 것은 아마도 조카를 구하기 위해서였던 것일지도 모른다. 그러나 그의 숙부는 고문을 받고 처형되며, 안국선은 미결수 상태로 4년이나 종로 감옥에 갇히게 된다. 감옥에서 그는 많은 인사들과 알게 되고, 그후로도 오랫동안 그들과 계속하여 교류한다. 종로 감옥에는 이승만(李承晩), 이상재(李商在), 양기탁(梁起鐸), 박용만(朴容萬), 김정식(金貞植) 등 많은 인사들이 정치범으로 수감되어 있었는데, 당시 감옥을 정기적으로 방문했던 선교사 벙커(D.A.Bunker) 목사의 포교에 의해 모두 기독교를 믿게 되었다. 안국선도 이때 기독교도가 되었던 것으로 보인다.[31]

일러전쟁이 시작되자 재판장은 일본의 간섭을 두려워하여 미결인 재판을 서두른다. 그리하여 1904년 3월 친구 오성모는 처형되고, 안국선은 태형과 종신형을 선고받고 전라도 진도부(珍島部)의 금갑도(金甲島)에 유배된다.[32] 20대의 7년을 감옥과 외딴섬에서 보낸 안국선이 간신히 석방된 것은 1907년 3월이었다. 여기에는 와세다의 인맥이 작용했던 듯하다. 이해 『와세다학보(早稻田學報)』 7월호의 교우 동정란에 "안명선 씨(32기 정치과)는 일찍이 국사(國事)에 분주하여 죄에 연루되어 오랫동안 유배

29 朴榮喆, 『五十年の回顧』, 大阪屋號書店, 1929, 96~100면.
30 1900년 일본에 온 박영철은 『오십년의 회고』에서 "우리들과 동시에 재학했던 사람" 가운데 하나로 홍석현의 이름을 들고 있다. 위의 책, 99면.
31 최기영, 앞의 책, 132면; 『한말 안국선의 기독교 수용』, 한국기독교역사연구소, 1996 참조.
32 위의 책, 130~132면.

지에서 신음했지만, 이번 한국 정부 고문으로서 교우인 노자와 타케노스케(野澤武之助) 씨의 알선으로 특사(特赦)의 명을 받았다"는 기사가 보인다. 노자와라는 인물은 와세다 1년 선배인 철학과 졸업생이다.[33] 당시 고문정치(顧問政治)를 담당하는 관리로 부임되어 있던 선배가 후배를 도왔을 것이다. 단 안국선은 석방되기 바로 전 해에 이미 서울에서 사회활동을 시작하고 있었고, 그가 '안명선'에서 '안국선'으로 이름을 바꾼 것은 이렇게 정식으로 석방되기 전에 활동을 시작한 것과 관련이 있을 것이라고 추측하는 연구자도 있다.[34] 사법권이 일본의 손에 넘어가고 있던 혼란기의 일이다.[35] 『와세다학보』에는 1907년 11월호까지 '안명선'이라는 이름으로 기재되어 있고, 다시 이름이 등장하는 1908년 9월호에는 이름이 '안국선'으로 바뀌어 있다.[36]

서울에 돌아온 안국선은 교단(敎壇)과 연단(演壇)에서 애국계몽운동에 종사하고, 『비율빈전사(比律賓戰史)』 등의 번역서와 저서 『연설방법(演說方法)』을 간행한다. 그리고 이 무렵 통감부의 재정(財政) 관리가 된다.[37] 그가 이듬해 1908년에 간행한 『금수회의(禽獸會議)』(황성서적조합 간행)에는 기독교의 영향이 엿보이고 전년에 간행한 『연설방법』과 관련성이 있다고 한다. 이 책은 1909년 출판법으로 압수된 최초의 책 가운데 하나가 된다.

---

33 1907년(明治 40) 10월 발행 『와세다학보(早稻田學報)』 152호의 소식란에 '노자와 (31기 철학과)'라고 되어 있다.
34 최기영, 앞의 책, 134면.
35 1907년 7월 제3차 일한협정체결에 의해 사법권은 일본의 손으로 넘어간다.
36 1907년(明治 40) 11월 발행 『와세다학보』 제153호 「와세다대학 창립 25주년 기념 오쿠마(大隈) 백작 동상 건설 자금 기부인 명부」 가운데 '3엔' 항목에 안명선의 이름이 기재되어 있고, 1908년(明治 41) 9월 발행 『와세다학보』 제163호 「교우 동정란」에는 "안국선 씨(32기 정치과)는 한국 도지부(度支部) 서기관에 임명되었다"고 되어 있다.
37 1907년 11월 30일 황실재산정리국 사무관에 임명된다. 최기영, 앞의 책, 138면.

안국선은 병합 이듬해부터 2년간 청도(淸道) 군수를 지냈고, 이 무렵 숙부 안경수의 양자가 된다. 군수를 그만둔 뒤에는 투기성 있는 사업에 손을 대어 실패하고 고향으로 돌아가게 되는데, 이 와중에서도 1915년 일한병합 5주년 기념으로 경복궁에서 열린 조선물산공진회(朝鮮物産共進會)에 단편집『공진회』를 낸다. 안국선이 쓴 소설은『금수회의』와 이 단편집뿐이며, 나머지는 모두 정치나 경제, 외교에 관련된 것들이다. 그는 사업에 그다지 성공하지 못한 채 1926년 40대 후반의 나이로 사망한다.

3) 이인직(李人稙)

이인직(李人稙, 1862~1915)은 경기도 음죽군 거문리(陰竹郡 巨門里, 현재 利川郡)에서 태어났다. 본관은 한산(韓山)이고, 안국선처럼 가문은 보잘것없었다. 과거도 치르지 못했고, 물론 관직에도 오르지 못했다. 자필「대한제국관원(官員) 이력서」및 1916년『매일신보』사망 기사에 따르면, 1900년 2월 햇수로 39세에 관비 유학생으로 일본으로 건너와 9월 토쿄정치학교에 입학하여 3년 후 졸업한 것으로 되어 있다. 하지만 연구자들이 지적한 바와 같이, 그렇게 낮은 가문과 경력으로 관비 유학생에 선발되기는 어려우며, 게다가 39세라는 고령의 관비 유학은 달리 찾아보기 어려운 등 의심스러운 점이 많다.[38] 조선에서 온데다 기초교육도 받지 않은 채 토쿄정치학교의 강의를 청강한다는 것은 어학 능력이나 지식 면에서 보아 무리가 있

---

[38] 김영민,「이인직과 안국선 문학 비교 연구」,『동방학지』제70집, 1991, 261면(『한국근대소설사』, 솔, 1997, 194~195면); 구장률,「신소설 출현의 사적(史的) 배경」,『동방학지』제135집, 258면(『근대계몽기문학의 재인식』, 소명출판, 2007, 178면); 함태영,「이인직의 현실인식과 그 모순」, 위의 책.

다.[39] 입학 전에 나름의 어학 능력을 갖추고 있었다고 보는 것이 타당할 것이다.

일한병합 전 통감부 외무국장을 지냈고 병합의 실무를 담당했던 고마츠 미도리(小松綠)는 병합 10년 뒤 간행한 회상록 『조선병합의 이면(朝鮮併合の裏面)』에서 병합 직전 자신과 이완용 사이에서 움직였던 '이인직'[40]의 일을 회상하고 있다. 이에 따르면, 이인직은 병합 15년 전 조중응(趙重應)과 함께 일본으로 망명했고, 조중응과는 '둘도 없는 친구'로 토쿄정치학교에서 고마츠의 강의를 함께 청강했다고 한다. 병합 15년 전이라면 아관파천이 일어난 1896년의 일이다. 즉 이인직은 만34세 때 개화인사와 함께 일본으로 망명해 왔던 것이다.

이처럼 고마츠 미도리의 회상과 이인직의 자필 이력서 두 가지 자료가 공존하는 까닭에, 이인직의 이력에 관해서는 연구상 혼란이 있다.[41]

---

39 1895년 관비 유학생이었던 안국선과 유치형들은 개화파 정권이 게이오의숙과 맺은 위탁계약에 따라 유학 당초 게이오의숙에서 1년 간 기초교육을 받고 나서 전문 과정으로 나아갔다. 하지만 이 위탁계약은 1897년 관비 지급이 중단되었을 때 파기되며, 2년 후 유학생 파견이 재개된 후에는 유학생 감독의 책임을 게이오의숙이 아니라 주일공사관(駐日公使館)이 맡게 되는데, 이 시기에는 유학생들에 대한 기초 교육 방침이 서 있지 않았다. 1904년 황실 유학생 특파 때는 부립(府立) 제일중학교가 기초교육을 담당한 것을 봐도 유학생이 전문교육을 받으려면 전단계로서 기초교육이 필요하다고 인식되었던 것을 알 수 있다.

40 일본에는 '직(植)'이라는 활자가 없는 탓인지, 『미야코신문』에도 '이인식(李人植)이라 적고 '리진쇼쿠(りじんしょく)'라고 독음을 달고 있다.

41 "이 이인직이라는 남자는 조중응과 함께 토쿄로 망명한 사람이었다. (…중략…) 조중응과는 둘도 없는 친구였지만, 동시에 이완용의 신임을 받았다"(小松綠, 『朝鮮併合の裏面』. 中外新論社, 1920, 124면) 같은 내용이 16년 뒤 『메이지 외교비화(明治外交秘話)』에서도 반복되고 있다. "이 남자는 15년 전에 조중응과 함께 일본으로 망명했고"(千倉書房, 1936, p.441). 전광용은 『신소설연구』(새문사, 1990, 57면)에서 고마츠의 이 회상 부분과 『매일신보』의 사망 기사를 나란히 인용하면서, "좀더 고려해 보아야 할 문제"라고 지적했고, 김영민은 이인직이 낮은 가문과 빈약한 경력에도 불구하고 관비 유학생에 선발된 것에 의문을 제기하고 있다. 구장률은 이인직이 아관파천 때 망명했고 그후 현지에서 관비 유학생이 되었다고 추정하고 있으며, 함태영은 이인직이 토쿄 정치학교에 적을 두고 있을 무렵

하지만 당시의 공문서와 신문기사로 보건대, 이인직이 관비 유학생이 되었을 때 이미 토쿄에 있었던 것은 분명하다. 1900년 음력 2월 13일자 (양력 3월 13일)『황성신문』에 "사비 유학생 홍재기(洪在祺)와 이인직 등 12인"을 관비 유학생으로 삼는다는 훈령(訓令)이 학부(學部)로부터 주일공사에게 내려졌다는 기사가 실려 있다.[42] 홍재기는 나중에 한국의 변호사 제1호가 된 인물로, 1896년 관비 유학생으로 일본으로 건너와 1899년 토쿄법학원(中央大學 前身)에 진학하여 1902년에 졸업한다.[43] 그의 경우는 유학 도중 정부의 학비가 끊긴 까닭에 사비로 공부를 계속하다가 재차 정부의 학비를 받게 되었지만, 이인직은 일본으로 망명하고 나서 4년째에 이르러서야 비로소 '관비생(官費生)'이 되었던 것이다.

어째서 학생이 아닌 고령의 망명자가 본국 정부로부터 학비를 지급받을 수 있었던 것일까. 필시 일본에 체류 중이던 유력자와 본국 정부 내부의 유력자 사이에 연결망이 형성되어 있었고, 이인직과 같은 경력자에게 관비를 지급하도록 한 압력이 있었을 것으로 추측된다. 이인직을 위해 힘을 기울인 실력자는 아마도 조중응이었을 것이다.

관비 유학생이 되었다고는 해도, 학비 지급이 순조롭지 않아 이인직은 생활하기 힘들었던 듯하다. 이해 8월 외무대신이 학부대신에게 보낸 공문서 가운데 "학생 이인직이 식사대금을 지불하지 않아 고소되었다"는 내용이 들어 있다고 한다.[44] 하지만 어쨌든 관비를 받은 이인직은 이

고마츠는 외유(外遊) 중이었으므로 이인직이 고마츠의 강의를 들은 것은 1900년 이전이었을 것이라고 추측하고 있다.

42 박찬승은 앞의 논문의 주 62)에서 이 공문서(「學部來去文」)와『황성신문』의 기사를 언급하고 있다. 신문은 확인했지만 공문서는 보지 못했다.

43 최종고,『한국의 법률가』, 서울대 출판부, 2007, 41면.

해 9월 토쿄정치학교에 입학한다. 그리고 입학한 지 2개월만인 11월부터 『미야코신문(都新聞)』의 견습 연수생이 되며, 1902년 1월 이 지면에 일본어 소설 「과부의 꿈(寡婦の夢)」을 발표한다. 이 작품은 남편이 죽은 후 조선의 풍습에 따라 독신을 지키는 과부의 쓸쓸한 생활과 심정을 그린 단편으로, 일본인 동료가 손을 봐주었다고는 하나 유려한 문장이 눈에 띤다.[45] 그는 귀국 후 신문사업에 종사하며 창작활동에도 힘썼던 만큼, 이인직 연구에서 토쿄정치학교의 강의 청강과 『미야코신문』에서의 연수 경험은 매우 커다란 의미를 지니고 있다.

관비 지급은 이후에도 지체되었고, 본국 정부에서 학비를 송금하지 않자 주일공사관이 돈을 빌려 유학생에게 학비를 지급하는 상태가 계속되다가 결국 1903년 2월 유학생 전원에게 소환 명령이 내려진다.[46] 이때 공문서에 첨부된 관비 유학생 25명의 명부 가운데는 이인직의 이름과 함께 앞서 언급한 박영철의 이름도 들어 있다. 일본으로 밀항해 왔던 그도 현지에서 관비 유학생이 되었던 것이다. 이인직은 이 소환 명령에 따르지 않고 7월 정치학교를 졸업하며, 이듬해 2월 일러전쟁이 일어나자 육군 통역으로 따라 나선다. 같은 시기에 종군(從軍)한 박영철은 당시 이인직이 함께 했음을 회상기에 기록하고 있다.[47] 하지만 현지에서 제대하여 금의환향한 박영철과 달리, 이인직은 재차 일본으로 돌아간다. 이

---

44 구장률, 앞의 논문, 258~259면
45 「과부의 꿈」(上)(下)은 1902년 1월 28일과 29일에 『미야코신문(都新聞)』에 게재되었다. 말미에 '麗水補'라 되어 있어서, 같은 신문사 기자인 치즈카 레이스이(遲塚麗水)가 손을 보아주었음을 알 수 있다. 또 구장률은 앞의 논문 주 77)에서 지명과 양친의 사망 시기 등으로부터 추론하여 「과부의 꿈」이 이인직의 개인사와 관련이 있을 가능성을 지적하고 있다.
46 박찬승, 앞의 논문, 90면.
47 박영철, 앞의 책, 120면.

듬해 3월에는 나중에 일한동지회(日韓同志會)의 모체인 동아청년회(東亞靑年會)에 조중응과 함께 참가했다는 기록이 남아 있다.[48] 그리고 이해 5월에는 시바아타고초(芝愛宕町)에 한성루(漢城樓)를, 7월에는 우에노(上野) 히로고지에 한산루(韓山樓)라는 조선 요릿집을 개점한 사실이 『미야코신문』에 실려 있다.[49]

이듬해 1906년 활동 근거지를 한국으로 돌린 이인직은 2월 『국민신보(國民新報)』의 주필이 되며, 6월 『만세보(萬歲報)』로 옮겨 그곳에 『혈의 루』와 『귀의성』을 연재한다. 그 뒤로도 그는 창작활동을 하는 한편, 일본과 한국을 왕래하고 병합의 뒷무대에서 움직이며 정치활동에도 관여한다. 그리고 병합 후에는 경학원 사성(經學院 司成, 성균관의 관리)이 되며, 1916년에 사망한다.

이인직에게는 소설 이외의 저작은 그다지 없는 것으로 알려져 있지만, 최근 연구에 의하면 『만세보』의 논설 다수가 그의 손으로 씌어진 것이라고 한다.[50] 이들 논설과 그의 소설에 나타난 '동양연대론'과의 관계, 당시 일본인의 아시아에 대한 시선, 그가 읽은 것으로 생각되는 일본문

---

48 池川英勝, 「日韓同志會について」, 『朝鮮學報』 第135輯, 1990, 119면.

49 이 요릿집은 동거녀에게 경영케 했던 듯하다. 이인직에게는 고향에 가족이 있었지만, 일본군 통역이 되었다는 이야기에 분격한 마을 사람이 집에 불을 질러 가족이 흩어졌다는 이야기가 전해진다.(구장률, 앞의 책, 주 17), 254면) 『미야코신문』 1905년 5월 28일자에 시바아타고초(芝愛宕町) 2가 1번지에 조선 요릿집 '한성루'를 개점했다는 기사가 보이고, 같은 지면 1905년 7월 8일자에는 시타야쿠 우에노 히로고지(下谷區上 上野 廣小路) 21번지 조선 요릿집 '한산루' 개점 광고가 나와 있다. '한성류'의 번지를 『DVD_ROM 版江戶明治東京重ね地圖』(エーピーピーカンパニー, 2004)에서 검색하면, 이타가키 다이스케(板桓退助) 저택의 부지로 나온다. 이타가키는 토교정치학교의 고문을 지냈다. 학교에는 재학생과 강사, 임원, 자문위원, 찬조원을 구성원으로 하는 '정치학회'가 있어 월례회를 개최했는데(成瀬工策, 「松本君平の立憲思想形成と東京政治學校(上), 83면), 그런 관계로 서로 알게 되었을지도 모른다. 이인직에게는 정치적 인맥이 풍부했던 듯하다.

50 구장률, 앞의 논문, 267~268면.

학작품 등, 금후 그에 대한 연구가 필요한 것은 말할 것도 없다.[51]

4) 석진형(石鎭衡)

1908년 8월부터 9월에 걸쳐『황성신문(皇城新聞)』에 연재된 소설「몽조(夢潮)」는 필자가 '반아(槃阿)'로 되어 있는 탓에 오랫동안 작자가 알려져 있지 않았는데, 1997년 최원식이 '반아'는 석진형(石鎭衡, 1877~1946)의 호인 것을 밝혀냈다.[52] 본관은 충주(忠州)이고, 경기도 광주(廣州) 남한산성 기슭의 작은 마을에서 태어났다. 경제적인 여유가 없는 농가 출신이었지만, 자손이 전하는 말로는 '조대감' 집의 자식을 가르쳤기 때문에 그 집에서 함께 일본으로 유학을 보내주었다고 한다.[53] 자필 대한제국 관

---

51 이인직의 일본시절에 대해서는 田尻浩幸,『이인직연구』(국학자료원, 2006), 구장률, 앞의 논문 및 함태영의 앞의 논문이 있다. 토쿄정치학교에 관해서는 成瀨公策,「松本君平の立憲思想形成と東京政治學校(上)(下)」(『靜岡縣近現代史研究』27・28, 靜岡縣近現代史研究會, 2001・2002) 참조. 이 논문에 따르면 다음과 같은 자료가 있다.
  • 토쿄정치학교가 창립된 1899년 몇 개월 이 학교에 적을 두었던 야마카와 히토시(山川均)가 당시 학교와 강사의 모습을 자전(自傳)에서 묘사하고 있다. 山川菊枝・向坂逸郎 編著,『山川均自傳』岩波書店, 1961, 168~172면.
  • 이인직이 재적 중이던 1902년에는 야마구치 고켄(山口孤劍)도 재적하고 있었고, 토쿄정치학교 청년 웅변회라는 공개연설회에서 활발하게 활동했다고 한다. 논문(下) pp.54~55. 田中英夫,『孤劍雜錄』7~9 私家版, 1994.
  • 『토쿄정치학교강의록』(1902.7)이 국회도서관에 있다. 어느 때의 강의록인지는 분명하지 않지만, 고마츠의 강의록이 들어 있는 것으로 보아 1900년 이전의 강의록인 듯하다. 함태영, 앞의 논문 참조. 강의록 내용의 세목은 다음과 같다. 정치학(神藤才一), 법리학(永井惟直), 열국정치제도(小松綠), 영국신문사업(織田純一郎), 국제공법(小松綠), 화폐학(小手川豊次郎), 사회학(山口鎌太), 戰時국제공법(神藤才一), 정치학연구론(島田三郎), 新聞學—附・구미신문사업(松本君平), 경제학(松本君平), 웅변학(松本君平), 독점 및 트러스트(石川源三郎), 國家學史(浮田和民 述, 糸澤憲人 編), 國際私法(竹村眞次), 민법범론(永井惟直), 국가학(浮田和民).
52 최원식,「반아(槃阿) 석진형에 대하여」,『인하어문연구』제3호, 1997. 이 논문은『한국계몽주의문학사론』(소명출판, 2002)에도 수록되어 있다.

원 이력서에 의하면, 1899년 와후츠법률학교(和佛法律學校, 法政大學 前身)에 입학하여 1902년에 졸업한 것으로 되어 있다. 입학년도인 1899년에는 관비 유학이 재개되었기 때문에 선발되어 일본으로 건너왔을 가능성도 전혀 배제할 수는 없지만, 이인직의 경우와 마찬가지로 조선에서 일본으로 건너온 후 바로 법률학교에 입학하여 3년만에 졸업한다는 것은 어학 능력으로나 기초 지식 면으로 볼 때 무리가 있다. 한 예로 5년 후 황실유학생이 된 조소앙(趙素昻)은 일본으로 건너온 이듬해 부립(府立) 제일중학에서 동맹퇴학사건이 일어났을 때 메이지대학에 들어가 법률을 공부하고자 했으나 구술 필기 방법으로 진행하는 수업을 따라가지 못하여 제일중학으로 돌아가 다시 1년을 공부하고,[54] 졸업 후에는 정칙영어학교(正則英語學校)와 예과(豫科)에서 1년 공부하고 나서 메이지대학에서 공부하게 된다. 조선에서 일본어 교육을 받지 않는 사람이 일본에서 전문교육을 받으려면 일본으로 건너와 3년 정도의 기간이 필요하다. 필자는 이인직이 토쿄정치학교에 입학하기 4년 전에 일본으로 건너왔듯이, 석진형도 입학하기 3년 전에는 일본에 와 있었던 것이 아닐까 생각한다.[55] 그가 일본으로 건너온 시기나 관비 유학생이 된 경위도 이인직처럼 개화파의 계보에 연루되어 있던 것이 아닐까 싶다.

1902년 당시 일본에 체류 중이던 신규 유학생(관비 지급 재개 후 새로이 유학

---

53   최종고, 『한국의 법률가』, 서울대 출판부, 2007, 87면.
54   학력의 문제뿐 아니고, 제일중학으로 돌아가지 않으면 학비가 나오지 않았던 것이 더욱 큰 이유였다. 武井一, 『皇室特派留學生』, 白帝社, 2005, 102~103면. 조소앙(당시 이름은 조용은(趙鏞殷))이 일본 체류 중에 쓴 일기 『동유략초(東遊略抄)』는 연구 협력자 다케이 하지메(武井一)가 번역했고, 과학연구 성과로 2009년 3월에 책자로 간행했다.
55   호세이대학(法政大學) 학적부를 조사해 보면 이 의문이 해소될 가능성이 있지만, 현재 개인정보 문제로 인해 확인할 수 없게 되어 있다.

생이 됨)의 명부에는 석진형이 와후츠법률학교 학생으로 올라 있지만,[56] 이듬해 유학생 송환 명령이 내려졌을 때의 공문서에 첨부된 명부에는 교세이학교(曉星學校) 소속으로 바뀌어 있다.[57] 즉 그는 1902년 7월 와후츠법률학교를 졸업한 후, 일본에 머무르면서 다른 학교에 적을 두고 있었던 것이다. 이 대목이 그의 자필이력서에 없는 것은 졸업하지 않은 학교를 기록할 필요가 없다는 판단 때문이었을 것이다. 이인직의 경우도 그렇듯이, 자필 이력서에는 본인이 불필요하다고 판단한 사실은 기재하지 않은 사실에 유의할 필요가 있다.[58]

그가 언제 귀국했는지는 분명하지 않지만, 1904년 11월에는 조선에서 군부주사(軍部主事)로 재직했고, 그후 관직을 지내는 동시에 보성전문학교(普成專門學校) 강사로 일하면서 법률 논설을 발표하고 있다. 「몽조(夢潮)」는 1907년 8월 12일부터 9월 17일까지 『황성신문』에 24회에 걸쳐 연재되었다. 연재를 2개월 앞두고 석진형은 사표를 내고 관직을 떠난다. 이해 6월 헤이그밀사사건이 일어나고, 다음달 7월에는 고종이 퇴위하고 제3차 일한협약이 체결되며, 이어서 8월에는 군대가 강제 해산되어 일본군과 교전(交戰)을 치르는 등 어지러운 시기에 「몽조」는 연재되었던 것이다.

「몽조」의 중심인물 한대훈은 일본에서 정치학을 전공한 유학생이다.

---

56 박찬승, 앞의 논문, 88면.
57 阿部洋, 「舊韓末の日本留學」(I), 『韓』第3卷 第5号, 1974, 78면. 박찬승, 앞의 논문, 91면. 앞서 언급한 박영철은 1903년 명부에, 이인직은 1902년과 1903년의 명부에 이름이 올라 있다. 교세이학교(曉星學校)는 1888년 파리 카톨릭 수도회 마리아회에 의해 창립되었고, 1899년 구제(舊制) 교세이중학교가 개교한다. 석진형에게는 프랑스문학의 소양도 있었을런지 모른다.
58 이인직의 자필 이력서에 관해서는 구장률도 같은 지적을 하고 있다. 앞의 논문, 258면; 『근대계몽기문학의 재인식』, 178면.

그는 갑오개혁 전에 귀국하여[59] 조국의 개화와 정치개혁 운동에 종사하지만, 몇 년씩이나 감옥에 갇혀 쓰라림을 맛보다가 그 봄에 처형된다. 어릴 때 알던 박주사는 한대훈이 옥중에서 쓴 유서를 부인에게 전하고, 그후 한과의 약속을 지켜 가족들을 돌본다. 이윽고 부인은 전도부인(傳道婦人)의 방문을 받고 기독교에 경도되어 간다.

「몽조」는 한대훈이 남긴 처자식의 쓸쓸한 일상생활을 그린 수수한 작품으로, 후반에 전도부인의 이야기가 길게 계속되고 부인이 신앙에 경도되어 가는 까닭에 종교소설로 보는 경향도 있다.[60] 하지만 최원식도 지적한 것처럼, 작자 자신의 시선은 결코 종교에 호의적이지 않다. 종교에 경도된 집안을 '불행'하다고 소설 말미에 적고 있는 것으로 보아, 작자는 종교에 빠진 것을 자기 방기(放棄)라고 간주하고 있는 듯도 하다.

갑오개혁에서 아관파천, 독립협회의 좌절에 이르기까지, 줄곧 조국을 위해 일했지만 역적으로 유폐된 후 처형되는 한대훈이라는 인물상은 본국 정부의 적대를 받았던 유학 경험자들에게는 바로 자기 일처럼 여겨졌으리라 짐작된다. 한국이 일본의 보호국이 되고 나서야 이전 유학생들은 밝은 곳으로 나올 수 있게 되지만, 그것은 그들이 일본의 한국 지배에 필요하다고 간주되었기 때문이다. "세상이 꿈인지 꿈이 세상인지"[61]라는 허무감 넘치는 문장의 반복은 자신도 일본에 유학하여 개화의 꿈을 품었지만 시대의 흐름이 뜻밖의 방향으로 향하고 있는 데에 어쩔 도리가 없다고 내뱉는 작자의 탄식으로도 들린다. 개화 탓에 희생자

---

59 연재 제5회에 '부부가 되어 14년간'이라고 되어 있는 것으로 추정하건대, 그가 귀국한 것은 1893년이라는 얘기가 된다. 최원식의 지적에 따른다. 최원식, 앞의 책, 217면.
60 한원영, 『한국개화기신문연재소설연구』, 일지사, 1990, 123면.
61 연재 1회와 3회의 첫머리에 나온다.

가 된 사람은 다시 돌아오지 않고, 그의 가족은 비참한 생활을 한다. 한 대훈은 무엇 때문에 죽은 것인가 하는 허무감이 작품에서 배어 나온다.

석진형의 창작은 이 한 작품밖에 확인된 것이 없다. 합병 후에도 교단 (教壇)에 섰던 그는 그후 실업계로 방향을 바꾸어 활약하며, 1920년 관계 (官界)로 돌아와 지사(知事)를 지낸 후 1929년 물러난다. 그의 사람됨과 청 렴함을 아꼈던 사이토 마코토(齋藤實) 총독은 생활을 염려하여 종종 그의 집을 방문했다고 한다. 조국의 해방을 강원도의 농장에서 맞은 석진형 은 가족의 권유에도 불구하고 '친일한 몸'이라는 이유로 서울로 돌아오 지 않았고, 1946년에 사망한다.

4. 보호조약기(保護條約期)

이 시기에 일본으로 건너온 유학생은 두 가지 점에서 이전 세대와는 차 이가 있다. 하나는 그들이 일본에 반발하여 적개심을 품고 있었다는 점이 고, 다른 하나는 그들이 '자기'를 문학행위의 핵심으로 삼았다는 점이다.

안국선이나 이인직 세대에게 박해자는 한국 정부였고, 일본은 오히 려 자신들을 도와주는 연대자였다. 석진형은 이러한 시대의 흐름 앞에 체념하여 허무감을 드러낼 수밖에 없었다. 하지만 다음 세대의 유학생 들은 일본이 조국을 삼키려 하는 '적'이라고 분명하게 인식하고 경계했 다. 새로운 세대의 유학생이 '자기'에게 관심을 갖게 된 것은 일본의 사 조(思潮)와 관련이 있다. 일러전쟁 무렵부터 일본의 젊은이들 사이에는 자아존중의 개인주의적 움직임이 급격하게 확산된다. 철학이나 회의주의가 널리 퍼져 1903년에는 후지무라 미사오(藤村操)가 케곤(華嚴) 폭포에서 염세 자살을 하고(이에 관해서는 이광수도 「동경잡신」(1916)에서 다음과 같이 언급한 바 있다. "10여 년 전 후지무라 미사오라는 18세 된 此 학교(제일고등학교) 학생이 인생은 不可解라고 극단한 염세관을 抱하고 日光 華嚴瀑 中에 5尺軀를 投함으로부터 상서롭지 못한 其後를 繼하는 자가 多出하여 고등학교는 자살의 종교하는 동요가 生하게 되었다."-옮긴이), 전후(戰後)에는 허무적인 자연주의가 유행한다. 한국에서 온 문학적 기질을 가진 젊은이들은 이러한 풍조에 민감하게 반응했던 것이다.[62]

1904년 황실 유학생을 마지막으로 관비 유학생의 대량 파견은 끝나고, 이 시기에는 사비 유학생이 주조를 이룬다. 인원수도 격증하여 병합 직전에는 900명에 이르고 있다.[63] 그 배후에는 일본의 지배가 본격화되는 가운데 유학 경험이 우대받고, 이제 일본 유학이 옛날 과거(科擧)의 대체물이 되어간 현실이 자리하고 있었다. 일본에 온 유학생들은 일러전쟁의 승리로 일등국과 어깨를 나란히 하게 되었다고 자부하여 아시아를 내려다 보게 된 일본인과의 불쾌한 접촉을 통하여 제국주의 시대에 처한 자국의 운명을 통감하지 않을 수 없었다. 공사관(公使館)도 철수하고 조국이 일본에 병합되어 가는 극한적인 상황을 일본 땅에서 겪어야 했던 문학자로는 최남선, 이광수, 홍명희 등이 있다.

---

62 양문규는 "우리나라 소설사에서도 이 시기(1900년대 후반-인용자)가 되면 소박한 형태나마 이른바 '내면'이라는 것을 보이게 되는데, 이는 그 이전 신소설 등의 서사양식에서는 결코 볼 수 없었던 새로운 성격의 것이다"라고 언급하고 있다. 양문규, 「1910년대 소설의 근대성 재론」, 『한국문학의 근대와 근대성』, 소명출판, 2006, 60면.
63 「일본유학생사(史)」, 『학지광』 6호, 1915, 12면.

1) 황실특파유학생[64]

1904년 2월 일러전쟁이 시작되자 일본은 국외 중립을 표명한 한국 정부에 일한의정서(日韓議定書)를 강요하고, 잇달아 8월에 제1차 일한협정을 체결한다. 일본으로의 유학생 파견이 결정된 것은 그 사이 7월으로, 제안자는 3월 대사(大使)로 일본에 갔다 온 이지용(李址鎔)이었다.[65] 유학비용을 황실이 부담하는 것이라 황실특파유학생이라 불린다. 많은 후보자 가운데 '대관(大官)의 자제' 50명이 선발되어 그해 10월 유학길에 오른다. 이때 그들을 인솔한 것은 일러전쟁에 종군한 후 금의환향했던 박영철이었다.[66]

이들 유학생을 받아들인 곳은 토쿄 부립 제일중학교로, 유학생들은 그곳에서 기초교육을 받고 나서 전문교육을 실시하는 학교로 진학하도록 되어 있었다. 갑오개혁 무렵 게이오의숙과 맺은 위탁계약에서는 교육기간이 1년이었지만, 그후 10년 사이 일본의 교육제도가 정비되어 전문학교 수준도 높아진 탓인지 기초교육 기간은 2년 이상으로 바뀐다.

유학생들은 제일중학의 실학적 교육방침과 엄격한 규율의 단체생활에 좀처럼 적응하지 못하고 입학 후 1년 사이에 약 3분의 1이 귀국하여 신규생으로 대체되는 실정이었다. 그들이 일본에서의 생활에 익숙해지기 시작한 1905년 11월에는 보호조약이 체결되어 커다란 충격을 주었

---

64   황실특파유학생에 관해서는 다음의 저서를 참고했다. 武井一, 『皇室特派留學生』, 白帝社, 2005; 阿部洋, 「舊韓末の日本留學」(II)(III), 『韓』第3卷 第6, 12号, 1974.

65   일본에 망명 중이던 박영효 등의 사고에 영향받았을 가능성도 있다. 다케이(武井)도 앞의 책에서 그렇게 추측하고 있다. 武井一, 앞의 책, 9면.

66   박영철, 앞의 책, 147면.

다. 그리고 그 충격도 채 가시지 않은 12월 초에는 제일중학의 교장이 『호치신문(報知新聞)』과의 인터뷰에서 한국의 유학생들이 무기력하고 제멋대로여서 고등교육에는 장래성이 없다고 평한 것이 알려져 유학생들의 분노가 폭발한다. 그들은 즉각 항의의 뜻으로 동맹휴교에 들어가지만, 이듬해 1월 최린(崔麟)을 비롯하여 여러 명의 주모자가 처분되어 사건은 종결된다.[67] 그리고 1년 후 그들은 제일중학을 졸업하고 각자의 진로를 향해 흩어진다. 앞서 언급했듯, 조소앙도 이때 제일중학을 졸업하고 정칙영어학교과 예과에서 1년간 공부하고 나서 메이지대학에 진학한다.[68]

2) 최남선(崔南善)

최남선(崔南善, 1890~1957)의 가문은 서울의 중인 계층으로, 부친이 관상감(觀象監) 기사(技士)를 지내는 한편 무역으로 재산을 모았다.[69] 어릴 때부터 신문과 잡지를 매우 좋아한 "신보잡지광(新報雜誌狂)"[70]이었던 최남선은 10세 전부터 신문을 읽고 11세에는 신문에 투고하기도 했으며, 장래에 '보관업(報館業)'을 하고 싶다는 희망을 가졌었다고 한다.[71] 1904년 그는 황실특파유학생으로 처음 일본에 건너온다. 경성학당(京城學堂)[72]에서 일본

---

67 武井一, 앞의 책, 75면.
68 조소앙은 유학 중 홍명희, 이광수와 사귀었고, 이광수가 쓴 시 「옥중호걸(獄中豪傑)」(『대한흥학보』 9호)에 찬(贊)을 쓰기도 한다.
69 『최남선전집』 15권 연보.
70 최남선, 「소년시언(少年時言)」, 『소년』 제3권 제6권, 1909.6, 12면.
71 위의 글, 12면.
72 경성학당은 1896년 대일본해외교육회가 설립한 일본어교육을 위한 학교. 1900년 통감부

어를 배웠고 일본의『오사카아사히신문(大阪朝日新聞)』,『요로즈쵸호(萬朝報)』,『타이요(太陽)』와 중국의 한자신문도 읽었던 그는 일본에 온 즉시 서점에 갔는데, 거기서 간행물이 엄청나게 많은 것에 깜짝 놀란다. 그는 당시의 일을 두고 "그 앞에 한번 고개를 숙였고, 숙였다가 한숨 쉬고, 한숨 쉬다가 주먹 쥐고, 주먹 쥘 때에 곧 '이 다음 기회가 있을 터이지'하는 믿지 못할 공망(空望)을 껴안고 스스로 관위(寬慰)함이 있었노라"고 회상하고 있다. 그러나 유학생들 가운데 가장 어린 나이에도 불구하고 일본어를 할 수 있는 까닭에 기숙사의 사감을 맡았던 최남선은 학교생활의 중압감을 견디지 못했던 듯, 유학온 지 겨우 한두 달만에 부모의 병을 이유로 귀국하고 만다.[73]

그는 1906년 9월 이번에는 사비로 일본에 유학하여 와세다대학 전문부 역사지리과에 입학하지만, 이듬해 1907년 3월에 일어난 모의국회사건(模擬國會事件 : 당시 와세다대학의 정치학과 학생들이 모의국회를 개최하여 일본이 한국을 식민지로 삼을 경우 한국 황실을 어떻게 할 것인가라는 의제를 제출하였고, 이에 대해 와세다대학에 재학 중이던 한국인 유학생 16명은 항의의 뜻으로 동맹 퇴학을 결행했다—옮긴이)에 항의하여 퇴학한다.[74] 이 무렵 유학생단체인 대한유학생

의 관리하에 들어갔다. 1899년부터 1906년까지 와타세 쇼키치(渡瀨尙吉)가 학장장(學堂長)을 맡았다고 한다. 稻葉繼雄,「舊韓末 '日語學校'の硏究」, 九州大學出版會, 1997.

73   阿部洋,「舊韓末の日本留學」(II), 104면.

74   『태극학보(太極學報)』에 최남선이 '와세다전문학교'에 입학했다는 기사가 있고(『태극학보』제2호, 1906년 9월, 60면), 『대한유학생회보』에는 모의국회사건 때 와세다대학을 퇴학한 기사가 실려 있다(『대한유학생회보』제2호, 1907.4, 95면). 1907년(明治 40) 학적부에는 최남선이 2학년에 재적 중인 것으로 기록되어 있다. 1990년 와세다대학 교무부가 낸 조사결과 보고서에는 '고등사범부 역사지리과 1907년 9월 입학'이라고 되어 있는데, 이것은 잘못이다. 고등사범과가 생긴 것은 1907(明治 40)년 4월이고, 최남선이 퇴학한 후의 일이다. 『早稻田大學 80年史』, 1962 참조.

회의 기관지 『대한유학생회보(大韓留學生會報)』의 편집을 맡아 모의국회 사건이 일어난 달에 창간호를 냈던 그는 이 사건 후 일본을 떠나며, 이로써 회보도 3호로 종간된다.[75] 1909년 최남선은 당시의 일을 다음과 같이 회고하고 있다.

내가 처음 일본으로 간 때는 일아전쟁(日俄戰爭)의 초기—곧 일본 신문명이 정히 과도기의 한 끝에 오르려 한 때라. 이래 5,6년간에 전승(戰勝)과 기타 지위 상진(上進) 등 여러 가지 일에 분격(奮激)된 인심이 일과 물건을 다 닥뜨리는 대로 거의 급전직하의 세(勢)로 향상진보의 실적을 보이니 눈에 보이는 바와 귀에 들리는 바가 남다르게 비상히 신경을 충격하여 아무리 하여도 구경꾼의 마음으로 모든 사상(事象)을 접할 수가 과연 없으며 이렇게 신경의 감수(感受)가 점점 이상하여지는 동시에 '나라로 돌아가라! 나라로 돌아가라' 하는 소리가 무상시(無常時)로 귀의 고막을 때리는지라.[76]

문화적 충격, 이웃나라의 융성과 자국 독립의 위기, 청춘기 자아의 각성, 자기 재능에 대한 자존심과 자기비하, 이러한 것들에 시달려 피로해진 청년 최남선이 이때 오로지 염두에 둔 것은 "자기를 발전할 일"이었다고 한다. 그는 이러한 정신적 위기 끝에 "10년래 숙병(宿病)이던 신문잡지에 대한 광기"에 이르고, 결국 1908년 11월에는 신문관에서 월간종합계몽잡지 『소년』을 간행하게 된다.

처음 얼마간은 시ㆍ논설ㆍ기행문 등 대부분을 그 혼자서 집필하지만,

---

75   최남선의 「소년시언」에는 병 때문에 귀국한다고 되어 있다. 최남선, 앞의 글, 14면.
76   위의 글, 14면.

1909년 말부터 2개월 정도 일본에 체류하고 있을 때 이전부터 아는 사이였던 홍명희에게 이광수를 소개받고, 이 두 사람에게 『소년』지의 집필을 의뢰한다. 이리하여 1910년 『소년』 2월호부터 가인(假人, 홍명희의 호)의 번역과 고주(孤舟, 이광수의 호)의 소설과 논설이 게재되어 '한말(韓末) 세 천재'의 시대가 출현한다. 『소년』은 일한병합 후 통권 20호로 폐간되지만, 최남선은 언론활동이 엄격하게 통제받았던 무단통치시대에도 정력적으로 출판활동을 계속해 간다.

3) 이광수(李光洙)

이광수(李光洙, 1892~1950)는 그야말로 '시대의 자식'이었다. 이인직과 석진형도 가난했지만, 이광수의 가난함은 두드러진다. 그는 평안북도 농촌에서 조부는 물론 부친도 무위도식했던 몰락한 집안의 장남으로 태어났고, 11세에 부모가 콜레라로 갑작스레 세상을 떠난 후에는 친척집을 전전하는 떠돌이 신세나 다름없었다. 이대로라면 시골에서 묻혀버렸을 그의 운명을 바꾼 것은 일러전쟁의 발발과 동학과의 만남이었다. 일러전쟁이 시작되던 해 10월, 이용구는 당시 개화노선을 취했던 동학의 3대 교조 손병희(孫秉熙)의 지휘에 따라 진보회(進步會)를 조직하며, 동학 교도들은 개화의 증거로 단발을 하고 검은 옷을 입는다. 당시 동학 교도에게 거두어져 전령(傳令)을 맡았던 이광수는 이러한 움직임 속에서 상경한다. 그리고 그해 말 진보회는 일진회(一進會)와 합쳐져 합동 일진회가 되는데,[77] 이듬해 이광수는 일진회의 유학생으로 토쿄에 오게 되었던 것이다. 때는 1905년 일러전쟁도 끝나가는 여름 이인직이 우에노 큰길에 조선 요릿집을 열었을 무렵으로, 당시 이광수의 나이 13세였다.

그는 우선 토카이의숙(東海義塾)에 다녔다.[78] 『황성신문』에 실린 선전에 의하면, '시바코엔 제14호지(芝公園 第14号地)'에 위치했던 이곳은 일본의 학교에 들어가고자 하는 한국인을 대상으로 한 일본어 학교였던 듯하다.[79] 그가 일본에 건너오고 나서 3개월 후에는 보호조약이 체결되었는데, 이때는 "일본에 속았다"며 동료들과 함께 울었다고 한다.[80] 이듬해 봄 그는 칸다 미사키초(神田 三崎町)의 타이세이중학(大成中學)에 입학하고, 나중에 메이지학원(明治學院)에서 동급생이 된 문일평(文一平)과 문학의 선배가 된 홍명희(洪命憙)와 함께 혼고 모토마치(本郷元町)에서 하숙한다.[81] 그는 1학기를 우수한 성적으로 마쳤지만,[82] 이해 7월 천도교와 일진회의 내분으로 학비가 끊겨 어쩔 수 없이 귀국한 채 친척과 아는 집을 전전하며 동료들과 연락을 지속한다. 이때 일진회 유학생 가운데 30명은 귀국하지 않고 일본에 남았는데, 이듬해 1월 이 가운데 21명이 항의의 뜻으로 손가락을 잘라 혈서를 써서 유학생 감독부에 제출하는 사건이 일어난다.[83] 이것이 본국에서 크게 보도되어 세인(世人)의 동정을 사고 마침내 황실로부터 학비가 나오게 되어 이광수는 관비 유학생으로

77 康成銀, 「20世紀初頭における天道敎上層部の活動とその性格」, 『朝鮮史硏究會論文集』第24集, 1987, 160면; 이광수, 『나의 고백』(『이광수전집』 13, 삼중당, 1962), 182~183면.
78 이광수, 「나의 40 반생기(半生記)」, 『신인문학』, 1935.8, 18면.
79 1905년 8월 22일자 『황성신문』. 이 기사를 발견하여 제공해준 다케이 하지메(武井一) 씨에게 이 자리를 빌려 감사드린다.
80 이광수, 『나의 고백』(전집 13), 삼중당, 1962, 184면.
81 「춘원 문단생활 20년을 기회로 한 '문단회고' 좌담회」, 『삼천리』, 1934.11, 235면; 홍명희, 「자서전」, 『삼천리』 2호, 1929, 27면
82 『태극학보』 제2호, 1906.9, 60면.
83 康成銀, 앞의 논문, 167면; 『대한유학생회학보』 창간호, 1907.3.

다시 일본으로 올 수 있게 된다.

재차 일본에 온 이광수는 혼고구 마루야마후쿠야마초(本鄕區 丸山福山町) 22번지 다나카(田中) 씨 집에서 하숙을 하고, 하쿠산학사(白山學舍)에서 공부를 하며 편입시험을 준비한다.[84] 마루야마후쿠야마초는 낭떠러지 아랫길을 끼고 있는 좁고 긴 마을이다. 니시카타마치(西片町)의 낭떠러지 위쪽은 토쿄대학의 교사들이 많이 살아서 가쿠샤초(學者町)라 불렸지만, 낭떠러지 아래쪽은 가난한 사람들이 살았다. 가난에 쫓겨 이사를 자주 했던 히구치 이치요(樋口—葉, 1872~1896). 토쿄에서 태어나 상류사회의 자녀들이 다니는 歌塾에 다니며 고전적 교육을 받았다. 17세 사업에 실패한 아버지가 죽자 생계비를 마련하기 위해 소설을 쓰기 시작하여 문단의 주목을 받았으나 폐결핵으로 인해 24세의 젊은 나이로 세상을 떠났다—옮긴이)가 이광수가 일본에 오기 9년 전 폐병으로 죽은 곳이 바로 마루야마후쿠야마초 4번지로, 이 집은 이광수가 메이지학원을 졸업한 해에 낭떠러지가 붕괴되어 사라졌다.

하쿠산학사가 어디에 있었는지는 분명치 않지만, 가까이에 하쿠산신사(神社)가 있어 이 부근이 하쿠산이라 불렸으니 필시 하숙 가까이 있었을 것이다. 지방에서 상경한 학생들이 공부하는 사숙(私塾)의 하나였을 것이라 생각된다. 이 무렵에는 다수의 지방 학생들이 토쿄에서 공부하기 위해 상경하여 이러한 사숙에서 공부하며 자신의 학력에 맞는 학교의 입학시험이나 편입시험을 치렀다. 중학교의 편입시험 경쟁률은 입학시험에 비해 매우 높았다.[85] 이광수는 1년 전 타이세이중학에서 1학기 말 혹은 2학기 중반까지의 과정을 마쳤지만, 그때 받은 학비가 3년 기

---

[84]　메이지학원 보통부 학적부에 의함.
[85]　하타노 세츠코, 「토쿄 유학시절의 홍명희」, 본서 235~245면 참조.

한이었던 까닭에 5년제 중학을 졸업하기 위해서는 월반하지 않을 수 없었다. 그는 1학년 후반부터 3학년 1학기까지의 과정을 일거에 뛰어넘어 메이지학원 보통부 3학년 2학기에 편입한다. 거의 2학년을 뛰어넘은 것으로, 그의 우수함을 엿볼 수 있는 대목이다. 이리하여 이광수는 9월 가을학기부터 1910년 3월 졸업할 때까지 2년 반을 시바시로가네(芝白金)의 학사에서 공부하게 된다. 메이지학원 학적부에 당시 주소로 기록되어 있는 마루야마후쿠야마초는 통학하기에 멀고 불편해서 편입 후에는 학교 근처로 하숙을 옮긴 듯하다.

이광수가 문학과 만난 것은 메이지학원에서 공부했던 이 시기였다. 현재 확인되어 있기로는 활자화된 그의 최초의 문장은 1908년 5월, 그러니까 중학 4학년 때 『태극학보』 21호에 게재한 「국문과 한문의 과도시대(過渡時代)」라는 글이다. 하지만 참으로 문학적이라 할 수 있는 작품은 졸업이 임박한 1909년 12월 『시로가네학보(白金學報)』에 게재한 일본어 소설 「사랑인가(愛か)」에서 시작된다. 이 작품에는 애정에 굶주려 괴로워하는 '자기'의 모습이 문학적으로 형상화되어 있다. 이국(異國)의 고독한 생활 속에서 자아에 눈뜬 이광수는 창작을 통해 '자기'를 구하고, '자기'를 중심으로 한 세계관을 갖게 된다. 그리고 의무나 도리에 의해 나라를 사랑하는 것이 아니라, "한토(韓土) 한토여, 이과기하(爾果其何)완데 억이회이(憶爾懷爾)에 사모연연(思慕戀戀)하여 상이애이(傷爾哀爾)에 열루방타(熱淚滂沱)오"[86]라는 정적(情的) 애국에 의해서야말로 사람은 나라를 위해 피를 흘릴 수가 있다고 언급하며, '자기 발전'의 희구가 그대로 '민족

---

[86]　이광수, 「금일 아한청년과 정육(情育)」(통칭 「정육론」), 『대한흥학보』 10호, 19면.

발전'에 연루되는 낭만적 애국주의를 내세우고 있다.[87] 중학시절 이광수의 작품 활동에 대해서는 졸저『『무정』을 읽는다』[88]에서 상세하게 언급했으므로 여기서는 반복하지 않겠다. 다만 이 책에서 빠뜨린 중요한 논설이 하나 있어 제시해 두고자 한다.

병합 직전인 1910년 7월 말『황성신문』에 3회에 걸쳐 게재한 논설「금일 아한용문(我韓用文)에 대하여」[89]는 조선문의 한자와 한글 표기에 대해 언급하고 있는 글이다. 이광수는 이 글에서 당대 신문잡지에서 사용되는 문장이 국한문이란 이름뿐이고 실제는 순한문에 한글로 토를 단 것에 불과하다고 비난한다. 그리고 자기는 모든 표기를 일거에 순한글로 적어야 마땅하며 또 그것이 가능하다고 생각하지만, 신사상이 유입되고 있는 오늘날 이러한 개혁은 혼란을 초래할 우려가 있으므로 과도기적인 조치로서 지금 한글로 표기할 수 없는 "고유명사, 한문에서 유래하는 명사와 형용사와 동사 등" 최소한의 것을 한문으로 적고, 그 나머지는 모두 한글로 적을 것을 주장하고 있다.

5년 후 2차 토쿄유학을 하게 된 이광수는 유학 직전 당시로서는 예외적일 정도로 한글의 비율이 높은 논설「공화국의 멸망」을『학지광』5호에 투고하는데, 이것은 이러한 시도의 하나가 아니었을까 생각된다. 2년 뒤인 1917년 1월『매일신보』에 장편『무정』의 연재가 시작되는데, 연재 개시 이틀 전까지 국한혼용문 표기라고 예고되었던 작품은 실제로는 순한글 문장으로 씌어졌다. 이광수가『황성신문』의 논설에서 주장한 표기에

---

87   하타노 세츠코,「이광수의 자아」,『『무정』을 읽는다』, 최주한 옮김, 소명출판, 2008, 120면.
88   위의 책.
89   1910년 7월 24, 26, 27일자『황성신문』

관한 문제의식을 염두에 두는 것은,『무정』의 표기에 관해 작자가 어떤 의도를 갖고 있었는지를 추측하는 데 도움이 된다고 생각한다.[90]

4) 홍명희(洪命憙)

홍명희(洪命憙, 1888~1968)는 충청북도 괴산(槐山)에서 노론(老論) 명문 양반의 장남으로 태어났다.[91] 근대문학자로서 그와 같은 명문 출신은 달리 찾아보기 어렵다. 본관은 풍산(豊山)이고, 조부 홍우길(洪祐吉)은 대사성(大司成), 대사헌(大司憲), 병조 참판과 형조 참판을 역임했고, 부친 홍범식(洪範植)도 홍명희가 태어난 해 과거에 급제한다. 12세 때 같은 노론파의 명문 여흥민(驪興閔) 가문에서 12세 때 아내를 맞았던 홍명희는 상경하여 서울의 북촌(北村)에 살면서 신식 학교인 중교의숙(中橋義塾)에서 공부했다. 이 시기 명문 양반의 자제가 신식 학교에서 공부한 것은 이례적인 일인데, 마침 숙감(塾監)이 조부와 아는 사이인데다 "시세에 대한 식견이 있는"[92] 부친이 조부를 설득해 준 덕분이었다고 한다.

황실특파유학생 모집에 응모하려다가 가족의 반대로 단념했던 그는

---

90 이 문제에 대해서는 김영민,『한국근대소설사』(솔, 1997), 450~451면 참조. 이광수의 순한글문 지향성은 오산학교시절 발표한 순한글문 번역소설『검둥의 설움』, 이어서 러시아 치타에 체류했을 때『권업신문(勸業新聞)』,『대한정교보(大韓人正敎報)』에 쓴 몇 편의 순한글 기사에도 드러나 있다(권두연,「신문관 단행본번역소설연구」,『사이』5号, 2008. 최기영,「『권업신문』『대한정교보』게재 이광수 집필 자료」,『식민지시기 민족지성과 문화운동』, 한울아카데미, 2003 参照) 김영민은 이광수가『무정』을 한글로 씀으로써 국한혼용문에 익숙해 있던 지식인 청년들을 한글 독자로 끌어 넣었다고 지적하고 있다. 김영민,『한국근대소설사』, 솔, 1997, 450~451면.
91 홍명희의 경력에 대해서는 강영주,『벽초 홍명희 연구』(창작과비평사, 1999)와 홍명희의「자서전」(『삼천리』창간호와 제2호, 1929.6, 1929.9)을 참고했다.
92 홍명희,「자서전」,『삼천리』창간호, 1929.6, 12면.

졸업 후 괴산으로 돌아와 한문 서적을 읽고 있던 차에 마침 근처에 양잠
(養蠶) 지도차 일본인 부부가 와 있다는 것을 알고 그들을 개인 교사로 고
용한다. 그는 그들이 귀국할 때 놀러 갔다가 그대로 유학하려고 몰래 생
각하고 있었는데, 뜻밖에도 부친에게서 유학을 권유받는다. 이 무렵 관
리로 있던 부친은 시대의 변화를 받아들이고, 자식이 일본에서 신지식
을 배우기를 바랐을 것이다. 하지만 부친은 일본의 지배는 절대로 인정
하지 않았다. 병합 직후 부친은 자식에게 "죽어도 친일은 하지 말라"는
유서를 남기고 순사(殉死)했다.

홍명희가 일본에 온 것은 1906년 전반기로, 당시 18세의 그에게는 이
미 세 살짜리 자식(洪起文)이 있었다. 현해탄을 건너려 할 즈음 동행한 일
본인 부부의 태도가 표변하여 민족적 자존심에 상처를 받았다고 한다.
토쿄에서는 앞서 언급했듯 문일평, 이광수가 있던 혼고 모토마치의 하숙
에 들어가며, 하숙집 주인의 권고도 있고 해서 일단 이광수가 있던 타이
세이중학을 목표로 삼는다. 이 무렵 유학생은 대학에서 법률이나 정치
를 전공하려는 자가 많았지만, 홍명희는 '속성(速成)'을 바라지 않고 "신학
문을 기초부터 공부하기 위해" 중학교에 가기로 했다고 한다.[93] 그리하
여 그는 타이세이중학의 교주(校主)가 경영하던 토요상업학교(東洋商業學
校) 예과(豫科)에 다니는 동시에, 수학강습소와 영어강습소에도 다니면서
공부하여 이듬해 봄에는 타이세이중학 3학년 편입시험에 합격한다. 앞
서 언급했듯이, 바로 전 해에 학비가 중단되어 타이세이중학을 퇴학했던
이광수는 이해 가을 메이지학원중학 3학년에 편입한다.

---

93 「홍명희·설정식 대담기」, 강영주, 『벽초 홍명희와 『임꺽정』의 연구자료』, 사계절, 1999,
213면.

3학년 겨울방학 때 우연히 읽은 토쿠토미 로카(德富蘆花)와 마사무네 하쿠초(正宗白鳥)의 책을 계기로 문학에 흥미를 갖게 된 홍명희는 달리 문학서적을 읽는 유학생이 없는 탓도 있고 해서 이광수와 가까워진다. 용돈에 궁하지 않았던 홍명희는 내키는 대로 이곳저곳 다니며 사모은 책을 이광수에게 읽혔고, 그런 이유로 이 시기 그들은 같은 독서 체험을 하면서 깊이 사귀게 된다.[94] 이 무렵 홍명희는 대한흥학회 기관지『대한흥학보』에 논설과 한시를, 최남선의『소년』에 번역을 발표한다. 그의 저술에는 노골적인 자기 표현이 보이지 않지만, 이광수의 정적(情的) 애국주의와 공통점을 느끼게 하는 번역시가 한 편 있다. 1910년 8월『소년』에 발표한 폴란드 시인 네모예프스키의 애국시가 그것인데, 이 시는 자기 머리에 백발이 희끗거리는 것을 발견하고 놀란 중년의 시인이 사랑하는 조국의 대지를 앞에 두고 조국을 위해서라면 자기의 몸이 늙어져도 행복하다고 생각하는 내용을 담고 있다.

홍명희는 조선인인 탓에 겪은 불쾌한 체험 몇 가지를 기록에 남기고 있다. 문학청년이었던 그는 밤중에 책을 읽고 낮에는 잠을 자서 학교에 결석하는 생활습관이 있었는데, 그럼에도 불구하고 성적은 항상 1,2등이라 주위의 질시를 샀다고 한다. 영어 교사는 조선인 학생에게 지는 것은 일본 남아의 수치라고 학생들을 부추기고, 지리 교사는 "나중에 한국의 총리대신감"이라고 비아냥거렸던 까닭에 주위 학생들이 그에게 '총리'라는 별명을 붙여 불쾌했던 일을「자서전」에서 언급하고 있다. 루쉰(魯迅)이 센다이의학전문학교(仙臺醫學專門學校)에 다닐 때 중국인인 까닭

94 하타노 세츠코,『『무정』을 읽는다』, 161~162면 참조.

에 멸시를 받았던 것이 바로 몇 년 전의 일이다.[95] 일러전쟁 후 일본인의 아시아 멸시가 전국에 만연해 있던 것을 엿볼 수 있는 대목이다.

1909년 10월 하얼빈에서 이토 히로부미(伊藤博文)가 안중근에게 사살되는 사건이 일어나면서 조선에 대한 일본 언론의 논조가 강경해진다. 이광수는 이 무렵 학우들이 자기를 보는 눈까지 험악해진 사실을 회상하고 있다.[96] 조국의 위기를 눈앞에 두고 유학생들이 공부에 손을 댈 수 없었던 그런 상황에서, 1910년 2월 홍명희는 졸업시험을 앞두고 돌연 귀국한다. 1930년에 쓴 자서전에는 자연주의 작품을 너무 읽어서 "육적(肉的) 사상 중독과 신경쇠약"[97]에 걸린 탓이라고 되어 있지만, 해방 후의 한 좌담회에서는 "어쨌든 공부하고자 하는 마음이 꺾이고 말았다"[98]고 말하고 있다. '신학문을 기초부터 공부'할 작정이었던 그의 의욕을 빼앗은 것은 조국을 식민지화하고 있던 일본에서 공부한다는 사실에 대한 혐오와 절망이었다.

순사(殉死)한 부친의 3년상을 치르고 나서 중국과 동남아시아를 방랑했던 홍명희는 귀국 후 바로 3·1운동을 맞아 괴산에서 운동을 조직하다가 감옥에 갇힌다. 그후 그는 신간회(新幹會) 창립과 운영에 힘쓰면서 1928년 『조선일보』에 역사소설 『임거정(林巨正)』을 연재하기 시작하고, 두 번째 투옥과 병으로 중단을 거듭하면서 1940년까지 이 작품에 매달린다.

---

95 1905년의 일이다. 魯迅, 「藤野先生」, 『魯迅選集 2』, 岩波書店, 1985, 284면.
96 이광수, 『나의 고백』(전집 13), 192면.
97 홍명희, 「자서전」, 『삼천리』 제2호, 1929.9, 28면.
98 「홍명희·설정식 대담기」, 앞의 책, 216면.

5. 마치며

본고에서는 대한제국 말기 일본에서 유학한 문학자들의 일본 체류에 대해 고찰했다. 1881년 신사유람단에서 시작된 관비 유학 파견, 갑오개혁이 한창이던 1895년의 유학생 파견, 1904년에 파견된 황실특파유학생과 그밖에 사비 유학생이 다수 등장한 보호조약기 세 시기를 중심으로, 제2기에 일본으로 건너온 안국선, 이인직, 석진형과 제3기에 일본으로 건너온 최남선, 이광수, 홍명희를 고찰했다. 지금까지 관비 유학생으로 일본에 건너온 것으로 간주되었던 안국선과 이인직은 비공식적 통로로 관비 유학생이 되었고, 석진형도 그럴 가능성이 높다는 사실을 밝혔다. 이 세 사람은 관비 유학생으로서 선발되기 어려울 정도로 빈천한 가문의 출신이었고, 일본과 관계를 맺음으로써 신분상승이 가능했던 계층에 속했다. 그들에게는 본국 정부쪽이 박해자였고, 일본은 자신들을 지켜주는 존재이기조차 했다. 이 시기 일본에는 아직 아시아를 연대의 대상으로 간주하는 풍조가 남아 있었던 것이다.

한편 일러전쟁 후 유학한 최남선, 이광수, 홍명희 등의 다음 세대는 일본에 의한 한국의 식민지화를 눈앞에 두고 있는데다 일러전쟁의 승리로 아시아 멸시가 심해진 일본 국민과의 접촉으로 인해 일본에 반발하는 감정을 갖지 않을 수 없었다. 그들은 또한 근대적 자아를 갖고 문학행위를 한 최초의 세대였다. '자기'와 '국가'를 절충시키기 위해, 이광수는 민족주의의 기반을 '자기'로 규정하는 낭만적 애국주의를 주장했다.

이후 1910년대 유학생들은 일본을 명확히 '적국'으로 인식했고, 신입 유학생들에게도 민족의식을 고취하여 타이쇼 데모크라시의 열기 속에서 2·8독립선언의 길을 갖추어 간다. 또한 김동인은 이광수의 계몽주의에 반발하여 보다 순수한 문학 창작을 요구하며 동인지 『창조』를 창간하게 된다.

제2부
이광수 편

『무정』을 쓸 무렵의 이광수

1. 시작하며

이광수(1892~1950)의 장편 『무정』(1917)은 한국 근대문학 최초의 장편소설로 간주되는 작품이다. 필자는 이전의 연구에서 이광수가 『무정』을 쓸 무렵까지의 생활과 사상의 변천을 살핀 바 있다. 일러전쟁이 끝난 1905년 일본에 유학한 이광수는 토쿄의 메이지학원 보통부에서 중학시절을 지내면서 문학에 눈떠 창작을 시작한다. 그리고 1910년 메이지중학을 졸업하고 고향의 오산학교 교사가 되지만, 1915년 다시 유학하여 와세다대학 재학 중에 『무정』을 쓴다. 필자는 이 시기에 관해 몇 편의 논문을 쓴 후 잠시 이광수 연구에서 멀어져 있었는데,[1] 최근 문부과학성에서 연구보조를 받아 한국 연구자들과 공동연구를 시작하게 된 것을 계기로 다시 이광수 연구에 착수하게 되었다. 본 논문은 이러한 연구의 일환으로 씌어진 것이다.[2]

최근 10년간 새로운 자료가 발견되고 또 이광수 주변 인물들의 전집이 나온 터라,[3] 이러한 자료들의 도움을 빌려 이광수 및 그와 관계있던 두 여성—나중에 이광수와 결혼한 허영숙(1897~1975)과 여성으로서 한국 최초의 서양화가가 된 나혜석(1896~1948)—의 기록을 살펴볼 수 있었다. 이번 장에서는 이들 기록을 대조하고 또 이광수가 이 무렵에 쓴 몇 작품과의 내용적 관련성을 고찰하면서, 당시 이광수의 내면에 무슨 일이 일어나고 있었는지 살피고자 한다.

2. 조선어 매체

1910년 일한병합 전 이광수가 조선어로 작품을 발표한 매체는 조선에서 최남선이 펴내고 있던 『소년』과 토쿄의 유학생 단체였던 대한흥학

---

1 이 논문들은 하타노 세츠코,『『무정』을 읽는다』(최주한 옮김, 소명출판, 2008)에 모두 실려 있으며, 일본에서도 『『無情』研究─韓國啓蒙文學の光と影』(白帝社, 2008)라는 제목으로 묶여 간행되었다.

2 2006~2008년도 기반연구 (B) 과제명:「植民地期 朝鮮文學者の日本體驗に關する綜合的研究」, 대표: 하타노 세츠코(波田野節子) 과제번호(18320060)

3 다음의 연구가 있다. ① 서정자 편,『정월 나혜석전집』, 국학자료원, 2001, ② 이상경 편집 교열『나혜석전집』, 태학사, 2000, ③ 이상경,『인간으로서 살고싶다』, 한길사, 2000, ④ 布袋敏博,「『學之光』小考」,『大谷森繁博士 古稀記念 朝鮮文學論叢』, 白帝社, 2002.

회의 기관지『대한흥학보』두 개였다. 이광수는 오산학교 교사가 된 후에도 창작을 계속하지만, 그해 8월 병합으로 인해 조선어 매체가 소멸하자 그의 창작활동도 중단된다. 그후 학교 교육과 고향의 농촌 계몽활동에 전념하던 그는 차츰 그 생활에서 한계를 느끼고, 1913년 말에는 결국 대륙 방랑의 길에 오른다. 그리고 제1차 세계대전 발발을 계기로 일단 조선에 돌아왔다가 이듬해 1915년에는 다시 토쿄로 유학을 떠난다.

일한병합 후 처음 얼마간 조선에 조선어 매체라고는 총독부 기관지『매일신보』가 전부였다. 그러나 1914년 두 개의 중요한 매체가 생겨난다. 그해 4월 유학생 단체 학우회가 토쿄에서 창간한『학지광』과 같은 해 10월 최남선이 서울에서 창간한 문학잡지『청춘』이 그것이다. 대학 시절 이광수의 창작활동은 이 세 개의 매체를 무대로 전개된다.

1914년 여름 제1차 세계대전의 발발을 계기로 조선에 돌아온 이광수는 그해 12월『청춘』제3호에 기행문「상해에서」를 발표하면서 집필 활동을 재개한다. 이광수는 제3호에 이어 제4호, 제6호에도 작품을 게재하고 있는데, 이로 보아 현재 발견되지 않은 제5호에도 작품을 게재했을 가능성이 크다. 그러나『청춘』이 1915년 3월 제6호를 마지막으로 정간되자(1917년 5월에 재간된다), 이광수는 발표 무대를『학지광』으로 옮긴다.

유학 직전인 5월, 이광수는『학지광』제5호에 처음으로「공화국의 멸망」이라는 논설을 투고한다. 이 무렵『학지광』에는 전혀 띄어쓰기를 하지 않은 논설과 순한문체 논설이 많았는데,「공화국의 멸망」은 거의 완벽하게 띄어쓰기가 되어 있어 독자의 시선을 끌었으리라 생각된다. 흥미로운 것은 이렇게 띄어쓰기를 시도한 이광수의 문장이 호를 거듭하면서 다른 집필자에게도 영향을 준 것처럼 보인다는 점이다. 이 시기 젊은 이들의 여론을 주도했던 이광수는 문장의 스타일 면에서도 주도자로서의 역할을 맡았던 것이 아닐까 싶다.

3. 『학지광』 제8호

1915년 9월 와세다대학 고등예과에 입학한 이광수는 그해 12월 유지들과 함께 조선학회를 설립하고, 이듬해 1월 29일에는 제1회 연구회에서 농촌문제에 관해 발표한다.[4] 아마도 이때 발표한 내용이 『학지광』 제8호 (1916.3)에 게재되어 있는 「용동(농촌문제연구에 관한 실례)」이 아닐까 싶다. 이 글의 저자는 목차에는 '흰옷'으로, 본문에는 '제석산인(帝釋山人)'으로 되어 있다. 그러나 용동은 이광수가 오산학교 교사시절 계몽활동을 벌였던 마을의 이름이고, 말미에 기록되어 있는 집필 날짜(1916.1.24)가 연구회 날짜를 5일 앞둔 시점이라는 점은 이러한 추측을 방증한다. 「용동」은 오산학교 교주 이승훈의 고향인 용동에서 이광수가 벌인 농촌계몽활동의 기록이며, 이 기록을 토대로 하여 이광수는 그해 11월 26일부터 이듬해 2월 18일까지 『매일신보』에 허구적 요소를 가미한 계몽논설 「농촌계발」을 연재하게 된다.

이 『학지광』 제8호는 와세다대학 호테이 토시히로(布袋敏博) 교수가 2002년 미국 워싱턴 의회도서관(Library of Congress)에서 발견한 것이다.[5] 그

---

4   『학지광』 제10호, 「우리 소식」 참조.
5   본고 주 3)의 ④책. 『학지광』 8호는 최근 한국에서도 발견되었는데, 『민족문학사연구』,

런데 이 자료에는 이광수의 작품이 몇 편 실려 있어서 덕분에 필자는 몇 가지 중요한 사실을 발견할 수 있었다.

첫째는 이미 언급한 것처럼 「농촌계발」에는 그 토대가 되었던 「용동」이라는 글이 있다는 점이다. 둘째는 1917년 『청춘』지에 3회에 걸쳐 연재된 이광수의 서간체소설 「어린 벗에게」[6]와 동일한 제목을 가진 시의 존재이다. 서간체소설 「어린 벗에게」는 1926년에 간행된 단행본 『젊은 꿈』에 '젊은 꿈'이라는 제목으로 수록되어 있는데,[7] 그 서문에서 이광수는 1914년 대륙방랑에서 돌아와 오산에 있을 때 이 글을 썼다고 밝히고 있다.[8] 나중에 언급하겠지만, 내용으로 보아 이 서간체소설은 1917년에 씌어진 것이라 생각되는데, 저자가 직접 이렇게 밝히고 있어서 연구에 혼란을 가져온다.[9] 하지만 동일한 제목을 가진 시의 존재를 알게 된 덕분에, 이광수가 소설과 시를 혼동하여 기억했던 것은 아닐까 하는 추측이 가능해졌다.

셋째는 나혜석과 이광수의 관계를 추측케 하는 「크리스마스밤」이라는 단편의 존재이다. 「크리스마스밤」의 필자는 '거울'로 되어 있지만, 내용으로 보아 이광수인 것이 분명하다. 소설의 주인공은 토쿄에 두 번째 유학중인 김경화이다. 경화는 크리스마스 밤에 교회에서 어떤 피아노

2008 여름호에 전문이 실려 있다.

6　『청춘』 제9호, 제10호, 제11호.

7　이광수, 『젊은 꿈』, 박문서관, 1926.

8　이광수, 「『젊은 꿈』 자서」, 『이광수전집 19』, 삼중당, 1963.

9　사에구사는 「어린 벗에게」와 『개척자』는 이광수와 허영숙의 연애에 직접 관련이 있는 작품이며, 「어린 벗에게」의 집필 시기가 『무정』 연재 당시라고 추정하고 있다. 三枝壽勝, 「『無情』における類型的 要素について」, 『朝鮮學報』 第117輯, 22면. 필자는 「창작과 체험 사이 -『무정』 다시 읽기(하)」에서 이광수가 일부러 집필시기를 달리하여 쓴 것이 아닌가 의심된다고 지적한 바 있다.

연주자를 보게 되는데, 그녀는 그가 첫 번째 유학 때 사랑했던 여성 O양이었다. 당시 기혼자라는 이유로 O양 오빠의 반대에 부딪혀 절망했던 경화는 자살을 시도하나 성공하지 못하고, 귀국하여 여러 경험을 한 끝에 재차 유학한 참이었다. 그리고 지금 다시 O양을 보게 된 경화는 그때까지의 일을 회상하며 생각에 잠긴다.

'기혼자인 탓에 오빠의 반대에 부딪힌다'는 모티프는 이광수의 장편 『그의 자서전』(1936)과 앞서 언급한 서간체소설 「어린 벗에게」에서도 발견된다. 특히 「어린 벗에게」와 「크리스마스밤」에는 이 모티프 외에도 주인공과 여주인공이 처음 만나는 장소(기숙사의 응접실 / ○○여학교 응접실), 그때 여주인공이 한 옆을 갈라 땋아 늘인 머리를 하고 있었던 점, 입버릇처럼 몇 번이고 '분주하신데'라고 건네는 인사말, 주인공이 실연한 뒤 철도자살을 시도한 점(이는 메이지학원시절 이광수가 쓴 최초의 일본어소설 「사랑인가」와도 공통된다) 등이 공통적이어서, 「크리스마스밤」의 O양과 「어린 벗에게」의 김일련의 이미지가 매우 닮아 있음을 볼 수 있다.

물론 김일련에게 나혜석의 모습이 있다는 것은 이전부터 지적되었고, 두 사람 사이에 연애관계가 있었다는 추측도 제기되어 있다.[10] 그러나 현재 나와 있는 두 권의 나혜석 전집 연보에 따르면, 이광수가 중학시절에 나혜석을 만났다고 보는 것은 무리다. 또 이광수가 재차 토쿄에 온 것은 전집 연보에 따르면 1915년 5월의 일인데, 이때 나혜석은 조선에 있었다. 또 그해 11월 그녀가 토쿄여자미술학교에 복학하지만, 곧이어 부친이 사망하고 연인 최승구가 병으로 귀국하는 등 매우 어수선한 시간

---

10 이상경, 『인간으로서 살고 싶다』, 129면.
    김윤식, 『개정증보 이광수와 그의 시대 1』, 솔출판사, 1999, 626면.

을 보내고 있었다. 그들의 만남은 이해 말경이 아닐까 싶지만, 시간적으로 보아 이광수가 나혜석과 실제로 연애를 하다가 헤어지고 나서 「크리스마스밤」을 썼다고 추측하기는 어렵다. 필시 이광수는 그녀에게 강한 인상을 받았거나 매료되었지만, 당시는 연애관계에는 이르지 않았을 것이다. 다만 그녀의 오빠인 나경석에게서 무슨 말을 듣고 충격을 받았고 그 인상을 부풀려 「크리스마스밤」을 썼던 것이 아닐까 싶다.

나혜석은 『무정』의 등장인물인 토쿄 유학생 병욱과 신기할 정도로 공통점이 많다. 둘 다 예술을 전공했고(나혜석은 여자미술학교 서양화과 / 병욱은 토쿄의 음악학교), 이해심 있는 오빠(나경석 / 병국)와 유학생 애인(게이오대학 유학생 최승구 / 가난한 유학생으로 이름은 나오지 않음), 그리고 결혼을 강요하는 아버지가 있는 점 등이 그렇다. 게다가 나혜석이 1918년에 발표한 소설 「경희」의 주인공 경희는 집안일을 합리적으로 즐기면서 해나가는 점에서 『무정』의 병욱과 무척 닮았다.

이광수와 나혜석 사이에 어떤 관계가 있는 것은 틀림없다. 「크리스마스밤」 발표 때는 연애관계가 아니었다 해도, 이 소설을 계기로 두 사람은 나중에 꽤 친한 사이가 되었던 것이 아닐까 싶다.

4. 허영숙과의 만남

1916년 9월 이광수는 고등예과를 졸업하고 와세다대학 문학부 철학과에 입학한다. 그리고 이 무렵부터 『매일신보』에 논설을 게재하게 되고, 이듬해 1월에는 장편 『무정』을 연재하기 시작한다. 그의 회상에 의하면, 『무정』을 쓰기 시작한 것은 1916년 말경이다. 신문사에서 연재를 의뢰받은 그는 그 동안 써두었던 원고 가운데 '영채'에 관한 부분을 가지고 방학 중에 약 70회분(전체 126회)을 써 보냈다고 한다.

　필자는 이전에 쓴 논문에서 주인공 형식이 경성학교를 그만두고 뿌리를 잃은 듯한 상실감을 맛보고는 산에 들어가 중이나 되고 싶다고 몽상하는 장면(72 · 73절)을 두고, 그것이 당시 이광수 자신의 내면 풍경이었음을 지적한 바 있다.[11] 실제로 이 무렵 쓴 것이라고 추측되는 세 개의 단편 「소년의 비애」(1917.1.10 집필), 「윤광호」(1917.1.11 집필), 「방황」(1917.1.17 집필)에는 당시 이광수가 정신적으로 위기 상태에 있었음을 보여주는 깊은 고독감이 나타나 있다.[12] 당시 이광수는 『무정』의 전반부에서 영채의 슬픈 이야기를 쓰면서 자신의 쓰라린 유년시절과 소년시절을 떠올렸고, 고독감과 싸우면서 앞으로 어떻게 살아나가야 좋을지 모색하고 있었던 것으로 보인다. 또 간과할 수 없는 것이 이 무렵 그는 결핵을 앓고 있었다는 점이다. 당시 고독한 유학생이 결핵에 걸리는 것은 거의 죽음을 의미했다.[13]

　그런데 25세의 생일을 맞아 2월 22일에 쓴 글 「25년을 회고하여 애매(愛妹)에게」를 보면, 이러한 고독감이 극복되어 있는 듯이 보인다.

11　하타노 세츠코, 「『무정』을 읽는다(중)―경성학교에서 일어난 일」, 앞의 책, 316면.

12　「소년의 비애」는 『청춘』 8호(1917.6), 「방황」은 『청춘』 12호(1918.3), 「윤광호」는 『청춘』 13호(1918.4)에 게재되었지만, 가각의 말미에 집필 완료 날짜가 명시되어 있다.

13　허영숙은 이광수와의 만남을 회상하며 이렇게 말하고 있다. "돌보아 주는 사람이 없으면 그이는 꼭 얼마 안 있어 죽을 사람 같더군요. (…중략…) 이 폐결핵이라는 병을 세상에선 꼭 죽는 병으로 알지만 그렇지 않습니다. 시기를 잃지 않고 경제를 희생해서 의사의 지시대로 규칙적 치료를 받기만 하면 반드시 낫는 병이지요", 허영숙, 「나의 자서전」, 『여성』, 1939.2, 26면.

서막은 실패였었다. (…중략…) 그러나 이 앞에 중막과 대단원이 남아 있으니 아직 그네를 만족시킬 기회는 넉넉하다. 나는 지금 낙옥(樂屋)에 있어서 정성으로 분장을 하는 중이다. 내 입에는 희망의 미소가 있다.[14]

그리고 그는 자기에게 네잎 클로버를 보내준 멀리 떨어져 있는 누이에게 '뜨거운 사랑'을 보내는 것이다.

이 무렵『무정』의 내부에도 새로운 움직임이 일어나고 있다. 허탈감에 빠져 있던『무정』의 주인공 형식은 선형과 약혼하여 '근대적 연애'를 시작하며, 영채도 병욱과 만나 새로운 인생을 시작한다. 그리고 형식은 삼랑진에서 민족 지도자로서의 사명을 자각하며 자신의 신분상승을 정당화하는 것이다.

이전 논문에서 필자는 이러한 '재기'와 작품 내부의 변화를 결부시키면서 이 무렵 이광수가 토쿄에서 새로운 삶을 시작하려는 결의를 갖고 있었을 것이라고 추측했었다. 그러나 그때는 나혜석 전집도 나오지 않았고『학지광』8호도 발견되기 이전이었기 때문에, 그 새로운 삶이 구체적으로 어떠한 것인지 추측할 수 없었다. 이번에 당시 이광수와 나혜석, 허영숙 세 사람의 관계를 염두에 두면서「크리스마스밤」,「25년을 회고하여 애매(愛妹)에게」,「어린 벗에게」및『그의 자서전』[15]에서 발견되는 '기혼자인 탓에 오빠에 반대에 부딪힌다'는 모티프를 비교하여 읽자, 이광수에게 '재기'의 힘을 부여한 것이 무엇이었는지 어렴풋하게나마 짐작할 수 있게 되었다.

---

14 이광수,『학지광』12호, 1917. 4
15 『조선일보』연재, 1936. 12~1937. 5.

이광수가 나혜석을 만난 것이 1915년 말경이라면, 허영숙과 만난 것은 『무정』을 집필 중이었던 1917년 초경이었다. 나중에 조선에서 최초의 여의사가 되는 허영숙은 이 무렵 토쿄여자의학전문학교 학생이었고, 폐결핵 치료를 위해 병원에 온 이광수를 보고는 가엾게 여겨 치료약을 건네주었다고 한다.[16] 이광수는 『무정』의 연재를 마치고나서 『매일신보』 측의 의뢰를 받아 오도답파여행을 위해 조선으로 돌아가면서 허영숙에게 건강 상담을 하고, 그녀는 은사에게 진찰을 의뢰하여 여행이 가능하다는 답변을 건넨다. 그런데 그녀는 여행 도중 이광수가 쓰러진 것을 신문기사에서 읽고는 매우 걱정을 했고, 그때부터 동정이 사랑으로 바뀌었던 듯하다.[17] 이광수에게 허영숙은 '근대적 연애'의 대상이었을 뿐 아니라, 현실에서 병과 한평생 싸워준 동지이기도 했다. 이렇게 허영숙은 이광수의 새로운 삶의 계기가 되어 주었던 것이다.

그해 가을 나혜석과 허영숙은 잡지 『여자계』에 편집위원으로 함께 활동하고, 이광수는 거기에 찬조격으로 참가하게 된다. 이러한 세 사람의 관계를 시야에 넣고 「어린 벗에게」를 읽으면, 이제까지 보이지 않았던 점이 눈에 들어온다. 이 작품에서 주인공은 '어린 벗'을 '그대'라고 부르면서 김일련과의 재회를 이야기하는데, 처음에는 분명하지 않았던 '그대'의 모습이 작품 후반으로 나아가면서 뚜렷해지는 것을 볼 수 있다.

여기는 아마 황해(黃海)일 듯, 여기서 바로 북으로 날아가면 그대 계신 고향일 것이로소이다.(『청춘』 10호, 26면)

---

16 허영숙, 앞의 책, 26면.
17 위의 책, 26면.

이러한 중에도 떨어지지 않는 것은 애인이라. 그대와 일련의 생각은 심중에 잡념이 없어질수록에 더욱 선명하고 더욱 간절하게 되나이다.(상동, 27면)

이 물결에 그네의 손을 잡고 소요(逍遙)하였으면(상동, 27면)

나는 어이하여 났으며 김랑은 어이하여 났으며 그대는 어이하여 났으며 나는 무엇하러 소백산 중으로 달아나고 그대는 무엇하러 한강가에 머무나이까.(『청춘』11호, 137면)

김일련과 '그대' 사이를 방황하는 주인공은 필시 이광수 자신이었을 것이다. 허영숙과 만난 이광수는 고향 오산에서 꿈꾸었던 '근대적 연애'를 드디어 실천하게 되고, 이후 그녀들과의 교제가 만들어내는 긴장감 속에서 『개척자』를 집필하게 되는 것이다.

5. 마치며

필자는 2007년 12월 서울대학교에서 열린 대학원생 국제교환 프로그램(The International Exchange Program for Graduate Students in Korea Literature)에 초빙받아 한국어로 이 논문을 발표한 바 있다. 본고는 그 발표 요지를 일본어로 옮기고 이를 대폭 수정한 것이다. 그 발표 요지는 그대로 2008년 1월 한국의 문학잡지 『문학사상』에 게재되었다.

당시 필자의 발표 토론자였던 연세대학교의 김현주 교수가 이런 질문을 했다. 이광수에게 '재기'의 계기가 된 것은 「크리스마스밤」에 나오는 '새로운 애인' = '배달'이 아니었을까. 즉 두 번째 유학을 하고 있을 때, 이광수는 총독부 기관지 『매일신보』에 계몽논설을 발표하는 언론활동을 통해 이전과는 다른 형태로 민족에 봉사할 가능성을 찾아냈는데, 그것이 배달=조선민족이라는 '새로운 애인'이자 그의 '재기'의 원동력이 아니었을까 하는 내용이었다.

사실 필자는 그 바로 한 달 전인 11월 17일 니가타에서 열린 공동연구 프레심포지움에서 연구 협력자인 연세대학교 김영민 교수에게서 이와 동일한 취지의 질문을 받았었다. 김현주 교수는 질문의 전제로 김영민 교수의 의견이기도 하다고 언급한 터라, 필자는 같은 질문을 두 번 받은 셈이다. 첫 번째 질문을 받았을 때 명확한 대답을 하지 못해서 나중에 알아보자고 생각은 하면서도 게으름 탓에 뒤로 미루고 있는 동안 또 같은 질문을 받고 말았다. 너무 부끄럽다. 이 자리를 빌려 「크리스마스밤」의 텍스트에 근거하여 대답해 두고 싶다.

이광수는 「크리스마스밤」 속에 과거에 겪은 여러 경험(혹은 과거에 했던 상상)을 담고 있다. 기혼이면서도 O양에게 편지를 보낸 탓에 O양의 오빠에게 '절교 청구'를 받은 대목은 당시 알게 된 나혜석이 모델이지만, 자살하려고 시부야(澁谷) 철도 선로에 드러누운 대목은 「사랑인가」에도 나오는 에피소드로서 첫 번째 유학시절에 연원을 두고 있다. 그 다음 "학교도 다 내어던지고 귀국 후에는 주광(酒狂)이 되어 이삼 삭 동안 세인(世人)의 조소를 받았다"는 부분은 중학 졸업 후 오산학교에 부임한 직후의 이광수의 모습이다. 자전소설 「김경」에 의하면, 이 무렵 그는 바이런으

로 자처하며 연일 취해 있었다고 한다.[18]

하지만 두세 달 지나서 이광수는 그런 생활에 종지부를 찍고, 오산에서 민족을 위한 봉사라는 새로운 목표를 찾아내어 오산학교와 용동에서 자기희생적이기까지 한 생활을 한다. 그리고 이윽고 그러한 생활에 피로해져 대륙방랑의 길에 오르는 것이다.

> 그때에 만일 새로운 애인을 만나지 아니하였던들 나는 영원히 주광(酒狂)이 되고 말았으리라. 그러나 나는 행인지 불행인지 한 새 애인을 만났다. 그는 누구뇨. 배달이었다. 나는 이 새로운 애인을 위하여 헌신하기로 결정하였다.(「크리스마스밤」, 강조는 인용자)

이 대목은 중학을 졸업하고 오산에 부임한 이광수가 조선과 토쿄의 간극으로 괴로워하며 자포자기의 생활을 보낸 후, 민족 봉사라는 새로운 삶의 목적을 발견해낸 경험을 이야기한 것이라 생각된다. 그리고

> 그도 얼마 아니하여 그 애인도 죽고 말았다. 나는 그 애인의 무덤을 쓸어안고 내 행복을 통곡하다가 할 일 없이 동서팔방으로 표랑하기를 시작하였다.(상동)

이 대목은 이광수가 교원 생활에서 한계를 느끼고 대륙 방랑의 길에 오른 것을 의미하며,

---

18   이광수, 「김경」, 『이광수전집 1』, 541면.

그리고 또 살아갈 동안 재미붙일 무엇이 있을까 하고 다시 동경으로 굴러
들어왔다.(상동)

이라고 한 대목은 대륙방랑 후 일단 오산에 돌아왔지만, 결국 재차 토
쿄로 유학을 온 경위를 언급하고 있다. 이렇게 이광수는 주인공의 회상
을 통해 「크리스마스밤」 안에 자신의 과거를 시간 순서에 따라 담았던
것이다.

이상에서 본 것처럼, 「크리스마스밤」에서 언급되고 잇는 '새로운 애
인'이란 1916년의 토쿄가 아니라 1910년 오산에서 이광수가 찾아낸 '민
족'을 가리킨다. 이광수는 자기를 "건전한 조선인"[19]으로 만들어 준 오
산에 감사하며 민족 봉사활동에 전력을 쏟았지만, 이윽고 몸도 마음도
지치고 새로운 학교 경영자가 된 교회와도 대립하며 동시에 자기 자신
을 좀더 비약시키고 싶은 욕망에 이끌려 결국 오산을 뛰쳐나오게 된다.
이광수는 토쿄에 다시 온 후 얼마간 "조선과 혼인"[20]하지 못했다는 자괴
감에서 벗어나지 못했다. 그가 '재기'하기 시작한 것은 『무정』을 집필 중
이던 1917년 초경이며, 「크리스마스밤」이 발표된 1916년 3월에는 아직
고독감 속에서 장래를 모색하고 있었던 것으로 보인다.

물론 1917년에 시작된 '재기'의 원동력이 허영숙이라는 여성뿐 아니
라, 김현주 교수가 주장했듯 언론활동이라는 새로운 형태의 민족봉사
였다는 점에는 필자도 동의한다. 1916년 가을부터 이광수는 『매일신
부』라는 새로운 매체를 언어 건강을 돌보지 않을 정도의 굉장한 기세로

---

19 위의 책, 542면.
20 이광수, 「방황」, 『이광수전집 14』, 67면.

여러 편 논설을 발표한다. 오산에서 민족 봉사자로서 철저할 수 없었던 이광수는 언론활동이라는 형태로 민족에 봉사할 수 있는 가능성을 발견했던 것이다.

날카로운 질문으로 필자를 자극해 주신 김영민 선생님과 김현주 선생님께 이 자리를 빌려 감사드린다.

이광수의 제2차 유학시절

『무정』 다시 읽기(상)

1. 시작하며

이광수의 소설에는 유사한 모티프가 자주 등장한다. 이는 이광수가
자신의 체험을 소설에 담는 '체험형' 작가였다는 것을 시사하고 있다.[1]

---

* 이 연구는 2006년부터 3년간 일본학술진흥재단의 지원을 받은 연구(18320060) 성과의 일
부이다. 본고는 2008년 8월 22일 서울대학교에서 열린 한국현대문학회에서 구두 발표한
글 「이광수의 제2차 유학에 대해서」의 내용을 발전시킨 것이다.

1 이광수의 소설과 체험 사이의 관계를 논한 주요한 논문을 소개하면 다음과 같다.
김윤식, 『이광수와 그의 시대』, 한길사, 1986.
三枝壽勝, 「『無情』における類型的要素について」, 『朝鮮學報』, 第117輯, 1985.
小野尚美, 「李光洙『無情』の自傳的要素について」, 『朝鮮學報』, 第127輯, 1988.
波田野節子, 「『無情』の研究」(상)(중)(하), 『朝鮮學報』第148輯 1993, 第152輯 1994, 第157
輯 1995(『『무정』을 읽는다』, 최주한 옮김, 소명출판, 2008 수록).

이러한 경향은 『무정』을 비롯한 초기 작품군에 특히 분명하게 나타난다. 이러한 사실에 주목하게 된 필자는 이광수가 『무정』을 쓸 무렵 체험한 사건이 『무정』에 어떻게 나타나며, 그것이 그후의 소설에는 어떤 영향을 미쳤는지 해명하고 싶다는 생각을 갖게 되었다. 지면의 제한이 있는 탓에 본고에서는 이광수의 유학시절의 체험을 고찰하는 것으로 한정하고, 체험과 창작의 관련성에 대해서는 다음 논문에서 검토하고자 한다. 대학의 학적부와 유학생 감시 기관이었던 내무성 경보국의 기록, 유학생 잡지 『학지광』, 조선에서 간행된 잡지 『청춘』과 신문 『매일신보』, 그리고 이 시기 일본의 신문 등을 종합적으로 검토하여, 가능한 한 상세하면서도 구체적으로 이광수의 유학시절을 고찰할 것이다.[2]

이광수가 처음 일본에 온 것은 1905년(明治 38) 여름 제2차 일한조약이 맺어지기 수개월 전의 일이다. 1910년(明治 43) 3월 메이지학원 보통부를 졸업한 이광수는 고향 정주에 있는 오산학교의 교사가 되고, 일한병합을 사이에 두고 3년 반을 이곳에서 보낸 뒤 대륙방랑의 길에 오른다. 상하이와 블라디보스톡을 경유하여 1914년 2월부터 8월까지 치타에 머무르며 동포신문에 기사를 쓰기도 했지만,[3] 8월 러시아가 제1차 세계대전

2　이광수의 토쿄에서의 행적과 주변 동향을 연표로 작성하여 하타노연구실 HP 「이광수의 제2차 유학 캘린더」에 올려 놓았다. http://www.unii.ac.jp/~hatano/kaken/calender.doc

3　러시아에서의 이광수의 활동 및 논설에 대해서는 최기영, 「1914년 이광수의 러시아 체류와 문필활동」(『식민지시기 민족지성과 문화운동』, 한울, 2002) 참조. 『권업신문(勸業新聞)』은 제러 조선인 단체인 권업회의 기관지로서, 이광수는 1914년 3월 1일부터 3월까지 외배라는 필명으로 「독립준비하시오」(100~103호)를 연재한다. 『대한인정교보(大韓人政敎報)』는 치타에서 이강(李鋼)이 발행하던 대한인 국민회 시베리아 지방총회의 기관지로서, 1914년 6월 1일 11호에 「재외동포의 현상을 논하여 동포교육의 긴급함을」, 「지사(志士)의 감회」 및 시 세 편을 싣고 있다. 이 논설들은 모두 최기영의 책에 수록되어 있다. 최기영에 의하면, 이광수가 러시아를 떠난 것은 독일이 러시아에 선전포고함에 따라 러시아가 일본과 동맹을 맺어 자국 영토 내의 조선인의 정치활동을 금지하고 『권업신문』과 『대

에 참전하자 오산으로 돌아온다. 그리고 이때 재차 토쿄 유학길에 오르기로 결심한다.[4] 이 글에서는 이광수가 재차 토쿄에 온 1915년부터 상하이로 망명하는 1919년 초까지의 행적을 시간 순서에 따라 고찰해 나가기로 한다.

2. 1915년(大正 5) – 5년만의 토쿄

이광수가 토쿄에 도착한 것이 1915년 어느 무렵이었는지는 분명치 않다.[5] 18세에 토쿄를 떠난 그는 이제 처자식이 있는 23세의 청년이 되었다.[6] 이 5년 사이 일본에서는 많은 변화가 있었다. 우선 메이지천황이 죽어 연호가 다이쇼(大正)로 바뀌었다. 이해 11월에는 다이쇼 천황의 즉위대례식이 거행되었고, 민간에서도 봉축문(奉祝門)을 만드는 등 축하행사가 성대하게 열렸다. 연일 사진과 더불어 보도되는 성대한 행사에 관한 기사를 읽으면서, 이광수는 시대의 변화를 실감했을 것이다.

　　한인정교보』를 폐간했기 때문이라고 한다. 최기영, 위의 책, 153~154면.
4　　"재차 동경에 가서 학업을 계속할 결심을 하고 (…중략…) 오산으로 돌아왔다" 이광수, 문단생활 삼십 년의 회고」, 『조광』, 1936, 5, 102면; 「다난한 반생의 도정」(이 제목은『조광』 4월호에 게재된 제1회분에 해당, 『이광수전집 14』), 삼중당, 1963, 397면; "학업을 계속할 뜻을 품고 본국으로 돌아왔다." 이광수, 『나의 고백』(전집 13), 27면.
5　　1963년 삼중당에서 발행한『전집 20』의 연보에는 이광수가 5월에 토쿄에 온 것으로 되어 있지만, 1979년 우신사에서 간행한『이광수전집』10권본의 별권 연보에는 9월로 바뀌어 있다. 편집 실무자인 노양환 씨에게 편지를 보내 그 이유를 질문했더니, 수정 과정은 기억나지 않는다고 했다.
6　　이광수는 귀국 후 곧바로 백혜순과 결혼하고, 이 해 8월 4일 첫아들인 연근이 태어난다. 「연보」, 『전집 20』.

이 무렵 일본 경제는 호조기를 맞고 있었다. 일러전쟁 때부터 줄곧 만성적인 불경기에 시달려온 일본 경제는 바로 전 해 발발한 세계대전 덕분에 불경기에서 벗어나 이해 여름부터 호경기에 돌입했던 것이다. 주식이 폭등하고, 연말 주식시장은 공전의 활황을 보였다. 정치면에서는 다이쇼 초기의 헌정옹호운동과 다이쇼정변을 거쳐 민중의 정치의식이 고양되고, 요시노 사쿠조(吉野作造)와 카야하라 카잔(茅原崋山))이 '민본주의'를 제창하는 등[7] 이른바 다이쇼 데모크라시의 시대가 시작되었다.

문학계에서는 시라카바파(白樺派) 작가들이 젊은이들의 마음을 사로잡았다. 자기를 살리는 것이 그대로 인류의 의지의 실현이라 하여 개인 속에 잠재한 가능성=천재를 펼칠 것을 호소하는 시라카바파의 주장은 이광수에게도 커다란 영향을 주었다. 그리고 히라츠카 라이초(平塚らいてう)를 중심으로 『청탑(靑鞜)』에 모인 여성들은 매스컴의 공격에 대하여 스스로를 '신여성'이라 부르며 반격하여 세간의 이목을 끌었다. 히라츠카는 오쿠무라 히로시(奧村浩)와 당당하게 '동거'를 시작하고, 1916년에는 오스기 사카에(大杉榮)와 카미치카 이치코(神近市子)의 히카게찻집사건(日陰茶屋事件, 당시 자유연애를 제창하고 실천한 오스기 사카에는 아내가 있으면서도 카미치카를 연인으로 삼았고 거기다 이토 노에(伊藤野枝)와도 사귀었다. 카미치카는 처음 오스기의 자유연애론에 찬동했으나, 이토의 출현에 분노하고 절망하여 오스기를 칼로 찌르기에 이른다. 1916년 11월 9일 카나가와현(神奈川縣) 하야마(葉山)의 히카게찻집에서 일어났다고 하여 히카게찻집사건이라 부른다. -옮긴이)이 일어난다. 또 시마무라

---

7   요시노 사쿠조가 「헌정의 본뜻을 설명하여 유종의 미를 거둘 길을 논함(憲政の本義を説いてその有終の美を濟すの途を論ず)」을 『중앙공론(中央公論)』에 발표한 것은 1916년 1월의 일이다. 최초로 '민본주의'라는 용어를 사용한 것은 카야하라 카잔이었지만, 요시노와는 의미하는 바가 약간 달랐다.

호게츠(島村抱月)가 이끄는 예술좌(藝術坐)에서는 마츠이 스마코(松井須磨子)가『부활』의 카츄샤 역을 연기하여 인기를 모았다. 이러한 여성의 새로운 삶의 방식에 대한 이광수의 관심은『무정』의 주인공 이형식이 일본의 '여자 박사'를 언급하고 있는 대목에서도 엿볼 수 있다. '여자 박사'의 모델인 하라구치 츠루코(原口鶴子)는 히라츠카와 니혼조시대학(日本女子大學) 영문학부 동급생이며, 일본 여성으로는 최초로 미국에서 박사 학위를 받은 인물이다. 그녀는 남편의 도움을 얻어 어머니가 된 후에도 연구를 계속하여 새로운 부부상의 본보기로서 사회의 주목을 끌었다.[8]

이처럼 토쿄에서는 많은 변화가 있었지만, 무엇보다도 이광수가 통감한 것은 조국의 국권 상실에 의한 변화였을 것이다. 이전에는 외국 유학생이었지만 지금은 '내지(內地)' 유학이고, 그는 조선총독부의 유학생 감독 기관에 의해 감독되는 처지였다. 보호조약 체결 후 생긴 학부(學部)의 유학생 감독부는 병합과 더불어 조선총독부 소속이 되었으며, 감독 가운데 한 사람은 일본인 헌병 대위였다.[9] 이전에 유학생들이 이곳에 모

---

8 이광수가 와세다대학에 입학하기 이틀 전인 1915년 9월 28일『아사히신문(朝日新聞)』에 '하라구치 츠루코 여사'의 사망기사가 실린다. 하라구치 츠루코(1886~1915)는 니혼조시대학(日本女子大學)을 졸업한 후 단신으로 미국으로 건너가 콜럼비아대학 대학원에서 심리학을 공부하고 박사 학위를 받았다. 현지에서 하라구치 다케지로(原口竹次郎, 와세다 문과 강사)와 알게 되어 박사 학위를 받은 당일 결혼한 뒤 귀국하여 두 자녀를 둔 후에도 연구를 계속했지만, 결핵 탓에 29세의 나이로 요절했다. 이광수의『무정』에는 이 여성이 '여자 박사'라는 호칭으로 나온다. 83장에서 형식과 선형의 약혼이 성립하여 미국유학 이야기가 나오는 대목에서, "여자도 박사가 있나요?" 하고 묻는 김장로에게 형식은 "일본 여자도 한 사람 미국서 박사가 되었다가 년전에 죽었습니다"라고 대답하고 있다. 이광수는 형식과 선형이 대학에서 함께 공부하는 모습을 연구자 부부였던 하라구치 부처(夫妻)의 모습과 겹쳐놓고 있었을 것이다.

9 조선인에 대한 감독은 병합 이후 1914년까지 이만규(李晩奎)가 맡고 그후에는 서기은(徐基殷)이 맡았는데, 이전 감독들과는 달리 인망이 없었다고 한다. 金範洙,『近代渡日朝鮮留學生史』, 東京學藝大學博士論文, 2006, 7~9면. 당시 감독이 맡은 역할의 하나는 유학생들의 보증인이 되는 것이었다. 이 시기 유학생의 학적부를 보면 대개 보증인에 감독의 이

여 간행했던『대한흥학보』는 폐간되고, 대한흥학회도 해산되었다. 그 후 유학생들은 조선유학생학우회를 조직하여 칸다 오가와초(神田 小川町)에 있는 토쿄조선기독교청년회관을 활동거점으로 삼고,[10] 기관지『학지광』을 간행한다. 조선총독부의 유학 제한 방침 탓에 유학생 수는 병합 이전과 비교하여 반으로 줄었지만,[11] 그만큼 이들 유학생의 사명감도 강해져 신입생 황영회, 송년회, 신년회 외에도 자주 연설회를 열어 민족의식을 고취했다. 이해 10월에는 이광수도 예의 신입생 환영회에 나가 환영받았을 것이다.[12]

병합 전에는 문학에 관심을 가진 유학생이 이광수, 홍명희, 최남선 세 사람 정도였지만, 이 시기에 이르면 한국문학 초창기의 젊은 문학자들이 다수 토쿄에 온다. 1910년에 최승구(慶應大學 豫科), 1912년에 전영택(靑山學院)과 염상섭(麻布中學, 이듬해 입학), 1913년에 나혜석(女子美術學校)과 주요한(明治學院中學), 1914년에 김여제와 현상윤(둘다 早稻田大學 高等豫科),[13] 김동인(東京學院中學에 입학, 이듬해 明治學院으로 옮김)[14]이 차례로 온다. 이광수는 1915년에 토쿄에 와서 곧 나혜석·나경석 남매와 알게 되고, 그것

름이 기재되어 있다. 波田野 HP「韓國文學者の日本留學一覽表」참조. http://www.nicol.ac.jp/~hatano/kaken/itiranhyo.doc.

10 1914년 11월 칸다구 니시오가와초(西小川町) 2가 5번지에 준공되었으나 칸토 대진재로 소실. 현재 재일본 YMCA회관과는 별도의 장소임.

11 裵姶美,「'倂合'直前·後における在日朝鮮人留學生を取り巻く狀況―朝鮮總督府の留學生取り締まりと'收用'政策」,『在日朝鮮人硏究』36号, 2006, 5~23면; 波田野節子,「朝鮮文學者たちの日本留學―1910年代までを中心に」,『植民地文化硏究』第8号, 2009, 24면.

12 1916년 1월 21일 발행된『학지광』제9호가 현존하지 않는 까닭에 유감스럽게도 소식란에서 확인할 수가 없다.

13 김여제는 오산학교에서 이광수의 제자였고, 현상윤도 정주 출신으로 이광수와 이전부터 아는 사이였다. 김윤식,『이광수와 그의 시대』, 솔, 1999, 527면.

14 문학자들의 일본체류기억에 대해서는 앞에서 언급한 波田野 HP를 참조할 것.

이 그의 창작 모티프에 영향을 준다.[15] 이에 대해서는 다음 논문에서 상세하게 다룰 예정이다.

유학생들의 기질도 병합 전과는 달라졌다. 『학지광』에 실린 어느 기사는 병합 전에 일본에 왔던 유학생을 '서투른 목수' '돌팔이 의사', 지금의 유학생을 '능력 있는 목수' '명의(名醫)'로 비유하면서, 이전과 달리 지금은 열심히 공부하는 실력주의 풍조가 강하다고 적고 있다.[16] 실제로 이 시기에 이르면 이전과 같은 외국인으로서의 특별 대우 없이 일본인에게 뒤지지 않는 성적으로 치열하게 경쟁하여 특대생(特待生)으로 선발되는 유학생이 나오게 된다. 이광수도 1917년 특대생이 된다.

학적부에 의하면, 이광수는 9월 30일 와세다대학 고등예과의 문과 2학기(당시의 예과는 3학기제)에 편입학한 것이 확인된다. 보증인란에는 유학생 감독인 서기은의 이름이 기재되어 있다. 이 무렵 감독부에는 유학생을 위한 기숙사가 있었는데,[17] 이광수도 『무정』을 쓰고 있던 1917년 1월 중순에는 이 기숙사에 머무르고 있었다. 이는 단편 「방황」의 말미에 기록되어 있는 집필 날짜와 집필 장소로부터 미루어 짐작할 수 있다. 그러나 학적부에는 '우시고메 혼무라초(牛込本村町) 15번지 시마다 씨 댁(島田方)'과 '요츠야쿠 카타마치(四谷區片町) 18번지 다카키 씨 댁(高木方)' 두 곳의 거주지가 기재되어 있는 것으로 보아, 입학 당시에는 기숙사가 아니라 하숙에 있었던 것을 알 수 있다. 최초의 하숙은 코우지마치 나카로쿠반초(麴町中六番町)에 있는 감독부에서부터 바깥쪽 해자(濠)를 넘어 왼

---

15   하타노 세츠코, 「『무정』을 쓸 무렵의 이광수」, 본서 61~75면 참조.

16   안확, 「금일 유학생은 여하(如何) 오」, 『학지광』 4호, 1915.2; 無記名, 「일본유학사」, 『학지광』 6호, 1915.7.

17   武井一, 『趙素昻と東京留學─『東遊略抄』を中心として』, 波田野硏究室發行, 2009, 389면.

쪽으로 향하면 곧 닿을 수 있는 곳으로, 육군사관학교 근처에서 바깥쪽 해자와 인접한 모퉁이에 있었다. 다음번 하숙은 여기서 좀더 서쪽에 있는 육군유년학교 옆쪽의 절벽 밑에 위치한 곳으로, 지금은 가이엔 도오리(外苑通り)의 아케보노바시(曙橋) 밑이 되어 있다. 『학지광』 8호(1916년 3월 발행)의 판권장에는 이곳이 편집 겸 발행인 이광수의 주소로 기재되어 있다.[18] 언제 하숙을 옮겼는지는 분명치 않지만, 겨울방학에 하숙비를 절약하기 위해 기숙사에 들어와 신학기가 되자 다시 새로운 하숙으로 옮긴 것이 아닌가 싶다. 토쿄에 온 이광수는 이들 하숙에 거주하면서 왕성한 활동을 벌이게 된다.

3. 1916년(大正 5) 전반―감시 속의 활동

이광수는 우선 신익희, 진학문 등과 상의하여 당대 조선의 문제들을 연구할 목적으로 조선학회를 세운다.[19] 1916년 1월 19일에 개최된 제1회 모임에서는 이광수가 농촌문제에 대해 발표하는데,[20] 이때 발표한

---

18 「『학지광』 제8호 원문」, 해제 권보드래, 『민족문학사연구』 통권39호, 2009.4, 360면.
19 『무정』 속에서 이형식이 동료와 세운 '경성교육회'(70절)은 이 '조선학회'를 모델로 한 것이 아닌가 싶다. 『학지광』 8호의 소식란에 보면 조선학회가 설립된 것은 1916년 1월 29일이라고 되어 있지만, 이것은 제1회 모임 날짜이다. 『조선인 개황 1(朝鮮人槪況第一)』에는 1915년 12월 말에 설립되었다고 되어 있다. 내무성은 1916년 6월에 처음 「조선인 개황」을 작성하고, 1917년 5월에 이를 정정 증보하여 『조선인 개황 1』, 이어서 1918년 8월 5일에 『조선인 개황 2』, 1920년 6월에 『조선인 개황 3』을 낸다. 『조선인 개황』, 『조선인 개황 2』, 『조선인 개황 3』은 『在日朝鮮人關係資料集成第一卷』(三一書房, 1975)를, 『조선인 개황 1』은 『特高 · 警察關係資料集成 第32卷』(不二出版, 2004)를 참고했다.

내용이 『학지광』 8호(1916년 3월 4일 발행, 압수)에 게재된 이광수의 논설 「용동(龍洞)—농촌문제에 관한 실례」[21]였던 듯하다. 「용동」의 필명은 본문에는 '제석산인(帝釋山人)',[22] 목차에는 '흰옷'으로 되어 있다. 그러나 '용동'은 이광수가 오산학교시절 교주(校主) 이승훈에게 의뢰받아 생활개량운동을 일으켰던 마을의 이름이며, 글의 말미에 기재된 집필날짜(1월24일)가 모임의 5일 전인 사실로부터도 그렇게 추측할 수 있다. 이광수가 그 이듬해 11월부터 『매일신보』에 2개월간 연재한 논설 「농촌개발」은 이 논설을 발전시킨 것이다.[23]

---

20 『학지광』 10호의 소식란을 보면, 1월에 설립된 조선학회에서는 이미 세 번의 발표가 있었다. 이광수와 노익근이 농촌문제, 장덕수가 식민(植民)에 관해 발표한 것으로 되어 있는데, 문면의 순서로 보아 제1회 모임에서는 이광수의 농촌문제에 관한 발표가 있었다고 보아도 좋을 것이다.

21 『민족문학사연구』 통권 39호, 369~376면.

22 '제석산인'이라는 필명에 대해서 김영민은 『삼국유사』에 있는 신화에 등장하는 환인의 다른 이름에서 취한 것이라고 보았고(김영민, 「이광수 초기 문학의 변모 과정」, 『현대문학의 연구』 34호, 2008, 128~129면), 최주한은 이광수가 근무했던 오산학교가 제석산 기슭에 있었다는 사실에 근거한다고 보았다. 최주한, 「이광수와 식민지 문명화론」, 『서강인문논총』 제27호, 2010, 376면, 주 15)

23 김효진·김영민은 논문 「계몽운동 주체의 변화와 '청년'의 구상」(『사이』 제7호, 2007,11)에서 「용동」, 「농촌계발」, 『무정』의 연관성을 고찰하고 있다. 그런데 이광수가 농촌문제를 연구과제로 삼은 것은 이 무렵 『아사히신문(朝日新聞)』에 연재된 농업 평론가 요코다 히데오(橫田英夫, 1889~1926)의 논설 「일본농촌론(日本農村論)」(10.16~11.25)에 계기가 된 것이 아닌가 싶다. 요코다의 「일본농촌론」은 일본 농업정책의 역사를 존황애국(尊皇愛國)의 입장에서 설명하고, 치밀한 논리와 통계를 구사하면서 당대 농촌에서 자작농이 감소하고 소작농이 증가하고 있는 사실에 경종을 울리고 있다. 한편 이광수의 「용동」은 농촌개량에 대한 보고의 형식을 취한 허구의 요소가 짙어 「일본농촌론」과는 내용은 물론 경향도 전혀 다르다. 그러나 요코다라는 인물의 삶의 방식이 이광수의 『흙』(『동아일보』, 1932~3 연재)의 주인공 허숭을 환기시킨다. 신진의 예리한 평론가였던 요코다는 1917년에 돌연 "올바른 생활을 경영하는 유일한 길인 농촌으로 돌아간다"고 선언하고 후쿠시마현(福島縣)에서 일개 농민이 되고, 그후 기후현(岐阜縣)에서 농업조합의 지도자로서 농민을 위해 일하다가 37세에 요절한다. 요코다의 삶의 방식은 『흙』의 주인공을 환기할 뿐만 아니라, 그의 사상도 이광수의 후기 사상과 통하는 데가 있다. 요코다의 방식은 사회주의적 농민운동과는 거리가 먼 것으로, 존황애국의 입장을 준수하며 소작농의 현실적인 생활의식에 따르면서 일상적인 생활고를 경감시키고자 하는 것이었다. 이광수는 이 젊은 지식인의 인생을 알고 있었고, 그

이 무렵 이광수 등 조선인 유학생은 항상 감시의 대상이었다. 1917년 내무성 경보국 보안과가 작성한 자료에 의하면 1916년 말 일본에 있던 조선인 5,624명 가운데 485명이 유학생이고, 그 가운데 391명이 토쿄에 거주하고 있다. 1917년 말 경보국이 '배일사상(排日思想)'의 소유자로 확정한 237명 모두가 학생인데, 이광수는 감시도가 높은 '갑호(甲号)' 83명 가운데 한 사람으로 지정되어 있다.[24]

물론 간행물도 혹독한 검열을 받았다. 유학생 잡지『학지광』은 이광수가 유학 전에 투고한 논설「공화국의 멸망」이 게재된 5호(1915년 5월 2일 발행)를 비롯하여, 1916년에는 7호(1월 21일 발행), 8호(3월 5일 발행), 9호(5월 23일 발행)가 잇따라 압수되었다.[25] 『학지광』 편집자들은 원고 모집 요강에서 내용을 '학술 방면'으로 한정하고 "격렬한 언어는 일체 피하"도록 권하는 등 세심한 주의를 기울였지만, 그 보람도 없이 회지는 계속하여 압수되고 거기다 원인이 된 곳조차 통지받지 못했다. 난감해진 그들은 극비에 대책회의를 열었는데, 거기서 누가 무슨 말을 했는지까지도 기록되어 있을 정도로 당국의 감시는 철저했다.[26]

것이 허숭이라는 주인공을 조형하는 데 얼마간 영향을 주었을 가능성을 제시해두고 싶다. 『흙』에 대해서는 키노시타 나오에(木下尙江)의『불기둥(火の株)』과의 공통점이 지적되어 있고 이광수도 키노시타의 이름은 몇 번이나 회상하고 있지만, 요코타에 대한 언급은 없다. 요코타에 관한 연구로서는 「橫田英夫試論」(綱澤滿昭, 『農の思想と日本近代』, 風媒社, 2004)가 있다.

24 『조선인 개황 1』. 그 이후 경제 호황 덕분에 재일 조선인의 수가 증가하여 1917년(大正 7) 12월에는 14,502명 가운데 학생이 589명(『조선인 개황 2』, 앞의 책, 62면), 1920(大正 9) 6월 현재 31,720명 가운데 학생이 828명(『조선인 개황 3』, 앞의 책, 57면)에 이르고 있다.

25 『조선인 개황 1』, 앞의 책, 57면;「편집소에서」,『학지광』 10호, 59면.

26 『학지광』 9호가 압수된 후, 편집 겸 발행인인 변봉현 외에 장덕수, 김영수, 노준영이 모처(某處)에 모여 나눈 대화가 기록되어 있다. 누가 보고했는지 분명치 않지만, 상당히 구체적이다. 『조선인 개황 1』, 앞의 책, 60면.

당시는 일단 인쇄된 잡지를 압수하는 방법이 취해졌기 때문에, 원본은 압수를 면하는 일도 있었다. 현재 5호는 영인본에 들어 있고, 8호도 최근 발견되었다.[27] 이광수가 편집 겸 발행인을 맡았던 8호에는 그의 논설 「용동」, 「살아라」, 단편 「크리스마스밤」,[28] 시 「어린 벗에게」[29]가 게재되어 있다. 그밖에 「사회단평(短評)」도 문체나 집필 날짜를 적는 방식으로 보건대 이광수가 쓴 것이 아닐까 싶다. 이 시기 이광수의 왕성한 활동을 엿볼 수 있는 대목이다. 7호와 9호가 발견된다면 이광수의 작품이 새롭게 확인될 가능성이 높다.

그런데 8호에 게재된 논설 「살아라」는 이보다 1개월 전 이광수가 행한 연설과 같은 내용이었던 듯하다. 관헌 자료에 의하면, 이광수가 1916년 1월 22일(조선학회에서 농촌문제에 관해 발표하기 1주일 전)에 청년회관에서 열린 학우회 주최 웅변회에서 「나는 살아야 한다(我ノ生ルヘシ)」는 제목의 연설을 한다. 제목의 유사성과 게재 시기로 보아 집필 중이던 「살아라」의 내용을 단상에서 발표한 것이 「나는 살아야 한다」가 아니었을까 싶다.[30] 그런데 이 연설 기록과 논설을 비교해 보면 논조가 다른 것이 눈에 띈다. 논설 「살아라」가 보다 나은 생존을 구하는 욕망이 문명과 부

---

27 『학지광』 5호는 태학사의 영인본에 수록되어 있다. 8호는 호테이 토시히로(布袋敏博)가 미국 워싱턴 의회도서관에 소장되어 있는 것을 발견했지만, 거기에는 판권장이 없다. 布袋敏博, 「『學之光』小考」, 『大谷森繁博士古稀記念朝鮮文學論叢』, 白帝社, 2002. 최근 한국 내에서 8호의 완전본이 발견되어 2009년 4월 『민족문학사연구』에 전문이 실려 있다. 주 19) 참조.

28 「크리스마스밤」의 필자는 '거울'로 되어 있지만, 이광수의 문장이 분명하다. 김영민, 「이광수의 새자료 『크리스마스밤』 연구」, 『현대소설연구』 36호, 2007; 하타노 세츠코, 「『무정』을 쓸 무렵의 이광수」, 본서 61~75면 참조.

29 이 시는 1917년 『청춘』 9·10호에 발표된 단편소설과 제목이 동일하다. 波田野節子, 위의 논문 참조.

30 집필 날짜와 잡지 발행일 간의 시차로 보건대, 이 무렵 잡지 발행일의 1개월 전에는 원고를 편집부에 넘겼던 듯하다.

(富)의 원동력이라는 이 시기 이광수의 주장을 일반론으로 풀어낸 데 비해, 연설은 보다 구체적이고 격렬하다. 욕망이 일으키는 생존경쟁 속에서 일본인이 속속 조선반도에 이주하는 한편, 조선인은 반도를 등지고 고향을 떠나 방랑하는 비참한 상태이다. 그러나 일본은 조선에 권력도 자유도 주지 않으려 한다. 도대체 이를 잠자코 보고만 있을 것인가. 그는 이렇게 개탄하면서 일본을 비판하고 있다.[31] 논설에서는 검열을 의식하여 억제된 방식으로 글을 썼고, 한편 연설에서는 연설회장의 열기에 눌려 흉금을 토로했기 때문에 이런 차이가 생겼을 것이다.

이러한 차이는 매체가 같더라도 실명을 사용하느냐 익명을 사용하느냐에 따라 생기기도 한다. 이해 카야하라 카잔이 주재한 잡지 『홍수이

---

31 참고로 전문을 게재한다.
"1916년(大正5) 1월 22일 토요에 있는 조선 기독교청년회관에서 개최한 학우회 주최 웅변회 석상에서 이광수(와세다 대학생)가 「나는 살아야 한다」라는 제목으로 행한 연설 중 다음과 같은 구절이 있다. ―누구라도 살려고 하면 반드시 다른 경쟁자와 싸우지 않으면 안 된다. 전쟁은 잔혹하지만 살기 위해서는 필요할 뿐 아니라 당연하다. 그 방법과 수단은 조금도 문제삼지 말고, 먼 앞일을 헤아림 없이 주저하지 말고 실행해야 한다. 그런데 우리 조국민(祖 國民)의 현 상황은 어떠한가. 과연 살아있는 국민이라고 인정할 수 있는가 없는가. 우리는 마땅히 살아야 함에도 불구하고, 그 앞길에는 장애가 가로놓여 있다. 조국의 식민화가 바로 그것이다. 본디 식민 또는 이민(移民)이란 토지가 광활하고 더불어 인구가 희박한 지역에 대해서만 행해져야 하는 것이다. 그런데 조국과 같은 경우는 영토가 겨우 3천리로서 우리 동포의 거주만으로도 이미 넓지는 않다. 지금 조국에 이주한 일본인의 수는 진실로 적지 않으며, 당연한 결과로 조국민은 쫓겨나 지나 등지로 이주하지 않으면 안 되는 상황이다. 만약 오늘날의 상태로 가다 보면, 몇 십년 지나지 않아 우리 민족은 전멸할 것이 분명하다. 그런데 우리가 산다는 것은 진실로 깊은 의미를 가진다. 이를 분류해 보면, 물질적으로 개인 으로서 사는 것, 단체적으로 사는 것, 국가적으로 사는 것, 세계적으로 사는 것, 우주적으로 사는 것을 의미한다. 지금 조국민의 다수는 물질적으로 개인으로서 사는 것은 물론 단체적 으로 사는 것을 고려하는 경우가 극히 드물다. 이러한 때를 당하여 일본 국민은 끊임없이 우리 강토로 이주하고 번번히 우리 민족을 압박하여 온갖 이익을 농단하여 하고 있음에도 불구하고, 우리 민족은 단지 눈물을 삼키며 오래 살아온 고향을 뒤로 하고 멀리 산과 바다를 건너 이향(異鄕)에서 방황하는 참혹하고 참혹한 상태가 아닌가. 게다가 저 관헌은 조금도 이를 돌아보지 않고, 태연히 하등 자유와 권력을 부여하지 않는 것을 적절한 정책으로 삼았 다. 우리가 어찌 잠자코 보고만 있을 수 있으랴." 『조선인 개황 1』, 앞의 책, 59면.

후(洪水以後)』[32] 3월호에 이광수가 '고주생(孤舟生)'이라는 필명으로 투고한 「조선인 교육에 대한 요구(朝鮮人敎育に對する要求)」가 게재된다.[33] 이광수는 일본과 조선의 교육제도가 다름을 구체적인 수치를 들어 지적하고, 만약 일본이 진실로 조선인의 '행복'과 '동화'를 바란다면, 지금 일본과 동일한 '천황의 적자(赤子)'인 조선인에게 내지(內地)와 동일한 교육제도 하에서 같은 수준의 교육을 시행해야 한다면서, 일본이 주장하는 '동화'의 이론을 역이용하여 완전한 평등을 날카롭게 요구하고 있다. 그러나 이 투고문에는 졸업 후 평등한 자격을 부여받는다면 "조선인은 진실로 황은(皇恩)을 입은 것을 마음속 깊이 감사할 것"이라든가, 적당한 시기가 되면 "조선인도 참정권을 부여받아 완전한 일본 신민의 대열에 참여하고 싶다", 또 이 때문에 교육은 일본어로 행하는 것이 좋다는 등 보는 관점에 따라서는 비굴하다고도 할 수 있는 언급을 병행하고 있다.

그런데 그 다음 달 같은 잡지에 이번에는 익명으로 투고한 「조선인의 눈에 비친 일본인의 결함(朝鮮人の眼に映りたる日本人の缺陷)」이라는 글에서, 이광수는 이전 호의 태도에서 일변하여 격렬하게 일본을 비판하고 있다. 필시 이전 투고문을 쓰는 그의 마음속에는 일본인의 조선 차별에 대한 분노가 가득차 있었고, 그것이 익명이라는 조건 아래서 분출했을 것이다. 이 글에는 "일본인은 조선인 또는 지나인에게 오만하기 짝이 없

---

32 『홍수이후(洪水以後)』는 『제3제국(第3帝國)』을 낸 '민본주의자' 카야하라 카잔이 이시다 토모지(石田友治)와 분열한 뒤에 낸 잡지이다. 1916년 1월에 창간하여 같은 해 6월까지 통권 14호를 냈다. 후지출판(不二出版)에서 1984년 복간판을 냈다.

33 『홍수이후』의 성격과 이광수의 투고논문 「조선인 교육에 대한 요구」에 대해서는 최주한, 「제국의 근대와 식민지, 그리고 이광수—제2차 유학시절 이광수의 사상적 궤적을 중심으로」(『어문연구』 140호, 2008)를 참조할 것.

는 데 반해, 백인종 특히 영국인에 대한 비굴한 태도는 정말이지 실소를 금할 수 없다"든가, "일본인은 조선인을 냉대할 뿐만 아니라, 나아가 직업을 빼앗고 재산을 빼앗아 아사(餓死)시키려고 하고 있다. 일본인은 우리 조선인에게는 어디까지나 기생충과 같다"와 같이 "전문이 거의 매도적인 문구"로 가득차 있다. 당연하게도 편집부는 "당국의 주목을 두려워하여" 이 글을 게재하지 않았다.³⁴

자기가 쓴 글을 남에게 내놓기 위해서는 그 나름의 수사가 필요함을 이광수는 잘 알고 있었을 것이다. 실명(實名)의 투고문에서 보이는 것처럼 일본의 주장을 역이용함으로써 차별의 철폐를 요구하는 수사는 그 후 이광수의 공식이 된다. 그는 해방 후 다음과 같이 회상하고 있다.

---

34 그런데 익명이었음에도 불구하고 관련은 이 글을 이광수의 것으로 특정(特定)하여 보고 하고, 덕분에 그의 투고는 '매도적 문구'라는 낙인과 더불어 기록되어 후대에 전해지게 되었다. 참고로 전문을 게재해 둔다.

"학우회 기관지 『학지광』의 편집인 이광수(甲号, 와세다 대학생)는 잡지 『홍수이후(洪水以後)』 제8호(1916.3.21)에 「조선인 교육에 대한 요구」라는 제목의 기사를 투고했다. 이어서 같은 해 4월 익명으로 「조선인의 눈에 비친 일본인의 결함」이라는 제목의 글을 같은 잡지에 기고했으나, 잡지 사원이 당국의 주목을 두려워하여 이를 게재하지 않았다. 그런데 후자의 내용은 전문이 거의 매도적인 문구로 이루어져 있고, 그들이 항상 마음에 품은 이른바 배일사상(排日思想)을 나열한 것이다. "일본인은 조선인에게 정신적 압박을 가할 자격이 없기 때문에 괜히 무력이나 완력에 호소하여 압도하려고 한다. 이것은 대국민(大國民)이 아닌 증좌이다", "일본인은 조선인 또는 지나인에게 오만하기 짝이 없는 데 반해, 백인종 특히 영국인에 대한 비굴한 태도는 정말이지 실소를 금할 수 없다", "일본의 정당 싸움은 일관된 주의에 기초한 주장이 아니라, 일시의 감정적 발작에 불과하다", "미국인 또는 지나인, 조선인이 일본을 원수로 여겨 배척하는 까닭은 필경 일본인이 섬나라 근성을 가지고 있어 대국민 자격이 없는 데 기인한다" 등의 구절을 연이어 쓰고 있다. 그리고 "만일 일본인 재미 동포가 지나인이나 조선인과 마찬가지로 백인으로부터 온갖 모욕과 학대를 받고 있는 사실에 생각이 미치면, 가까운 조선인 및 지나인을 경멸하고 압도해서는 안 된다는 것을 깨닫는 것이 좋다. 대개 서양인은 종교, 문명, 금전 등으로서 조선인을 구제하고 있지만, 일본인은 조선인을 냉대할 뿐 아니라 나아가 직업을 빼앗고 재산을 빼앗아 아사(餓死)시키려 하고 있다. 일본인은 우리 조선인에게는 어디까지나 기생충과 같다"고 결론짓고 있다." 『조선인 개황 1』, 앞의 책, 57면.

가령 "우리 조선인의 교육기관을 만들어 다오" 할 경우에 언론인이나 공직자는 "같은 천황의 적자가 아닌가, 왜 교육에 차별을 두느냐" 해야 당시에는 말이 통하였고, 관공직의 조선인에 대한 제한이나 차별 타파를 부르짖는 공식이 "모두 같은 천황의 적자여든, 내선일체여든, 명치 대제의 뜻이어든, 왜 내선을 차별하느냐" 하는 것이었다. (강조는 인용자)[35]

이광수는 「여의 작가적 태도」(1931)에서도 소설을 쓸 때는 "경무국이 허하는 재료를 택하여 원고지에 쓰기 시작한다"고 적고 있다.[36] 허용된 한도 내에서가 아니면 쓰는 행위 그 자체가 불가능한 상황에서, 이광수는 자신의 주장을 합법적으로 읽히기 위한 수사를 체득했다. 증거 문자가 남지 않는 연설, 실명을 내지 않는 투고, 혹은 일본의 권력이 미치지 않는 국외(國外)에서의 그의 문장은 돌변한다. 이러한 돌변이 마치 이중 인격과 같이 보이는 경우도 있는 것은 이러한 사정에서 비롯된 것이다.

7월 5일 그는 우등한 성적으로 고등 예과를 졸업하고 대학부 진학을 결정한다.[37] 1916년 전반기, 이광수는 왕성하게 연구하고 저술하며 『학지광』을 편집하면서 수업에도 착실하게 출석했던 것이다.

35   이광수, 『나의 고백』(춘추사, 1948), 『전집 13』, 281면.
36   이광수, 「여의 작가적 태도」(『동광』, 1931.4), 『전집 16』, 193면.
37   大村益夫, 「日本留學時代の李光洙」, 『朝鮮文學─紹介と研究』, 季刊 第5号, 1971, 45면. 오무라는 이광수가 철학만 제대로 이수(履修)했다면 학년 석차가 1등이나 2등 성적이었을 것이라고 지적하고 있다.

4. 1916년(大正 5) 후반-『매일신보』

이광수는 여름 방학을 처자가 있는 고향에서 보내고 9월 대학 진학을 위해 토쿄로 돌아오는 도중 경성일보사 사장인 아베 미츠이에(阿部充家, 1862~1936)와 만난다.[38] 당시 아베와의 만남을 이광수는 다음과 같이 회상하고 있다.

내가 처음 무부츠 옹을 만난 것은 1916년(大正 5)의 초가을이었던 것 같다. 당시 나는 학교 교사를 그만두고 시베리아 유랑에서도 돌아와 다시 와세다 대학에 적을 두고 있었는데, 여름 방학을 마치고 토쿄로 돌아가는 도중 경성에 들른 어느 날 아침 일찍 심우섭 군에게 끌려 욱정(旭町)에 있는 임시 거처로 옹을 찾아 갔던 것이다.[39]

무부츠란 아베의 호(号)이다. 총독부의 어용신문사인 경성일보사는 일본어 신문 『경성일보(京城日報)』와 조선어로 된 유일한 신문이었던 『매일신보(每日申報)』 두 개의 지면을 발행했다.[40] 발행 부수는 이 무렵

---

[38] 『매일신보』와 이광수의 관계에 대해서는 김영민과 함태영의 두 편의 논문이 주목된다. 김영민은 이광수가 『매일신보』에 집필하면서 체제순응적인 계몽에 접어든다고 주장하고, 그렇게 되기 직전의 마지막 작품으로 『학지광』 제8호의 「크리스마스밤」과 「용동」에 주목하고 있다(김영민, 「이광수 초기 문학의 변모 과정」, 앞의 논문). 또 함태영은 총독부가 『매일신보』를 통해 지식청년층의 지지를 얻기 위해 젊은이들의 압도적인 인기를 얻고 있던 이광수를 이용했다고 보고 있다. 함태영, 『1910년대 『매일신보』 소설연구』, 연세대 박사논문, 2008.

[39] 이광수, 「無佛翁の憶出(1)－私が翁を知った前後のこと」, 『京城日報』, 1939.3.11; 大村益夫・布袋敏博, 『近代朝鮮文學日本語作品集』(1939~1945), 評論隨筆篇 3, 17면.

[40] 『경성일보』는 1910년 9월 이토 히로부미(伊藤博文)가 창간했다. 당시 통감이었던 이토는 일본어 신문 『한성신보(漢城新報)』와 『대동일보(大東日報)』를 사들여 『경성일보』라는

『경성일보』가 3만 5천 부, 『매일신보』가 2만 부 남짓으로, 4년 후인 1920년에는 각각 7만 부와 5만 부를 돌파한다.[41] 병합 당시 데라우치(寺內) 총독에게서 경성일보사의 경영을 의뢰받은 고쿠민신문(國民新聞)의 토쿠토미 소호(德富蘇峰)는 신문사 일 관계로 조선에 머무를 수가 없었던 탓에 현지에 상주하는 사장을 두고 이따금 조선에 와서 감독하는 방식을 취했다. 고쿠민신문에서 소호의 오른팔로서 부사장을 맡았던 아베는 1913년 8월 소호의 부름을 받고 경성일보의 사장이 되며,[42] 1918년 7월 소호의 사임(辭任)과 더불어 퇴임한다. 아베는 불교에 조예가 깊고 생활은 검소했으며, 일본 통치에 불만을 가진 조선 청년들과 즐겨 이야기를 나눈 까닭에 그의 인격을 존경한 조선인이 많았다고 한다.[43]

경성일보사에는 '경일(京日)'과 '매일(每日)' 두 개의 편집국이 있었는데, 『매일신보』의 편집국을 주재했던 이는 나카무라 켄타로(中村健太郎)라는 조선어에 능숙한 일본인이었다.[44] 나카무라는 구마모토(熊本)현의 조선

명칭으로 바꾸고, 별도로 영자 신문인 『Seoul Press』도 발간하여 각각 사장을 둔다. 일한병합 당시 『대한매일신보』를 사들여 『매일신보』로 개칭하고 처음에는 별도로 회계했으나, 1913년 10월 경성일보사를 합자회사로 삼을 때 합쳤다. 사옥(社屋)은 처음에는 대화정(大和町) 1가에 있었고 1914년 11월 대한문 바깥에 있는 경호원(警護院) 자리로 옮겼으나, 이듬해 화재로 소실되는 바람에 재건축에 들어가 1916년 11월 1일에 준공했다. 「京城日報社誌」(1920.9.1), 『社史で見る日本經濟史 植民地篇 第2卷』, ゆまに書房, 2001.

41 「新聞賣上高統計表」, 위의 책에 수록.
42 「무부츠옹의 추억」의 서두에서 이광수는 아베가 일한병합 후 초대 경성일보 사장이라고 적었는데, 이는 잘못이다. 아베는 1913년 병으로 퇴직한 후 사망한 요시노 타자에몬(吉野太左衛門)을 대신하여 사장이 되었다. 「京城日報社誌」, 위의 책, 4면, 9면.
43 中村健太郎, 『朝鮮生活五十年』, 靑潮社, 1969, 54, 72면; 山崎眞雄, 「不平不滿の噴火口」, 『古稀之無佛翁』, 阿部無佛翁古稀祝賀會發行, 1931. 이 책에는 이광수의 글도 실려 있다. 이광수는 그의 인품에 끌려 아베가 죽을 때까지 토쿄에 가면 인사하러 가는 관계였다. 이광수는 「나의 교유록(我が交遊錄)」(『モダン日本』, 1940.8)에서 아베 미츠이에 대해 "드물게 보는 인격자였다", "선생은 내게 바라는 것이 없고 나도 선생에게 바라는 것이 없었으니, 실로 담담한 사람이었다"고 적고 있다.

어 유학생으로 조선에 건너왔고, 일본인이 발행하던 『한성신보(漢城新報)』의 조선문 주간과 총독부의 번역관으로서 신문을 검열하는 일을 맡고 있던 차에 소호의 눈에 띄어 『매일신보』를 주재하게 된 인물이다.[45] 이광수를 아베의 집에 데려 간 심우섭은 『매일신보』의 기자이고 '천풍(天風)'이라는 호를 가진 작가이기도 한데, 나중에 『무정』의 등장인물인 신우선의 모델이 된다.[46] 심우섭에게 끌려 아베의 집을 방문한 이광수는 아베에게서 『매일신보』에 집필해 달라는 부탁을 받고는 이를 승낙하고, 나카무라의 집을 방문하여 구체적인 이야기를 나누었을 것이다. 9월 8일 『매일신보』에 '남계유옥시봉군(南溪幽屋始逢君)'으로 시작하는 고주생(孤舟生)의 한시 「증삼소서가(贈三笑居士)」가 게재되어 있는데, '삼소거사'는 나카무라의 호(号)이다.

총독부의 어용신문인 『매일신보』에 글을 쓰는 것을 이광수는 어떻게 생각했을까. 앞서 언급했듯이 그는 일본인에 대해 반감을 품고 있었고, 이 신문에 글을 쓴다면 사람들의 공격의 표적이 되리라는 것도 물론 알고 있었다.[47] 당연히 주저했을 것이다. 그럼에도 불구하고 그가 『매일

---

44 中村健太郎,「每日申報主宰」, 앞의 책, 57면. 『경성일보사지(誌)』에 의하면, 1920년 당시 나카무라는 경성일보사 이사 겸 비서과장 외에도 매일신보 편집국 고문을 맡았다. 매일신보 편집국의 사원은 18명으로, 나카무라 외에는 모두 조선인이었다.

45 나카무라는 구마모토 현의 조선 유학생으로서 1899년에 조선에 왔다. 이광수는 『무정』의 연재를 단행한 것은 편집국장 격인 나카무라 켄타로였다고 회상하고 있다. 이광수,「문단 생활 30년의 회고」(『조광』, 1936.8);「다난한 반생의 도정」,『전집 14』, 401면.

46 이광수,『전집 16』, 276면, 「『혁명가의 아내』와 모(某)가정」참조

47 이광수,『그의 자서전』(『조선일보』, 1936~7 연재)에서 '북경' 장은 『매일신보』에 기고하게 된 시기 그의 심리를 묘사하고 있는 것으로 보인다. 주인공은 베이징에서 생활이 궁핍하여 M신문에 투고하여 인정을 받고 계속하여 같은 지면에 『진정』이라는 소설을 연재한다. 그러나 T(신채호를 가리키는 듯하다)에게서 꾸지람을 듣고 동포 젊은이들에게 습격을 받는다.『전집 9』, 386~429면.

신보』에 글을 쓴 이유는 몇 가지로 생각해 볼 수 있다.

우선 이 무렵 그에게는 자신의 글을 발표할 지면이 없었다. 최남선의 『청춘』은 1915년 3월 6호 발간을 끝으로 정간(停刊)된 채였고, 앞서 언급한 대로 『학지광』도 이 시기 잇따라 압수되었다.[48] 자신이 쓴 글을 사람들에게 읽힐 수 없다는 것은 이광수에게 커다란 고통이었을 것이 틀림없다. 이광수는 동포를 계몽하고자 했고, 또한 일본에 동포의 지위 상승을 건의하고 싶어 했다. 총독부의 조선어 신문 『매일신보』는 이 양쪽의 목적을 위해 가장 적당한 언론기관이었다. 자신의 글로써 사람들의 사고 방식에 영향을 주고 조선의 상황을 개선시킬 수 있다고 자부하고 있던 이광수에게 2만 부라는 발행부수를 가진 『매일신보』는 매력적인 발표의 장이었을 것이다.

물론 여기에 청년다운 허영심과 야망이 있었음을 부인할 수 없다. 이광수는 이 무렵 쓴 소설이나 논설에서 청년이야말로 명성과 부에 대한 욕망을 가질 필요가 있다고 부르짖고 있다. 앞서 언급한 논설 「살아라」와 연설 「나는 살아야 한다」에서도 생존을 구하는 본능적 욕망이 문명의 원동력임을 대전제로 삼고 있고, 다만 생존경쟁에 뒤진 조선인의 약함을 탄식하고 있다. 약하기 때문에 강해지지 않으면 안 되며, 이를 위해서는 커다란 욕망을 가져야 한다는 것이 이 무렵 그의 주장이었던 것이다. 애초 이광수는 당시 조선이 맞은 변화는 기본적으로 받아들여야 할 필연적인 추세라는 긍정적 인식을 갖고 있었던 것으로 보인다. 가난한 고아 출신이었던 그는 자신의 신분상승이 왕조(王朝)의 멸망과 양반의 몰락이라

---

48 이광수가 아베와 만나던 무렵 토쿄에서는 『학지광』 10호(9월 4일 발행)가 4호만에 무사히 간행된다. 편집 겸 발행인은 변봉현이고, 이광수의 글은 실려 있지 않다.

는 미증유의 대변동의 시대에 태어난 덕분이라는 것을 잘 알고 있었다. 일본인의 오만함과 차별의식에 대한 분노는 이것과는 별개의 문제였다.

그가 『매일신보』에 집필하는 동기가 된 것으로 보이는 대단히 현실적인 이유가 한 가지 더 있다. 자세한 것은 다음 장에서 언급하겠지만, 이 무렵 그는 경제적으로 압박을 받고 있었다. 토쿄에 돌아오면 곧 가을 학기 학비를 납부해야 했던 그에게 『매일신보』에서 들어오는 원고료는 바로 하늘의 도움처럼 여겨졌을 것이다.

토쿄로 향하는 날, 이광수는 아베에게 인사를 하고 나서 기차에 오른 듯하다. 이광수가 나중에 『매일신보』에 발표한 「대구에서」[49]의 서두는 "아침에 선생을 배별(拜別)하고 종일 비를 맞으며 대구에 도착하였나이다"라는 문장으로 시작하고 있다. 여기서 '선생'이란 아베를 가리키는 것 같다. 이 무렵 대구에서는 강도가 자산가(資産家)의 집을 습격한 사건이 발생하는데, 처음에는 외부의 범행이라고 생각되었던 것이 곧 사위와 자식의 소행으로 판명되어 커다란 화제가 되었다.[50] 이광수는 「대구에서」에서 이 사건을 분석하여 조선의 중류계급 청년의 불안을 거두어들이기 위한 방책을 제언하고 있다. 제언을 올린 상대는 '선생'이지만, 그 배후에는 총독부가 의식되어 있다. 관계와 교육계, 우편, 은행 등의 "고상하고 복잡한" 일은 현 단계에서는 일본인에게 맡기고, 우선 조선인을 상점 사무원, 공장 기술자, 보통학교 교원 등의 일에 고용해야 한다는 제언은 조선인이 현 시점에서 일본인보다 열등하다는 것을 전제하고 있

---

49 1916년 9월 22, 23일 게재, 『전집 18』, 206~209면.
50 이 사건은 9월 4일에 발생하며, 『매일신보』 1916년 9월 6, 7, 8, 10. 12일에 기사가 실리고 있다.

으며, 보는 사람에 따라서는 비굴하다고도 받아들일 수 있다. 그러나 이러한 수사를 사용해서라도 조선인에게 직업적인 지식을 습득할 기회를 주고 실력 양성을 위해 배울 기회를 주고 싶다고, 이광수는 절실하게 바라고 있었을 것이다.

토쿄에 돌아온 이광수는 9월 10일 와세다대학 대학부 문학과 철학과의 입학수속을 밟는다. 이때 학적부에 기재된 주소인 '시외(市外) 토즈카마치(戶塚町) 156 아사이 씨 댁(淺井方)'은 학교에서 운동장 옆을 지나 타카타노바바(高田馬場) 역을 향해가는 길에 위치해 있다.[51] 이 하숙에서 그는 『매일신보』에 발표할 논설을 쓰기 시작한다. 우선 9월 22일부터 이틀간 「대구에서」가 게재되고, 이어서 27일부터 당대의 토쿄를 소개하는 「동경잡신(雜信)」의 연재가 시작되었다. 1개월 반의 연재가 끝나자 다음 11월 10일부터 이번에는 문학평론 「문학이란 하오」가 시작되고, 이 글이 끝나기 이틀 전부터 「혼인론」이, 그리고 「혼인론」의 연재가 끝나기 사흘 전인 10월 26일부터는 「교육가 제씨에게」와 「농촌계발」 두 편의 논설이 연재되기 시작한다. 「농촌계발」은 이듬해 2월 18일가지 2개월 가까이 연재가 계속되고 「교육가 제씨에게」는 12월 13일에 연재가 끝나지만, 그 이튿날부터 「조선 가정의 개혁」이, 이 글이 끝나고 바로 「조혼(早婚)의 악습」이 시작되고 있다. 이 시기 『매일신보』에는 항상 이광수의 논설이 두세 편씩 게재되고 있었던 셈이다. 이전에 써두었던 것도 있을지 모르지만, 굉장한 집필량이다.

---

51 이 주소는 현재 타카타노바바(高田馬場) 1가에 있는 영화관 와세다쇼유치쿠(早稻田松竹) 뒤쪽이 되어 있다. 「동경잡신」의 '4. 학생계의 체육'에는 "나의 하숙은 와세다대학의 운동장과 가깝다"고 되어 있지만, 실제로는 그렇게 가깝지 않다. 당시 그가 운동장 옆을 지나 통학하고 있었던 게 아닐까 싶다.

한편 이광수는 11월 3일 조선학회에서 「민족성에 관한 연구」를 발표하고, 사흘 뒤에는 논설 「우선 수(獸)가 되고 연후에 인(人)이 되라」를 써서 『학지광』 11호에 발표한다.[52] 이 두 편의 글은 이광수가 이 시기에 이미 민족성에 주목하고 있었고, 이를 우승열패의 논리와 결부지어 사고하고 있었음을 보여준다. 이처럼 대량의 논설을 집필하는 동시에 그는 학교 공부도 게을리하지 않았는데, 이는 이듬해 학년말 시험에서 훌륭하게 특대생이 된 사실에서도 알 수 있다.

이렇게 과다한 활동이 그의 체력을 소모시켰을 것은 쉽게 짐작할 수 있다. 점차 겨울 방학이 가까워질 무렵, 이번에는 신년소설을 써보라는 『매일신보』의 전보가 날아든다. 이광수는 방학을 맞자마자 "동기 방학 동안에 불면불휴(不眠不休)로 약 70회 분을 써서"[53] 『매일신보』에 보내기에 이른다.

5. 1917년(大正 6) 전반 ─ 『무정』과 결핵

나중에 이 시기를 회상하면서 이광수는 다음과 같이 쓰고 있다.

『무정』을 쓰던 때의 일은 지금도 잊히지 않습니다. 그것은 아마 내가 몹

---

52 『학지광』 11호는 미상(未詳)으로 영인본에도 수록되어 있지 않은데, 호테이 토시히로가 미국 워싱턴 의회도서관에 소장되어 있는 것을 8호와 동시에 발견했다. 布袋敏博, 앞의 논문. 논선 「우선 수(獸)가 되고 연후에 인(人)이 되라」는 『전집 20』에 수록되어 있다.
53 이광수, 「문단생활 30년의 회고」, 앞의 책, 399면.

시 고행하던 때 일이 되어 그런 듯합니다.

그때에 나는 배고파서 정신을 잃은 적도 한두 번이 아니었고, 교과서를 못 사는 것은 두 번째로 당장 수업료를 바치지 못해서 학교에도 못 가던 때가 빈번하였을 그 시기였습니다.[54]

이광수는 김성수에게 경제적인 도움을 받아 유학했고, 중앙학교 학감인 안재홍의 명의로 매달 이십 원을 받았다고 한다.[55] 그러나 이것은 그가 10년 전 메이지학원(明治學院)에 유학하던 때 관비로 지급받은 액수와 동일한 것으로,[56] 당시로서는 지극히 불충분한 액수였다. 대전(大戰)의 영향으로 호경기에 돌입한 일본에서는 인플레가 일고, 물가 폭등으로 인해 사람들은 생활에 직격탄을 맞았다. 쌀값이 오르는 것을 견디다 못한 사람들이 전국에서 쌀소동을 일으킨 것은 그 이듬해 1918년의 일이다. 매달 집에서 일정하게 보내오는 돈으로 생활하는 학생들은 물가고(物價高)에 시달렸다. 메이지 끝 무렵 월 10원 정도였던 하숙비가 이 무렵에는 5할 정도 껑충 뛰어오른다.[57] 9월, 1월, 5월에 세 번 나누어 납부해야 했던 년간 50원 정도의 대학 수업료도 이 시기에 오르기 시작한다.[58] 이광수는 그 이후 6월에 치른 학년말 시험에서 특대생이 되어 학

---

54 이광수, 「나의 최초의 저서」(『삼천리』, 1932.2), 『전집 6』, 268면.
55 이광수, 「『무정』 등 전작품을 어(語)하다」(『삼천리』, 1937.1), 『전집 16』, 300면.
56 이광수, 「나의 40반세기」, 『신인문학』 8월호, 1935, 18면.
57 하타노 세츠코, 「홍명희가 도쿄에서 다닌 두 학교」, 본서 227~229면 참조; 週刊朝日編『値段の風俗史 下』, '下宿料金', 朝日文庫, 1989.
58 와세다대학(문과)의 수업료는 1912년(明治 45)에 50원, 1919년(大正 8)에 55원이었으나, 1920년(大正 9)에 75원, 1922년(大正 11)에 110원으로, 이 무렵부터 급격하게 오르기 시작한다. 『値段の風俗史 下』, 448면; 『早稻田大學規則便覽』(1915年 改正), 56면.

비를 면제받지만, 그 이전에는 학비를 납부하는 일로 고민했을 것이다.[59] 덧붙이자면 『무정』에서 형식이 1916년 여름 경성학교에서 받은 월급도 35원이다. 형식의 하숙비는 8원 남짓으로 높지 않았지만, 토쿄의 서점에 지급하는 플라톤전집 대금은 5원이나 했다.[60] 당시는 잡지가 10전에서 50전 정도, 단행본은 1원에서 2원이었기 때문에,[61] 20원의 생활비로는 교과서 대금과 수업료 납부가 곤란했을 것이 당연하다. 앞서 지적한 것처럼, 이광수가 『매일신보』에 집필한 가장 큰 이유는 토쿄에서 공부를 계속하는 데 월 20원의 생활비로는 무리였기 때문이라고 생각된다.[62] 신문사에서 받은 원고료는 『무정』 연재가 시작될 무렵에는 5월, 연재가 끝날 무렵에는 10월, 그리고 『개척자』의 연재가 시작될 무렵에는 20원이 되었다고, 나중에 이광수는 회상하고 있다.[63]

『무정』의 연재는 1917년 1월 1일부터 시작되어 6월 14일까지 126회가 이어진다. 필자는 이전에 쓴 논문에서, 이광수가 겨울방학 중에 자지도

---

59 1916년(大正 5) 8월 『와세다학보(早稻田學報)』의 특대생 란에 이광수의 이름은 없다. 본래 대학 진학시 입학생에 대한 특별대우 제도가 있었는지는 분명치 않다. 1917년(大正 6) 8월 『와세다학보』와 7월 『학지광』 13호 소식란에는 이광수가 특대생이 되었다는 사실이 기재되어 있다.

60 波田野節子 譯, 『無情』 24節, 平凡社, 2005, 88면.

61 당시의 신문광고를 참조했다. 또 이광수가 투고한 잡지 『홍수이후(洪水以後)』는 증간호(增刊號)가 25전, 보통은 10전 남짓이었다.

62 주 47)에서도 지적했듯이, 『그의 자서전』에서 '북경' 장은 이 시기 이광수의 심리를 그린 것이라고 생각되는데, 주인공이 M신문에 계속하여 투고하고 같은 지면에 『진정』이라는 소설을 연재한 이유 또한 경제적 압박이었다.

63 이광수에게는 원고료 액수가 특히 인상적이었던 듯하다. 「나의 최초의 저서」(삼천리, 1932.2)에서는 처음에는 5원이었던 『무정』의 원고료가 끝날 때는 10원이었다고 회상하고 있고(『전집 16』, 268면), 「문단생활 30년의 회고」(『조광』, 1936.5)에서는 「동경잡신」에서 매월 5원, 『무정』과 『개척자』에서 매월 10원이었다고 회상하고 있다(『전집 14』, 398면). 그리고 「『무정』 등 전작품을 어(語)하다」(『삼천리』, 1939.1)에서도 『무정』 때는 5원이었는데 『개척자』 때는 4배나 올라 일약 20원이 되었다고 언급하고 있다. 『전집 16』, 300면.

쉬지도 않고 쓴 '약 70회분'이란 4월 초에 게재된 72절에서 74절 남짓까지의 3개월분이라고 추정했다. 이 근처에서 작품의 흐름이 중단되고 있기 때문이었다.[64] "춘원이 한꺼번에 이처럼 큰 장편을 쓸 수 있었던 것은, 오직 자전적 사실을 거의 꾸밈없이 그대로 나열한다는 생각 밑에서 집필했기에 가능했던 것"[65]이라는 김윤식의 지적대로, 적어도 『무정』의 전반부는 그의 내부에서 흘러나오듯이 단숨에 써내려갔던 것이다.

그러나 아무리 무리하게 일하여 쇠약해졌다고는 해도, 20대의 젊은 이가 배가 고파 몇 번이나 실신했다는 회상 내용은 심상치 않다. 이광수의 몸이 이 무렵 얼마나 쇠약했었는지 엿볼 수 있는 대목이다. 이 시절 영양부실로 과로한 고학생이 가장 두려워해야 했던 병, 그것은 결핵이다. 그가 평생 괴로워하게 된 이 병에 걸린 것은 『무정』을 집필 중이던 무렵이었다고 생각된다.[66] 이광수는 폐결핵이 발병했을 때의 일을 다음과 같이 회상하고 있다.

병 시작은 대정(大正) 6년도, 동경에서부터이지요.[67]

내가 폐병에 걸리게 된 때는, 지금으로부터 15년 전 일입니다. 처음에 감기 모양으로 몸이 괴로워지고 기침이 자주 나기에, 의사에 진찰을 받았더니, 의외에도 내가 제일 무서워하는 폐병이라는 선고를 받게 되었습니다.[68]

---

64 하타노 세츠코, 『『무정』을 다시 읽는다』, 314~315면.
65 김윤식, 『이광수와 그의 시대』, 솔, 1999, 604면.
66 김윤식은 『이광수와 그의 시대』에서 "그의 첫 발병은 1917년 4월경이며, 두 번째가 1918년 4월경"(643면)이라고 썼지만, 근거가 분명하지 않다.
67 이광수, 「춘원 병상 방문기」, 『문예공론』 창간호, 1919.5, 62면. 『전집』에 미수록.

초가을부터 계속된 일로 무리를 거듭한 이광수는 『무정』을 쓸 무렵 폐병이 발병했던 것이다. 『무정』의 연재가 시작됨과 동시에 그토록 활발했던 논설의 발표가 중단된다. 「농촌계발」의 연재는 2월까지 계속되지만, 그것은 전 해에 집필했던 것이 아닐까 싶다. 겨울 방학이 끝난 1월 중순에 「소년이 비애」, 「윤광호」, 「방황」 등 세 편의 단편을 쓰지만,[69] 그때까지에 비하면 현격하게 줄어든 분량이다. 「방황」의 말미에는 '1917.1.17, 토쿄 코우지마치(麴町)에서'라고 집필 날짜와 장소가 기재되어 있고, 작품의 주인공이 유학생 숙소에 병으로 누워 있다. 이로부터 이 무렵 이광수가 코우지마치의 유학생 감독부 기숙사로 옮겼음을 추측할 수 있다. 감기로 커다란 방에 누워 있는 「방황」의 주인공은 동료가 등교한 후 심각한 허탈감에 빠져 "중이 되고 싶다"고 생각한다. 이 '중이 되고 싶다'는 말을 『무정』의 73절과 74절에서 이형식도 똑같이 중얼거리고 있다. 이 무렵 이광수의 정신상태가 당시로서는 '죽음에 이르는 병'이었던 폐결핵의 발병과 관련이 있음을 강력하게 시사하는 대목이다.

나중에 이광수와 결혼하게 되는 허영숙은 서로 알았을 때 이미 그는 폐병에 걸려 있었다고 회상하고 있다. 그녀는 이광수와의 만남에 대해 몇 번인가 엇갈리게 회상하고 있는데, 그 가운데서도 가장 신뢰할 수 있는 것은 주변 인물과 상황까지 명확하게 기억하고 있는 다음의 언급이다.

그때 장덕수 씨 최두선 씨 현상윤 씨 그런 이들하고 무슨 회(會)가 있었는

---

68 이광수, 「폐병 생사 50년」(『삼천리』, 1932.2), 『전집 14』, 350면.
69 「소년의 비애」는 1917년 1월 10일 아침, 「윤광호」는 1월 11일, 「방황」은 1월 17일이라는 집필 날짜가 작품 말미에 기록되어 있다.

데 저도 참석하여 처음으로 저이를 만났습니다. 회가 끝나 한담(閑談)을 하는데 저이가 날 보고 폐병에는 무슨 약이 좋냐고 묻겠지요.[70]

장덕수, 최두선, 현상윤은 모두 와세다 출신이다. 최남선의 아우인 최두선은 1917년 7월까지 철학과에, 현상윤은 1918년 7월가지 사학과에 재학했고, 장덕수는 1916년 7월 경제학부를 졸업했으나 1917년 2월 9일 조선학회 공개강연회에서 현상윤과 함께 강연할 때까지는 토쿄에 있었던 것을 알 수 있다.[71] 허영숙이 이광수와 알게된 것은 필시 1916년 말부터 이듬해에 걸쳐서였을 것이다. 나중에 허영숙은 약을 보내기도 하는 등 그를 돌봐주게 되고, 그래서인지 이광수의 건강은 순조롭게 회복된다. 이광수는 곧 저작활동도 재개하고,[72] 4월 29일에 개최된 학우회 주최 신입생 환영회 및 졸업생 축하회에서는 축하의 말을 하고 있다.[73]

그리고 6월 14일 『무정』의 연재가 끝난다. 이 시기의 행적을 시간순으로 정리해 보면, 그는 5월 경에는 『무정』을 완성하고 곧 단편소설 「어린 벗에게」의 집필에 들어가며, 여름 방학에 조선에 돌아올 때에는 집필을 끝낸 것이 아닐까 싶다.[74] 학년말 시험을 끝내고 토쿄를 출발한 그는

70 「춘원병상방문기」, 앞의 잡지, 62면.
71 『학지광』12호 소식란 참조. 귀국한 장덕수는 그후 상하이로 가서 신한청년단에 가입한다. 이광수는 2 · 8 선언서의 영역본을 가지고 상하이에 도착했을 때 일본을 향하는 그와 맞스친다.
72 이광수는 2월 하순부터 활동을 재개한 듯하다. 『학지광』12호(4월 19일 발행)에는 2월 22일 생일에 쓴 「25년을 회고하여 애매(愛妹)에게」 외에도 논설 「천재야! 천재야!」와 「혼인에 대한 관견(管見)」을 발표하고, 2년만에 재간행된 『청춘』7호(5월 16일 발행)에는 수필 「거울과 마주 앉아」와 시 「어린아이」를 발표하고 있다.
73 『조선인 개황 1』, 64면; 『학지광』13호 소식란.
74 1912년 학년말 시험 기간은 6월 4일부터 6월 14일까지였다(山本一藏 日記, 『早稻田大學百年史 第2卷』, 早稻田大學發行, 1981, 669면). 5년 후인 1917년에도 학사력은 그다지 변하지

조선으로 향하는 기차와 배 안에서 기행문「동경에서 경성까지」를 쓰고, 이를「어린 벗에게 제1·2신」과 함께『청춘』9호(7월 26일 발행)에 발표한다. 기행문에 보이는 들뜬 듯한 문체는 당시 이광수가 미래에 대해 품었을 희망과 신뢰를 남김없이 반영하고 있다. 그리고 여기에 흘러넘치는 밝음은『무정』의 마지막 장 "아아, 우리 땅은 날로 아름다워져 간다"[75]고 소리높여 노래했던 밝음과 맞닿아 있다. 허영숙 덕분에 그의 몸은 건강을 되찾았다.[76] 특대생이 된 그는 더 이상 학비로 고민하지 않아도 좋았고,『무정』이 호평을 얻어 원고료도 들어오게 되었다. 그리고 그는 이제 신문사에서 민정(民情) 시찰 기행문을 쓰라는 의뢰를 받고 특파원으로 여행길에 오른 참이었다.[77] 병합 6년째를 맞은 조선 각지의 '경

않았던 듯하다. 학년말 시험을 끝낸 이광수는 6월 18일 밤에『학지광』의 원고「졸업생 제군에게 드리는 간고(懇告)」를 끝낸 후 조선으로 향하고 있다. 7월 26일 발행된『청춘』9호에 게재된「어린 벗에게 제1·2신」은 적어도 1개월 전에는 최남선의 손에 넘어가 있어야 하는데, 이는 이 무렵 이광수가 서울에 도착했다는 얘기가 된다. 그후 이광수는 오도답파 길에 올라 8월 18일까지 여행을 계속한다. 이 여정은 고되어서 도중에 입원까지 하고 있는 것으로 보아 기행문 이외의 집필은 어려웠을 것이 분명하다. 그런 까닭에 9월 26일 발행된『청춘』10호에 실린「어린 벗에게 제3신」의 원고는 토쿄에서 씌어져 제1신과 함께 최남선의 손에 건네졌다고 보는 것이 자연스럽다. 마지막회「어린 벗에게 제4신」이 게재된『청춘』11호는 11월 16일에 발행된 터라 이광수가 토쿄에 돌아오고 나서 썼을 가능성도 배제할 수 없지만, 이 시기에 그는 이미『개척자』에 착수하고 있었다. 필자는 이광수가『무정』의 집필을 끝내고 나서 귀국하는 사이에 전편을 집필했을 것이라고 생각한다. 이에 대해서는 다음 논문에서 논의할 것이다.

75 波田野節子 譯,『無情』, 平凡社, 447면.

76 이광수가 오도답파 여행에 나서게 되었을 때, 허영숙은 여행이 가능한지 어떤지 은사(恩師)에게 의뢰하여 진단을 받고 괜찮다는 결과를 얻어 보낸다. 그런데 그가 목포에서 병에 걸려 입원했다는 이야기를 듣고 폐결핵이 재발했다고 생각하여 여행길에 오르게 한 것을 후회했다고 한다. 그 때문에 사랑이 더욱 깊어졌다고, 그녀는 회상하고 있다.「춘원병상방문기」,『문예공론』, 1924.4; 허영숙,「나의 자서전─일대(一代)의 문호 춘원의 애인」,『여성』, 1939.2, 26~27면.

77 "여름 방학을 이용해 시정(始政) 5년의 민정(民情) 시찰을 위해 조선 각지를 돌아보지 않겠느냐고, 당시 매일신보의 감사였던 나카무라 켄타로(中村健太郎) 씨에게서 토쿄에 있던 나에게 편지가 왔다." 이광수,「無佛翁의 憶出(1)─私が翁を知った前後のこと」(『京城日報』,

제, 산업, 교육, 교통의 발달, 인정 풍속의 변화'를 선전하는 것이 신문사의 목적이었는데,[78] 그것은 바로『무정』의 마지막 장에 묘사된 조선의 모습—형식들이 부산에서 여로에 오른 뒤 모든 면에서 장족의 진보를 성취하여 상공업이 발달하고 대도시에는 석탄 연기가 흐르며 망치 소리가 울려퍼지는 새로운 조선의 모습이었을 것이다. 이를 시찰하기 위해 이광수는 '오도답파(五道踏破)'의 길에 나선 것이었다.

6. 1917년(大正 6) 후반–찬란한 나날

「오도답파기행」의 연재는『매일신보』는 6월 29일부터,『경성일보』는 6월 30일부터 시작된다. 같은 작가가 일본어와 한국어로 연재하는 획기적인 형식이었다. 이광수는 나중에『경성일보』에서 의뢰받아 전주 부근부터 일본어로도 썼다고 회상하고 있지만,[79] 실제로는『경성일보』에 첫날의 기행문부터 게재되어 있다. 다만『매일신보』의 처음 2회분이『경성일보』에서는 1회로 합쳐져 있고 조선문에는 없는 내용이 일본문에는 들어 있는 것으로 보아, 어쩌면 신문사 측에서 이광수의 원고를 번안하여 게재한 것은 아닐까 하는 의문도 남는다. 그러나 후반에 이르면, 이번에는 이광수가 일본어로 쓰고 그것을 신문사에서 조선어로 번역하게 된다. 7

1939.3.11), 앞의 책, 18면.

78 『매일신보』, 1917.6.16, 1면.

79 李光洙, 「無佛翁の憶出(1)」 참조. 1939년 8월에 간행된 단행본『반도강산』의 서문에도 같은 기술이 있다. 『전집 16』, 315면.

월 2일에 이광수가 목포에서 적리(赤痢)를 앓아 입원한 후에는 이광수가 일본어 원고를 쓰고, 심우섭이 조선어로 번역하여 『매일신보』에 게재했다고 한다.[80]

오도(五道)란 전라남도, 전라북도, 경상남도, 경상북도, 강원도를 가리킨다.[81] 처음의 계획은 금강산까지 갈 예정이었으나, 교통편이 나쁘고 도중에 입원 소동도 있어서 금강산은 취소되고 답파는 경주에서 끝난다. 이광수가 거친 여정은 다음과 같다.

조치원-공주-이인(利仁)-부여-군산-전주-이리-나주-목포(적리 발병, 입원)-다도해-삼천포-진주-통영-동래온천-금정-해운대-부산-마산-대구-경주

6월 26일 기차로 경성을 출발한 이광수는 함께 탑승하고 있던 시마무라 호게츠(島村抱月)·마츠이 스마코(松井須磨子) 일행에게 즉석에서 인터뷰를 하여 신문사에 제1편을 써보낸다(당시 기차 안에서 시마무라 호게츠와 대

---

80 그렇다고는 해도 원고는 일본인(필시 나카무라 켄타로일 것이다)에게 손보였을 것이라고 생각된다. 『오도답파기행』에 일본어판과 조선어판이 있다는 것을 맨 처음 지적한 사람은 호테이 토시히로이다. 호테이는 심우섭이 조선문으로 번역한 것은 일부뿐이었다고 추론하고 있다. 布袋敏博, 「李光洙「吾道踏破旅行記」小考-朝鮮語版と日本語版の比較研究」(第54回 朝鮮學會, 2003); 「「오도답파」 집필 무렵의 이광수(한국현대문학회 제3차 전국학술대회, 2008). 현재 『이광수전집』에 수록되어 있는 조선어판 「오도답파여행기」는 「오도답파여행기」와 「금강산유기」를 합쳐 영창서관에서 간행한 『반도강산기행문집 춘원 이광수 걸작집』 제1권에 수록되어 있는 것이다. 그 서문에서 이광수는 최정희가 전체를 손보아 문체를 통일했다고 적고 있다. 『전집 16』, 315면.

81 이광수, 「『금강산유기』 동기」, 단행본 『금강산유기(1924.10) 수록; 『전집 19』, 339면. 15년 뒤에 쓰어진 『반도강산』 서문에는 '충남·전북·전남·경남·경북'으로 되어 있지만, 시기적으로 보아 「『금강산유기』 동기」 쪽의 기억이 정확하지 않을까 싶다.

면했던 이광수는 시마무라가 일본에 돌아가 『와세대문학(早稻田文學)』에 발표한 「조선소식(朝鮮だより)」(1917.10)을 읽고는 곧바로 그의 논의에 호응하여 「부활의 서광」(1917.10.16 집필)이라는 장문의 문예론을 쓰기도 한다-옮긴이). 그후에는 가는 곳마다 신문사 지국원(支局員)의 안내로 지방 관공서의 우두머리와 면담하여 그 지방의 민정(民情)을 소개하고, 또한 이름난 곳이나 풍광이 아름다운 곳에서는 시흥(詩興)이 담뿍 담긴 사생문(寫生文)을 쓴다. 목포에서는 앞서 언급했듯이 적리가 발병하여 6일간 입원한다.

8월 4일 부산에 도착한 이광수는 거기서 토쿠토미 소호와 처음 만난다. 조선에 온 소호를 부산까지 맞으러 나간 아베 미츠이에가 소호에게 이광수를 소개하고, 일행은 역 호텔에서 함께 아침을 먹는다.[82] 소호와 아베와 이광수의 교유는 그후 줄곧 계속된다. 이 여행을 함으로써 이광수는 문명(文名)을 크게 떨쳤고 각지의 사정에 밝아졌으며, 무엇보다도 저명인사와 총독부에서 높은 지위에 있는 사람들을 지기(知己)로 얻었다. 그의 사회적 지위는 현격하게 높아졌던 것이다. 8월 18일 경주에서의 통신으로 「오도답파여행기」는 끝나고,[83] 이광수는 일단 경성으로 돌아오고 나서 9월 15일 다시 토쿄로 향한다.[84]

이해 9월 11일로 예정되어 있던 와세다대학의 개강은 이른바 '와세다 소동' 탓에 중지된다. 여름 방학 전부터 시작되었던 학장 후임 문제가 학생들을 휩쓸기 시작하자 소동을 두려워한 학교 측이 개강을 취소했던 것이다. 학교의 태도에 분격한 학생들이 학교 건물에 난입하여 13일에는

---

82 李光洙, 「無佛翁の憶出(2)-齋藤總督と靈犀相通じた翁」, 앞의 책, 18면.
83 경주에서의 통신은 9월 12일자 『매일신보』에 게재되었다.
84 『매일신보』, 1917.9.15.

신문이 '와세다대 무정부 상태' '혁신단 대학 전부 점령'이라는 표제를 붙이는 사태에 이른다.[85] 이 무렵 러시아에서는 2월에 로마노프 왕조를 쓰러뜨린 혁명이 진행 중이었는데, 이러한 용어가 빈번히 신문을 장식했던 것도 젊은이들의 심리에 영향을 주었을 것이다. 이어서 10월 1일에는 기록적인 태풍이 토쿄를 강타한다. 사망자와 부상자가 넘쳐나고, 그후에는 식료품이 폭등하는 소동으로 이어진다. 토쿄에 돌아온 이광수가 새로운 연재소설 『개척자』의 집필에 착수한 것은 이렇듯 어수선한 분위기 속에서였다. 주위의 고양된 분위기는 작품에도 영향을 주었을 것이다. 『개척자』는 11월 10일부터 이듬해 3월 15일까지 연재된다.

10월 17일 이광수는 나혜석과 허영숙이 편집부원으로 있던 조선여자친목회의 기관지인 『여자계(女子界)』의 편집 찬조를 맡게 된다.[86] 열흘 뒤인 10월 27일에는 청년회 교육부가 주최한 연속 3회 강연회의 두 번째 강연을 맡는다. 제1회(9월 29일)는 철학박사인 모토다 사쿠노신(元田作之進), 제2회는 이광수와 와세다소동으로 이제 막 대학을 사임한 오야마 이쿠오(大山郁夫),[87] 제3회(11월 10일)는 신학박사인 이부카 카지노스케(井深梶之助)였다. 모교의 오야마 교수와 나란히 강연을 맡게 되는 영예를 얻었던 이광수는 단상에서 '오도답파 여행담'을 이야기한다.

다음달 11월 17일 토요일 오후 2시 와세다대학 본부의 응접실에서 학

---

85 『東京朝日新聞』, 1917. 9. 13.
86 『여자계』 2호, 1917. 3. 22 소식란. 회장 김마리아, 총무 나혜석, 편집부장 김덕성, 편집부원 허영숙 · 황애시덕 · 나혜석, 편집 찬조 전영택 · 이광수. 자료를 제공해준 세리카와 테츠오(芹川哲世) 씨에게 이 자리를 빌려 감사드린다.
87 『학지광』 14호 소식란에는 '와세다대학 교수'라고 되어 있지만, 오야마는 한창 대학소동 중이던 9월에 사표를 제출한다. 그는 그후 오사카아사히신문(大阪朝日新聞)에 입사한다.

과장과 일본인 유학생 감독이 임석(臨席)하고 조선 유학생들이 참석한 가운데 하계 시험에서 우수한 성적을 거둔 최두선, 이광수, 현상윤, 김여제 네 사람이 대학 이사에게서 총독부의 상금을 건네받는다.[88] 총독부에서 수여하는 상금이라고는 해도, 일본 학생과 경쟁하여 실력으로 얻은 성적이었다. 필시 두드러지게 표나는 일이었을 것이다. 이날 저녁에는 청년회관에서 학우회 주최로 연설회가 열렸고, 변사들은 크게 기염을 토했다.[89] 이날은 또한 청년회의 기관지『기독청년』이 창간된 날이기도 하다. 다음달 12월 27일 학우회가 주최한 송년회가 난메이구락부(南明俱樂部)에서 열리는데, 참가자는 350명에 달했다.[90] 당연히 이광수도 출석했을 것이다. 이렇게『무정』과 폐결핵으로 막을 연 이광수의 1917년은 찬란한 나날 속에서 저물고 있었다.

7. 1918년(大正 7) ─ 베이징으로의 '애정도피'

해가 바뀌어 1월 이광수는 기독교 청년회 제12회 정기총회에서 청년회 부회장이 되고, 2월 말에는 청년회 기관지『기독청년』의 편집부원이 된다.『조선인 개황』에는 청년회가 이광수에게 월 20원의 수당을 지급

---

88 『早稻田學報』, 1917. 12;『학지광』14호 소식란.
89 『학지광』14호 소식란에 의하면, 이날 웅변회는 '학생 풍기문제 대연설회'로 다수의 청중이 모였다고 한다.『조선인 개황 3』에는 송계백, 이종근, 장덕준의 과격한 연설 내용이 기재되어 있다.『在日朝鮮人關係資料集 1』, 72~73면.
90 『학지광』15호 소식란;『조선인 개황 2』, 앞의 책, 66, 74면.

하여 충실한 지면을 의뢰했다고 기록되어 있는데,[91] 이것이 사실이라면 이 시기 『기독청년』에는 이광수가 쓴 글이 들어있을 가능성이 높다. 다만 현재 확인되어 있는 5호(1918.3)에서 13호(1919.1)까지는[92] 5호에 이보경이라는 이름으로 발표된 시 「난 날」 이외에는,[93] 이광수의 글을 특정할 수 없는 상황이다.[94] 이에 대해서는 금후의 과제로 삼고 싶다.

2월 말 객혈을 한 이광수는 허영수의 도움으로 그녀의 은사에게 진찰을 받고 아타미(熱海) 온천에서 정양한 후 일단 귀국하지만,[95] 최남선과 만나 3월 17일에 다시 토쿄로 돌아온다.[96] 이 3월에 나혜석이 토쿄여자미술학교를 졸업한다.[97] 허영숙도 7월 토쿄여자의학전문학교 졸업을 앞두

---

91 "1918년(大正 7) 2월 말 이광수(甲号) 2월 수당 20원을 지급하여 편집부원에 참가케 하는 일면 잡지의 내용을 충실케 하다." 『조선인 개황』 3, 69면.

92 『기독청년』 복사본을 보내준 토쿄 YMCA의 타즈케 카즈히사(田附和久) 씨와 연세대의 김영민 교수님께 이 자리를 빌려 감사드린다. 『기독청년』에 관해서는 다음의 논문이 있다. 小野容照, 「福音印刷合資會社と在日朝鮮人留學生の出版史(1914~1922)」, 『在日朝鮮人史研究』, 第39号, 2009.10; 이철호, 「1910년대 후반 동경 유학생의 문화인식과 실천—『기독청년』을 중심으로」, 『한국문학연구』 제35집, 2008 하반기.

93 「난 날」은 이광수가 2월 22일 26세 생일을 맞아 돌아간 부모를 그리워하며 쓴 시이다. 전집에는 수록되어 있지 않다.

94 '추호(秋湖)', '구리벙', '도레미생(生)', '추봉(秋峯)' 등의 필명으로 된 시와 기사(記事)가 있는데, 이것은 각각 전영택, 주요한, 홍남파, 김영만으로 간주되고 있다. 김윤식, 「문인필명일람표」, 『한국현대문학연표』 부록 I, 문학사상사, 1988. 단 김영만에 대해서는 앞서 언급한 이철호의 논문 주 33)을 참고.

95 앞서 언급한 「춘원병상방문기」에서의 허영숙의 회상이다. 허영숙은 이때 이광수의 객혈은 오도답파여행 2년 뒤의 일이며, 객혈 후 그가 학교를 그만두고 조선으로 돌아갔다고 회상하고 있지만 사실이 아니다. 착오였을 것이다.

96 『청춘』 13호(1918년 4월 16일 발행)에 게재된 「병우(病友) 생각」에서 최남선은 이광수가 아타미에서 전지요양을 한 후 진료상 필요해서 잠시 조선에 왔다가 3월 17일 돌아갔다고 적고 있다. 이광수도 「문단생활 30년의 회고」에서 "이러는 동안에 건강이 더욱 쇠하여서 졸업을 한 해 앞두고 일단 조선에 돌아왔으나 정양할 여유도 없어서 다시 동경으로 가서 학업을 계속"했다고 적고 있다.

97 나혜석은 4월 14일 칸다 니시키초(神田 錦町)에 있는 송본루(宋本樓)에서 개최된 학우회 주최 졸업생 축하회에 출석한 뒤 귀국한 것이 아닐까 싶다.

고 있었지만, 이광수에게는 아직 학업 기한이 1년 남아 있었다. 그는 허영숙에게 1년 더 일본에 머물러 달라고 간청하지만 거절당하고 만다.[98]

병과 귀국으로 인한 공백에도 불구하고, 이광수는 6월 학년말 시험에서 우수한 성적을 거둬 "우등으로 진급"[99]한다. 그리고 허영숙은 7월 25일 토쿄여자의전을 졸업한다. 1개월 후 이광수는 귀국하는 허영숙을 배웅하며 토카이도선(東海道線)을 따라 누마즈(沼津)까지 가고, 8월 24일 아침 그녀를 보낸 후 가까운 해수욕장 여관에서 여름 방학이 끝날 때까지 요양한다.[100] 이 시기 이광수가 허영숙에게 보낸 편지가 전집에 수록되어 있는 덕분에, 두 사람이 베이징으로 애정도피행각을 벌이게 된 대강의 경과를 미루어 살필 수 있다.[101]

이미 두 사람 사이를 알고 있던 허영숙의 모친은 반대했다. 이광수가 기혼자이고 나혜석을 비롯하여 다른 여성들과의 염문(艷聞)도 있으며, 문벌이 없는 가난한 청년이었던 것을 생각하면 당연한 일이었을 것이다.[102] 이광수는 정주에 있는 아내 백혜순과의 사이에 사람을 두어 이혼을 타진하고 3년간의 생활비를 지불한다는 조건으로 승낙을 얻지만,[103] 허영숙 모친의 반대는 변하지 않았다. 9월 중순 결혼은 3년 후에 하자는 허영숙의 제안이 마침내 이광수를 불안에 빠뜨린다.[104] 견딜 수 없어진

98　이광수, 1918년 7월 23일자 편지, 『전집 18』, 445면.
99　『학지광』 17호 소식란. "우등으로 진급"이라고 되어 있지만, 특대생은 아니다. 특대생의 학비 면제가 졸업 때까지의 특전이었는지는 분명치 않다.
100　편지 내용으로 보아 시즈오카현 누마즈시(靜岡縣 沼津市)의 오스와(大諏方)나 코스와(小諏方) 지역이었던 듯하다.
101　이광수, 「사랑하는 허영숙에게 동경에서」, 『전집 18』 수록.
102　1918년 9월 12일자(추정). 허영숙의 모친에게 보낸 세 번째 편지, 『전집 18』, 463~465면.
103　1918년 9월 3일자 편지, 『전집 18』, 452면.
104　1918년 9월 13일자(추정) 편지, 「전집 18」, 456~458면.

그가 허영숙에게 중국행을 제안한 것이 발단이 되었던 듯하다. 경성에서 총독부의 의사(醫師) 시험이 시작된 10월 2일자 편지에 돈과 여행권을 ○○씨에게 부탁했다고 적고 있는 것을 보면 이광수도 여행 준비는 하고 있었던 듯하지만,[105] 문면 전체에 중국행에 대한 망설임이 느껴진다.[106] 어쩌면 말을 꺼낸 이광수 쪽이 허영숙의 실행력에 질질 끌려갔던 것일지도 모른다.[107] 10월 16일 허영숙이 의사 시험에 합격된 것이 발표된 직후, 그는 북경으로 '애정도피'[108]하게 된다.

11월 11일 제1차 세계대전이 끝난 것을 알게 된 이광수는 곧 베이징을 떠나 경성으로 오며, 중앙학교에 있던 현상윤과 독립운동에 관한 일을 상의하고 나서 일본으로 돌아온다. 현상윤이 최린과 가까운 것을 알고 있었던 터라, 그를 통해 최린과 손병희, 그리고 천도교를 움직이려고 했다고 한다. 그러나 일본에 돌아오고 나서 대학의 학기말 시험을 치른 것을 보면, 이 시점에서 그는 자신이 망명하게 되리라고는 생각하지 않았던 듯하다.[109] 12월 29일 메이지회관에서 학우회의 송년회가 개최되고,

---

105 사적인 편지에서 이름을 숨길 이유는 없다. 따라서 전집을 편찬할 무렵 일본인 인명을 꺼려 ○○씨로 고친 것이 아닐까 싶다. ○○씨가 누구인지는 분명하지 않지만, 이 무렵 이광수에게 돈 들어올 곳이 있다면『매일신보』의 원고료 정도밖에 없을 것이다. 이 무렵『매일신보』에 논설「신생활론」이 연재되고 있었으니, 아베 미츠이에나 나카무라 켄타로였을 가능성이 높다.

106 1918년 8월 2일자 편지,『전집 18』, 461~462면.

107 박계주의 평전『춘원 이광수』(삼중당, 1962)는 창작적 요소가 짙어 어디까지 신뢰할 수 있을지 의문이다. 이를테면 허영숙은 베이징에서 야마모토병원(山本病院)의 의사를 하고 있던 우시고미여전(牛込女專) 동기생 '나가이 하나코(永井花子)'를 믿고 있었다고 하는데, 허영숙의 동기생 가운데 이 이름은 발견되지 않는다. 그렇지만 박계주는 허영숙에게 직접 이야기를 듣고 이 책을 쓴 듯하며("허영숙은 이때 술회하면서 무의식중에 쓴 웃음을 지었다," 229면 등), 두 사람이 심양까지 달아난 곳에서 쫓아온 친척에게 붙잡혀 일시 경성에 돌아오고 재차 애정도피행각을 벌인 세부 사실에는 박진감이 있다. 필시 실행력이 있는 허영숙이 이러한 행동에서는 주도권을 쥐고 있었을 것이다.

108 『전집』연보.

회의석상의 학생들은 독립문제에 관한 논의에 열을 올린다.[110] 아마 이광수도 참가했을 것이다. 이러한 학생들의 움직임 속에서 이광수가 얼마나 중요한 위치에 있었는지는 분명치 않다. 이광수는 식민지시대의 글에서는 「조선청년독립단선언서」를 기초(起草)한 것은 "부여된 임무"였다고 조심스레 적고 있고,[111] 해방 후『나의 고백』에서는 겨울 방학에 최팔용과 송계백 등에게 선언에 대해 상의했을 때 이미 선언서는 써놓았었다고 자신이 주도권을 쥐었던 듯이 언급하고 있다. 다만 일본 경찰은 이광수를 중심인물로 간주하고 있었다. 1920년(大正 9)에 작성한『조선인 개황 3』에는 "재유학생 중 배일(排日)의 급선봉이자 주모자 이광수(甲号), 황상원(甲号), 정노식(甲号) 기타 여러 명"이라고 하여, 이광수를 2·8선언의 주모자 가운데 맨 앞에 올려 놓고 있다.[112] 1월 말 그는 자신이 직접 기초하고 영문으로 옮긴 독립선언서를 가지고 상하이로 망명한다.[113] 1월에 대학 수업료를 납부하지 않았던 그는 2월 18일자로 와세다대학에서 제적되고,[114] 이리하여 이광수의 제2차 유학시절은 끝이 난다.

---

109 베이징에서 토쿄까지의 이동에 관해서는 이광수 자신의 회상인『나의 고백』중 '기미년과 나' 장 이외에는 참고자료가 발견되지 않는다.『전집 13』, 228~229면.

110 『조선인 개황 3』, 앞의 책, 98면.

111 이광수, 「상해의 2년간」, 『삼천리』, 1932.1

112 『조선인 개황 3』, 앞의 책, 86면.

113 『조선인 개황』에는 "1919년(大正 8) 1월 30일 베이징을 향하여 토쿄를 출발한다"(86면)고 되어 있다. 「상해의 2년간」에는 번역한 날짜가 2월 1일, 상하이에 도착한 날이 2월 5일로 되어 있고, 또『나의 고백』에는 1월 말에 상하이에 도착한 것으로 되어 있다.『전집』연보에는 2월 5일로 되어 있다. 이광수는 메이지학원시절의 은사인 랜디스 선생에게서 선언문의 영역본을 검토 받았는데(『나의 고백』, 『전집 13』, 229면), 메이지학원의 명물(名物) 교사였던 미국인 선교사 헨리 무어 랜디스는 그 2년 뒤인 1921년 9월에 갑자기 죽는다. 「ランディス先生特集」, 『明治學院同窓會誌』, 1921.12 / 『明治學院人間百年史』, 『白金學報』, 89号, 1973.12.

114 2008년 8월 18일 와세다대학의 교무부장이 발행한 조사결과보고서에는 "1919년(大正 8) 2월 18일 원인 미납 제명"이라고 적혀 있다. 조사신청에 협력해 준 이정화 씨에게 이 자리를 빌려 감사드린다.

8. 결론을 대신하여-「조선청년독립단선언서」

필자는 1990년에 쓴 논문에서 이광수의 제2차 유학시절의 계몽논설을 분석하면서 그가 베이징에 가기 전에 쓴 「신생활론」까지를 검토하고 「조선청년독립단선언서」를 제외했다. 그 이유는 선언서의 내용이 "그 이전 저작의 입장과는 거리가 있고, 연속적인 정신 활동의 소산으로 간주하기 어렵다"고 생각했기 때문이다.[115] 「대구에서」에서 보이는 일본에 바짝 다가선 듯한 글쓰기 방식과 '일본에 대한 영원한 혈전(血戰)'을 외치는 선언서의 격렬한 논조 사이에서 당혹했던 필자는, 이광수의 내부에 제국주의를 긍정하는 '토쿄의 세계'와 건전한 민족주의자로서의 '오산의 세계'가 공존하며, 선언서는 후자의 돌발적인 분출이고 그 이전의 입장과는 일관성을 결여하고 있다고 생각했던 것이다.[116]

그러나 그후 이광수가 토쿄에 오기 전에 러시아에서 쓴 기사와 망명후 상하이에서 쓴 기사 등 이전에 보지 못했던 자료를 접하고, 또 토쿄에서 이광수를 감시하고 있던 관헌 자료에 기록된 이광수의 또 다른 면모를 알게 됨으로써, 이전의 의견을 수정하지 않으면 안 된다고 생각하게 되었다.[117]

---

115 하타노 세츠코, 「이광수의 민족주의사상과 진화론」, 『『무정』을 읽는다』, 78면.
116 김윤식은 선언문을 기초한 주체는 이광수 개인이 아니라 당시 토쿄 유학생이 공유한 세계관이었다고 보고 있고(김윤식, 『이광수와 그의 시대』, 638면), 정명환은 이광수가 2·8선언에서부터 상하이 임시정부에 참여하기에 이르는 행적 자체를 민족의 일원으로서의 돌발행동으로 간주하고 있다. 정명환, 「이광수의 계몽사상」, 『이광수연구(하)』, 태학사, 1984, 264면.
117 「2·8독립선언서」와 제2차 유학시절 이광수의 사상을 연속적으로 파악한 논문으로는 최주한, 「제국의 근대와 식민지, 그리고 이광수-제2차 유학시절 이광수의 사상적 궤적을 중심으로」(『어문연구』 140호, 2008)이 있다.

이 선언문에서 이광수는 그때까지의 그의 경험과 주장을 모두 담아넣고 있다. 선언서 전반부에서 언급한 바 일본이 '사기'와 '폭력'으로써 조선에서 국권(國權)을 빼앗아간 과정은 이광수가 소년시절 무렵부터 실제로 보고 들은 것이다. 1905년 11월 일본에 오고 얼마 지나지 않아 소년 이광수는 친구들과 함께 공사관으로 쫓아가 "일본이 우리를 속였다"[118]고 말하며 울었다. 그리고 그후에도 차츰 실권을 빼앗겨가는 조국의 모습을 보면서 음울한 중학시절을 보내야 했다. 졸업한 해에 오산에서 병합을 맞고는 제국주의와 힘의 논리를 통감했고, 대륙방랑의 길에서는 중국과 시베리아를 유랑하는 동포들의 비참한 모습에 마음 아파했다. 무단통치에서 그가 가장 분개했던 것은 일본이 조선인에게 교육을 시행하지 않아 조선인을 우민(愚民) 상태로 남겨두려 하고 있다는 것이었다. 선언문 속에서 일본이 조선인에게 "일본인에 비하여 열등한 교육을 시(施)"[119]했다는 비난은 그가 『홍수이후』에 투고한 글 「조선인 교육에 대한 요구」에서 했던 지적이며, 관민(官民) 기관에서 "대부분 일본인을 사용하여 오족(五族)으로 하여금 영원히 국가 생활의 지능과 경험을 득(得)할 기회를 부득(不得)케" 했다고 지적한 대목은 「대구에서」에서 굴욕적인 수사를 사용하면서까지 조선 청년의 구제를 제언했던 이유를 환기시킨다. 그리고 일본이 "원래 인구 과잉인 조선에 무한으로 이민을 장려하고 보조하여 토착(土窄)한 오족은 해외에 유리(遊離)함을 불면(不免)"했다는 비난은 바로 연설 「나는 살아야 한다」에서 이광수가 격렬하게 규탄

---

118 이광수, 『나의 고백』, 『전집 13』, 188면.
119 「조선청년독립단 선언서」는 이광수가 자필로 쓴 선언문의 복사본을 참조했다. 복사본은 김원모, 『영마루의 구름』, 단국대 출판부, 2009, 67~70면 참조.

한 바 있다. 또한 선언의 마지막 부분의 결의인 "일본에 대하여 영원히 혈전(血戰)을 선(宣)하리라"고 한 대목의 격렬함은 익명의 투고문에서 보였던 격렬함과 동일하다. 평소에는 억누르지 않으면 안 되었던 일본에 대한 분노가 분출한 탓이었을 것이다. 이 선언문은 바로 이광수의 제2차 유학시절까지의 행적과 주장을 그대로 투영한 총결산이었던 셈이다.

본고에서는 1915년부터 1919년까지의 이광수의 체험을 가능한 한 상세히 고찰했다. 그 결과 「조선청년독립단선언서」에 관한 이전의 평가를 수정하게 되었다. 금후에는 본고에서 살핀 내용을 토대로 이 시기 이광수가 체험한 것이 『무정』을 비롯한 다른 창작에 어떻게 반영되어 있는지, 그리고 그후의 작품에 어떤 영향을 주게 되는지 고찰할 예정이다.

체험과 창작 사이

『무정』 다시 읽기(하)

1. 시작하며

필자는 1990년대에 이광수의 장편 『무정』(1917)에 관해 몇 편의 논문을 썼다.[1] 그 논문들에서 이광수가 태어나서부터 『무정』을 쓰기까지의 과정을 더듬어 보고, 『무정』과 같은 시기에 발표된 계몽논문을 검토한

* 이 연구는 2006년부터 3년간 일본학술진흥재단의 지원을 받은 연구(18320060) 성과의 일부이다. 본고는 2008년 8월 22일 서울대학에서 열린 한국현대문학회 구두 발표 「이광수의 제2차 유학에 대해서」의 내용을 발전시킨 것이다.

1 논문은 다음의 여덟 편이다. 「이광수의 민족주의사상과 진화론」(1990), 「이광수의 자아」(1991), 「「문학의 가치」에 대하여」(1992), 「옥중호걸의 세계」(1992), 「『무정』을 읽는다(상)」(1993), 「『무정』을 읽는다(중)」(1994), 「『무정』을 읽는다(하)」(1995), 「상하이 보고」(1995), 이 논문들은 『『무정』을 읽는다』(소명출판, 2008)에 모두 실려 있다.

다음 소설『무정』을 분석했다. 그리고『무정』의 주인공인 이형식에게는 이광수 자신이, 형식이 버린 박영채에게는 그 자신과 그가 버리고자 했던 첫 번째 아내가 투영되어 있다고 추론했다.[2]

그러나 논문을 쓴 후에도 필자에게는 몇 가지 의문이 남아 있었다. 최대의 의문은 형식과 김선형의 애정 형태에 관한 것이었다. 선형과 형식의 약혼은 김장로가 결정한 것이고, 선형에게 아버지의 말은 절대명령에 따른 것이었다. 형식은 선형이 자기를 정말 사랑하고 있는지 의심하여 번민한다. 왜 이광수는 그들에게 일반적인 연애 방식을 부여하지 않았을까. 또 소설의 후반부에서는 선형의 강한 자아와 추한 질투심이 강조되는 한편 영채 쪽이 오히려 매력적으로 묘사되어 있음에도 불구하고, 선형의 지위가 요지부동인 것도 이상하다. 형식에게 선형은 왜 그 정도로까지 절대적인 존재인 것일까. 애초에『무정』의 서두에서 영채와 형식의 어긋남이 상징하고 있듯 작자는 선형의 승리를 처음부터 예정하고 있는데, 그것은 어떤 의미를 가지고 있는 것일까. 이들 의문은 작품 분석만으로는 해결될 수 없다고 생각했던 것이다.

또 하나의 의문은 기차 안에서 영채와 만나 영채에게 자살을 단념시켰던 토쿄 유학생 김병욱에 관한 것이었다. 그런데 필자는 나혜석의 소설「경희」(1918)를 읽다가 깜짝 놀랐다.[3] 집안일을 이성적이면서도 예술적으로 즐기며 해나가는 주인공 경희의 모습이 김병욱과 그대로 겹쳐졌기 때문이다. 병욱도 경희도 토쿄 유학생이고, 부친에게 결혼을 강요당

---

2   하타노 세츠코, 위의 책, 266면.
3   필자가「경희」를 처음 읽은 것은 1991년에 간행된『한국여성소설선 I—1910~1950』(서정자 편, 갑인출판사)에 수록된 텍스트를 통해서였다.

하는 것도 공통적이다. 왜 이러한 유사점이 생긴 것인지, 도대체 이광수와 나혜석 사이에 어떤 관계가 있는 것인지 알고 싶었지만, 당시로서는 자료가 없었다.[4]

2006년부터 3년간 필자는 일본 학술진흥회에서 과학연구비를 받아 「식민지 시기 한국 문학자들의 일본체험에 관한 종합적 연구」라는 과제로 연구를 진행했다. 식민지 시기 일본 유학생 작가들을 조사하면서, 이광수의 제2차 유학시절의 자취를 집중적으로 살피는 가운데 이 시기 그의 체험과 창작 사이의 관련 양상의 윤곽이 어렴풋하게 드러나기 시작했다. 그의 체험에 관해서는 선행 논문 「이광수의 제2차 유학시절―『무정』 다시 읽기(상)」에서 다루었으므로, 본고에서는 그 내용을 근거로 당시의 체험이 『무정』을 비롯한 이 시기 이광수의 창작에 어떻게 반영되어 있는지, 그리고 그후에 쓴 소설에 어떤 영향을 주었는지 고찰하고자 한다.

2. 제2차 유학시절에 쓴 소설과 나혜석

이광수가 토쿄에 온 1915년 여름부터 상하이로 망명한 1919년 2월까지 발표한 소설로 현재까지 확인된 작품은 다음과 같다. 제목, 발표지,

---

4   나혜석의 전집과 평전이 간행된 것에 2000년대에 들어와서 였다. 이상경 편집 교열, 『나혜석 전집』(태학사, 2000), 나혜석 기념사업회 · 서정자 편, 『원본 정월 라혜석 전집』(국학자료원, 2001), 이상경, 『인간으로 살고 싶다―영원한 신여성 나혜석』(한길사, 2000)이 잇달아 출간되었다. 김윤식은 1986년 『이광수와 그의 시대』에서 「어린 벗에게」의 모델이 나혜석임을 지적하고 있지만, 당시 제한적인 자료 탓에 이광수와 나혜석이 중학시절부터 알고 있었을 것이라고 추측하는 데 그치고 있다. 김윤식, 『이광수와 그의 시대 1』, 솔, 1999, 626~633면.

간행 / 게재일(집필 날짜) 순으로 나열했다.

① 「크리스마스밤」『학지광』8호 1916.3.5

② 『무정』『매일신보』1917.1.1~6.23

③ 「소년의 비애」*『청춘』8호 1917.6.16(1917.1.10 아침)

④ 「윤광호」*『청춘』12호 1918.3.16(1917.1.11 東京麴町에서)

⑤ 「방황」*『청춘』13호 1918.4.6(1917.1.17 밤)

⑥ 「어린 벗에게 1·2신」『청춘』9호 1917.7.26

　「어린 벗에게 3신」『청춘』10호 1917.9.26

　「어린 벗에게 4신」『청춘』11호 1917.11.26

⑦ 『개척자』『매일신보』1917.11.10~1918.3.15

1) 「소년의 비애」·「윤광호」·「방황」

위의 작품 가운데 ①②⑥⑦은 집필하자마자 신문이나 잡지에 발표
되었지만, *표시된 ③④⑤ 세 편은 집필 시기와 발표 시기가 꽤 어긋난
다. 작품 말미에 기록된 집필 날짜에 의하면, 이 세 편은 『무정』연재가
시작된 1917년 1월 10일부터 일 주일 사이에 잇달아 씌어진 것이다. 앞
서 언급한 논문 「이광수의 제2차 유학시절」에서 필자는 이광수가 겨울
방학 때 잠도 자지 않고 씻지도 않은 채 『무정』의 약 70회분을 썼을 무렵
결핵에 걸린 것으로 추론했다.[5] 이 무렵 죽음을 의식했던 이광수가 과거

---

[5] 하타노 세츠코, 「이광수의 제2차 유학시절―『무정』다시 읽기(상)」, 5. '1917년(大正 6) 전
반기―『무정』과 결핵', 본서 97~104면 참조.

와 현재 자신의 모습을 응시하면서 한꺼번에 써내려간 것이 바로 겨울 방학의 끝자락에서 쓴 이 세 편의 단편이었던 것이다.

③ 「소년의 비애」는 백치와의 결혼이 결정된 종매(從妹)를 구하려다 뜻을 이루지 못한 소년이 지금은 한 아이의 아비가 되어 있다는 이야기 이다. 작중 종매의 모습에는 이광수가 30년 후에 쓴 자전적 장편『나』에 등장하는 고향의 첫사랑 실단의 면모가 있고,[6] 토쿄에서 2년 남짓만에 고향에 돌아온 주인공이 세 살된 아들과 대면하며 소년시절이 지나가버 렸음을 통감하는 장면에는 이광수가 바로 전 해 여름 귀성했을 때의 체 험이 반영되어 있는 것으로 보인다. 또 토쿄의 대학에서 유학중이던 윤 광호가 동성(同性)에게 실연당하고 자살하는 이야기를 다룬 ④ 「윤광호」 는 중학시절에 쓴 일본어소설 「사랑인가(愛か)」의 플롯을 액자소설로 발 전시킨 것이다. 이처럼 ③과 ④는 이광수 자신의 과거를 반영하고 있지 만, ⑤ 「방황」에 묘사되어 있는 것은 작자 자신의 현재이다. 코우지마치 (麴町)의 기숙사에서 병으로 누워 허무감에 빠져 있는 유학생 주인공은 죽음에 이르는 병에 압도된 이광수 자신의 모습일 것이다. 이에 관해서 는 논문의 후반부에서 자세히 고찰하기로 한다.

주목할 만한 것은 특수한 상황에서 단숨에 쓴 것으로 보이는 이들 세 편의 작품을 제외하면 남은 네 작품은 모두 나혜석을 떠올리게 만드는 인물이 등장한다는 점이다. 이들 네 작품에는 주요인물로서 오빠와 누 이가 등장하는 '오누이' 모티브, 아내가 있는 남성이 미혼여성을 사모하 는 '기혼자의 연애' 모티브, 남성이 기혼이라는 점을 이유로 미혼여성의

---

6   실단에 관해서는 하타노 세츠코, 「『무정』을 읽는다(하)」, 3. '영채의 구제'를 참조할 것, 앞 의 책, 341~351면.

오빠가 교제를 반대하는 '오빠의 반대' 모티브, 그리고 애초에 만남은 오빠가 누이를 주인공에게 소개하거나 보호를 부탁하면서 시작되는 '오빠의 소개 / 위탁' 모티브가 공통적으로 나타난다. 이제부터 차례로 이들 네 작품을 검토한다.

2)『무정』

앞서 언급했듯이, ②『무정』에 등장하는 토쿄 유학생 김병욱은 나혜석의 「경희」에 나오는 주인공과 극히 닮았다. 「경희」는 『무정』이 연재된 이듬해 토쿄의 여자 유학생 잡지 『여자계』 2호에 발표되었다. 필시이광수는 같은 시기에 유학했던 나혜석을 모델로 하여 김병욱이라는 인물을 만들었고, 나혜석은 자기 자신을 모델로 하여 「경희」를 썼기 때문에 이런 유사점이 생겼을 것이다. 병욱은 음악을 전공했고 경희는 미술을 전공한 것으로 나오는데, 나혜석은 사립여자미술학교의 미술학도였다. 경희에게는 오빠가 있고 병욱에게도 오빠 김병국이 있으며, 나혜석에게는 오빠 나경석이 있다. 경희는 물론 병욱도 부친에게 결혼을 강요받고 번민하며, 나혜석은 부친의 결혼 강요에 반발하여 학교를 일시 퇴학하고 생활비를 벌기도 한다. 경희에게는 연인이 없지만 병욱에게는 유학생인 연인이 존재하며,[7] 나혜석은 게이오대학에서 유학했던 시인 최승구와의 연애가 유명하다.

무엇보다 공통적인 것은 경희와 병욱이 예술적 감수성을 가지고 발

---

7   이광수, 『무정』, 92절.

랄하게 가사를 돌보는 자세이다. 경희는 아궁이에 불꽃이 튀는 소리에서 '묘한 미감'을 느끼고, 다락 벽장을 정리하는 데도 토쿄에서 배운 것을 기꺼이 응용한다. 한편 병욱은 집에 꽃을 심는 것이 생활 속에서 미(美)를 구하는 행위임을 자각하고 있다. 이광수와 나혜석 사이에 존재하는 예술과 생활에 관한 공통적인 견해가 각각의 작품에 나타난 것이라 생각된다. 남성적이라고도 할 수 있는 병욱의 활달한 성격은 필시 나혜석의 성격이기도 했을 것이다. 또『무정』에는 '오누이' 모티브 외에도 아내가 있는 병국이 영채를 사모하여 괴로워하는 설정에 '기혼자의 연애' 모티브가 사용되고 있지만, '오빠의 반대'와 '오빠의 소개 / 위탁' 모티브는 나오지 않는다.

3)「크리스마스밤」·「어린 벗에게」

다음으로 ①「크리스마스밤」[8]과 ⑥「어린 벗에게」를 함께 검토한다. 집필 시기가 1년 이상 떨어져 있는 작품을 나란히 고찰하는 것은 이 두 편에 '오누이'·'오빠의 반대'·'기혼자의 연애' 모티브가 사용되고 있는 데다 세부에 놀라울 정도로 유사점이 발견되기 때문이다.

「크리스마스밤」의 주인공은 7년만에 토쿄에서 재차 유학하게 된 김경화이다. 크리스마스밤 회당에 간 경화는 피아노 연주자를 보고 놀란

8 「크리스마스밤」의 필자는 '거울'로 되어 있지만, 본고에서 언급하는 「어린 벗에게」와의 세부적인 유사점 및 소설의 내용으로 보아 이광수의 작품인 것이 틀림없다. 김영민은 '거울'이 이광수의 아명인 '보경'에서 취한 필명이라고 추정하고 있다. 김영민, 「이광수의 새 자료 「크리스마스밤」 연구」, 『이광수 문학의 재인식』, 소명출판, 2009, 24쪽; 하타노 세츠코, 「『무정』을 쓸 무렵의 이광수」, 본서 61~75면 참조.

다. 연주자가 7년 전 유학할 때 사모했던 O양이었던 까닭이다. 7년 전 그는 연모의 정을 참지 못하고 그녀에게 편지를 보냈다가 그것이 그녀의 오빠 눈에 띄어 절교 선언을 받고 유학생계에서도 냉대를 받은 경험이 있다. 그는 절망하여 철도자살을 시도하지만 실패하고, 귀국한 뒤 다양한 경험을 한 끝에 재차 토쿄로 유학을 왔던 참이다. 여기서 회상되고 있는 경화의 과거에는 이광수 자신의 과거가 반영되어 있다.[9]

한편 「어린 벗에게」는 주인공 임보형이 사랑하는 벗 '그대' 앞으로 보낸 네 통의 편지에 자신의 체험을 이야기하고 있는 서간체 소설이다. 임보형은 6년 전 토쿄에서 유학하던 무렵 친구 김일홍에게서 누이 일련을 소개받고는 그녀를 사모하게 된다. 그러나 기혼자라는 이유로 일홍의 반대에 부딪혀 절망하고 대륙방랑의 길을 떠난다. 그가 상하이에서 병으로 쓰러졌을 때 낯선 중국 여인이 간병을 하다가 모습을 감추는데, 그녀가 남긴 편지로부터 그녀가 실은 일련이었음을 알게 된다. 그후 러시아로 가기 위해 탄 배가 수뢰(水雷)로 난파하여 한창 소동 중에 그는 일련과 재회하고 함께 구조된다. 그리고 시베리아로 향하는 침대차 안에서 그녀에게서 신상 이야기를 듣게 된다는 내용이다.

「크리스마스밤」과 「어린 벗에게」의 유사점은 토쿄를 무대로 한 대목에 집중되어 있다. 주인공이 상대 여성을 처음 만나는 장소는 각각 여학교의 응접실과 기숙사의 응접실이다. O양도 일련도 머리카락을 옆으로

---

9   위의 논문, 본서 337면 참조. 김영민은 「이광수의 새자료 「크리스마스밤」 연구」와 「이광수 초기 문학의 변모 과정―이광수의 새자료 「크리스마스밤」 연구(2)」에서 새로 발견된 『학지광』 8호에 실린 이광수의 3편의 작품을 분석하면서, 「크리스마스밤」을 쓴 뒤 이광수가 체제 순응적으로 변모했다고 지적하고 있다. 필자는 「이광수의 2차 유학시절」에서 언급한 대로 당시 이광수의 입장이 일관되어 있다고 본다.

땋아 늘어뜨리고 있고, 두 사람 모두 '분주하신데'라는 말을 입에 올린다.[10] 실연한 후 주인공이 철도자살을 시도하다가 미수에 그친 점도 똑같다.[11] 이런 정도까지 세부가 유사한 소설을 겨우 1년 간격을 두고 발표한 것은 「크리스마스밤」이 독자의 손에 닿지 않았던 사정과 관련이 있다. 이 작품이 실린 『학지광』 8호는 발간과 동시에 경찰에 압수된 터라 동일한 특징을 지닌 여성이 등장하더라도 독자가 혼란을 일으킬 염려가 없었던 것이다.[12] 이 『학지광』 8호에 이광수는 「크리스마스밤」 외에도 논설 「용동(농촌문제 연구에 관한 실례)」[13]과 시 「어린 벗에게」를 게재하고 있다. 그리고 압수된 탓에 독자가 접하지 못하고 만 시의 제목을 1년 뒤 이 서간체 소설의 제목으로 사용했던 것이다.[14] 이러한 사정에는 그런 특징을 가진 여성을 꼭 그려내고 싶다는 이광수의 집념이 느껴진다. 그 집념의 대상은 바로 나혜석이었다. 김일련이 사랑한 유학생이 폐병으로 요절한 천재시인이라는 설정에는 나혜석의 연인으로 역시 폐병으로 요절한 시인 최승구를 염두에 둔 것이 분명하다.

지금까지 「어린 벗에게」는 제목이 나타내듯 어린 동포에게 보내는 서신의 형식을 취한 소설이라고 해석되어 왔다.[15] 하지만 앞에서 언급

---

10 이 언급이 「크리스마스밤」에는 『학지광』 8호 38쪽에 1번만 나오지만, 「어린 벗에게」에는 『청춘』 제9호 112쪽에 2번, 121쪽에 1번, 모두 3번이 나온다.

11 철도자살미수사건은 메이지학원시절 이광수가 쓴 최초의 일본어소설 「사랑인가」에도 나온다.

12 布袋敏博, 「『學之光』小考」, 『大谷森繁博士古稀記念朝鮮文學論叢』, 白帝社, 2002, 권보드래 해제, 「『학지광』 제8호 원문」, 『민족문학사연구』 39호, 2009, 368~376면.

13 필자명은 본문에는 '帝釋山人'으로, 목차에는 '흰옷'으로 되어 있지만, 내용으로 보건대 이광수가 쓴 것이 분명하다. 波田野節子, 「『無情』を書いたころの李光洙」; 김영민, 「이광수 초기 문학의 변모 과정」 참조.

14 「어린 벗에게」는 『무정』 집필을 끝낸 직후, 곧 1917년 5월 무렵에 쓰여진 듯하다. 하타노 세츠코, 「이광수의 제2차 유학시절」, 주 74 참조, 본서 102~103면.

한 대로 그것은 본래 시의 제목이었고, 애초에 '어린 벗'에게 쓴 것이 아니다. 도대체 어린 벗에게 '그대'라 부르며 경어를 사용하는 것부터가 이상하다. 내용을 솔직하게 읽자면 차라리 사랑하는 여성을 향한 편지에 가까우며, 이는 작품 후반으로 갈수록 분명해진다.

상하이에서 블라디보스톡으로 향하는 배 안에서 주인공은 '그대'을 향한 편지에 "여기서 바로 북으로 날아가면 그대 계신 고향일 것이로소이다"[16]라고 적는다. 그리고 달빛이 비치는 물결을 바라보며 "이러한 중에도 떨어지지 않는 것이 애인이라. 그대와 일련의 생각은 심중에 잡념이 없어질수록 더욱 선명하고 더욱 간절하게 되나이다"[17]라고 말을 꺼내고는 "그네의 손을 잡고 소요(逍遙)하였으면"[18]하고 공상한다. 그후 난파 소동 속에서 김일련과 재회하고 구조된 그는 시베리아를 향하는 침대차에서 김일련에게 그때까지의 신상 이야기를 듣고, '그대'에 대한 사랑을 확실히 의식하고 다음과 같이 읊조린다.

나는 어이하여 났으며 김랑은 어이하여 났으며 그대는 어이하여 났으며, 나는 무엇하러 소백산중으로 달아나고 그대는 무엇하러 한강가에 머무나이까.[19]

---

15 김윤식은 편지의 상대로 상정되고 있는 것이 『청춘』의 독자이며, 이광수가 교사의 입장에서 어린 학생에게 이야기를 꺼낸 것이라고 지적하고 있다. 김윤식, 『이광수와 그의 시대 1』, 626면.
16 『청춘』 10호, 26면.
17 위의 책, 26면.
18 위의 책, 26면.
19 『청춘』 11호, 137면.

'그대'가 있는 곳은 '한강가' 곧 경성이다. 서간소설 「어린 벗에게」는 몇 번에 걸친 일련과의 기이한 운명을 다른 여성에게 편지로 이야기하면서, 두 여성 사이에서 흔들리고 있던 남성이 마침내 편지의 상대를 선택하기까지의 과정을 그린 작품으로 보아야 할 것이다. 그리고 그것은 이 시기 작자의 상태를 반영하고 있는 것이다.

4) 개척자

토쿄 유학시절에 씌어진 마지막 소설 ⑦ 『개척자』에도 '오누이'는 중심 모티브이다. 여주인공 김성순에게는 토쿄에서 화학을 전공한 오빠 김성재가 있다. 그는 민족주의자로 특허를 따내기 위해 자택에서 홀로 실험을 계속하고 있지만, 수년째 거듭 실패하는 바람에 가산을 탕진하여 성순을 부자 친구에게 시집보냄으로써 위기를 벗어나려 한다. 성순은 화가 민은식과 서로 사랑하고 있지만, 그에게는 아내가 있다. 가족에게 결혼을 강요당한 성순은 결국 극약을 마시는 것으로 자신의 의사를 관철하고, 가족과 민은식이 지켜보는 자리에서 죽는다. 이 작품에도 '기혼자의 연애' '오빠의 반대' 모티브가 사용되고 있는데, 이 무렵 이광수가 이러한 문제에 얼마나 강력하게 붙들려 있었는지 엿볼 수 있게 한다.

이광수가 토쿄에 있는 동안 쓴 소설에는 왜 이러한 모티브가 빈발한 것일까. 그 이유는 작품의 외부, 즉 작가가 이 무렵 처해 있던 상황에서 찾아야 한다. 유학생 이광수에게는 고향에 아내와 자식이 있었다. 토쿄에서 젊은 여학생들과 교류하면서, 그는 자신이 '기혼자'라는 사실을 싫어도 의식하지 않을 수 없었을 것이다. 하지만 실제로 이들 모티브를 촉발한 것은 나혜석과 그의 오빠인 나경석과의 교류였던 것으로 추측된다. 그러므로 다음 절에서는 이 무렵 이광수와 나혜석의 행위를 대조하여 그들 사이의 접점을 살피기로 한다.

3. 이광수와 나혜석의 접점

여학생의 유학이 드물었던 당시 나혜석을 토쿄로 유학보낸 것은 오빠 나경석이었다. 1910년 일본으로 건너와 쿠라마에고등학교(藏前高等學校, 현재 토쿄공업대학교) 부속 공업전문학부 응용화학과에 적을 두었던 나경석은 여성에게도 신학문이 필요하다고 생각하여 부모를 설득했던 것이다. 이리하여 1913년 나혜석은 토쿄의 사립여자미술학교에 입학한다. 서양화 선과(選科) 보통과에 들어간 그녀는 1년간 휴학하고, 3년째 가을 고등사범과 2학년으로 전과하여 1918년 졸업한다.[20] 토쿄에서 모두

---

20 나혜석에 관해서는 서정자 교수의 협력으로 다음의 자료를 확인할 수 있었다. 이 자리를 빌려 감사드린다.
   ① 진명여학교 학적부·졸업생 명부
   ② 여자미술학교 서양과 고등사범과 학적부
   ③ 여자미술학교 선과 보통과 학적부(윤범오, 『화가 나혜석』, 현암사, 2005 수록)
   ④ 1914년(大正 3) 여자 미술학교 성적표 선과(選科) 보통과 제2학년(위의 책에 수록)
   ⑤ 1916년(大正 5) 출석부(이상경, 『인간으로 살고 싶다』, 125쪽)
   ⑥ 1917년(大正 6) 성적표 서양화과 고등사범학과 3학년(윤범모, 위이 책에 수록)
   여자미술학교의 서류는 초서체로 기록되어 있어 매우 읽기 어렵다. 그래서 2008년 7월 11일 사가미하라(相模原) 교정을 방문하여 역사자료실 실장 나이토 유키에(内藤幸惠) 씨와 역사자료 편집담당 엔도 쿠로(遠藤九郎) 씨의 협조를 얻어 학적부와 성적 기록을 해독했다. 친절하게 응대해 주신 두 분께 진심으로 감사드린다. 참고로 이들 자료를 토대로 나혜석의 토쿄시절을 연표로 작성해둔 별도의 〈도표〉를 논문 말미에 붙여 둔다.

5년간 재학했던 것이다. 나경석은 나혜석이 2학년 때 쿠라마에고등학교를 졸업한다.[21] 관헌자료『조선인 개황 1』가운데 '재(在) 오사카(大阪) 조선인 친목회' 항목에 나경석의 이름이 나오는 것으로 보아 졸업 후 그의 행적을 대강 추정할 수 있다.[22] 오사카에서는 1914년 정태신이 중심이 되어 조선인단체의 활동이 시작되고 1915년 초 그가 모습을 감춘 뒤 나경석이 중심이 되지만, 이해 9월 나경석이 귀국하자 활동이 약해졌다고 기록되어 있다.[23] 이 자료로 추측건대, 나경석은 1914년 7월 고등학교를 졸업하고 오사카의 민족단체에서 활동하다가 이듬해 9월 부친의 형편이 나빠져 귀국한 것으로 생각된다. 부친은 이해 11월 사망한다.

나경석은 오사카에 갈 때 유학생 동료인 최승구에게 누이의 보호를 부탁했던 듯하다. 2학년이 된 나혜석은 최승구와 사귀게 되고, 또 이 무렵 그가 발행하고 있던『학지광』3호(1914.12)에「이상적 부인」이라는 논설을 게재한다. 그후 나혜석은 부친에게서 학교를 그만두고 결혼하라는 강요를 받지만, 이를 단호하게 거부하고 학비를 주지 않겠다고 위협하는 부친에게 반항하여 여주에 있는 보통학교 교원이 되어 학비를 번다. 이 때문에 2학년 3학기는 일본에 돌아가지 않아 4월 신학기에 일단 제적된다. 그녀가 여자미술학교에 복학한 것은 1915년 가을 2학기 중반인 10월 4일의 일이다.[24] 이 사이에 이광수가 토쿄에 오고, 9월 30일 와

---

21 1914년(大正 3) 7월 졸업명부에 나경석의 이름이 있다.『東京工業大學卒業者名簿索引』, 東京工業大學總務部印刷室, 1942, 52면.
22 「朝鮮人槪況第一」, 荻野富士夫 編,『特高警察關係資料集成 第32卷』, 不二出版, 2004, 56면.
23 나경석의 딸인 나영균에 의하면, 정태신은 나경석의 친구로 사회주의자였다고 한다.『日帝時代, わが家は』, みすず書房, 2002, 27면.
24 이 무렵의 일을 언급한 수필「나의 여교원시대」(『삼천리』, 1935.7, 서정자 편,『정월 나혜석전집』, 이상경 편『나혜석전집』수록)에서 나혜석은 월급을 모아 1년 후 토쿄로 돌아갔

세다 예과에 입학한다. 따라서 이광수가 나혜석 남매와 만나 '오빠의 소개' 모티브의 원천이 된 사건이 일어난 것은 이해 여름이라는 얘기가 된다.[25] 추측이지만, 부친의 일로 일본을 떠나게 된 나경석은 결핵에 걸려 있던 최승구에게 누이를 맡기는 것을 주저하고 이제 막 토쿄에 온 이광수에게 누이를 소개하여 보호를 당부한 것이 아닐까 싶다.

「어린 벗에게」에 보이는 '오빠의 소개' 모티브는 이 무렵의 일이 원천이라고 생각된다.[26] 이광수는 나경석에게서 소개받은 나혜석에게 마음이 끌렸고, 이를 눈치챈 오빠가 혹심하게 교제를 가로막은 사정이 '기혼자의 연애'와 '오빠의 반대' 모티브를 낳았을 것이다. 이해 말 나혜석의 부친이 사망하고, 이듬해 초인 1916년에는 애인 최승구도 사망한다. 나혜석이 몰래 귀국하여 병문안을 한 직후의 죽음이었다. 그리고 이해 3월에 간행된『학지광』8호에는 나혜석을 모델로 한「크리스마스밤」과 최승구의 사망기사가 동시에 실렸던 것이다.

다고 적고 있다. 그러나 여자미술학교의 학적부에 의하면, 그녀가 복학한 것은 2학기이고, 출석부 2학기 비고란에 '10월 14일'로 기재되어 있다. 논문 말미의 〈도표〉 참조.

25 앞의 두 나혜석 전집 및 이상경의 평전에는 나혜석이 1915년 1월부터 11월까지 휴학하고 교원생활을 한 것으로 되어 있다. 이에 따르면, 이해 여름 나혜석이 이광수와 만난다는 것은 시간적으로 불가능하다. 그러나 1916년 3월『학지광』에 실린「크리스마스밤」의 O양에게는 확실히 나혜석의 면모가 있다. 그래서 나혜석의 토쿄생활을 조사한 것을 계기로, 이광수가 이제 막 토쿄에 왔고 나경석이 토쿄를 떠나기 직전 나혜석이 복학 전에 토쿄로 돌아왔다는 추측하에 시간적인 접점을 발견할 수 있었다(논문 말미의〈도표〉참조). 학적부가 읽기 어려운 초서체로 쓰여져 있는 까닭에 연보 작성 때 오류가 있었던 듯하다.

26 본고에서 '오빠의 소개 / 위탁'을 모티브로 삼은 것은 그것이 나경석이 친구에게 누이의 보호를 부탁한 사실을 반영하고 있고, 이광수 소설에도 '소개 / 위탁'이라는 형식이 보이기 때문이다. 「크리스마스밤」과 「어린 벗에게」에서는 '소개'뿐이지만, 『그의 자서전』에는 '소개'와 '위탁'이 동시에 이루어진다. 다만 위탁자는 오빠가 아니라 남편과 애인으로 되어 있어 토쿄에 있던 나혜석이 교토제국대학에서 유학 중이던 김우영과 약혼하고 그 후에도 이광수와 교류를 계속했던 경험을 반영했을 가능성도 배제할 수 없지만, 여기서는 '오빠의 소개 / 위탁' 모티브의 변형으로 간주해 둔다.

그후 이광수와 나혜석은 친구 사이가 된 것이 아닐까 싶다. 압수된 「크리스마스밤」원고를 나혜석이 읽었는지는 알 수 없지만, 『무정』과 「어린 벗에게」는 읽었을 것이고, 이들 작품이 자기를 모델로 한 것임을 분명히 알고 있었을 것이다. 『개척자』의 경우도 주인공의 오빠가 화학자이고 애인이 기혼자라는 설정은 나혜석의 이미지를 토대로 하고 있다. 하지만 주위의 주목을 받는 데 익숙했던 그녀는 이를 그다지 마음에 두지 않았던 듯하다. 나중에 염상섭이 그다지 호의적이지 않은 필체로 그녀를 모델로 삼아 쓴 『해바라기』를 신문에 연재했을 때도 단행본을 낼 때는 표지 디자인을 해준 일화가 남아 있을 정도이고 보면,[27] 활달하고 담박한 성격이었음을 짐작할 수 있다.

『개척자』연재가 시작될 무렵 나혜석은 허영숙과 함께 『여자계』의 편집부원이 되고, 찬조를 맡은 이광수와 함께 일하게 된다.[28] 이 무렵 이광수와 허영숙은 연애 중이었고, 나혜석은 2년 뒤 결혼하게 되는 김우영과 교제 중이었다. 상하이로 망명한 후 이광수는 허영숙에게 보낸 편지에서 나혜석의 결혼상대로 꼭 들어맞는 인물이 있으니 그녀의 의향을 타진해 달라고 농담 섞인 말로 적고 있다.[29] 나혜석의 일이 항상 머릿속을 떠나지 않았던 듯하다.

---

27 염상섭, 「횡보 문단 회상기」, 『염상섭전집 12』, 민음사, 1987, 230면. 한 연구자는 이 회상이 일부 사실과 어긋나고 있음을 지적하고 있다. 浦川登久惠, 「モデル小說 廉想涉『해바라기』の分析」, 『朝鮮學報』第207輯, 2008, 95면. 중편소설 『해바라기』는 1923년 7월부터 8월에 걸쳐 『동아일보』에 연재되었다.
28 『여자계』 2호 소식란. 1917년 10월 17일 여자친목회 임시 총회에서 『여자계』 편집부장에 김덕성, 부원에 나혜석, 황애시덕, 허영숙, 찬조에 전영택과 이광수가 선임된 사실이 기록되어 있다. 『매일신보』에 『개척자』 연재가 시작된 것은 이해 11월 10일이다.
29 『이광수전집 18』, 삼중당, 1963, 467면.

그러나 그후 이광수의 소설에서 나혜석의 모습은 옅어진다. 1925년 『조선문단』에 발표한 단편 「사랑에 주렸던 이들」(미완)에는 '오누이' 모티브만 나올 뿐 다른 모티브는 사용되지 않으며, 누이의 모습도 완전히 희미해진다. 이듬해 간행된 소설집 『젊은 꿈』에서 그는 「어린 벗에게」를 '젊은 꿈'이라는 제목으로 고쳐 싣고,[30] 서문에 "유치한 곳도 있지마는 다 손을 대지 아니하고 그대로 두었다. 내게는 그것이 내 생명의 한 조각— 젊은 꿈의 한 조각으로 차마 건드릴 맘이 없었기 때문"이라고 적고 있다.[31] 집필 시기에 관해서는 1914년 대륙 방랑에서 돌아와 오산에 있을 때라고 적고 있는데, 의도적으로 비켜간 듯하다. 이 무렵 나혜석은 외교관 김우영의 아내로 두 아이의 어머니이자 화가로서 활약하는 유명인이었다. 이광수는 이 작품이 나혜석과 결부되는 것을 피하고 싶었을 것이다.[32]

그로부터 10년이 지나 『그의 자서전』(1936)에서 이들 모티브는 더욱 옅어져 변형된 형태도 모습을 드러낸다.[33] 그런데 같은 해에 발표한 수

---

30 이광수, 『젊은 꿈』, 박문서관, 1926.

31 이광수, 「『젊은 꿈』 자서」, 『이광수전집 19』, 삼중당, 1963, 340면.

32 「크리스마스밤」을 이광수가 체제에 순응하기 전의 마지막 작품이라고 간주하는 김영민 은 이 작품의 핵심이 '조국상실체험'이며, 이광수가 그에 대한 마음의 정리를 한 것이 1914 년인 까닭에 시기를 잘못 회상하고 있는 것이 아닐까 추론하고 있다(김영민, 『이광수 문학 의 재인식』, 47쪽, 주 35) 참조). 그러나 10년도 채 되지 않은, 그것도 매우 인상 깊었던 시기 의 일을 그렇게 간단하게 잊었을 리 없다. 이 착오는 의도적이었던 것으로 보인다.

33 ① 『그의 자서전』의 주인공 남궁석은 M중학교에 유학하고 있을 때 Y라는 대학생에게서 친척 여성 S를 소개받는다. 그런데 여름 방학으로 귀성했을 때 충동적으로 결혼해 버리고, 토쿄에 돌아오고 나서 S에 대한 감정으로 괴로워한다. 여기서는 '오빠의 소개'와 '기혼자의 연애' 모티브가 쓰이고 있다(『이광수전집 9』, 292~306쪽). 나중에 와세다에 유학한 주인공 은 S가 사랑한 남자가 폐병으로 죽었다는 소식을 듣는다. 이 부분에는 결핵으로 죽은 나혜 석의 애인 최승구의 이미지가 보인다. 위의 책, 437쪽.
② 러시아의 치타에서 제1차대전의 발발을 맞았을 때, 남궁석은 러시아 장교이자 이튿날 출정하기로 되어 있는 조선인 R에게서 갑자기 아내와 누이를 위탁받고 그후 그녀들과 행 동을 같이 하고 있다. 이것은 '오빠의 소개 / 위탁' 모티브의 변형이다(위의 책, 347쪽). '오 빠의 소개 / 위탁' 모티브에 대해서는 주 26을 참조할 것.

필 「다난한 반생의 도정」에서 이광수는 「어린 벗에게」의 김일련이 상하이에서 병으로 쓰러졌을 때 자기를 헌신적으로 간병해 준 신성모[34]라는 남성을 여성화하여 묘사한 것이라고 하여 여주인공과 나혜석과의 연관성을 끊어버리고 있다.[35] 왜 이광수는 굳이 그런 언급을 했던 것일까.

나혜석은 그 수년 전 불륜 때문에 이혼하고,[36] 2년 전에는 이혼 경위를 적은 「이혼고백장」[37]을 잡지에 발표하며, 최린을 상대로 정조유린에 대한 위자료 청구 재판을 일으켜 세간의 주목을 받는다. 『그의 자서전』 연재 바로 전년에도 자기의 불륜을 소재로 한 희곡을 발표하고 있다.[38] 이광수는 이런 사연을 지니게 된 여자를 자신의 '젊은 꿈의 한 조각'으로 두고 싶지 않았을지도 모른다.[39]

---

③ 와세다에서 유학한 주인공에게 홋카이도에서 유학한다는 미지의 청년 Y가 찾아와서는 토쿄에 유학하고 있는 애인 C를 소개하여 보호를 부탁한다. 결국 C가 주인공을 사랑하게 된 까닭에 주인공은 주위에서 오해를 받는다. 이것도 '오빠의 소개 / 위탁' 모티브의 변형이다(위의 책, 444~455쪽).

34 신성모(1891~1960) : 독립운동가. 나중에 정치가가 됨. 이광수가 상하이에 간 1913년 말에 오송상선학교(吳淞商船學校) 항해과 학생이었고, 그후 중국 해군 소위가 된다. 해방 후인 1950년 국무총리대신을 역임했다.

35 이광수, 「문단생활 삼십 년의 회고」(『조광』, 1936.5), 『이광수전집 14』, 「다난한 반생의 도정」, 393면.

36 나혜석이 이혼한 것은 1930년 11월의 일이다. 「이혼고백장」에 따르면, 이때 이광수가 중재를 부탁받는다.

37 나혜석, 「이혼고백장―청구 씨에게」, 서정자 편, 『정월 나혜석전집』; 이상경 편, 『나혜석전집』 수록.

38 나혜석, 「파리의 그 여자」, 위의 책에 수록.

39 1933년 『삼천리』의 인터뷰 기사에서 「어린 벗에게」의 모델 이야기가 나왔을 때 이광수는 "전부 소문입니다, 하하" 하고 웃음을 터뜨리고, "김일련이라는 여성이 실재한다는 얘기가 있습니다만"이라는 기자의 언급에 대해서도 "그것은 자기가 멋대로 김일련이라고 말하고 돌아다니는 것"이라고 대답하고 있다. 모델 문제가 쭉 제기되었던 모양이다. 「이광수 씨와 교담록」, 『삼천리』, 1933.9, 560면.

4. 『무정』에서의 선형의 위치

『무정』의 선형은 불가사의한 존재이다. 부와 미모와 교양으로 순식간에 형식의 마음을 빼앗았던 그녀는 작품 후반부에서는 욕망과 질투에 사로잡힌 추한 모습을 보인다. 필자는 이전 논문에서 일방적으로 '보여지는' 존재였던 선형이 형식을 '보는' 행위를 시작할 때 이 변모가 일어남을 지적하고, 『무정』의 작자가 추구한 근대적 연애에서 연애의 상대는 필연적으로 '자아'와 대립하는 '타자'일 수밖에 없고, 그러한 상극의 관계에 대한 작자의 거부감이 선형의 추한 변모로 나타났다고 분석했다.[40] 그런데 이런 거부감에도 불구하고, 선형은 형식에게 마지막까지 절대적인 존재로 남아 있는 것이다. 이번 절에서는 이러한 선형의 지위가 어디에서 기인한 것인지, 작품의 외부를 시야에 넣고 고찰하고자 한다.

1) '특권적 배우자' 모티브

필자가 선형이라는 존재에 의문을 품은 것은 그녀가 『무정』에서 매우 특권적인 지위를 부여받고 있다는 점 때문이었다. 『무정』에는 처음부터 형식이 선형을 선택하도록 설정되어 있다. 작품의 서두에서 영채가 교동에 있는 형식의 하숙을 방문했을 때, 형식은 안동 김장로집에서 선형과 첫대면을 하고 있다. 이러한 어긋남은 그들의 운명을 결정한다. 한 달 후 기차 안에서 영채가 살았다는 사실을 알게 된 형식은 두 여성과

---

40   하타노 세츠코, 「『무정』을 읽는다(하)」, 5. '보는 선형' 참조.

의 만남을 회고하며, 그날 자기가 선형에게 강렬한 인상을 받은 까닭에 영채와 만났을 때는 그녀를 '제2'로 생각하지 않을 수 없었다고, 만남의 순서가 커다란 영향을 준 사실을 인정하고 있다(107절).[41]

『무정』의 전반부는 영채를 중심으로 이야기가 전개되고 있는 듯이 보이지만, 사실 거기에 부재하는 선형이야말로 진짜 중심인물이다. 영채의 신상에 관한 우여곡절을 전해 들으면서 형식은 항상 그녀를 선형과 비교하고, 영채 쪽에 손을 들어주는 것처럼 보일 때도 사실 심층 의식에서는 선형을 선택하고 있다(75절).[42] 그리고 5일째 저녁, 마침내 형식은 잠재원망을 성취하여 선형과 약혼하는 것이다.

약혼 후 김장로가 결정한 약혼이 곧 선형의 사랑을 의미하는 것은 아니라는 사실에 생각이 미친 형식은 그녀가 자기를 사랑하는지 알고 싶어 번민한다(98절). 자기를 사랑하느냐는 질문에 선형은 '네'라고 대답하지만(99절), 사실 부모의 말에 따르고 있는 것일 뿐 부친의 말은 그녀에게 절대명령이나 마찬가지다. 형식은 자기가 김장로 부처에게서 냉대받을 때 선형이 보여준 호의를 동정에 불과하다고 간파하면서도, 그녀를 잃는 것보다는 낫다고 생각한다(108절). 그가 "양인 중에 한 사람을 골라야겠다"고 진지하게 생각하고 있는 것처럼 보일 때도, 그의 마음을 차지하고 있는 것은 선형 단 한 사람이다(114절)[43] 형식은 그토록 선형에게 마음을 빼앗기고 있지만, 선형은 형식의 재산과 학력과 용모에 불만을 느끼

---

41 여기서는 외부세계가 의식에 부여하는 자극의 시간적 순서가 의식의 동향에 결정적인 요인이 된다는 베르그송의 사고방식이 보인다. 「『무정』을 읽는다(상)」, 위의 책, 214면.

42 위의 논문 참조. 형식 자신도 자신의 마음속 깊이 있던 잠재의식을 75절에서 자각하고 있다.

43 "선형과 영채 양인 중에 한 사람을 골라야겠다"고 생각한 형식은 "오랜 생각 끝"에 결론에 도달하지만, 여기에 영채에 대한 언급은 한 마디도 없고 선형에 대해서만 언급하고 있다. 「『무정』을 읽는다(하)」, 6. '삼랑진을 향한 '종막'", 앞의 책, 374~385 면 참조.

고 있다. 이런 어색한 관계는 삼랑진에서 다소 융화되지만, 근본적인 해
결은 보이지 않은 채 끝난다.

사에구사 토시카츠(三枝壽勝)은 이러한 형식과 선형의 관계를 이광수
소설에 빈번한 '애정 부재의 부부' 모티브의 예로 간주하고 있다.[44] 그러
나 필자는 이 두 사람 사이에 애정이 없는 것만은 아니라고 생각한다. 선
형에 대한 형식의 마음이 절실하고, 선형의 질투도 애정의 한 형태로 간
주할 수 있다. 오히려 필자는 형식의 배우자로서 선형이 지닌 특권적 지
위에 주목하고 싶다. 주인공에게 마음을 바치는 젊고 매력적인 여성이
곁에 있음에도 불구하고 배우자가 줄곧 절대적인 위치에 있는 구도를 여
기서는 '특권적 배우자' 모티브로 부르기로 한다. 이 모티브는 『흙』(1932),
『사랑』(1938), 『원효대사』(1942) 등 이광수의 후기 장편소설에 등장한다.
『흙』에서는 허숭과 정선 사이의 유순, 『사랑』에서는 안빈과 옥남 사이
의 순옥, 그리고 『원효대사』에서는 원효와 요석공주 사이의 아사가의
관계가 여기에 해당한다.

나혜석의 모습이 유학시절로부터 멀어질수록 옅어져 가는 것과는 반
대로, 이들 특권적 배우자가 후반부에서 모습을 드러내는 것은 대체 무
엇을 의미하는 것일까. 영채의 경우와 마찬가지로 선형에게도 실재 인
물이 투영되어 있다면, 그것은 당연히 이광수의 반려자였던 허영숙이
될 것이다.

---

[44] 三枝壽勝, 「『無情』における類型的要素について」, 『朝鮮學報』 第117輯, 1985, 33면. 사에
구사는 '애정 부재의 부부' 모티브가 이광수의 체험에서 유래한다고 간주하고, 『무정』에
서는 김병욱의 오빠 김병국 부부도 이 모티브에 해당한다고 지적하고 있다. 하지만 김병
국의 모델인 나경석은 조혼한 아내를 아무래도 사랑할 수 없었다는 이야기가 전해지고 있
으며, '애정이 없는 부부' 모티브는 이광수 자신의 경험이 아니라 나경석의 실제 이야기에
서 취했을 가능성이 있다. 나영균, 앞의 책, 13~16면.

결론부터 말하자면, 『무정』에서 선형을 묘사하는 방식을 이해하기 위해서는 작자와 허영숙의 관계, 그리고 이광수가 이 무렵 발병했던 결핵이라는 요인을 무시할 수 없다. 지금까지 『무정』 연구에서는 허영숙의 존재는 물론 결핵과의 관계도 주목되지 않았다. 그러나 당시 결핵에 걸린다는 것은 죽음의 선고나 마찬가지였다. 발병의 충격은 당시 쓴 문장에도 흔적을 남기지 않았을까. 다음 절에서는 그 흔적을 더듬어 가면서 『무정』과 결핵, 그리고 허영숙의 관계를 고찰하려 한다.

2) 『무정』과 결핵

19세기에서 20세기 전반(前半)에 걸쳐 결핵은 전세계적으로 맹위를 떨쳤다. 결핵 자체는 이전부터 있던 병이지만, 기계문명이 발달하고 공장노동이 시작되면서 열악한 환경을 만나 만연되었던 것이다. 결핵이 근대병이라고 불리는 것은 바로 이 때문이다. 일본에서도 메이지시기에 들어 공장노동이 시작되면서 결핵 환자가 증가한다. 이광수가 재차 유학한 시기는 일본에서 결핵의 세력이 최고에 달했던 때였다. 1918년 일본에서 결핵으로 사망한 사람은 14만 명에 이른다.[45]

항생제가 나오기 이전에는 결핵에 대항할 수 있는 수단이 해변이나 고산지에서의 전지요법이나 고기, 계란, 우유를 섭취하는 영양요법 정도뿐이었다. 일본에서도 가마쿠라 요양원(鎌倉海浜院), 차가사키 요양원(茅ヶ崎南湖院) 등 해변의 요양원이 유명하다. 1916년 초 폐결핵으로 사망한 나혜

---

[45] 福田眞人, 『結核の文化史』, 名古屋大學出版會, 1995, 50면. 사망자 수는 전쟁중에 이보다 많아지지만, 10만 명 당 사망자 수로 비교하면 이 해 257명에 달하여 일본 역사상 최고를 기록하고 있다.

석의 애인 최승구는 바로 전 해에 발표한 수필 「불만과 요구」에서 가마쿠라 해변에서 맛나는 음식을 먹고 있다고 적고 있다.[46] 필시 요양 차 갔을 것이다. 이광수도 1918년 여름 누마즈(沼津) 해변에 머문다.[47]

1910년대 조선에서 온 유학생 또한 다수가 결핵으로 쓰러졌는데, 이는 『학지광』소식란에 매회 보이는 병으로 인한 귀국과 사망 기사를 통해 짐작할 수 있다. 이국에서 이러한 병에 걸렸을 때 돌봐줄 사람이 있는지의 여부는 생사를 갈라 놓았다. 나혜석은 충분히 간병하지 못해 애인 최승구를 죽게 만든 일을 다음과 같이 후회하고 있다.

　　내가 주야로 마음이 아파서 애를 쓰고 가슴을 치며 후회한 것은 '내가 왜 그 친구를 위하여 내 공부를 폐지하고 철야하여 간호를 못 하였던고' 함이었다. '내 정성을 다하여 그 친구에게 위안을 주었더라면 그는 결코 죽지 않았으리라' 함이었다.[48]

결핵에 걸린 이광수의 머릿속에는 1년 전 이 병으로 죽은 최승구가 떠올랐을 것이 틀림없다. 이광수가 중학시절에 읽었던 작가 타카야마 초규(高山樗牛), 쿠니키다 돗포(國本田獨步), 츠나시마 료센(綱島梁川)은 모두 결핵으로 죽는다.[49] 당시 결핵으로 죽는 것은 극히 친숙한 일이었다. 1917년 1월 10일에 집필한 「방황」에는 이광수 자신이라고 생각되는 병

46　나혜석, 『학지광』6호, 1915.7.
47　하타노 세츠코, 「이광수의 제2차 유학시절」, 주 96 참조, 본서 109면.
48　나혜석, 「회생한 손녀에게」, 『여자계』3호, 1918, 이상경 편집 교열, 107면.
49　메이지중학시절 이광수의 독서 이력에 대해서는 하타노 세츠코, 「옥중호걸의 세계─이광수의 독서 이력과 일본문학」, 『『무정』을 읽는다』를 참조할 것.

에 걸린 유학생이 등장하는데, 이 작품에는 허무와 염세로 가득한 심상치 않은 분위기가 떠돌고 있다.

코우지마치의 기숙사에서 3일 전부터 감기로 누워있는 주인공은 자기의 심장 고동 소리를 들으면서 "마치 보기 역정나는 서적이나 연극과 같은"[50] 이 세상에 미련이 없다고 생각한다. 그에게는 하루 3번 익명의 독지가가 보내준 따뜻한 우유(결핵의 영양요법을 떠올리게 한다)가 배달되고 또 진심으로 그의 병세를 걱정해주는 친구가 있지만, 그러한 호의조차 "임종의 병인에게 캄플주사를 시(施)하는 것"[51]과 같이 자기의 고통을 연장시킬 뿐이라 하여 귀찮게 여긴다. 그리고 마침내는 민족에 대한 생각까지도 퇴색하게 된다. 자기는 다른 애국자처럼 '조선과 혼인'하지 못한 인간이며, 적막할 때면 조선을 애인으로 간주하려고 노력했지만 "나의 조선에 대한 사랑은 그렇게 작열하지도 아니하고 조선도 나의 사랑에 대답하는 듯하지 아니하였다"[52]고 생각한다. 모든 것이 헛되이 여겨진 그는 "중이 되고 싶다"고 생각에 빠져 18살에 처녀 과부가 된 고향의 숙모가 10년간 수절한 후 금강산에 들어가 비구니가 되었다는 이야기를 떠올리고는 그녀를 좇아 중이 되는 자기의 모습을 상상하는 것이다.[53]

이처럼 「방황」의 주인공에게 보이는 허무감은 『무정』에서 형식이 '중이 되고 싶다'는 말을 입에 올릴 때의 허무감과 상통한다.[54]

50　이광수, 『청춘』 제12호, 1918.3, 76면.
51　위의 책, 78면.
52　위의 책, 80면.
53　이 숙모의 이야기는 「소년의 비애」에서 백치에게 시집간 종매의 이야기와 관련이 있고, 또 『나』에서 백치에게 시집가서 처녀 과부가 된 후 금강산에서 비구니가 되어 죽은 실단의 이야기와도 관련이 있다.
54　『무정』의 스토리로 보건대 손수 돌보아 기른 학생들의 반항에 맞닥뜨린 형식이 이러한

조선의 문명을 위하여 자기의 명예를 위하여 힘쓰겠다는 마음이 일시에 스러지는 것 같다. (…중략…) 지금껏 자기가 하여온 생활이 마치 아무 뜻도 없고 맛도 없는 것 같고 (…중략…) 모든 것이 다 부끄럽고 불쾌하고 성이 난다.(74절)

내가 지금껏 살아온 값이 무엇이며 뜻이 무엇인고 한다. 당장 이 생활을 왼통 내어던지고 어디 사람 없는 외딴 곳에 들어가서 숨고 싶은 생각이 난다.(74절)

그런데 그 직후 한 목사가 선형과의 약혼말을 가지고 오자, 형식은 앞으로 펼쳐질 미래에 마음이 들뜬다. 절망에서 희망으로의 전회(轉回)가 일어난 것이다.

'선형과 나와 약혼'한다는 말은 말만 들어도 기뻤다. (…중략…) 사랑하던 미인과 일생에 원하던 서양유학! 이 중에 하나만이라도 형식의 마음을 끌 만하거든 하물며 둘을 다!(76절)

이때 작품 외부에 있는 작자에게도 절망에서 희망으로의 전화가 일어나고 있다. 「방황」을 쓰고 나서 1개월 후인 2월 22일, 26세 생일을 맞

기분에 빠진 것은 자연스러운 일이며, 또 「방황」에 보이는 허무감도 어쩌면 원고를 보내고 일단락지었을 때 감기에 걸려 나타난 일시적인 것에 불과할지도 모른다. 그러나 허영숙이 당시 결핵에 걸린 이광수를 돌보았고 또 오도답파여행에 가기 전에 은사에게 진단을 받고 보냈다는 극히 구체적인 회상을 하고 있는 것으로 보아, 이광수가 이해 겨울 결핵에 걸린 것은 분명하다. 이 무렵 이광수의 행적과 주위 상황을 종합해 보건대, 그의 발병은 역시 「방황」이 쓰여지기 직전 무렵으로 추정된다.

아 쓴 수필 「25년을 회고하여 애매(愛妹)에게」에서 이광수는 이 무렵 심경의 변화를 다음과 같이 적고 있다.

접때에 나는 내게 대하여 아주 실망을 하였었다. (…중략…) 차라리 사회와 은인의 기대를 다 저버리고 산에 들어가 중이 되거나 시골에 숨어 제 손으로 땅이나 팔까 하여도 보고 (…중략…) 한 적도 있었다. 그때에 내 마음은 적막과 실망과 슬픔에 눌려 거의 죽을 뻔하였다. 내게는 아무 희망이 없고 용기가 없고 열정이 없고 오직 식은 재와 같이 싸늘하였었다. 동족을 위하여 힘쓴다든지 인류를 위하여 힘쓴다든지 하는 이상이 스러짐은 물론이어니와 일개인으로 이 세상에서 살아가려는 생각까지도 없어졌었다.[55]

그때 '나'의 앞에 오랫동안 잊고 있던 누이의 모습이 떠오른다. "나는 울고 있습니다. 오빠을 위하여"라는 누이의 목소리가 들려오고, '나'는 몸을 떨며 재기를 맹세한다.

나는 다시 살기를 결심하였다. 너를 위하여, 저 은인은 위하여. 그리하고 귀중한 너와 은인을 안아주는 저 땅을 위하여 나는 다시 살고 다시 힘쓰기를 작정하였다.[56]

누이야! 이리하여 나는 도로 살아났다. 그래서 오늘을 당하게 되었다.[57]

---

55 이광수, 『학지광』 12호, 1917. 4, 51면. 글의 말미에 '1917. 2. 22'이라고 집필 날짜가 기록되어 있다.
56 위의 책, 51면.
57 위의 책, 52면.

그리고 새로운 기분으로 생일을 맞은 '나'는 인생을 연극에 비유하여 이렇게 적고 있다.

내 생활의 서막은 어제까지에 끝이 난 것 같다. 오늘부터 내 생활은 연극의 중간에 입(入)하는 것 같다. 내 주먹에 쥐었던 프로그램의 귀중한 절차가 오늘부터 전개되는 것 같다. 서막은 실패였었다. 나는 여러 관객에게 실망을 주었다. 그러나 이 앞에 중막과 대단원이 남았으니 아직 그네를 만족시킬 기회는 넉넉하다. 나는 지금 낙옥(樂屋)에 있어서 정성으로 분장을 하는 중이다. 내 입술에는 희망의 미소가 있다.[58]

이 문장에서부터는 재기에의 패기가 전해진다. 필자는 이전 논문에서 이 문장을 분석하면서, 오산학교에서의 교사생활을 실패로 간주하고 민족교육을 포기하고 재차 유학한 일에 대해서도 가책을 느끼고 있던 이광수가 자신의 약점을 『무정』의 스토리에 짜 넣음으로써 정신적인 재기를 이루었다고 해석한 바 있다.[59] 그러나 『무정』과 「방황」에 공통된 허무감이 작자의 정신적 트라우마뿐 아니라 결핵이라는 신체적 위기에서 오고 있는 것이라면, 이 재기는 그와는 비교할 수 없을 정도로 의미심장한 양상을 띠게 된다. 그것은 문자 그대로 '죽음에 대한 절망'에서 '삶의 희망'으로의 전회를 의미하게 되기 때문이다.

---

58 위의 책, 52~53면.
59 하타노 세츠코, 「『무정』을 읽는다(중)」, 위의 책, 290면.

5. 허영숙과 이광수

「25년을 회고하여 애매에게」에서 '나'를 재기시킨 것은 '오랫동안 잊고 있던 누이'이다. 이광수에게는 누이가 둘 있었는데, 작은 누이는 어려서 죽고 또 한 누이는 만주의 영구(營口)로 시집을 간다.[60] 『무정』에는 "함경도로 시집간 누이"[61]라고 지나가듯 나오고 있는 이 누이에 대해서 이광수는 별로 언급하지 않으며, 편지 이야기도 이 수필 정도뿐이다. 누이에게서 온 편지에는 행운의 네잎 클로버(원문 四葉權)와 함께 "작추(昨秋)에 종일 애써서 이것을 찾았"[62]다고 적혀 있다. 그러나 평안북도 농촌에서 자라 만주로 시집간 누이가 그런 일을 했을까. 이것은 물론 꿈많은 도회의 여학생이나 하는 행위이다.

이광수에게 네잎 클로버를 보낸 것은 그 무렵 토쿄여자의전에 재학 중이었던 허영숙이었다고 생각된다. 이국에서 결핵에 걸린 가난한 유학생 앞에 경제적 여유와 의학 지식을 가진 여성이 간병을 자청하고, 그를 절망에서 희망으로 재기시킨 것이다. 20년 이상 훗날 잡지 『여성』의 인터뷰 기사에서 허영숙은 다음과 같이 회상하고 있다.

그러나 만나본 춘원은 말이 아니었어요. 보기에도 소름이 끼치는 혈담을 기침 끝마다 칵칵 뱉어내는 폐결핵 환자였으니까요. 그러니 뉘가 가까이

---

60 「이광수 씨와 교담론」, 『삼천리』, 1933.9, 59면; 윤홍로, 『이광수의 문학과 삶』, 「자료 7 중국에서 보낸 춘원의 혈육의 편지─누이 장녀의 편지」, 국학연구원, 1992, 255면.
61 『무정』 62절. "친누이는 그 시가를 따라 함경도에 가 살므로 이래 사오 년간 만나본 적이 없고 (…후략…)"
62 『학지광』 12호, 53면.

대하기를 좋아하겠어요. 그런데다 사고무친한 동경에 와서 그런 몸이 되었으니 더더구나 돌보아 줄 사람이 뉘 있겠어요. 돌보아 주는 사람이 없으면 그이는 꼭 얼마 안 있어 죽을 사람 같더군요. 그래 내가 선생께도 말을 하고 해서 그이를 돌보아 드렸습니다.[63]

이어지는 결핵에 관한 그녀의 의견은 필시 젊었을 때부터의 신념이 아니었을까 싶다.

이 폐결핵이라는 병을 세상에선 꼭 죽는 병으로 알지만 그렇지 않습니다. 시기를 잃지 않고 경제를 희생해서 의사의 지시대로 규칙적 치료를 받기만 하면 반드시 낫는 병이지요.[64]

"경제를 희생해서"란 '아낌없이 돈을 쓴다'는 뜻이다. 그런데 1917년 1월 당시 이광수는 매우 가난했다. 이때 김성수가 보내오는 돈이 매달 20원, 『매일신보』에 연재하던 『무정』의 원고료가 매달 5원에 지나지 않았고, 신학기에 대학 수업료도 납부해야 하는 상황이었는데도 "수업료를 납부할 수 없어 학교에 가지 못하는" 상태였다.[65] 그는 당연히 절망했을

---

63 허영숙, 「나의 자서전」, 『여성』 제4권 제2호, 1939. 2, 26면. 이 글에서 허영숙은 이광수가 여자의전부속병원에 진단을 받으러 와서 처음 만났다고 언급하고 있으나, 이것은 착오일 것이다. 1929년 『문예공론』의 인터뷰 기사에서는 유학생 회합 후 서로 알게 되었다고 언급하고 있고, 회상의 시기나 만난 상황으로 보건대 이쪽 이야기에 신빙성이 있다. 『여성』지에 이 기사가 게재된 것을 일러 준 야마다 요시코(山田佳子) 씨에게 이 자리를 빌려 감사드린다.

64 위의 글, 26면.

65 이광수, 「나의 최초의 저서」(『삼천리』, 1932. 2), 『이광수전집 16』, 268면. 이광수의 당시 경제상태에 대해서는 하타노 세츠코, 「이광수의 제2차 유학시절」, 5. '『무정』과 결핵', 본서 97~104면 참조.

것이다. 그런 그에게 희망이 찾아왔다. 이광수는 허영숙에게서 도움을 얻을 수 있으리라 확신했을 것이다. 그러면 허영숙은 왜 이광수를 돌보려 했고, 이를 실행했을까.

허영숙(1897~1965)은 서울의 유복한 가정에서 네 자매 가운데 막내로 태어났다. 세 명의 언니는 당시 풍습에 따라 집안에서만 자라 조혼했지만, 그녀만은 신교육을 받았다.[66] 9세 때 모친을 잃는다.[67] 1914년 4월 토쿄여자의전에 입학했으니,[68] 이광수와 알게된 것은 3학년 때의 일이다. 이광수보다 다섯 살 연하인 그녀는 이제 막 20세를 넘어선 참이었다.

1929년 이광수는 신장 결핵으로 왼쪽 신장을 절제하는 대수술을 받는다. 이때 병상 기사를 쓰기 위해 그를 방문한 기자 앞에서 허영숙은 당시의 일을 회상하면서, 이광수의 하숙에 처음 약을 가지고 갔을 때 남자의 하숙을 찾아가는 것도 부끄러웠지만 이광수가 "선생으로서 숭배하는 분"이었던 터라 더욱 부끄러웠다고 말하고 있다.[69] 그리고 나서 18년 후 『여성』지 인터뷰 기사에서 42세의 허영숙은 거침없이 터놓고 이광수에 대해 이야기하고 있다. 오도답파여행에서 돌아온 뒤에는 이광수가 약

---

66 「허영숙 씨와 네 분 형님」, 『삼천리』, 1932. 2, 52~57면. 앞의 『여성』지 인터뷰 기사, 26면.
전자에는 '한성중학교'를 나왔다고 되어 있고(56쪽), 후자에는 '진명 보통과와 여고'를 나왔다고 되어 있는데(26쪽), 필자는 허영숙 본인이 말한 후자의 내용을 취했다.

67 앞의 『여성』지 인터뷰 기사에서 허영숙은 9세 때 모친이 세상을 떠났다고 이야기하고 있다. 그렇다면 필자가 「이광수의 제2차 유학시절」에서 언급한 바 있는, 이광수와의 연애를 반대한 모친은 허영숙의 계모라는 얘기가 된다.

68 『女醫界』 86호(동경 여자 의학전문학교 발행, 1914.3)에 실린 '1914년(大正 3) 입학자 명단'에 허영숙의 이름이 있다. 허영숙의 차녀 이정화 씨에게 받은 조사 위임장을 제시하고 토쿄 여자의전의 후신인 토쿄여자의과대학 사료실(史料室)에 자료 조사를 부탁했더니 매우 친절하게 응대해 주었다. 위임장을 보내준 이정화 씨와 응대해 준 토쿄여자의과대학 자료실의 고토 아스카(後藤明日香) 씨에게 이 자리를 빌려 감사드린다. 1918년(大正 7) 1917년도 졸업생 명부의 별과(別科)에 허영숙의 이름이 있고, 졸업사진도 볼 수 있었다.

69 春海, 「춘원병상방문기」, 『문예공론』 창간호, 1929, 62면.

을 받으러 자기 처소에 오곤 했던 일, 집에서는 시집가라고 하는데 자기가 간호하지 않으면 이광수가 수년 내 죽어버릴 것 같아 장래에 꼭 사회에 쓸모 있는 일을 할 인물이라고 믿고 돕기로 한 일, 두 사람의 관계는 연인 사이라기보다 오누이처럼 결혼 후에도 4,5년은 '춘원 선생'이라고 불렀던 일 등을 이야기하고, 그후의 가정생활도 "춘원의 간호를 하는 것이 전생활"이었다고 술회하고 있다.[70]

물론 이러한 거리를 두는 이야기 방식에는 두 사람이 친해지게 된 계기를 이야기할 때 수반되는 '겸연쩍음'이 작용했을 것이다. 그러나 이를 감안하더라도, 이 회상에는 당시 두 사람 사이의 특이한 관계를 상상케 하는 점이 있다. 1917년 초 이광수는 『매일신보』에 논설과 소설을 발표하여 눈부신 각광을 받았다. 이제 막 20세를 넘은 허영숙은 이러한 그가 장래 민족을 위해 중요한 일을 할 인물이라고 생각하여 존경하고, 그를 돌보는 것이 의학도인 자기가 민족에 봉사하는 길이라고 생각했을 것이다. 이광수가 「25년을 회고하여 애매에게」보다 이틀 전에 쓴 논설 「천재야! 천재야!」의 다음 대목은 이러한 추측을 뒷받침한다.

지금 조선은 정히 천재를 부를 때외다. 모든 종류의 천재를 부를 때외다. 제 밥을 굶어가며 천재를 먹이고, 제 옷을 벗어가며 천재를 입히고-아니 제 살을 깎아 천재를 먹이고 제 껍질을 벗겨 천재를 입힐 때외다.[71]

민족의 운명은 천재의 어깨에 달려 있는데도 조선인들은 오히려 그

---

70   허영숙, 「나의 자서전」, 『여성』, 27면.
71   이광수, 『학지광』 제10호, 1917.4, 11면. 글의 말미에 '2월 20일 밤'이라고 적혀 있다.

들을 짓밟고 고사시키려 하고 있다는 탄식에는 필시 자신의 운명에 대한 이광수의 탄식과 분노가 담겨 있을 것이다. 그리고 '천재를 지키라'고 외치는 이광수의 주장이 이때 허영숙에게도 전염된 것이 아닐까 생각되는 것이다.

젊은 여성 허영숙은 필시 이광수에게 연모의 정을 품고 있었을 것이다. 그러나 결벽한 그녀는 처자가 있는 그를 향한 감정을 부정하고 오히려 민족에 대한 의무라는 명분을 밀어붙였고, 그것이 『무정』에서 선형과 형식의 어색한 관계로 나타났다고 생각된다. 선형에게 형식과 약혼하라는 부모의 말이 절대 명령이었듯, 허영숙은 이광수를 돌보는 것이 민족에 대한 신성한 의무라고 자신을 타일렀을 것이다. 이광수는 자신에 대한 그녀의 호의가 사랑인지 동정인지 알고 싶어 번민하고, 이는 『무정』에서 형식의 번민에 대응한다. 젊은 여성에게 경제적 원조를 받음으로써 이광수의 자존심은 상했을 것이고, 허영숙은 자기가 부정한 감정을 가지고 그를 돌보고 있는 것은 아닌지 저어했을 것이다. 이리하여 그들의 자존심이 빚은 갈등은 『무정』 후반부에 묘사되는 형식과 선형의 자존심 갈등으로 나타나게 된 것이다.

6. 마치며

결혼 후 가정생활에서도 이광수의 건강이 항상 첫째 문제였다고 허영숙은 술회하고 있다. 이러한 그들의 관계가 이광수 후기 소설에 나타나는 '특권적 배우자' 모티브와 관련있는 것이 아닐까 싶지만, 본고에서는 시사하는 것으로 그치기로 한다.

장편 『무정』 후반부에서 선형의 특권적 지위가 작품 외적 요인에 의해 결정되고 있다는 점은 분명하다고 생각한다. 다만 전반부에서의 선형의 모습이 허영숙을 투영하고 있는지는 마지막까지 판단내리지 못했다. 전반부에서 선형은 '부와 미모와 교양'으로 형식을 순식간에 매료시키고 그의 마음속 깊이 욕망의 불꽃을 점화시키는 중요한 인물임에도 불구하고, 묘사가 추상적이고 힘이 결여되어 있어 실제 인물을 모델로 했다고 보기 어렵기 때문이다. 어쩌면 이때의 선형은 이광수가 이 무렵 토쿄에서 만나 마음 설레였던 젊은 여성 전체를 상징하고 있고, 이렇게 창작된 여주인공 내부에 후반부에 들어서 허영숙이 담긴 것일지도 모른다. 아니면 서로 알게 되고 잠깐 동안은 허영숙이 어떤 여성인지 알 수 없어 망설였기 때문에 묘사가 구체성을 결여하게 되었거나, 혹은 이제 막 최초의 장편소설에 착수한 25세의 작가 이광수의 역량 문제였을 수도 있다.

여하튼 『무정』의 전반부를 쓰고 있던 때의 이광수가 삶과 죽음의 갈림길에 놓여 있었던 것은 분명하다. 72절의 마지막은 "형식이가 아주 말라죽고 말는지 다시 어디다가 뿌리를 박고 살는지 이것은 장래를 보아야 알 것"이라고 끝맺고 있다. 이광수가 여기까지 쓰고 붓을 놓았을 때, 죽음을 예감한 25세 청년의 마음은 바로 '방황'하고 있었던 것이다.

<나혜석의 유학시절 연표>

1913년(大正 2)	4월 15일 사립여자미술학교 서양화 선과(選科) 보통과 입학1)
1914년(大正 3)	4월 보통과 2학년에 진급 7월 오빠 나경석이 쿠라마에(藏前)공업고등학교 졸업 　　최승구와 연애 12월 3일 『학지광』 3호에 「이상적 부인」 게재 　　일시 귀국. 부친이 결혼을 강요하여 일본에 돌아오지 못함
1915년(大正 4)	3학기 등교하지 않고 결석 2) (4월 1학기에 일단 제적된 듯하다) 9월 이광수가 토쿄에 재차 유학 　　오빠 나경석 귀국 10월 4일 2학기 도중 선과 보통과 2학년에 복학3) 12월 10일 부친 사망 　　연말 최승구 요양을 위해 귀국
1916년(大正 5)	1월 본교 기숙사로 옮김(키쿠자카(菊坂) 교사 근처)4) 3월 『학지광』 8호에 최승구 사망기사 9월 2학기 서양화 고등사범과 2학년에 전과 10월 28일 이사5) 12월 이사6)
1917년(大正 6)	4월 고등사범과 3학년에 진급 4월 19일 『학지광』 12호에 「잡감」 발표 7월 『학지광』 13호에 「잡감―K언니에게」 발표 　　여름방학 귀성 도중, 쿄토에 머무르며 김우영과 교제 10월 17일 『여자계』 편집부원이 됨 12월 보증인 변경: 우에하라 에츠지로(植原悅二郎)7) 　　주소: 시바쿠 시바엔(芝區芝園) 5号8)
1918년(大正 7)	3월 22일 사립여자미술학교 졸업 『여자계』 2호에 「경희」 발표 4월 귀국

1)　나혜석의 학적부에는 다음과 같이 기록되어 있다(×는 판독불가).
　　原籍: 朝鮮京畿道 ××× 龍仁 羅景錫 妹
　　父親職業: 官吏
　　住所: 神田區今川小路 2丁目 2番地 ×××
　　保證人: 三好辰次(職業 醫)
　　이 주소는 같은 해 4월 아자부(麻布)중학교에 편입한 염상섭의 학적부 주소와 동일하다.
2)　1914년도 출석표

	결석일수	수업일수
1학기	0	79
2학기	0	82
3학기	59	59

2학년 출석표이다. 2학기까지 결석이 0으로 되어 있는데, 3학기는 하루도 출석하지 않았다.
3) 1915년도 출석표(필사본)
이것은 두 번째 2학년 출석표이다. 서류에는 1914년(大正 3)으로 되어 있지만, 동일한 학생에게 같은 년도에 2개의 출석표가 있을 리 없으므로 1915년도 것이 틀림없다고 생각된다. 혹은 1914년도의 재이수라는 의미인지도 모른다.

	결석일수	수업일수
1학기		
2학기	14	63
3학기	17	57

이 표를 보면, 1학기에는 하루도 출석하지 않았다. 0이라는 숫자도 기입되어 있지 않은 것으로 보아 일단 퇴학처분되었을 것이다. 비고란에 10월 4일로 기재되어 있는 것으로 보아 2학기중에 복학한 것으로 추측된다. 2학기 수업일수는 통상 9월부터 12월까지 80일에서 90일간이므로, 63일이라는 숫자는 복학한 10월 4일부터 학기말까지의 일수인 듯하다. (고토 씨의 의견) 2학기에 결석이 14일인 것은 부친의 사망으로 귀국한 탓이 아닐까 싶다. 또 3학기에 결석이 17일인 것은 부친 상중이었던가 최승구를 만나기 위해 일시 귀국했기 때문인 듯하다.
4) 이때까지 주소는 미요시 타츠지(三好辰次) 씨댁이었다. 기숙사로 옮긴 까닭에 행동이 자유로워져 일시 귀국할 수 있었던 것이 아닐까 싶다.
5) 이사지 주소: 淀橋柏木 979番地 中川方
6) 이사지 주소: 東大久保 357番地 志村方
7) 나혜석의 두 번째 보증인으로 기재되어 있는 '植原悅二郎(단 '悅'자는 매우 읽기 어려운데 고토 씨는 '隱'으로 판독했다. 필자는 '植原悅二郎'이라는 이름을 알고 있는 까닭에 '悅'로도 읽을 수 있다는 데 생각이 미쳤다)은 다이쇼 데모크라시기 정치학자로 1917년 총선거에서 중의원 의원이 되고, 이후에도 전후까지 재직한 '우에하라 에츠지로(植原悅二郎)'일 가능성이 있다. 레메카이(黎明會)와 신진카이(新人會)와도 관계가 있던 김우영과 아는 사이였는지도 모른다(浦川登久惠, 「モデル小說 廉想涉『해바라기』の分析」, 『朝鮮學報』第207輯, 2007, 114쪽)
8) 시바엔(芝園)은 시바코엔(芝公園)의 '公'을 빠뜨린 것 같다.

이광수의 「민족개조론」과 귀스타브 르봉의 『민족진화의 심리학적 법칙』에 대하여

1. 들어가며

1922년 『개벽』 5월호에 발표한 「민족개조론」에서 이광수는 귀스타브 르봉(Gustave Le Bon)의 저서 『민족심리학』의 일부분을 인용하면서 그의 학설에 의거하여 민족개조의 방법을 설명하고 있다. 이때 이광수가 참고한 책은 1910년에 대일본문명협회가 간행한 일본어 번역본이다.[1] 일본에서

---

* 본고는 2010년 6월 5일 경희대학 국제 캠퍼스에서 〈근대 동아시아의 '한국인' 인식〉이라는 주제로 개최된 국제회의에서 발표한 초청 발표 가운데 제5장(발표 당시 4장)을 대폭 수정한 것이다.
1 이광수가 읽은 것은 1918년에 간행된 합본축쇄판이었던 듯하지만, 그 내용은 1910년판과 똑같다.

는 그보다 10년 전인 1900년에 이 저서가 소개된 바 있다. 본고에서는 1900년과 1910년에 일본에서 르봉의 학설이 어떻게 수용되었었는지, 또 이광수는 르봉의 학설을 어떻게 받아들였는지 고찰하고자 한다.

2. 귀스타브 르봉에 대해서

르봉은 1841년 프랑스 에르 에 로아르(Eure-et-Loir) 지방의 명문가에서 태어나 튀르(Tours)시에 있는 중학교를 졸업했다.[2] 파리에 있는 의과대학을 나와 1866년에 의사가 되었고, 1870년 보불전쟁 때는 야전 병원에서 근무했다. 그의 관심사는 광범위했다. 유럽 · 북아프리카 · 동방 등을 여행하며 기행문을 썼고, 『아라비아인의 문명』(1884), 『인도의 문명』(1887) 등의 문명론 외에도 의학 · 위생학 · 생리학 · 역사 · 심리학 · 물리학 등 저서가 40여권 가까이 된다. 그의 이름을 세계적으로 알린 것은 1894년에 간행된 『민족진화의 심리학적 법칙(Les Lois psychologiques d'évolution des Peuples)』과 그 이듬해에 나온 『군중심리학(Psychologie des Fouls)』이었다. 특히 후자가 간행 이듬해에 미국 맥밀란(Macmillan) 출판사에서 『군중: 대중의 심리에 대한

---

[2] 귀스타브 르봉의 사상과 경력에 대해서는 다음의 문헌을 참조했다.
本野一郎, 「序」, 『民族心理學及群衆心理』, 大日本文明協會, 1915/ 櫻井成夫 「譯者のあとがき」, 『群集心理』, 講談社學術文庫, 1993; 하타노 세츠코, 『무정을 읽는다』, 최주한 옮김, 소명출판, 2008, 각주 66과 71; 불어판 Wikipedia(2010/5/7) http://fr.wikipedia.org/wiki/Gustave_Le_Bon; 영어판 Wikipedia (2010/5/7) http://en.wikipedia.org/wiki/Gustave_Le_Bon. 한국에서 이광수와 귀스타브 르봉의 관계를 고찰한 논문으로는 엘리 최의 「이광수의 「민족개조론」 다시 읽기」 (『문학사상』, 2008.1)를 비롯하여 몇몇의 논문이 있다.

연구(Crowd: A Study of the Popular Mind)』라는 제목으로 번역되어, 그의 이름은 '군중의 시대'라는 말과 함께 널리 알려졌다. 이 책은 무솔리니, 히틀러, 샤를르 드골, 루즈벨트 등 세계의 정치가들의 필독서가 되었다고 한다. 르봉의 사상의 기저에는 인간은 원래 불평등하다는 사고방식이 내재되어 있다. 그는 17세기 프랑스에서 태어난 자유와 평등의 사상(루소의 사랑을 가리킨다고 생각됨)이 잘못된 사상임에도 불구하고 민중에게 침투해서 파괴적인 힘을 갖게 되었으며, 지금은 어느 누구도 그 흐름을 막을 수 없게 되었다고 생각했다. 그리고 민중의 행동이 역사를 결정하게 된 이 시대를 '군중의 시대'라고 부르고, 하나의 사상이 민중 속에 퍼져나가 종국에 그들을 움직이게 하는 과정을 『민족진화의 심리학적법칙』에서 분석하고 있다.

그는 당시 유럽에서는 거의 상식이었던 사회진화론의 신봉자로서 민족을 진화의 정도에 따라 4개의 등급으로 구분한다. 유럽인이 속하는 '우등인종', 중국인·일본인·몽고인들이 속하는 '중등인종', 흑인이 속하는 '열등인종', 그리고 석기시대에 가까운 생활을 하고 있는 '원시인종'이 그것이다. 르봉에 따르면, 민족의 차이는 지식이 아니라 성격에 있다. 어떤 민족이든 핵이 되는 심적인 조직을 가지고 있으며, 역사·문명·제도·예술 등은 모두 이 특성에서 산출되는 것이어서 하나의 민족의 문명을 타민족에 이식하는 것은 불가능하다. 민족의 특성은 인간의 내부에 무의식적이고 근본적인 성격으로서 존재하며, 그 위에 교육 등에 의해 만들어진 지능이나 개성과 같이 의식적이고 가변적인 성격이 자리한다. 인간은 평소 의식적인 성격을 가지고 행동하지만, 집단으로 행동할 때 정신의 밑에 자리잡은 무의식적인 공통의 성격이 드러나 전체를 지배할 때가 있다. 르봉은 이 심리를 '군중심리'라고 불렀다. 르봉에게 '군중'이

란 기본적으로 '우민(愚民)'이었다. 파리 근교의 명문가 출신인 르봉에게
는 그가 태어나기 반세기 전에 일어난 혁명에서 연출된 군중의 행동에
대한 공포심이 있었으며, 이것이 군중심리에 대한 분석으로 이어졌다고
도 한다. 제2차 세계대전 후에는 인권사상으로 인해 사회진화론이 부정
되어 르봉의 이름도 거의 잊혀졌지만, '군중심리'라는 말이나 '죽은 자가
산 자를 움직인다' 같은 말은 지금도 널리 쓰이고 있다.

3. 츠카하라의 『심리학서해설 르봉의 민족심리학』(1900)

1900년 르봉의 『민족진화의 심리학적 법칙』을 일본에 처음 소개한
것은 당시 토쿄대학 대학원생이었던 28살의 츠카하라 마사츠구(塚原政
次)였다. 그는 주로 교육과 윤리에 관한 잡지와 서적을 간행하던 이쿠세
이카이(育成會)가 낸 심리학서적 해설서 제5권을 맡아 『심리학서해설 르
봉의 민족심리학(心理學書解說 ルボン氏民族心理學)』[3]을 집필했던 것이다.
이듬해 국비로 미국과 독일에서 유학하고 귀국해서는 토쿄고등학교 교
장과 히로시마 문리과대학 학장을 지냈던 그는 일본 교육심리학의 기초
를 세운 인물이기도 하다.[4]

---

3   국회도서관 근대 디지탈 라이브러리에서 다운로드 할 수 있다. http://kindai.ndl.go.jp/
     info:ndljp/pid/759857.
4   츠카하라에 대해서는 다음의 문헌을 참조했다.
     講演錄, 「近代日本における心理學の受容と制度化」, 『立命館人間科學研究』第5号, 2003.3,
     250~251면; 佐藤達哉「明治期の心理學と '教育'の心理學: 元良勇次郎と塚原政次の興味關

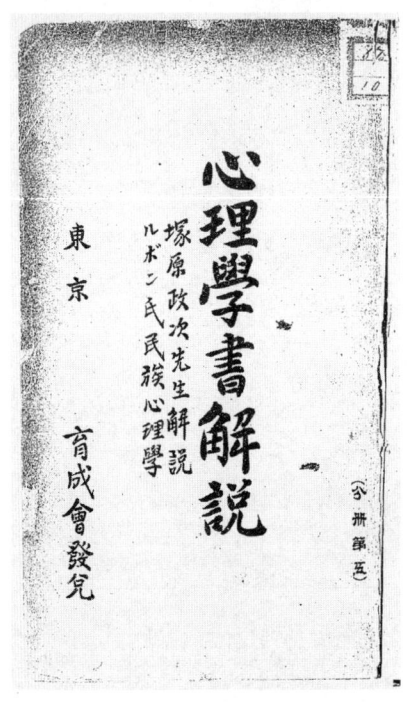
塚原政次, 『ルボン氏民族心理學』表紙

츠카하라가 해설한 것은 1898년 미국 맥밀란출판사에서 간행된 르봉의 『민족심리학 민족진화에 있어서의 그 영향(The Psychology of Peoples Influence on Their Evolution)』[5] 이라는 책인데, 번역자의 이름은 물론 원저자의 서문도 없다. 그래서 그는 이것을 프랑스의 『과학평론』지에 게재된 르봉의 논문들에 목차를 달아 번역한 것이라고 추측했다.[6] 그가 '서언'에서 열거한 르봉의 저작 목록에 프랑스어 제목만 붙어 있는 『민족진화의 심리학적 법칙(Les Lois psychologiques d'évolution des Peuples)』과 영어 제목만 붙어 있는 『민족심리학(The Psychology of peoples)』이 나란히 들어있는 것으로 보아, 아마도 츠카하라는 후자가 전자의 번역이라는 것을 몰랐던 듯하다.

1장 '서언'에서는 르봉이 프랑스의 유력한 잡지에 논문을 많이 발표하여 여러 책에 인용되고 있는 유명한 학자라는 점과 최근 특히 『군중의 심리』라는 책이 화제가 되어 있다는 것을 기술하면서, "민족심리학이란 사

心から」, 『第6回 日本教育心理學總會發表論文集』, 1997.9.

5   영역본은 American Library에서 내려받았다.
    http://www.archive.org/details/psychologyofpeop00leborich
6   塚原政次, 『心理學書解說 ルボン氏民族心理學』, 育成會, 1900, 8면. 츠카하라는 미국의 잡지 『심리평론』의 임시 증간호 목록을 조사하여 번역자 이름이 '아르 테레체브'임을 책 서문에서 밝히고 있다. 9면.

154   일본 유학생 작가 연구

회심리학의 한 부분으로 민족이라고 일컫는 특수한 사회의 정신을 연구하는 학문"이라고 설명하고 있다. 2장'목차'는 원전의 목차를 그대로 베낀 것이고, 3장'개관'은 각 장의 내용을 해설한 것이다. 마지막장인 4장'비평'에서는 이 책에 대해 비평하고 있다. 그는 우선 민족심리학과 같은 학문에서는 저자의 출신국에 유의할 필요가 있다고 독자들에게 주의를 환기시키고 나서, 르봉은 프랑스인이기 때문에 독일인 학자와는 다른 견해를 보일 것이라고 언급한다. 그리고 르봉이 'race(인종)'과 'people(민족)'이라는 용어를 혼용하고 있음을 지적한 후, 르봉의 학설에 대해 자기가 동의할 수 있는 것과 그렇지 않은 것으로 구분하여 그 이유를 설명해 나간다.

르봉이 민족의 심리적 특성을 '근본적 특성'과 '부속적 특성'으로 나누어 전자가 거의 변하지 않는 반면 후자는 교육 등으로 바꿀 수 있다고 언급한 것에 대해 츠카하라는 교육에 의해 지식이 발달되면 민족의 성격도 바뀔 수 있다고 반론한다. 그가 후일 교육가로서의 인생을 바친 것을 떠올리면 당연한 주장일 것이다. 그런데 르봉이 인종을 계층화시킨 것 자체는 당연하게 받아들이고 다만 일본인을 '중등인종'으로 구분한 점만을 문제시하고 있는 점에서,[7] 그가 살았던 시대의 공기를 느낄 수 있다. 이것이 당시로서는 일반적인 사고방식이었던 것이다. 그러나 그는 르봉의 다음과 같은 기술에 대하여 불쾌감을 숨기지 않는다.

한 사람의 흑인, 혹은 한 사람의 일본인은 쉽게 대학의 학위를 얻을 수 있고 또 법률가가 될 수도 있을 것이다. 그러나 그들이 얻는 것은 필경 피상적

---

7   위의 책, 104~105면.

이다. 그리고 그들의 정신조직상에는 아무런 영향도 갖지 못한다. 그들을 지배하는 것은 오직 유전이기 때문에 어떠한 교육으로도 그들에게 사상의 형태, 특히 유럽인의 성격을 부여할 수는 없다. 물론 흑인이나 일본인도 10년 정도면 유럽인의 지식을 얻을 수 있을 것이다. 그러나 진정한 유럽인이 되려면 천 년도 모자랄 것이다.[8]

츠카하라는 르봉의 말대로라면 일본 사람은 천 년이 지나도 영국인처럼 될 수 없다고 언급하면서, 저자의 말을 완전히 부정하는 것이 아니지만 생각건대 르봉은 지식이 민족적 성격에 영향을 줄 수 없다고 하여 지식과 성격의 경계선을 너무 명확하게 그은 까닭에 이러한 오류에 빠졌을 것이라고 냉정히 비판하고, 오늘날의 교육은 단지 지식의 교육만이 아니라 성격의 교육이기도 하다고 못박고 있다.[9]

르봉의 저서가 발간된 1895년은 일청전쟁에서 일본이 승리한 해이다. 르봉에게 인종의 등급을 어지럽히는 '중등인종' 일본인은 놀라운 존재였던 듯하다. 그는 일본에 대해 수차례 언급하고 있는데, 츠카하라는 그 가운데 다음의 대목에 불쾌감을 나타내고 있다.

제2장에서 저자는 다시 한 번 일본을 공격하여, 일본은 단지 병제 및 기타의 제도를 유럽인들에게 과시하고 있지만 그 민족의 정신에는 아무런 변화 없이 외관의 아름다움에 그치고 있어서 머지않아 격렬한 혁명에 의하여 파괴될 것이라고 경멸하다 (…중략…) 우리 일본인의 성격 가운데도 타민족보다 우

---

8   위의 책, 34~35면.
9   위의 책, 108면.

월하지는 않아도 열등하지 않은 성격이 있다. 그런데 이를 깊이 깨닫지 못하고 이렇게 급히 단정을 내린 것은 저자를 위해서도 애석한 일이다.[10]

츠카하라가 이렇게 쓴 것은 1900년 일본이 일청전쟁 후 삼국간섭의 굴욕을 씻기 위해 '와신상담'의 슬로건을 내걸고 부국강병에 매진하고 있던 시기였다. 그런 사회적인 분위기도 있고 해서, 츠카하라는 르봉의 말에서 열강국 백인의 오만을 느껴서 분개했을 것이다.[11]

한편 츠카하라는 민족성의 변천을 분석한 부분(나중에 이광수가 번역한 것이 이 부분이다)에 대해 '논의는 정확'하지만 저자가 자기 의견에 편리한 실례를 드는 경향이 있다고 지적한다. 그리고 마지막으로 사회적인 사항은 자연적인 사항과 달라서 원인과 동기가 명확하지 않음에도 불구하고 르봉이 역사상 몇 개의 사실만을 논거로 대담한 논단을 내린 것에 의구심을 표하고 있다. 이때 츠카하라는 아직 젊은 대학원 학생이었지만, 심리학연구자로서의 학문적 자세를 가지고 르봉을 정면에서 '비판'했다.

---

[10] 위의 책, 109~110면. 참고로 원전의 해당 부분을 번역하면 다음과 같다. 이 대목은 본문이 아니라 각주 7(61면)에 해당하며, 대일본문명협회본에서는 번역되지 않았던 부분이다.
   "일본의 경우는 다른 곳에서 다루었고, 나중에 다시 기술하게 되므로 여기서는 언급하지 않는다. 저명한 정치가들과 식견이 없는 철학자들이 그토록 착각하고 있는 문제를 몇 페이지로 다루는 것은 불가능하다. 군사적인 승리의 명성이란 단지 야만적인 행위로 얻을 수 있는 것임에도 불구하고 아직 많은 사람들에게는 문명의 척도를 재는 유일한 기준이 되어 있다. 흑인의 군대를 유럽식으로 훈련하여 그들에게 총이나 대포의 조작법을 가르칠 수는 있지만, 그것으로 그들의 정신적 열등함과 그 열등함에서 유래하는 모든 것이 바뀌었다고 할 수는 없다. 일본이 현재 입고 있는 유럽 문명의 빛나는 옷은 종족의 정신상태에 전혀 대응하지 않는다. 어디선가 빌려 입은 초라한 옷에 불과하여 언젠가는 격렬한 혁명으로 갈기갈기 찢어질 것이다."
   http://classiques.uqac.ca/classiques/le_bon_gustave/lois_psycho_evolution_peuples/le_bon_lois_psycho.pdf

[11] 반세기 후 일본에서 혁명은 일어나지 않았지만, 지나치게 빠른 근대화의 반동이기라도 하듯 일본은 '격렬한' 패전에 의해 '파괴'되었다. 이 사실을 생각하면, 르봉의 이 말은 기이한 무게감을 준다.

그의『심리학서해설 르봉의 민족심리학』은 르봉의 학설을 논리적 정합
성과 연구방법 면에서 진지하게 분석한 해설서였다고 할 수 있다.

4. 대일본문명협회의『민족발전의 심리』(1910)

1910년 외무성 번역관 마에다 쵸우타(前田長太)가 원전을 번역한 르봉
의『민족발전의 심리』가 대일본문명협회에서 간행되었다.[12] 대일본문
명협회는 와세다대학 총장인 오쿠마 시게노부(大隈重信)가 일본 학술문
화의 향상을 위해 서양의 명저를 번역 · 출판한다는 취지하에 1908년에
설립한 회원제의 협회이다. 와세다대학 교수이자 당시 잡지『타이요(太
陽)』의 편집장이기도 했던 우키타 카즈타미(浮田和民)가 편집을 맡았다.
협회에서는 같은 해 르봉의『군중심리』도 간행했고,[13] 1915년에는 이
두 책을 묶어『민중심리 및 군중심리』라는 제목으로 바꾸어 개정판을
출간했다. 협회의 간행물은 회원에게만 배포되었지만, 1918년 협회는
이 합본의 축쇄판을 내고 일반에 시판했다.[14] 이광수가 손에 넣은 것은

---

[12] 편집국의 「범례」에서는 이 책에 아직 영역본이 없다고 쓰여 있는데, 만일 츠카하라의 해
설서를 읽었다면 영역본의 존재를 알았을 것이다. 이쿠세이카이(育成會)의 심리학서해설
전서는 연구자를 위한 것이었기 때문에 편집국은 이 사실을 몰랐던 것 같다. 그러나 일본
어판에 서문을 보내왔던 르봉이 영역본이 있다는 사실을 몰랐던 것은 이상하다. 혹시 영
역본에는 저작권상의 문제가 있었을지도 모른다.

[13] 이 축쇄본은 영어 번역판에서 중역된 것으로, 역자는 당시 와세다대학 교수인 오오야마
이쿠미(大山郁夫)였다. 「例言に代へて」,『群衆心理』, 大日本文明協會, 1910.12.

[14] 「例言」,『民族發展の心理』, 大日本文明協會, 1910, 1면. 이 책은 국회도서관의 근대 디지
털 라이브어리에서 다운로드할 수 있다. http://kindai.ndl.go.jp/info:ndljp/pid/759849

이 축쇄본이었을 것이다.[15]

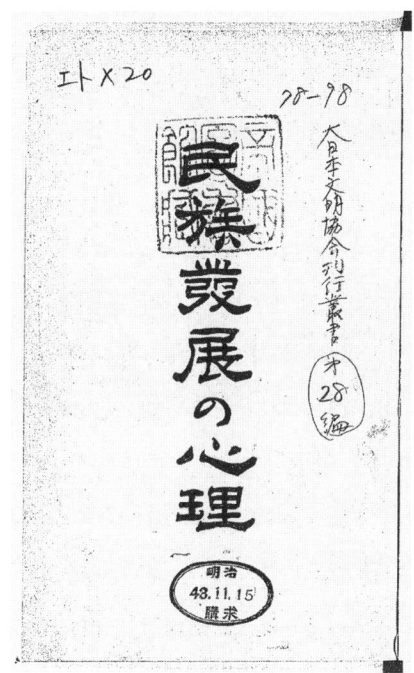

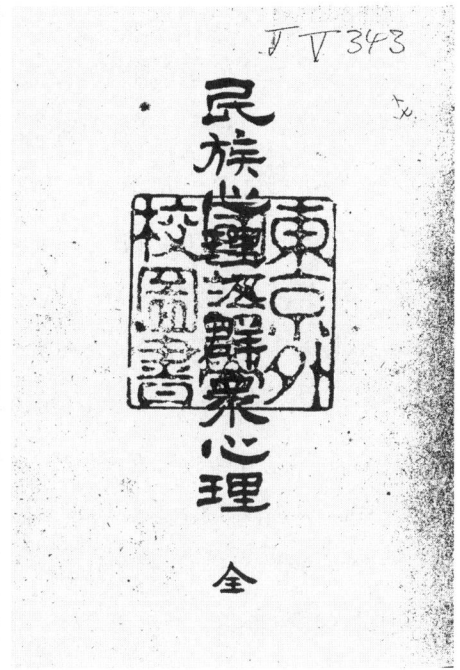

大日本文明協會刊行『民族發展の心理』 大日本文明協會發行『民族心理及群衆心理』縮刷版

대일본문명협회에 르봉의 저서 출판을 권유한 것은 협회의 회원이었
던 러시아 대사 모토노 이치로(本野一郎, 1862~1918)였다. 모토노는 젊은
시절을 프랑스에서 보냈고 그후 본격적으로 유학하여 파리와 리옹에서
법학을 수학한 인물이다. 외교관이 되어 유럽 공사(公使)를 지냈고, 일러

---

15 「민족개조론」에는 '민족심리학 제2장 제1절'이라고 인용 출전이 명시되어 있는데, 르봉의
저서를 '장'과 '절'로 구분한 것은 이 축쇄본에서부터이다. 이전에는 '편'과 '장'으로 구분되
어 있었다. 南富鎭, 『近代日本と朝鮮人像の形成』 第4章 '李光洙の「民族改造論」と朝鮮民
族性', 勉誠出版, 2002, 204면 각주 참조.

전쟁 때는 러시아에 머물면서 절충의 임무를 맡아 그 공적으로 작위를 받았다. 이후 일러협상 조약체결에 힘을 써 1910년에는 테라우치(寺內) 내각에서 외무대신이 된다.[16] 모토노는 파리의 사교계에서 르봉과 알게 되었는데, 그의 성품에 감탄하고 또 그의 학설을 높이 평가하여 일시 귀국할 때 그의 저서를 가져와 협회에 간행을 권했던 것이다. 그리고 이 저서의 간행 때는 서문도 썼다.[17]

츠카하라의『심리학서해설 르봉의 민족심리학』은 해설서이고『민족발전의 심리』는 번역서인데, 이들의 가장 큰 차이점은 전자가 르봉의 일본에 대한 언급을 소개하고 비판한 것에 반해 후자에는 이 부분이 완전히 삭제되어 있다는 점이다. 번역자 마에다와 편집장 우키타가 관여한 것으로 생각되지만, 모토노도 이 사실을 알고 있었던 듯하다. 이는 모토노가 서문에서 르봉의 인종 4등급을 소개하면서 일본인이 '중등'으로 구분되어 있는 사실을 건드리지 않은 채 일본인은 모든 면에서 "월등하여 우등인종의 자격을 가지고 있다"고 역설하고 있는 데서도 분명히 알 수 있다.[18] 삭제 사실을 모르는 일본 독자들은 자신들이 '우등'에 속한다고 멋대로 생각했을 것이다. 이 책을 읽으면서 필자 자신도 그렇게 받아들였을 정도다. 외교관 모토노로서는 이제 겨우 일러전쟁에 승리하여 '일등국'의 대열에 들어섰다고 생각하고 있던 일본 국민들에게 아무리 노력해도 일본은 유럽을 따라갈 수 없다는 르봉의 학설을 차마 그대

---

16 『大正人名辭典』, 東洋新報社, 1917, 復刻版, 日本図書センター, 1987, 57면.
17 모토노가 러시아에서 보낸 서문은 1910년 7월『민족발전의 심리』가 간행될 때는 물론 12월『군중심리』가 간행될 때도 도착하지 않아서 결국 1915년에 나온 합본에 게재되었다. 「例言」,『民族發展の心理』, 1910; 「例言に代へて」,『群衆心理』, 1910.
18 『民族心理及群衆心理』, 「序」, 9면.

로 전할 수 없었을 것이다.

원래 모토노는 일본에 불리한 부분에 대해서는 르봉의 견해에 반대했다. 그는 서문에서 르봉의 학설에 대하여 두 가지 소견을 개진하고 있는데, 일본의 위치에 대해서는 모든 면에서 일본은 우등 민족의 자격을 가진다고 언급하여 앞서 말한 것처럼 독자의 오독을 유도하고, 민족의 근본적 성격은 바뀔 수 없다는 학설에 대해서는 반박하고 있다. 일본이 선진국의 문명을 수용함으로써 큰 변화를 이루었다고 자부하던 모토노에게 민족의 근본적인 성격은 교육으로 바뀔 수 없으며 지식면의 변화는 부속적인 것에 불과하다는 학설은 승복하기 어려웠을 것이다. 츠카하라와 마찬가지로 모토노도 교육이나 제도에 의해서 민족성은 바뀔 수 있다고 주장한다. 그는 최근까지 봉건사상으로 지배되던 일본에서 40년 사이에 평등사상과 권리사상이 서민층에게까지 침투한 점, 그리고 군사제도의 발달로 인해 국민성이 크게 바뀐 점을 예로 들어 교육으로써 성격을 양성할 수 있다고 주장했던 것이다. 이 점에 대해서는 르봉과 몇 번이나 격론을 벌였지만 끝내 의견의 일치를 보지 못했다고 한다. 그는 결국 "나는 열의를 다해 존경하는 친구의 저서를 우리 동포에게 열심히 소개하는 바지만, 이 점에 대해서는 보류해 두지 않을 수 없다"[19]고 쓰고 있는데, 이 '보류'가 삭제로 이어진 것이 아닐까 싶다.

르봉은 일본어판 간행에 즈음하여 대일본문명협회에 「자서(自序)」원고와 자신의 사진을 보내온다. 「자서」의 전반부에서 르봉은 최근 일본의 급격한 발전을 극히 칭찬한다.

---

19 위의 책, 10면.

누가 생각했는가. 지금까지 반개(半開)
국민과 같이 생각되었던 일본인이 서양
인이 가진 일체의 자격 및 그밖의 다른 자
격을 공유하게 될 것이라고 (…중략…)
타국민이 수백 년 걸렸던 진화의 과정을
불과 몇 년 사이에 통과한 실로 역사상 보
기 드문 일로 일반적인 진화법칙에 어긋
나는 것이다.[20]

그러나 이어서 르봉은 찬물을 끼얹
듯 이렇게 쓴다.

하지만 진화의 법칙은 매우 확실한 것
이어서 이렇게 현저한 예외를 용납하지
않는 듯하다. 자세히 사태를 고찰하면 일

『民族發展の心理』(1910) 所載ル·ボン自筆原稿 /
肖像寫眞

본의 진화는 근본적이라기보다 피상적인 것임을 어렵지 않게 알 수 있다.[21]

요컨대 일본의 변화는 '부속적 성격'의 변화에 불과하고 '근본적 성격'
은 변하지 않았다는 것이다. 왜 르봉은 일본 독자들의 귀에 거슬리는 말

20 ギュスターヴ·ル·ボン,『民族發展の心理學』,「自序」1~2면. 대일본문명협회 편집장이었
    던 우키타는 유럽이 400년 걸린 자연진화의 과정을 일본은 40년에 단축했다고 자신의 저
    서에서 쓴 적이 있다(浮田和民,『社會學講義』, 帝國教育會, 1901). 그런 만큼 르봉의 이러
    한 언급에는 만족했을 것이다. 波田野節子,「이광수의 민족주의사상과 진화론」,『『무정』
    을 읽는다』, 앞의 책, 89~90면 참조.
21 위의 책, 1~2면.

을 굳이 「자서」에서 강조했던 것일까. 모토노와 격론을 벌여봤던 르봉은 일본 지식인의 사고방식을 이미 알고 있었던 만큼 자신의 신념을 확실히 밝혀놓고 싶었던 것이 아닐까. 그는 삭제 사실을 몰랐겠지만, 자기 학설이 정확히 전해질까 다소 불안을 느꼈을지도 모른다. 모토노의 「서문」과 르봉의 「자서」는 마치 두 사람이 파리에서 벌였다는 격론의 연장전 같은 느낌을 준다.

모토노는 르봉의 또 다른 저서 『군중심리』에 대해서는 높이 평가했다. 외교관으로서 일러전쟁의 강화(講和)에 노력했던 모토노는 조약내용에 불만을 느낀 군중들이 일으킨 '히비야폭동사건'(1905)에서 커다란 충격을 받았을 것이다. 그는 당대가 민중이 정치를 움직이는 '군중의 시대'임을 인정하면서, 메이지 '유신의 대업(大業)'도 '군중의 합동사건'이었고 유신의 원훈(元勳)들도 사실은 당시 민중 여론의 실현자에 지나지 않는다고 보았다. 그리고 위정자는 "사회에서 일어나는 일은 그것이 선이든 악이든 군중의 힘으로 이루어진다"는 진리를 잊지 말고 항상 '군중교육'에 힘쓰는 것을 최대 임무로 삼아야 한다며 「서문」을 맺고 있다.

1910년 대일본문명협회가 간행한 『민족발전의 심리』는 르봉이 일본에 대해 언급한 대목이 삭제되어 있는 불완전한 번역이었다. 모토노는 일본인이 중등인종이라는 구분과 민족의 근본적 성격은 결코 바뀌지 않는다는 학설을 거부했고, 그래서 관련 부분을 삭제하여 일본 독자로 하여금 자신들이 우등인종에 속한다고 착각케 하는 언급을 「서문」에 집어 넣었다. 그러나 현대가 군중의 시대라는 르봉의 학설에 동감했던 그는 국가의 장래를 위해 군중교육이 필요하다고 생각하여 그의 저서를 일본에 소개했던 것이다.

5. 이광수의 「민족개조론」 (1922)

　1922년 이광수는 『개벽』 4월호에 「국민생활에 대한 사상의 세력 — 르봉 박사 저, 『민족심리학』의 일절」이라는 제목으로 르봉의 『민족발전의 심리』에서 일부분을 번역하여 싣고, 다음 달 5월호에 「민족개조론」을 발표한다. 1921년 3월 상하이에서 귀국한 그는 『개벽』지에 논설을 잇달아 발표하는 한편, 이듬해 1922년 2월에는 합법적인 민족 실력 양성단체인 수양동맹회를 결성한다. 그는 1차 세계대전 전의 러시아 방랑과 3 · 1운동 후 상하이 임시정부에서의 체험을 통해 단결하여 행동하지 못하는 동포들에게 절망했다. 그리고 상하이에서 도산 안창호의 흥사단 사상을 알게 되어 조선에 돌아와 합법적인 수양단체로써 민족의 성격을 바꾸려고 생각했던 것이다. '중추계급의 조성'을 위해 수양과 수학동맹이 필요함을 호소한 「중추계급과 사회」,[22] 직업을 예술로 삼아서 '사랑과 미로써 자기를 개조'할 것을 촉구한 「예술과 인생」,[23] 그리고 미래를 짊어질 소년들을 향하여 조선의 현상을 설명하며 동맹을 부르짖은 「소년에게」[24] 등, 그가 이 시기에 발표한 논설들은 모두 이러한 목적에 따른 것이다.

　「민족개조론」에서 이광수는 지금까지 조선 민족의 오랜 시간에 걸친 변화는 "자연의 변천, 우연의 변천"[25]에 불과한 반면 고도의 문명을 가진

22　『개벽』, 1921.7.

23　『개벽』, 1922.1.

24　『개벽』 1921.11~1922.3. 마지막회 말미에는 논설을 읽고 소년동맹에 관심을 가진 분은 필자에게 연락을 바란다는 '근고(謹告)'가 실려 있다.

25　『개벽』 1922.5, 20면; 『이광수전집』 10, 우신사, 1979, 117면.

민족은 설정한 목적을 향해 자기를 "의식적으로 개조"[26]해 나감을 지적하면서, 조선 민족이 의식적인 자기개조를 수행해가는 데 필요한 구체적인 방책을 제안하고 있다. 자연 상태에 있으면 변화에 오랜 시간이 필요하지만 그 시간을 의식적으로 단축시킬 수 있다는 발상은 그가 상하이에 망명하기 직전에 토쿄에서 쓴 논설 「신생활론」에서 주장한 '인위적 진화'의 발상과 똑같다.[27] 이러한 사고의 배후에 유럽에서 수백 년 걸린 근대화를 유럽에서 배움으로써 수십 년으로 단축했다고 자부했던 일본 지식인들의 사고방식이 내재해 있다.[28]

와세다대학 철학과에서 수학했던 이광수는 르봉의 사상을 접한 후 『민족발전의 심리』를 숙독했고, 이를 상하이에서 만난 안창호의 흥사단사상에 접목시켜 단체사업에 의한 민족의 개조라는 사고로 발전시켰던 듯하다. 이 저서에서 이광수가 특히 주목한 것은 민족의 근본적 성격이 변해가는 과정을 기술한 제4장 '종족의 심리적 성격은 어떻게 변화하는가'인데, 그가 번역하여 『개벽』지에 실은 것은 그 가운데 제1절 '국민의 생활에 미치는 사상의 세력'의 일부이다. 이 글에 따르면, 어떤 사상이 발생하면 먼저 이를 '선전하는 자'가 나타나고 이후 작은 단체가 생겨 '선전하는 자'를 양성하게 되며, 그것이 어느 정도까지 발전하면 '전염' 작용과 '모방' 작용으로 전파가 시작되어 종국에는 '습관'과 '무의식'의 영역에 이르러 민족의 근본적 성격이 바뀌게 된다.[29] 이광수는 이러한

---

26 위의 글, 117면.
27 「신생활론」 2. '의식적 변화와 무의식적 변화'
28 각주 20 참조.
29 르봉은 『군중심리』에서 군중의 사고와 행동이 같은 방향으로 움직이는 과정을 '암시−감염−모방'이라고 적고 있다.

메커니즘을 의식적으로 행함으로써 민족의 성격을 단기간에 변화시킬 수 있다고 생각했을 것이다. 이 무렵 이광수는 자신이 주간으로 있던 『독립신문』에 「민족개조론」의 골자라고도 할 수 있는 논설을 18회에 걸쳐 연재했는데, 이 논설에 '선전 개조'30라는 제목을 붙인 데서도 엿볼 수 있듯 그는 자기가 이제 막 태어난 흥사단 사상을 '선전하는 자'라는 자부심을 가지고 있었던 것 같다.

그렇다면 츠카하라와 모토노가 문제 삼았던 두 가지, 즉 인종의 계층 구분에서 일본인의 위치와 민족의 근본적 성격이 바뀔 수 없다는 점에 대해서 이광수는 어떻게 생각했을까. 그는 대일본문명협회가 르봉의 저서를 고친 사실은 알지 못했던 듯하다. 그가 일본인을 우등인종으로 여긴 사실은 『무정』(1917)의 주인공이 "조선인을 세계에서 가장 문명한 모든 민족, 곧 일본 민족 정도의 문명 수준으로 끌어올리는 것"(24절)을 목적으로 삼고 있는 점에서도 분명히 알 수 있다. 물론 일본인을 우등인종으로 간주하는 것과 일본을 훌륭한 나라라고 생각하는 것은 별개의 문제이다. 그는 일본의 조선 지배와 차별에 격노하고 있었지만, 사회진화론을 진리로 여기는 한 현실을 인정하지 않을 수 없었던 것이다. 토쿄에서 이광수가 쓴 논설은 모두 사회진화론을 전제로 한 뒤 조선민족의 등급을 한시라도 빨리 끌어올리기 위한 것이었다.31 일본을 모델로 한

---

30 『獨立新聞』, 1919.8.21~10.28. 김원모, 『춘원의 광복론, 독립신문』, 단국대 출판부 2009, 681~715면. 같은 해 안창호가 '개조'라는 제목의 연설을 하고 있는데, 거기에는 진화론적인 발상이나 르봉의 학설과의 상관은 보이지 않는다. 안창호와 이광수의 사고방식에 대한 비교는 앞으로의 연구과제이다.

31 이러한 의식은 예컨대 1916년 『학지광』 11호에 발표한 논설 「우선 수(獸)가 되고 연후에 인(人)이 되라」 등에서 분명하게 엿볼 수 있다.

것은 이를 위한 '방편'에 불과했던 것이다.

다음으로 이광수는 「민족개조론」에서 민족의 '근본적 성격'이 바뀔 수 없다는 주장을 받아들이고 있다. 그러나 "진리인 듯합니다", "옳은 듯합니다" 혹은 "민족성에도 변할 수 없는 근본적 성격이 있을 것입니다"[32] 등 애매한 표현을 사용하고 있으며, 게다가 조선 쇠퇴의 원인이 된 민족성이 설령 '근본적 성격'이라 하더라도 "그도 역시 개조할 길이 있습니다"[33]라고 언급하는 등 매우 자의적인 주장을 펼치고 있어서, 르봉의 학설이 진리라는 것을 인정하고 이에 의거하기보다는 기성의 학설을 자기 주장에 이용하고 있다는 인상을 준다. 조선민족의 '근본적 성격'이 무엇인가라고 자문하면서, 이광수는 다양한 역사적 자료를 근거로 하여 '관대, 박애, 예의, 염결, 자존, 무용(武勇), 쾌활'을 꼽으면서도 그 '반면(半面)'인 '허위, 나태(懶惰), 비사회성'이 민족을 쇠퇴의 길로 끌어왔다고 주장한다.[34] 조선의 쇠퇴 원인이 '근본적 성격'에 있다는 비관적 지적이다. 하지만 그는 역으로 "그러므로 우리가 개조할 것은 조선민족의 근본적 성격이 아니요, 르봉 박사의 이른바 부속적 성격이외다"[35]라고 하여 오히려 낙천적인 전망으로 전회하면서, 단체사업을 통해 의식적으로 민족의 성격을 바꾸어 갈 방법과 그에 필요한 시간을 제시하고 있는 것이다.

그러나 『민족발전의 심리』에서 르봉이 언급한 것은 '부속적 성격'이 아니라 '근본적 성격'에서의 변화이다. 일견 르봉의 학설에 근거하고 있는 것처럼 보이지만, 이광수의 논리는 사실 자의적이고 맥락이 두서없

32 　『개벽』1922.2, 39면, 전집 10, 128면.
33 　위의 글, 128면.
34 　위의 글, 131면.
35 　위의 글, 131면.

다. 이렇게 보면 이광수는 실은 '근본적 성격'이 바뀌지 않는다는 르봉의 학설을 그리 중요하게 여기지 않았던 것이 아닌지 의문이 생긴다. 민족을 개조할 것을 목적으로 삼는 그에게 중요한 것은 민족의 심성이 변하는 과정을 과학적으로 설명해주는 대목이었을 뿐, 나머지는 큰 문제가 아니었던 것이 아닐까. 요컨대 이광수에게는 르봉의 학설도 역시 '방편'에 불과했던 것이다.

예컨대 르봉이 주장한 주요한 학설인 '군중'에 관해서도 이광수는 냉담한 관심밖에 보이지 않는다. 모토노는 르봉의 군중론을 높이 평가해 메이지유신의 원훈들조차도 그 배후에 있는 민중의 힘으로 움직이는 존재였다는 인식을 드러냈다. 그런데 이광수는 메이지유신을 '역사상에서 본 민족개조운동'의 하나로 들면서도, 신일본 건설을 위해 활약한 정치가·교육가·사상가·학자·실업가들을 명치천황을 중심으로 한 단체의 단원으로 간주할 뿐 민중의 힘에 대해서는 이렇다할 관심을 보이지 않는다.[36] 게다가 독립협회운동이 실패한 원인을 '일시적인 군중심리'를 이용한 탓으로 돌려,[37] 오히려 군중의 힘에 대해 부정적인 견해를 보이고 있다.

르봉 사상에서 군중이라는 중요한 요소를 무시한 채 학설의 일부분만을 자의적으로 수용한 이광수의 태도에서는 르봉에 대한 깊은 이해를 찾아볼 수 없다. 이광수는 단지 르봉이라는 이름에 따르는 '권위'를 이용한 데 불과한 것이 아니었을까. 르봉은 선전자가 최초의 소규모 단체를 만드는 단계에서 필요한 것의 하나로 '명성의 권위'를 들고 있다.[38] 자신

---

36 위의 글, 120면.
37 위의 글, 121면.

들의 상황이 바로 이 단계에 있다고 생각했던 이광수는 르봉의 명성에 기대어 「민족개조론」에 '권위'를 부여하려고 했던 것이 아닐까 싶다.

6. 마치며

이상에서 이광수가 「민족개조론」에서 거론하고 있는 귀스타브 르봉의 저서 『민족진화의 심리학적법칙』이 일본에서 어떻게 수용되었는지, 그리고 이광수는 그 학설을 어떻게 받아들였는지에 대해 고찰했다.

1900년 영역본을 통해서 이 책을 해설했던 토쿄대 대학원생 츠카하라 마사츠구는 르봉의 사상을 학문적인 자세로 충실히 소개하여 납득할 수 없는 부분, 특히 일본에 대한 언급에 대해서는 반론을 펼쳤다. 반면 1910년 대일본문명협회가 출판한 프랑스어 원전을 번역한 책에서는 일본에 관한 부분이 삭제되었다. 이 책의 간행을 협회에 권유했던 러시아 대사 모토노 이치로는 르봉의 '군중심리' 이론의 신봉자였지만, 일본인이 중등인종이라는 그의 인종 구분과 민족의 '근본적 성격의 불변'을 주장한 학설에는 승복하지 않았다. 외교관이었던 그는 일러전쟁에서 어렵게 승리를 거둔지 얼마 되지 않은 일본국민들에게서 자신감을 빼앗게 될 만한 언급은 기피했던 것이다.

1918년 원전이 일부 삭제된 일본어 번역본으로 르봉을 읽은 이광수는

---

38 『개벽』, 1922.4, 전집 10, 178면.

별다른 반론 없이 그의 학설을 수용한 것으로 보인다. 그러나 그 수용 방식은 자의적이고 애매하여 「민족개조론」에 '권위'를 부여하기 위해 르봉의 명성을 이용한 데 불과했던 것이 아닐까 하는 의구심을 갖게 한다. 그에게는 일본을 모델로 삼은 것이나 르봉의 학설을 받아들인 것이 모두 자민족을 강하게 만들기 위한 '방편'이었다고 생각된다.

「朝鮮人教育に對する要求」, 『洪水以後』 8号, 1916.3, p.51.

조선인 교육에 대한 요구(孤舟生)

1. 조선인은 일본을 의심하고 있다

우리는 조선인이 경제적으로나 문화적으로 열등함을 안다. 따라서 조선인을
오늘날의 일본인과 평등하게 대우해 주지 않는다고 해서 턱없이 국가를 미워한
다거나 저주하는 것은 아니다. 다만 조선인도 장래에 문화의 수준이 높아지면
일본인과 평등한 권리와 의무를 향유할 수 있다는 보장만 있다면 만족할 것이
틀림없다. 물론 조선인 가운데는 독립을 꿈꾸는 자도 있을 것이다. 그러나 그들
이 독립을 외치는 가장 유력하고 보편적인 원인은 일본이 조선의 이익을 도외시
하고 일본의 이익만 도모하기 때문이다. 어디까지나 조선인을 압박하고 박해하
여 조선 땅을 모조리 일본인만의 것으로 삼으려 하기 때문이다. 그래서 혹자는
일본인의 지배를 받는 한 조선인은 멸망할 수밖에 없다고 말하는 것이다.
조선인이 이런 오해(나는 오해이기를 바란다)를 품게 된 것은 꼭 조선인이 우매하
기 때문이라고는 할 수 없다. 당국의 시정(施政) 태도가 영향을 미치는 일본인
과 조선인 간의 소송(訴訟)은 대개 조선인의 패소로 끝난다. 관청에서도 일본인
은 인격을 인정받아 말하는 바도 믿어주고 대우도 친절하지만, 조선인이 가면
턱없이 바보취급하고 조소하며 심하게는 상당한 사회적 지위를 가진 사람에게
조차 '네놈'이라고 말하며 때리거나 발로 찬다. 사업 경영에서도—예컨대 광산
의 인가 같은 것도 일본인과 조선인의 경쟁이 있는 경우에는 반드시 일본인이

따낸다. 저 동척(東拓) 같은 것도 필시 조선인의 피를 빨아 살찌우고 있는 듯하다. 해마다 수만 정보의 전답(田畓)을 매수해서는 그 전답으로 생명을 이어 온 조선인 농부를 쫓아내 만주 벌판에서 방황케 하기 때문이다. 게다가 재선(在鮮) 일본인이 조선인에게 취하는 잔혹하고 방만한 태도는 조선인으로 하여금 원한이 골수에 사무치게 만든다. 그리고 때로 총독부 측 유력자의 입에서 '조선인에게는 영원히 참정권을 줄 수 없다'는 식의 얘기가 흘러나오기도 한다. 당장 참정권을 달라고는 하지 않겠지만 장래에는 얻을 수 있다는—문화 수준이 높아짐에 따라 조선인도 일본인과 모든 면에서 평등하게 된다는 희망이 없으면, 조선인은 영원히 일본인을 원망하게 될 것이다. 왜냐하면 **문명은 노예로 하여금 영원히 노예가 되는 것을 감수케 내버려두지 않기 때문이다.** 우리는 국가로부터 조금씩 자유와 권리를 얻는 것, 그것만을 믿고 기다린다. 그리고 우리도 진지하게 이를 조금씩 요구하고자 하는데, 우선 교육의 해방을 요구하지 않을 수 없다. 왜냐하면 **교육은 문화 향상의 유일한 길이기 때문이다.**

2. 조선의 현교육제도

조선 교육제도의 대략적인 현황은 다음과 같다.

보통교육 명칭	수업연한	수준
보통학교	4년	심상소학 4년
고등보통학교	4년	중학 4년급

전문교육 명칭	수업연한	입학자격 수준
의학강습소	4년	고보졸업
공업전습소	2년	동상
농림학교	3년	동상
실업학교	3년	보통학교 졸업
법학교	3년	고보졸업

단, 고등보통학교는 여자 학교도 있다.

이런 형편이라서 보통학교가 일본의 소학교보다 수업연한이 2년 적고, 또 고등보통학교가 중학교보다 1년 적다. 즉 보통교육은 조선인이 일본인보다 3년 덜 받는 셈이다. 따라서 학과목의 수준도 낮을 수밖에 없어서 조선인은 입체기하(立體幾何)나 삼각함수를 배우지 않고, 역사와 지리는 일본 교과서의 3분의 1 분량에도 못 미치며, 특히 우스운 것은 프랑스혁명이라든가 미국독립·남북전쟁 등은 거의 기술되지 않을 정도이고, 물리와 화학도 합하여 200쪽 분량에 불과하다. 물론 영어는 전혀 배우지 않는다. 따라서 이들 학교의 졸업생은 도저히 일본 학생과 경쟁할 수 없는 것이 명백하다. 그러므로 이른바 전문학교도 극히 저급하여 대개 일본의 을종(乙種) 실업학교 수준이라 보아도 지장이 없을 것이다. 그래서 이들 학교 졸업생이 일본인과 직업에서 경쟁할 수 없는 것은 명백한 이치로, 설령 취직하더라도 일본인의 3분의 1수준의 박봉에 만족해야 하는 것이다. 이리하여 이들 학교 출신자는 거의 직업을 얻을 수 없고, 설령 얻더라도 먹고 입는 것조차 궁핍한 형편이다. 그 가운데 다소 재산이 있는 자는 일본으로 유학을 간다. 해마다 이삼백 원의 돈을 들여 수천 원의 학비를 내고 일본인과 동일한 교육을 받고 돌아와도 당국에서는 손톱만큼도 일본인과 동등하게 보아주지 않는다. 여기에 조선인의 불평이 있는 것이다.

　도대체 무슨 이유로 국가는 조선인에게 교육을 해방하지 않는 것인가. 조선인은 일본인과 동등한 교육을 받을 능력이 없다는 것인가, 아니면 조선인은 영원히 일본인과 평등한 표준에 달해서는 안 된다는 것인가—이 둘 가운데 하나일 것이 분명하다. 만약 조선인은 남양(南洋)의 토인과 같이 열등한 민족이라 우수한 일본민족과 평등한 교육을 받을 자격이 없다고 한다면 이는 몹시 제멋대로의 독단이다. 일본인과 조선인이 실제로 그렇게 현격한 차이가 있는 것일까. 50년 전의 일본인은 과연 지금의 조선인보다 문화적으로 우월했다고 할 수 있을까. 지금 조선이 일본인의 지배를 받게 되었기 때문에, 조선인은 남에게 지배받아야 할 민족이고 그 가운데는 위인도 대정치가도 없는 것처럼 보인다. 그러나 메이지유신 당시 구미제국이 식민지 전쟁으로 바쁜 탓에 일본을 병탄할 여유가 없었던 것처럼, 만약 일본이 아니었다면 조선에도 혹은 요시다 쇼인(吉田松陰), 이와쿠라 토모미(岩倉具視), 사이고 다카모리(西鄕隆盛), 오쿠마 시게노부(大隈重信)가 무수히 나왔을 것이다. 어쨌든 만일 조선인을 문명 이해력이 없는 열등민족이라고 한다면 이는 일본인 자신을 열등민족으로 취급하는 것과 마찬가지 아닐까. 역으로 일본인이 문명을 이해함으로써 구미인에게 저항할 수 있다면 조선인도 그렇다고 해야 할 것이다. 또 현재 토쿄에서 유학하는 조선 학생은 유전과 가정교육 및 사회교육을 제대로 받지 못하고 또 어학능력이 부족함에도 불구하고 일본 학생보다 크게 열등하지 않다.

　또 만약 조선인을 일본인과 평등한 수준으로 끌어올리는 것이 국가에 위험하다고 한다면, 이는 우리들이 얘기할 수 있는 영역 밖의 일이다. 그러나 병합 당시 일본은 뭐라고 말했는가. 조선인의 행복을 위해서라고 하지 않았는가. 그렇

174　일본 유학생 작가 연구

다면 일본의 신부민(新府民)인 조선인의 행복은 완전한 일본 신민(臣民)이 되는 데 있고, 완전한 일본 신민이 되려면 우선 일본 신민과 평등한 교육을 받아야 할 것이다. 당국은 걸핏하면 동화, 동화 해댄다. 우리도 속히 동화되기를 바라지만, 여기서 이른바 동화란 완전한 일본 신민이 되어 국가를 유지하고 발전시키는 데 요구되는 제 권리와 의무를 향유하게 된다는 의미이지, 언제까지나 식민지 토인으로서 협찬권이 없이 조세를 납부하고 일본인에게 부림당하는 기계가 된다는 의미는 아니다. 이미 '조선인의 행복'을 수긍하고 '조선인의 동화'를 인정했다면 동일한 천황의 적자(赤子)에게 동일한 교육을 시행해야 할 것이 아닌가. 그런데 이렇게 현격한 차이가 나는 교육을 시행해서는 일본인과 조선인에게 지식이나 감정 면에서 일치융화(一致融和)할 시기는 영원히 오지 않을 것이다. 뿐만 아니라 이렇게 저급한 교육만 시행한다면 조선인의 문명 수준은 날이 갈수록 일본인보다 뒤처질 것이 틀림없다. 그렇다면 이것은 다만 조선인에 대한 죄악일 뿐만 아니라 실로 세계 문화에 대한 죄악이 아닐 수 없다.

그러나 이는 어쩌면 우리의 오해일 것이다. 대세를 알지 못한 그릇된 견해일지도 모른다. 그러나 이것이 조선인 일반의 견해인 것은 부정할 수 없는 사실이다.

3. 우리의 요구

이에 대한 우리의 요구는 한 마디로 충분하다. 즉 일본 내지와 같은 교육제도 하에 일본인과 동일한 교육을 받고 싶다는 것이다. 그리고 졸업 후에는 일본인과 평등한 자격을 인정받고 싶다. 그렇게 되면 조선인은 참으로 황은(皇恩)

을 입은 것을 마음 속 깊이 감사하게 될 것이다. 그리고 상당한 시기에 이르면 조선인도 참정권을 부여받아 완전한 일본 신민(臣民)의 대열에 참가할 수 있게 되었으면 좋겠다. 이렇게 해야 비로소 완전히 동화의 열매를 거두어 조선인이 모반심(謀反心)을 일으키는 일이 결코 없을 것이다. 설령 이런 자가 있다해도 인민은 일본에 충의를 다하여 그들에게 동의하지 않을 것이다. 우리는 이러한 요구가 결코 부당하다고 생각하지 않는다. 오히려 일본을 위해서나 조선을 위해서나 가장 좋은 합리적 요구라고 확신한다.

우선 소학과 중학의 보통학교를 일본과 동일하게 만들고 나아가서는 조선에 각 분과가 있는 대학을 설립해 주었으면 한다. 후쿠오카(福岡)에 제국대학을 둘 정도라면 인구가 이천만이나 되는 조선에 대학을 두는 것은 당연한 처사가 아닐까. 만약 재정상 아직 여유가 없다면 증세를 부과해도 상관없다. 이를 위해서라면 우리는 먹고 입는 것을 절약해서라도 아낌없이 세금을 납부할 것이다. 경성에 아스팔트 도로를 만드는 것보다 상당히 긴요하고 유익한 일이라고 생각한다.

교육받을 기회도 주지 않으면서 열등하다, 바보라고 말한다. 말하는 쪽은 재미있을 테지만, 듣는 쪽은 가엽지 않은가.

아아, 의협심 있는 일본 인사들이여. 그대들은 조선인을 단지 식민지 토인으로서 언제까지나 그대들의 노예로 삼을 작정인가. 아니, 일본인은 결코 그렇게 부도덕한 민족이 아니다. 그대들은 실로 인의(仁義)를 귀하게 여기는 국민임을 안다. 그렇다면 일본 인사들이여. 그대들은 그대들의 수중에 생사의 운명을 맡긴 천오백만의 새로운 동포를 위해 계획하는 수고를 아끼지 않을 것이다. 조선인은 아직 입을 여는 것을 금지당하고 있다. 그들은 요구하고 싶은 것을 요구할 수 있는 방편이 없는 것이다. 그들의 유일한 방편은 다만 그들의 속마음을 의협심 있는 그대들에게 호소하는 것이고, 그들의 요구를 만족시킬 것인지의 여부는 오로지 그대들의 손에 달린 것이다. 그대들에게는 자유로운 입이 있고, 붓이 있으며, 의회에서의 발언권이 있다. 그렇다면 일본 인사들이여. 다음 번 의회에서 조선인에게 교육을 개방하기 위한 응분의 수고를 아끼지 말아 달라.

이 원고를 끝내려고 할 때 한 일본인 친구가 말했다. "그러나 언어가 다르기 때문에 평등한 교육은 할 수 없다"고. 일면 지극히 당연해서 누구나 제기할 만한 의문이다. 그러나 들어보라. 현재 조선에 있는 모든 보통학교와 고등보통학교에서는 한문과 조선어를 제외하고는 모두 일본어로 수업한다. 바로 한 달 전부터 사립 고등보통학교 수준의 학교도 모두 일본어로 수업하게끔 강화되었다고 한다. 실제로 오늘날 조선 학생에게는 놀라울 정도로 일본어가 보급되어 있어서 그들이 일본에 오면 곧바로 일본 학생과 함께 공부할 수 있다. 그래서 보통학교의 수업연한을 연장하여 일본의 소학교와 같게 하면 중학교에서는 국어 교과과정조차 어렵지 않게 시행할 수 있다고 생각한다. 만약 국어와 영어 실력이 일본의 중학생에 미치지 못한다 해도 이는 1,2년의 준비로 충분히 따라잡을 수 있다. 따라서 실제로는 그렇게 걱정할 염려가 없는 것이다. 도대체가 대만의 토인 등을 대하는 것과 동일한 방식으로 교육을 시행하자는 것은 지나치게 학교를 얕보는 이야기라고 생각한다. 보통학교 등의 명칭도 대만에서 왔다고 하니, 어쩐지 묘한 기분이 든다.

朝鮮人教育に對する要求

孤舟生

一、朝鮮人は日本を戀つて居る

吾人は朝鮮人が經濟上文化上日本人に劣等なるを知る。故に朝鮮人を現今日本人と平等に待遇して吳れないからと言つて無關に國家を怨むだり或つたりはしない。唯朝鮮人と日本人との平等の權利と義務との程度が高まつて來たなら得れば滿足すべきである。併し彼等の就の原因は日本は朝鮮人の利益を度外觀して朝鮮人の獨立を叫んで朝鮮學生を日本人と平等の保障はと言つて朝鮮人は獨立しやうとする。其れでもある…

二、朝鮮の現教育制度

左に表示して其の概況を述べやう

專門教育名稱	修業年限	入學資格程度
高等師範所	四個年	高普卒業生
工業傳習所	二個年	同上
農林學校	三個年	同上
實業學校	三個年	普通學校卒業
法律學校		

普通教育名稱	修業年限	入學資格程度
高等普通校	四個年	常普小學第四年
普通學校	四個年	中學普通小學四年級

三、吾人の要求

제3부
홍명희 편

옥중의 호걸들
이광수와 홍명희가 토쿄에서 공유한 세계[*]

1. 시작하며

한국 근대문학의 효시로 간주되는 장편『무정』을 쓴 이광수와 역사
소설『임꺽정(林巨正)』의 작자 홍명희는 일한병합 직전 토쿄에서 유학
생활을 보내고 같은 무렵에 문학에 눈떠 서로 사귄다. 이광수는 이 시기
에 창작 활동을 시작하고, 홍명희는 20년 후『임꺽정』을 쓰기 시작한다.
이광수가 1909년 말에 쓴 시 「옥중호걸」에는 이 무렵 두 사람이 공유하
고 있던 시적 세계—바이런의 반역정신이 넘쳐난다. 이 시는 이광수가

* 　이 연구는 1999년부터 3년간 일본문부성으로부터 보조를 받았다(과제번호 11410127).

조국의 존립 위기를 눈앞에 두고 있던 토쿄 유학생들의 심정을 뛰어난 시적 감수성으로 흡수하여 형상화한 작품이다.

2. 만남[1]

이광수는 1905년(明治 38) 토쿄 유학길에 오른다. 평안북도 정주의 가난한 집안에서 태어나 만 10세에 고아가 된 그는 동학교도에게 거두어진 것이 기연이 되어 동학의 유학생으로 선발된다. 일러전쟁 종결 직전 여름의 일로, 당시 이광수의 나이 13세였다. 당시 동학의 3대째 교주였던 손병희는 조선의 개화를 주장하는 '삼전론(三戰論)'을 제창하고, 그 자신도 토쿄에 체류하면서 교도의 자제들을 토쿄에 유학시켰다. 일본으로 건너온 이광수는 우선 사설학원에 다니고, 이듬해 1906년 봄 칸다구 미사키초(神田區 三崎町)에 있는 타이세이중학교(大成中學)에 입학한다.

이 무렵 홍명희가 그의 하숙을 찾아온다. 충청북도 괴산 명문 양반의 장남인 홍명희는 1904년 한국 황실파견 유학생에 응모하고자 했다가 집안의 반대로 단념했으나 그후 부친이 조부를 설득하여 사비 유학생으로 일본에 오게 되었던 것이다. 일본은 1905년 보호조약을 통해 대한제국으로부터 외교권을 박탈하고 그후에도 실질적인 지배를 강요했다. 정부의 고관이었던 부친은 장래의 일을 생각해서 자식을 일본에 유학시

---

1   이광수와 홍명희의 토쿄 유학시절에 대해서는 필자의 이전 논문 「이광수의 민족주의사상과 진화론」(『『무정』을 읽는다』, 최주한 옮김, 소명출판, 2008)을 참조할 것.

켰을 것이다. 토쿄에 도착한 홍명희는 처음 투숙했던 신바시(新橋) 쪽 여관의 숙박 비용이 불어나 혼고구 모토마치(本鄕區 元町)의 여관 겸 하숙으로 옮겼고, 그곳에서 묵고 있던 이광수, 문일평과 만났던 것이다. 슬슬 향수병이 도져 가던 홍명희는 같은 하숙에 조선인이 있다는 사실을 하녀에게 듣고 눈물을 흘릴 정도로 기뻤다고 술회하고 있다.

이광수의 기억에 의하면, 그가 홍명희와 처음 만난 것은 공중목욕탕에서였다고 한다.[2] 평안북도 가난한 집안 출신의 고아와 증조부가 이조판서를 지내고 조부가 참판을 지냈던 명문사대부 집안의 장남이 친구가 된다는 것은 1900년대 초의 대한제국에서는 불가능한 일이었을 것이다. 지위나 문벌과는 무관한 친구 관계가 이향(異鄕)의 토쿄, 그것도 서로가 알몸인 공중목욕탕에서 시작되었다는 것은 이 시대를 상징하는 듯한 사건이다.

홍명희는 우선 토요상업학교(東洋商業學校) 예과 2학년 2학기에 편입학한다. 그리고 학업하는 한편 수험준비를 하여 이듬해 1907년(明治 40) 봄 타이세이중학 3학년 편입시험에 우수한 성적으로 합격한다. 이때 별다른 일이 없었다면 2학년이 되었을 이광수는 학비가 중단되어 이미 퇴학한 상태였다. 토쿄에 있던 손병희는 친일 경향으로 기우는 국내의 움직임을 경계하고 귀국하여 이용구들을 교단에서 추방하는데, 이때 일어난 내분 때문에 7월부터 유학생들의 학비가 중단된 것이다. 잠시 이국에서 생활고와 싸우던 유학생들은 힘이 다하여 결국 대표자 21명이 전원 손가락을 잘라 항의하는 사건을 벌인다.[3] 이 충격적인 사건은 본국에

---

2   「춘원 문단 생활 20년을 기회로 한 '문단회고' 좌담회」, 『삼천리』, 1934.11.
3   단지사건(斷指事件)이 일어난 것은 1907년 1월 5일이다. 당시 동학의 유학생 60명 정도가 토쿄

서 동정을 불러일으켰고, 그 결과 칙령에 의해 대한제국 정부가 학비를 지급하게 되어 사태는 해결을 맞는다. 나이가 어렸던 탓이었을까. 이광수는 단지사건(斷指事件)에 참여하지 않고 귀국하여 사태의 수습을 기다리면서 고향에서 정월을 보내게 된다.

학비가 중단된 이광수가 같은 하숙에 계속 있을 수는 없었을 것이므로 1906년 첫 사귐 기간은 그다지 길지 않았고, 그 관계도 이국에서 만난 조선인 동료의 영역을 넘지 않았으리라는 것을 짐작할 수 있다. 그들의 사귐이 깊어진 것은 그후 이광수가 재차 토쿄로 건너오고 나서 우연히 같은 시기에 문학에 빠지게 되면서부터의 일이다.

3. 사귐

1907년(明治 40) 관비를 받아 재차 토쿄로 건너온 이광수는 타이세이중학교에 복학하지 않고, 9월 2학기부터 메이지학원 보통부 3학년에 편입학한다. 1년을 월반(越班)했던 것이다. 관비 지급이 3년 기한이었던 사정도 있었겠지만,[4] 이광수가 중학교에서 공부한 것은 1학년 1학기뿐이라

의 전문학교나 보통학교에 재학하고 있었고, 그 가운데 20명 정도가 이광수와 같은 타이세이중학에 재학하고 있었다. 학비가 중단된 유학생들은 "관책(館責)은 산적(山積)하고 식자(食貲)가 영절(永絶)"하여 고생했다고 한다. 『대한유학생학회보』 창간호, 1907.3, 86~88면.

4   『대한유학생회보』 참조. 이광수의 경우 퇴학한 학년인 1학년에 복학해서는 3년의 학비 지급 기간 내에 중학을 졸업할 수 없었을 것이다. 또 『대한홍학보』 제9호(1910.1)의 휘보(彙報)에는 3월에 학비가 끊어지는 6월 졸업 예정인 "단지(斷指)한 학생"을 하사금의 이자로 구제할 예정이라 보도되어 있다.

그의 우수함을 엿볼 수 있게 하는 대목이다. 이리하여 15세의 이광수와 19세의 홍명희는 같은 중학 3학년이 된다. 그리고 두 사람은 3학년 끝 무렵부터 문학에 경도된다.

홍명희는 2학기를 마친 겨울 방학 서점에서 산 세 권의 책(마사무네 하쿠초(正宗白鳥)의 『어디로』, 토쿠토미 로카(德富蘆花)의 『순례기행』, 마야마 세이카(眞山靑果)의 『세이카집(集)』)을 계기로 소설을 탐독하게 되고, 이광수도 그 무렵 읽은 『불기둥』 이후 키노시타 나오에(木下尙江)의 작품에 빠져든다. 1908년 4월 홍명희와 이광수가 4학년에 진급했을 때, 그때까지 타이세이중학에서 홍명희와 동급생이었던 야마자키 도시오(山崎俊夫)라는 소년이 이광수의 학급에 편입해 온다. 야마자키는 훗날 게이오대학(慶応大學)에서 나가이 카후(永井荷風)에게 배우고 탐미적인 작품을 썼다.[5] 그러나 이 무렵은 경건한 기독교 소년으로서 타이세이중학에서는 홍명희에게, 메이지학원에서는 이광수에게 톨스토이의 『나의 종교』를 소개했다. 당시 서양인은 자신들이 신앙하는 대상을 위인으로 간주하여 동양인에게 강요하며 일본은 그것을 서양숭배적으로 받아들이고 있다고 생각하여 기독교에 반감을 품었던 홍명희는 온갖 반(反)기독교적 이론을

---

5   야마자키 도시오(山崎俊夫, 1891~1978)는 게이오대학 재학 중 『미타문학(三田文學)』과 『테이코쿠문학(帝國文學)』에 특이한 작품의 소설을 발표한다. 그 가운데는 메이지학원을 무대로 이광수를 주인공으로 한 단편 「성탄제 전야」도 있다. 야마자키는 대학을 졸업한 후에는 문학에서 멀어져 잊혀진 존재가 되었다. 묻혀 있는 그의 작품을 재발견하여 세상에 내놓은 것은 고(故) 이쿠타 코우사쿠(生田耕作)였다. 1986년부터 작품집 간행(奢灞都館)이 시작되어 지금까지 상·중·하 세 권과 별권 1을 내고, 자작연보를 포함한 별권 2를 남겼을 뿐이다. 필자는 「이광수의 민족주의사상과 진화론」(1990)을 집필하던 중 이 작품집 덕분에 「성탄제 전야」를 발견할 수 있었다. 당시 작품집이 있다는 것을 알려주신 사에구사 도시카스(三枝壽勝) 선생님께 이 자리를 빌려 감사드린다. 또 별권 1에는 야마자키가 이광수와 홍명희의 일을 회상한 에세이 「경성의 하늘 아래」와 「경멸」도 수록되어 있다. 보권은 2002년 1월에 간행되었다.

끌어내어 논쟁을 제기한다.[6] 반대로 키노시타 나오에에게 빠져 있던 이광수는 이번에는 톨스토이를 숭배하게 되어 야마자키와 친교를 두터이 하게 된다.

고향에서 고아로서 방랑에 가까운 참혹한 생활을 보낸 이광수는 동학과 만나 '세상을 위하여서 자기를 바침'으로써 스스로 어린 자존심을 지킨 경험을 갖고 있었다. 메이지학원에 들어가 처음 성서를 읽고 감동한 그는 교사들의 세속적인 언동에 실망하고, 키노시타 나오에가 묘사하는 사회 정의에 신명(身命)을 바치는 주인공의 삶의 방식과 신앙이란 실행하는 것이라는 톨스토이의 기독관에 공명한다. 이 무렵 이광수는 이상을 추구하는 순수한 소년이었던 듯하다.

한편 네 살 위였던 홍명희는 명문 양반가의 장남으로서 많은 가족들에게 둘러싸여 자랐고, 이미 처자도 있었다. 조부와 부친을 통해 상층 양반으로서의 처신 방법도 익혔을 것이다. 그에게는 학구적 기질이 있었고, 그래서 그는 귀국 후 관직에 나가 출세하는 것을 목적으로 유학하는 자가 대부분이었던 이 시기에 착실하게 신학문을 배우기로 결심한다. 그는 온갖 영역의 책을 차례로 독파하고 문학도 감으로 더듬어 읽어 나갔다. 조선인 유학생이 문학에 흥미를 가지는 일이 거의 없었던 탓인지, 홍명희와 이광수는 급속히 친해졌던 것 같다. 본가에서 풍족하게 보내 주는 생활비 덕분에 곤궁하지 않았던 홍명희는 관심이 가는 대로 문학서를 사모으고는 이광수에게도 빌려주었다. 이광수는 중학시절에 읽

---

6   이때 홍명희가 논거로 삼은 것은 "하세가와 세이야(長谷川誠也)의 반(反)기독교론, 카토 히로유키(加藤弘之)의 우리국체(我國體), 포이에르바흐, 스트라우스" 등이었다고 한다. 홍명희, 「(大)톨스토이의 인물과 작품」, 『조선일보』, 1935.11.23~12.4; 임형택 · 강영주 편, 『벽초 홍명희와 『임꺽정』의 연구자료』, 사계절, 1996, 83~84면.

은 책에 대해 몇 번인가 회상하고 있는데, 이들 회상에 따르면 이 무렵 그가 읽은 책은 거의 홍명희의 영향 아래 있었다고 해도 과언이 아니다. 1908년(明治 41)에서 1909년(明治 42)까지 2년 간 그들은 문학을 통해 친밀하게 사귀었던 것이다.

4. 토쿄 유학생들

홍명희와 이광수가 토쿄에서 유학하고 있던 시기는 조선이 식민지화의 마지막 단계를 밟고 있던 때였다. 일러전쟁이 끝나자 일본은 대한제국에 보호조약을 강요하여 외교권을 빼앗고, 이어서 착착 실권을 장악해 갔다. 조선의 독립을 보전한다는 일러전쟁 중의 일본의 확언을 믿었던 이광수는 보호조약의 소식을 듣고 동료들과 함께 일본의 배신에 격분했다고 한다.[7] 1907년에는 헤이그밀사사건이 일어나 고종이 퇴위한다. 게다가 정신적으로 문제가 있다고 소문이 자자했던 순종이 즉위하자 "망국(亡國)의 운명이 점점 절박한 것"[8]을 느끼게 된다. 그러한 가운데 군대는 해산되고, 일본은 차관제도를 통해 권력기구의 말단까지 장악하여 실질적인 조선 지배를 완성해 갔다.

그때까지 지방마다 단체를 만들어 회지(會誌)를 내는 등 일체화의 움직임이 있긴 해도 지역감정에 저해되어 성공에 이르지 못했던 토쿄 유

7 　이광수, 「나의 고백」, 『이광수전집 13』, 삼중당, 1962, 184 · 188면.
8 　이광수, 『전집 13』, 189면.

학생들은, 이러한 일본의 움직임에 강한 위기감을 느끼고 마침내 대동단결하여 1909년 1월 대한흥학회(大韓興學會)를 설립한다.[9] 3월에 발행된 회지『대한흥학보』창간호에 홍명희는「일괴열혈(一塊熱血)」이라는 논설문을 싣고, 조선왕조시대의 당쟁을 증거삼아 현재 조선반도에서 맹위를 떨치는 '지방열(地方熱)'의 폐해가 나라를 위태롭게 하고 있다고 경고하며 '단합'을 호소하고 있다. 이 논설문은 홍명희가 쓴 글 가운데 활자화된 첫 번째 글이다.

이해 7월 일본 정부는 내각회의에서 조선의 식민지화를 결정했고, 또 3개월 후에 일어난 안중근의 이토 히로부미(伊藤博文) 암살사건은 병합의 흐름을 단숨에 가속화시켰다. 일본의 신문은 한국에 대해 적대적인 논조를 취하고, 일진회는 합병성명서를 제출한다. 이광수는 이 사건으로 인해 일본인 급우들의 태도가 급변하여 조선인 학생들을 멸시·증오하게 되었다고 회상하며, "시국이 급전직하하여서 더욱 큰 불행이 눈앞에 다닥다려 오는 것 같았다"고 적고 있다.[10] 1909년 말부터 일한병합에 이르는 시기 토쿄에 있던 유학생들은 정신적으로 궁지에 몰려 있었다. 이 무렵『대한흥학보』에 안중근사건에 대한 언급이 전혀 보이지 않는 것은 검열 때문일 것이다.

그러나 1909년 12월에 발행된『대한흥학보』제8호의 편집실 여언(餘言)은 이 사건을 의식하면서 씌어진 것이 분명하다. 이 글의 필자는 '삼투생(三投生)'이라는 필명을 사용하고 있다. 천 갈래 만 갈래로 흐트러진 마

---

9   『한국개화기학술지 대한흥학보 上』해제, 아세아문화사, 1978;「요록(要錄) 본회의 역사」,
    『대한흥학보』제10호, 54면.
10 이광수,「나의 고백」, 앞의 책, 192면.

음 때문에 붓을 내던진 필자가 마음을 고쳐먹고 책상 위에 놓인 책을 읽는다. 그 책은 19세기 역사가 로드 맥컬리(Lord Macaulay, 1800~1859)[11]의 저작으로, 벵갈의 초대 총독인 워렌 헤이스팅(Warren Hastings, 1732~1818)[12]이 인도에서 행한 비인도적인 폭정을 탄핵한 법정의 상황을 묘사한 것이었다. 변사 바크의 훌륭한 탄핵 연설에 필자는 감동하지만, 결국 헤이스팅은 무죄를 선고받는다. 여기까지 읽어내려 가던 필자는 "약한 자에게는 죄가 있고, 강한 자에게는 죄가 없기 때문"[13]이라고 개탄하며 책을 내던져 버린다. 그런데 그때 신문이 온다. 신문에는 최근 영국의 영사(領事)를 살해하여 "망국(亡國) 민족의 일시적 쾌감을 자극한"[14] 인도 청년이 사형되었다는 기사와 함께, 그가 조국에 대한 생각을 전하기 위해 남긴 논문이 실려 있다. 이것을 읽고 격분한 나머지 신문을 내던진 필자는 왜 이일이 이토록 마음이 쓰이는 것인지 자문하고, 그것은 약자에게 죄가 있고 강자에게 죄가 없는 것이 예나 지금이나 같기 때문이라는 결론에 도달하고 수심에 잠긴다. 인도인 테러리스트에 대한 공감과 애도의 뜻에 안중근에 대한 생각을 의탁하고 있는 것이 분명하게 느껴지는 글이다.

붓 · 책 · 신문을 세 번 계속하여 내던진 데서 유래하는 '삼투생(三投生)'이라는 필명에는 모든 것을 내던지고 싶게 만드는 닫힌 상황에 대한 한

---

11 영국의 에세이스트이자 역사가. 토마스 베빙턴 맥컬레이(Thomas Babington Macaulay)라는 이름으로 유명하다. 삼투생이 읽은 것은 『워렌 헤이스팅(Warren Hastings)』인 듯한데, 필자의 조사에 의하면 당시 일본에는 번역이 나와 있지 않다. 아마도 원서를 읽었던 것으로 보인다.

12 벵갈의 초대 총독으로 11년 간의 통치로 영국령 인도의 기초를 닦았다. 엄혹한 통치와 주구(誅求)를 일삼았다고 하여 본국의 하원(下院)에서 탄핵되었으나, 심리 결과 기소면제되었다. 『岩波西洋人名事典』, 1991 참조.

13 삼투생, 『대한흥학보』 제8호, 48면.

14 위의 책, 48면.

탄과 분노가 담겨 있다. 쏟을 곳 없는 분노와 이런 때에 학문을 해서 무슨 소용이 있는가 하는 초조감 때문에 이 시기 유학생들은 면학 의욕을 상실하고 있었던 것이다.

5. 이광수의 「일기」

이 무렵 이광수가 쓰고 있던 「일기」에도 "나는 공부가 싫어졌다. 그만두어 버릴까. 에라 오 개월만 참아라"[15]라는 언급이 보인다. 이 「일기」는 훗날 '16년 전에 동경의 모 중학에 유학하던 18세 소년의 고백'이라는 부제를 달고 발표되었던 것으로,[16] 안중근사건이 일어난 지 12일 후인 1909년 11월 7일(일)부터 이듬해 1월 15일(토)까지 2개월 남짓, 즉 메이지학원 중학 5학년 2학기의 끝 무렵부터 3학기 초까지 이광수가 "심중에 일어난" 또는 자신을 "깊이 감동시킨" 여러 가지 "사건"[17]에 대해 적은 것이다. 자연묘사에 대한 지나친 기교나 부자연스럽게 삽입된 인물 소개 등으로 보아 발표 당시 본인이 꽤 손본 것으로 짐작되지만, 일기에 기록된 요일이나 사회적 사건은 정확한 것으로 보아[18] 이 무렵의 일기를 기

---

15 이광수, 『조선문단』 제6호, 1925년 11월 8일(월), 즉 2일째의 기록이다.
16 이광수, 『조선문단』 제6호, 제7호, 1925.
17 "내가 일기를 쓰는 데 주안으로 삼은 것은 나의 심중에 일어난 또는 나를 깊이 감동시킨 여러 가지 사건을 가장 확실하게 가장 솔직하게 기입하는 것이다." 위의 글, 50면.
18 예컨대 12월 22일(수)에 "이완용이 죽었다"고 적고 있는 대목이 그러하다. 이날 일본에 와 있던 이완용이 이재명의 칼에 찔렸는데, 꽤 중상이었고 신문들도 일시 '자살(刺殺)'이라는 말을 사용했을 정도였다.

초로 삼은 것은 틀림없는 것 같다. 이 당시 이광수가 읽은 책이나 본 연극, 친구들과의 교우 형태 등이 엿보이는 매우 흥미로운 자료이다.

중학 4학년 때 톨스토이를 신봉했던 이광수는 이 무렵 바이런에게 마음을 빼앗긴다. 바이런을 알게 된 후 그는 "폭풍광란에 뇌우까지 더하여 거의 광(狂)할 뻔"[19]한 갈등을 맛보았다고 한다. 때마침 자아와 성(性)에 눈뜨던 시기이기도 해서, 하세가와 텐케이(長谷川天溪)의 「현실폭로의 비애」 등 자연주의 평론을 읽고 비정한 현실 앞에서 자기의 이상주의에 대해 회의를 품고 있던 그는 바이런의 시가 가진 힘과 시인의 장렬한 삶에 충격을 받아 청교도적이고 딱딱한 인생관을 일거에 무너뜨리게 된다. 이광수에게 바이런을 읽어보도록 권한 것은 물론 홍명희였다. 기성의 도덕관념에 속박되지 않고 자기의 모습과 욕망을 있는 그대로 응시하여 받아들이는 이른바 문학의 원점을 획득하고, 이광수는 이때 감옥으로부터 밝은 천지로 나온 듯한 해방감을 맛본다. 그는 「일기」에 자신의 성욕에 관해 쓰는 일도 주저하지 않았다.

작야(昨夜)에는 H형에게 바이런의 전기를 읽어드리노라고 늦게야 자리에 들었으나 새벽 한 시경에 한기(寒氣)의 깨움이 되어 격렬하게 성욕으로 고생을 하였다.[20]

19　이광수, 「김경」, 『청춘』 제6호, 1915.3, 122면.
　　「일기」의 첫머리에 "부산역에서 반년 간의 비극을 기록한 일기를 잃어버리고 일기를 그만둔 지 3개월이 된다"고 적고 있다. 여기서 '반년 간의 비극'이란 바이런을 알게 되어 생긴 갈등에 관한 것이 아닐까 싶다. 이광수가 바이런을 알게 된 것은 11월 7일보다 3개월하고도 반년 전으로, 중학 4학년 끝 무렵의 일이다.
20　첫날인 11월 7일의 기록. 『조선문단』 제6호, 1925, 50면.

조국의 존립에 대한 위기감에 바이런의 충격이 겹쳐져, 이 시기 이광수는 극히 특수한 정신 상태에 있었다. 주위에서 일어난 사건은 그의 '심중에서 일어난 사건'이 되어 특수한 색조를 띠고 기술되어 있다. 11월 8일(월) 『불여귀(不如歸)』를 관람하고 돌아오는 길에 아오야마(靑山) 묘지에서 명예롭게 전사(戰死)한 대위의 가족을 본 이광수는 "그가 탄환을 맞고 선혈을 흘리면서 신음하는 순간"을 상상한다. 같은 달 21일(일), 니혼에노키초(二本榎町)에서 일어난 가족 5인 참살사건의 뉴스를 듣고 "즉사(卽死)만 했더면 그들은 행복되리로다. 일순간에 인생의 모든 고뇌를 잊은 것"[21]이라 적었고, 12월 14일(화)에는 근처에서 일어난 화재를 보면서 "아아, 유쾌하다. 시베리아의 대삼림에 불을 놓는다면 얼마나 좋을까"라고 외치며 로마의 폭군 네로와 바이런의 일을 생각하고 있다.[22]

이광수의 창작 활동이 시작된 것은 그의 정신이 이렇게 앙양되어 있는 상태에서였다. 11월 18일 일본어로 쓴 처녀작 「사랑인가(愛か)」를 탈고하고, 24일에는 「범」을 완성한다. 「범」을 쓴 10일 후인 12월 3일에 "「옥중호걸」이라는 시를 『대한흥학보』에 보낸다"는 기록이 있고, 또 「옥중호걸」의 주인공이 호랑이인 사실로 보아 「범」이라는 작품은 이듬해 1월 『대한흥학보』 제9호에 게재된 시 「옥중호걸」인 듯하다. 「옥중호걸」은 바이런의 시정신인 반역의 기개로 넘치는 작품이다.

---

21 『아사히신문(朝日新聞)』은 1909년(明治 42) 11월 22일(월) 5면에 첫 보도를 싣고 있는데, 사건이 일어난 것은 21일 새벽으로 뉴스는 당일 안에 널리 알려졌을 것이다.
22 이튿날 『아사히신문』에 "시로가네(白金)의 화재"라는 표제기사가 보인다. 시로가네 카나이다초(金板町)의 민가에서 불이 나서 두 집이 소실되었다.

6. 「옥중호걸(獄中豪傑)」

옥중의 호걸이란 우리에 갇힌 호랑이를 말한다. 산과 들을 자유롭게 뛰어다니며 적(敵)과 만나면 당당하게 싸우고, 이기면 그것으로 배를 채우고 지면 회한 없이 죽임당하는 것이 규칙인 자연계. 그곳에서 3천 짐승족의 왕이었던 호랑이가 인간에게 붙잡혀 우리에 갇힌다. 과거의 자유로운 생활을 회상하고 분노에 떨던 호랑이는 지팡이로 자기를 건드리려고 한 무례한 구경꾼의 머리를 번개같은 앞발의 일격으로 박살내고, 왕으로서의 긍지를 내보인다. 작자는 자기보다 몸집이 작은 인간에게 반항해보지도 않고 노예가 되어 있는 소와 말은 이 호랑이에 비교하면 살아 있어도 목숨이 없는 것이나 마찬가지라고 매도한다. 그러나 호랑이는 우리 안에 쇠사슬로 묶여 있고, 사람에게 죽은 고기를 받아먹으며 연명하는 가운데 기력과 위엄을 잃는다. 작자는 이미 앞마당 개의 조롱까지 받는 존재가 되어 버린 호랑이를 향해 노예가 되지 말고 저항하다 죽으라고 부르짖는다. 이빨로 쇠사슬을 물어뜯고 온몸으로 우리를 계속 치받다가 이빨과 발톱이 닳아져 저항의 힘조차 없어지면 최후에는 심장에서 피를 뿜고 죽으라고 외치고 있다.

우리에 갇힌데다 쇠사슬로 묶인 호랑이라는 처참한 이미지는 망국(亡國)의 위기에 임박하여 속수무책이었던 대한제국의 상징이었을 것이다. 시의 뒤에는 "소앙생평 왈(嘯卬生評曰) 화출진경 독불각장(畵出眞境 讀不覺長 : 그림이 진경에서 나왔으니 읽어도 긴 줄을 깨닫지 못하겠다)"라고 적혀 있다. 여기서 '소앙'이란 당시 메이지대학의 학생이었던 소앙 조용은(素卬 趙鏞殷, 1887~1958)의 필명이다. 이광수보다 다섯 살 위인 그는 황실파견 유학생으로 1904년 일본으로 건너왔고, 이 무렵은『대한흥학보』의 주필로서 붓을 휘두른다.[23] 학생은 나라의 앞길을 좌우하는 존재이므로 "노예심으로 동화한 학생국(學生國)은 멸망할 징점(徵占)"이라고 적은 「학생론」[24] 이나, 민족을 "노예 견마(犬馬)의 성(性)"으로 만든 "모고사대(慕古事大)"를 구(舊)대한제국의 네 가지 큰 죄악의 하나로 든 「세기유종(歲己酉終)에 구한(舊韓)을 송(送)함」[25] 등 그는『대한흥학보』에 쓴 논설에서 노예의 심성으로부터 벗어날 것을 맹렬히 주장하고 있다. 노예로 떨어지기보다 차라리 저항하다 죽으라고 외치는 이광수의 「옥중호걸」은 그러한 주장을 시로 형상화한 작품으로서 그의 마음 깊이 와닿았을 것이다. 아니, 그보다 이 시 자체가 당시 토쿄에서의 닫힌 상황에 놓여 있던 유학생들의 심정을 흡수하여 표출한 것이었다고 해야 할 것이다.

17세의 이광수가 얼마나 감수성이 예민하고 영향을 받기 쉬운 인간형이었는지는 홍명희를 통해 바이런을 알게 된 후 미칠 듯이 마음이 혼란스러워졌던 사실에서도 짐작할 수 있다. 그러한 그가 자기 주위를 맴도는 '노예'라는 관념에 촉발되어 이 시를 쓴 것이 아닐까 싶다.[26] 바이런에게서 받은 충격으로 그때까지 자기를 속박하고 있던 사고나 관습으로부터 자유로워져, 마치 감옥에서 나온 듯한 해방감을 맛보고 있던 이광수의 시적인 감성이 조국의 위기를 앞둔 초조와 분개로 극한까지 고양

---

23 조용우의 유학 초기 시절에 관해서는 武井一,『皇室特派留學生─大韓帝國からの50人』, 白帝社, 2005,「趙素昻と東京留學─'東遊略抄'を中心として」, 波田野硏究室, 2009 참조.『대한흥학보』8호의 편집실 여언(餘言)의 필자 '삼투생(三投生)'도 수준 높은 내용과 문체 등으로 보아 조용은인 가능성이 높은 듯하다.

24 소앙,『대한흥학보』제4호, 1909.6, 12면.

25 소앙,『대한흥학보』제8호, 1909.12, 1면.

26 이광수의 「일기」에는 "동양의 위인은 모두 노예다!"라는 말과 「노예」라는 소설을 쓰려 했던 사실 등이 기록되어 있다.

되어 있던 유학생들의 답답한 심정을 자기 내부로 끌어들여 형상화한 것이 이 시였다고 생각된다. 그런 의미에서, 저항시 「옥중호걸」의 세계 는 조용은이나 홍명희들과 공유한 세계였다고 할 수 있다.

7. 홍명희와 바이런

이광수에게 바이런을 읽어보도록 권했던 홍명희는 바이런의 시 『카 인』에서 취한 '가인(假人)'을 호(号)로 삼을 정도로 이 무렵 바이런에게 경 도되어 있었다. 그러나 그는 시인 기질을 가진 이광수와는 달리 동요를 겉으로 드러내지는 않았던 듯하다. 네 살 아래의 소년이 바이런의 충격 으로 창작 행위를 시작하고 시를 쓰는 것을 지켜보면서, 자기 안에서 폭 발하려 하는 것을 조용히 연소시키고 있었던 것이 아닐까 싶다.[27]

19세기 영국의 시인인 바이런의 시는 메이지 20년대 처음 일본어로 번역되어 30년대에는 '바이런 열기'라는 말이 유행할 정도로 널리 읽혀 졌지만, 일러전쟁 후에는 급속히 인기를 잃는다. 홍명희가 바이런을 알 게 된 것은 1908, 1909년(明治 41, 42) 무렵이다. 우연하게도 1902년(明治 35) 부터 일본에서 유학 중이던 중국의 루쉰(魯迅, 1881~1936) 또한 바이런에 촉발되어 1908년에 토쿄에서 평론 「악마파 시의 힘(摩羅詩力説)」[28]을 쓴

---

27 이광수는 「김경」에서 자기가 바이런을 알고 갈등하고 있을 때 "홍군은 방관 냉소"하고 있 었다고 적고 있다.

28 魯迅, 1908년 2월, 3월 『허난(河南)』에 발표되었다. 岩波書店, 『魯迅選集』第5巻, 1986(改 訂版).

다. 훗날 중국과 조선에서 작가가 된 두 사람이 모두 이 시기에 바이런에 끌린 것은 무슨 이유에서였을까.

일본에서 바이런이 인기를 끈 데는 키무라 타카타로(木村鷹太郎, 1870~1931)의 번역 소개 활동이 크게 기여했다. 일본주의자였던 키무라가 바이런을 선전하게 된 근저에는 지금은 열강들의 민족 팽창이 충돌하는 제국주의시대라는 시대 인식과 그 속에서 힘이 없는 민족은 도태되어 식민지로 전락한다는 위기의식이 자리하고 있었다. 바이런이 시에서 노래한 신에게 반역하는 악마의 '강대한 의지'를 일본이 서구열강에 대항해 가기 위해 필요한 마음가짐으로 간주하고, 3국 간섭으로 인해 약소국의 비애를 통감하고 있던 일본국민에게 장대한 '원기'를 불어넣어야 한다는 생각에서 키무라는 바이런을 번역 소개했던 것이다. 특히 1901년(明治35)에 간행된『바이런 문학계의 대마왕』은 바이런의 생애와 작품에 독특한 해석을 입혀 소개한 저서로, 한편에서는 '키무라의 바이런관(觀)'일 뿐이라고 평가되기도 했지만 당시 널리 읽혔다. 홍명희가 이광수에게 읽도록 권하여 그의 마음을 불붙게 만든 것도, 또 루쉰이「악마파 시의 힘」의 원천 자료로 삼은 것도 바로 이 책이었다.

루쉰은「악마파 시의 힘」에서 분방하고 도덕에 어그러지는 작풍과 삶의 방식으로 악마파 시인이라 불리운, 바이런의 계보에 속하는 셸리, 푸쉬킨, 레르몬도프 및 그 밖의 시인들을 소개하고 있다. 루쉰은 인생의 의의를 '반항과 행동'에서 찾아 대중에게 아첨하지 않고 구습(舊習)을 추수하지 않으며 살았던 까닭에 사회적으로 불우했던 이 시인들을 "우렁차게 외쳐서 그들 국민에게 생기를 불어넣고 기운을 되찾게 만든"[29] "정신계의 전사(戰士)"[30]라 부르면서, 중국에 그러한 시인이 없음을 한탄한다. 자기 민족의 쇠퇴를 막기 위해 민족의 '정신적 개조'가 필요하다고 통감하고 있던 루쉰은 일본주의자 키무라 타카타로(木村鷹太郞)의 의도를 다른 입장에서 확고하게 받아들였던 것이다.

그러면 홍명희는 바이런을 어떤 형태로 받아들였을까. 홍명희가 바이런에게 경도되었던 것은 이광수의 회상이나 가인(假人)이라는 호에 얽힌 홍명희의 언급을 통해 전해지고 있을 뿐, 그 자신이 바이런에 대해 직접 언급한 것은 없다. 그러나 이광수가 홍명희의 영향 아래 쓴 시「옥중호걸」이나 일본과 열강에 침식당하고 있던 중국에서 루쉰이 바이런을 수용한 방식, 그리고 홍명희가 20년 후에 쓰기 시작한『임꺽정』에 그려진 주인공의 인간상으로부터 홍명희가 바이런을 어떻게 받아들였는지 추측할 수 있다.

속박당한 호랑이를 향해 노예가 되느니 반항하다 죽으라고 외치는「옥중호걸」, 반항의 행동 방식을 관철하고 있던 시인들의 속박되지 않은 혼을 소개한「악마파 시의 힘」, 백정으로 살다 화적이 되어 세간에 복수하는 주인공을 그린『임꺽정』, 여기서 공통적인 것은 반역·반항·복수라는 행동이다. 바이런의 악마는 신에 대한 반역과 복수라는 형태로 자기의 자유를 지키고, 카인은 악마는 물론 신에게도 복종하지 않음으로써 자기의 존엄을 지켰다. 그러한 카인의 이름을 호로 삼았던 홍명희는 루쉰과 마찬가지로 스스로의 존엄을 위해 싸우는 것을 망각하고 있는 민족의 마음을 흔들어 깨우는 기폭제로서 바이런을 수용했던 것이다.

---

29 위의 책, 91면.
30 위의 책, 92면.

8. 결별

1910년 초 홍명희는 '그까짓 졸업은 해서 무얼 해'라고 큰소리치며 중학 졸업을 앞두고 귀국해 버린다. 한편 고향에 부양해야 할 조부와 누이가 있던 이광수는 그럴 수 없었는지 졸업을 기다려 귀국한다. 고향으로 향하는 도중 이광수는 서울 북촌의 대저택에 살던 홍명희를 방문하지만, 민족교육에 몸을 바칠 것이라는 그의 비장한 결심에 홍명희는 그다지 관심을 보이지 않는다. 이 무렵부터 두 사람은 다른 길을 걷게 된다. 오산학교에서 자기 희생적인 교원 생활을 보내는 가운데 이광수는 토쿄에서의 생활을 "사첩 반의 공중누각"이라고 반성하기에 이르고, 우여곡절을 겪으며 '반항과 행동'의 논리에서 멀어져간다. 이광수는 훗날 단편 「무명(無明)」에서 감옥에 갇힌 사람들의 모습을 묘사하는데, 거기에 보이는 것은 불교적인 체념의 세계이다. 인간 세상이 고계(苦界)·화택(火宅)인 이상, '사바(娑婆)'와 '감옥' 사이에 본질적인 차이는 없었던 것이다.

「옥중호걸」의 세계를 이어받은 것은 홍명희 쪽이었다. 1928년부터 연재가 시작된 장편 『임꺽정』의 주인공 임꺽정은 어떤 것에도 구속되지 않은 자유로운 혼을 가진 주체이다. "신령님은 (…중략…) 너 같은 큰 인물을 왜 우리네 백정의 집으로 점지하셨을까"라는 누이의 탄식에, 꺽정은 "신령님이란 다 무엇이오? (…중략…) 있다고 헤도 내기 그 따위 것의 점지를 받아서 태어났을 리 만무하오"라고 단언한다.[31] 자기 스스로 무릎꿇으려 하지 않았던 양반을 죽이지 않고, 명수(名手)가 부는 피리 소리의 매력에조

---

31 『임꺽정』 2, 「피장편」, 사계절, 1991, 183면.

차 마음을 빼앗기지 않으려 하는 꺽정의 모습은 바이런의 악마를 방불케한다. 자기를 속박하는 신분 차별에 반항하는 꺽정은 바이런의 시 「해적(海賊)」의 주인공 콘라드처럼 외계로부터 격리된 산 속에서 자기들의 세계를 만들어 군림하며 세간을 향한 복수를 지속했던 것이다.

9. 마치며

이전에 이광수의 초기 문학 활동을 고찰하면서 필자는 시 「옥중호걸」에 주목하여 이 시에 나타난 세계관이 홍명희의 장편 『임꺽정』에 흔적을 남기고 있다고 쓴 일이 있다.[32] 그러나 그것은 이광수를 연구하는 입장에서 접근한 것이었기 때문에, 언젠가 홍명희의 본격적인 작품을 연구하고 토쿄 유학생들이 당시 놓여 있던 상황 분석도 덧붙여 이 문제를 재검토하고 싶다고 생각하고 있었다. 그러던 차에 1999년부터 3년간 과학연구비 보조연구 「한국 근대문학자와 일본」(연구 대표자: 大村益夫)에서 홍명희 연구를 맡아 홍명희의 토쿄 유학시절을 조사하게 되었고, 그 덕분에 이 논문을 쓸 수 있었다.

---

32 하타노 세츠코, 「이광수의 자아」(1991), 「「문학의 가치」에 대하여」(1992), 『『무정』을 읽는다』(2008)에 수록.

홍명희가 토쿄에서 다닌 두 학교*
토요상업학교와 타이세이중학교

『임꺽정』의 작자 홍명희(1888~1968)는 1906년(明治 39)에서 1910년(明治 43)까지 토쿄에서 유학했다. 필자는 「홍명희의 토쿄 유학시절」[1]에서 이 시기 그의 활동을 그의 저작까지 포함하여 개관한 바 있다. 그후 홍명희가 다녔던 타이세이중학교(大成中學校)의 후신인 타이세이고등학교를 방문하여 고시바 타다시바(小柴忠正) 교장과 인터뷰할 기회를 얻었고,[2] 또 그때 받아본 졸업자 명단과 학교 역사 자료를 통해 당시 홍명희가 다니던 타이세이중학교의 윤곽을 좀더 구체적으로 알 수 있게 되었다. 그 결과를 이 논문에서 정리해두고자 한다.

---

* 　大村益夫 外, 『朝鮮近代文學者と日本』, 科學硏究費基盤硏究 B(1) 硏究成果 報告書, 2002.
1 　『言語文化硏究』 No.6, 新潟大學, 2000, 127~143면.
2 　필자가 타이세이고등학교를 방문한 것은 2001년 2월 23일 오전 무렵이다.

1. 타이세이 경영자와 타이세이중학교

홍명희는 「자서전」에서 세 번에 걸쳐 '타이세이(大成) 경영자'에 대해 언급하고 있다. 먼저 그가 타이세이중학에 입학한 것은 하숙집 주인이 '타이세이 경영자'와 동향(同鄕)이라서 소개해줄 수 있다고 했기 때문이라고 언급한 대목,[3] 다음으로 중학 입학 전 우선 적을 둔 곳이 같은 '타이세이 경영자'가 경영하는 토요상업학교(東洋商業學校)였다고 언급한 대목,[4] 마지막으로 타이세이중학 4학년에 편입한 그가 수석으로 5학년에 진급했을 때 우등생으로 『요로즈쵸호(萬朝報)』에 사진과 함께 소개된 것은 '타이세이 경영자'가 그를 매우 칭찬했기 때문이라고 언급한 대목이 바로 그것이다.[5]

홍명희가 언급하고 있는 '타이세이 경영자'란 타이세이중학교(大成中學校)의 창립자이자 교주(校主)이기도 했던 나고야(名古屋) 출신의 교육사업가 스기우라 코타로(杉浦鋼太郎, 1858~1942)를 가리키는 듯하다.[6] 그는 1881년(明治 21) 쿠단나카사카(九段中坂)에 관립학교 수험생을 위한 예

그림 1_ 홍명희

---

3 홍명희, 「자서전」, 『삼천리』 제2호, 1929, 27면.
4 위의 글, 27면.
5 위의 글, 29면. 「자서전」에는 4학년에 진급했을 때의 일이라고 되어 있지만, 이것은 홍명희의 기억이 잘못된 것으로 실제로는 5학년에 진급했을 때의 일이다.
6 『大成七十年史』, 大成學院, 1967, 19~21면.

비학교 '타이세이학관(大成學館)'을 설립하고, 이듬해 그곳에 '국어전습소(國語傳習所)'를 병설한다. 또 오야시마학회(大八洲學會)라는 국수적인 단체에 속해 있었던 관계로 오치아이 나오부미(落合直文)를 중심으로 저명한 일본어문학자들을 국어전습소의 강사로 맞아들여 기관지 『고쿠분(國文)』을 발행했다. 그는 여성 교육에도 열심이어서 통신교육용 『여성강의록』을 간행한 외에도, 1903년(明治 36)에는 동료들과 함께 토쿄고등여학교를 창립하기도 했다. 또한 그는 이과 교육을 중시하여 물리·화

학 강의에 무게를 둔 까닭에 타이세이학관에는 의학교(醫學校)에 진학하려는 학생들이 많이 모였다고 한다.[7]

스기우라는 타이세이학관과 국어강습소의 학생수가 증가하자 한동안 학교를 칸다구 나카사루가쿠초(神田區 仲猿樂町)로 옮기고, 이어서 1895년(明治 28)에는 칸다의 미사키초(三崎町)에 교사(校舍)를 신축하여 이전하며, 1897년(明治 30)에는 이곳에 타이세이학관과는 별개로 '타이세이학관 심상중학(尋常中學)'을 설립한다.[8] 이 학교는 2년후 중학교령 개정으로 '사립 타이세이중학교'로 개칭되고, 1936년(昭和 11) 문부성의

그림 2_ 타이세이 경영사. 스기우라 쿄타로.
『大成七十年史』 수록

---

7   『大成七十年史』, 2면.
8   타이세이학관과 국어전습소도 타이세이중학의 교사(校舍)에 함께 있었는데, 타이세이학관은
     태평양전쟁 무렵에, 국어전습소는 쇼와 초기 무렵에 없어진다. 『大成七十年史』, 4면, 49면.

지시로 '타이세이중학교', 그리고 전후(戰後) 학제 개혁으로 '타이세이고
등학교'가 된다. 현재는 미타카시(三鷹市)에 있다. 따라서 홍명희가 다녔
던 1907년에서 1909년 당시의 정식 명칭은 '사립 타이세이중학교'이지
만, 본고에서는 당시 일반적이었던 약칭에 따라 '타이세이중학교'라 부
르기로 한다.

2. 토요상업학교

스기우라는 1903년(明治 36) 전문학교령이 공포된 이듬해 일본에서 최
초의 사립 상업학교인 '토요상업전문학교'를 설립한다. 그러나 학생들
이 모이지 않아 1906년(明治 39)에는 이를 메이지대학에 합병시키고, 대
신 상급 수준의 상업학교 '토요상업학교(東洋商業學校)'를 설립한다.[9] 이
무렵 토쿄 유학을 바라는 지방 학생들을 대상으로 간행되었던 안내서
『최근 조사한 남자 토쿄유학 안내』에는 토요상업학교 항목이 다음과
같이 설명되어 있다.[10]

19. 토요상업학교(사립)
위치 : 칸다구 미사키초(神田區 三崎町) 1가 11번지에 있다.
목적 : 본교는 문부대신의 인가를 받아 상업학교 갑종(甲種) 등급에 기반하

9   「對談 五十年の流れ」, 『東洋商業五十年誌』, 1956, 62면.
10   今井翠巖, 『最近調査男子東京遊學案內』, 博文館, 1909, 344면.

여 상업에 종사하고자 하는 자에게 필수적인 교육을 시행하는 데 목적이 있다.

수업 시간 : 매일 오전 8시부터 시작한다.

학과 : 교과는 예과 · 본과로 나누며, 학과 과정은 다음과 같다.

예과 : 와세다실업학교(早稻田實業學校)와 큰 차이 없음.

본과 : 수신(修身) · 독서 · 작문 · 습자(習字) · 수학 · 부기(簿記) ·
지리 · 역사 · 상업 · 상업요항 · 영어 · 경제 · 법률 · 이
과 · 상업실천 · 체조(매주 수업 33시간)

입학 시기 : 입학은 매 학년의 시작일로부터 30일 이내로 제한한다. 단, 결
원이 있을 때는 학기 초의 입학을 허용한다.

수업기한 : 예과 2년, 본과 3년

학비 : 입학금 1엔, 입학시험료 50전, 수업료(1개월) 예과 2엔 · 본과 2엔 50전

직원 : 교장은 자작 아키모토 오키토모(秋元興朝) 씨이고, 간사에 문학사
오오츠키 카이손(大槻快尊) 씨, 문학사 후지사와 야스사부로(藤澤安三郎)
씨, 그리고 강사 십여 명이 있다.

학년 학기와 입학 자격, 입학시험은 와세다실업학교 규정과 동일하다.

보는 바와 같이, 토요상업학교는 예과 2년 · 본과 3년 과정이었다. 홍
명희가 타이세이중학 편입에 앞서 "토요상업학교 예과 2년에 보결(補缺)
입학"[11]한 것은 1906년, 즉 학교가 창립된 해이다. 그런데도 그가 예과 1
학년이 아니라 2학년에 보결 입학할 수 있었던 것은 창립 당시 예과에서
1학년과 2학년 모두 신입생을 받았기 때문이다.[12] 이해 봄 타이세이중

---

11   홍명희, 「자서전」, 『삼천리』 제2호, 1929.9, 28면.
12   『全國學校改革史』, 東都通信社 編刊, 1914, 『東洋商業五十年誌』, 60면.

학에 입학한 이광수가 학비가 중단되어 연말에 귀국했던 사실을 아울러 고려하면, 홍명희가 보결 입학한 것은 3학기가 아니라 2학기가 아닐까 싶다.[13] 홍명희는 「자서전」에서 하숙집 주인이 소개해주겠다고 해서 타이세이중학교에 다니기로 했다고 적고 있다. 필자의 견해로는, 주인이 소개한 것은 타이세이중학교가 아니라 이 토요상업학교가 아니었을까 싶다. 나중에 언급하겠지만, 당시 타이세이중학의 편입시험은 경쟁률이 대단히 높아서 '소개'로 들어갈 수 있었다고는 생각하기 어렵기 때문이다. 반대로 이 무렵 토요상업학교는 학생 모집에 어려움을 겪고 있었는데, 이는 졸업생 수만 봐도 짐작할 수 있다.[14]

홍명희는 토요상업학교 보결 시험을 치렀을 때의 일을 시험문제의 내용까지 분명히 기억하여 「자서전」에 적고 있다. 수험자는 둘뿐이었고, 지리 문제 두 문항 가운데 한 문항은 "한국 13도의 수부(首府)"를 적으라는 바로 홍명희를 위한 문제였다. 박물(博物)은 "극피동물(棘皮動物)의 특색을 적으라"는 문제였는데, 홍명희가 답을 몰라서 자리에서 일어나려고 하자 시험 감독이 예(例)라도 좋으니까 적으라며 자리에 앉히는 바람에 할 수 없이 "하리네즈미(ハリネズミ, 고슴도치)"라고 적어 "수석 합격" 했다고 한다.[15] "하숙집 주인의 소개"는 실제로 있었다고 보아도 좋을 듯하다.

홍명희가 졸업할 생각이 없었던 토요상업학교에 입학한 것은 일본의

---

13 사실은 1학기라고 생각된다. 주1) 논문, 134면.
14 『東洋商業五十年誌』에 의하면, 1909년(明治 42) 제1회 졸업생은 15명, 제2회는 18명, 제3회는 28명이다(9면). 1910년(明治 43)에 간행된 『帝國學校名鑑』(學校新聞社 編刊)에는 토요상업학교의 정원이 200명이라고 되어 있으니 예과와 본과 각 학년의 정원이 40명이라는 얘기가 되는데, 졸업생 수로 보아 정원에 달하지 못했음을 알 수 있다. 본문에서 언급한 것처럼, 전신인 토요상업전문학교도 학생 모집에 실패하여 메이지대학이 인수했다.
15 홍명희, 앞의 글, 28면.

학교 생활을 익히면서 중학교 입시를 준비하기 위해서였던 듯하다. 그가 토요상업학교 예과에서 배운 과목은 무엇이었을까. 『최근 조사한 남자 토쿄유학 안내』에는 예과의 학과가 "와세다실업학교 규정과 동일"하다고 되어 있는데, 와세다실업학교의 예과 2학년 학과 과정표를 보면 다음과 같이 되어 있다.[16]

수신(修身) : 인륜도덕 요지	1시간
독서 : 강독, 서취(書取)	3시간
작문 : 기사(記事), 서간문	2시간
습자(習字) : 행초서(行草書), 세자(細字)	2시간
산술 : 산술, 주산	4시간
지리 : 세계지리	2시간
역사 : 세계역사	2시간
영어 : 철자, 읽는 방법, 해석, 습자	6시간
이과 : 물리 · 화학 대의(大義)	2시간
도화(圖畵) : 자재화(自在畵) 및 도구화	1시간
체조	3시간
매주 합산	28시간

주당 수학은 4시간, 영어는 6시간, 이과가 2시간이다. 고국에서 이들 과목을 배우지 않았던 홍명희는 중학교에 진학하는 데 이것으로는 충분하

---

16 今井翠巖, 앞의 책, 329~330면.

지 않다고 생각했을 것이다. 통학하면서 동시에 '수학강습소'와 '영어강습소'에서 공부하고, 그 외에도 "광물·식물에 대해 개인 교수"를 받아 입시를 준비했다.[17] 여기서 '수학강습소'와 '영어강습소'란 근처에 있던 연수학관(研數學館)과 정칙영어학교(正則英語學校) 같은 곳이 아니었을까 싶다.

3. 타이세이중학교의 수준

홍명희는 「자서전」에서 타이세이중학 재학 중에는 거의 계속 수석이었다고 언급하고 있다. 이에 대해서는 "타이세이중학교가 이른바 일류 학교는 아니었다는 사정과도 관련이 있다"[18]는 견해가 있고, 홍명희 자신도 성적이 좋은 탓에 동급생에게 시샘받았던 일을 회고하면서 "평균 점수 70, 80점에도 석차가 첫째 둘째가 되었은즉 동급생의 저열(低劣)은 덮어줄 수가 없는 일이었다"[19]고 다소 씁쓸한 듯 기록을 남기고 있다. 그러면 이 무렵 타이세이중학의 수준은 다른 중학과 비교하여 어느 정도였을까.

타이세이중학은 창립 당시 1학년뿐만 아니라 학년마다 시험을 치러 신입생을 모집했기 때문에, 창립 2주년 째인 1898년(明治 31)에 이미 1회 졸업생을 44명 배출한다. 졸업생 명부를 보면 이 가운데 16명이 나중에

---

17 홍명희, 앞의 글, 27면.
18 강영주, 『벽초 홍명희 연구』, 창작과비평사, 1999, 41면.
19 홍명희, 앞의 글, 29면.

토쿄제국대학에 진학하고 있다. 그렇다면 이 수보다도 많은 졸업생이 제1고등학교를 비롯하여 구제(舊制) 고등학교에 진학했다는 얘기가 된다. 제1고와 토쿄제대로의 진학률을 보건대, 창립 당시 타이세이중학의 수준은 제법 높았다고 보아도 좋다. 그러나 그후 토쿄의 학교 상황이 변하자 더불어 타이세이중학의 위상도 변한다. 타이세이중학교가 창립된 1897년(明治 30)에는 공립중학교는 토쿄심상중학교(東京尋常中學校) 한 곳밖에 없었지만, 1900년(明治 33)에는 부립(府立)중학 네 학교체제가 정비되고[20] 사립중학교 수도 증가한다. 1897년에 16곳이었던 사립중학교는 1908년(明治 41)에 25곳, 1917(大正 6)년에는 31곳으로 증가한다.[21] 이 외에도 게이오의숙(慶応義塾)이나 메이지학원(明治學院), 아오야마학원(青山學院) 등 독자성을 갖기 위해 중학교가 아닌 각종 학원의 지위를 택한 중등교육기관도 있었던데다,[22] 각 학교의 정원수도 증가하고 있다. 이러한 상황에서 타이세이중학의 평가는 상대적으로 낮아졌던 듯하다.

홍명희보다 1년 후배인 한 졸업생은 타이세이중학교는 창립 당시 제1고등학교 입학률이 높은 것으로 유명한 학교로 꼽혔지만, 일러전쟁을 전후하여 공립학교가 많이 신설되고 사립중학교도 증가한 탓에 자신이 학교를 다닐 때는 준텐중학교(順天中學校)나 토쿄중학교와 거의 같은 수준이었다고 회상하고 있다.[23] 또 홍명희보다 4년 뒤인 1914년(大正 3)에 졸업한 한 학생은 타이세이중학의 수준은 사립중학교 가운데 '중상위'

---

20 『東京都敎育史』, 東京都立敎育硏究所, 1995, 119~120면.
21 위의 책, 678면.
22 위의 책, 136면.
23 中村宗雄(제14회 졸업생), 4학년에 편입하여 1911년에 졸업, 「메이지시대의 타이세이중학교」, 『大成七十年史』, 144~145면.

정도였지만, 고등학교나 전문학교로 진학하는 학생이 많고 특히 의전
(醫專)에 진학하는 학생이 많아서 평판이 좋았다고 회상하고 있다.[24] 제
13회 졸업생인 홍명희의 동기생 74명의 진로를 보면, 제1고등학교에 2
명, 토쿄외국어학교에 1명, 토쿄공업고등학교에 상당수가 진학하고 있
다.[25] 역시 당시로서는 '중상위' 정도가 아니었을까 싶다.

그러나 이 무렵 타이세이중학은 학생의 수준이 편차가 큰 것이 특색
이기도 했다. 한 졸업생은 "학생 가운데에는 공부를 매우 잘 하는 사람
과 지독히 못하는 사람이 있었고, 성적이 좋은 이는 척척 제1고등학교로
진학했다"[26]고 회상하고 있다. 특히 편입학자 가운데 우수한 학생이 많
았다고 한다. 당시의 중학교는 학생의 10~20%가 낙제하는 것이 보통이
었고, 그 외에 건강 문제나 경제적 이유 등 다양한 사정으로 중퇴하는 사
람도 많았다.[27] 그래서 각 중학교에서는 정원을 채우기 위해 편입학 시
험을 시행했다. 공립의 결원은 극히 적었기 때문에,[28] 지방에서 뜻을 가
지고 상경한 젊은이들은 사숙(私塾) 등에서 공부하면서 자기 수준에 맞
는 사립중학교의 편입 시험에 도전했다. 우수한 학생들 중에는 편입학
을 통해 월반하는 사람도 있었다.[29] 예컨대 1906년(明治 39) 타이세이중

---

24 覺本覺雄(제17회 졸업생), 1914년 졸업. 「인산 무렵」, 위의 책, 154면.
25 鯉沼茆吾(제13회 졸업생), 「된장국 냄새」, 위의 책, 140면.
26 益谷秀次(제7회 졸업생), 4학년 편입생으로 1904년에 졸업. 전 중의원 의장. 「어쩔 수 없이
     퇴학하고 상경」, 위의 책, 130면.
27 『東京都敎育史』, 695~699면. 1908년(明治 41)의 통계에 따르면, 부립중학교 학생의 10%,
     사립중학교 학생의 25%가 중퇴하고 있다. 입학자가 그대로 졸업에 이르기 위해서는 학생
     자신의 노력 외에도 자력(資力)이 필요했다. 메이지 말기부터 타이쇼기에 걸쳐 부립 제3
     중학교의 경우, 입학한 학생이 졸업할 수 있는 비율은 적은 해에는 22%, 많은 해에는 47%
     라는 통계가 있다.
28 위의 책, 685면.
29 예컨대 『大成七十年史』에 「겨우 반년 간의 재학」이라는 글을 기고하고 있는 제9회 졸업

학을 다녔던 이광수도 일진회의 학비가 중단되는 바람에 1학년 때 어쩔 수 없이 중퇴했지만, 이듬해 관비를 받아 재유학하면서 월반하여 메이 지학원 보통부 3학년 2학기에 편입학한다.[30] 타이세이중학교는 다른 사립중학교에 비하여 편입학자의 비율이 높았는데,[31] 이것은 스기우라(杉浦) 교주의 방침이기도 했다고 한다.[32]

편입학 시험은 일반적으로 어려웠다. 당시 중학교 신입학 시험의 경쟁률은 공립이 3~4배율, 사립이 1~2배율이었지만,[33] 편입학 시험의 경쟁률은 이를 훨씬 웃돌았다. 타이세이중학교에 편입학한 졸업생의 회상으로부터 당시 편입학 시험의 경쟁률을 보자면, 1905년(明治 38) 5학년 2학기의 편입시험은 11명 결원에 대해 지원자가 208명이었고,[34] 1911년 (明治 44) 4학년 1학기의 경우는 17명 모집에 수험생이 100명 정도였다.[35]

생인 미우라 이하치로(三浦伊八郞)는 1905년(明治 38)에 상경하여 토쿄중학 3학년 3학기에 편입하고, 그해 가을에 타이세이중학 5학년 2학기에 다시 편입하여 겨우 반년 간 재학하고 중학을 졸업하고 있다.

30 일진회 유학생의 단지사건(斷指事件)을 보고하고 있는 1907년 3월의 『대한흥학회학보』에 의하면 당시 일진회 유학생 20명 남짓이 타이세이중학교에 재학하고 있다고 되어 있는데, 타이세이고등학교의 『동창회 회원 명부』를 보면 1910년(明治 43)에 졸업한 홍명희를 전후하여 조선인으로 보이는 이름은 눈에 띄지 않는다. 단지사건의 파문으로 관비를 받아 재유학한 학생들은 타이세이중학에 복학하지 않았든가 아니면 졸업하지 못 했는지도 모른다. 또 이때 관비는 3년 기한이었기 때문에, 기한 내에 중학교를 졸업하기 위해 이광수는 3학년으로 월반하여 편입해야 했을 것이다.

31 『東京都敎育史』에는 타이세이중학이 당시 사립중학 가운데 "중퇴자가 많고, 2학년 이상의 입학자가 (비교적) 많은 학교"로 분류되어 있고, 1908년(明治 41)에는 편입자 수가 토쿄중학에 이어 2위, 1911년에는 1위로 되어 있다. 684~685면.

32 中村宗雄, 『大成七十年史』, 146면.

33 『東京都敎育史』, 144면, 695면. 가장 경쟁률이 높은 부립 제1중학이 5~6배, 사립 평균은 1배가 조금 넘었다.

34 三浦伊八郞, 『大成七十年史』, 138면.

35 河村信人(제17회 졸업생) 1911년 봄 4학년에 편입하여 1914년에 졸업. 「중학생이 된 기쁨」, 위의 책, 162면.

홍명희가 시험을 치른 1907(明治 40)년 3학년 2학기의 경쟁률은 분명하지는 않지만, 당시의 상황으로 미루어 상당히 높았을 것이 틀림없다. 교주(校主)와 동향이라는 하숙집 주인의 '소개' 따위로는 입학할 수 없었을 것이다. 홍명희 자신도 일본에 있던 5년 간 가운데 가장 열심히 교과서 공부를 한 것은 토요상업학교에 다니면서 중학교 수험준비를 했을 때로, 먹는 시간과 자는 시간 이외에는 교과서에 몰두했다고 적고 있다.[36] 그는 이 난관을 돌파하여 1907년 4월 '좋은 성적'으로 타이세이중학 3학년에 편입학한다.[37]

4. 타이세이중학교의 학생들

난관을 돌파하고 타이세이중학에 편입학한 학생들의 우수함과 그들이 자아내고 있는 분위기에 대해서 한 졸업생은 이렇게 회상하고 있다.

1학년부터 다니는 학생은 비율이 적고 도중에 편입학한 학생이 많았다. 4학년, 5학년으로 학년이 올라갈수록 편입생이 증가했는데, 상급생이 비교적 많은 구성인데다 우열의 차이가 심하여 특히 변태 입학자(정규 단계를 밟지 않고 실력으로 편입학한 학생) 가운데에는 발군의 수재와 호걸이 많

---

36   홍명희, 앞의 글, 27면.
37   『요로즈쵸호(萬朝報)』, 1909년 6월 4일의 우등생 소개란 기사에 "좋은 성적으로 합격했고, 현재 5학년 수석을 차지하고 있다"고 되어 있다.

왔다. 게다가 진급시험 따위는 안중에 없이 오로지 실력양성을 위주로 하여 교과서 공부 따위는 적당히 하면서 수준 높은 학습에 여념이 없었다.[38]

또 다른 졸업생은 이렇게 적고 있다.

우리 타이세이중학은 이러한 중도 편입에 넓은 문호를 개방하고 있었기 때문에, 4, 5학년이 되면 하급 학년 때와는 일변하여 지방색(地方色)이 극히 짙어졌다. 모두 고향 마을의 중학교를 뒤로 하고 상경한 이들이었던 까닭에 어딘가 범상치 않은 성깔내기가 많았다. 수재가 있다면 노력형도 있었고, 이른바 야인(野人)의 집합으로 공립중학교와는 분위기를 달리한 어떤 형식에 매이지 않는 활달한 기풍이 감돌았다.[39]

이 졸업생은 홍명희의 1년 후배로 그 자신도 4학년 편입생이다. 그는 상급생에 대해 회고하면서 "상급 학년에는 20세를 넘는 사람도 있어 중등학교라고는 해도 성인 학교와 같은 느낌도 있었다"[40]고 적고 있는데, 그에게 상급생은 홍명희가 속한 학년뿐이었다. 어쩌면 당시 그가 떠올렸던 사람은 이 무렵 21세 나이로 5학년이었던 홍명희였을지도 모른다.

그러나 편입생이 항상 성적이 좋았던 것은 아니다. 제1고등학교에 진학할 생각으로 타이세이중학에 편입했으나 유희벽을 떨치지 못하여 결국 '특별졸업'하지 않을 수 없었던 학생도 있다.[41] 이 무렵 타이세이중학

---

38 林正道(제8회 졸업생), 1903년에 4학년에 편입하여 1905년에 졸업. 「월사금 면제의 특전」, 『大成七十年史』, 134면.
39 中村宗雄(제14회 졸업생), 앞의 글, 146면.
40 中村宗雄, 앞의 글, 148면.

에는 졸업 때 각 과목의 점수를 표시하여 성적순으로 졸업생 일람을 인
쇄했는데, 학생에 따라서는 점수를 기입하지 않은 채 특별히 졸업시키
는 경우도 있었다. 그것이 이른바 '특별졸업'이다. 홍명희는 줄곧 수석
을 차지했지만, 3학기에 돌연 귀국해 버려 졸업시험은 치르지 않았다.
그럼에도 불구하고 나중에 학교에서 졸업증서를 보냈다고 한다. 그도
아마 '특별졸업'이었을 것이다.

그런데 일본인의 고유명사가 거의 나오지 않는 「자서전」에서 홍명희
는 단 한 명 동급생의 이름을 거론하고 있다.

4년급 학년 시험에 제1위 석차로 나를 압도(壓倒)한 세키누마 모(關沼 某)
는 지금 의학박사로 상당히 명성이 있다 하나 엽엽지 못한[42] 그 사람이 시
험장에서 나의 적수 되기는 사실 좀 부족하였었다.[43]

그런데 졸업 명부를 보면, 홍명희와 동급생인 제13회 졸업생 가운데
'세키누마(關沼)'라는 성은 보이지 않는다. '세키(關)'와 '코이누마(鯉沼)'라
는 학생이 있는 것으로 보아, 아무래도 홍명희가 이 두 사람을 혼동한 듯
하다. 홍명희가 말한 동급생은 코이누마 보고(鯉沼峀吾)라는 사람이다.
홍명희보다 1년 늦게 4학년으로 타이세이중학교에 편입학했고, 5학년
때에는 급장을 맡았다. 졸업 후에는 제1고에서 토쿄제대(東京帝大)에 진

---

41 益谷秀次(제7회 졸업생). 이 학생은 나중에 토쿄외국어학교에 입학하고, 국어전습소와 정
     칙영어학교를 다니며 열심히 공부하여 쿄토제대(京都帝大)에 진학하며, 나중에 중의원
     의장을 역임한다. 앞의 글, 130면.
42 시원치 못한, 그다지 두드러지게 눈에 띄지 않는의 뜻.
43 홍명희, 앞의 글, 28면.

학하여 의학박사가 된다. 중학시절 홍명희는 독서에 빠져 학교 공부는 거의 하지 않았다. 그런데도 시험에서는 코이누마와 석차를 다투었다고 하니, 그의 우수함을 짐작할 수 있다. 코이누마는 1967년『타이세이 70년사(大成七十年史)』편집 당시 나고야대학(名古屋大學)의 명예교수로 건재했다.[44] 그는 이 책에「된장국 냄새」라는 글을 기고하고 있는데, 그에게도 홍명희는 인상 깊은 인물이었던 듯하다. 이 글에서 그는 홍명희에 대해서 다음과 같이 회상하고 있다.

　동급생 가운데 홍명희라는 반도인(半島人)이 있었다. 대단히 성적이 좋았고, 특히 기억력이 좋아 언제나 학급에서 1등이나 2등을 차지했다. 남선(南鮮) 출신인지 북선(北鮮) 출신인지는 잘 모르겠는데, 요즈음은 어떻게 지내고 있을까.[45]

『타이세이 70년사』가 간행된 것은 홍명희가 죽기 바로 전 해의 일이다. 그러나 홍명희가 이 책을 보았을 것이라고는 생각하기 어렵다.

44　코이누마는 1971년 동창회명부 편집 당시에도 건재했는데, 1977년 편찬 동창회명부에는 작고 회원으로 되어 있다.
45　『大成七十年史』, 141면.

5. 타이세이중학교의 교사들

『타이세이 70년사』에는 자신들을 가르쳤던 교사를 회상하는 졸업생의 글이 많이 실려 있다. 홍명희는 어떤 교사들에게 배웠을까. 졸업생들의 회상부터 보도록 하자.

'타이세이 경영자'인 스기우라 코타로(杉浦鋼太郎)는 당시의 학생들로부터 '팥빵(アンパン)'이라는 별명을 얻고 있다. 그 유래는 교문 근처에서 팥빵이 팔리고 있었기 때문이라는 얘기도 있지만 확실하지 않다. 홍명희가 3학년에 편입했을 때의 교장은 3대째의 코스기 스기무라(小杉榲邨)라는 국학자였다. 이듬해 제4대째 교장에 취임한 타카츠 쿠와사부로(高津鍬三郎)는 그때까지의 교장들과는 달리 매일 등교했고, 실질적으로 초대 교장이라고도 불릴 만한 존재였다. 제1고 교수에서 문부성(文部省) 관리를 거쳐 교육자가 된 인물로, 역시 일본문학에 조예가 깊었다고 한다.

졸업생 누구나 타이세이중학의 교사 가운데 맨 먼저 거론하는 이는 국학자 히라타 아츠타네(平田篤胤)의 증손자로, 칸다 다이묘진(神田 大明神)의 신주(神主)이자 국어전습소의 강사이기도 했던 히라타 모리타네(平田盛胤)이다. 그는 학교 창립 당시부터 쇼와기까지 타이세이중학교에 재직했다. 위풍당당한 미남자였고, 항상 일본 옷(和服)을 입고 다녔으며, 학생들로부터 '조정 대신(朝臣)'이라는 별명을 얻었다. 한문 강사는 카와이 코타로(川合孝太郎)이라는 풍격 있는 한학자로 일본 옷을 입고 에도(江戸) 말로 강의했으며, 강의 시작 때 "이거 참!"이라고 말하는 것이 습관이었다. 당시 안약 광고에 나오는 인물과 매우 흡사하여 그에게는 '대학 안

약이라는 별명이 붙여졌다. 이 교사는 나중에 와세다대학 교수가 된다. 수학을 담당한 엔도 마타조(遠藤又造)는 당시 중등학교에서 사용된 기하학 교과서의 저자로 알려져 있고, 타이세이에서도 물론 그가 쓴 교과서를 사용했다. 가쿠슈인(學習院) 여자부 교수로, 여학생의 얼굴을 보지 않으려고 천장을 쳐다보며 이야기하는 습관이 있었다고 한다. 체육주임인 카츠바야시 류사쿠(松林龜作)은 얼굴에 마마자국이 있어서 '간모도키(ガンモドキ : 두부에 각종 야채를 넣어 기름에 튀긴 유부의 일종 - 옮긴이)'로 통했다.

그런데 홍명희는 두 사람의 교사에 대해 유쾌하지 않은 추억을 「자서전」에 적고 있다.

> 못난이[46] 영어선생 한 분이 교수 시간에 너희들이 저 한국인만 못하다는 것은 일본 남자의 수치라고 학생 면학(勉學)한답시고 나에게 증오심을 격동시킨 일이 있었고, 올곧지 못한[47] 지리 · 역사 주임선생이 아무개는 한국의 총리대신감이라고 한국을 경멸하는 구기(口氣)로 말한 일이 있어서 같은 학생 중의 증오심이 풍부한 자는 나를 모욕하려는 의사로 '총리'라고 별명지어 부르게까지 되었었다.[48]

이것이 몇 학년 때의 일인지는 분명하지 않다. 「자서전」의 마지막 부분의 기록인 것으로 보아 아마 학창시절의 끝 무렵이 아니었을까 싶다. 5학년 때 동급생이었던 코이누마(鯉沼)의 회상에 의하면, 5학년 때 영어

---

46 '병신', '됨됨이가 좋지 못한'의 뜻.
47 '성질이 비뚤어진'의 뜻.
48 홍명희, 앞의 글, 29면.

담임은 야마카와 신지로(山川信次郞)라는 교사였다. 교수법이 뛰어나고 입학시험에 도움이 되는 영어를 가르쳐 주었다고 그는 적고 있다. 그러나 『타이세이 70년사』를 넘기다 보면, 꽤 독특한 성벽을 가진 교사였다는 인상을 준다. 타이쇼기의 한 졸업생은 "자기 스스로도 사납고 악독하다고 여기고 있을 정도로 까다로운 선생"[49]으로 수업 중에 무슨 일이 있으면 학생들에게 운동장을 돌게 했다고 회상하고 있고, 쇼와 초기의 한 졸업생은 "소세키의 『도련님』에 나오는 '빨간 셔츠'의 모델이라든가 했다. 키가 매우 작고 몸집이 왜소한 선생이었다. 학생들의 나쁜 점을 보면 잘 때렸다"[50]고 적고 있다. 야마카와 신지로는 나츠메 소세키(夏目漱石)와 제1고등학교 시절부터 친구였고, 소세키가 천거하여 쿠마모토(熊本)의 구제(舊制) 제5중학에 부임한 일이 있으며, 작품의 모델이 되기도 했다고 한다.[51] 이 야마카와가 홍명희가 말한 '못난이 영어교사'인지 확증은 없지만, 가능성은 높지 않을까 싶다. 홍명희가 재학했던 무렵에는 그 밖에도 나중에 제국대학 교수가 된 야나이 와타루(箭內亘), 키가 크고 항상 커다란 가방을 늘어뜨리고 다니던 모습이 고리대금업자를 떠올리게 해서 '아이스(アイス: 메이지시대에 ice의 역어 氷(こおり)와 高利(こうり)의 음이 같아서 고리대금업자의 속어로 쓰인 말-옮긴이)'라고 불렸던 이시카와 츠루지로(石川鶴次郞)라는 영어교사도 있었다.

홍명희가 재학하던 당시 역사·지리 교사로는 에도 센타로(江戶千太郞)라는 인물이 있다. 그는 1909년(明治 42) 즉 홍명희가 5학년 때 타이세

49 欹爲助(제29회 졸업생) 1926년 졸업, 「대지진 후」, 앞의 책, 202면.
50 宮內三郎(제31회 졸업생), 1928년 졸업. 「코나가이(小氷井) 교장의 놀람」, 위의 책, 221면.
51 園江稔(제28회 졸업생), 1925년 졸업. 「야마카와 신지로(山川信次郞)와 나츠메 소세키」, 위의 책, 195면.

이중학을 그만두고 외무성(外務省)에 들어갔고, 쇼와 초기 함부르크의 총영사(總領事)를 지내던 중 자동차 사고로 객사했다고 한다.[52] 그가 과연 홍명희가 말한 교사인지는 분명하지 않다.[53] 여하튼 뒷날 홍명희는 '한국의 총리대신'은 아니지만 북한의 부수상이 되었다. 우연히도 '올곧지 못한 지리·역사 주임선생'의 예언은 적중했던 것이다.

6. 타이세이중학교가 있던 장소와 학교 건물

1906년(明治 39) 일본으로 건너온 홍명희는 혼고구(本鄕區)에 있는 여관 겸 하숙에서 반년 정도 지냈는데, 이곳에서 이광수와 문일평을 알게 된다. 이광수는 한 좌담회에서 홍명희와의 만남을 회고하며 하숙은 "혼고구 모토마치(本鄕區 元町)의 옥진관(玉眞館)"이었다고 언급하고 있다.[54] 메이지 말기의 모토마치는 혼고구의 변두리로, 현재의 분쿄구(文京區) 혼고 1, 2가 부근이다. 타이세이중학교가 있던 칸다구(神田區)와 칸다천(神田川)을 사이에 두고 접해 있다. 스이도바시(水道橋)를 통과해 칸다천을 건너면 왼쪽 모퉁이에 토요상업학교가 있고, 그 앞에 타이세이중학교가 있다. 하숙집에서 매우 가까운 거리이다. 홍명희는 하숙집 주인의 말

---

52 中村宗雄, 위의 책, 148면. 『大成百年史』의 교직원 전체 명부(268면)에 의하면, 에도(江戸)는 1917년 10월까지 재직한 것으로 되어 있지만, 나카무라 쪽의 회상이 맞는 것 같다.
53 위의 명부에는 1922년까지 재직한 야마자키 츠네(山崎庸)이라는 역사지리 교사의 이름도 있다.
54 「춘원 문단 생활 20년을 기회로 한 문단회고 좌담회」, 『삼천리』 제11호, 1934, 235면.

한 마디에 하숙집 근처에 있는 학교에 입학하기로 결정해 버린 셈이다.
대학이나 전문학교를 '속성'으로 마치고 귀국 후의 입신출세를 목표로
했던 당시의 많은 한국 유학생들과는 달리, "일본어를 철저히 공부하고
신학문을 기초부터 하"[55]기로 결정했던 홍명희로서는 중학교라면 어디
든 괜찮았을 것이다.[56]

타이세이중학교는 칸다구 미사키초(神田區 三崎町) 1가 2번지에 있었
다. 스이도바시에서 히토츠바시(一ツ橋)까지는 여러 학교들이 늘어서 있
는 학교거리로, 왼쪽으로는 토요상업학교, 타이세이중학교, 미즈하라

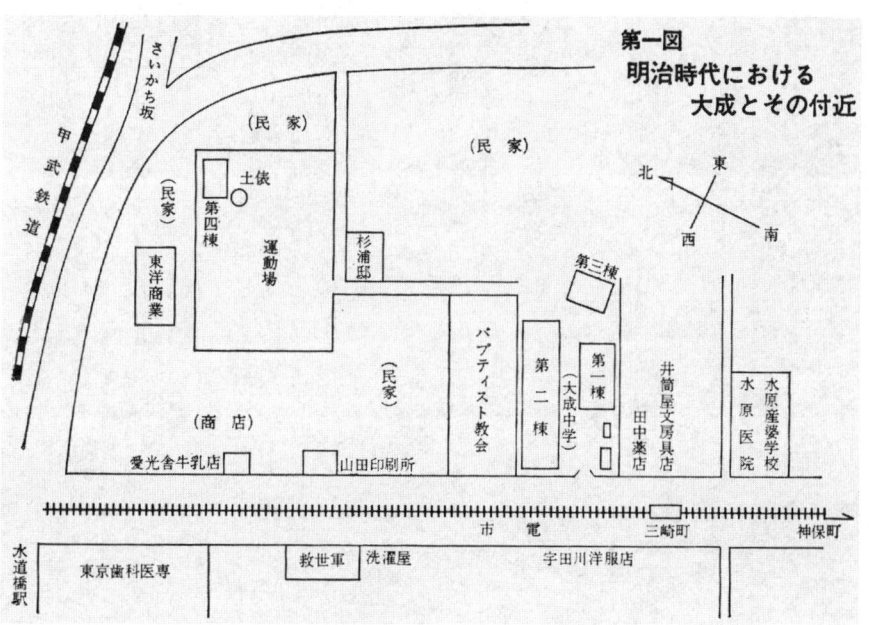

그림 3_ 메이지시대의 타이세이중학교와 그 부근

---

55   홍명희·설정식 대담기, 『벽초 홍명희와 『임꺽정』의 연구자료』, 사계절, 1996, 213면.
56   하타노 세츠코, 「토쿄유학시절의 홍명희」, 본서 230~254면 참조.

그림 4_ 홍명희가 타이세이중학교에 다녔던 1908년(明治 41)에 설립된 중앙침례교회 회당. 칸다 대화재 때 소실되었다. 회당의 오른쪽에 타이세이중학교의 지붕 일부가 보인다. 『三崎町にある我等の敎會』(三崎町敎會五十年史 編纂委員, 1958) 수록.

산파학교(水原産婆學校)와 부속병원(미즈하라 슈오시(水原秋櫻子)의 집이었다고 한다), 불영화고등여학교(佛英和高女: 현 시라유리(白百合)고등학교), 토쿄중학교, 또 진보초(神保町)를 지나서 히토츠바시에 토쿄외국어학교가 있고, 오른 쪽으로는 토쿄치과의전, 타이세이중학교의 비스듬히 맞은 편에 연수학 관(研數學館), 약간 뒤쪽으로 준텐중학교(順天中學校), 센슈대학(專修大學), 니혼대학(日本大學), 히토츠바시에 여자직업학교(공립학교), 토쿄고등상업 학교 등이 늘어서 있었다.[57]

〈그림 3〉은 『타이세이 70년사』의 편집자가 작성한 당시의 지도이 다.[58] 중앙침례교회 회당 옆쪽으로 얼마간 둘러쳐진 울타리에 네모난 문설주가 서 있는 곳이 타이세이중학교이다. 오른쪽 문패에 '타이세이 중학', 왼쪽 문패에 '국어전습소'(오치아이 나오부미(落合直文)가 직접 쓴 글 씨라 한다)라 씌어 있다. 전습소의 수업은 저녁에 시작되었다. 당시 미 사키는 토쿄의 번화가 가운데 하나로, 학교 근처에 미사키극장(三崎座), 토쿄극장(東京座), 카와카미극장(川上座) 등의 극장이 있어서 학생들 가운 데는 점심시간에 몰래 빠져나가 구경하는 이도 있었다고 한다.[59] 현재 토요상업학교는 고층 건물의 토요고등학교로, 중앙침례교회는 산뜻한 콘크리트 건물의 미사키초교회로 바뀌어 같은 장소에 있다. 그리고 예 전에 타이세이중학교였던 곳은 지금은 니혼대학(日本大學) 경제학부의 일부가 되었다〈그림 5〉 참조).[60]

---

57   『大成七十年史』, 4면, 153면.
58   『大成七十年史』, 36면.
59   益谷秀次, 위의 글, 130면.
60   『大成七十年史』, 37면.

그림 5_ 타이세이중학교. 『大成七十年史』에 나온 약식도(見取圖)와 설명으로 상상할 수 있는 모습 그대로 이다. 『帝國學校年鑑』(學校新聞社出版部, 1910.4) 수록.

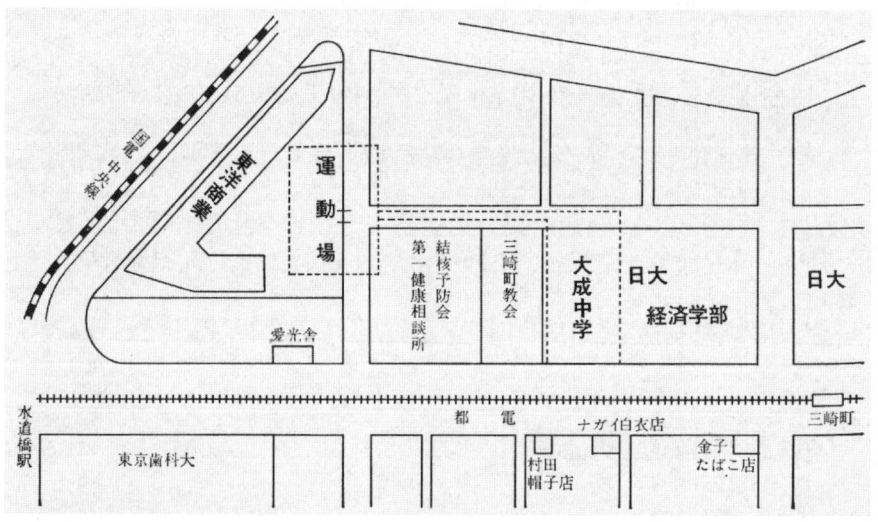

그림 6_ 교사(校舍)와 운동장이 있던 장소

그림 7_ 현재의 지도

그림 8_ 토요고등학교건물

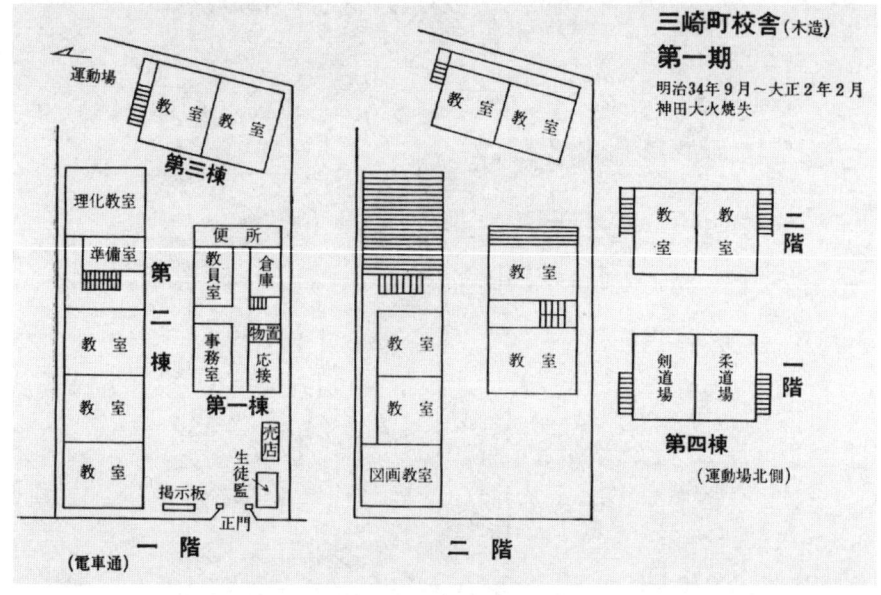

三崎町校舍(木造)
第一期
明治34年9月～大正2年2月
神田大火燒失

運動場

教室 教室
第三棟

教室 教室

理化教室

準備室 第二棟

便所
教員室 倉庫
事務室 物置
応接
第一棟

教室 教室
二階

教室

教室

売店
生徒監
掲示板
正門
一階
(電車通)

教室

教室

教室

図画教室

二階

教室 教室
二階

剣道場 柔道場
一階
第四棟
(運動場北側)

그림 9_ 미사키초 교사(校舍) 평면도. 1911년(明治 34) 9월~1913년(大正 2) 2월 칸다 대화재 때 소실.

〈그림 9〉는『타이세이 70년사』편집자가 당시의 학교 건물을 재현한 약도이다.[61] 교문을 들어서면 왼쪽의 작은 건물에서 학도감(學徒監)인 체조교사가 학생들의 지각을 단속하거나 복장을 점검했다. 타이세이 학생은 흰 각반을 착용하도록 되어 있어서 멋을 내는 학생은 교문을 나가면 곧 각반을 벗어 버렸다고 한다.[62] 학생은 가정과의 연락용으로 학생수첩과 같은 통신부(通信簿)를 휴대하는 것이 의무사항이었다.[63] 작은 건물 앞에는 페인트칠을 한 본관 건물(제1동)이 있는데, 1층은 사무실과 교직원실과 총기실(銃器室)로 사용되었고 2층이 교실로 되어 있다. 교문을 들어서서 왼쪽의 기다란 2층 건물이 제2동으로, 1층의 가장 안쪽이 과학

---

61   위의 책, 38면.
62   위의 책, 141면.
63   위의 책, 9면.

실(理化室)이다. 설립 당초에는 수준 높은 기구를 갖춘 과학실과 준비실이었지만,[64] 홍명희가 다니던 무렵은 '실험실도 명색뿐'인 상태였다.[65]

제1동과 제2동 사이를 지나가면 2층 건물인 제3동이 있고, 그곳에서 왼쪽으로 돌아 100m 정도 가면 민가로 둘러싸인 500평 정도의 운동장이 있다. 그리고 운동장 모퉁이에는 1층이 유도·검도장, 2층이 교실로 되어 있는 제4동이 있다(〈그림 2〉 참조). 이 운동장은 토요상업학교의 운동장으로도 사용되었으므로, 홍명희는 토요상업학교시절과 타이세이중학 시절 내내 이 운동장에서 체조를 한 셈이다. 어느 날 아침 운동 중에 학

그림 10_ 타이세이중학교의 군대식 체조. 1914년(大正 3)의 사진인데, 체조장이 민가와 접해 있는 상태와 학생들이 각반을 착용한 모습 등 홍명희의 재학 시절 학교 생활의 단면을 엿볼 수 있다. 『大成百年史』 수록.

---

64 위의 책, 7면.
65 위의 책, 134면.

생들이 "하나 둘, 하나 둘" 구령에 맞춰 체조를 하고 있는데, 어디에선가 된장국 냄새가 풍겨오기 시작했다(운동장이 민가로 둘러싸여 있어서 이런 일이 종종 일어나곤 했다고 한다—옮긴이). 장난끼 있는 학생이 "된장국 냄새, 된장국 냄새"하고 가락을 붙여 구령을 맞추어서 모두 폭소했던 일이 있다고 코이누마(鯉沼)는 회상하고 있다.[66] 어쩌면 그 자리에 홍명희도 있었을런지 모른다.

홍명희가 3년 간 공부한 타이세이중학교의 건물은 그가 일본을 떠나고 3년 뒤인 1913년(大正 2) 2월 이른바 칸다 대화재로 인해 소실된다. 그때 무사했던 학교 서류도 1923년(大正 12)의 칸토(關東) 대지진 때 거의 불타 버렸다. 홍명희의 학적부와 졸업 명부 등도 이때 소실된 듯하다. 나중에 관계자

그림 11_ 재작성된 졸업자 명부

와 졸업생들이 기억을 추림하여 졸업자 명부를 재작성했는데, 거기에는 이름과 주소만 기재되어 있다. 현재 타이세이고등학교에 보관되어 있는 졸업자 명부가 바로 이것이다.[67] 그러나 이 기록이라도 1945년(昭和 20)의 전화(戰火)를 피할 수 있었던 것은 다행한 일이다. 메이지 말기 홍명희가 타이세이중학에서 공부했던 사실을 증명하는 일본측 자료는 전쟁 전에 재작성된 이 졸업자 명부와『타이세이 70년사』에 실린 코이누마 보고(鯉沼峀吾)의 회상기「된장국 냄새」뿐이다.

---

66   위의 책, 141면.
67   2001년 2월 23일 방문 당시 타이세이고등학교 교장 코시바 타다시바(小柴忠正) 선생님께 들은 이야기에 의거한 것이다.

7. 학교 생활에 드는 비용

홍명희는 어느 대담에서 토쿄 유학 당시에는 부친으로부터 매월 25원씩 받았고 또 따로 집에서 50원, 100원씩 타올 수도 있었기 때문에 책을 사보는 데 부족하지 않았다고 말하고 있다.[68] 한편 이광수는 일진회 유학생으로 일본에 왔을 때부터 관비유학생이 되어 졸업할 때까지 줄곧 월 20원을 받았다는 기록을 남기고 있다.[69] 홍명희는 1906년(明治 38)에서 1910년(明治 43)까지 토쿄에서 체류했고, 이광수는 1905년(明治 38)에서 홍명희와 같은 1910년까지 머물렀다. 이 무렵 그들이 받은 생활비는 당시 일본 학생과 비교하여 어느 정도의 수준이었을까. 우선 이를 보아 두기로 한다.

1889년(明治 22) 3엔에서 4엔 가량이었던 토쿄의 하숙비는 일러전쟁을 전후하여 대폭 올라서 9엔에서 10엔 정도가 된다.[70] 한편 수업료는 메이지시대부터 타이쇼기까지 그다지 변동하지 않는다. 1905년(明治 38) 타이세이중학을 졸업한 홍명희보다 5년 선배에 해당하는 한 졸업생은 하숙비가 4엔 50전이 최저였고, 학교의 월사금은 3엔이었다고 기록하고 있다.[71] 월사금 3엔은 당시로서는 평균적이었지만,[72] 하숙비 4엔 50전은 당시 시세보다 꽤 싼 축에 속한다. 홍명희보다 4년 후배가 재학하던 때

---

68 「홍명희 · 설정식 대담기」,『신세대』23호, 1948.5;『벽초 홍명희와『임꺽정』의 연구자료』, 사계절, 1996, 216면.
69 이광수,「나의 사십 반생기(半生記)」,『신인문학』8월호, 1935, 18면.
70 唐澤富太郎,『學生の歷史, 學生生活の社會史研究』, 創文社, 1955, 98~99면.
71 『大成七十年史』, 135면.
72 『東京都教育史』, 1,024면. 메이지 말기부터 타이쇼 초기의 토쿄의 사립중학교의 수업료는 월 2엔 50전에서 3엔 50전 사이였다.

에는 수업료가 3엔 남짓에 하숙비가 10엔으로, 하숙생의 매월 경비는 20엔이 보통이었다고 한다.[73] 친구들과 함께 집을 얻어 공동 생활을 하고 있던 홍명희는 집에서 매달 25원씩 부쳐주는 돈으로 꽤 여유 있는 학생 생활을 보낼 수 있지 않았을까 싶다. 그 외에도 때때로 50원, 100원씩 용돈을 받을 수 있었다고 하니, 당시 중학생으로서는 파격적으로 유복한 경우였던 것이다.

홍명희가 졸업한 이듬해 졸업하여 타이세이중학교에 채용된 어느 교사는 초임 월급이 22엔이었다고 회상하고 있다.[74] 당시 교원의 급료가 대단히 쌌다는 사정이 있기는 해도,[75] 같은 학교의 교사보다 학생 쪽이 주머니 사정이 좋았던 셈이다. 또한 홍명희의 단골 서점은 그를 위해 특별히 발매금지된 책을 구해주었다고 하는데, 그것도 홍명희의 돈 씀씀이가 좋았기 때문일 것이다. 덧붙여 말하자면, 메이지 말기 토쿄시의 전차비는 4전, 담배는 골든 배트(ゴールデンバット : 황금박쥐 그림이 그려진 상자에 넣은 값싼 담배 — 옮긴이)가 5전, 우나주(うな重 : 장어구이를 위 찬합에 밥을 아래 찬합에 담은 고급 도시락 — 옮긴이)가 40전이었고, 대졸 은행원 초임 월급이 40엔, 고등문관 초임 월급이 55엔, 부지사(府知事)의 연봉이 4,500엔이었다.[76]

한편 이광수가 받았던 20원이라는 금액도 같은 시대 하숙생들에 비

---

73 『大成七十年史』, 154면.
74 佐藤常吉, 「타이세이에 채용되기까지」, 위의 책, 143면. 22엔 치고는 열심히 일한다는 이유로 각별히 23엔을 지급받고 "기분이 나쁘지는 않았다"고 적고 있다. 사토는 나중에 타이세이고등학교 교장이 된다.
75 『東京都敎育史』, 1022~1023면. 1908년(明治 41)부터 1913년(大正 2)까지 토쿄의 고등소학교의 교원 급여 평균은 약 28~33엔이었는데, 지나치게 박봉이었기 때문에 인재 유실이 일어났다고 한다.
76 『値段の明治・大正・昭和 風俗史(上)・(下)』, 朝日文庫, 1989.

해 특별히 적었다고는 할 수 없다. 앞에서 보았던『최근 조사한 남자 토쿄유학 안내』(1909)를 보면, 이광수가 다녔던 메이지학원의 기숙사비는 매월 식비를 포함하여 6엔 50전, 수업료가 월 2엔 50전이다.[77] 이 책의 저자는 상경하는 학생을 위해 세세하게 필요한 학비를 친절하게 열거하며 "월 20엔 내외로 충분히 공부할 수 있다"고 적고 있다.[78] 따라서 토쿄유학시절의 이광수는 일본인 학생과 비교하여 손색없는 학교 생활을 했음을 알 수 있다. 이 책에는 또 상경과 귀성에 드는 교통비도 지역별로 실려 있다. 그것에 따르면 토쿄에서 오사카(大阪)까지는 3엔 66전, 오사카에서 인천까지는 9엔이므로, 조선으로 귀성하는 데 드는 비용은 왕복 30엔 정도 들었던 것으로 보인다. 한 달 생활비를 너끈히 넘는 액수이다. 아마도 그 비용은 별도로 지급되었을 것이다. 메이지학원 재학 중에는 그럭저럭 학교 생활을 해나갔던 이광수가 졸업하고 월급도 착실하게 나오지 않는 오산학교에 부임했을 때 생활 수준이 어느 정도로 급격히 낮아졌을지 짐작이 간다.*[79]

---

77 『最近調査男子東京遊學案內』, 501면.
78 위의 책, 18면.
* 덧붙이는 말
1967년『大成七十年史』를 거의 혼자서 편집했던 당시의 타이세이고등학교 교장 이와시타 토미조(岩下富藏) 씨는 "시간이 지나면 정말 알 수 없게 될 구제(舊制) 중학교시대, 즉 미사키초시대를 분명히 해두는 것"에 편집의 중점을 두었다고 편집후기에 적어 두었다. 그리고 당시의 자료가 칸토 대지진으로 모두 소실된 탓에 졸업생들에게서 재학 당시의 회상을 모을 생각을 하게 되었다고 한다. 홍명희가 다니던 무렵의 타이세이중학교의 윤곽을 뒤쫓음으로써 불충분하지만 당시 홍명희의 신변을 재현할 수 있었던 것은, 이와시타 교장의 이러한 편집 방침과 필자의 무례한 부탁을 받아들여 학교 방문을 허락하고 자료를 제공해주신 타이세이고등학교 코시바 타다마사시바(小柴忠正) 교장선생님의 호의 덕분이다. 두 분께 진심으로 감사드린다.

토쿄 유학시절의 홍명희*1

1. 시작하며

홍명회가 일본에 건너온 것은 1906년으로 추정된다.[1] 이해 그는 토요
상업학교(東洋商業學校) 예과에 입학하고, 이듬해 봄에는 타이세이중학교
(大成中學校) 3학년에 편입하여 3년 간 재학한다. 이 두 학교는 현재까지
존속하고 있다. 토요상업학교는 토요고등학교가 되어 지금도 같은 장
소에 있으며, 타이세이중학교는 타이세이고등학교가 되어 지금은 미타

*   본고는 2003년 10월 4일 한국 충청북도 괴산에서 개최된 제8회 홍명희문학제에서 한국어
    로 강연한 내용을 정리하여 일본어로 옮긴 것이다. 본 연구는 2003~2004년 과학연구기 기
    반연구의 보조를 받아 수행되었다.
1   강영주, 『벽초 홍명희 연구』(이하 『연구』로 적는다), 창작과비평사, 1999, 38면.

카시(三鷹市)로 이전했다.

필자는 1999년부터 2001년까지 문부성(文部省)의 연구보조비를 받아 두 학교의 기록을 조사한 적이 있다. 토요고등학교는 마침 건물 신축 중이라 자료를 꺼내줄 수 없다는 이유로 협조를 얻을 수 없었지만, 타이세이고등학교는 코시바(小柴) 교장 선생님께서 흔쾌히 승낙해 주셔서 2001년 3월 학교를 방문할 수 있었다. 그의 설명을 듣자니, 1912년 칸다(神田) 대화재와 1923년의 칸토(關東) 대지진으로 학적부 등의 기록은 소실되었고, 현재 타이세이고등학교에 보관되어 있는 홍명희의 이름과 주소가 기록된 졸업자 명부는 대지진 후 관계자들이 기록과 기억을 추럼하여 재작성한 것이라고 한다. 실망하고 있던 필자에게 그는 동창회 회원 명부 외에『타이세이 70년사(大成七十年史)』,『타이세이 100년사(大成百年史)』를 건네주었는데, 그 가운데『타이세이 70년사』는 대단히 흥미진진한 자료였다.

『타이세이 70년사』는 창립 70주년에 해당하는 1967년 교장을 맡고 있던 이와시타(岩下) 선생이 "시간이 지나면 정말 알 수 없게 될 구제(舊制)중학교시대, 미사키초(三崎町) 시대를 분명히 해두는 것"[2]을 목적으로 거의 혼자서 편집하다시피 한 타이세이중학교의 역사이다. 태평양전쟁 때 학교 건물이 소실된 타이세이중학교는 역사와 전통이 있는 미사키초를 떠나 미타카시(三鷹市)로 이전했다. 그 자신도 미사키초 교사에서 학생시절을 보낸 이와시타(岩下) 교장은 어떻게든 당시의 기록을 남겨야겠다고 생각하고 그곳에서 공부했던 졸업생들의 기억을 기록으로 남겼던 것이다.

홍명희와 같은 시기에 같은 교사(校舍)에서 학생시절을 보낸 사람들의

---

2 「편집후기」,『타이세이 70년사』, 타이세이학원, 1967, 338면.

회상은 그 시대와 장소의 분위기를 생생하게 전해준다. 특히 홍명희가 1929년에 쓴 「자서전」에 이름이 거론되고 있는 동급생이 이 책에서 홍명회에 대해 회상하고 있는 대목을 발견했을 때, 필자는 감격을 금할 수 없었다. 본고에서는 이 『타이세이 70년사』와 1919년에 홍명희가 잡지 『삼천리』의 창간호와 제2호에 연재했던 「자서전」[3]을 주된 자료로 삼아 토쿄 유학시절 홍명희의 학창 생활은 어떠했는지 고찰하고자 한다.

2. 토요상업학교 보결입학

메이지시대 일본의 학교는 현재와 같은 3학기 제도여서 한 학년의 기간은 4월 1일부터 이듬해 3월 31일까지였다. 1학기는 4월부터, 2학기는 여름방학을 사이에 두고 9월부터, 3학기는 겨울방학을 사이에 두고 1월부터 시작되었다.

1906년 일본으로 건너온 홍명희는 우선 토요상업학교에 적을 두고 중학의 편입학시험을 준비하고, 이듬해 1907년 4월 타이세이중학 3학년에 편입학한다. 그런데 홍명희가 토요상업학교에 입학한 것이 언제였는지는 확실하지 않다. 「자서전」에 토요상업학교 예과 2학년에 '보결 입학' 했다고 되어 있으니 단순하게 읽으면 1906년 신학기부터 편입한 것처럼 보이지만, 이해의 경우 특별한 사정이 존재했다. 학년 구성은 본과 3년

---

3   강영주, 『벽초 홍명희의 『임꺽정』 연구자료』(이하 『자료』로 적는다), 사계절, 1996.

및 그 전단계인 예과가 2년이었는데, 창립 첫해에 예과는 1학년과 2학년에서 각각 신입생을 받았기 때문에 창립한 해인데도 이미 예과에는 2학년이 있었다. 따라서 이해 4월에 입학한 예과 2학년은 보결입학이 아니라 정규입학이었다는 얘기가 된다. 하지만 「자서전」에 의하면, 홍명희는 정규입학시험이 아니라 '보결 입학'을 위한 시험을 치른 것으로 되어 있으므로, 신학기 정규입학이 아니었던 것도 분명하다.

그러면 홍명희는 언제 토요상업학교에 '보결 입학'한 것일까. 홍명희가 일본으로 건너온 것은 1906년 봄 무렵이었다고 생각되는데, 따라서 9월 2학기에 편입했다고 보기에는 시간상 무리가 있다. 그래서 필자는 홍명희가 1학기 도중에 특별히 시험을 치르고 편입한 것이 아닌가 추정하고 있다. 홍명희가 「자서전」에서 하숙집 주인이 '타이세이 경영자'와 동향(同鄕)이라 소개해 주겠다고 한 것을 계기로 타이세이중학에 가게 되었다고 언급하고 있는 대목은 이러한 추측을 뒷받침한다. 중학교를 물색하고 있던 홍명희에게 하숙집 주인이 타이세이중학을 소개해 주겠다고 말했다는 것이다.[4] 그러나 하숙집 주인의 소개가 타이세이중학교에 대한 것이었는지는 의심스러운 구석이 있다. 왜냐하면 홍명희는 토요상업학교에 들어간 뒤 "밥 먹고 잠자는 시간 외에는 교과서에 몰두"[5]하는 식으로 혹독하게 시험공부를 하여 타이세이중학에 합격했기 때문이다. 결국 그는 소개와는 무관하게 실력으로 중학교에 편입학했던 것이다.

그러면 하숙집 주인의 소개는 어디에 도움이 되었던 것일까. 아마도 토요상업학교의 정규입학시험 기간에 합류하지 못한 홍명희가 학기 중

4　『자료』, 26면.
5　『자료』, 27면.

인데도 보결 입학하는 데 도움이 된 것이 아닐까 싶다. 물론 정규입학시험으로 여러 학생이 낙제하는 상황이었다면 설령 동향의 아는 사람의 부탁이라 해도 '타이세이 경영자'가 추가 입학시험 따위는 시행하지 않았을 것이며, 애초에 하숙집 주인도 잘 모르는 외국인 소년을 위해 부탁해줄 리도 없을 것이다. 학교로서는 입학생 수가 정원을 채우지 못하여 학생을 확보할 필요가 있었던 까닭에 이러한 편의를 제공했을 것이다. 실제로 토요상업학교의 제1회 졸업생 수로 미루어 보건대, 창립 당초의 토요상업학교는 입학자가 정원에 미치지 못했던 듯하다.[6]

홍명희가 「자서전」에서 '타이세이 경영자'라고 적고 있는 하숙집 주인의 동향인이란 1897년(明治 30)에 타이세이중학을 창립한 나고야(名古屋) 출신의 교육사업가였던 스기우라 코타로(杉浦鋼太郎, 1858~1942)라는 인물이다. 다양한 교육사업을 하고 있던 스기우라는 이보다 2년 전인 1904년 일본 최초의 상업학교인 '토요상업전문학교'를 세우지만, 학생 모집에 실패하여 1906년에는 이 학교를 정리하고 대신 '토요상업학교'를 설립한다. 두 번째 실패를 우려한 스기우라는 학생을 모집하기 위해 여기저기 아는 사람에게 이야기를 해두었던 것으로 보인다. 그리고 소개를 받은 경우에는 시험을 치르는 데도 편의를 제공했던 것이 아닐까 싶다. 홍명희가 투숙했던 하숙집의 주인은 스기우라의 부탁을 받고 토요상업학교에 입학할 학생을 찾고 있던 참이었는데, 이제 막 한국에서 온 홍명희가 중학교를 물색하고 있는 것을 알고는 타이세이중학교를 소개하면서 중학 입학 준비를 위해 토요상업학교에 들어가도록 권하지 않았을까 짐작된다.

---

6   하타노 세츠코, 「홍명희가 토쿄에서 다닌 두 학교」, 본서 200~229면 참조.

23년 전에 치른 토요상업학교의 보결 입학시험에 대해 홍명희는 그 당시 일을 분명히 기억하여 「자서전」에 적고 있다. 이 기록에 의하면, 역사는 "십자군의 원인 및 결과"와 "공자의 약전(略傳)"에 관한 문제 가운데 공자의 약전 쪽만 답했고, 지리 문제는 두 문항 가운데 하나가 "한국 13도의 수부(首府)를 열거하라"는 바로 홍명희를 위한 문제였으며, "극피동물(棘皮動物)의 특징을 열거하라"는 박물(博物) 문제는 답을 몰라 단념하고 자리에서 일어나려고 하자 시험 감독관이 만류하며 예(例)라도 좋으니 적으라고 해서 "하리네즈미(ハリネズミ : 고슴도치 − 옮긴이)"라는 어처구니없는 답을 적고 "수석 합격"했다고 한다. 그때 수험생은 홍명희까지 포함하여 두 명뿐이었다고 하니, 이는 결국 학생을 모집하기 위한 형식적인 시험이었을 가능성이 높다. •

3. 타이세이중학교의 편입시험

결국 하숙집 주인의 '소개'는 토요상업학교 입학에 관련된 것이지 타이세이중학교의 입시와는 무관해 보인다. 타이세이중학교는 경영이 궤도에 올라 있었고, 편입시험은 대단히 경쟁률이 높아서 '소개'가 개입할 여지는 없었을 것이다. 스기우라가 1897년(明治 30)에 창립한 타이세이중학은 창립 당초에는 꽤 수준이 높았지만, 그후 토쿄 내에 공립·사립 중학교가 늘어나게 됨에 따라 상대적으로 지위가 낮아져 홍명희가 입학할 무렵에는 '중상위' 등급이 된다.[7] 당시 토쿄 사립중학의 입학시험 경쟁률은 1~2배율 정도로, 입학이 그다지 어렵지는 않았다. 하지만 편입시험은 사정이 전혀 달랐다.

당시 중학교에서는 학생 가운데 10~20%가 낙제하는 것이 보통이었고, 그 외에도 경제 사정이나 건강 등 여러 가지 사정으로 중퇴하는 사람도 많았다. 1908년(明治 41) 통계에 따르면, 부립(府立) 중학생의 10%, 사립중학생의 25%가 학업 중도에 퇴학하고 있다. 또한 메이지 말기에서 타이쇼시대에 걸쳐 부립 제3중학교의 경우, 입학생이 졸업할 수 있는 비율은 적은 해가 22%, 많은 해가 47%였다는 통계가 남아 있다. 설령 중학에 입학하더라도, 학력 외에 자력(資力)과 건강을 갖추고 있어야 졸업할 수 있었던 것이다.

낙제나 중퇴로 생긴 결원을 보충하기 위해 각 학교에서는 편입시험을 실시하여 편입생을 받아들였다. 공립중학에서는 편입생을 거의 받지 않았기 때문에, 지방에서 상경한 젊은이는 사숙(私塾)에서 공부하면서 자기 수준에 맞는 사립 중학의 시험을 치르고, 경우에 따라서는 편입학을 통해 월반하거나 했다. 한 예를 들면, 홍명희의 4년 선배에 해당하는 제9회 졸업생 하나는 1905년(明治 38) 1월 토쿄중학 3학년 3학기에 편입하고, 그 해 가을 이번에는 타이세이중학 5학년 2학기에 편입학하여 그 이듬해인 1906년 3월에 중학을 졸업하고 있다. 타이세이중학을 다닌 것은 겨우 반년, 중학교 재적 기간은 전부해서 1년 3개월이다.[8] 또 홍명희와 같은 시기 일본에서 유학했던 이광수도 월반한 경우이다. 1906년 타이세이중학에 입학한 이광수는 7월에 천도교의 내분으로 학비가 중단되어 어쩔 수

---

7   위의 글, 본서 207~209면.
8   『大成七十年史』, 大成學園, 1967, 137~139면.

없이 퇴학하고 귀국한다. 그러나 이듬해 1907년 국비유학생으로 재차 일본으로 건너와 그해 가을 메이지학원 중학 3학년 2학기에 편입한다. 1년을 월반한 셈이다. 이광수의 경우는 학비 지급이 3년 기한부여서 이렇게 하지 않으면 중학교를 졸업할 수 없었던 사정도 있었을 것이다.

타이세이중학교에서는 편입생에게 될 수 있는 한 문호를 개방하는 것이 교주(校主) 스기우라의 방침이었다고 한다. 여기에는 재정상의 문제도 있었던 것으로 보인다. 편입시험의 경쟁률은 보통 대단히 높았다. 홍명희가 타이세이중학에 편입학한 1907년의 시험 경쟁률은 분명하지 않지만, 그 전후에 편입시험을 치르고 입학한 졸업생의 회상으로부터 당시의 사정을 엿보면 다음과 같다. 1905년 5학년 2학기의 경우는 놀랍게도 11명 결원에 대하여 수험생이 208명이나 되었다.[9] 1911년 4학년 1학기의 경우는 17명 결원에 대해 100여 명 정도의 지원자가 있었다고 한다.[10] 필시 홍명희 때에도 이렇게 경쟁률이 높지 않았을까 싶다.

이러한 상황이었기 때문에, 중학교 편입시험에 동향 사람의 소개 따위가 도움이 되었으리라고 생각하기는 어렵다. 토요상업학교에 입학한 후 홍명희는 타이세이중학교에 편입하기 위해 열심히 공부하기 시작한다. 그는 토쿄에 오기 전인 1902년부터 3년 간 서울의 중교의숙(中橋義塾: 1896년에 민영기가 세운 사립학교―옮긴이)이라는 신식 교육을 하는 학교에 다니며 "일본어, 산술, 물리, 역사, 법학 등을 포함한 다양한 과목"[11]을 공부했는데, 거의 수석이었다고 한다.[12] 그러나 이번의 경쟁 상대는 심상

9 위의 책, 138면.
10 위의 책, 162면.
11 『연구』, 36면.
12 『자료』, 28면.

소학교(尋常小學校)에서 의무교육 4년, 고등소학교(高等小學校)에서 2년 간 배운데다 중학교 1, 2학년 교육에 해당하는 지식을 가진 일본의 학생들이었다.[13] 언어에 불리한 조건도 있고, 영어와 이과(理科) 등 그때까지 배운 적이 없는 과목도 있었다. 홍명희가 다녔던 토요상업학교 예과 2학년의 교과과정을 보면, 주당 산술이 4시간, 영어가 6시간, 이과가 2시간이다. 그러나 이것으로는 부족하다고 여겼던 홍명희는 '수학강습소'와 '영어강습소'에 다닌다. 그의 하숙이 있던 혼고구(本鄕區)나 토요상업학교가 있는 칸다구(神田區)에는 연수학관(研數學館), 정칙영어학교(正則英語學校) 등 사숙(私塾)이 다수 있었다. 이러한 사숙에 다니는 외에도, 그는 "광물 식물의 개인교수"까지 받아서 입시를 준비했다.

수학·이과·영어 등을 배우던 홍명희의 머릿속에는 필시 그 바로 전해에 일어났던 한 사건이 자리하고 있었을 것이다. 2년 전인 1904년 일본에 파견되었던 대한제국 황실유학생사건이 바로 그것이다. 그들을 받아들여 고등학교 입학 준비를 시켰던 곳은 바로 당시 최고 수준의 중학교였던 부립 제1중학이었다. 그런데 고국에서 근대교육을 받지 않은 유학생들이 수학이나 이과 지식이 없는데다 정치와 법률에만 관심이 쏠려 있는 데 부아가 난 부립 제1중학교 교장이 한 신문과의 인터뷰에서 조선인에게는 고등교육이 무리라고 이야기했고, 그 기사에 격분한 유학생들이 동맹휴업하여 전원 퇴학당하게 되었던 것이다.[14] 1905년 말의 일이다.

---

13 1907년(明治 40) 소학교령에 의례 의무교육이 그때까지의 4년에서 6년으로 연장된다. 게다가 당시 중학교는 보통소학교 4년의 다음 단계인 고등소학교(4년까지였다) 2학년까지 수료하면 입학할 수 있었다. 또 수료 증서의 유무에 상관없이 시험을 치르면 편입학할 수 있었다.

14 上垣外憲一, 『日本留學と革命運動』, 東京大學出版會, 1982, 133~136면; 武井一, 『皇室特派留學生』, 白帝社, 2005.

교장의 이러한 발언은 당시 일본에 만연해 있던 아시아 멸시 풍조를 대변하고 있으며, 특히 당시 막 체결된 을사보호조약의 정당성을 강조하려는 언론의 의도도 그 배경으로 작용하고 있었던 듯하다. 그러나 실제 문제로서, 홍명희는 이 사건을 통해 수학이나 이과 등의 교육을 받지 않은 유학생이 일본의 교육 과정에 적응하기 어렵다는 것을 절감하지 않았을까. 그 자신도 황실유학단에 참가하기를 희망했지만 가족의 반대로 좌절한 경험이 있는 만큼, 이 사건이 남의 일 같지 않았을 것이다.

대한제국 황실유학생 가운데 한 사람이었던 최남선은 가장 어린 나이에도 불구하고 반장이 되었지만 학교 생활에 적응하지 못하는 동료와 학교 측 사이에서 고생한 끝에 1개월 반만에 귀국해 버렸다고 한다. 강영주는 홍명희가 최남선을 알게 된 것은 그 이듬해 최남선이 다시 일본으로 건너온 무렵이라고 추정하고 있는데,[15] 그렇다면 바로 홍명희가 시험 준비를 하고 있던 무렵의 일이다. 홍명희는 최남선의 체험담을 직접 들었을 것이고, 이과나 수학 과목의 준비에 더욱 열심히 몰두했을 것이다. 무엇보다도 홍명희는 본래 자연과학 방면으로 나가고 싶다고 생각했을 정도로 과학에 흥미를 갖고 있었기 때문에,[16] 이러한 공부가 그다지 괴롭지 않았을지도 모른다.

홍명희가 중학교에 들어간 목적은 "일본말을 철저하게 배우고 신학문을 기초부터 시작하기 위해서"[17]였다고 한다. 그는 「자서전」에서 고국 사람들을 만나게 되어 공부하는 이야기를 물어본즉 '메이지(明治)의

15　『연구』, 54면.
16　「홍명희 · 설정식 대담」, 『자료』, 213면.
17　『자료』, 213면.

법과'나 '와세다(早稲田)의 정경과(政經科)'에 다니라고 권하는 사람이 많았지만, 자기는 '속성(速成)'할 필요가 없으므로 중학교부터 다니기로 결심했다고 적고 있다. 이러한 언급으로부터 이 무렵 한국인 유학생들 가운데는 '메이지의 법과'나 '와세다의 정경과'에서 '속성'하는 것을 지향한 자가 많았음을 엿볼 수 있다. '속성(速成)'이란 될 수 있는 한 빨리 학력을 획득하는 것을 말한다. 1894년 갑오경장으로 과거제도가 없어진 한국에서는 과거(科擧) 대신 외국에서 대학졸업 자격을 얻고 귀국하여 관계(官界)에서 출세하려는 사람이 늘어난다. 홍명희가 일본으로 건너오기 바로 전 해인 1905년부터 일본으로 오는 사비(私費) 유학생이 급격히 증가하고 있다.[18] 자식이 법률을 공부하기를 원했다는 홍명희의 부친도 처음에는 그럴 생각으로 홍명희를 일본에 보냈을 것이다.

그런데 동일한 현상이 더욱 극단적인 형태로 중국에서도 발견된다. 홍명희가 사용한 '속성'이라는 말은 그 당시 중국에서 사용되었던 '속성교육'이라는 말을 염두에 두었던 것으로 보인다. 일청전쟁에 패한 뒤 중국에서는 1900년대 초엽 근대화의 일환으로서 교육을 근대화시키기 위한 '속성교육'이 부르짖어졌고, 이것이 과거(科擧) 대용으로 유학 현상을 일으킨다.[19] 그리하여 1902년에는 2백 수십 명이었던 중국인 유학생은 과거가 폐지된 1905년에는 무려 1만 명 정도로 늘어난다.[20]

홍명희가 일본에서 유학한 때는 중국과 한국을 비롯하여 아시아 각국에서 유학생이 대거 일본으로 몰려든 시기였다. 물론 그들이 출세만 생

---

18 『연구』, 39면.
19 嚴安生, 『日本留學精神史—近代中國知識人の軌跡』, 岩波書店, 1991, 제1장 일본 유학과 '중체서용(中體西用)' 참조.
20 위의 책, 64면.

각하고 있었을 리는 없다. 그들은 단기간에 근대화를 완수하여 청나라와 러시아를 이긴 일본에서 배움으로써 자신들의 나라를 근대화시키고 독립을 지키겠다고 생각했을 것이다. 그런데 청과 러시아를 이긴 당시의 일본에서는 아시아를 경시하고 멸시하는 풍조가 매우 강했고, 이로 인해 유학생들의 자존심에 상처를 입혀 일본에 대한 반감을 격화시키는 사건이 빈번히 일어났다. 앞서 언급한 부립 제1중학교 교장의 인터뷰도 그러한 사례의 하나이다. 또 한국과 중국의 유학생이 맞닥뜨린 매우 유사한 일례를 들면, 1903년 오사카(大阪) 박람회에서는 중국관에 전족(纏足)한 여성이 전시되어 중국인 학생들을 격분시켰고,[21] 1907년 토쿄 박람회에서는 조선 여성이 전시된 데 분노한 한국인 학생들이 항의하여 결국 독지가의 협력을 얻어 여성을 귀국시킨 사건이 일어난다.[22] 또 최남선은 1907년 3월에 일어난 와세다대학의 모의국회사건에 분노하여 학교를 그만두었다고 한다.[23] 이 무렵 센다이(仙臺) 의학교에서 공부했던 루쉰(魯迅)은 훗날 잊지 못할 일본인 은사의 일을 「후지노선생(藤野先生)」이라는 소설 속에서 언급하고 있는데, 이 소설은 다른 일본인 교사나 동급생들이 일상적으로 보여주었던 이유 없는 중국인 멸시가 배경이 되어 있다. 홍명희도 교실에서 씁쓸한 경험을 했던 일화를 「자서전」에서 적고 있다.

홍명희가 토쿄에서 보낸 4년은 1905년의 보호조약에서 1910년의 일한병합까지, 즉 한국이 독립을 완전히 잃기까지의 마지막 시기였다. 일본에서는 급속히 아시아 멸시 풍조가 고조되었고, 한국은 국권을 점점

---

21   위의 책, 제3장 '인류관(人類館)' 현상과 '유취관(遊就館)' 체험 참조.
22   『태극학보』 제11호, 1907.6.
23   上垣外憲一, 앞의 책, 140면.

빼앗겨 가고 있었다. 이런 와중에 1907년 봄, 홍명희는 "좋은 성적"[24] 으로 타이세이중학교 3학년 편입학시험에 합격하여 3년간의 중학 생활을 시작하게 된다.

4. 타이세이중학교의 편입생들

『타이세이 70년사』에 회상을 기고한 졸업생들 가운데는 이상하리만큼 편입생이 많다. 졸업생들도 이 학교가 편입생을 중시하는 방침을 취하고 있었다고 회상하고 있지만, 그러한 방침의 결과가 이러한 현상으로 나타난 것인 듯싶다. 홍명희가 재학하고 있던 무렵 타이세이중학의 수준은 토쿄의 중학교 가운데서는 '중상위'였다고 앞서 언급했다. 그러나 극도로 경쟁률이 높은 시험을 돌파하고 입학한 편입생들은 일반 학생에 비하여 대단히 우수했던 듯하다. 4학년에 편입한 제8회 졸업생 하나는 당시 편입생들이 자아내던 분위기에 대하여 다음과 같이 적고 있다.

우열의 차이가 심하여 특히 변칙 입학자(정규 단계를 밟지 않고 실력으로 편입학한 자) 중에는 뛰어난 수재와 호걸이 많았다. 게다가 진급시험 따위는 안중에 없이 오로지 실력양성에 힘써 교과서 공부 같은 것은 명색뿐이고 수준 높은 학습에 여념이 없었다.[25]

---

24 『요로즈쵸호(萬朝報)』 1909년 6월 4일의 우등생 소개란에 "좋은 성적으로 합격했고, 현재 5학년의 수석을 차지하고 있다"고 되어 있다.

타이세이중학시절의 홍명희의 모습을 방불케 하는 듯한 대목이다. 홍명희는 입학한 첫 학기는 "학교가 무서워서 교과서를 열심으로 복습"[26]하지만, 나중에는 독서에 몰두하여 학교 결석도 잦아진다. "출석이 부정확한 자 퇴학시킨다는 교칙이 있다고 생도감(生徒監)에게 위혁(威嚇) 받은 일까지 있었다"고 그는 「자서전」에서 적고 있다.[27] 그러나 졸업생들의 회상기를 보면, 홍명희의 방자하다고도 할 수 있는 학교 생활도 그의 실력 때문에 주위에서는 어느 정도 인정받고 있었던 듯하다. 또 그런 학생을 인정하는 분위기가 당시의 타이세이중학에는 있었던 것으로 보인다. 홍명희는 시험을 보면 항상 1, 2등이었다. 그는 『요로즈쿄호(萬朝報)』의 우등생란에 사진과 함께 소개된 일[28]을 「자서전」에서 이야기하면서, "타이세이 경영자가 호들갑스럽게 나를 칭찬한 것 같았다"고 적고 있다.[29] 평소의 생활 태도를 고려하지 않고 홍명희를 우등생으로 추대한 '타이세이 경영자'의 태도에서 실력 있는 편입생의 경우는 생활 태도에 문제가 있어도 관대하게 보고자 했던 자세가 느껴진다.

역시 편입생으로 홍명희보다 1년 후배인 제14회 졸업생 하나는 다음과 같은 회상을 남기고 있다.

우리 타이세이중학은 이러한 중도 편입에 넓은 문호를 개방하고 있었기 때문에, 4, 5학년이 되면 하급 학년과는 성격이 돌변하여 지방색(地方色)이

<hr>

25 『大成七十年史』, 134면.
26 『자료』, 27면.
27 『자료』, 28면.
28 1909년 6월 4일 『요로즈쿄호(萬朝報)』에 게재되어 있다.
29 『자료』, 30면.

극히 짙었던 듯하다. 모두 고향 마을의 중학교를 뒤로 하고 상경한 이들이었던 까닭에 어딘가 범상치 않은 성깔내기가 많았다. 수재가 있다면 노력형도 있었고, 이른바 야인(野人)의 집합으로 공립중학교와는 분위기를 달리한 어떤 형식에 매이지 않는 활달한 기풍이 감돌았다.[30]

이 졸업생은 4학년 편입생이므로 그에게 상급생이란 그가 4학년에 편입했을 당시 5학년이었던 홍명희가 속한 학년뿐이다. 그는 같은 글에서 상급생에 대해 회상하면서 "상급 학년에는 20세를 넘은 이도 있어서 중학교라고는 해도 성인 학교와 같은 느낌도 있었다"고 적고 있다. 그가 떠올리고 있는 사람은 당시 21살이었던 홍명희가 아니었을까.

홍명희는 5학년 2학기 말 학교를 그만둬 버린다. 3학기는 아예 출석하지 않고 시험도 치르지 않았는데, 그럼에도 불구하고 타이세이중학은 그가 졸업한 것으로 취급하여 졸업증서를 보내고 졸업자 명부에도 이름을 기재하고 있다. 제7회 어느 졸업생의 회상에 의하면, 이 무렵 타이세이중학에는 '특별 졸업'이라는 제도가 있었다고 한다. 졸업 때는 각 과목의 점수를 기재하여 성적순으로 졸업생 일람을 인쇄했는데, 학생에 따라서는 특별히 점수를 기입하지 않은 채 졸업시키는 경우도 있었다. 이것이 바로 '특별 졸업'이다.[31] 홍명희도 이 제도에 따라 졸업자 취급되었던 것으로 보인다. 여담이지만 특별 졸업에 대해 고맙게 회상하고 있는 이 졸업생은 제1고등학교를 겨냥하고 타이세이중학에 편입했으나 유희벽을 벗어나지 못하여 결국 이 제도 덕분에 간신히 졸업할 수

---

30 『大成七十年史』, 146면.
31 위의 책, 130면.

있었다고 한다. 그러나 그후 그는 열심히 공부하여 쿄토제대(京都帝大)에 진학하며 정치가가 되어 중의원 의장까지 맡는다.

홍명희가 「자서전」에 이름을 거론하고 있는 유일한 일본인 동급생도 편입생이었다.

4학년 시험에 제1위 석차로 나를 압두(壓頭)한 세키누마 모(關沼 某)는 지금 의학박사로 상당히 명성이 있다 하나, 엽엽지 못한 그 사람이 시험장에서 나의 적수 되기는 사실 좀 부족하였었다.[32]

그런데 졸업생 명부를 보면, 홍명희와 같은 학년의 제13회 졸업생 가운데 '세키누마(關沼)'라는 성은 보이지 않는다. '세키(關)'라는 사람과 '코이누마(鯉沼)'라는 사람이 있는 것으로 보아, 홍명희는 이 두 사람을 혼동하여 기억한 듯하다. 홍명희가 언급하고 있는 사람은 바로 '코이누마 보고(鯉沼峁吾)'라는 인물로, 홍명희보다 1년 늦게 4학년부터 타이세이중학에 편입학하여 마지막 학년인 5학년 때에는 반장을 했다. 그리고 졸업 후에는 제1고등학교에서 토쿄제대에 진학하여 의학박사가 되는 등 이른바 엘리트 코스를 밟았다. 그런데 홍명희는 제대로 공부하지 않아도 코이누마와 석차를 다투었고 "적수 되기는 사실 좀 부족"하다고 그를 평했으니, 당시 홍명희의 우수함을 짐작케 한다. 코이누마도 회상기를 쓰면서 홍명희의 일을 떠올렸는지 다음과 같이 쓰고 있다.

32   『자료』, 28~29면.

동급생 가운데 홍명희라는 반도인(半島人)이 있었다. 대단히 성적이 좋았고, 특히 기억력이 뛰어나 언제나 학급에서 1등이나 2등을 차지했다. 남선(南鮮) 출신인지 북선(北鮮) 출신인지는 잘 모르겠는데, 요즈음은 어떻게 지내고 있을까. [33]

『타이세이 70년사』가 간행된 것은 1967년이고, 홍명희는 그 이듬해 북한에서 사망한다.

「자서전」에는 나오지 않지만, 홍명희가 잊을 수 없었던 일본인 동급생이 한 사람 더 있다. 홍명희가 타이세이중학 3학년에 편입했을 때 같은 학급에 있었던 학생인데, 1935년 『조선일보』에 게재한 「대(大)톨스토이의 인물과 작품」에서 홍명희는 톨스토이의 『나의 종교(我宗教)』를 비롯하여 여러 책을 빌려 주었던 독실한 기독교도 동급생이라면서 이름은 언급하지 않은 채 그에 대해 다음과 같이 회상하고 있다.

『나의 종교(我宗教)』는 남의 책을 빌려 읽었는데, 책 임자의 권으로 보았다. 그 책 임자는 나의 동창생으로, 전학하여 춘원의 동창생이 된 사람이다. [34]

'그 책 임자'란 바로 야마자키 도시오(山崎俊夫, 1891~1978)를 가리킨다. 그는 모리오카(盛岡)에서 태어나 모리오카중학에 진학했으나 2학년 때 상경하여 타이세이중학에 편입학하여 1년 뒤 3학년에 편입했던 홍명희와 동급생이 된다. 야마자키는 자신의 연보에서 "홍명희라는 조선인 학

---

33 『大成七十年史』, 141면.
34 『자료』, 83면.

생과 가장 친하게 사귀었다"[35]고 적고 있다. 그들이 같은 학급에서 공부했던 것은 1년뿐으로, 4학년 때 야마자키는 메이지학원 보통부로 전학한다. 그리고 우연히도 이번에는 춘원 이광수와 동급생이 된다. 이광수와는 문학을 통하여 깊이 사귄 듯, 이광수의 회상기와 일기에는 그의 이름이 여러 번 나온다.[36]

야마자키는 메이지학원을 졸업한 후 게이오대학(慶応大學)에 입학하여 나가이 카후(長井荷風)에게 배우고, 『미타문학(三田文學)』과 『테이코쿠문학(帝國文學)』에 특이한 작풍의 소설을 발표한다. 그 중에는 메이지학원을 무대로 이광수를 실명(아명인 이보경) 그대로 주인공으로 삼은 「성탄제 전야(耶蘇降誕祭前夜)」라는 단편도 있다. 대학졸업 후에는 문학에서 멀어져 잊혀진 존재가 되어 버렸지만, 최근 그의 특이한 작품에 주목한 어느 출판사가 그의 작품집을 간행했다.[37] 그 가운

야마자키 도시오. 『文章世界』明治44年 7月 增刊号 소재

데 수록된 어느 수필 속에서 야마자키가 홍명희를 회상하여 쓴 구절이 있다. 약간 길지만 인용해 본다.

동급생 가운데 홍명희라는 이름을 가진 조선인이 있었다. 살갗이 희고 미목수려(眉目秀麗)한 얼굴이어서, 자네는 이왕가(李王家)의 친척이냐고 내

---

35 『山崎俊夫作品集 補券 2』, 奢霸都館, 2002, 216면.
36 1925년 『조선문단』 제7호에 게재한 「일기」, 1936년 『조광』 제4호에 발표한 「다난한 반생의 도정」, 같은 해 『조선일보』에 연재하기 시작한 『그의 자서전』 등에 그의 이름이 보인다.
37 『山崎俊夫作品集』 全5卷, 奢霸都館, 1986~2002.

가 물었을 정도였다.

홍군에게는 별로 친구도 없고 또 나도 그다지 사교가는 아니어서, 우리들은 어느 사이엔가 둘도 없는 친구가 되어 버렸다. 조선에서 멀리 떨어진 일본까지 유학을 올 정도니까 꽤 여유 있는 집안이었을 것이라고 생각하면서 사루가쿠초(猿樂町)에 있는 그의 하숙집을 찾아갔더니, 과연 책상 위에는 값비싼 신간 서적들이 산더미같이 쌓여 있었다. 가난한 학생이었던 나는 언제나 홍군에게서 그 책들을 빌려 읽었다.

톨스토이, 마츠무라 카이세키(松村介石), 토쿠토미 로카(德富蘆花), 나츠메 소세키(夏目漱石) 등에 심취해 있던 나를 야유하면서 그는 사상·철학·사회학적인 것에 기울어가는 경향이 있었다. (…중략…)

그가 언제 귀국했는지 나는 이미 잊어버렸다. 서로 소식을 끊은 지 몇 십년, 우연히 어느 날 신문에서 그의 이름이 활자화되어 있는 것을 보았다. 그 기사에 따르면, 그는 북한 수반(首班)의 한 사람이 되어 있었다.

나는 믿기지 않았다. 동명이인일지도 몰랐다. 편지를 써볼까도 했지만, 과연 그의 손에 가 닿을지는 의문이었기 때문에 그만두었다.[38]

야마자키는 홍명희와 이광수 두 사람과 동급생이었고, 또 두 사람과 친하게 사귀었던, 일본인으로서는 드문 경우에 속했다.

---

38 위의 책, 補卷 1, 111~112면.

5. 홍명희의 토쿄 생활

1) 학교 생활

홍명희는 토요상업학교를 소개해 준 하숙집에서 반 년 정도 머무른 뒤 동료들과 집을 얻어 지냈다고 「자서전」에서 적고 있다.[39] 여러 사람이 공동으로 집을 한 채 빌려 밥 짓는 하녀를 하나 두고 사는 것은 유학생뿐 아니라 지방에서 상경한 일본인 학생들도 흔히 취하는 생활 방식이었다. 야마자키의 회상에 나오는 '사루가쿠초(猿樂町)의 하숙'이란 것도 아마 그런 집이었을 것이다. 당시의 사루가쿠초는 현재 니시칸다(西神田) 1가나 사루가쿠초(猿樂町) 1가 혹은 2가에 해당하는데, 타이세이중학교가 아주 가까웠다.

첫 번째 하숙집에 대해서는 이광수가 어느 좌담회에서 홍명희와의 만남을 회상하며 "혼고 모토마치(本鄉 元町)의 옥진관(玉眞館)"[40]에 위치하고 있었다고 언급한 기록이 남아 있다. 메이지 말기의 모토마치는 현재 분쿄구 혼고(文京區 本鄉) 1, 2가이다. 현재 동네 이름은 없어져 버렸고, 모토마치소학교나 모토마치공원 등에 그 이름이 남아 있다. 토요상업학교와 타이세이중학교는 칸다구 미사키초(神田區 三崎町)에 있었다. 중앙침례교회의 훌륭한 석조 회당 옆에 있는 목조 2층 기와지붕의 커다란 건물이 타이세이중학교이다. 이 주변에는 학교와 사숙(私塾) 외에 극장도

---

39 『자료』, 26면.
40 이광수, 「춘원 문단 생활 20년을 기회로 한 문단회고 좌담회」, 『삼천리』 11호, 1943, 235면.

많아서 오락 거리도 부족함이 없는 활기 넘치는 젊은이들의 동네였다. 그것은 지금도 변함이 없다.

토요상업학교와 타이세이중학교는 둘 다 스기우라(杉浦)가 경영하고 있었기 때문에, 건물 뒤쪽 부지에 가로놓여 있던 운동장을 함께 사용했다. 운동장은 민가로 둘러싸여 있어서 아침 체조를 하고 있으면 된장국 냄새가 풍겨오는 일도 있었다고 코이누마(鯉沼)는 회상하고 있다. 『타이세이 70년사』에 실려 있는 군대식 체조 사진은 당시 군대식 체조수업이 행해졌던 운동장의 모습과 학생들의 모습을 전해준다. 만약 홍명희가 성실하게 체육시간에 출석했다면, 토요상업학교시절은 물론 타이세이중학시절에도 이곳에서 운동을 했다는 얘기가 된다.

이 학교는 시가(市街)에 있었던 만큼 부지가 협소했다. 그곳에 건물이 몇 개나 들어서 있어 낮에는 중학, 밤에는 국어 사숙(私塾)으로 유효하게 이용되었는데, 학교의 오른쪽 문설주에는 '타이세이중학' 왼쪽 문설주에는 사숙인 '국어전습원'이라고 씌어진 문패가 걸려 있었다. 교문을 들어서면 오른쪽의 작은 건물에 체조교사인 생도감(生徒監)이 복장을 점검하거나 지각한 학생을 꾸지람하곤 했다. 타이세이중학교의 학생은 흰 각반을 착용하는 것이 의무사항이었기 때문에, 멋을 내는 학생은 교문을 나가면 곧 각반을 벗어버렸다고 한다. 홍명희가 공부했던 건물은 그가 졸업하고 난 3년 뒤 대화재로 소실되었다.[41]

---

41 관련 사진은 본서 219~225면을 참조할 것.

2) 경제 생활

마지막으로 당시 홍명희의 토쿄 유학 생활을 경제적 측면에서 보도록 하자.

나츠메 소세키의 유명한 소설 『도련님(坊ちゃん)』의 주인공은 1902년 (明治 35) 부친의 유산 600엔을 받아 그것으로 3년 간 공부하려고 결심하고 물리학교에 들어간다. 200엔으로 1년 간 공부할 수 있었다는 계산이 나온다. 3년 뒤인 1905년, 즉 홍명희가 일본으로 건너오기 바로 전 해 물리학교를 졸업한 그는 월급 40엔이라는 높은 급료로 계약을 맺고 지방도시에 부임하며, 그곳에서 상사와 다투고 토쿄로 돌아와 이번에는 월급 25엔을 받는 토쿄시가 철도회사의 기사가 된다. 그래도 주인공은 한달 집세가 6엔인 집를 얻어 할멈을 데리고 산다. 즉 이 무렵 1년에 200엔이면 하숙하면서 공부할 수 있고, 한 달에 25엔이면 그럭저럭 생활해나갈 수 있었던 것이다.

토쿄에서 유학할 당시 홍명희는 부친이 학비와 생활비로 매달 25원씩 보내주었고, 그 외에도 따로 50원, 100원씩 용돈을 받을 수 있었기 때문에 책을 사보는 데 비교적 여유로웠다고 한다.[42] 토쿄에서는 일러전쟁 후 하숙비가 급속히 올라서 홍명희가 유학하던 무렵은 9엔에서 10엔이 시세였다. 학교의 수업료는 거의 오르지 않아서 당시 타이세이중학은 3엔 정도였고, 참고로 이광수가 재학하고 있던 메이지학원 보통학부가 2엔 50전이었다. 당시 잘 팔리던 지방학생을 위한 한 안내서에는 토

---

42 『자료』, 216면.

쿄의 하숙생은 한 달에 20엔이면 편안히 생활할 수 있다고 적혀 있다.[43] 친구들과 집을 얻어 지냈다면 생활비는 더 적게 들었을 것이므로, 매월 25원+α의 수입이 있었던 홍명희는 경제적으로 꽤 풍족한 유학 생활을 했다고 할 수 있다. 홍명희의 단골 서점 주인은 그를 위해 여러 발매금지 서적을 구해주었다고 하는데, 이것도 홍명희의 돈 씀씀이가 좋았기 때문이었을 것이다.

이야기가 약간 빗나가지만, 홍명희가 일본에서 책을 섭렵한 1908년(明治 41)에서 1909년(明治 42)은 일본 문학사상 기록적으로 발매금지서가 많은 시기였다. 자연주의 작품이 주로 대상이었던 풍속괴란(風俗壞亂) 외에도 사회 사상서의 질서 문란 등이 발매금지의 이유였다. 홍명희는 친하게 지낸 서점 주인 덕분에 이들 양쪽 부류의 발매금지 서적을 손에 넣었던 듯하다. 홍명희가 일본을 떠난 1910년에는 사회주의를 탄압하기 위해 날조된 대역사건(大逆事件 : 1910년 6월 천황 암살 혐의를 이유로 고토쿠 슈스이(幸德秋水)를 비롯하여 일단의 사회주의자들이 잇달아 구속된 사건. 이듬해 1911년 1월 24명이 사형판결을 받았으나 그 가운데 12명은 무기로 감형되었다-옮긴이)이 일어났는데, 이해를 정점으로 하여 그 이듬해에는 발매금지 서적의 대부분이 풍속괴란 부류가 되었고, 또 그 이듬해인 1912년부터 시작된 타이쇼시대에 들어서면 발매금지되는 책 자체가 급속히 줄어든다.[44]

---

43 『最近調査男子東京遊學案內』, 博文館, 1909, 501면.
44 「現代筆禍文獻大年表」, 1932, 『齋藤昌三著作集』第2卷, 八潮書店, 1980 참조.

6. 끝내며

이상에서 홍명희의 「자서전」과 『타이세이 70년사』를 주된 자료로 삼아 유학시절 홍명희를 둘러싸고 있던 상황을 고찰해 보았다.

메이지 말기 홍명희가 토쿄에서 유학생활을 했던 무대는 현재 소부센(總武線)의 스이도바시역(水道橋驛) 부근이다(〈지도〉참조). 이 역에서 고라쿠엔(後樂園)이 보이는 동쪽 출구로 나가면 스이도바시가 있고, 그 앞의 횡단보도를 건너면 오른쪽 모퉁이에 도립(都立) 공예고등학교의 근대적인 건물이 서 있다. 그 주변이 옛날의 모토마치(元町)이다. 그리고 JR철로와 나란히 흐르는 칸다천(神田川)을 따라 길을 올라가면, 모토마치라는 이름을 기념한 모토마치공원이 있다.

다음으로 다시 한번 스이도바시로 되돌아가 철로 반대편으로 가면 왼쪽 모퉁이에 신축한 고층건물이 있는데, 그것이 바로 토요상업학교의 후신인 토요고등학교이다. 거기서 진보초(神保町) 방면으로 수십 미터 가면 미사키초 교회의 산뜻한 건물이 서 있다. 그리고 이웃해 있는 무미건조한 니혼대학(日本大學) 경제학부 건물 주변이 메이지 말기 홍명희가 다녔던 타이세이중학교가 있던 곳이다.[45]

1909년 2학기가 끝날 무렵, 홍명희는 책을 지나치게 많이 읽고 신경쇠약에 걸려서 3학기에는 학교에 다닐 생각을 그만두게 된다. 그의 마음을 병들게 한 것은 과도한 독서만이 아니었다. 1909년 7월 일본 정부는 내각회의에서 한국병합을 결정한다. 10월에 일어난 안중근의 이토 히

---

[45] 관련 사진은 본서 223면을 참조할 것.

로부미(伊藤博文) 저격사건은 일본 내의 여론을 악화시켜 병합의 움직임을 가속화시켰고, 12월에는 한국에서 일진회가 일한병합에 관한 청원서를 제출한다. 토쿄의 유학생들은 이러한 위급한 상황에서 면학 의욕을 잃어가고 있었던 것이다. 홍명희는 1910년 2월 토쿄에서의 유학 생활을 끝내고 귀국한다. 4년간의 토쿄 생활이었다.

※ 이 글의 관련 사진은 본서 「홍명의가 도쿄에서 다닌 두 학교」를 참조할 것.

홍명희의 양반론과 『임꺽정』

1. 머리말

　민중의 의식을 그린 역사소설로 알려진 『임꺽정(林巨正)』[1]에는 16세기에 실재한 양반들이 많이 등장한다. 특히 전반 3부에서는 그 경향이 강하여 제1권 「봉단편」의 주인공 이장곤(李長坤)을 비롯하여, 제2권 「피장편」, 제3권 「양반편」의 등장 인물들 대다수가 양반이다.[2] 이 전반 부분은 작가가 꺽정의 출생 내역과 그가 성장한 사회 분위기를 그리려는

---

[1]　1932년 5월 27일자 『조선일보』의 속재(續載) 예고 기사에는 "그 시대의 민중의 사상 동향과 아울러 풍속을 묘사한 소설"이라는 구절이 보인다. 처음부터 이 소설에는 '민중'이라는 말이 붙어 있었다.

[2]　http://www.unii.ac.jp/~hatano/kyosei4.htm 참조.

의도 아래 16세기 조선 사회의 양상을 하층과 상층 양쪽에서 그리고 있기 때문에,[3] 양반들이 많이 등장하는 것은 당연할지도 모른다. 그러나 하층사회 사람들 대부분이 꺽정의 일가와 친구에게 제한되어 있는 데 반해 상층사회는 왕을 비롯하여 문신 · 무신, 사림파 · 훈구파, 한양 · 시골의 양반과 그 가족들이 나오는 등 그 양상이 아주 다양하다. 그리고 부를 추구하며 백성들을 압박하는 양반뿐만 아니라, 인격과 학식이 높고 지조를 지키는 양반들도 많이 등장한다. 「의형제편」에서는 양반들의 모습이 사라지지만, 「화적편」 후반에 가면 다시 등장하면서 그 빈도가 높아진다. 이렇듯 『임꺽정』은 양반의 존재감이 큰 비중을 차지하는 까닭에 '양반소설'로서의 일면을 가지고 있다고 해도 과언이 아니다.

『임꺽정』에 양반이 많이 등장하는 것은 작가가 참고로 한 자료가 왕조실록이나 야담 등 양반들에 의해 쓰어진 기록들이었다는 이유 외에, 양반 출신인 작가에게 양반이 친숙한 존재였다는 점도 들 수 있을 것 같다.[4] 홍명희는 1888년에 충청북도 괴산(槐山)에서 풍산 홍씨(豊山 洪氏) 명문가의 장남으로 태어났다.[5] 증조부 홍우길(洪祐吉)은 1850년 문과에 장

---

3 1932년 11월 30일자 『조선일보』에 실린 「『임꺽정전(林巨正傳)』 — 의형제 편 연재에 앞서」에서 홍명희는 처음 『임꺽정전』을 쓸 때의 복안으로서 첫 편은 꺽정의 결지 내력, 둘째 편은 꺽정의 초년 일, 셋째 편은 꺽정의 시대와 환경을 그리려 했다고 쓰고 있는데, 이것이 전반부 세 편에 해당된다(강영주, 『벽초 홍명희와 『임꺽정』의 연구자료』, 사계절, 1996, 36면. 이하 『자료』로 적는다). 이듬해에 쓴 소감 「『임꺽정전(林巨正傳)』을 쓰면서 — 장편소설과 작자 심경」에서는 첫 편은 그의 유년시절, 그 다음은 그 시대의 사회 분위기를 전할 뜻으로 썼다고 적고 있다. 홍명희, 『삼천리』 5권 9호, 1939, 『자료』, 38면 재인용.
4 1988년에 사계절의 주최로 열린 『임꺽정』 연재 60주년 기념 좌담회에서 반성완은 "수많은 지적 편력을 거쳤음에도 불구하고 홍명희의 인격적 뿌리는 19세기 사대부 계층의 윤리의식과 문화의식에 바탕을 두고 있었다고 볼 수 있다"고 언급하고 있다. 『자료』, 299면.
5 홍명희의 가계에 대해서는 강영주, 『벽초 홍명희 연구』, 창작과비평사, 1999, '제1장 가문과 성장 과정'(이하 『연구』로 적는다) 참조.

원급제하여 철종과 고종 때 대사성·관찰사·한성부 판윤·대사헌·이조판서를 지냈고, 조부 홍승목(洪承穆)도 1875년에 급제한 뒤 대사간·대사헌·병조와 형조의 참판을 지냈으며, 아버지 홍범식(洪範植)은 1888년 급제하여 내부주사와 혜민원 참서관이 된 후 군수로서 금산에 부임하고 있던 중 한일합방에 항의하여 순사한 것으로 유명한 사람이다. 가문의 당파는 노론이었고, 홍명희가 결혼한 여성도 노론의 명문 여흥 민씨(驪興 閔氏) 가문이었다. 이런 가문에 태어났으니, 그도 당연히 장래에는 아버지나 할아버지와 같이 과거에 급제할 것이라 기대되었을 것이다. 그러나 그가 일곱 살 때 갑오경장으로 조선의 과거제도는 폐지되었다. 아버지가 순사(殉死)한 것은 홍명희가 23세 때였고, 조부 홍승목은 그가 38세가 될 때까지 살아 있었다. 조부와 아버지 밑에서 홍명희는 양반으로서의 소양과 체신을 배웠을 것으로 짐작된다.

그가 양반계급에 깊은 관심을 가지고 연구했다는 것은 그가 남긴 몇 편의 글과 담화로 알 수 있다. 그가 양반계급에 관심을 가진 것은 자신의 출신계급이어서가 아니라, 조선의 역사를 체계적으로 이해하는 데 그것이 필요하다는 생각 때문이었다. 나중에 언급하겠지만, 그는 언젠가 쓸 예정이었던 저서에 '양반계급의 사적(史的) 연구'라는 제목까지 준비해 두고 있었다. 상층 양반가문에서 태어나 양반의 생활과 사고 방식에 정통하고 역사에도 조예가 깊었기 때문에, 이 연구에 그만큼 적당한 사람도 없었을 것이다. 그러나 안타깝게도 이 책은 결국 씌어지지 않았다.

본고에서는 홍명희가 남긴 양반에 관한 글과 담화를 검토하여 그의 양반관(觀)을 고찰하고자 한다. 물론 홍명희의 역사 인식이나 지식의 타당성을 묻는 것은 문학이 전공인 필자의 능력을 넘어서는 일이고, 또 본고의 목적도 아니다. 이 논문의 목적은 홍명희의 양반관, 특히『임꺽정』의 시대 배경인 16세기의 양반을 그가 어떻게 보고 있었는가를 밝힘으로써 작품『임꺽정』의 다양한 독해에 조금이라도 기여하려는 데 있다.

2. 홍명희의 양반론

신간회가 해산된 이후부터 1940년 초에 걸쳐 조선에서는 비타협적 민족주의 진영의 학자들을 중심으로 조선의 전통문화를 다시 조명하려는 운동이 일어났다. 친구들과 아들이 중심 멤버였던 이 운동에 동조하기라도 하듯, 홍명희도 이 무렵 조선의 고전문화와 전통 풍속에 관해 발표하거나 조선시대의 양반계급에 대해 고찰하고 있다.[6] 그 중에서 양반계급에 대해 고찰한 글은 다음과 같다.[7]

①-1 「양반」: 칼럼 「양아잡록(養疴雜錄)」, 『조선일보』, 1936.2.20. [8]

①-2 「양반(속)」: 상동, 『조선일보』, 1936.2.22, 23.

6 　강영주는 역사소설『임꺽정』의 집필 자체가 조선문화운동에 호응하는 행위였다고 보고 있다. 『연구』, 제6장 '조선사와 조선문화론', 332면.

7 　『연구』에서 강영주는 양반계급에 대한 홍명희의 고찰로 「정포은(鄭圃隱)과 역사성」(『조광』, 1938년 1일호 부록)을 포함시키고 있다. 필자는 이 논문을 입수하지 못해서 아직 읽지 못했지만, 강영주의 설명에 의하면 양반론이라기보다는 정포은론(論)이 아닌가 싶어서 이것을 검토 대상에서 제외하였다. 그리고 강영주가 인용하고 있는 ③의 대담을 검토 대상에 포함시키기로 했다.

8 　「양반」과 「양반(속)」은 강영주의 『자료』, 115~120면에 수록되어 있다.

② 「이조 정치제도와 양반사상의 전모(全貌)」 : 『조선일보』, 1938. 1. 3, 5.⁹

③ 「홍벽초(洪碧初)·현기당(玄機堂) 대담」 : 『조광』 8월호, 1941.¹⁰

이하에서 이 자료들을 검토하여 홍명희의 양반관을 밝히고, 『임꺽정』과의 관련성을 생각해보고자 한다.

1) ①-1 「양반」

「양반」은 1936년 2월 20일에 『조선일보』의 칼럼 「양아잡록」에 게재되었다. 여기서 홍명희는 '양반'이라는 말이 갖는 의미의 변천과 양반계급의 연원, 그리고 양반 연구의 필요성에 대해서 설명한 후 양반의 역사를 시대별로 구분하고 있다.

우선 '양반'이라는 말이 갖는 의미의 변천에 대하여 홍명희는 "소위진양반이기참동서양반지정직(所謂眞兩班以其參東西兩班之正職)"¹¹이라는 말을 인용하면서, '양반'이란 원래 동서 양반(東西兩班은 文班과 武班을 일컫는다-옮긴이)의 관직에 있는 사람에 대한 호칭이었던 것이 뒤에 관직의 유무에 상관없이 계급 명칭으로 정착되었다고 설명하고 있다. 그리고 양반계급은 그 뿌리를 멀리 신라시대에 둔 것으로 고려시대에 싹이 트고 조선시대에

---

9 『자료』, 130~133면에 수록.

10 『자료』, 177~187면에 수록.

11 신문 게재 때에는 포은 정몽주의 말이라고 했으나, 1월 26일자 칼럼 정오표에서 후세 사람의 말이었다고 정정하고 있다. 또 정포은이 '양반'이란 말을 쓴 것은 둔촌(遁村 : 고려 공민왕 때의 학자 李集의 호-옮긴이)에게 보낸 편지 속에서 뿐이라며 그 대목(崔鄲之母族, 亦眞兩班也, 餘聞之三寸李敬之判書 : 최단의 모계도 진짜 양반이다. 삼촌 이경지가 판서라 들었다-옮긴이)을 싣고 있다. 「이조 정치제도와 양반사상의 전모」에서는 최단의 딸의 모계라 되어 있다. 『자료』, 115면.

꽃이 핀 것이라고 언급하면서, 조선 500여 년의 역사를 알려면 이에 관한 더욱 체계적인 연구가 필요하므로 시간이 되면 과학적인 방법으로 한번 연구하고 싶다고 양반 연구의 중요성을 강조하고 있다.

이어서 그는 양반의 역사를 다음과 같이 4기로 나누고 있다.

제1기(전기) : 고려조 말부터 선조(宣祖) 때 동서 당론이 일어나기까지의 약 200년 동안

제2기(중기) : 선조 때부터 영조(英祖) 때 탕평비가 서기까지의 160~170년 동안

제3기(후기) : 영조 때부터 갑오경장까지의 150~160년 동안

제4기(말기) : 갑오 이후

그는 네 시기로 나눈 양반의 역사에 대해서, 제1기는 타계급과의 구별도 그리 엄격치 않고 자기 계급 내의 인원도 많지 않아서 밖에서도 인재를 받아들일 여유가 있던 '발달 시기', 제2기는 양반의 수효가 과잉하여 관직이 부족해서 정권쟁탈이 일어난 '당쟁 시기', 다음 제3기는 산야에 물러난 자는 담론에만 몰두하고 조정에 나선 자는 벼슬욕에 눈이 어두워 사풍(士風)과 관기(官紀)가 타락한 '퇴패(頹敗) 시기', 그리고 제4기는 구(舊)문화가 붕괴되고 선진국의 사회제도가 수입되면서 드디어 양반계급이 사멸된 '말기'라고 언급하고 있다. 이렇게 각 시기를 설명한 후 홍명희는 양반계급이 없어졌음에도 불구하고 그 자손들이 아직 '편색(偏色)'에 구애되고 있는 현상을 야유하면서 끝을 맺고 있다.

2) ①-2 「양반(속)」

앞의 글을 읽은 홍명희의 아들(홍기문인지 홍기무인지 정확하지 않음)이 양반계급의 역사를 4기로 나눈 것이 앞으로 참고가 될 테니 그 근거를 명확히 적어달라고 청했다. 그 부탁에 응하여 쓴 것이 그 이틀 후부터 같은 칼럼에 걸쳐 게재된 「양반(속)」이다. 여기서 홍명희는 "지금 복중(腹中)에 미성서(未成書)로 있는 '양반계급 사적 연구'를 저서로 발표하기 전에는 단편적임을 면키 어려우므로, 그 근거됨직한 사실(史實)을 약간 선택하여 문답식으로 간략히 적는다"¹²고 하여 양반계급에 관한 저서를 구상 중임을 밝히고 있다.

문답은 다섯 개로, 처음 두 개는 제1기의 '발달 시기'에 대한 것이다. 우선 이 시기에 타계급과의 구별이 엄격치 않은 실례가 어떤 것인가 하는 질문에 대하여 홍명희는 중종 때 천인의 아들로 벼슬이 경재(卿宰)에 올랐던 석평(碩枰),¹³ 명종 때 천인에서 속량(贖良)하여 곧 등과한 강문우(姜文佑),¹⁴ 그리고 선조 때 노자(奴子)의 신분으로 조신(朝臣)과 교유하여 사부(師父)가 된 서기(徐起)¹⁵ 등을 예로 들고, 이런 예는 후세에는 없었다고 언급하고 있다.¹⁶ 다음으로 '발달 시기'에도 정권 싸움인 사화가 일어

---

12 『자료』, 117면.
13 번석평(潘碩枰, ~1540) : 재상 댁의 노비였지만 주인의 알선으로 아들이 없는 부잣집의 양자가 되어 문과를 거쳐서 형조판서까지 역임한 인물(이성무, 『조선 초기 양반 연구』, 일조각, 1980, 61~62면). 『임꺽정』에도 꺽정이 이 인물의 이야기를 친구 심의에게 들었다고 이봉학에게 말하고 있는 장면이 있다(『임꺽정』 5, 사계절, 1991, 393면). 본 논문에서는 『임꺽정』의 텍스트로 사계절출판사의 1991년 발간본을 사용했다.
14 불명. 『선조실록』에 서경덕의 제자로 이름이 나와 있다(CD-ROM 조선왕조실록·선조 09/08/05/20 己未).
15 서기(徐起, 1523~1591)는 서경덕과 함께 이지함에게 사사했고, 훗날 지리산과 계룡산에서 후학의 양성에 힘썼다. 이 인물은 『임꺽정』에서 꺽정의 친구로 이름만 나온다. 『임꺽정』 5, 393면; 『임꺽정』 7, 23면.

나지 않았느냐는 물음에, 그는 선조 이전과 이후의 싸움은 성질이 다르다면서 이를 '사화(士禍)'와 '당화(黨禍)'라는 말로 설명한다. 그의 견해에 의하면, 무오사화·갑자사화·기묘사화는 사화라고 불러도 좋지만 그 이후는 '당화'라고 불러야 마땅하고, '발달 시기'의 '사화'는 "일시적 좌절단련"에 지나지 않는 "계급성장 중 현상"이지만 '당쟁 시기'의 '당화'는 "반영구적 분열 알력"이고 "계급 성장 후 현상"이다.

세 번째 문답은 제2기인 '당쟁 시기'에 관한 것이다. 양반의 수가 과잉되어 정권 쟁탈이 일어났다고 했는데, 선조 때 갑자기 양반이 증가하여 당쟁이 발생한 것인지 또 당쟁의 원인을 모두 정권 쟁탈로 돌리는 것은 좀 무리가 아닌가 하는 물음에, 홍명희는 벼슬자리는 그 수에 한계가 있고 벼슬하려는 사람은 무수한 것이 당쟁의 원인인데, 이것이 이전부터 필지(必至)의 형세로 내려오다가 선조 때 터진 것에 지나지 않는다고 주장하고 있다. 그가 근거로 드는 것은 인조 때 최명길(崔鳴吉)[17]의 상소와 숙종 때 김춘택(金春澤)[18]의 『노산취필(盧山醉筆)』이다. 전자에는 당하관

---

16 이성무는 앞의 책에서 조선시대 초기에는 양인의 과거 응시가 법제적으로 보장되어 있긴 했지만, 현실적인 문제 때문에 급제자는 극소수였다고 언급하고 있다. 그는 당시 양인의 과거 응시가 일반적이었다고 주장하는 최영호의 논지에 반박하여, 과거에 합격한 비양반 출신자로 최영호가 들고 있는 12명 중 반석평을 포함한 노자 3명과 양인 1명 이외에는 가난한 양반이었을 가능성이 높으며, 오히려 그런 사례는 예외였다고 주장한다(이성무, 앞의 책, 63면). 한편 이진태는 조선 초기 일반 서민이 과거에 합격한 사례는 "고려 말기의 획득적 신분(achieved status) 단계의 신진사대부 세력이 새 왕조에 들어와 귀속적 신분(ascribed status)으로 이전되는 과정에서, 그 고착성이 미진한 상태에서 생긴 국부적 현상에 지나지 않는 것"으로 보고 있다. 六反田豊 譯, 『朝鮮王朝社會と儒教』, 法政大學出版局, 2000, 188면; 『한국사연구입문』, 지식산업사, 1981, 262~266면.

17 최명길(崔鳴吉, 1586~1647) 선조와 인조 시대의 문신. 호는 두천(遲川) 본관 전주 서인(西人). 인조반정에 가담하여 일등 공신으로서 완성군(完成君)이 되었다. 병조판서와 이조판서를 역임. 병자호란 때 강화서(降和書)를 초안했다. 후에 영의정에 올랐다.

18 김춘택(金春澤, 1670~1717). 숙종 시대의 문신. 호는 북헌(北軒). 본관 광산. 당쟁 때문에 여러 번 유배당하고 투옥되었지만, 애국의 충정에서 직언을 서슴지 않았다고 한다. 이조

의 인사권을 가지는 전랑(銓郞)[19]의 권한이 편벽하고 전횡적이어서 명문가의 자제들이 관직을 놓고 서로 중상과 배척을 하게 된 것이 당쟁의 뿌리가 되었다고 씌어 있고, 후자에는 왕은 노소(老少)의 붕당을 없애려는 뜻을 가지고 있는데 서로 전랑직만 겨루면서 싸우고 그것을 얻은 후에는 사리(私利)만 구하므로 붕당의 폐단이 커지는 것이라고 씌어 있다. 홍명희는 이를 근거로 삼아 "벼슬을 내는 벼슬자리 전관(銓官)이란 것이 당쟁의 중요 목표가 된 것을 보면 그 근저가 정권 쟁탈에 있는 것은 엄폐못한 사실이라 할 것"[20]이라고 단언하고 있다.

마지막의 두 문답은 제3기인 '퇴패 시기'에 관한 것이다. 우선 왜 탕평정치 이후를 양반계급의 퇴패 시기로 잡았는가 하는 질문에 홍명희는 다음과 같이 대답한다. 탕평 이후에 기골 있는 자는 산야(山野)로 물러가고 영록(榮祿)을 탐하여 종순(從順)하는 자가 조정에 들어선 결과, 양반 사이에는 관직을 구하지 않는 자가 스스로를 '청족(淸族)'이라 지칭하면서 관직을 구하는 자를 '환족(宦族)'이라 하여 우습게 여기는 현상이 생겼다. 그리고 과거에 응시하지 않고 선음(先蔭)에 의지하는 자나 은일(隱逸)[21]로 지내면서 조정의 부름을 기다리는 성리학자들이 많아졌는데, 이것이야말로 치국평천하를 학문의 최대 목적으로 삼는 양반의 퇴패가 아닐 수 없다. 옛

판서에 추증되었다. 홍명희는 1936년 2월 20일자 『조선일보』에 실린 칼럼에서 "영조 때"로 잘못 쓴 것을 2월 26일자 같은 칼럼의 마지막회 「노인」의 말미에 붙인 정오표에서 "숙종때"로 정정하고 있다.

19 조선시대 문무관의 인사행정을 담당한 이조와 병조의 정오품관인 정랑(正郞)과 정육품관인 좌랑(佐郞)직의 통칭. 품계는 높지 않지만 인사 결정에 대해 절대적인 권한을 가지고 있었으며, 중죄가 아닌 한 탄핵을 받지 않는 특이한 직위였다.

20 『자료』, 118면.

21 숨은 학자로서 임금이 특별히 벼슬을 준 사람을 일컫는 말.

날에 탁행천(卓行薦)으로 육품직에 제수되었던 조광조가 "허예(虛譽)로 출세하는 것을 내가 심히 부끄러이 여긴다"[22]며 그해에 응시하여 등과한 예를 들어, 홍명희는 그의 행동이 광명정대함을 칭찬하고 있다. 이 시기 중앙에서는 외척의 전횡이 일어나고 지방에서는 무단(武斷)하는 토호(土豪)가 많이 생겨 각지에 민요(民擾)가 일어났는데, 홍명희는 "민요란 백성이 살 수 없어 일으킨 폭동이니, 이것이 양반계급의 지배를 전복할 힘은 없는 것이로되 그 지배에 대하여 한 조종(弔鐘)인 것만은 틀림이 없다"[23]고 말하고 있다. 이 무렵 실사구시(實事求是)하는 학자가 배출된 원인이 무엇이냐는 마지막 물음에 대해 홍명희는 그 이유를 주로 정국이 노론 중심으로 안정되면서 계속 실세하게 된 남인들의 불평불만 탓으로 돌린다. 그리고 이 시기에는 또 양반계급의 자기 반성도 있었다고 지적하면서, 농민이든 상인이든 재주와 학식이 있으면 등용하고 없으면 양반의 자제라도 가마꾼이 되어야 한다는 홍대용[24]의 『임하경륜(林下經綸)』의 한 구절을 "양반계급 지배시대의 희한한 문자"로 소개하면서 글을 마치고 있다.

3) ②「이조 정치제도와 양반사상의 전모」

1938년 『조선일보』의 신년특집 '역대 조선 중심사상 검토'[25]의 일환으로 구술 필기된 「이조 정치제도와 양반사상의 전모」는 대략 ①의 연

---

22 『자료』, 119면.
23 『자료』, 119면.
24 홍대용(洪大容, 1731~1783). 영·정조 시대의 실학자. 호는 담헌(湛軒). 본관 남양. 지구의 자전을 설파하였고, 과거에 의하지 않는 인재 등용이나 신분의 차이 없는 아동교육 같은 혁신적인 사상을 제창하였다.
25 홍명희 외에도 손보진(孫普晋), 문일평, 권상로(權相老)가 집필했다.

장선 위에 있다고 볼 수 있다. 먼저 홍명희가 언급하는 것은 ①과 마찬가지로 양반계급 연구의 중요성과 양반이라는 말이 갖는 의미의 변천, 그리고 양반의 연원에 대해서이다.

500년 간 조선의 역사는 곧 양반계급의 역사인지라 먼저 양반계급의 특질을 과학적으로 구명치 않고서는 그 역사를 이해하기 어렵다. 역사적 사실을 사실 그대로 알려고 하는 데 있어서도 그것은 필요하거니와, 그 역사의 시종을 체계 있이 파지(把持)하려는 데 있어서는 더욱이 필요하리라고 생각된다.[26]

그러나 실제로 연구는 아직 못했기 때문에 여기서는 양반에 대한 상식적인 사항에 대한 언급에 그치겠다고 전제한 뒤, 홍명희는 우선 '양반'이라는 말에 대해서 이번에는 자료를 제시하면서 이야기하고 있다. 그가 볼 때 『고려사』에 나오는 '양반'은 대개 문무양반을 가리키는 말이므로, 설사 그 가운데 계급 호칭으로 쓰인 것이 있다고 하더라도 오늘 그것을 분간해 낼 길이 없다고 말한다. 그래서 그는 고려 말에 정포은이 둔촌[27]에게 보낸 "최단(崔鄲)의 딸의 모계는 진정한 양반이다. 내가 들으니 삼촌 이경지가 판서이다"[28]라는 내용의 짧은 서찰을 양반이 계급적 호

---

26 『자료』, 130면.
27 주 11) 참조.
28 『자료』, 130면. 이 글은 ①이 게재된 『조선일보』의 칼럼 「양아잡록」 마지막회 정오표에도 실려 있다(주 11 참조). 홍명희는 정오표 외에도 '양반'이라는 말이 나오는 고문헌을 들고 있는데, 그 가운데 『고려사』에 나오는 "신우자제도양반백성위병 무사즉력농유사즉징발(辛禑藉諸道兩班百姓爲兵 無事則力農有事則徵發 : 신우(고려 禑王)가 각 도의 양반과 백성을 모아 군대를 만들어서 일이 없으면 농사에 힘쓰고 일이 있을 때에는 징발하였다─옮

칭으로 쓰인 가장 오래된 문헌으로 본다.[29] 이 편지가 2년 전에 ①이 실린 칼럼 「양아잡록」마지막회의 정오표에 있는 것으로 미루어, 홍명희는 그때 벌써 이와 같은 견해를 갖고 있었던 것 같다.

이어서 홍명희는 양반계급의 연원에 관한 ①의 주장을 좀더 자세히 되풀이한 다음, 양반의 사상에 대하여 언급한다. 양반의 사상이라면 누구나 곧 유자(儒者)의 사상을 생각하지만, 사실 그 핵심은 유자의 교훈보다도 관벌주의에 있고 당쟁도 그 표면적인 대의명분의 배후에는 이조와 병조의 전랑직 쟁탈전이 있었다고 그는 지적한다. 그리고 이것은 자기의 추측이 아니라 벌써 김춘택이 『노산취필』에서 폭로한 것이라며 ①과 동일한 문헌을 들고 있다. 홍명희에 의하면, 이 관벌주의 때문에 양반과 유자의 사상에는 차이가 생긴다. 즉 '인의예지(仁義禮智)' 가운데 유자는 '인'을 중히 여기지만, 양반은 '예'와 '의'에 기운다는 것이다. '인'을 떠난 '예'와 '의'는 허례와 허의가 되기 쉽고, 양반의 예절과 의리도 많은 경우 형식에 흐르고 만다. 이것은 양반사상의 핵심이 관료주의라는 것을 떠올리면 당연한 귀결이다. 그들에게 의리는 목표를 세우기 위한 것일 뿐이고 예절은 위의(威儀)를 갖추기 위한 것일 뿐이라며, 홍명희는 양반사상의 위선적인 성격을 통렬히 비판한다.

마지막으로 양반계급의 특징으로서 홍명희는 소양·범절·행세·지조의 4가지를 들어 각각에 대하여 다음과 같은 설명을 붙이고 있다.

긴이)"라는 구절은 이성무가 지배계급의 의미로 '양반'이 사용된 예로 든 것이다. 이성무, 앞의 책, 14면.

29 이우성과 이진태도 이 자료에 대해 언급하고 있다. 이우성, 旗田 감수, 鶴園也 역, 『한국의 역사상(歷史象)』, 平凡社, 1987, 158면; 이진태, 六反田豊 역, 『조선왕조사회와 유교』, 法政大學出版國, 2000, 180면.

• 소양(素養) : 양반에게는 일반 한문 지식 외에 독특한 학문이 요구되었다. 양반 전체의 계보를 연구하는 보학(譜學), 내외 관직의 소임을 연구하는 관방(官榜), 그리고 과거의 의례와 행사를 연구하는 고사(古事) 등이 그것이다.[30]

• 범절(凡節) : 양반에게는 봉선목족(奉先睦族), 곧 조상을 받들고 일가의 친목에 성의를 표시하는 것이 중요했다. 이것이 범절이다.

• 행세(行世) : 애경상문(哀慶相問)으로부터 보통교제에 이르기까지 하나도 남의 비판을 받지 않는 것이 양반 인격의 중요한 요소이다. 이것을 행세라고 한다.

• 지조(志操) : 첫째 재화(財貨)를 천히 여기고 빈한(貧寒)을 견디는 것, 둘째 곤고(困苦)를 감수하여 비열을 피하는 것, 셋째 늘 자중하여 일거수일투족이라도 정중한 태도를 가지는 것, 그리고 넷째는 대의를 위하여 목숨을 던질지언정 몸은 더럽히지 않는 것으로, 이것이야말로 지조 중의 지조이다. 그러므로 조선에서는 절사(節死)와 순사(殉死)를 가장 높이 여겨왔다.

마지막의 '지조' 항목에 힘이 들어가 있는 것은 순사(殉死)한 아버지 생각 때문일 것이다. 그러나 이들 양반의 특징은 장점인 동시에 단점이기도 했다고 홍명희는 말한다. 진취적이 아니라 퇴영적이요, 행동적이 아니라 형식적이며, 이용후생적(利用厚生的)이 아니라 번문욕례적(繁文縟禮的)인 양반계급은 설령 외세의 힘이 아니더라도 이미 자체의 붕괴를 수

---

30 『임꺽정』에는 꺽정과 유복이 양반으로 가장하여 부사나 군수에게서 대접을 받는 삽화가 나오지만, 홍명희 자신은 이 삽화가 현실적이지 않음을 잘 알고 있었을 것이다. 양반에게 필수적으로 여겨졌던 이 특이한 소양들을 보면 백정이 양반 행세를 하면서 이야기를 나누는 것은 무리임이 분명하다. 명종실록에 있는 서술의 활용과 소설로서의 재미를 위해 일부러 지어냈을 것이다. 『임꺽정』 8, 168~198면.

습치 못하는 데 이르러 있었다는 것이다. 이 외에도 양반계급의 2대 결함으로 사대주의와 숭문천무(崇文賤武)의 정신을 지적하며 홍명희는 이야기를 마치고 있다.

4) ③「홍벽초 · 현기당 대담」

이 글은 1941년『조광』에 실린 기당 현상윤과의 대담으로, 이원조가 사회를 맡았다. 전반부는 주로 토쿄 유학과 대륙 방랑시절에 교유했던 사람들에 대한 회상이고, 후반부에서는 조선시대의 실학파와 당쟁을 주제로 이야기하고 있다.

실사구시의 학풍을 청조(淸朝) 고증학의 영향으로 볼 것인가, 그렇지 않으면 조선의 내부적 필연성으로 일어난 것으로 볼 것인가라는 이원조의 문제제기에 대하여, 홍명희는 첫째는 주자학 일변도의 성리학에 대한 약간의 반감에서 비롯된 것이고, 둘째는 정치권에서 멀어진 사람들 곧 남인들이 일으킨 학풍이라고 말하고 있는데, 후자는 ①-2에서 이미 언급한 견해이다. 그 다음으로 당쟁의 근본원인은 무엇인가라는 질문에 대하여, 기당이 사람을 모두 소인과 군자로 양분하는 유교의 음양사상이 근본 원인이라서 유교가 있는 곳에서는 당쟁을 피할 수 없다면서 그 원인을 유교 탓으로 돌린 반면, 홍명희는 관직과 양반 수효의 불균형에서 비롯된 관직 싸움이라는 지론을 되풀이하고 있다. 그리고 그 확실한 증거로 "북헌(北軒, 金春澤)이란 이가 그 당쟁의 효장(驍將)인데 그가 그랬어. 당쟁은 그저 이 · 병판(吏兵判) 양전(兩銓) 쟁탈이 핵심이라고"[31]라며 김춘택의 이름을

---

31 『자료』, 185면.

다시 거론하고 있다.

3. 홍명희의 양반관

지금까지 살펴본 것을 토대로 하여 홍명희의 양반관을 정리해보자. 그는 조선시대 역사를 움직인 것은 양반계급이었다고 보고 있다. 그러니까 "역사적 사실을 사실 그대로 알"고 "역사의 시종을 체계 있이 파지(把持)"하기 위해서는 "양반계급의 특질을 과학적으로 구명"하는 것이 필요하다고 생각했던 것이다. 원래 문무 양반의 관직을 가진 자를 가리키던 '양반'이 고려 말기에 이르러 신분계급을 의미하게 되자 그 무렵까지 잔존하고 있던 신라의 골품 · 두품도 합류하면서 양반계급이 발생하였고, 조선시대에 이르러 확립되었다는 것이 양반계급의 성립에 대한 그의 견해이다. 그는 양반계급의 역사를 다음의 네 시기로 구분했다.

제1기는 관직의 수효와 양반의 수가 균형을 이루고 있고 양반 이외의 계층에서도 인재를 취할 여유가 있어서, 천민이 과거에 급제하고 관직에 오르는 등 신분 상승도 가능했던 '발달 시기'(14세기 후반~16세기 후반)이다. 이 시기에 일어난 사화를 홍명희는 양반계급 성장 중의 일시적인 좌절 현상으로 간주했다.

제2기는 양반의 수가 늘어나고 벼슬자리가 부족해져서 전랑직 획득을 위한 정권 쟁탈전이 일어난 '당쟁 시기'(16세기 후반~18세기 전반)이다. 그는 당쟁을 양반계급의 성장이 멎은 뒤의 분열 현상으로 보았다.

제3기는 이 당쟁을 억제하기 위한 탕평책이 양반을 타락시켜서 과거 제도가 제대로 기능하지 못하게 된 '퇴패 시기'(18세기 전반~19세기 말)이다. 그는 이 시기에 일어난 민요를 양반계급의 지배를 전복시킬 힘은 없지만 양반의 지배에 대한 조종(弔鐘)으로 보았다. 이 시기에는 정권에서 멀어진 남인들의 불만을 원동력으로 한 실학이 일어났고, 또 양반계급의 자기 반성도 시작되었다. 그리고 '말기'(19세기 말~20세기 초)에 외세의 유입에 의해서 양반계급은 사멸된다.

홍명희는 양반들의 원동력은 관직에 대한 욕심이라고 갈파했고, 그들의 역사는 정권 쟁탈의 역사였으며 그들의 사상은 유자의 사상이라기보다 관벌의 사상이었다고 비판했다. 그리고 양반의 특징으로 소양·범절·행세·지조 등을 들면서, 이들 특징은 장점인 동시에 단점이었으니 외세의 힘이 아니더라도 양반계급은 내부에서 붕괴할 운명이었다고 보았다. 그러나 훌륭하게 산 양반들에 대해서는 경모(敬慕)하는 마음을 아낌없이 표현하고 있다.

이상으로 간략하게 홍명희의 양반관을 살펴보았다. 그가 이런 생각을 갖게 된 것은 언제였을까. 본고에서 검토한 것이 1936년 2월부터 1941년까지의 자료이므로, 홍명희는 1936년 이전에 이미 이런 인식을 가지고 있었다는 얘기가 된다.

4. 홍명희의 양반관과 『임꺽정』

이상에서 본 홍명희의 양반관에서 특히 주목할 만한 것은 그가 『임꺽정』의 시대 배경인 16세기를 양반계급의 '발달 시기'로 보고 있었다는 점이다. 『임꺽정』에는 몇 번의 사화(士禍)가 등장하는데, 작가는 그것이 일시적인 좌절 현상일 뿐 동서의 붕당이 형성되는 1570년 중엽까지 양반계급이 계속 발달한 것으로 본다. 이 사화들은 특이한 왕 혹은 권력욕에 사로잡힌 양반들이 일으킨, 사회 구조와는 무관한 사건인 셈이다. 그리고 그의 시기 구분에서는 '양반계급의 지배에 대한 조종(弔鐘)'인 민요가 일어나게 된 것은 훨씬 후인 18세기부터의 '퇴패 시기'로, 16세기의 꺽정의 반역 행위와는 거리가 있다. 『임꺽정』에는 실정(失政) 때문에 화적이 되는 것밖에 살 길이 없을 정도로 궁핍하여 도탄에 빠진 백성들의 괴로움이 그려지고 있지만, 작가는 이러한 백성들의 원망이 양반 지배에 대한 저항과 결부된다고 생각하지는 않았던 것이다. 그러므로 꺽정의 화적질도 특이한 반역아가 일으킨, 시대에서 고립된 일시적인 현상에 지나지 않는 것이라 할 수 있다.

여기서 문제가 되는 것은 『임꺽정』의 창작 의도로 늘 인용되는 작가 자신의 다음과 같은 말이다.

임꺽정이란 옛날 봉건사회에서 가장 학대받던 백정계급의 한 인물이 아니었습니까. 그가 가슴에 차 넘치는 계급적 ○○의 불길을 품고 그때 사회에 대하여 ○○를 든 것만 하여도 얼마나 장한 쾌거였습니까.

더구나 그는 싸우는 방법을 잘 알았습니다. 그것은 자기 혼자가 진두에 나선 것이 아니고 저와 같은 처지에 있는 백정의 단합을 먼저 꾀하였던 것입니다.

원래 특수 민중이란 저희들끼리 단결할 가능성이 많은 것이외다. 백정도 그러하거니와 체장사라거나 독립협회 때 활약하던 보부상이라거나 모두 보면 저희들끼리 손을 맞잡고 의식적으로 외계에 대하여 대항하여 오는 것입니다. 이 필연적 심리를 잘 이용하여 백정들의 단합을 꾀한 뒤 자기가 앞장서서 통쾌하게 의적 모양으로 활약한 것이 임꺽정이었습니다. 이러한 인물은 현대에 재현시켜도 능히 용납할 사람이 아니었으리까.[32]

위의 인용문은 1929년 『삼천리』 6월호에 게재된 연재 소감 「『임거정전(林巨政傳)』에 대하여」의 한 구절이다. 여기서 홍명희는 꺽정의 시대와 개화기, 그리고 당대의 세 시대를 열거하면서, 각 시대의 특성이나 사실성에는 개의치 않은 채 16세기 사람을 당대에 재현시켜도 충분히 받아들여질 수 있다고 말하고 있다. 실제로도 그는 이 즈음에 연재하고 있던 『임꺽정』에서 꺽정을 마치 16세기에 출현한 현대인과 같이 근대적인 혁명아로 그렸다.

문학사에서 『임꺽정』의 위치를 최초로 평가한 백철은 『삼천리』에 실린 이 글을 인용하면서 "홍명희가 신간회의 급진파의 인물인 것과 일찍이 신흥문예를 논한 문학자인 것과 종합해서 볼 때, 그가 『임꺽정』을 쓴 것은 단순한 역사소설이 아니라 현실에서 하고 싶은 말을 결국 『임꺽

32　『자료』, 34면. 처음의 ○○에는 '투쟁', 다음의 ○○에는 '반기'라는 글자가 있었을 것으로 추정된다. 채진홍, 『홍명희』, 새미, 1996, 39면.

정』이란 과거의 인물을 빌어서 말한 데 불과한 것을 분명히 알 수 있다"[33]고 쓰고 있다. 그러나 백철의 이 지적은 『임꺽정』의 전반에는 타당하지만, 후반에 대해서는 적합하지 않은 듯하다. 왜냐하면 후반으로 갈수록 그 필치에는 16세기 화적으로서의 리얼리티에 대한 배려와 과거의 인물을 그 시대의 사람답게 그리려는 의도가 느껴지기 때문이다. 작품을 읽으면 알 수 있듯이, 후반부에서 꺽정은 백정의 단합을 위한 일은 물론 의적 활동도 벌이지 않는다. 반대로 그는 젊었을 때 검도 스승에게 맹세했던 의적의 조건이라고도 할 수 있는 4가지 약속[34]을 모두 어기고, 여성 관계에 방자하고 가족에게는 권위적인 가부장이자 의형제들에게는 폭력적인 폭군으로 군림하며, 백성들에게서 통행세를 징수하고 기근을 위한 방곡(防穀)까지 약탈하는 비정한 화적이 되고 만다. 그의 반역심이 일으킨 조정과 양반들에 대한 반항은 주위 사람들을 파멸로 끌어들이는 '객기'에 지나지 않게 되는 것이다.

『임꺽정』의 전반과 후반 사이에는 꺽정의 인간상에 불연속성이 보인다는 지적이 기왕에 있었는데,[35] 필자는 그 이유가 작가의 창작 자세가 바뀐 까닭이 아니었을까 생각하고 있다. 본고에서 살펴본 바와 같이, 1930년 중반 홍명희는 '역사적 사실을 사실 그대로' 아는 것과 '그 역사의

---

33 백철, 『조선신문학사조사―현대편』(1949년 초판), 1950년 재판본, 330면.

34 첫째 죄 없는 목숨을 해치지 않을 것, 둘째 여색을 탐하여 칼을 빼지 않을 것, 셋째 악한 재물을 빼앗아 착한 사람을 주는 외에는 재물 까닭으로 칼을 빼지 않을 것, 넷째 까닭 없는 미움과 쓸데없는 객기로 칼을 쓰지 않을 것을 말한다. 『임꺽정』 2, 196면.

35 1988년에 사계절출판사의 주최로 열린 『임꺽정』 연재 60주년 기념 좌담회 '한국 근대문학에 있어서의 『임꺽정』의 위치'에 참석한 염무웅·임형택·반성완·최원식 모두 작품을 전후하여 임꺽정의 인간상(personality)에 불연속성이 있음을 인정하고 있다. 필자는 2001년 52회 조선학회에서 발표한 「『임꺽정』의 성립 과정과 불연속에 대하여」라는 글에서 이 불연속성이 생긴 이유를 『임꺽정』의 변칙적인 성립 과정 탓으로 돌린 바 있다.

시종을 체계 있게 파지'하는 것을 목표로 하고 있었다. 젊었을 때부터 사실에 대하여 매우 엄격했던 홍명희의 성격으로 보면, 역사에 대한 이런 자세는 그 전부터 변하지 않았으리라 짐작된다. 물론 역사소설이라 해도 『임꺽정』은 어디까지나 소설이요 창작이어서 역사하고는 다르다. 역사 연구에서는 사실에 엄격한 작가라 해도, 역사소설을 창작할 때는 자유스러운 상상의 날개를 펴는 것은 이상한 일이 아니다. 여기서 역사와 역사소설의 관계라는 어려운 문제를 파고들어갈 여유는 없지만, 『임꺽정』의 전반과 후반 사이에 보이는 단절을 생각할 때 이 문제는 중요한 의미를 가지고 있는 것처럼 보인다.

　전반부의 꺽정은 16세기 사람으로는 보기 어렵다. 나이나 신분에 따라 말씨나 대우법이 달라지는 것에 분노하고, 차별이 있기 때문에 그런 것이 생기니까 권력을 잡은 자가 명령해서 차별을 없애야 하며, 그 명령에 복종하지 않는 사람은 죽이면 된다는 꺽정의 주장은 혁명과 폭력의 사상을 상기시킨다. 그는 백정 신분 때문에 받는 차별을 개인의 숙명이 아니라 사회 구조의 악이라 보고 반발한다. 이러한 젊은 꺽정의 모습은 근대적인 사회변혁의 의지를 느끼게 한다. 반면 후반부의 꺽정은 숙명을 거부해서 주위 사람들을 끌어들여 파멸을 향해 돌진하는 고전적인 비극성을 갖게 된다. 그것이 비극인 까닭은 바로 꺽정의 운명이 그 시대에서는 해결 불가능한 시대적 제약이라는 데서 비롯된다. 이것은 16세기에 대한 홍명희의 시대 인식을 반영한 것으로, 그는 자기가 가진 시대 인식에 따라 꺽정을 그려냈던 것이다.

　그러니까 홍명희는 연재를 시작할 무렵에 쓴 「『임거정전(林巨正傳)』에 대하여」에 보이는 것처럼 등장인물이 시대와 역사적 사실을 무시하고 자유스럽게 행동하는 역사소설의 존재 방식을 허용하고 있었는데, 나중에는 역사적 사실을 중시하고 그 시대 제약 아래 사는 사람답게 그리려는 방식으로 창작 태도를 바꿨던 것이다. 왜 태도를 바꾸었던 것일까. 거기에는 그를 둘러싼 정치 상황이 크게 관여하고 있었던 듯하다.

3·1운동 후 1920년대 조선에서는 사회운동의 물결이 일어났다. 각지에서 노동자들의 쟁의가 시작되고, 1923년에는 백정의 단체인 형평사(衡平社)가 결성되었다. 이 시기 홍명희는 사회주의사상을 연구했고, 1927년 민족협동전선인 신간회 창립 준비과정에서는 주도적인 역할을 했으며, 그후에도 세력 확대를 위해 분주히 활동했다. 노동자들의 운동은 일본 식민지배와 정면으로 대립하는 자세를 분명히 해가며 1929년 초 원산 동맹파업에서 11월의 광주학생사건에 걸쳐 정점을 맞이했다. 홍명희는 1928년 10월 조선공산당 관련 용의로 체포되어 불기소 석방되었고, 『임거정전』 연재는 그 직후인 11월에 시작되었다. 그는 신간회 활동을 하면서 소설을 쓰는 와중에 연재 소감 「『임거정전(林巨正傳)』에 대하여」를 발표했던 것이다. 이런 정치 폭풍 속에서 홍명희는 백철이 지적했듯이 '현실에서 하고 싶은 말'을 꺽정이라는 과거의 인물에 기대어 표현하는 길을 택하게 된 것이 아닐까 생각된다.

이해 12월 그는 광주학생사건 진상보고 민중대회의 개최를 준비하고 있을 때 체포되고, 『임거정전』 연재는 전반 3편으로 중단된다. 옥중에 2년 동안 갇혔던 그가 1932년 다시 연재를 시작하려고 했을 때 신간회는 벌써 해체되었고 시대 상황은 크게 달라져 있었다. 집필 재개를 위해서 구상을 새로이 한 홍명희는 이런 상황 아래서 역사소설에 대해 이전과는 다른 생각을 가지게 되었던 것 같다. 즉 '사실을 사실 그대로'라는 그의 본래 성향을 역사소설에도 적용하고, 양반계급 연구에서 얻은 시대 인식도 작품 속에 반영하게 된 것이다. 그는 연재 재개를 앞두고 쓴 소감에서 전반 3편을 고쳐 쓸 것을 시사했다.[36] 또 '조선 정조(情調)'[37]라는 말을 처음 사용한 것도 이 무렵이다. 조선 정조 속에서 사는 사람은 그 시대의 시간과 공간의 산물이어야 한다. 후반부의 꺽정에게는 시대와 환경의 제약 아래서 사는 인간으로서의 리얼리티가 부여되어 간다. 결국 작가의 창작 자세의 변화가 작품 속에서 꺽정의 인간상에 불연속성을 낳았던 것이다. 나중에 『임꺽정』을 간행했을 때 홍명희가 전반부의 출판을 보류한 것은 그 자신이 이 단절을 의식하고 있었기 때문이었을 것이다.

5. 마무리

이상 홍명희의 양반론 고찰을 통해서 그의 양반관을 밝히고 역사소설 『임꺽정』과의 연관성을 생각해 보았다. 홍명희는 사실을 존중하면서 양반계급의 과학적인 연구를 해보고 싶다는 동기에서 양반의 역사를 네 시기로 구분했다. 이러한 시기 구분에 의하면, 16세기 꺽정의 시대는 양반계급의 발달 시기이고 민중의 저항이 싹트는 18세기 후반의 시기와는 거리가 있다. 작가의 시대 인식에 의하면, 꺽정의 시대는 그의 반역이 개인적인 객기일 수밖에 없는 시대였던 것이다.

---

36 홍명희, 「『임거정전(林巨正傳)』 의형제편 연재에 앞서」의 마지막 부분, 『자료』, 37면.
37 홍명희, 「『임거정전』을 쓰면서」, 『자료』, 39면.

연재 시작 반년 후에 씌어진 작자 소감 「『임거정전(林巨正傳)』에 대하여」는 지금까지 소설 『임꺽정』의 창작 의도로 간주되어 왔지만, 본고의 고찰에 의하면 그것은 전반부에 대해서만 타당성을 갖는다. 후반부를 집필할 무렵 작자의 창작 자세는 그의 역사연구에 대한 태도와 마찬가지로 사실 존중의 정신으로 기울어간 것으로 보인다. 그리고 홍명희가 지니고 있던 16세기에 대한 시대 인식도 작품에 반영되어 그것이 작품 속에서 꺽정의 인간상에 불연속성을 낳았던 것 같다. 이는 그의 정치적 후퇴로도 볼 수 있겠지만, 필자는 홍명희의 작자로서의 자질은 오히려 후반부에 보이는 사실 존중의 정신에 있다고 생각한다.*

『임꺽정』의 '불연속성'과 '미완성'에 대하여

1. 시작하며

본 연구는 식민지시대 12년 간에 걸쳐 신문에 연재되었던 역사소설 『임꺽정』이 미완으로 끝난 점과 작품의 전반과 후반에서 주인공의 인간상에 불연속성이 보이는 점에 주목하여 그 원인을 고찰한다. 작자 홍명희가 신간회 일로 분주했던 1920년대 후반 연재를 시작한 『임꺽정』은 광주사건과 관련하여 작자가 체포됨으로써 일단 중단된다. 1930년대 초 출옥한 홍명희는 사회운동이 어려워진 당시 문화적 저항의 일환으로 『임꺽정』의 집필을 재개하는데, 이때 취한 방침의 전환으로 인해 주인공의 인간상에 변모가 일어난다. 또 이 무렵 『조선왕조실록』이 복간되어 일반인도 열람이 가능해지고, 홍명희도 이 역사자료를 읽고 소설의 자료로 삼게 되는데, 이는 재차 작품의 변화를 초래하는 한편 동시에 일본 통치 말기인 암흑기에 작자가 미완인 채로 붓을 놓게 되는 요인의 하나가 된다.

본 연구의 출발점은 필자의 독서 체험에서 비롯된다. 꽤 이전의 일인데, 사계절출판사에서 나온 9권 짜리 『임꺽정』을 처음 읽은 필자는 작품의 재미와 기법의 훌륭함에 놀라는 한편 동시에 두 가지 소박한 의문을 품었다. 한 가지는 누구나 그렇겠지만 이렇게 훌륭한 작품이 미완으로 끝난 데 대한 의문이고, 또 하나는 주인공의 인간상이 통일성을 갖고 있지 못하다는 점이었다. 임꺽정의 성격이 전반과 후반에서 연속성을 결여하고 있는 것처럼 보였던 것이다. 전반에서 부여된 주인공의 강렬한 이미지가 후반에서 뒤집어지는 일이 빈번하여 읽으면서 몇 번이나 이질감을 느꼈던 기억이 있다. 이 두 가지 의문을 해결하고 싶다는 것이 본 연구의 동기인 셈이다. 본고에서는 우선 작자의 약력과 작품의 개요에 대해 간단히 소개하고 다음으로 서지(書誌)에 대해 개관한 후, '불연속성'과 '미완성'이 생긴 원인을 고찰한다.[1]

---

[1] 본 연구는 홍명희의 생애와 작품 『임꺽정』에 관하여 다음의 연구에 많이 빚지고 있다.
① 임형택 · 강영주 편, 『벽초 홍명희 『임꺽정』의 재조명』, 사계절, 1988.
② 임형택 · 강영주 편, 『벽초 홍명희와 『임꺽정』의 연구자료』, 사계절, 1996(이하 『자료』로 적는다).
③ 강영주, 『벽초 홍명희 연구』, 창작과비평사, 1999(이하 『연구』로 적는다).
④ 강영주, 『벽초 홍명희 평전』, 사계절, 2004(이하 『평전』으로 적는다).

2. 작자 홍명희

우선『임꺽정』의 작자에 대해서 간단히 소개한다.『임꺽정』의 작자 홍명희는 1888년 충청북도 괴산(槐山)에서 풍산 홍씨(豊山 洪氏) 추만공파 (秋巒公派) 양반의 장남으로 태어났다. 증조부는 철종과 고종 때 관찰사·한성부 판윤·이조판서를 지냈고, 조부도 고종 때 대사간·대사헌·병조·형조판서를 지낸 명문가로, 부친인 홍범식도 홍명희가 태어난 해 과거에 급제한다. 당파는 노론에 속했고, 홍명희가 11세에 맞은 아내도 노론의 여흥 민씨(驪興 閔氏) 출신이었다. 한국 근대문학사상 이러한 명문 양반 출신의 작가는 홍명희뿐이어서 매우 예외적인 존재라고 할 수 있다.

홍명희는 13세에 서울로 나와 북촌(北村)에 있는 조부의 집에서 중교의 숙(中橋義塾: 1896년에 민영기가 세운 사립학교―옮긴이)이라는 신식학교에 다니면서 신지식과 일본어를 배운다. 그가 15세 되던 해 태어난 장남이 뒷날 북한에서 저명한 언어학자가 된 홍기문이다. 1906년 일본으로 유학하여 토요상업학교(東洋商業學校) 예과와 타이세이중학교(大成中學校)에서 공부했고, 한국 근대문학의 초창기였던 이 무렵 이광수, 최남선과 교유하며 나란히 조선의 세 천재로 불리웠다. 일한병합을 맞아 부친 홍범식이 순사(殉死)하자, 홍명희는 '죽는 한이 있어도 친일을 해서는 안 된다'는 부친의 유언을 죽을 때까지 좌우명으로 삼았다고 한다.

부친상이 끝나고 중국으로 건너간 그는 상하이에서 동제사(同濟社)를 중심으로 하는 독립운동에 참가하고, 또 싱가폴 등지에서 수년 간 체류한다. 귀국한 이듬해에 일어난 3·1운동 때는 고향인 괴산에서 운동을 주도

하여 1년 간 감옥에서 보내며, 출옥 후에는 교육·언론·정치의 장에서 활약하여 1927년 신간회 설립 당시 주도적인 역할을 담당한다. 이듬해 1928년에는 『조선일보』에 장편 『임꺽정』의 연재를 시작한다. 연재는 작자의 체포와 병으로 인해 여러 번 중단되면서 12년 간 계속되다가 1940년에 완전히 중단된다. 평생 소설이라고는 이 한 편밖에 쓴 일이 없는 홍명희는 이 작품을 통해 한국 근대문학사에 이름을 남기게 된다.

해방 후 그는 1948년 4월 평양에서 열린 남북연석회의에 참석했다가 그대로 북에 남고, 조선민주주의인민공화국이 수립되자 초대 부수상으로 임명된다. 그후에도 조선과학원 원장, 최고인민회의대의원 상임위원회 부원장 등 요직을 맡는다. 1968년 3월 5일 사망했고, 유해는 평양 교외에 있는 애국열사릉에 묻혔다.

3. 작품의 줄거리

다음의 '『임꺽정』의 서지(書誌)'장에서 자세히 언급하겠지만, 『임꺽정』은 몇 개의 판본이 있다. 여기서는 필자가 실제로 읽은 한국의 사계절 출판사본에 의거하여 줄거리를 소개하고자 한다.[2]

---

2   사계절출판사에서는 1985년에 나온 전9권본과 1991년에 나온 전10권본이 나와 있다. 필자가 처음 『임꺽정』을 읽은 것은 9권본이었는데, 거기에는 '화적편'의 마지막 장인 '자모산성'장이 빠져 있다. 또 현재는 10권본이 유포되어 있어 이 판본을 구하기 어려우므로, 본고에서는 원칙적으로는 10권본을 사용하고 신문연재본과 조선일보사본을 대조하는 경우에는 각각 원전을 사용했다. 사계절사에서는 2008년에 새로 10권본을 간행했다.

역사소설『임꺽정』은 연산조에서 명종조까지 16세기 전반의 조선이 무대이다. 「봉단편」·「피장편」·「양반편」·「의형제편」·「화적편」의 다섯 편으로 구성되어 있으므로, 각 편별로 내용을 간략히 소개한다.

1)「봉단편」

「봉단편」은 연산군의 폭정시절 백정의 데릴사위가 되어 어려움을 모면한 양반에 관한 야담을 본보기로 삼고 있다.[3] 연산군의 미움을 사서 거제도로 유배된 홍문관 교리 이장곤은 갑자사화(甲子士禍)가 일어나자 죄가 더해질 것을 두려워하여 도망치고, 함경도에서 고리백정의 딸 양봉단의 데릴사위가 되어 몸을 숨긴다. 양반이면서도 백정으로 학대받는 드문 경험을 갖게 된 이장곤은 중종반정(中宗反正)으로 복권되자 만약 백정 신분으로 태어났더라면 대도적이 되었을 것이라며 임꺽정의 출현을 예고라도 하듯 감개를 내뱉는다. 이장곤은 서울로 돌아오고, 중종의 처분으로 봉단은 백정의 몸으로 숙부인을 제수받아 서울로 맞아들여진다. 그녀의 핏줄로 함경도에서 상경하여 양주 소백정의 데릴사위가 된 외가 쪽의 사촌동생 임돌이가 미래의 임꺽정의 아버지이다. 양반의 체면을 벗어던지고 도망치며 굶주림을 못이겨 똥까지 입에 대는 이장곤의 생명에 대한 집착과, 반골정신이 넘치고 양반을 싫어하는 돌이의 야성이 교차하는 지점에서 이윽고 꺽정은 태어난다.

---

3   野崎充彦,『靑邱野談』, 平凡社 東洋文庫, 2000, 해설, 308면 참조.

2) 「피장편」

「피장편」의 전반부에서는 봉단의 숙부인 백정 학자 갖바치와 유자(儒者) 정치가 조광조와의 교우 및 조광조가 실각하는 기묘사화(己卯士禍)의 양상이 그려지고, 후반부에서는 꺽정이 태어나고부터 20세가 되어 결혼할 때까지의 일이 그려진다. 꺽정은 태어날 때부터 성질이 거칠고 반항적인 아이였다. 처치 곤란해하던 돌이에게서 꺽정의 교육을 부탁받은 갖바치는 그를 서울의 자기 집으로 데리고 간다. 꺽정은 갖바치의 제자인 유복이, 봉학 등과 동무가 되어 의형제의 인연을 맺지만, 세 사람은 이윽고 뿔뿔이 흩어지게 된다. 기인(奇人) 갖바치는 꺽정의 미래를 예견하면서도 그의 성격을 학문을 통해 바로잡으려 않고 오히려 본래의 개성을 펼치도록 지도한다. 어떤 의미에서, 꺽정을 도적의 길로 이끈 것은 갖바치라고도 할 수 있다.[4] 성장한 꺽정은 출가하여 병해대사(瓶亥大師)가 된 갖바치와 전국을 돌다가 여행 도중 백두산으로 도망한 관비(官婢)의 딸 운총과 맺어진다.

3) 「양반편」

「양반편」에는 중종의 죽음, 그의 장남인 인종의 죽음과 차남인 명종의 즉위, 그리고 문정왕후의 수렴청정을 배경으로 권세를 쥔 외척(外戚) 윤원

---

4 임꺽정의 양육을 맡을 때 갖바치는 꺽정의 아버지에게 "생마 길들이는 값은 무엇인가"라고 묻고, 곧 "백정 설치인가"라며 스스로 대답하고 웃는다(『임꺽정』 제2권 '피장편', 159면). 이러한 갖바치의 심리를 확대해석한 것이, 나중에 북한에서 『임꺽정』을 수정한 홍명희의 손자 홍석중이다. 그가 소개한 전반부의 줄거리 내용은 원전과는 매우 다르며, 갖바치의 야망을 중심으로 이루어져 있다. 『림꺽정』 4, 문예출판사, 1985, 355~357면.

형과 괴승(怪僧) 보우의 출현 등 어지러운 상층사회의 양상이 그려진다. 신분 차별로 학대받는 꺽정은 양반을 미워하며, 양반이 지배하는 세간을 상대할 마음이 차츰 사라져간다. 꺽정이 35세 되는 해에 을묘왜변(乙卯倭變)이 일어난다. 꺽정은 봉학과 함께 모병(募兵)에 지원하지만, 백정이라는 신분 때문에 종군(從軍)을 거부당한다. 군대의 밖에서 봉학을 지키고자 말을 타고 혼자 출정한 꺽정은, 봉학이 영암성의 싸움에서 왜병에게 둘러싸였을 때 아슬아슬하게 그를 구출한다. 이때 꺽정이 봉학과 함께 구출한 인물이 뒷날 토포사(討捕使)로서 임꺽정을 처단하게 되는 남치근이다.

4)「의형제편」

「의형제편」은 여덟 장으로 되어 있다. 앞의 일곱 장은 꺽정의 여섯 의형제인 박유복이 · 곽오주 · 길막봉이 · 황천왕동이 · 배돌석이 · 이봉학이와 배신자 '서림'의 이름이 제목으로 되어 있고, 그들이 각 장의 주인공으로 활약한다. 그리고 마지막 '결의'장에서 꺽정과 여섯 인물들은 의형제의 인연을 맺는다.

우선 꺽정의 출정 중 아버지의 원수를 죽이고 도망친 유복이가 청석골에서 헤매다 도적 오가와 만나 그곳에서 눌러 살게 된다. 이어서 아내를 여의고 울음을 그치지 않는 젖먹이 아들을 죽이고 정신이 이상해진 머슴 곽오주, 남에게 부탁받고 오주를 붙잡으려 했던 소금장수 길막봉이, 꺽정 아내의 동생으로 봉산의 장교가 된 황천왕동이, 그의 친구인 경천의 역졸 배돌석이, 그리고 평양감사 밑에서 횡령을 하고 도망친 관리 서림이 사회에서 따돌림받게 되어 차례차례 청석골로 모여든다. 청석골 일당은 서림이

세운 책략으로 평양감사의 진상품을 빼앗고 그 일부를 껵정에게 보낸다. 밀고로 인해 그 진상품이 발각되자, 껵정은 가족을 위해 탈옥하여 도적이 될 결심을 한다. 임진의 별장(別將)이었던 이봉학이도 껵정의 도망을 도운 일이 탄로나서 청석골로 들어온다. 껵정의 괴력(怪力)과 검술 실력을 비롯하여, 유복의 쇠표창, 봉학의 활, 돌석의 돌 던지기, 오주의 쇠도리깨, 천왕동의 축지법, 막봉의 괴력 등 모두가 하나씩 특기를 갖고 있으며, 각 장에서는 이들 주인공 각각의 혼인담이 스토리 전개의 중요한 요소가 되고 있다.

이렇게 모인 껵정과 여섯 인물들이 마지막 '결의'장에서 세상을 떠난 갖바치의 목상(木像) 앞에서 의형제의 인연을 맺는다.

5) 「화적편」

「화적편」은 '청석골' · '송악산' · '소굴' · '피리' · '평산쌈' · '자모산성'의 여섯 장으로 되어 있다. '청석골'장에서 껵정은 전원의 추대로 청석골의 대장이 된다. 관군이 청석골을 치러 오자, 서림은 껵정에게 야망을 불어넣으면서 장래를 위해 지금은 관헌과의 충돌을 피하도록 진언한다. 진상품도 처분할 겸 서울로 간 껵정은 그곳에서 세 번 장가를 들고 기생 소홍과도 맺어지지만, 갑자기 밀어닥친 아내 운총과의 격렬한 부부싸움 끝에 산으로 돌아간다. 청석골의 대장으로 군림하게 되면서부터 껵정은 광복산에서의 촌민 학살, 가짜 껵정 노밤이와 여성들과의 문란한 관계, 가족에 대한 가부장적인 태도 등 이전과는 다른 인상을 주는 행동을 하게 된다.

'송악산'장에서는 송악산의 단오굿을 보러 간 청석골의 일행이 소동에 휘말리고, 대왕대비의 대리인 상궁을 인질로 대왕당 안에서 버티다가 급히 달려온 꺽정에게 구출된다. '소굴'장에서는 꺽정이 양반으로 변장하여 각 지방 군수의 접대를 받고, 또 서울에서 체포될 뻔하여 대격투 끝에 도망친다. 이때 붙잡힌 아내들을 구출하려고 꺽정은 탈옥을 계획하지만 결국 단념한다. '피리'장은 과거를 치르고 돌아오는 길에 청석골에 끌려들어 온 유생들의 이야기와, 피리의 명수 종실(宗室) 단천령이 가야금의 명수인 영도의 기생을 방문하고 돌아오는 길에 청석골에서 붙들려 피리를 부는 이야기로 되어 있다. '평산쌈'장에서는 서울에서 붙잡힌 서림이 자백하여 관군 5백 명이 꺽정들이 숨은 마산리를 급습하는데, 꺽정 일당은 겨우 일곱 명이 대적하여 싸우다가 무사히 도망친다.

'자모산성(상)'장에서는 임꺽정을 토벌하기 위해 황해도와 강원도로 순경사(巡警使)가 파견된다. 꺽정들은 황해도의 순경사가 기생에게 빠져 재령에서 관군을 움직이지 않는 것을 청석골과 가족이 도피한 해주 양쪽을 치기 위한 공격의 준비라고 오해하여, 청석골을 버리고 자모산성으로 이동한다. 그리고 마지막 '자모산성(하)'장에서 아내와의 추억이 남아 있는 청석골에 혼자 남겨진 쓸쓸한 오가의 모습이 그려지는 데서 『임꺽정』은 중단된다.

4. 『임꺽정』의 서지(書誌)

다음으로 『임꺽정』의 서지를 정리해 둔다. 『임꺽정』은 1928년부터 1940년까지 12년에 걸쳐 『조선일보』와 잡지 『조광』에 연재되었다. 연재가 중단된 뒤에는 해방 전과 해방 후 그리고 작자가 월북한 뒤 북한에서 세 번 단행본으로 간행된다. 한국전쟁 뒤 남한에서는 금서가 되고 북한에서도 절판되었지만,[5] 1980년대에 들어서 남북 양쪽에서 다시 간행된다. 이번 절에서는 ① 신문과 잡지에 연재된 것을 신문연재본, ② 해방 전 조선일보사에서 간행된 것을 조선일보사본, ③ 해방 후 을유문화사에서 간행된 것을 을유문화사본, ④ 작자가 월북한 뒤 1950년대에 북한 국립출판사에서 간행된 것을 국립출판사본, ⑤ 1985년과 1991년에 한국의 사계절출판사에서 간행된 것을 사계절출판사 9권본 및 10권본, ⑥ 1980년대 북한 문예출판사에서 간행된 것을 문예출판사본이라 칭하여 각각에 대해 개괄할 것이다.

1) 신문연재본

1928년부터 1940년까지의 연재 상황을 사계절출판사 10권본과 대응시켜 정리한 것이 〈표 1〉이다.

오랜 기간에 걸친 연재 가운데 몇 번 연재가 중단된 일도 있는데, 본격적인 중단은 1929년 말 체포된 이후 3년 동안, 그리고 1935년부터 병으로 인해 2년 동안 두 번 일어난다. 그래서 신문연재 시기는 이 두 번의 연재 중단 시기를 사이에 두고, 〈표 1〉과 같이 3기로 구분할 수 있다. 그리고 신문연재가 끝난 이듬해 잡지 『조광』의 10월호에 1회 『임거정(林巨正)』이 연재되는데, 여기서는 제3기에 넣는다. 장편 『임꺽정』은 이 『조광』 10월호로써 완전히 중단된다.

---

5 계급투쟁적 성격이 미약한 점이 문제가 되어, 홍명희 자신이 말을 꺼내 절판시켰다고 한다. 『평전』, 289면.

<표 1> 신문연재본

	연재신문	연재서지	제목	장 제목	사계절출판사 10권본과의 대응
제1기	1928.11.21~ 1929.12.26	조선일보	임거정전 (林巨正傳)	이교리 귀양 / 왕의 무도 / 이교리 도망 / 이교리의안신 / 게으름뱅이 / 축출 / 반정 / 상경 / 두 집안	1권 「봉단편」
				교유 / 술객 / 사화 / 뒷일 / 형제 / 제자 / 분산 / 출가	2권 「피장편」
				국상 / 살육 / 익명서 / 보복 / 권세 / 보우 / 왜변	3권 「양반편」
체포로 인한 중단					
제2기	1932.12.1~ 1934.9.4	조선일보	임거정전 (林巨正傳)	박유복이 (一)~(四) 곽오주 (一)~(三)	4권 「의형제편1」
				길막봉이 (一), (二) 황천왕동이 (一), (二)⊙ 배돌석이 (一)~(三) 이봉학이 (一)~(三)	5권 「의형제편2」
				서림(一)~(四) 결의 (一)~(四)	6권 「의형제편3」ⓛ
	1934.9.15~ 1935.12.24	조선일보	화적임거정 (火賊林巨正)	청석골 (一)~(六)	7권 「화적편1」
병으로 인한 중단					
제3기	1937.12.12~ 1939.7.4	조선일보	임거정 (林巨正)	송악산 / 소굴	8권 「화적편2」
				피리 / 평산쌈	9권 「화적편3」
				자모산성 상 (一)~(三六)	10권 「화적편4」
	1940.10월호	조선일보	임거정 (林巨正)	자모산성 상 (三七) / 하	

⊙ 신문연재본에는 장 번호가 제대로 매겨져 있지 않다. (二)라고 번호가 붙은 회(回)도 있는데, 이 장은 실제로는 1절로 구성되어 있다.
ⓛ 사계절출판사 10권본에는 '서림'장의 (三)과 (四)가 '결의'장의 ⊙과 ⓛ으로 편입되어, '서림'장이 두 절, '결의'장이 여섯 절로 되어 있다.

제목은 연재가 시작된 당초에는 『임거정전(林巨正傳)』이었는데 제2기 도중 「의형제편」이 끝나고 「화적편」이 시작될 때 『화적 임거정(火賊 林巨正)』으로 바뀌고, 제3기가 시작될 때 재차 『임거정(林巨正)』으로 바뀐다. 각 편에는 제목이 붙어 있는 것과 그렇지 않은 것이 있어서 빠짐없이 갖

취져 있지는 않다.[6] 각 장에는 제목이 붙어 있는데, 각 장의 번호매김은
꽤 혼란스럽다.

2) 조선일보사본

『조선일보』 지면에서의 연재가 끝난 1939년 조선일보사에서는 전8
권을 예정으로 『임꺽정』을 간행한다. 신문 예고에 따르면, 종결부를 완
성하여 「화적편 하」라고 제목을 붙이고, 또 제1기에 연재한 3권은 마지
막으로 손을 보아 「봉단편」, 「갖바치편」, 「양반편」이라는 제목으로 간
행할 예정이었다. 그러나 실제로는 「의형제편」 (1)·(2)와 「화적편」 (상)·
(중)의 네 권밖에 간행되지 못했다(〈표 2〉 참조).[7]

각 권의 분량이 비교적 많고, '배돌석이'장이 제1권과 제2권, '소굴'장
이 제3권과 제4권에 걸쳐 있는 것 외에도,[8] 표를 보면 알 수 있듯이 장 번
호를 붙이는 방식이 일정하지 않은 등 읽기에 어려운 점이 있다. 신문에
연재된 마지막 '자모산성(상)'장은 「화적편(중)」이 간행된 1940년 2월에는
아직 완결되지 못했기 때문에 빠져 있다. '자모산성'장은 이해 『조광』10

---

6   이를테면 「봉단편」은 마지막회 말미에 "제1편 종(終)"이라 했을 뿐 '봉단편'이라는 제목이
    등장하지 않고, 「피장편」도 마지막회 말미에 "제2편 갖바치 종"이라고 적었을 뿐이다. 「양
    반편」의 경우는 작자가 체포되는 바람에 돌연 중단된 탓인지 이런 언급조차 없다. 「의형
    제편」이 시작되고 처음에는 편 제목이 나오지만, 곧 나오지 않게 된다. 마지막회 말미에는
    "의형제편 (끝)"이라고 되어 있다. 「화적편」의 연재 때에는 소설의 제목이 『화적 임거정
    (火賊 林巨正)』으로 바뀐 때문인지, 편 제목은 명시되어 있지 않다.
7   1932년 12월 1일자 『조선일보』 광고 참조. 광고에는 「의형제편」 상·하로 되어 있지만, 간
    행된 것을 보면 「의형제편」 (1)(2)라고 되어 있다. 게다가 간행 예고 때 비로소 전반 세 편과
    「화적편」의 제목이 확정된다. 『연구』, 271면, 주 18 참조.
8   '소굴'장은 신문 연재 때에는 1절로 구성되었지만, 이때 제3권과 제4권 두 권에 걸쳐 실리
    는 바람에 두 부분으로 나뉜다.

월호에 마지막 부분이 게재되어 완결되지만, 조선일보사본에 들어 있지 않기 때문인지 이후 을유문화사본과 국립출판사본에서도 누락된다.

<표 2> 조선일보사본

간행	권수	편 제목	장 제목	사계절출판사 10권본과의 대응
1939.10	제1권	의형제편⑤	박유복이 (一)~(四) 곽오주 (一), (二)	4권「의형제편1」
			길막봉이 (一)⑤ 황천왕동이 배돌석이 (一)	5권「의형제편2」
1939.11	제2권	의형제편⑥	배돌석이 (二), (三) 이봉학이 (一)~(三)	
			서림 (一), (二)⑥ 결의 (一), (二), (四), (六), (七), (八)⑥	6권「의형제편3」
1939.12	제3권	화적편(상)	청석골 (一)~(六)	7권「화적편1」
			송악산 (一)⑧ 소굴 (一)	권「화적편2」
1940.2	4권	화적편(중)	굴⑨	
			피리 (一)⑩ 평산쌈 (一)⑪	9권「화적편3」
간행	제5권	화적편(하)		10권「화적편4」
	제6권	봉단편		1권「봉단편」
	제7권	갓바치편		2권「피장편」
	제8권	양반편		3권「양반편」

㉠ 1절로 구성되어 있는데도 번호가 붙어 있다.
㉡ 신문연재 때는 '서림'장이 네 장, '결의'장이 네 장이었던 것을, 이때 '서림'장을 두 장, '결의'장을 여섯 장으로 고쳐 나눈다. 표1 ㉡ 참조.
㉢ 번호가 잘못 붙어 있다. 실제로는 (一)~(六).
㉣ 1절로 구성되어 있는데도 번호가 붙어 있다.
㉤ '소굴'의 후반부. 장 번호인 (一)이 불필요한 것인지, (二)가 빠진 것인지 분명하지 않다. 신문에서는 1절로 구성되어 있다.
㉥ 1절로 구성되어 있는데도 번호가 붙어 있다.
㉦ 1절로 구성되어 있는데도 번호가 붙어 있다.

최초의 단행본인 조선일보사본을 간행하면서 홍명희가 공들여 원고를 다시 손본 흔적이 보인다. 특히 「의형제편」에서는 글자나 어구에 그치지 않고 장 편성과 내용의 개작 등 대폭적인 수정을 가하고 있는데, 이에 관해서는 제5절에서 상술할 것이다.

3) 을유문화사본

해방 후 1948년에 을유문화사가 전10권 예정으로 『임꺽정』을 간행한다.[9] 조선일보사본과 마찬가지로 종결부를 완성시켜 「화적편4」라 하고, 그후 「봉단편」·「피장편」[10]·「양반편」의 세 편을 간행하여 전10권으로 낼 예정이었으나, 6권까지 간행되고 그쳤다(〈표3〉 참조).

조선일보사본에서 보이는 오자(誤字)나 탈자(脫字) 일부에 수정이 가해졌으나, 장 번호의 혼란은 거의 그대로 답습되어 있다. 해방 후 홍명희는 1947년 10월 민주독립당을 창건하는 등 정치 활동을 벌이고, 이듬해 1948년 4월에는 평양에서 열린 남북연석회의에 참석하여 그대로 북에 남는다. 이 때문에 작자 자신이 교정할 시간은 없었을 것이다.

---

[9] 같은 해 6월 조선일보사본의 재판본이 조광사에서 나온다. '박유복이'장만 1권으로 묶은 얇은 책으로, 그 뒤로는 나오지 않았다고 한다. 『평전』, 276면.

[10] 조선일보사에서 간행되었을 때는 「갓바치편」이었으나, 이때 「피장편」으로 변경된다.

<표 3> 을유문화사본

간행	권수	편 제목	장 제목⁺	사계절출판사 10권본과의 대응
1948.3	제1권	의형제편 一	박유복이 (一)~(四) 곽오주 (一), (二)	4권「의형제편1」
1948.4	제2권	의형제편 二	길막봉이 (一)ⓛ 황천왕동이 (一)ⓒ 배돌석이 (一)~(三)	5권「의형제편2」
1948.6	제3권	의형제편 三	이봉학이 (一)~(三)	
			서림 (一), (二) 결의 (一), (二), (四), (六), (七), (八)	6권「의형제편3」
1948.7	제4권	화적편 一	청석골 (一)~(六)	7권「화적편1」
1948.10	제5권	화적편 二	송악산 소굴 (一), (二)ⓓ	8권「화적편2」
1948.11	제6권	화적편 三	피리 (一)ⓔ 평산쌈ⓕ	9권「화적편3」
미간행	제7권	화적편 四		10권「화적편4」
	제8권	봉단편		1권「봉단편」
	제9권	피장편		2권「피장편」
	제10권	양반편		3권「양반편」

㉠「의형제편1」소재 '전질(全帙) 목록'에는 장 제목이 다음과 같이 표기되어 있다. 「의형제편1」
박유복 / 곽오주, 「의형제편2」 길막봉 / 황천왕동 / 배돌석, 「의형제편3」 이봉학 / 서림 / 결
의, 「화적편1」 청석골, 「화적편2」 송악산 / 소굴, 「화적편3」 피리 / 평산쌈, 「화적편4」 구월
산성, 「봉단편」 이교리 / 반정, 「피장편」 교유 / 분산, 「양반편」 국상 / 사화 / 왜변
ⓛ (一)은 불필요. 조선일보본의 잘못을 답습하고 있다.
ⓒ (一)은 불필요. 조선일보본에서는 제대로 되어 있는데, 새로운 오식이다.
ⓓ 2절로 나뉘어 있는데, 두 번째 절에는 '소굴'로만 되어 있고 (二)라는 번호는 붙어 있지 않다.
ⓔ (一)은 불필요. 조선일보본의 잘못을 답습하고 있다.
ⓕ 조선일보본에는 (一)이 붙어 있었는데, 정정되어 있다.

4) 국립출판사본

총명희기 일북히고 니서 6년 뒤인 1954년 12월부터 이듬해 4월에 걸
쳐 북한의 국립출판사에서 『림꺽정』 전6권을 간행된다. 장 번호가 정돈
되어 있고 정서법(正書法)에 의거해 글자와 어구의 수정이 가해져 있는

것 외에는 조선일보사본이나 을유문화사본과 다르지 않지만, 이때까지와 달리「봉단편」·「피장편」·「양반편」및 완결편에 관하여 전혀 언급되어 있지 않은 것이 주목된다.[11]

<표 4> 국립출판사본

간행	권수	편 제목	장 제목	사계절출판사 10권본과의 대응
1954.12	제1권	의형제편(상)	박유복이 (一)~(四) 곽오주 (一), (二)	4권「의형제편1」
1954.12	제2권	의형제편(중)	길막봉이 황천왕동이 배돌석이 (一)~(三) 이봉학이 (一), (二)	5권「의형제편2」
1955.2	제3권	의형제편(하)	이봉학이 (三) 서림 (一), (二) 결의 (一)~(六)	6권「의형제편3」
1955[⊙]	제4권	화적편(상)	청석골 (一)~(六)	7권「화적편1」
1955.4	제5권	화적편(중)	송악산 소굴 (一), (二)	8권「화적편2」
1955.5	제6권	화적편(하)	피리 평산쌈	9권「화적편3」

⊙ 분명하지 않음. 토쿄외국어대학도서관 소장 사판본(私版本)을 사용했는데, 이 권만 판권 페이지가 없다. 나중에 오사카대학의 우에다 코지(植田晃次) 교수가 판권 페이지를 복사하여 보내주셨는데, 이 판권에 따르면 간행일이 1955년 4월로 되어 있다.

11 2001년 10월에 열린 제52회 조선학회에서, 이미강은「벽초『임꺽정』정본고(定本考)」라는 발표를 통해서 자구의 수정이나 한자로의 치환이 보이는 것을 근거로 삼아 국립출판사본이 『임꺽정』의 정본(작자가 궁극적으로 의도한 텍스트)이라고 주장했다. 필자는 작자가 소설의 문장에 직접 손을 댄 것은 조선일보사본이 마지막이며, 정본이라 부르기에 적합한 판본은 조선일보사본이라고 생각하고 있다. 그러나 전반 3편을 제외한 형태로 간행한 것이 작자의 궁극적인 의도였다면, 국립출판사본을 정본으로 생각하는 것도 가능할 것이다.

5) 사계절출판사 9권본 및 10권본

작자가 월북하여 부수상이라는 요직에 있었기 때문에, 한국전쟁이 끝
나자『임꺽정』은 한국에서 금서가 된다.[12]『임꺽정』을 소장하는 것조차
위험한 시기이기도 했지만, 문학에 뜻을 둔 이나 지식인 사이에서는 몰래
읽혀졌다고 한다.[13] 1980년대에 들어서 북한 관련 자료가 해금되어 사계
절출판사가 1985년에『임꺽정』전9권을 간행한다.[14] 이 사계절출판사본
에는 이때까지 한번도 단행본으로 묶이지 않았던「봉단편」·「피장편」·
「양반편」이 첫 세 권으로 들어 있다(〈표5〉 참조).[15]

사계절출판사에서는 1991년에 신중하게 다시 교정작업을 하고, 새롭
게 발견된 마지막 장 '자모산성(상)·(하)'를 집어넣어 10권본으로 재간
행한다.[16] 현재 가장 많이 유포되고 있는 것은 이 판본이다.

---

12   을유문화사본은 간행 당시에는 정상적으로 판매되었지만, 한국전쟁 발발 후에는 금서가
      되었다고 한다.『연구』, 543면, 주47 참조.
13   「『임꺽정』연재 60주년 기념좌담」,『자료』, 287~292면.
14   단, 간행된 것은 1987년부터 1988년에 한국 정부가 취한 월북·납북 문학자의 해금조처보다
      도 이전의 일이다. 布袋敏博,「韓國近代文學硏究の現況と課題−韓國での論議を中心に−」,
      『世界の日本硏究 2002』, 國際日本文化硏究センター, 2003, 145~146면.
15   이 세 권은 신문연재본을 그대로 가져다 출판한 것이다. 더욱이「의형제편」,「화적편」의
      저본(底本)은 분명하지 않다.
16   교정자의 말에 의하면, "을유문화사본 전6권을 기본 텍스트로 삼고 기왕에 현대 표기로 고
      친 사계절판을 조판 원고로 삼아 원전을 대조하는 한편, 신문연재본을 일일이 을유본과
      대조하여 을유본의 누락된 문장이나 잘못을 보완하고 바로잡았다"(사계절출판사 10권본
      『임꺽정』10, '교정 후기', 163면)고 한다. 그러나 저본으로서는 저자가 직접 교정한 것이
      분명한 조선일보사본 쪽이 더 낫다. 게다가 "신문연재본, 조선일보사본, 을유문화사본을
      다 일일이 대조하여 그 선후(先後)를 가리고 평정(評定)"(같은 글)하는 방식에도 문제가
      있다. 텍스트는 교정자가 자의로 정정해서는 안 되며, 신문연재본과 조선일보본 사이의
      같고 다름에 대해서는 좀더 상세하게 언급해야 할 것이다. "연구자들은 이 사계절출판사
      본만 가지고도 문학 본연의 연구를 깊이 있게 할 수 있으리라 생각한다"(같은 글)는 말에는
      무리가 있는 것 같다.

<표 5> 사계절출판사 9권본

간행 연도	권수	편 제목	장 제목	사계절출판사 10권본과의 대응
1985.8.30	제1권	봉단편	신문연재본과 동일	1권 「봉단편」
	제2권	피장편		2권 「피장편」
	제3권	양반편		3권 「양반편」
	제4권	의형제편1	박유복이 (一)~(四) 곽오주 (一), (二)	4권 「의형제편1」
	제5권	의형제편2	길막봉이 황천왕동이	5권 「의형제편2」
	제6권	의형제편3	이봉학이 (一)~(三) 서림 (一), (二) 결의 (一)~(六)	6권 「의형제편3」
	제7권	화적편1	청석골 (一)~(六)	7권 「화적편1」
	제8권	화적편2	송악산 / 소굴	8권 「화적편2」 ⊙
	제9권	화적편3	피리 / 평산쌈	9권 「화적편3」 ⓛ

⊙ '소굴'장이 (一), (二)의 두 절로 나뉘어 있다.
ⓛ '피리'장이 (一), (二)의 두 절, '평산쌈'장은 (一), (二), (三)의 세 절로 나뉘어 있다. 이렇게 나눈 근거가 명확한 것은 아니다.

6) 문예출판사본

북한에서는 국립출판사본이 1950년대 후반에 절판되고 그후에는 잊혀진 상태였는데,[17] 1982년부터 1985년에 걸쳐 문예출판사가 '의형제편' 과 '화적편'에 해당하는 부분을 네 권으로 정리한 『림꺽정』을 간행한다.[18] 임꺽정은 "대규모의 농민무장대를 지휘한 인물"[19]로 되어 있고, 그

---

17 『평전』, 289면 참조.
18 각 장의 제목이 있을 뿐, 각 편의 제목은 없다.
19 리창유, 「장편소설 『림꺽정』에 대하여」, 『림꺽정』 1, 문예출판사, 1982, 1면. 이 글에서 리창유는 "혹독한 일제의 검열을 피할 수 없었던 사정과 창작 당시 작가의 세계관상의 제약으로 인해 소설에는 여러 가지 미흡한 점이 보인다. 그래서 작가의 손자인 홍석중은 이 작품이 지닌 일련의 미흡한 점을 수정할 것을 결심하고 정력적으로 일에 임했다"고 적고 있다.

밖에도 불륜 등 도덕적으로 문제가 있는 부분이 삭제 개작되어 곳곳이 원작과는 다른 형태로 되어 있다. 수정을 한 사람은 홍명희의 손자인 홍석중으로, 그는 이 판본에서 『림꺽정』에 전반부 세 편을 넣지 않은 이유를 '후기'에서 다음과 같이 적고 있다.

> 이번에 작품을 수정하여 재출판하는 것을 기회로 작자가 제외시켜 버린 전반부를 집어 넣으려고 했지만, 실제로 그렇게 하려고 해보니 전반과 후반의 문학적 양상이 지나치게 차이가 많이 나고, 수정할 분량이 너무 많아서 도저히 한 작품으로 통합시킬 수 없음을 알았다. 작가가 신문에 연재했던 소설을 단행본으로 냈을 때 전반부를 버린 이유는 여기에 있었던 것이다.[20]

게다가 1985년에는 이 문예출판사본을 한 권으로 정리하여 이야기를 완결시킨, 소년들에게 적합한 간략본 『청석골 대장 림꺽정』이 평양의 금성청년출판사에서 나온다. 홍명희 원작·홍석중 윤색이라고 되어 있지만, 원작과는 꽤 차이가 나는 작품이다.

5. 불연속성에 대하여

그러면 본 논문의 목적 가운데 하나인 '불연속성'에 대한 고찰로 들어

---

20   홍석중, 「후기」, 『림꺽정』 4, 문예출판사, 1985, 354면.

가도록 하자. 고찰은 다음의 순서로 진행된다. 우선 필자가 읽은 사계절 출판사본에 의거하여 불연속적인 부분을 찾아낸다.[21] 다음으로 서지를 참고하면서 이러한 불연속성이 독자에게 의식되는 경위를 고찰한다. 그리고 마지막으로 왜 불연속성이 생겼는지 연재 당시의 사정을 통하여 고찰할 것이다.

1) 불연속적인 부분

그러면 우선 불연속적인 부분에 대해 검토하자. 작품을 통독하며 알게 된 것은 제3권 「양반편」과 제4권 「의형제편」 사이에 하나의 단절이 존재 한다는 점이었다. 「양반편」은 영암성 밖에서 왜병에게 둘러싸인 이봉학 이를 꺽정이 아슬아슬하게 구출하고 모습을 감추는 긴박한 장면으로 끝 나고 있다. 그 다음 일이 걱정되는 독자는(필자가 그랬다) 정말 손에 땀을 쥐 면서 다음 권을 펼치는 것인데, 이러한 기대에 반하여 「의형제편」의 '박유 복이'장은 꺽정이 부재중인 집의 일상 풍경에서 시작하여 유복이의 복수 로 이어지고, 마지막까지 싸움터 이야기는 나오지 않는다.[22] 이 때문에 독 자는 여기에서 이야기의 흐름이 도중에서 끊긴 듯한 인상을 받게 되는 것 이다. 이렇게 확연한 분위기의 변화는 단순히 장면이 싸움터에서 부재중 인 집으로 바뀌었기 때문에 일어나는 긴장의 이완 탓이 아니라, 보다 근본

21　주 3에서 언급한 것처럼, 필자가 처음 읽은 텍스트는 사계절출판사 9권본이지만 본고에서 는 10권본을 사용했다.

22　'배돌석이'장에서 돌석의 회상과 '이봉학이'장의 서두에서, 그 뒷이야기가 단절적으로 이 어지고 있다. 「의형제편」의 연재가 시작되기 전날(1932년 11월 30일) 『조선일보』에 게재 된 예고에는 「양반편」의 결말이 간단히 소개되어 있다.

적인 창작 방법의 변화와 관련이 있는 것처럼 보인다. 즉 그때까지 사건 중심의 묘사에서 등장인물 심리의 음영을 대화에 스미게 하는 사실적 묘사로 바뀌어 마치 두루마리 그림에서 자연파(自然派)의 근대 회화로 바뀐 듯한 질적 차이를 느끼게 하고 있는 것이다.

그러나 여기서 임꺽정의 인간상에 변화가 일어났는지 어떤지는 확실하지 않다. 이 「의형제편」에서는 꺽정의 의형제들이 주인공이고 조연인 꺽정은 별로 등장하지 않으며, '곽오주'장에서의 범사냥 장면이나 '길막봉이'장에서의 중개 장면 등 등장하더라도 곧 모습을 감추어 버리기 때문이다. 꺽정에게서 다소 다른 인상을 받게 되더라도, 독자는 당장은 확신을 갖지 못한다. 마치 작자는 꺽정의 변모가 독자에게 주는 당혹감을 경계하여, 시간을 벌면서 의도적인 모호함을 꾀하고 있는 것처럼 보인다.

그러나 주의 깊게 읽으면, 꺽정의 인간상에 변화가 일어난 것은 역시 「의형제」편에서부터이다. 꺽정의 출생 이전부터 35세까지의 일이 그려지는 전반 세 편에서는 꺽정의 인간상에 일관성이 보인다. 「봉단편」의 주인공 이장곤의 생명에 대한 집요한 집착과 봉단의 사촌동생 돌이의 거친 야성은 모두 꺽정의 출생을 예고한다. 만약 자기가 백정으로 태어났더라면 대도적이 되었을 것이라는 이장곤의 말을 잇기라도 하듯 꺽정은 「피장편」에서 소백정 돌이의 자식으로 태어난다. 선천적으로 거친 성격을 지닌 꺽정은 신의 권위를 부정하고 자기 주먹의 힘을 믿는 강대한 의지의 소유자이다. 그러나 한편으로 그는 조산아로 태어나 어머니도 포기한 동생을 기저귀까지 갈며 돌봐주는 상냥함을 갖고 있고, 또한 여성에게는 결벽한 청년이기도 하다. 20세의 꺽정이 백두산의 대자연 속에서 자란 천진난만한 운총을 만나 둘만의 결혼식을 올리고 결연하는 장면은 정결한 아름다움으로 넘친다. 「양반편」이 진행되는 도중 종종 모습을 감추다가 후반에서 10년 만에 등장하는 꺽정은 35세의 수염이 덥수룩한 중년의 남자로 외모는 변했을지언정 인간성은 그대로이다.[23] 그는 여전히 양반의 지배를 미워하고, 남녀차별을 포함한 모든 불평등을 미워하며, 온 세상이 뒤집히기를 꿈꾸고, 또 권력을 쥔 자가 폭력을 통해 온 세상을 변혁하면 좋겠다고 생각하는 혁명가 같은 반역아이다.

　「의형제편」에서 처음에는 알아차리기 어려운 꺽정의 변모는 그의 등장이 빈번해짐에 따라 서서히 분명해진다. 예컨대 '이봉학이'장에서 제주도의 정의 현령 이봉학이를 만나러 관아에 들어가는데도 술의 힘을 빌리는 꺽정답지 못한 심약함, 봉학을 당혹케 만든 꺽정의 푸념 같은 세간에 대한 비판, 또 '서림'장에서 청석골에서 보내온 도둑질한 물건을 묵묵히 받는 행위에서 느껴지는 어색함은 '결의'장에 들어서면서 점차 커져간다. 특히 꺽정이 도적이 될 것을 결의할 때 보여주는 오랜 망설임은 애초에 그려진 꺽정의 이미지에 역행한다. "도적놈의 힘으로 악착한 세상을 뒤집어엎을 수만 있다면 꺽정이는 벌써 도적놈이 되었을 사람이다. 도적놈을 그르게 알거나 미워하거나 하지는 아니하되 자기가 늦깎이로 도적놈되는 것도 마음에 신산치 않거니와 외아들 백손이를 도적놈 만드는 것이 더욱 마음에 싫었다."[24] 분명히 결단력을 갖고 있었을 꺽정이 이런 식으로 오랫동안 갈피를 잡지 못하다가 결국 서림을 향해 "서장사 말대루 할테니"[25]라며 타율적으로 운명을 받아들이는 모습을 보여주고 있는 것이다.

23　임꺽정은 인종을 저주하는 윤원형을 응징(1545)한 뒤, 감옥에서 죽은 이해의 시신을 관에 넣어 주고 곤장을 맞게 되는 에피소드(1550) 외에는, 을묘왜변(1555) 때까지 등장하지 않는다.
24　『임꺽정』 6, 124면.
25　『임꺽정』 6, 124면.

꺽정의 여성에 대한 태도도 일변한다. 안성에서의 탈옥과 칠장사(七長寺)에서의 결의 뒤 일행을 숨겨준 이방의 집에서 그의 첩에게 유혹을 느낀 꺽정은 "이방을 삼씨 오쟁이지우기 미안한 생각도 있고 계집의 꼬리치는 것을 괘씸히 여기는 생각도 없지 않건만, 계집의 마음을 사두는 것이 좋을 뿐 아니라 얼굴 곱살스러운 계집이 옆에 와서 부니는 것이 마음에 싫지 아니하여 계집을 손에 넣"[26]고, 집을 나올 때는 "궂은 고기를 먹은 것 같"은 뒷맛을 해소할 셈으로 사실을 토로하여 은인을 비극으로 몰아간다. 꺽정의 변모는 「화적편」에서 그가 청석골의 대장이 되면서 결정적이 된다. 서울로 올라가 세 명의 아내를 맞고, 기생 소홍과도 연을 맺으며, 갑자기 들이닥친 아내 운총에게 폭력을 휘두르면서 "저게 소견 없는 기집년의 생각이야. 그래 같은 사람이면 아이나 어른이나 마찬가지구 종이나 상전이나 마찬가지냐"[27]라며 함부로 대한다. 꺽정은 가족에게는 가부장적이고 의형제들에게는 권위주의적으로 군림하며, 약자를 배려하던 이전의 모습도 잃고 만다.

꺽정이 후반에서 변모한 것을 상징적으로 보여주는 것은 「피장편」에서 젊은 날의 꺽정이 검술 스승에게 했던 맹세이다. ① 죄 없는 목숨을 빼앗지 않고, ② 여색을 위해 검을 뽑지 않으며, ③ 부정한 재물을 빼앗아 착한 사람에게 주는 외에는 재물을 위해 칼을 뽑지 않고, ④ 까닭 없는 증오와 객기로 검을 휘두르지 않는다는 네 가지 맹세[28]를 모두 어기고, 「화적편」에서 꺽정은 광복산의 주민을 비롯하여 죄 없는 사람들의

---

26 『임꺽정』 6, 316~317면.
27 『임꺽정』 7, 282면.
28 『임꺽정』 2, 196면.

목숨을 빼앗고,[29] 이웃집 과부의 침실에 몰래 들어가 칼로 위협하며,[30] 청석골의 사치한 생활을 위해 사람들로부터 세를 걷고,[31] 결국에는 객기로 인해 일족과 부하들을 멸망의 비극으로 몰고 간다.[32] 젊은 날의 꺽정이 했던 맹세는 독자에게 그가 곧 의적이 될 것임을 암시한다. 그러나 후반부의 꺽정은 의적이 아니다. '피리'장에서 청석골로 납치되어 온 신진사는 꺽정에게 의적이 되라고 타이르는데,[33] 작자는 신 진사의 말을 통해 꺽정이 의적이 아니라는 사실을 강조하고 있는 것이다.

2) '불연속성'의 부상

이상에서 『임꺽정』의 불연속은 전반의 세 편과 후반의 두 편 사이에서 발생하고 있다는 점이 명확해졌다. 그런데 앞에서 검토한 서지(書誌)에 따르면, 전반의 세 편은 신문 연재 뒤 한 번도 단행본으로 간행된 적이 없다. 조선일보사본과 을유문화사본에서는 예고만 되고 미간행으로 그쳤고, 작자가 월북한 뒤 북한에서 간행된 국립출판사본에서는 처음부터 제외되어 버렸다. 따라서 이 불연속이 독자에게 감지되었다면, 그것은 『임꺽정』이 신문에 연재되던 당시뿐이었다고 할 수 있다. 그러나 「의형제편」의 연재 이전에 3년 간의 연재 중단 기간이 있었던데다 앞장에서 고찰한

29 　『임꺽정』 7, 47면.
30 　『임꺽정』 7, 212면.
31 　『임꺽정』 9, 8면.
32 　신임 봉산 군수를 습격하려고 계획하고 있던 꺽정에게 다음과 같이 충고하는 박연중의 말은 시사적이다. "자네네 일하는 것이 나 보기엔 공연한 객기의 짓이 많데. 이번 일만 하더라두 그게 객기 아닌가? 봉산 군수를 죽이면 금이 쏟아지나 은이 쏟아지나. 설사 금은이 쏟아지더라두 뒤에 산더미 같은 화가 올 걸 어째 생각 아니하나?" 『임꺽정』 9, 252면.
33 　『임꺽정』 9, 31면.

것처럼 주인공의 변모는 주도면밀하게 위장되어 있기 때문에, 연재 당시 이를 알아챈 독자는 많지 않았을 것이다. 1985년에 사계절출판사에서는 이 부분을 『조선일보』의 신문연재본을 가져다 첫 세 권으로 통합하여 출판했고, 이로써 독자는 『임꺽정』 전권을 통독할 수 있게 된다. 그러나 이와 동시에 전반과 후반 사이에 내재했던 '불연속성'이 드러나게 된 것이다.

작품의 '불연속성'이 처음 지적된 것은 간행되고 나서 3년 후의 일이다. 1988년 사계절출판사에서는 『임꺽정』 간행 3주년과 홍명희 탄생 100주년, 그리고 『임꺽정』 연재 시작 60주년을 기념하기 위해 염무웅·임형택·반성완 등을 초빙하여 최원식의 사회로 '한국 근대문학에서의 『임꺽정』의 위치'라는 이름의 기념좌담회를 연다. 참석자 전원이 『임꺽정』이 금서였던 시대에 모종의 통로를 통해 이 책을 읽고 감동했던 경험을 갖고 있어 좌담회는 그들이 『임꺽정』을 읽기 위해 얼마나 애썼는가에 관한 체험담에서 시작되고 있다. 책을 구하러 고서점을 돌아다닌 이야기, 가까스로 읽은 책의 전반부가 누락되어 있는 사실을 알지 못한 채 이야기의 흐름에 의문을 품었던 이야기, 하버드대학 도서관에 있던 신문연재본의 복사본을 다른 사람에게서 빌려 읽고 감격했으나 복사가 선명하지 못했던 탓이 시력이 나빠진 이야기 등 『임꺽정』이 신화화되어 있던 시대의 에피소드가 펼쳐진다. 사계절출판사 9권본의 간행은 이러한 '문화적 단절' 상태에 종지부를 찍고 바야흐로 "완전한 형태로 그 모습을 독자들 앞에 드러냈"[34]던 것이다. 그러나 얄궂게도 『임꺽정』 전편의 통독을 가능하게 만든 9권본이 간행으로 인해 작품이 '불연속성'이 부상하게 된다.

---

[34] 기념좌담회, 최원식의 발언. 『자료』, 290면.

"분단 이후 홍명희의 『임꺽정』에 관한 최초의 본격적인 논의의 장소"[35]가 된 이 좌담회에서 처음 문제를 제기한 사람은 염무웅이다. 그는 홍명희가 왜 전반부의 간행을 미루었는지에 의문을 나타내면서, 『임꺽정』에는 단행본으로 나온 후반부와 그렇지 않은 전반부 사이에 "형상화의 정도", "진행 속도", "인물의 묘사 방식"에 커다란 차이가 있음을 지적한다.[36] 이러한 지적에 대해 참석자 전원은 작품의 전후에 모종의 '불연속성'이 있음을 인정하지만, 그것이 작가가 의도한 것인지의 여부에 대해서는 의견이 갈린다. 일제의 탄압이 심해진 탓에 일어난 작자의 사회의식의 저하가 원인이라는 염무웅의 주장[37]에 대해, 임형택은 홍명희가 화적이라는 '군도(群盜) 형태의 저항'을 통한 반항의 한계를 보이기 위해 의도적으로 그의 변모를 그린 것이라고 주장한다.[38] 최원식은 당시의 시대 조건이 군도 형태의 저항을 통한 혁명적 변화를 허용하지 않았다는 점을 작가가 강조하고 싶었던 것이라며 임형택과 같은 입장에서 주장을 편다.[39] 그리고 반성완은 "이 문제는 이제부터 구체적인 연구를 통하여 명확히 해야 할 부분이라고 생각"[40]한다며 절충적인 의견을 내놓는다. 요컨대 작품의 '불연속성'은 전제되어 있고, 그것이 작가의 의도에

---

35 위의 글, 『자료』, 287면.
36 위의 글, 『자료』, 332면.
37 "이 점(임꺽정이 청석골의 대장이 되고 나서 변모했다는 점 — 필자)이 임꺽정이라는 인물에 대한 실감을 주려는 작가의 의도에서라기보다는 작가 자신이 사회에 대한 긴장이 이완되는 데서 연유한 것이라고 생각합니다." 위의 글, 『자료』, 334면.
38 "이러한 측면을 살펴보면 결국 작가는 군도(群盜) 형태의 저항이 안고 있는 한계를 부각시키고 독자로 하여금 비판적 안목으로 보게 한 것입니다." 위의 글, 『자료』, 336면.
39 "제 생각으로는 군도(群盜)가 주관적으로는 혁명적 의지를 가졌다 하더라도 당시의 사회적 조건 속에서는 의적의 봉기나 군도의 저항으로는 진정한 혁명적 변화가 일어날 수 없다는 점을 강조하고자 했던 게 아닌가 합니다." 위의 글, 『자료』, 340면.
40 위의 글, 『자료』, 341면.

의한 것인지의 여부가 논의의 초점이었던 것이다. 이때 이렇게 뜨거운 논의를 불러일으켰음에도 불구하고, 그후 '불연속성'을 주제로 한 논문이 나오지 않은 것은 유감이다.[41]

작품의 '불연속성'은 왜 발생한 것인지, 그것이 작자의 의도에 의한 것이었는지를 알기 위해서는 집필 중 작자를 둘러싸고 있던 상황을 살펴볼 필요가 있다. 『임꺽정』을 썼던 12년 간 홍명희는 일본이 지배하는 조선에 살면서 계속하여 이론과 현실적·정신적인 대결을 벌인다. 염무웅이 말한 대로 주인공의 변모가 작가의 사회의식의 저하를 드러낸 것이라면, 그것은 일본의 식민통치하에서 그가 정신적으로 궁지에 내몰렸다는 얘기가 된다. 그리고 임형택이나 최원식이 말한 대로 작가의 의도에 의한 것이라면, 그것은 작가의 '저항'의 한 형태였다는 얘기가 될 것이다. 어느 쪽이든 당연히 그것은 그가 놓여 있던 상황과 깊은 관련이 있을 것이다. 그러므로 다음 절에서는 작품의 '불연속성'이 발생한 사정을 해명하기 위해 당시 작자를 둘러싸고 있던 상황을 구체적으로 고찰하기로 한다.

3) '불연속성'의 발생

앞에서 본 서지 가운데 신문연재본에서 필자는 12년에 걸친 『임꺽

---

41 그러나 다음의 예가 보여주는 것처럼, 연구자들은 어떤 형태로든 이 불연속을 감지하고 있었던 듯하다. "처음에는 관 측과 천민층의 연결이 강고하여 당시의 역사 전체를 전망할 수 있었지만, 작품의 중반 이후가 되면 임꺽정의 일면적인 측면만 그려져 균형감각을 잃고 있다." 김윤식, 「역사소설의 네 가지 형식」, 『한국근대소설사연구』, 을유문화사, 1986, 422면. "야담 운동이 가장 활기를 띠었던 이 시기에 『임꺽정』의 집필이 시작된 것을 보더라도, 작자의 의도는 분명하다고 할 수 있다. 그러나 앞으로 나아감에 따라 이러한 목적 의식은 엷어지고, 작자는 그야말로 단순한 강담사의 위치로 물러나버린다." 정호웅, 『불기(不羈)의 사상—벽초의 『임꺽정』론』, 솔, 1994, 272면.

정』의 연재 기간을 1929년 말의 체포로 인해 연재를 중단한 기간과 1935년 말의 병으로 인해 연재를 중단한 기간을 경계로 하여 3기로 구분했다(〈표1〉 참조). 이번 절에서는 이 3기의 구분에 따라 『임꺽정』 연재 기간 중의 집필 경위를 고찰한다.

a. 제1기

1920년대에 일어난 민족운동과 사회운동의 물결 속에서 홍명희는 신사상연구회와 화요회의 주요 멤버로 새로운 사상을 적극적으로 흡수하고, 『동아일보』와 『시대일보』의 편집자 및 경영자 등 언론인으로서 활약하거나 오산학교의 교장으로 부임하는 등, 사상·언론·교육계에서 다양한 활동을 한다. 그리고 1927년에는 비타협적 민족주의자와 사회주의자의 공동전선인 신간회의 설립을 앞두고 준비 단계에서부터 주도적인 역할을 맡게 되며, 창립 후에도 각지의 지부 설립 및 대중운동 지원 등으로 분주하게 활동한다. 그가 제4차 조선공산당사건으로 당원의 혐의를 받고 검거되었다가 불기소 처분된 것은 바로 이 무렵의 일이다.[42] 『조선일보』에 『임꺽정』의 연재가 시작된 것은 바로 한달 뒤인 1928년 11월의 일로, 이때 홍명희의 나이 40세였다. 그때까지 번역과 평론으로 문학적인 재능을 인정받기는 했지만 본격적인 소설은 써본 일이 없는 그가 정치 활동으로 분망했던 이 시기에 소설의 연재를 시작한 것은 생활비를 확보하기 위한 것이었다고 한다.[43]

---

[42] 홍명희와 조선공산당의 관계를 조사한 강영주는 그가 일정 기간 당원이었을 것으로 추측한다. 사상적으로는 사회주의에 경도되어 있었고, 신간회 창립 무렵에는 비타협적 민족주의자였으며, 이는 해방 후에도 변하지 않았다고 보고 있다.

『임꺽정』의 연재가 시작된 것은 1920년대 대중운동의 파고가 정점을 맞고 있던 시기의 일이다. 운동은 1929년 초 원산총파업에서 10월의 광주학생사건으로 앙양되어 '일본제국주의를 타도하라'는 슬로건을 내걸고 일본의 지배에 대결하는 자세를 선명하게 드러냈다. 이러한 사회적 분위기 속에서 쓴『임꺽정』의 연재 소감에서 홍명희는 다음과 같이 적고 있다.

임꺽정이란 옛날 봉건사회에서 가장 학대받던 백정계급의 한 인물이 아니었습니까. 그가 가슴에 차 넘치는 계급적 ○○의 불길을 품고 그때 사회에 대하여 ○○를 든 것만 하여도 얼마나 장한 쾌거였습니까. 더구나 그는 싸우는 방법을 잘 알았습니다. 그것은 자기 혼자가 진두에 나선 것이 아니고 저와 같은 처지에 있는 백정의 단합을 먼저 꾀하였던 것입니다. (…중략…) 이 필연적 심리를 잘 이용하여 백정들의 단합을 꾀한 뒤 자기가 앞장서서 통쾌하게 의적 모양으로 활약한 것이 임꺽정이었습니다.[44]

홍명희가 꺽정에게 부여하고 있던 이미지는 학대받는 계급의 사람들을 규합하여 사회에 반기를 들고 선두에 서서 싸우는 '의적'의 형상이었던 것을 엿볼 수 있다. 꺽정이 검술 스승에게 맹세했던 내용에서 예감할 수 있듯, 작가는 이윽고 꺽정이 의적으로서 가난한 사람들과 사회개혁을 위해 일하게 되는 길을 예정하고 있었을 것이다. 그러나 1929년 말 작자가 체포됨으로써『임꺽정』의 연재는 중단되고, 의적 꺽정의 모습도 사라지게 된다.

---

43 좌담회에서의 본인의 말에 의하면,『조선일보』의 안재홍이 생활비를 보조하는 대신 뭔가 쓰도록 요청했다고 한다(『자료』, 172면). 유복했던 홍명희의 가문도 이 시기에 이르면 완전히 기울어진다.『연구』, 제2장 1. '출옥 후의 곤궁한 생활' 참조.
44 「『임거정전』에 대하여」,『삼천리』창간호, 1929년 6월,『자료』, 34면.

신간회가 학생들의 운동을 지원하기 위해 계획한 광주사건 진상보고회 민중대회 관계자가 사전 검거되고 홍명희도 12월 중순에 체포됨에 따라, 「양반편」의 연재는 25, 26일 2회 추가 연재된 뒤 중단된다.[45] 밀어 닥친 왜병에게 둘러싸인 이봉학이 일행을 급히 달려온 꺽정이 구출하고 모습을 감추는 긴박감 넘치는 마지막 2회는 경기도 경찰부 유치장 안에서 씌어졌다고 한다.[46] 「양반편」의 마지막 부분에 넘치는 이상하리만큼 긴박한 분위기는 작자가 놓여 있던 상황이 작품 안에 침윤되어 발생한 것이 아닐까 싶다. 작자는 마지막 2회로 그럭저럭 결말을 짓기는 했지만, 이때 흐름에 단절이 생긴 것이다.

b. 제2기

홍명희가 출옥한 것은 그로부터 2년 뒤인 1932년 1월이다. 이미 신간회는 해산했고, 만주사변이 발발하여 사회의 분위기는 일변하였다. 출옥하고 나서 4개월 뒤 『조선일보』에 『임꺽정』의 연재를 재개한다는 예고 기사가 나가지만, 그 다음달부터 시작된 회사의 내분으로 『조선일보』가 휴간되는 바람에 연재의 재개는 연기된다.[47] 그리고 「의형제편」의 연재가 시작된 것은 그 해 12월 1일이다.

새로 연재를 시작하면서 홍명희는 중단된 「양반전」을 계속해 나가지 않고, 다음 편인 「의형제편」부터 쓰기 시작한다. 연재 재개 전날 신문지

---

45 홍명희는 12월 13일에 체포된다. 연재는 체포 직전인 12월 11일에 일단 중단되고 나서, 이러한 추가 연재 뒤 완전히 중단된다. 『연구』, 176~279면.
46 『조선일보』 1929년 12월 30일자 사고(社告)에 의하면, 신문사가 특별히 유치장에서의 집필을 주선했다고 한다. 『연구』, 278면.
47 『연구』, 282~283면.

상에 나간 예고에는 심기일전한 작자의 마음가짐이 잘 나타나 있다. 중단된 연재소설을 재개하는 것인데도 불구하고, 여기에서 작자는 이전의 세 편에 대해서 거의 언급하지 않는다. 원래 각 편마다 독립성을 갖도록 했기 때문에 이전의 것을 읽지 않은 독자도 뒷부분을 문제없이 읽을 수 있지만, "그래도 계속은 계속"이라고 하여 금후에도 등장하는 주요 인물과 중단된 뒤의 줄거리를 간략히 소개하고 나서,[48] 다음과 같이 글을 맺고 있다.

끝으로 붙이어 말씀하여 둘 것이 있습니다. 이왕 쓴 세 편은 사실 누락된 것을 보충하고 사실이 착오된 것을 교정하고 쓸데없이 늘어놓았던 이야기를 깎고 줄이어 책을 만들려고 합니다. 그러면 혹 처음 복안과 같은 물건이 될는지요.[49]

중단된 이야기에 결말을 붙여서 단행본으로 내는 것이 아니라, 지금까지 쓴 것이 "처음 복안"과는 달라 불만스럽기 때문에 고쳐 쓸 것이라는 이 예고는 작자의 창작 태도에 무언가 변화가 있었음을 드러낸다.

그러면 작자가 집착하고 있는 '처음 복안'이란 무엇이었을까. 예고문의 서두에는 집필 당초의 '복안'이 제시되어 있다. 이에 따르면, 제1편은 '꺽정의 혈족 내력', 제2편은 '꺽정의 유년기', 제3편은 '꺽정의 시대와 환경', 제4편은 '꺽정의 친구들', 제5편은 '꺽정과 친구들의 화적 행위', 제6편은 '꺽정의 아들의 달아남'이라는 여섯 편으로 전체를 구성하고, 각 편

---

48 중단된 줄거리 내용의 일부는 「의형제편」의 '배돌석이'장에서의 회상과 '이봉학이'장의 서두에 태연하게 등장한다.

49 「벽초 홍명희씨 『임거정전(林巨正傳)』 명(明) 12월 1일부터 연재」, 『조선일보』, 1937년 11월 30일, 『자료』, 37면.

은 각각 하나의 단편으로서 읽히도록 쓰는 것이 '복안'이었다고 한다. 하지만 "손이 마음과 같지 못하여 복안대로 잘 되지 않는 까닭에 되나마나 거의 염치불고하고 횟수 채움으로써 써나가다가 그나마 셋째 편을 끝마치지 못하고 중단하여 버리게 되었"[50]다고 작자는 반성을 담아 술회하고 있다. 그러나 이어서 이번 회는 제4편부터 계속한다고 적고 있으므로, 구성은 변경하지 않았다는 얘기가 된다. 「의형제편」은 '꺽정의 친구들'에 관련된 이야기이고, 이어지는 「화적편」은 '꺽정과 친구들의 화적 행위'이기 때문이다. 또한 각 편마다 하나의 단편으로서 읽히도록 한다는 방침도 바뀌지 않았다. 그러면 '복안대로 잘 되지 않았다'는 반성은 무엇에 관련되는 것이었을까.

연재 재개 후 얼마 지나지 않아 『삼천리』에 게재된 소감 「『임거정전 (林巨正傳)』을 쓰면서」에서 그 실마리를 찾을 수 있다. 이 글에서 작자는 "그 동안 감옥 등지로 돌아다니느라고 처음에 생각하였던 『임거정 전』의 플롯을 거개 잊어 버렸기에 이번 조선일보에 속편을 쓸 때는 또다시 구성을 하느라고 애썼"[51]다고 적고, 연재 재개를 위해 『임꺽정』의 구상을 새로이 고쳐 한 사실을 밝히고 있다. 기억력이 좋기로 유명한 홍명희가 최초의 구상을 완전히 잊었다는 말은 믿기 어렵지만, 여하튼 그가 「의형제편」의 집필을 위해 구상을 재검토한 것은 확실하다. 이때 '처음 복안'에 대해 반성했을 것이다. 그 반성의 내용은 글의 말미에 있는 다음과 같은 언급이 시사하고 있다.

---

50   위의 글, 『자료』, 37면.
51   「『임거정전(林巨正傳)』을 쓰면서 – 장편소설과 작자 심경」, 『삼천리』 제5권, 1939, 『자료』, 38면.

이 소설을 처음 쓰기 시작할 때에 한 가지 결심한 것이 있지요.

그것은 조선문학이라 하면 예전 것은 거지반 지나문학의 영향을 많이 받아서 사건이나 담기어진 정조들이 우리와 유리된 점이 많았고, 그리고 최근의 문학은 또 구미문학의 영향을 많이 받아서 양취(洋臭)가 있는 터인데 『임거정(林巨正)』만은 사건이나 인물이나 묘사로나 정조로나 모두 남에게서는 옷 한벌 빌려 입지 않고 순조선 거로 만들려고 하였습니다. '조선 정조(情調)에 일관된 작품' 이것이 나의 목표였습니다.[52]

결국 홍명희가 반성한 것은 '조선 정조(情調)'라는 창작 방침에 관해서였던 듯하다. "소설을 처음 쓰기 시작할 때"라고 하고 있으니까 작자가 이 방침을 세운 것은 제1권의 「봉단편」을 쓰기 시작할 무렵이었겠지만, 실제로 작자는 당초에 이 방침에 그다지 엄격했던 것처럼 보이지 않는다. 이를테면 첫 회의 「머리 말씀」에는 서두를 어떻게 쓰기 시작하면 좋을지 갈피를 잡지 못한 채 중국의 『수호전』이나 『삼국지』의 예를 인용하고 있으며, 과거의 문학관이 통용되지 않게 된 것의 비유로 "상아탑이 여지없이 무너지고 그 속에 있던 뮤즈란 귀신의 자취가 간 곳 없이 사라졌다"는 등 이른바 '양취(洋臭)'가 감도는 표현도 사용하고 있다.

야담을 본보기로 한 봉단과 이장곤의 이야기나 「피장편」과 「양반편」에 묘사된 양반과 기생들의 모습에는 '조선 정조'가 느껴지지만, 갖바치의 개성을 중시하는 방임교육과 자연예찬사상, 그리고 무엇보다도 시대를 뛰어넘는 꺽정의 급진적인 평등사상은 '조선 정조'와는 서로 어울

52 위의 글, 『자료』, 39면.

리지 않는 느낌이 있다. 이는 연재 당초의 홍명희가 이 방침에 그다지 엄격하지 않았음을 보여주며, 또한 실제 문제로서 신간회의 활동에 분주한 생활 가운데서 이 방침에 신경을 쓸 만큼 여유도 없었을 것이다. 게다가 주위의 긴박한 정치 상황이 작품 내부에 침윤되어, 꺽정은 16세기의 화적이라고는 생각할 수 없는 근대적인 변혁사상 소유자의 모습을 띠고 있다. 그리하여 「의형제편」의 구상을 다듬으면서 홍명희는 지금까지의 창작 자세를 반성하고 창작 방침을 '처음 복안'으로 되돌릴 것을 결심하는 한편, 전권을 '조선 정조에 일관된 작품'으로 만들기 위해 전반 세 편도 고쳐 쓰기로 했던 것이다.

그러면 홍명희는 왜 이 시기에 창작 방침을 '조선 정조' 쪽으로 되돌렸던 것일까. 이는 그가 출옥 후에 맞닥뜨린 사회 상황과 밀접한 관련이 있다. 이미 신간회는 해산했고, 사회운동은 탄압을 받아 얼어붙고 있었다. 감옥에 들어가기 전과는 상황이 완전히 달라진 것을 알게 된 홍명희는 자기 나름대로 이러한 상황을 극복하기 위한 길을 모색했을 것이다. 이때 그는 조선의 고유한 문화의 재현과 고수라는, 어떤 의미에서는 문화를 통한 저항운동이라고도 할 수 있는 자세를 취하기로 한다. 즉 『임꺽정』에서 '조선 정조'를 담는 것이 문화적 저항운동이 된다고 생각했던 것이다.

홍명희에게 이러한 방침의 전환을 촉구한 요인 가운데 하나로 신간회가 좌절한 후 비타협적 민족주의자들이 일으킨 조선학운동(조선문화부흥운동)을 들 수 있다. 일찍이 강영주는 홍명희가 조선학운동을 추진하고 있던 문일평 · 정인보 · 안재홍과 개인적으로 깊은 관계를 맺고 있었고, 이 운동에 사상적으로 영향을 준 신채호와도 친교가 두텁고 그의 사상에 정통했으며, 신간회에서 비타협적 민족주의자들과 함께 민족통일

전선을 관철했던 점 등을 근거로 그가 이들과 사상적으로 대단히 가까운 위치에 있었다고 보고 있다.[53] 출옥 후 곤란한 시대를 견디기 위한 방법을 모색해야 했던 홍명희에게 이 운동은 시사점을 주었을 것이다.

제2기의 홍명희는 정치 활동과는 무관한 생활을 보내야 하는 상황 속에서 「의형제편」의 집필과 독서에 전념한다. 당시 종로의 익선동에 살고 있던 그는 오전 중에는 원고를 쓰고, 오후가 되면 인사동 근처의 고서점에 얼굴을 내밀어 단골 손님인 김태준에게 국문학이나 역사에 관한 질문을 받는 등의 생활을 했다고 한다.[54] 집필과 동시에 그는 조선문화와 역사에 관해 연구했다. 그 성과는 1930년대 후반의 문필과 대담 속에서 찾아볼 수 있다. 또한 나중에 언급하겠지만, 홍명희는 이 무렵 처음으로 『조선왕조실록』과 만난다.[55] 그는 이 역사 자료를 연구하는데, 이후 『임꺽정』에는 차츰 그 영향이 나타나게 된다.

이렇게 집필과 연구에 전념하는 생활을 하면서, 홍명희는 『임꺽정』을 '조선 정조에 일관한 작품'으로 만들기 위해 노력한다. 「의형제편」에는 조선의 민속 풍습에 관한 묘사가 많아지고, 무당, 씨름, 과부 보쌈, 범사냥, 사위 고르기, 결혼식 풍습에서부터 감찰기구, 각지의 유래, 시장의 거래 단위에 이르기까지 여러 장면에서 온갖 조선 고유의 문화가 소개되어 조

---

53 『연구』, 329~330면. 명문 양반 출신으로 한자에 소양이 깊었던 홍명희는 그들의 문화사업을 거들어 김정희의 『완당(阮堂)선생전집』과 홍대용의 『담헌서(湛軒書)』 등의 교열 작업도 했다고 한다.

54 『연구』, 292면.

55 『조선왕조실록』이 복간되어 일반인도 읽을 수 있게 된 것은 1932년의 일이다. 강영주는 홍명희가 이 자료를 읽은 것은 1934년 무렵이 아닐까 추측하고 있다(『평전』, 196면). 필자도 거의 같은 견해를 갖고 있는데, 이 사항에 대해서는 다음 절에서 상술할 것이다. 필자는 『평전』이 간행되기 전에 강영주 씨와 면담한 일이 있는데, 그때 이 사실을 알려주셔서 연구를 수행하는 데 커다란 도움이 되었다.

선 정조가 농후해진다. 그리고 그 결과 여기서 생활하는 인간의 모습도 그러한 공간의 산물이 되어 간다. 실제로 근대적인 평등사상을 품고 신분이나 언어에 관해 급진적인 언사를 주무르던 꺽정은 모습을 감추고,[56] 16세기 전반의 조선을 살아가는 리얼리티를 가진 화적의 두목이 모습을 드러낸다. 자기를 억압하는 자에 대한 증오와 운명에 대한 반역심은 바뀌지 않지만, 그 대상은 이미 변혁 가능한 사회제도가 아니다. 이리하여 내부의 답답하고 우울한 반항심이 객기로 변하여 주위의 인간들을 비극으로 몰아가는 꺽정이 출현하게 된 것이다.

「의형제편」의 연재는 2년 반에 걸쳐 끝나고, 1934년 9월에는 제목을 『임거정전(林巨正傳)』에서 『화적 임거정(火賊 林巨正)』으로 바꾸어 「화적편」의 첫 장인 '청석골'장의 연재를 시작한다. 이해 카프 제2차 검거사건이 일어나고, 이듬해 카프는 해산된다. 그러나 1935년에 들어서면서 병으로 인해 연재 중단이 빈번해져 2월부터는 5개월 이상이나 연재를 쉬며,[57] 결국 12월 '청석골'장을 끝으로 『임꺽정』은 재차 중단된다.

이상에서 본 것처럼, 작품의 후반에서 보이는 꺽정의 인간상의 변모는 작자가 창작 방침을 고쳐 '조선 정조에 일관한 작품'을 지향했기 때문에 생긴 것이다. 주위의 사회적 상황으로 인해 강요된 일이긴 해도, 작자 자신이 의도한 '자의 반 타의 반' 성격의 방침의 전환이었던 셈이다. 이때 작풍을 변화시킨 작자는 나중에 전반부를 고쳐 써서 전체를 통일

---

56 이를테면 '제자'장 제14절에서 남녀 혹은 백정 차별에 관한 꺽정과 섭섭이의 대화(『임꺽정』 2, 182~183면)나, '왜변'장 제4절에서 존대, 하오, 하게, 해라 등의 구별 없이 대우법을 한 종류로 해버리면 좋을 것이라는 꺽정의 주장(『임꺽정』 3, 306~307면) 등에서 보이는 근대적인 사고 방식은 후반에서는 완전히 모습을 감춘다.
57 『연구』, 292면.

시킬 예정이었다. 그러나 그후 또 한번의 창작 방침의 전환으로 인해 결국 고쳐 쓰지 못하고 만다.

c. 제3기

2년 후인 1937년 12월, 『화적 임거정(火賊 林巨正)』에서 『임거정(林巨正)』으로 제목이 바뀌고 「화적편」이 재개된다. 연재는 작자의 몸 상태가 좋지 않은 탓에 중단을 거듭하면서 계속되지만, '자모산성(상)'장에 이르면 연재를 쉬는 빈도가 잦아져 결국 1939년 7월 4일을 끝으로 완전히 중단된다.

한편 3개월 뒤 조선일보사에서 『임꺽정』의 단행본이 간행되기 시작한다. 10월에 「의형제편1」, 11월에 「의형제편2」, 12월에 「화적편(상)」, 1940년 2월에 「화적편(중)」이 잇달아 계속 간행되지만, 그 뒷편인 「화적편(하)」가 좀처럼 나오지 않는데다 8월에는 『조선일보』 자체가 폐간된다. 이윽고 『조선일보』의 자매지인 『조광』 10월호에 연재 재개라 하여 '자모산성(상)'의 종결부와 '자모산성(하)'의 서두 부분이 게재되지만,[58] 이 한 회로 끝난다. 연재 재개분은 「화적편(하)」의 서두 부분에 들어갈 예정이었을 것이다. 아마도 작자는 이 시점에서 단행본에 의한 완결을 단념하고 쓴 것을 발표했는지도 모른다. 「화적편(하)」는 결국 간행되지 못하고, 그후 간행이 예정되어 있던 「봉단편」·「피장편」·「양반편」도 같은 운명을 겪는다. 그리고 이때 회복되지 못한 전반과 후반의 '불연속성'은 45년 뒤 사계절출판사 9권본에서 모습을 드러내게 된다.

---

[58] "작자의 사정으로 인해 오랫동안 소식이 끊겼던 대장편역사소설 『임거정(林巨正)』을 조선일보의 뒤를 이러 재차 본지에서 연재하게 된 것은 독자와 더불어 본지의 영광이라 생각합니다. (…중략…) 금후 어떻게 이야기가 전개되는지 기대해 주십시오"(『조광』, 1940.10, 227면)라는 기자의 말과 바로 전 회까지의 대강의 줄거리가 실려 있다.

6. 『임꺽정』의 '미완성'에 대하여

앞에서 본 것처럼, 애초에 홍명희는 창작 방침의 전환으로 인해 생긴 작품의 '불연속성'을 복구하기 위해 전반 세 편을 고쳐 쓸 예정이었다. "사실 누락된 것을 보충하고, 사실이 착오된 것을 교정하고, 쓸데없이 늘어놓았던 이야기를 깎고 줄이어"라는 구체적인 기술에는 고쳐 쓰기에 대한 적극적인 의지가 느껴진다. 그러나 결국 고쳐 쓰기는 실행되지 않는다. '일관한 작품'으로 만들기 위해 필요하다고 보았던 '불연속성'의 수정이 미완으로 끝난 것이다. 이렇게 보면 『임꺽정』에는 두 가지 '미완성(未完性)'이 있다는 얘기가 된다. 하나는 이야기가 완결되지 않았다는 의미에서의 '미완성'이고, 다른 하나는 작자가 예고했던 전반부의 수정이 실현되지 않아 '불연속성'이 해소되지 않았다는 의미에서의 '미완성'이다. 전반부와 종결부의 두 가지 '미완성'이 확정된 것은 조선일보사의 단행본 간행 때였다. 이때 홍명희는 소설을 완결시키는 동시에 7년 전에 예고했던 전반부의 수정 작업에 착수하지만, 둘 다 완수하지 못한다. 1932년의 시점에서 가능하다고 생각했던 수정이 이때 가능하지 않았던 이유는 시기적으로 보아 소설을 완결시킬 수 없었던 이유와 관련이 있는 듯하다. 다음에서는 작품의 완결과 수정을 방해한 공통의 요인에 대해 고찰하기로 한다.

1) 집필의 단념

홍명희가 『임꺽정』의 집필을 그만둔 이유에 대해서 강영주는 연재 중단의 직접적인 원인은 작자의 건강 때문이었지만 만일 마지막까지

『임꺽정』을 집필했다면 홍명희도 다른 저명인사들처럼 친일행위를 강요받았을 것이라면서 그가 그러한 사태에 빠질 것을 피한 점을 두 번째 이유로 추론하고 있다.[59] 대단히 신중하고 항상 앞일을 생각하며 행동하는 성격이었던 홍명희로서는 충분히 있을 수 있는 일이다. 그가 제2기의 집필을 중단한 뒤 서울 성밖의 마포로 거주지를 옮겨 은둔에 가까운 생활을 하고 있을 무렵 홍명희는 그를 찾아온 기자에게서 정치 활동을 했던 무렵이 그립지 않느냐는 질문을 받는데, 이때 그는 "어떤 석상에서든지 발견할 수 있는 자처럼 어리석은 자는 없다"[60]는 괴테의 말을 인용하면서, 얼굴을 내밀려 해도 내밀 곳이 없는 자기는 괴테의 꾸중을 들을 염려는 없다며 당시의 상황을 빈정거리고 있다. 그가 '자리에 얼굴을 계속 내미는 일'의 어리석음과 위험을 피하고 있었음을 엿볼 수 있게 하는 대목이다.[61] 그는 신문 연재가 완전히 중단된 1939년 말부터는 더욱 후미진 양주군 노해면 창동으로 옮기고 병을 이유로 계속 칩거한다.[62]

집필을 그만둔 세 번째 이유로 강영주는 "당시의 암흑한 현실에 대한 그의 비관과 절망"[63]을 들고 있다. 스토리는 꺽정이 일족과 부하들을 거느리고 청석골에서 자모산성으로 옮기는 장면으로 접어든다. 이후 관헌에게 쫓겨 자모산성에서 구월산성으로 옮기고 결국에는 멸망해 가는

<hr>

59 『연구』, 317면.
60 「청빈낙도하는 당대 처사 홍명희씨를 찾아」(『삼천리』, 1936.4), 『자료』, 162면.
61 임형택은 "작가는 자신의 자아를 지키기 위해서 스스로 절필했을 것"이라고 적고 있다. 「해제-벽초 홍명희와 임꺽정」, 『임꺽정』 10, 153면.
62 『연구』, 352면.
63 『연구』, 318면.

임꺽정들의 운명을, 그것도 암담한 일제 말기에 계속 써나갈 의욕을 잃어버렸다는 것이다. 이들 세 가지 이유에 필자는 전적으로 동의한다. 그러나 이러한 이른바 외적인 이유 외에 작품 내부에도 『임꺽정』을 미완의 운명으로 이끈 요인이 있었던 것은 아닐까. 그 가능성의 하나로서 『임꺽정』의 원천 자료의 문제를 생각해 볼 수 있다.

2) 『임꺽정』의 원천 자료

처음 사계절출판사 9권본 『임꺽정』을 읽기 시작했을 때 필자는 그것이 미완 소설이라는 사실을 몰랐었는데, 마지막 권까지 와서 소설이 뒤에 한 권 정도 남았을 것이라고 생각했던 일이 기억난다. 점차 완만해지는 이야기 전개 속도와 지나치게 상세한 묘사 탓이었다. 동시대 평론가 이원조는 이 시기의 『임꺽정』에 대한 평론에서(그는 그 이전의 부분은 읽지 않았다고 솔직하게 쓰고 있다), 이 작품에는 작자의 주관이 나타나 있지 않다고 지적하며 "작자가 작품 속에 나오지 않고 뒤에 앉아서 이야기하듯이 하는 작품이란 재료만 있으면 얼마라도 쓸 수 있다"[64]고 논평하고 있다. 필자도 그때 이야기가 '얼마든지' 계속될 듯한 느낌에 사로잡혔던 것이다.

그러면 이원조가 말한 '재료', 즉 홍명희가 『임꺽정』을 쓰는 데 사용한 자료란 무엇인가. 『임꺽정』에는 원천 자료로서 『조선왕조실록』(이하 『실록』으로 적는다)과 다수의 야사(野史) 및 야담, 민간설화 등이 사용되고 있다. 앞서 언급한 사계절출판사의 좌담회에서 임형택은, 『임꺽정』은 『실록』과 『기제잡기(寄齋雜記)』의 임꺽정 관련 기술을 골격으로 삼아 거

---

[64] 『자료』, 275면.

기에 『대동야승(大東野乘)』과 『연려실기술(練藜室記述)』 등 각종 자료에서 취해 온 설화에 "살을 붙이고", "치장을 하고", "익살을 부린", "좀 과장해서 말하면 벽초가 자작으로 만들어낸 이야기는 거의 없다 할 정도"[65]의 작품이라고 언급하면서, 홍명희의 "풍부한 독서력과 창조력과 상상력"을 칭찬하고 있다. 홍명희는 방대한 자료에서 적절한 재료를 선택하고, 자기 내부에서 완전히 소화시킨 뒤 새로운 이야기를 창조했던 것이다.

그런데 야사나 야담, 민간설화의 종류는 수도 많고 중복도 많기 때문에 어느 자료가 『임꺽정』의 어느 부분에 직접 영향을 주었는지 특정(特定)하기는 어렵다.[66] 그러나 『실록』에 대해서는 원천 자료가 된 곳을 특정하기가 비교적 쉽다. 임형택과 강영주가 편집한 『벽초 홍명희와 『임꺽정』의 연구자료』에는 『실록』에 보이는 임꺽정 관련 기사가 48건 수록되어 있는데, 이를 『임꺽정』과 대조해 보면 『실록』이 원천 자료가 된 것은 이야기의 후반뿐이며, 그것도 소설이 마지막에 가까워짐에 따라 비중이 높아지고 있음이 드러난다.[67]

홍명희가 『임꺽정』의 전반에서 『실록』을 원천 자료로 사용하지 않은 이유는 분명하다. 일반인들이 『실록』을 볼 수 있게 된 것은 복각판이 나온 1932년부터의 일이므로, 제1기 무렵 홍명희는 『실록』을 원천 자료로

---

65 『자료』, 325면. 게다가 『자료』의 제4부에는 「『임꺽정』의 원천자료」라고 하여 『조선왕조실록』의 임꺽정 관련기사와, 『기제잡기(寄齋雜記)』·『남판윤유사(南判尹遺事)』·『성호사설(聖湖僿說)』·『동야휘집(東野彙集)』·『연려실기술(練藜室記述)』·『기묘록보유(己卯錄補遺)』·『열조통기(列朝通紀)』·『청구야담(青邱野談)』·『어우야담(於于野談)』 등의 야사·야담 가운데 임꺽정에 관련된 기사가 발췌 수록되어 있다.

66 이를테면 「봉단편」에 있는 이장곤의 이야기는 『기묘록보유』·『연려실기술』을 비롯하여 『계서야담(溪西野談)』·『동야휘집』·『청구야담』 등 많은 문헌에 들어 있다.

67 『조선왕조실록』을 읽기 위해 『한국역사 5천년 CD-ROM』(서울시스템 주식회사)을 사용했는데, 꺽정 관련 기사에 대해서는 『자료』에 수록되어 있는 주66의 자료가 매우 도움이 되었다.

삼고 싶어도 그럴 수가 없었던 것이다.[68] 다음으로 『실록』이 소설의 후반에서 비중이 높아진 것에 대해서는 제2기의 출발점에서 홍명희가 회귀한 창작 방침이었던 '조선 정조'에 일관하기와의 관련성을 생각할 수 있다. 홍명희는 작품에 '조선 정조'를 담기 위해 온갖 장면에 고유의 문화와 풍속을 아로새긴다. 그리고 앞서 보았던 것처럼, 꺽정이 '조선 정조'가 흐르는 공간에서 살아가는 인간으로 변모됨으로써 소설에 '불연속성'이 생긴다. 꺽정이 살고 있던 시간과 공간은 16세기의 조선이다. 작품에 '조선 정조'를 담기 위해서도 홍명희는 역사 연구의 필요성을 느꼈을 것이다.

또한 그의 주위 사람들이 벌이고 있던 조선문화부흥운동도 이를 촉구했을 것이다. 제2기 이래 정치 활동을 봉쇄당하고 집필과 연구에 전념했던 홍명희가 역사를 연구한 사실은 1930년대 후반 그의 칼럼이나 구술기사 등에서 엿볼 수 있다. 홍명희는 "조선왕조 5백 년의 역사는 곧 양반계급의 역사"[69]라고 생각하여 양반을 연구하고, 1930년대 후반에는 꺽정이 살았던 16세기를 '양반계급의 발달기'로 간주하는 견해를 갖게 된다.[70] 그가 "역사적 사실을 사실대로 알고자"[71] 하는 자세로 임했던 역사 연구가 깊이 있게 진척됨에 따라, 『실록』은 『임꺽정』의 원천 자료로서의 무게를 더해갔던 것으로 보인다. 그러면 이제부터 원천 자료로서의 『실록』과 『임꺽정』의 관계에 대해 고찰하기로 한다.

---

68 『평전』, 196면.
69 구술기사 「이조 정치제도와 양반사상의 전모」, 『조선일보』, 1938.1.3, 『자료』, 130면.
70 홍명희, 「양아잡록(養痾雜錄)」(『조선일보』, 1936.2.20), 『자료』, 116면. 그리고 홍명희의 양반관에 대해서는 「홍명희의 양반론과 『임꺽정』」, 본서 참조.
71 홍명희, 「이조 정치제도와 양반사상의 전모」, 『자료』, 130면.

3) 『임꺽정』과 『조선왕조실록』

조선왕조의 정사(正史)인 『조선왕조실록』은 조선 태조부터 철종에 이르는 25대 472년 간의 역사를 연월일 순의 편년체로 기록한 1893권 888책의 방대한 서적이다. 정본 외에도 부본(副本)이 작성되어 있고, 여러 지방의 사고(史庫)에 보관된 덕분에 몇 번의 화재와 전화(戰火)에도 전부 소실되는 일은 없었다. 일한병합 당시에는 네 개의 지방 사고에 보관되어 있었는데, 총독부는 적상산본은 구(舊)황실 장서각으로 옮기고, 태백산본과 강화 정족산본은 조선총독부의 규장각으로 옮기며, 오대산본은 토쿄제국대학에 기증한다. 토쿄제대의 기증본이 1923년 칸토(關東) 대지진으로 소실되자 경성제대는 실록 전체를 사분의 일 사진판으로 축쇄하여 복간하는 작업에 착수하고, 규장각에 있던 태백산본과 강화본은 경성제국대학 부속도서관으로 옮겨진다.[72] 1932년에는 30부가 출판되었으나 거의 일본으로 보내지고, 조선에 남겨진 것은 여덟 부뿐이었다고 한다.[73]

『임꺽정』의 연재가 시작된 1928년에는 『실록』이 아직 복간되지 않아서 일반인은 『실록』을 접할 수 없는 상태였다.[74] 복각판이 간행된 것이 1932년 몇 월쯤의 일인지, 어디에 비치되었고, 일반인은 어떤 형태로 볼

---

72 복간 작업이 시작된 것은 1929년이고, 그 이듬해에 이관(移管)되었다.
73 『한국 민족문화 대백과사전』, 한국정신문화연구원, 1991. 「朝鮮實錄考槪略」, 『末松保和朝鮮史著作集』 6, 吉川弘文館, 1996, 311~321면.
74 1916~1917년에 잡지 『사림(史林)』에 연재된 「조선의 안내」에 "(실록은—인용자) 조선에는 총독부 및 이왕가(李王家)에, 내지에는 토쿄제국대학에 소장되어 있을 뿐이어서, 모두 귀중 서적인 까닭에 일반 연구자가 보기 어려운 것이 유감이다"라는 이마니시 류(今西龍)의 언급이 있다. 『朝鮮史の栞』, 近澤書店, 1935, 27면. 이러한 상황은 그후에도 달라지지 않았던 듯하다.

수 있었는지는 조사하지 못했다. 필시 홍명희는 경성제대의 부속도서관 같은 곳에서 『실록』을 열람하지 않았을까 싶다.[75] 홍명희가 『실록』의 복각판을 처음 접한 것이 언제, 어디서의 일인지는 분명하지 않지만, 그가 『실록』을 만나게 된 시기는 소설 텍스트를 분석함으로써 추측할 수 있다. 여기서 '만남'이란 『실록』을 접한 일을 말하는 것이 아니라, 작가가 그것을 숙독하고 자기 내부에서 완전히 소화시켜 새로운 이야기를 창조하는 단계에 도달한 내적인 '만남'을 의미한다. 실록을 읽고나서 어느 정도의 시간이 필요했으리라는 것은 말할 필요도 없다.

4) 『조선왕조실록』과의 만남

홍명희는 복각판이 간행된 1932년 1월에 출옥하고, 12월에 「의형제편」의 연재를 시작한다. 따라서 논리적으로는 '만남'의 가능성이 「의형제편」의 연재 시작 이전부터 존재한다. 「의형제편」은 1934년 9월 4일에 끝나고, 곧 이어서 15일부터 「화적편」이 시작된다. 「화적편」에는 맨 처음부터 『실록』이 원천 자료로 사용되고 있는 외에도[76] 꺽정에게 세 명의 아내가

---

75 이병기의 일기 가운데 1938년 7월 19일 및 8월 7일자에 "성대(城大 : 경성제국대학(京城帝國大學)을 줄여서 말할 경우, '京大'라고 하면 교토제국대학(京都帝國大學)과 헷갈릴 우려가 있으므로 뒷글자를 따서 '城大'로 불렀다-옮긴이)"에서 "이조실록"을 읽었다는 기록이 있다(『가람일기』 II, 신구문고, 1968). 이 사실은 강영주 씨가 알려준 것이다.

76 '청석골편의 서두에 있는 황해도의 참상에 관한 서술의 일부는 『실록』이 원천 자료로 되어 있는데, 사실 이 부분은 단행본을 낼 때 작가가 첨가한 것이다. 필자의 견해로는 신문 연재에서 『실록』이 처음 원천 자료로 쓰인 것은 1934년 9월 18일자 「화적 임거정(火賊 林巨正)」의 제4회에서이다. 황해 감사가 대간의 탄핵을 받아 교체된 것이나 오랫동안 남행자리로 내려오던 송도 도사를 전에 없이 호반이 해온 것도 자기들 때문이라는 서림의 말은, 1560년 3월 13일자 『실록』 가운데 삼공(三公)의 의계(議啓)와 25일자 사간원의 상계(上啓)를 원천 자료로 삼은 것이다.

있다는『실록』의 기사가 모티프로 되어 있으므로,[77] 「화적편」의 구상 단계에서 작자가『실록』을 만난 것은 분명해 보인다. 요컨대 홍명희는 「의형제편」 집필 직전이나 집필 중에『실록』을 숙독했던 것이다.

「의형제편」에서『실록』과 접점이 있어 보이는 부분을 조사해보면, '박유복이'·'곽오주'·'길막봉이'·'황천왕동이'·'배돌석이'장에는 고위 양반이 등장하지 않고 당시 정치 상황과의 접점도 발견되지 않지만, '이봉학이'장에 들어가면『실록』에 이름이 실려 있는 양반이 등장하는 것을 볼 수 있다. 이봉학이 을묘왜변 뒤 모시게 되는 전주 부윤 이윤경은 소설 속에서는 물론 실제에서도 전라도 관찰사·경기도 관찰사·한성 부우윤·함경도 관찰사·병조판서 등의 관직을 맡고 있으며, 아우인 이준경도 의정부 우찬성 겸 병조판서·우의정 등의 고위 관직에 있다. 그리고 이봉학이의 운명의 부침은 그들의 관직과 항상 깊은 관련이 있는 것으로 그려진다.

그런데 '이봉학이' 이하 '서림'과 '결의' 세 장을 공들여 다시 읽었더니, 뭔가 석연치 않은 구석이 있었다. 이봉학이 제주도로 부임하고 나서부터의 이야기 시간이 모호했다. 그때까지와 달리 계절감도 없어지고, 몇 해가 바뀌었는지도 알 수 없게 되어 버렸다. 정의 현령으로 제주도에 부임한 이봉학이는 서울로 돌아간 이윤경에게 자신을 서울로 불러 달라고 탄원한다. 그런데 염원이 이루어져 봉학이 오위부장으로 승진하여 한성으로 가게 된 대목이 경과에 대한 설명도 없이 매우 당돌하게 그려지고 있다.[78] 혹시 낙장은 아닌가 해서 신문연재본과 비교했더니, 놀랍게도 신문연재본의 열두 줄이 조선일보사본에는 삭제되어 있었다.[79] 삭제된 부분의 내

77 1560년 11월 24일, 포도대장 김순고의 상주.『자료』, 417면.
78 조선일보사본『임꺽정』2권, 204면; 사계절출판사 10권본『임꺽정』5, 380면.

용은 봉학이 제주도로 부임하여 2년이 지난 가을 제주도 특산물인 황시(黃柿)를 진상하고 돌아오는 배에서 이윤경에게 경직(京職) 승진의 예고를 듣고 바로 한 달 뒤에 승진 통보가 도착한다는 내용이어서, 계절감도 있고 시간의 경과도 명료하다. 결국 조선일보사본에는 시간의 경과가 의도적으로 모호하게 되어 있는 사실이 분명해졌던 것이다.[80]

그래서 시간의 추이를 중심으로 조선일보사본과 신문연재본의「의형제편」을 대조 작업한 결과, 계절과 시간에 관한 기술이 곳곳에서 삭제 혹은 변경되어 있으며, 신문연재본에는 1555년의 을묘왜변에서 1560년의 결의에 이르기까지 5년이었던 이야기 시간이 조선일보사본에서는 결의가 1558년의 일로 2년 단축되어 있는 것을 알게 되었다〈표6〉참조). 결의 장면에서 전원이 연령과 출생 년도를 밝히고 있기 때문에 그해가 몇 년인지 알 수 있는데, 조선일보사본에는 전원이 두 살 아래로 바뀌어 있다.[81] 이렇게 이야기 시간을 5년에서 3년으로 단축시키기 위해 작자는 곳곳에서 계절과 시간에 관한 기술을 수정 혹은 삭제했던 것이다.

79　『임거정전(林巨正傳)』, 297회,『조선일보』(1934.1.15), 이봉학 3-5(3-3으로 오기되어 있다).

80　그때까지 필자는 사계절출판사 10권본만 사용하고 있었다. 사계절출판사 10권본의 교정자가 을유문화사본을 저본으로 삼아 신문연재본, 조선일보사본과도 엄밀한 대조 작업을 했다고 언급하고 있기도 하되(주 17 참조), 원전 복사는 준비하면서도 대조 작업을 소홀히 했던 것이다. 초판의 확인이 연구의 기본이라는 사실을 절감했다.

81　다음과 같이 바뀌어 있다.
　　꺽정·신미생 40세 → 38세, 봉학이·신미생 40세 → 38세, 유복이·임오생 39세 → 37세, 돌석이·임오생 39세 → 37세, 천왕동이·을유생 36세 → 34세, 오주·임진생 29세 → 27세, 막봉이·무술생 23세 → 정유생 22세. 보는 바와 같이 막봉이만 태어난 해를 변경시키고 있는데, 이유는 분명하지 않다.

<표 6>

신문연재본		관직 기록 (『실록』)	조선일보사본	
년도	내용		내용	년도
1555 (乙卯)	출정 이윤경, 전라 관찰사가 되다 전주에서 이윤경의 비장이 되다 계향과 만나다	1555.8 이윤경, 전라 관찰사가 되다 1555.11 이준경, 병조판서가 되다	출정 이윤경, 전라 관찰사가 되다 전주에서 이윤경의 비장이 되다 계향과 만나다	1555 (乙卯)
1556 (丙辰)	봄, 왜구 퇴치 원정 이윤경, 경기 관찰사가 되다 여름, 제주도 정의 현감이 되다 겨울, 상등 표창되다	1556.8 이윤경, 경기 관찰사가 되다	봄, 왜구 퇴치 원정 이윤경, 경기 관찰사가 되다 여름, 제주도 정의 현감이 되다 겨울, 상등 표창되다	1556 (丙辰)
1557 (丁巳)	봄, 대정 현감을 겸하다 여름, 중등이 되다 이윤경, 한성 우윤이 되다 겨울, 또 상등이 되다	1557.9 이윤경, 한성우윤이 되다	봄, 대정 현감을 겸하다 여름, 중등이 되다 이윤경, 한성 우윤이 되다	
1558 (戊午)	2월, 서울로 가려고 하다 단념하다 여름과 겨울이 지나다 오위부장으로 승진하다 꺽정이 오다		오위부장으로 승진하다 꺽정이 오다 한성으로 관직을 박탈당하다 이준경이 정승이 되다ⓣ	1557 (丁巳)
1559 (己未)	2월 중순 무렵, 한성으로 관직을 박탈당하다 군기 사장이 되다 이윤경, 함경 관찰사가 되다 임진 별장이 되다	1558.8 이윤경, 함경 관찰사가 되다 1558.11 이준경, 우의정이 되다	군기 사장이 되다 이윤경, 함경 관찰사가 되다 임진 별장이 되다	
1560 (庚申)	봄, 밀고사건 꺽정을 위해 배를 내준 것이 발각되어 청석골로 여름, 결의(辛巳生, 40세)	1560.1 이윤경, 병조판서가 되다	봄, 밀고사건 꺽정을 위해 배를 내준 것이 발각되어 청석골로 여름, 결의(辛巳生, 38세)	1558 (戊午)

ⓣ신문연재본에는 "이판서"였던 것이 조선일보사본에서 "이제 막 정승이 된"으로 바뀌어 있다 (『임꺽정』 제2권, 232면). 그러나 이 표에 있는 것처럼 이준경이 우의정이 된 것은 이윤경이 함경 감사가 된 후의 일이므로, 작자가 왜 이렇게 변경했는지는 분명하지 않다. 이준경은 1558 년 5월에 좌찬성이 되고 11월에 우의정이 된다. 어쩌면 홍명희가 잘못 읽은 것일지도 모른다.

시간 변경에 따라 관직에 관한 기술도 변경되고 있다. 한 예로 이윤경의 관직의 경우를 들어보자. 꺽정의 집에 진상품이 있다는 밀고로 가족이 체포되었을 때, 꺽정의 누이는 조금이라도 가족의 입장을 돕기 위해 전에는 전라도 감사였고 지금은 함경 감사를 하고 있는 양반과 아는 사이라고 이야기한다. 그리고 이 이야기를 들은 양주 군수는 그가 함경도 관찰사에서 최근 병조판서로 승진한 이윤경이라는 사실을 알아차린다.[82] 그런데 조선일보사본에는 그가 병조판서로 승진했다는 부분이 삭제되어 있다.[83] 실제로 이윤경이 병조판서가 된 것은 1560년 1월이기 때문에, 이 장면의 시기를 1558년으로 바꾸었을 때 부정확한 것이 못마땅했던 작자가 변경했을 것이다.

관직과 관련하여 가장 많이 삭제된 부분은 꺽정의 도망을 도와 배를 내준 임진 별장 이봉학의 처분에 대해 조정의 신하들이 서로 이야기하는 장면이다. 1560년 여름 영의정 상진과 병조판서 이윤경, 형조판서 원계검, 포도대장 김순고 네 사람이 모여 임꺽정의 처분에 대해 검토하는 연재 1회분의 반 이상을 차지하는 이 장면[84]이 조선일보사본에서는 완전히 삭제되어 있다.[85] 시간을 2년 단축시킴으로써, 이 네 사람이 이러한 관직을 갖고 같은 장소에 모이는 것이 불가능하게 되었기 때문일 것이다.

그러면 홍명희는 왜 「의형제편」의 이야기 시간을 5년에서 3년으로 바꾸지 않으면 안 되었을까. 그것은 『실록』을 만났기 때문이라고 필자는 생각한다. 1561년 토포사(討捕使)가 출두한 것과 이듬해 꺽정이 처단된 것은 야사(野史)에도 기록되어 있다.[86] 『실록』을 만나기 이전의 홍명희는 1560년 여름에 결의한 일당이 이듬해 1년 간 크게 날뛰어 조정의

---

82 『임거정전』, 443회, 서림 2−21, 『조선일보』, 1934.3.28.

83 조선일보사본 『임꺽정』 2, 351면. 사계절출판사 10권본 『임꺽정』 6, 93면. 게다가 이 장은 신문연재본에서는 '서림'장인데, 조선일보사본에는 '결의'장으로 바뀌어 있다.

84 『임거정전』, 467회, 서림 4−9, 『조선일보』, 1934.5.11.

85 조선일보사본 『임꺽정』 2, 429면; 사계절출판사 10권본 『임꺽정』 6, 154면.

86 『연려실기술(練藜室記述)』·『열조통기(列朝通紀)』 등. 『국조보감(國朝宝鑑)』에는 꺽정의 처단이 임술년 1월에 행해진 것까지 기술되어 있다.

군대와 싸우다가 1562년 초 몰살당한다는 시간 구상을 세웠을 것이다. 그런데『실록』을 만난 홍명희는 야사나 야담과는 비교되지 않을 정도로 대량의 세밀한 정보가, 그것도 역사적 사실이라는 압도적인 무게를 가지고 존재하고 있는 사실을 알게 되었던 것이다.

『실록』기사에 의하면, 꺽정들이 결의한 것으로 되어 있는 1560년 여름은 8월에 한성의 장통방에서 꺽정의 체포에 실패하여 우·좌변 대장이 사임한다. 그리고 그 가운데 한 사람이 뒷날 포토사로서 꺽정을 처단하는 남치근이다.[87] 꺽정이 이때 붙잡힌 세 명의 아내를 구출하기 위해 9월 전옥서(典獄署) 습격을 계획했으나 그만둔 일이 11월에 체포된 서림의 자백으로 분명해진다. 그의 자백으로 꺽정들이 봉산 군수를 습격할 계획을 세우고 있다는 사실을 알게 된 포도대장은 이를 상주(上奏)하고, 조정에서는 곧 선전관(宣傳官)을 파견한다.[88] 오백 명 남짓한 관헌이 겨우 일곱 명의 꺽정들을 놓친 전말을 전하는 선전관의 보고는 간결하지만 현장감이 넘친다.[89] 12월 조정은 논쟁 끝에 순경사(巡警使)를 보내어[90] 꺽정을 한 달 내에 불러들이도록 한다.[91] 순경사는 청석골에서 붙잡은 도적을 꺽정으로 꾸미서 서울로 압송하는데, 서림과의 대면으로 사실이 탄로난다.[92]

---

87 『실록』1560년 8월 20일 기사. 좌변 대장 남치근을 파면하고 우변 대장 이몽린을 교대시킬 것을 바라는 사간원의 상주,『자료』, 414면.
88 『실록』, 1560년 11월 24일 기사. 포도대장 김순고의 상주와 이에 대한 전교(傳敎),『자료』, 418면.
89 『실록』, 1560년 11월 25일 기사. 선전관 정수익의 보고,『자료』, 418~419면.
90 『실록』, 1560년 12월 1일 기사. 승정원에 내린 전교,『자료』, 419면.
  『실록』, 동년 12월 2일 기사,『자료』, 421~424면.
  『실록』, 동년 12월 4일 기사. 이사증과 김세한에게 내린 전교,『자료』, 425면.
91 『실록』, 1560년 12월 25일, 사간원의 상주,『자료』, 426면.
92 『실록』, 1560년 12월 28일 기사, 1561년 1월 3일, 7일 기사,『자료』, 427~430면.

1560년에 일어난 이와 같이 극적인 사건을 소설에 담으려면, 결의가 1560년 여름에 행해진다는 시간 설정은 아무래도 변경할 필요가 있다. 일어난 사건뿐만이 아니다. 『실록』에는 임꺽정사건에 관한 상층부의 다양한 움직임, 황해도의 참상 보고와 원인 분석, 그리고 인사(人事)·제도·민심 등 꺽정을 둘러싸고 있는 상황을 알 수 있는 방대한 기록이 있다. 홍명희는 이들 기록을 재료로 삼을 것을 결심하고 다시 한번 구상을 고쳐 다듬었을 것이다.

5) 두 번째 구상

홍명희는 『임꺽정』 연재 중에 소설의 길이에 관한 예고를 세 번 공언했다. 당연한 일이지만, 이들 공언은 그 시기 그의 머릿속에 있던 작품의 구상과 관련이 있다. 첫 번째는 집필 제1기에 「피장편」을 쓰고 있던 무렵의 일이다. "120회까지는 『임꺽정』을 싸고도는 그때 사회의 분위기를 전하기에 소비하였는데 이제부터는 정말 임꺽정이가 나타나게 됩니다. (…중략…) 아마 이 소설은 400회 가까이 가야 하고 싶은 말을 다 하고 끝을 맺을 것 같습니다"[93]라는 언급은 이 무렵 작자가 『임꺽정』을 그다지 길게 쓸 예정이 아니었음을 보여준다. 앞에서 본 대로, 이 시기에 그려진 꺽정은 정의감이 강하고 근대적인 변혁의식의 소유자로서 머지않아 의적 활동을 할 것이라는 예감을 품게 만드는 인물이었다. 작자는

---

93 『삼천리』, 1929년 6월호. 『자료』, 35면, 120회라면 「피장편」의 '형제'장이 끝났을 때이다. 그 다음의 '제자'장에서 꺽정이 태어난다. 「봉단편」은 75회, 「피장편」은 111회, 「양반편」은 121회로, 전반 세 편의 합계는 307회이다.

속도감 있는 전개를 생각하고 있었을 것이다. 다음은 집필 제2기의 「의형제편」 '천왕동이'장을 쓰던 무렵의 일로, "지금까지 쓴 것이 160여 회인바 앞으로 약 반년, 즉 180회 가량 더 쓰면 다 되올 줄 아옵니다"[94]라고 적고 있다. '조선 정조'를 담겠다는 창작 방침으로 인해 꺽정의 인간상이 변모하고 있던 이 시기에도 작자는 소설을 길게 쓸 생각은 없었던 듯하다. 그런데 「의형제편」의 집필을 끝내고 「화적편」을 시작할 때는 '청석편'·'자모편'·'구월편' 3부로 나누어 쓸 것을 밝히면서 "길게 쓰게 될 것 같습니다. 앞으로 아직 2, 3년은 걸릴지도 모릅니다"[95]라며 이야기가 길어지게 될 것을 예고하고 있다. 『실록』과 만난 홍명희는 내용을 추가하여 차분히 계속 써나갈 것을 결심했던 것이다.

따라서 홍명희와 『실록』의 '만남'은 '천왕동이'장을 쓰고 있던 1933년 8월부터 「의형제편」의 연재가 끝나는 1934년 9월 사이의 일이라고 추정되는데, 「화적편」의 구상에 필요한 시간을 고려하면 적어도 1934년 전반에는 그 '만남'이 이루어졌다고 볼 수 있을 것이다. 「의형제편」을 쓰고 있을 때 『실록』을 만난 홍명희는 우선 「의형제편」은 이전의 방침대로 계속 써나가고, 「화적편」부터 『실록』을 원천 자료로 삼았던 것으로 보인다. 그리고 조선일보사에서 단행본을 낼 때 「화적편」의 내용에 맞추어 「의형제편」의 곳곳을 수정하거나 『실록』으로부터 취한 기술을 삽입한다. 시간과 관직을 변경시켰을 뿐만 아니라, 「화적편」 이후의 전개에

---

94 『삼천리』, 1933년 9월호. 『자료』, 38면. 「의형제편」의 연재 160회는 '천왕동이'장에 해당한다. 「의형제편」은 그 후 240회 정도 계속되어, 전체로는 4백 회 정도가 된다.

95 『조선일보』(1934.9.8), 『자료』, 40면. 여기에서 홍명희는 "임꺽정이가 청석동서 자모산성으로 옮기고 또 구월산성으로 옮기었다가 구월산성에서 망한 것이 사실(史實)이므로"라고 적고 있는데, 필자가 조사한 바로는 자모산성이라는 이름은 사료에는 보이지 않는다.

맞추어 「의형제편」에 『실록』의 내용을 포석으로 깔아놓은 작자의 수완
도 엿볼 수 있다. 〈표 7〉에서 그 주된 내용을 몇 가지 제시해둔다.

〈표 7〉

신문연재본	조선일보사본	비고
1556년 / 이봉학이 왜구퇴치 원정 도중 호남 병마절도사와 만나다. (이봉학이 2-5)	1556년 / 이봉학이 왜구퇴치 원정 도중 호남 병마절도사 남치근과 만나다. (제2권 157면)	『실록』1555년 10월 1일자 기록에 남치근 취임에 관한 기사가 있다. 이 사실을 나중에 알고 집어넣었을 것이다.
1557년경 서림이 모신 평안도 관찰사는 이량 (서림 1, 2)	1559년경 김명윤으로 변경. (제2권 서림 1, 2)	『실록』에 의하면, 이량은 1661년 4월 평안 감사로 취임하고, 이해 9월 7일 의주 목사가 일으킨 가짜 임꺽정사건 때는 꺽정과 한온을 붙잡은 사실을 조정에 보고한다. 그때 등장하게 되는 이량을 여기서 평안 감사로 해둘 수는 없어서 변경한 듯하다. 그러나 평안감사가 된 사실이 없는 김명윤으로 변경한 이유는 분명하지 않다.
1560년 없음 (서림 3-22)	1558년 이흠례가 도적을 포박. (제2권 402면)	1557년 7월 10일, 1560년 10월 21일자 기록 외에도 이흠례가 도적을 포박하는 일에 열심이라는 기사가 보인다. 여기서 이 사건을 집어넣음으로써, 나중에 꺽정이 봉산 군수가 된 이흠례의 습격 계획을 세우는 포석을 깔아 두고 있다.
1560년 없음 (서림 3-22)	1558년 청석골에서 포도군사 이억근이 살해된 사건 (제2권 403면)	1559년 3월 27일과 4월 21일자 기록에 기사가 있다.
1560년 / 막봉이를 구출하러 가는 청석골 일행이 도중 "남대문 밖에 있는 친한 대장장이 집에 와 앉아서 소문을 알아내는 남소문 안패의 괴수를 불러내고." (결의 2-8)	1558년 / "남대문 밖에 있는 친한 객주집에 와 앉아서 장물을 팔아보내고 소문을 알아보내는 남소문 안패 괴수의 아들 한온이를 청해다가 만나보고," (제2권 514면)	1561년 9월의 가짜 꺽정사건에서 이름이 나온다. 「화적편」에서 '한온'을 본격적으로 등장시킬 포석으로서 여기에서 꺽정들과 만나게 한 것 같다. 또 1560년 11월 24일 기사에서 서림의 자백을 끌어내는 '마산리의 대장장이 이춘동을 평산쌈 장에 등장시킬 포석으로서, 혼란을 피하기 위해 이 대장장이를 삭제하지 않았을까 싶다.
구출하고 돌아오는 길, 봉학이 일행과 청 왕동이가 각각 남소문 안패의 괴수와 만난다. (결의 3-26)	남소문 괴수의 아들 한온. (제2권 611면)	

  이렇게 홍명희는 「의형제편」을 집필하면서 '청석골'장의 구상을 다듬
고, 다음으로 '청석골'장을 쓰면서 앞으로의 구상을 다듬었던 것으로 보
인다. 그러나 '만남' 이후 얼마 지나지 않은 시점에서 소설을 집필하면서
구상을 준비하기에는 무리가 있었던 듯하다. '청석골'장에 들어서고부

터 소설의 흐름에 모종의 혼란이 발생하고 있는 것이다. 껵정의 급격한 변모는 독자에게 어색한 느낌을 갖게 만들고, 또한 문장도 그때까지의 속도를 잃고 이완된 느낌을 준다. 이 부분에 대해서 강영주는 "궤도 이탈의 조짐이 있다"고 평하고, "이 시기에 홍명희가 가난과 병으로 고생했고, 또 사회적 전망을 잃어가는 중이었다는 사정과도 무관하지는 않은 듯하다"[96]고 언급하고 있다. 그러나 여기에는 이 무렵 홍명희가『실록』을 원천 자료로 삼는 데 필요한 입장(stance)을 확립할 수 없었던 사정도 작용하지 않았을까. '청석골'장의 종료와 더불어 연재가 중단된 것은 직접적으로는 작자의 병 때문이지만,[97] 본격적으로『실록』을 원천 자료로 취하여 완전히 소화시키기 위해서는 시간이 필요했을 것이다.

6) 미완의 종결

1937년 12월 홍명희는 연재를 재개한다. 2년 전「화적편」을 시작할 때에는 '청석편'·'자모편'·'구월편' 3부로 나누어 쓸 것을 예고했지만,[98] 이번에 시작된 대목은 '송악산'장이며, 이후 '소굴'·'피리'·'평산쌈'장이 이어지고 나서야 겨우 '자모산성'장에 이른다. 구상에 꽤 변화가 있었음을 엿볼 수 있다. 각 장의 내용을 보면, '송악산'장에서는 단오굿을 중심으로 송악산에서 일어난 사건이 다루어지고 있는데, 이는『실록』의 자료에 근거한 것이 아니다. 또 '소굴'장은『실록』의 기사를 원천 자료로

---

96 『연구』, 291면.
97 『연구』, 293면, 294면.
98 『조선일보』, 1934.9.8,『자료』, 40면.

삼고 있지만, '피리'장에서는 양반들의 풍류의 세계와 피리·가야금의 명수가 만들어내는 이야기가 두루마리 그림처럼 펼쳐지고 있을 뿐『실록』과는 직접 관련이 없다. 그러나 잘 들여다보면, 이들 이야기는 모두 1560년이라는 시간의 짜임새 속에 견고하게 짜여져 있음을 알 수 있다.

'송악산'장에서는 열 살이 된 왕세자의 관례식과 세자빈의 간택을 앞두고 대왕대비가 단오에 송악산에서 큰 치성을 드리도록 명하여 세인들의 구경 열기가 높아진 것이 사건의 발단이 되고 있는데, 당시의 세자 순회(順懷)가 열 살을 맞은 것은 1560년의 일이다. 또한 '피리'장의 마지막 부분에는 청석골에서 피리를 분 종실(宗室) 단천령과 죽임당한 양반들의 이야기가 병조판서 권철의 귀에 들어간 일로 인해 재상들이 황해도 도적의 발호를 걱정하는 상주(上奏)를 올리고, 며칠 뒤 사간원의 간관(諫官)이 황해도 감사 유지선을 파면하도록 상주하는데, 이들의 상주에는 1560년 10월자『실록』의 기사 두 개가 그대로 사용되고 있다. 가공의 이야기가 역사적인 시간의 짜임새 속에 꼭 들어맞게 짜여져 있는 것이다. 동일하게 야담을 본보기로 하여 양반들을 묘사한 전반부 세 편의 경우, 이러한 역사적 시간의 짜임새는 존재하지 않았다.

이러한 짜임새는 다음의 '평산쌈'장에서 훌륭하게 활용된다. 11월 초 청석골 가까운 마을에 사는 해산물 취급 장사치의 자식이 죽은 것을 계기로 장례식을 거들어주러 나간 꺽정의 부하 김산과 동향(同鄕)인 이춘동의 재회(이 두 사람의 이름은 모두『실록』에 나온다),[99] 그리고 춘동 모친의 환갑잔치에 참석하러 마산리로 가겠다는 꺽정의 약속으로부터 거기서 봉산의 신임

---

99 『실록』, 1560년 11월 24일, 포도대장 김순고의 상주, 『자료』, 417면.
   『실록』, 1561년 12월 20일, 전교, 『자료』, 446면.

군수 이흠례를 매복하여 기다리자는 서림의 제안으로 뻗어가는 하나의 이야기 선과, 서림의 계모가 돌연 청석골을 방문한 일이 발단이 되어 상경한 서림의 체포와 배반으로부터 포도대장의 상주 및 관군의 출동으로 뻗어가는 또 하나의 이야기 선이 11월 27일 평산의 마산리 싸움에서 합류한다. 21일 청석골을 나와 이튿날 서울에 도착한 서림이 23일 체포되어 24일에 배반에 이르는 행동과 심리, 마산리에서 꺽정의 일당이 26일 집결한다는 정보를 입수하여 24일 오후에 출동하는 선전관 일행의 신속한 진군, 그리고 26일 환갑잔치에 맞춰 청석골에서 마산리로 가는 꺽정들의 행동이 27일 마산리에서의 싸움을 향하여 시시각각 묘사되고 있는 것이다.

이러한 시간의 짜임새에 어울리는 공간의 짜임새도 존재한다. 어느 정도의 시간으로 어느 만큼 이동할 것인지, 필요한 수면과 식사는 어디에서 취할 것인지까지 정밀하게 계산되어 있는데, 이러한 계산이 밤을 새워 평산으로 향하는 선전관 일행의 묘사에 박진감을 부여하고 있다. 홍명희는 지도를 사용하여 이 지방의 지리를 철저하게 조사했다고 한다.[100] 그가 사실에 집착하는 자세는 거의 편집적이어서, 이 대목에서는 금교에서 봉산까지의 거리가 70리(28km) 어긋난 것에 대해 정정 기사를 내보낼 정도였다.[101] 홍명희는 좌변 포도대장 김순고가 서림의 자백을 상주하고 선전관 정수익이 보고했다는 『실록』의 두 기사를 가지고 시간과 공간을 치밀하게 짜맞추어 역사적 허구를 창조했던 것이다.[102] 가

---

100 「의형제편」 연재 중에 한때 삽화를 그린 구본웅의 회상에 의하면, 그가 홍명희를 방문했을 때 홍명희의 서재에는 지도가 펼쳐져 있었다고 한다. 『조선일보』, 1937년 12월 8일, 『자료』, 258면. 그밖에도 홍명희는 오만 분의 일 지도를 참고했다는 증언이 있다. 『연구』, 289면, 주 44 참조.
101 『조선일보』, 1939. 1. 5, 『임거정(林巨正)』 '평산쌈장'(38회) 말미에 "전회 김교 봉산간 거리를 280리라고 했는데, 210리로 정정합니다"라고 되어 있다.

공의 의형제와 실재했던 인물들이 싸우는 장면은 역사적 사실과 상상력이 훌륭하게 융합되어 있어 과연 역사소설의 백미(白眉)라 할 만하다.

그런데 마찬가지로 『실록』의 기사가 원천 자료가 되어 있는 다음의 '자모산성'장에서는 마치 '평산쌈'장에서 힘을 다 써버리기라도 한듯 문장이 이완되어 있다. 이 장은 기생에게 빠진 순경사 이사증과 청석골을 떠나는 꺽정들의 움직임이 번갈아 묘사된 후, 마지막으로 청석골에 남은 오가의 쓸쓸한 모습과 더불어 중단되어 버린다.

홍명희는 왜 쓰는 일을 그만두었을까. 병, 친일의 위험을 피하기 위해서, 시대에 대한 절망 등 강영주 씨가 추측했던 이 세 가지 이유 외에,『실록』과의 만남에서 비롯된 영향도 있었다는 것이 필자의 생각이다. 중단되었을 때의 이야기 시간은 1560년 12월로, 꺽정이 처단된 1562년 1월까지는 아직 1년 이상이나 남아 있었다. 실제로 앞서 언급했던 『자료』에 수록된 꺽정 관련 『실록』 기사 48건 가운데 이때까지 사용된 것은 15건뿐으로,[103] 『실록』의 꺽정 관련 기사는 많이 남아 있다. 그리고 『실록』에 의하면, 꺽정 일당의 세력이 왕성해진 것은 오히려 이때부터인 것이다.

만약 홍명희가 앞으로도 『실록』의 기사를 충실하게 취한다고 가정한다면, 앞으로의 『임꺽정』의 전개는 대강 다음과 같이 예상할 수 있다. 청석골에 남은 오가는 가짜 꺽정이 되어 끔찍한 고문을 받고 서울로 압

---

[102] '평산쌈'장의 마지막 부분은 선전관 정수익의 보고 이튿날 왕이 권철과 김순고에게 의견을 듣는 장면인데, 『실록』에는 이와 관련된 기사가 없다. 정수익이 보고한 11월 29일(辛卯) 다음 날은 12월 1일(壬辰)이고, 이날에는 조정의 회의에서 순경사 파견 건이 논의되고 있다. 작자는 실재하지 않은 날에 가공의 기사를 삽입시킨 것이다.

[103] 수록된 기사 가운데 『임꺽정』이 중단될 때까지 사용된 자료는 1560년 12월 4일의 기사까지이다. 『자료』, 425면.

송되어 죽는다.[104] 9월에는 의주에서 재차 가짜 꺽정 날조사건이 일어나고, 처참한 고문으로 몇 사람이나 희생자가 난다. 그러나 꺽정들의 세력은 점차 강해지고, 10월에는 왕이 "현재 도적의 세력은 대단히 성하여 적국(敵國)이나 마찬가지"[105]라고 탄식할 정도에 이른다. 조정은 꺽정을 토벌하기 위해 남치근을 황해도 토포사(討捕使)로 임명하고, 비정한 성격으로 알려진 남치근은 병사를 얼어 죽게 만들고 인민을 괴롭히는 희생을 내면서도 냉철하게 꺽정을 바싹 추적해 간다. 서울에서는 잠복한 도적을 붙잡기 위해 성문을 닫고 시장을 쉬게 하여 대수색을 벌이고, 조정은 토포사 파견 부담으로 괴로워하는 황해도에 세금과 부역 등을 면제하는 조치를 취한다. 12월 꺽정은 체포되지 않았지만 주력은 섬멸되었으므로, 조정은 토포사를 불러들이기로 한다. 그러자 곧이어 1562년 1월 3일에 꺽정을 체포했다는 보고가 도착하고, 꺽정은 곧 서울로 압송되어 처단된다. 『실록』에는 기록되어 있지 않은 남치근의 구월산 공격, 서림의 활약, 혼자 남은 꺽정이 마지막으로 서림에게 발각되어 체포된 경위는 야사에 꽤 상세하게 기술되어 있다.[106]

이들 원천 자료를 이용하여 소설을 계속 써나가자면 앞으로 얼마나 시간이 걸렸을까. 조선어로 발표할 수 있고 친일의 위험이 없었다면, 홍명희는 계속 썼을지도 모른다. 그러나 식민지 말기의 사회적 상황은 이

---

104 '청석골'장에서 한 첨지가 꺽정에게 오가의 본명이 '개도치'인 것을 말하고 있는 것(『임꺽정』 7, 90면)은 1561년 1월 3일자 『실록』 기사에 있는 가짜 꺽정의 이류이 '가도치(加賭致)'인 것을 염두에 둔 포석일 것이다.
105 『실록』, 1561년 10월 6일, 전교, 『자료』, 458면.
106 『기제잡기(寄齋雜記)』, 『자료』, 458면; 『남판윤유사(南判尹遺事)』, 『자료』, 463면; 『열조통기(列朝通記)』, 『자료』, 467면 등.

를 허락하지 않았다. 그밖에도 이후 껵정의 운명이 기록으로 남아 있어 거꾸로 창작 의욕을 잃었을 가능성도 생각할 수 있다. 그가 붓을 놓은 데에는 이러한 요소가 모두 중첩되어 작용했을 것이다.

마지막 '자모산성(하)'장에는 청석골에 남은 오가가 고독으로 괴로워하면서 술을 마시는 장면이 그려진다. 껵정이 버리고 간 청석골에 남았던 부하들이 도망치기 시작하지만, 오가는 이를 막으려조차 않는다. 이 장면을 임형택은 이렇게 평가하고 있다. "작가의 손에서 씌어진 소설의 마지막 단락인데, 장면이 마치 석양에 죽어가는 노인을 보듯 처연하기 그지없다. 이 대목은 임껵정의 비장한 최후의 예고편으로 느껴지기도 한다."[107] 바로 '당시의 암흑한 현실에 대한 그의 비관과 절망'이 전해지는 장면이다. 이 장면을 쓰면서 홍명희는『임껵정』을 미완인 채로 끝낼 것을 생각했을 것이다. '암흑한 현실'에 대한 저항의 방법은 그때로서는 붓을 놓는 것 말고는 없었던 것이다.

7) 미완의 수정

전반부의 수정이 미완으로 끝난 이유로도『실록』의 영향을 들 수 있다. 홍명희가 전반 세 편을 고쳐 쓸 것을 예고한 1932년에 그는 아직『실록』을 만나지 않았다. "사실 누락된 것을 보충하고, 사실이 착오된 것을 교정하고, 쓸데없이 늘어놓았던 이야기를 깎고 줄이어"라고 썼을 때 그의 머릿속에 있었던 것은, 분망한 정치 활동 가운데 틈을 내어 쓰느라 저

---

107 『임껵정』10, 157면.

지른 잘못을 정정하고 문장을 다잡으며 무엇보다도 조선 정조를 담는 것이었고, 이것은 충분히 가능한 작업이었다. 그런데『실록』의 역사적 사실을 취하여 전반 부분을 고쳐 쓰는 것은 무리가 있다.「피장편」과 「양반편」에 보이는 역사적 사실과의 차이는 그럭저럭 수정할 수 있을지도 모르지만,[108]「봉단편」의 경우는 불가능에 가깝다. 소설에서는 1504년의 갑자사회 때 죄를 더할 것이 두려워 유배지에서 도망친 이장곤이 함경도까지 도망하여 봉단과 만나 결연하고, 2년 뒤 중종반정으로 복권된다. 그런데 실제로는 1505년 5월에 유배되어 이듬해 8월 중순에 도망한 이장곤이 중종반정을 맞는 것은 바로 다음달인 9월 2일이다. 도망 기간이 겨우 반 달인 것이다. 이장곤에 대해서는 그 외에도『실록』에 많은 기록이 있고, 그의 사람됨에 관한 기술도 보인다.

본래 야담을 토대로 상상력을 발휘하여 만들어낸 이야기를 역사적 사실의 틀에 짜 맞추는 것은 무리가 있다. 역사적 사실의 짜임새를 가진 후반부와 상상력만으로 만들어낸 전반 세 편은 그의 손자 홍석중이 반세기 후에 갈파했던 것처럼, "수정할 분량이 너무 많아서 도저히 한 작품으로 통합시킬 수 없"을 정도로 "문학적 양상"이 동떨어져 있었던 것이다. 이를 깨달은 홍명희는 수정을 단념했을 것이다. 이리하여『임꺽정』에는 두 가지 '미완성(未完性)'이 남게 되었던 것이다.

---

[108] 이를테면 조광조는 부제학이 된 그해 대사헌이 된다(『임꺽정』 2, 8면)고 되어 있는데, 조광조가 대사헌이 된 것은 그 이듬해의 일이다. 또 저주옥사(詛呪獄事)가 일어나 경빈과 복성군이 사약을 받는다(같은 책, 125면)고 되어 있는데, 복성군이 사약을 받는 것은 6년 뒤인 1533의 일이다. 허자와 정언각의 죽음과 진복창의 유배가 1548년의 일로 되어 있는 것(「양반편」의 '보복'장)도 각각 역사적 사실과는 다르다.

7. 끝내며

이상에서 홍명희의 역사장편 『임꺽정』에 '불연속성'과 '미완성'이 생긴 원인을 고찰했다. 작품을 읽으면서 품었던 의문을 필자 나름대로 해명할 수 있었는데, 그 과정에서 일본의 통치가 한국 근대문학에 미친 상처의 깊이를 새삼스레 인식하게 되었다.

1920년대 사회운동의 고양기에 민중의 영웅감으로 태어난 임꺽정은 광주사건의 여파로 모습을 감춘다. 문화적 저항을 이어나가기 위해 '조선 정조'가 감도는 인물로서 1930년대에 소생하지만, 주인공의 이러한 변모는 소설 『임꺽정』에 '불연속성'을 가져온다. 이윽고 『조선왕조실록』과 만난 홍명희는 역사적 사실을 원천 자료로 하여 『임꺽정』을 계속 써나가려고 했지만, 1940년대의 '암흑한 현실' 앞에서 저항을 위해 절필하고 마는 것이다.*[109]

*   감사의 말
   본 연구는 한국 상명대학교의 강영주 교수를 연구 협력자로 하여 문부과학성의 과학연구비 보조(15520237—홍명희의 『임꺽정』과 『조선왕조실록』)를 받아 이루어졌다. 강영주 교수와는 몇 번 면담하며 연구의 방향과 내용에 대해 이야기를 나누었는데, 그때마다 유익한 의견을 들려주었다. 이 외에도, 자료면에서는 와세다대학의 호테이 토시히로(布袋敏博) 씨에게 많은 도움을 받았다. 이 자리를 빌려 두 분께 진심으로 감사드린다.

『임꺽정』 집필 제2기에 보이는 '동요'에 대하여

1. 시작하며

　　홍명희의 역사소설 『임꺽정』은 1928년부터 1940년까지 중단을 거듭하면서 신문과 잡지에 연재되었다. 필자는 이 연재 기간을 다음의 3기로 나눈다. 제1기는 1928년부터 이듬해 그가 체포 수감되었을 때까지이고, 제2기는 1932년 연재를 재개하고부터 3년 후 그가 병으로 연재를 중단할 때까지이며, 그리고 제3기는 1937년 다시 연재를 재개하고부터 1940년 이후 연재를 완전히 중단할 때까지이다.

　　홍명희는 제2기에 '의형제편'을 집필하던 중 당시 복각된 조선의 정사(正史) 『조선왕조실록』을 알게 되지만, 일단은 '의형제편'을 그대로 계속 집필하고 '화적편'부터 이 실록을 소설의 원천 자료로 받아들이며, 연재가 완전히 끝나 『임꺽정』을 단행본으로 낼 때 먼저 쓴 '의형제편'을 나중에 쓴 '화적편'의 내용에 맞춰 수정했던 것으로 추측된다.

필자는 제2기의 서술에 보이는 시간의 어긋남에 의문을 품고, 그 원인을 알아내기 위해 이 시기 신문연재본과 단행본 텍스트를 대조해 보았다. 유감스럽게도 원인을 해결할 수는 없었지만, 대신 단행본에는 삭제되고 연재본 텍스트에만 남아 있던 작가의 시행착오와 퇴고의 흔적을 발견할 수 있었다. 본고에서는 또한 '화적편' 첫머리의 역사적 기술이 단행본으로 낼 때 삽입된 것이라는 사실도 밝혀냈는데, 이러한 삽입은 제3기 작자의 창작 자세를 시사한다고 생각한다.

2. 본고를 쓰게 된 경위

『임꺽정』은 1928년부터 12년에 걸쳐 중단을 반복하면서 신문과 잡지에 연재되다가 미완으로 끝난 역사소설이다.[1] 작자 홍명희(1888~1968)는 이 소설을 해방 전과 해방 후에 두 번 서울에서 단행본으로 펴내지만, 예고되어 있던 전반의 세 편과 완결편은 이때 간행되지 않았다.[2] 홍명희는

---

1 『임꺽정』은 1928년 11월 21일부터 『조선일보』에 연재되면서 몇 번인가 중단을 거듭했고, 그후 1940년 잡지 『조광』 10월호에 게재된 것을 마지막으로 미완인 채 끝났다. 『임꺽정』의 상세한 서지사항에 대해서는 하타노 세츠코, 「『임꺽정』의 '불연속성'과 '미완성'에 대하여」, 4. '『임꺽정』의 서지' 286~296 참조.
2 『임꺽정』 전4권, 조선일보사, 1939~40.

그후 북한으로 넘어가고, 한국전쟁 후 평양에서 재차『임꺽정』을 간행하는데, 이때는 전반부가 아예 빠져 있고 마지막도 미완인 채였다.[3] 그 후 줄곧 절판되어 있던 이 소설은 1980년대 중반 남한과 북한에서 거의 동시에 간행된다.[4] 다만 한국의 사계절출판사에서는 과거 단행본에는 빠져 있던 전반부를 당시 신문으로부터 판을 만들어 처음 세 편을 함께 묶어 간행했고, 북한의 국립출판사는 전반부를 빼버린 채 직계의 손자인 작가 홍석중의 손으로 내용을 개작하여 간행했다. 요컨대『임꺽정』은 남한과 북한 어느 쪽에서도 작자가 생존했던 때와는 다른 형태로 간행되었던 것이다.

한국에서 간행된『임꺽정』을 읽은 필자는 작품 속에 보이는 불연속성과 미완성에 의문을 품고 논문「『임꺽정』의 '불연속성'과 '미완성'에 대하여」[5]에서 그 원인을 고찰했다. 이 논문에서 필자는 12년에 걸친『임꺽정』의 신문연재 시기를 3기로 구분하고 제1기와 제2기 사이에 불연속성이 발견됨을 지적하면서, 사회 정세의 변화에 직면하여 창작 방침을 전환한 것이 작품의 불연속을 초래했다고 썼다. 또한 이 소설이 미완으로 끝난 이유 가운데 하나는 작자가 제2기 집필 중『조선왕조실록』(이하『실록』으로 적는다)을 원천 자료로 삼은 데서 비롯된다고 추론했다.

추론의 단서가 된 것은『조선일보』에 게재된 텍스트와 단행본 텍스

『임꺽정』전6권, 을유문화사, 1948.
3   『림꺽정』전6권, 국립출판사, 1954~55.
4   『임꺽정』전9권, 사계절출판사, 1985.
      『임꺽정』전10권, 사계절출판사, 1991.
      『림꺽정』전4권, 문예출판사, 1982~85.
5   주 1의 졸고.

트의 차이였다. 제2기에 연재된 것은 「의형제편」에서부터 「화적편」의 첫째장 '청석골'까지이다. 「의형제편」의 마지막 장인 '결의'장에는 인물들이 한 사람씩 출생년과 나이를 말하며 의형제 맺을 것을 서약하는 장면이 나오는데, 단행본에는 연재본에 비하여 나이가 두 살씩 끌어내려져 있다. 또 「의형제편」의 이야기 시간도 5년에서 3년으로 단축되어 있는데, 연재본에서 의형제를 결의한 해인 1560년을 단행본에서 1558년으로 앞당긴 것은 『조선왕조실록』에 실려 있는 1560년의 임꺽정 관련 사건을 작품에 반영했기 때문일 것이라는 게 필자의 추론이었다.

그러나 논문을 쓰고 난 후 필자에게 몇 가지 의문이 남았다. 우선 단행본으로 낼 때 작자가 새로이 추가한 '이억근 살해사건'의 년대 문제인데, 『실록』에는 1559년의 일로 기록되어 있는 이 사건을 홍명희는 인물들이 의형제를 결의한 해, 즉 1558년의 사건으로 처리하고 있다.[6] 다음으로 소설에서 중요한 역할을 맡고 있는 실재 인물 이윤경·이준경 형제에 대한 것인데, 작자가 시간 단축에 따른 관직의 변화를 일일이 바꾸는 배려를 보이고 있음에도 불구하고 윤경이 함경도 감사가 되고 준경이 우의정이 된 해가 역사적 사실과 1년 차이가 난다. 셋째, 의형제 '결의'가 1558년의 일이라면 이듬해는 1559년이 되어야 하는데도 작자는 새로이 청석골에 들어온 김산의 연령과 출생년을 통해 이 해를 일부러 1560년으로 설정하고 있다. 또 사소하지만 의형제 가운데 길막봉이의 나이만 한 살 끌어내린 것도 마음에 걸렸다.

물론 역사소설은 어디까지나 허구이다. 작자에게는 자유로운 재량권

6　이 점에 대해서는 2004년 10월 큐슈대학에서 열렸던 제55회 조선학회에서의 발표 때 '수수께끼'라고 언급한 바 있다. http://www.nocol.ac.jp/~hatano/profile/kyosei/2004japanease.doc

이 있고, 자료를 잘못 읽었을 수도 있다. 그러나 작품을 읽으며 홍명희가 역사적 사실에 집요하게 집착하고 있음을 느끼고 있던 필자에게는 이러한 사소한 점이 단순한 실수로는 생각되지 않았다. 무엇보다도 단행본 간행을 위한 준비 기간은 『실록』을 자료 삼아 '평산쌈'장을 집필한 시기와 겹친다. 필자에게는 작자가 '평산쌈'장에서 그토록 시간과 공간을 치밀하게 계산했던 것과 마찬가지로 앞 부분을 세심하게 수정했을 것이라고 생각되었다.

그래서 이러한 어긋남에 어떤 의미가 있는지 확인하기 위해 제2기에 연재된 「의형제편」의 모든 장과 「화적편」의 '청석골'장을 대상으로 텍스트의 공통점과 차이점을 조사해 보았다. 결론부터 말하자면, 나이와 연대에 관한 의문은 유감스럽게도 해결할 수 없었다. 그러나 텍스트를 조사하는 과정에서 이 시기에 홍명희가 보이고 있는 창작상의 '동요'를 느낄 수 있었다. 본고에서는 이에 대해 보고하고자 한다.

3. 집필 제2기의 연재상황

홍명희에게 집필 제2기는 창작상 매우 어려운 시기였으리라 짐작된다. 제2기 연재를 시작하면서 그는 조선 정조(情調)를 묘사한다는 창작방침을 재확인하고, 제1기와는 다른 인격을 지닌 주인공을 창조했다. 독자에게 불연속적이라는 느낌을 주지 않으면서 이러한 창작방침을 밀고 나가는 것만으로도 대단한 작업이었을 텐데, 이 시기 『조선왕조실

록』을 접하고 역사적 사실에 압도적인 영향을 받았으면서도 한편으로는 그때까지 내용과의 정합성을 유지하면서 동시에 『실록』을 원천 자료로 삼은 새로운 구상에 걸맞게 연재 중의 이야기 시간까지 변경하는 등, 정말 아슬아슬하게 창작활동을 해나갔던 것이다.[7] 단행본으로 간행될 때 작자 자신의 손으로 삭제된 까닭에 연재본 텍스트에만 남아 있는 노고와 시행착오의 흔적, 그것이 바로 필자가 '동요(ゆれ)'라는 말로써 드러내고 싶은 점이다.

「의형제편」의 연재를 시작하고 3개월 정도되었을 무렵 『조선일보』가 정간 처분을 당하여 『임꺽정』도 한 달 이상 연재를 쉰다. '곽오주' 장을 쓰고 있을 때였다. 신문이 다시 간행되어 연재를 재개할 당시 신문사의 의뢰로 쓴 「금일까지의 경개(梗槪)」[8]에서 홍명희는 그때까지의 연재 상황이 극히 변칙적이었음을 재치있는 필치로 회상하고 있다.

우선 "처음 일 년 동안은 하루거리를 너무 자주 앓아서"라고 한 것은 신간회 활동으로 분주한 가운데 작품을 신문에 연재했던 제1기의 일을 가리킨다. "그 뒤 한 삼 년 동안은 불생불멸하고"라고 한 것은 광주사건과 관련하여 감옥 생활을 보냈던 시기의 일이다. 정치활동을 하고 감옥에 있던 시기를 이렇게 암시적으로 표현했을 것이다. 다음에 "먼젓번에는 나간다 선성(先聲) 놓고 나가지 아니하고"라고 한 것은 출옥하여 연재 재개 예고가 나간 직후 조선일보사의 내분으로 연재 재개가 늦어진 것을 지적한 것이다. 예고로부터 반 년 늦은 1932년 12월 「의형제편」이 시작되었지만, 이듬해 3월 이번에는 신문이 정간 처분을 당해 연재를 중단한다. "이번은

7   주1의 졸고, 5. '두 번째 구상' 참조.
8   홍명희, 『조선일보』, 1933.4.26.

얼마 나가다가 오래 중동무이되어서"라고 한 것은 이를 가리킨 것이다.

그러나 출옥 후 작자가 정치활동을 봉쇄당했기 때문에 「금일까지의 경개」를 쓴 후의 연재 상황은 오히려 순조로웠다. 집필 제2기의 연재 상황을 표로 나타낸 것이 〈표 1〉이다. 연재 일수와 연재 횟수를 보면, 이해 말까지 연재 진행은 순조로우며 '이봉학이'장 부근부터 진행이 더뎌지기 시작한다. 그리고 '서림'장에서도 도중에 병으로 연재를 쉬고, 「화적편」에 들어가면 465일간 141회로 연재 진행 속도가 현저히 더뎌진다. 그밖에도 앞서 언급한 창작상의 곤란이 겹친 것도 집필의 더딘 진행에 영향을 주었을 것이라 짐작된다. 이 시기 작자는 바쁜 정치활동 및 수감이라는 외부 요인과는 다른 종류의 곤란함을 겪고 있었던 것이다.

〈표 1〉 제2기 연재상황

	장제목	연재시기	일수	횟수	비고
의적편 1	박유복이	1932.12.1~33.2.4	75일	60회	11월 30일에 연재 재개 예고 기사, 삽화 안석주
	곽오주	33.2.14~6.10	117일	53회	3.3~4.25 정간으로 연재 중단 4월 26일 「금일까지의 경개」 도중 무아(舞兒)의 삽화로 교체
의적편 2	길막봉이	33.6.13~7.29	47일	40회	삽화 구본웅
	황천왕동이	33.8.1~9.10	41일	29회	도중 웅초(熊超)의 삽화로 교체 도중 1주간 연재 중단
	배돌석이	33.9.15~11.14	61일	44회	도중 안석주의 삽화로 교체
	이봉학이	33.11.18~34.2.1	76일	44회	
의적편 3	서림	34.2.4~5.17	104일	66회	4.20~5.1 병으로 연재 중단 5월 2일 '편집자의 말 게재
	결의	34.5.19~9.4	109일	69회	
화적편 1	청석골	34.9.15~35.12.24	465일	141회	2.10~7.22, 8.1~9.26 연재 중단 7월 23일 「전회(前回)까지의 경개」

「화적편」의 '청석골'장을 마친 1935년 12월 『임꺽정』은 다시 연재를 중단한다. 그리고 2년 뒤 시작된 제3기의 연재가 1939년 7월로 끝나자 조선일보사에서는 『임꺽정』 단행본 간행에 들어간다. 10월의 「의형제편(1)」에서 11월 「의형제편(2)」, 12월 「화적편(상)」, 그리고 이듬해 2월 「화적편(중)」까지의 간행은 순조로웠으나, 그 뒤 예고되어 있던 「화적편(하)」와 전반부의 「봉단편」·「피장편」·「양반편」 세 편은 간행되지 않았다. 간행된 단행본 네 권 가운데 「의형제편」 2권과 「화적편(상)」의 '청석골'장이 제2기에 연재된 부분이다. 시간적으로 보아 홍명희가 제3기 집필 중에 이 부분의 수정 작업에 착수했을 가능성이 높다. 이 과정에서 작자의 손으로 삭제되어 연재본 텍스트에만 남아 있는 창작상의 '동요'를 다음 장부터 살펴보기로 한다.

4. 의형제 맺은 해를 1558년으로 변경한 이유

『임꺽정』 연재본에서 등장인물들의 나이를 나타낸 것이 〈표 2〉이다. 의형제 맺은 해의 나이와 어긋나는 경우 × 표시를 했다. 우선 곽오주의 나이가 한 살 차이가 난다. 다음으로 길막봉이의 나이가 23,4세와 21세로 모두 3년 후 의형제 맺은 해의 나이와 계산이 맞지 않는다. 또 배돌석이의 나이가 34세와 36세로 되어 있는데, 의형제 맺은 해의 나이로부터 계산하면 전자가 맞다. 그러나 그 밖의 인물의 나이는 정합성을 띠고 있어 작자가 신문 연재 당시 등장인물의 나이에는 그런 대로 주의를 기울였음을 엿볼 수 있다.

<표 2> 『임꺽정』 신문연재본에서의 인물의 연령 구성

	연도	임꺽정	박유복이	곽오주	길막봉이	황천왕동이	배돌석이	이학봉이	대사
의형제편	1555 (乙卯)	왜변출정	34세1) 복수 결혼 청석골로	25세2)×		31세3)	왜변출정	왜변출정 전주에서 이윤경의 비장 됨	81세4)
	1556 (丙辰)			보쌈결혼				정의현감 됨	
	1557 (丁巳)			갓난애를 죽임 청석골로	23,4세5) 21세6) 데릴사위 청석골로		36세7) 34세8)× 계집종과 결혼	대정현감 겸함	
	1558 (戊午)	천왕동과 동행하여 제주도로				34세9) 사위간택결혼 제주도 유배	호랑이 퇴치 청석골로	오위부장 됨	84세 10)
	1559 (己未)		진상물 강탈	진상물 강탈	진상물 강탈		진상물 강탈	서울로 임진별장됨	
	1560 (庚申)봄 여름 현재 1560	양주파옥 청석골로 안성파옥 결의 辛巳生 40세11)	양주파옥 안성파옥 결의 壬午生 39세	양주파옥 안성파옥 결의 壬辰生 29세	양주파옥 안성파옥 결의 戊戌生 23세	3월 돌아감 양주파옥 안성파옥 결의 乙酉生 36세	양주파옥 안성파옥 결의 壬午生 39세	청석골로 안성파옥 결의 辛巳生 40세	사망 86세 12)
화적편1	가을	꺽정이 청석골 두령이 되다. 관군의 내습으로 청석골에서 광복산으로 옮기다.							
	겨울	꺽정이 서울에 놀러 가다.							
	이듬해봄	꺽정이 서울에서 3명의 아내를 두다. 꺽정이 돌아오고 일당이 청석골로 옮기다. 김산이 청석골로 오다. 丙戌生 35세13)							
	현재 1560								
2	1560(庚申) 5월	열 살이 된 왕세자의 관례와 세자빈 간택을 앞두고, 문정왕후가 단오절에 송악산에서 제사지낼 것을 명하여 상궁을 보내다.							

1) 박유복이 1-7: 박유복이가 황천왕동이에게 나이를 묻고 31세라고 대답하자, 자기보다 세 살 아래라고 말한다.

2) 곽오주 1-11: 곽오주가 박유복이에게 25세라고 나이를 밝힌다. 박유복이는 34세로 아홉 살 연상. 단행본에서는 곽오주의 나이가 24세로 바뀌고, 나이 차이도 10년으로 바뀐다.

3) 주 1)과 동일

4) 박유복이 1-4: 애기 어머니가 의붓아버지 소식을 유복이에게 전한다. 단행본에서 82세로 바뀐다.

5) 길막봉이 1-6: 나이는 겨우 23,4세라고 설명되어 있다. 단행본에서는 21세로 바뀐다.

6) 길막봉이 2-15: 길막봉이가 함께 하룻밤을 보낸 처녀의 부모에게 나이를 말한다.

7) 배돌석이 1-15: 배돌석이가 계집종과 결혼할 것을 권유하는 양반 부인에게 대답한다.

8) 배돌석이 1−18: 계집종과 결혼하여 들어가 살게 된 양반집의 주인과 같은 나이인 34세이다. 단행본에서는 35세로 바뀐다.
9) 황천왕동이 1−16: 황천왕동이 사위 간택 시험을 치르는 백 이방의 질문에 대답한다. 단행본에서는 34세로 바뀐다.
10) 이봉학이 3−6: 제주도로 이봉학이를 찾아간 꺽정의 말에 나와 있다.
11) 결의 3−20: 결의 장면에서 의형제 전원이 출생년도와 나이를 말한다. 단행본에서는 길막봉이 이외에는 두 살씩 나이가 끌어내려져 있다.
12) 서림 2−23: 취조받는 애기 어머니가 군수의 질문에 대답한다. 단행본에서는 85세로 바뀐다. 서림 2−23은 실제 3−8에 해당하지만, 단행본에서는 3절 이후가 '결의'장에 있다.
13) 청석골 6−14: 김산이 황천왕동이의 물음에 대답한다. 단행본에서도 동일하다.

　　주목할 만한 것은 연재 당시 '결의'장에서 의형제 맺은 해를 1560년으로 설정했으면서도, 그후 '청석골'장에서 새로이 등장한 김산의 나이와 출생년을 통하여 그 이듬해를 또 다시 1560년으로 설정하고 있다는 점이다. 홍명희는 1560년『실록』에 기록되어 있는 임꺽정 관련 사건을 소설에 반영하기 위해 연재 도중 이야기 시간을 1년 늦추어 변경했던 것이다. 그 결과 독자에게는 1560년이 두 번 계속되는데, 당시 이를 알아챈 독자는 없었을 것이다.

　　단행본에서 홍명희는 등장인물의 나이를 끌어내려 의형제 맺은 해를 1560년에서 1558년으로 변경하고, 이에 부합하게 여기저기서 각 인물의 나이를 수정한다. 이를 표로 나타낸 것이 〈표3〉이다. 길막봉이의 출생년을 무술(戊戌)년에서 을유(乙酉)년으로 바꾼 것은 '길막봉이'장에서 "지금 나이 이십이 넘었으니까"[9]라는 말을 통해 이 시점에서의 나이를 21세로 설정하기 위해서였을 것이다. 곽오주와 배돌석이의 나이의 오류도

9　길막봉이 1−3(1933.6.15);『임꺽정 5』, 13면(『조선일보』에 게재된 텍스트 / 사계절출판사 10권본) 앞으로『조선일보』연재 당시의 장 이름과 장 번호는 위와 같이 생략하여 표기한다. 연재본의 장 번호가 매우 혼란스러우므로 신문 게재 날짜를 괄호에 넣고, 그 부분이 단행본의 어느 항목에 해당하는지도 표시한다. 번잡을 피하기 위해 사계절출판사 10권본만 제시하고, 조선일보사본과 을유문화사본은 사용하지 않기로 한다.

수정되어 있다. 의형제 결의 직전에 죽은 병해대사의 나이는 한 살만 끌어내려져 있는데, 이것은 '박유복이' 장에서 조정된다. 요컨대 단행본에서 홍명희는 의형제 맺은 해에 부합하게 등장인물들의 나이를 완벽하게 조정하고 있는 것이다.

<표3> 『임꺽정』 단행본에서의 연령 구성

	연도	임꺽정	박유복이	곽오주	길막봉이	황천왕동이	배돌석이	이봉학이	대사
의형제편	1555 (乙卯)	왜변출정	34세1) 복수 결혼 청석골로	24세2)		31세3)	왜변출정	왜변출정 전주에서 이윤경의 비장 됨	82세4)
	1556 (丙辰)			보쌈결혼			35세5) 계집종과 결혼	정의현감됨	
	1557 (丁巳)	천왕동과 동행하여 제주도로	진상물 강탈	갓난애를 죽임 청석골로 진상물 강탈	21세6) 데릴사위 청석골로 진상물 강탈	33세7) 사위간택결혼 제주도 유배	호랑이퇴치 청석골로 진상물 강탈	대정현감 겸함 오위부장 됨 서울로 임진별장 됨	84세8)
	1558 (戊午) 봄	양주파옥 청석골로 이억근 사건×	양주파옥	양주파옥	양주파옥	유배에서 돌아옴 양주파옥	양주파옥		
	여름 현재 1558	안성파옥 결의 辛巳生 38세9)	안성파옥 결의 壬午生 37세	안성파옥 결의 壬辰生 27세	안성파옥 결의 丁酉生 22세	안성파옥 결의 乙酉生 34세	안성파옥 결의 壬午生 37세	안성파옥 결의 辛巳生 38세	사망 85세10)
화적편 1	가을	꺽정이 청석골 두령이 되다.							
	겨울	관군의 습격으로 청석골에서 광복산으로 옮기다. 꺽정이 서울에 놀러 가다.							
	이듬해 봄 현재 1560	꺽정이 서울에서 3명의 아내를 두다. 꺽정이 돌아오고 일당이 청석골로 들어오다. 김산이 청석골로 오다. 丙戌生 35세11)							
2	1560 (庚申) 5월	열 살 된 왕세자의 관례와 세자빈 간택을 앞두고, 문정왕후가 단오절에 송악산에서 제사지낼 것을 명하여 상궁을 보내다.							

1) 『임꺽정 4』, 25면.　　2) 『임꺽정 4』, 198면.
3) 『임꺽정 4』, 25면.　　4) 『임꺽정 4』, 16면
5) 『임꺽정 5』, 228면.　　6) 『임꺽정 5』, 19면 및 29면.
7) 『임꺽정 5』, 152면.　　8) 『임꺽정 5』, 384면.
9) 『임꺽정 6』, 285~286면.　　10) 『임꺽정 6』, 97면.
11) 『임꺽정 7』, 344면.

　　이렇게 작자는 스토리 시간을 5년에서 3년으로 단축하여 등장인물의
나이와 관직 말고도 주변의 모든 것에 수정을 가한다. 『실록』에 이름이
나와 있는 고관들과 접촉했던 이봉학이의 경우는 말할 것도 없고, 그밖
에도 예컨대 양주파옥 사건 후 취조를 받았던 황천왕동이 장인의 진술
이 "황가가 올 때 이태만에 귀양이 풀려서 이달 보름께 소인의 집을 찾아
왔삽기에"에서 "황가가 이달에 귀양이 풀려서 소인의 집을 찾아왔삽기
에"로 바뀌는 등,[10] 천왕동이 제주도에서 보낸 기간의 단축에도 고심한
흔적이 곳곳에 남아 있다.[11] 또 서림이 처음 청석골을 방문했을 때, 신문
연재본에는 청석골에 이미 무기고와 수백 석의 군량이 쌓여 있는 군량
고가 있고 마구간에도 군마가 열네 필 이상 보이는 등 어느 정도 시간이
경과된 느낌을 주지만, 단행본에 이르면 집은 아직 신축 중으로 이해 봄
부터 여름과 가을에 걸쳐 줄곧 신축공사가 진행되는 것으로 바뀐다.[12]
이처럼 1557년부터 1559년까지 3년의 기간을 1557년 1년으로 단축하기
위해 작자는 시간에 관한 기술을 곳곳에서 수정하고 있는데, 그 결과 이

10　서림 3-22(1934.5.2); 『임꺽정 6』, 135면.
11　예컨대 꺽정을 밀고한 이웃 최서방 일가와 꺽정이 이웃으로 지낸 기간을 "수년"에서 "해포
　　(1년 남짓)"로 수정한 것은 수년 전에는 최서방의 아내가 꺽정의 집에 살고 있던 천왕동의
　　얼굴을 알 수 없기 때문이다.
　　서림 2-20(1934.3.27); 『임꺽정 6』 89면.
12　서림 1-13(1934.2.20); 『임꺽정 6』, 22~23면.

미 지적한 대로 작품에서는 계절감을 찾아볼 수 없게 된다.[13]

그런데 이상한 것은 의형제 맺은 해를 굳이 1558년으로 설정할 필연성이 없다는 점이다. 앞서 언급했듯이, 연재 도중 홍명희는 의형제 맺은 이듬해를 1560년으로 설정할 필요를 느끼고 김산이라는 인물의 나이와 출생년을 통하여 이야기 시간을 1561년에서 1560년으로 1년 끌어올린다. 그리고 표에서 보는 대로 이 부분은 단행본에서도 손을 대지 않는다. 그렇다면 의형제 맺은 해를 차라리 1559년으로 설정하는 것이 어울리는 셈이다.

그래서 시험 삼아 의형제 맺은 해를 1559년으로 설정하여 의형제들의 나이를 1살씩 늘려 본 것이 〈표 4〉이다. 단축된 시간이 2년에서 1년으로 줄어들어 그다지 무리가 없고, 무엇보다도 이렇게 하면 『실록』에 기재된 이억근사건의 시간과도 일치한다. 그런데도 왜 홍명희가 의형제 맺은 해를 1559년이 아니라 1558년으로 설정했는지, 정말 이해할 수 없는 일이다.

관직에 대해서도 동일하게 말할 수 있다. 〈표 5〉는 단행본에서의 관직과 『실록』의 관직을 일람한 것이다. 어긋남이 생긴 경우에 ×표시를 했다. 단행본으로 낼 때 홍명희는 관직에 관한 연재 당시의 오류를 정정하고,[14] 이야기 시간을 단축한 데서 비롯된 관직의 변경 사항을 수정한

---

13 주1의 졸고, 121~122면.
14 예컨대 '이봉학이'장에서 윤원형의 관직을 좌의정에서 영중추부사로, 이준경의 관직을 의정부 우찬성에서 의정부 우찬성 겸 병조판서로 수정하고 있다. 이봉학이 1~13(1933.12.28); 『임꺽정 5』, 365면. 또 「화적편」에서 윤원형의 관직은 처음부터 올바르게 기술되어 있다. 작자가 도중에 오류를 마음에 두었기 때문일 것이다. 관직은 아니지만, 광평군을 김명윤이라는 이름으로 바꾼 예도 있다. 서림 1~2(1934.2.4); 『임꺽정 6』, 8면. 『실록』 1560년 2월 4일자에 "以尹元衡爲瑞原府院君, 金明胤爲光平君"이라는 기술이 있는데, 이때(연재본에서는 1559년, 단행본에서는 1557년의 일로 되어 있다. 또 연재본에는 심연원의 1주기로써 년도가 특정되어 있지만, 단행본에서는 시간 조정 때문에 삭제되어 있다) 김명윤은 아직 광평군이 아니었음을 알 수 있다.

다.[15] 그럼에도 불구하고 이윤경과 이준경이 특정 관직에 머무른 시기가 역사적 사실과 어긋나 있는 점은 의문이다.

<표 4> 『임꺽정』 단행본에서의 연령 구성(가정)

연도	임꺽정	박유복이	곽오주	길막봉이	황천왕동이	배돌석이	이봉학이	대사
1555 (乙卯)	왜변출정	34세 복수 결혼 청석골로	24세		31세	왜변출정	왜변출정 전주에서 이윤경의 비장 됨	82세
1556 (丙辰)			보쌈결혼			35세 계집종과 결혼	정의현감 됨	
1557 (丁巳)	천왕동과 동행하여 제주도로		갓난애를 죽임 청석골로	21세 데릴사위 청석골로	33세 사위간택결혼 제주도 유배	호랑이 퇴치 청석골로	대정현감 겸함 오위부장 됨	
1558 (戊午)		진상물 강탈	진상물 강탈	진상물 강탈		진상물 강탈	서울로 임진별장 됨	
1559 (己未) 봄	양주파옥 청석골로 이억근 사건ㅇ	양주파옥	양주파옥	양주파옥	유배에서 돌아옴 양주파옥	양주파옥		
여름	안성파옥 결의	안성파옥 결의	안성파옥 결의	안성파옥 결의	안성파옥 결의	안성파옥 결의	청석골로 안성파옥 결의	사망 86세
현재 1559	辛巳生 39세	壬午生 38세	壬辰生 28세	丁酉生 23세	乙酉生 35세	壬午生 38세	辛巳生 39세	

(의형제편)

화적편 1
가을	꺽정이 청석골 두령이 되다. 관군의 내습으로 청석골에서 광복산으로 옮기다.
겨울	꺽정이 서울에 놀러 가다.
1560 (庚申)봄	꺽정이 서울에서 3명의 아내를 두다. 꺽정이 돌아오고 일당이 청석골로 옮기다.
현재 1560	김산이 청석골로 오다. 丙戌生 35세

2
1560 (庚申) 5월	열 살 된 왕세자의 관례와 세자빈 간택을 앞두고, 문정왕후가 단오절에 송악산에서 제사지낼 것을 명하여 상궁을 보내다.

---

15 주 1의 졸고에서 시간 변경에 따라 관직이 변경된 대표적인 예를 두 개 들었는데(123면 〈표 6〉), 특히 이윤경·이준경 형제에 대해서는 번잡할 정도로 수정이 빈번하다.

<표 5> 사건과 관직의 대조표(단행본)

	연도	작품 내 사건		조선왕조실록
의형제편 1	1555 (乙卯)	꺽정과 봉학이 출정하다. 박유복이 원수를 갚고 청석골로 봉학이 전주 감사 이윤경의 비장이 되다. ○	5월 8월 11월	을묘왜변 이윤경 전주 감사 되다(8.2) 이준경 의정부 우찬성 겸 병조판서 되다(11.22)
	1556 (丙辰)	이준경 의정부 우찬성 겸 병조판서1) ○ 봉학이 정의현감 되다. 이윤경 경기 감사 되다. ○	8월	이윤경 경기 감사 되다(8.6)
	1557 (丁巳)	오주가 갓난애를 죽이고 청석골로 봉학이 대정현감을 겸하다. 이윤경 한성부 우윤이 되다. ○ 막봉이 청석골로 천왕동이가 제주도로 유배가다 돌석이 청석골로 봉학이 한성으로 이준경 정승 되다2) × 이윤경 함경 감사 되다× 서림, 평양감사 김명윤을 모시다3) 서림 청석골로 진상물 강탈	9월	이윤경 한성부 우윤 되다(9.13)
	1558 (戊午) 봄 여름 현재 **1558** 가을	천왕동이 제주도에서 돌아오다 양주파옥 꺽정과 천왕동이 청석골로 이억근이 살해되다4) × 천왕동이 황해 감사 신희복의 사위 사칭5) × 봉학이 청석골로 안성파옥 의형제 결의, 꺽정 38세 꺽정이 청석골 두령이 되다	8월 11월	이윤경 함경 감사 되다(8.5) 이준경 정승되다(11.23)
화적편 1	이듬해 봄 현재 **1558**	꺽정이 형조판서 윤계겸의 딸을 아내로 삼다 × 꺽정이 청석골로 돌아오다 **김산이 청석골로 오다(丙戌生 35세)**	3월 4월	황해감사 신희복탄핵사건(3.25) 이억근사건기사(3.27 / 4.21) 원계겸 형조판서 되다 (4.3~1560.)
2	1560 (庚申)	왕세자 10세 관례 및 세자빈 간택 ○ 송악산 단오굿		순회세자(1551~1565) 관례 및 세자빈 간택
3	가을 11월	포도우대장 남치근, 좌대장 이몽린 ○ 평산쌈 ○		포도우대장 남치근, 좌대장 이몽린6)(8.20) 평산쌈
4	12월	순경사 출동하다. ○ 꺽정들 자모산성으로		순경사 출동하다

1) 이학봉이 1-3(1933.12.28)에는 의정부 우찬성으로 되어 있던 것을 단행본에서 수정했다.

『임꺽정 5』, 365면.

2) 이학봉이 3-13(1934.1.28)에는 판서였던 것을 단행본에서 수정했다. 『임꺽정 5』, p.401.

3) 신문연재 당시에는 이양으로 되어 있는 것을 단행본에서 수정하고, 동시에 심연원의 1주기 되는 해(1559)를 애매하게 처리했다. 『임꺽정 6』.

4) 서림 4-1(연재본에서는 3-22로 잘못 표기됨. 1934.5.2)에는 없던 것을 단행본에서 삽입했다. (『임꺽정 6』, 133~134면) 첫머리에 편집자의 말이 있어 이번 회까지 작자가 병으로 12일 연재를 중단한 것을 알 수 있다. 또 단행본에서는 이 부분이 '서림'장이 아니라 '결의'장에 속해 있다.

5) 서림 4-6(1934.5.8)에는 평산사 매천 신찬성으로 되어 있는 것을 단행본에서 수정했다. 『임꺽정 6』, 174면.

6) 남치근이 포도우대장이 된 것이 언제인지는 분명치 않다. 이몽린이 이 직함으로 『실록』에 나와 있는 가장 오래된 기사는 1557년 4월 1일자 기사. 또 소설에서 이 두 인물은 꺽정이 윤원형의 측근을 죽였을 때 포도대장으로 나온다. 청석골 4-9 / 『임꺽정 7』, 145면.

이들 연령의 경우와 마찬가지로 의형제 맺은 해를 1559년으로 바꾸어 본 것이 〈표 6〉이다. 이윤경이 함경도 감사가 되는 것과 이준경이 우의정이 되는 순서가 달라지는 것만으로도 시기적 어긋남의 문제는 해결되고, 꺽정이 아내로 삼았던 원씨의 부친 원계겸의 관직까지 사실과 부합한다.[16]

이들 표를 보면서 필자는 곰곰이 생각에 잠겼다. 홍명희는 의형제 맺은 해를 1558년으로 설정함으로써 오히려 역사적 사실과의 정합성을 잃어버린 것처럼 보인다. 물론 작자가 착각했을 가능성도 배제할 수 없다. 홍명희는 「금일까지의 경개」에서 자기는 착실한 노트 한 권 없다고 자조적으로 술회하고 있다.[17] 그러나 그의 기억력이 남달랐던 것은 많은 사람들이 증언하는 바이고,[18] 노트는 만들지 않았지만 종잇조각에 깨알

---

16 다만 금교찰방 강려만은 사실과 어긋난다. 의형제 결의 후 관군이 청석골을 공격했을 때 서림이 책략을 가다듬으면서 "관상장이는 평산 부사 장효범이두 알구 금교찰방 강려두 안다"(『임꺽정 7』, 41면)고 말하는 장면이 있는데, 연재본에는 1560년 가을의 일이던 것이 단행본에서는 1558년 가을의 일로 바뀌어 있다. 강려는 1560년 10월 21일 그를 추대하는 삼공(三公)의 계(啓)를 통해 해당 관직에 취임한 것으로 보이므로 이는 사실과 부합하지 않지만, 이윤경·이준경 형제와는 달리 작품에서 차지하는 비중이 그다지 크지 않다.

17 홍명희, 「금일까지의 경개」, 『조선일보』, 1933.4.26.

18 예컨대 아들 홍기문은 아버지에 대해 이렇게 말한 적이 있다. "우리 아버지의 읽으신 책이

같이 글을 써서 비망록으로 삼았다는 이야기도 전해진다.[19] 무엇보다도 필자가 의형제 결의 맺은 해를 1년 늦추어 1559년으로 설정함으로써 기묘할 정도로 정합성을 회복한 것은 단순한 우연으로 생각되지 않는다. 만약 이것이 우연이 아니라면, 홍명희에게는 도대체 어떤 의도가 있었을까. 허구적 인물들의 존재를 역사적 사실과는 다른 차원에 두고 싶었던 것일까. 지나치게 작위적으로 보이는 것을 피했던 것일까. 그것도 아니면 단순한 **숫자 유희**였을까. 여러 가지 이유를 생각해 보았지만, 결국 필자는 판단을 내리지 못했다. 유감스럽지만 이후의 과제로 남겨두는 수밖에 없을 듯하다.

<표 6> 사건과 관직의 대조표(가정)　　　　　　 ※ 기호 ●▲는 〈표 5〉에서 ×에 해당했던 부분

연도		작품 내 사건		조선왕조실록
의형제편	1555 (乙卯)	꺽정과 봉학이 출정하다. 유복이 원수를 토벌하고 청석골로 봉학이 전주 감사 이윤경의 비장이 되다. ○	5월 8월 11월	을묘왜변 이준경 진주 감사 되다.(8.2) 이준경 의정부 우찬성 겸 병조판서 되다.(11.22)
	1556 (丙辰)	이준경 의정부 우찬성 겸 병조판서 ○ 봉학이 정의현감 되다. 이윤경 경기 감사 되다. ○	8월	이윤경 경기 감사 되다.
	1557 (丁巳)	오주가 갓난애를 죽이고 청석골로 봉학이 대정현감을 겸하다. 이윤경 한성부 우윤이 되다. ○ 막봉이 청석골로 천왕동이 제주도로 유배가다. 돌석이 청석골로	9월	이윤경 한성부 우윤 되다(9.13)
	1558 (戊午)	봉학이 한성으로 이준경 정승 되다. ▲ 이준경 함경 감사 되다. ● 서림 평양 감사 김명윤을 모시다.	8월 11월	이윤경 함경 감사 되다.(8.5) 이준경 정승 되다.(11.23)

얼마나 된다든지 기억력이 어떠시다든지 하는 등을 새삼스러이 말할 것도 없다." 홍기문, 「아들로서 본 아버지」, 『홍기문조선문화론선집』, 현대실학사, 1997, 369면.
19 『삼천리』, 1934.7, 250면. 임형택 · 강영주, 『벽초 홍명희 연구』, 창작과비평사, 1999, 289면. 이하 『연구』로 줄여 적는다.

		서림 청석골로 진상물 강탈		
	1559 (己未) 봄	천왕동이 제주도에서 돌아오다 양주파옥 껙정과 천왕동이 청석골로 이억근이 살해되다. ● 천왕동이 황해 감사 신희복의 사위 사칭 ●	3월 4월	황해감사 신희복탄핵사건(3.25) 이억근사건 기사(3.27 / 4.21) 원계검 형조판서 되다 (4.3~156.5)
	여름 현재 1559 가을	봉학이 청석골로 안성파옥 의형제 결의, 껙정 39세 껙정이 청석골 두령이 되다.		
화적편 1	이듬해 봄 현재 1560	껙정이 형조판서 원계검의 딸을 아내로 삼다. ● 껙정이 청석골로 돌아오다. 김산이 청석골로 오다.(丙戌生 35세)		
2	1560 (庚申)	왕세자 10세 관례 및 세자빈 간택 송악산 단오굿		순회세자(1551~1565) 관례 및 세자빈 간택
3		도우대장 남치근, 좌대장 이몽린 ○ 평산쌈	8월 11월	포도우대장 남치근, 좌대장 이몽린(8.20) 평산쌈
4		순경사 출동하다. ○ 껙정들 자모산성으로		순경사 출동하다

5. 숫자에 대한 집착

숫자 유희라고 하면 어폐가 있을지도 모른다. 그러나 홍명희에게는 숫자에 이상하게 집착하는 벽이 있는 것이 확실하다. 신문연재본 텍스트와 단행본 텍스트를 조사하면서 놀란 것은 숫자를 수정한 빈도가 지나치게 높다는 점이다. 물론 근거 있는 숫자를 변경한 경우도 있지만,[20]

---

[20] 일례로 윤원형 집의 차지(次知 : 높은 벼슬아치의 집안일을 돌보던 사람)가 친구의 미망인에게 대준 생활비가 상목(上木 : 품질이 썩 좋은 무명베) 사십 동에서 다섯 동으로 바뀐 것은 전자가 두 여자의 삼년 간 생활비로는 지나치게 많다고 생각했기 때문일 것이다. 청석

얼핏 아무래도 좋은 숫자의 경우도 꽤 자주 변경하고 있다. 예컨대 차력약을 먹고 비상한 힘을 얻은 유복이가 하루에 백사오십 리 걸었던 것을 백이삼십 리로 고친다든가 네다섯 사람의 힘을 지녔던 것을 열 사람의 힘으로 설정하고,[21] 또 서울에서 칠장사까지 이백십 리에 해당하는 거리를 첫날은 칠십 리, 둘째 날은 백사십 리로 배분했던 것을 첫 날은 팔십 리, 둘째 날은 백삼십 리로 변경하고 있을 정도이다.[22]

제2기 텍스트 전체에 걸쳐 이런 류의 수정이 가해지고 있다. 돌석을 습격하던 샛서방 김가 일행이 모두 여덟 명이 되었든 일곱 명이 되었든,[23] 또 안성에서 감옥을 부수고 도망한 화적을 뒤쫓는 좌우 병방의 병사가 칠팔십 명이 되었든 육칠십 명이 되었든,[24] 그리고 그때 관군의 사망자수가 사오십 명이 되었든 삼사십 명이 되었든[25] 소설 전개에는 전혀 영향을 미치지 않는다. 또 문장의 리듬이나 긴장과도 별반 관련이 없는 것처럼 보인다. 필자에게는 이러한 숫자 변경이 작자의 숫자에 대한 집착 벽으로밖에 생각되지 않는다. 어쩌면 이야기 시간의 정합성에 지나치게 신경을 쓴 나머지 작자에게는 모든 숫자에 신경을 곤두세우는 습관이 생겼을지도 모른다. 이처럼 작자에게서 숫자에 대한 이상할 정도의 집착이 느껴지는 까닭에, 필자에게는 앞 장에서 언급한 나이와 년대의 어긋남이 단순한 잘못이라고는 생각되지 않는 것이다.

골 3-20(1934.12.13);『임꺽정 7』, 129면.
21 박유복이 1(1932.12.13);『임꺽정 4』, 38면
22 박유복이 2-8(1932.12.23);『임꺽정 4』, 63면. 단 유복이는 이날 두적 신북축과 만나 탓에 서울에는 도착하지 못한다.
23 배돌석이 3-14(1933.11.10);『임꺽정 5』, 288면
24 결의 3-12(1934.7.24);『임꺽정 6』, 263면
25 결의 3-14(1934.7.26);『임꺽정 6』, 269면.

·6. 기괴한 요소에 대한 수정

이에 비하여 기괴한 요소에 대한 수정은 의도가 확실한 것처럼 보인다. 사계절출판사본의 교정자는 '교정 후기'에서 "작자가 어떤 시각으로 퇴고를 하였는가를 단적으로 드러낸 곳"으로 단행본에서는 삭제된 '박유복이' 장의 몇 장면을 열거하고 있다.[26] 아버지의 원수를 갚은 후 덕적산 최영 장군의 사당 근처를 헤매던 유복이가 무당들이 장군의 신부로 떠받드는 여자와 연을 맺던 날 밤에 나타난 호랑이를 표창(鏢槍)으로 격퇴하는 장면[27]과 둘이서 산에서 도망나올 때 앞길을 가로막았던 구렁이 대가리를 한 칼에 베어 떨어뜨리는 장면[28] 및 그 뒤를 잇는 장면 등이다.

교정자는 홍명희가 이 부분을 삭제한 것은 황당하고 기괴하다는 점을 반성했기 때문일 것이라고 언급하고 있는데, 필자도 이 견해에 동의한다. 삭제된 부분에는 호랑이와 뱀이 모두 '최영 장군의 하인'으로 불리고 있다. 「의형제편」을 쓰기 시작할 때 기괴한 요소를 도입했던 홍명희는 계속 써나가는 과정에서 리얼리즘적 경향을 강화했던 것처럼 보인다. 유복이가 꺽정의 가족에게 한 신상 이야기에 따르면, 그는 큰 병을 앓고 다리가 쇠약해진 탓에 오랫동안 앉은뱅이로 지냈는데 어떤 낯모르는 노인이 먹여 준 차력약 덕분에 설 수 있게 된 것은 물론 남달리 빠른 걸음과 괴력을 갖게 되었다고 한다. 그러나 소설에서 그의 특기로 강조되는 것은 이러한

---

26 『임꺽정 10』, 168~177면.
27 박유복이 4−5,6(1933.1.26~27) 27일 게재분은 『조선일보』 마이크로필름에 빠져 있어서 확인하지 못했다.
28 박유복이 4−12,13(1933.2.7~8)

기이한 힘보다는 다리와 허리를 쓸 수 없었던 오랜 세월 동안 아침부터 밤까지 연습하여 습득한 신기에 가까운 표창(鏢槍) 기술이다. 그에게는 10년 이상 겪은 병고와 마음고생 탓에 나이보다 훨씬 쇠약해진 위의 지병으로 괴로워하는 중년의 남성이라는 현실적인 이미지가 부여되어 있다. 단행본으로 낼 때, 홍명희는 전체의 균형을 고려하여 「의형제편」 초반부에 남아 있던 지나치게 기괴한 장면을 삭제했을 것이다.

'황천왕동이'장에서 축지법 관련 일화를 삭제한 것도 이와 마찬가지 이유에서였을 것이라 짐작된다. 신문연재 당시 '황천왕동이'장의 첫머리에는 황천왕동의 특기인 비상하게 빠른 걸음이 강조되었다. 어느 날 양주 꺽정의 집에 들른 길막봉이에게 탑고개 동네에 장기 잘 두는 노인이 있다는 이야기를 들은 천왕동은 장기 솜씨를 겨루기 위해 막봉이와 동행하게 된다. 탑고개 동네(청석골 근처)에서 양주까지는 백육칠십 리[29]로 보통 사람이 걸어서 이틀 걸리는 거리지만, 천왕동은 이틀이나 걸리는 것이 싫다고 하여 막봉이를 하루 일찍 떠나보내고 자기는 이튿날 출발하여 동시에 도착한다. 매우 빠른 걸음에 놀란 막봉이의 입에서 "축지법을 하지?"라는 말이 튀어나온다. "축지법이 무엇이야" "귀신이 땅을 주름접어 준다며"[30]라는 두 사람의 대화를 포함하여 단행본에서는 이 일화가 삭제되고, 양주를 방문한 것은 유복이의 심부름꾼 손가로 되어 있다. 볼일을 마치고 탑고개 동

---

29   길막봉이 1—12(1933.6.25); 『임꺽정 5』, 36면. 연재 당시에는 백오십 리였다. 숫자를 이렇게 변경한 근거가 있는지의 여부는 명확하지 않다. 「의형제편」 도중에 삽화를 그린 구본웅은 홍명희에게 인사하러 갔을 때 벽에 지도가 붙어 있었던 것을 회상하고 있다. (임형택 · 강영주, 『벽초 홍명희와 『임꺽정』 연구 자료』, 사계절출판사, 1996, 258면. 이하 『자료』로 적는다) 홍명희는 『임꺽정』 집필 당시 조선의 고지도 외에도 전문가용 5만 분의 1지도도 참고했다고 한다. 『연구』, 289면.
30   황천왕동이 1—3(1933.8.3)

네로 돌아온 손가가 전날 양주에서 헤어진 천왕동이 자기 집에 먼저 와 있는 것을 보고 "걸음 잘 걷는단 말은 많이 들었지만, 아이구"하고 혀를 내두른다는 식으로 담박하게 표현된다.[31]

그후 장기를 좋아하는 노인에게서 봉산에 장기의 명수가 있다는 말을 들은 천왕동은 위의 상태가 좋지 않은 유복이에게 봉산의 약수를 마시러 가자고 꾀어 일당들과 길을 나서게 되고, 이 일을 가족에게 알리기 위해 이번에는 단 하루만에 양주까지 왕복한다.[32] 단행본에서 이때의 놀라운 행정(行程)을 삭제하고 단지 "한번 가서 다녀오기로 하였다"[33]는 표현으로 그친 것은 천왕동의 기괴한 특기가 되풀이해서 강조되는 것을 피했기 때문일 것이다.

7. 각 장의 독립성을 위한 수정

그런데 작자가 축지법 관련 일화를 삭제한 것은 기괴한 요소를 제거한 것 외에 이 장에서 막봉이의 존재감을 없애는 데도 목적이 있었던 듯하다. 작자는 축지법 이야기에 그치지 않고, 이 장에서 막봉이의 모습을 완전히 제거하고 있기 때문이다. 연재 당시 '황천왕동이'장의 첫머리에는 막봉이의 존재감이 매우 강조되었다. 진주에 사는 형에게 갔다가 돌

---

31 『임꺽정 5』, 116면. 또 연재본에서는 이 대사가 개성에서 막봉이와 만나 동행하게 된 손가가 천왕동의 빠른 걸음을 보고 내뱉은 말로 되어 있다.

32 황천왕동이 1−4(1933.8.24)

33 『임꺽정 5』, 125면.

아오는 길에 꺽정의 집에 들른 막봉이는 천왕동이와 만나자마자 연상의 미혼자와 연하의 기혼자 가운데 어느 쪽이 연장자 대우를 받아야 하느냐면서 언제나처럼 재담을 주고받기 시작한다. 탑고개 동네에 도착해서도 늘 천왕동이의 곁에서 끊임없이 농담을 건네고, 청석골에서 봉산의 약수 이야기가 나왔을 때는 봉산에는 처녀들이 많다는 농담을 시작으로 안성에 남겨두고 온 그의 아내 이야기를 꺼낸다.[34]

그런데 단행본에서는 막봉이의 모습이 사라진다. 꺽정의 집을 찾아오는 사람은 손가이고, 기혼자와 연상 가운데 어느 쪽이 연장자 대우를 받아야 하는가하는 재담은 오주와의 대화로 바뀌며, 청석골에서 막봉이 담당했던 익살스러운 역할은 오가가 맡고 있다. 왜 작자는 이렇게까지 완벽하게 막봉이를 제거했을까.

작자에게는 앞 장의 영향을 배제하여 '황천왕동이'장의 독립성을 높이기 위한 의도가 있었다고 짐작된다. 앞 장에서 주인공으로 활약한 막봉이가 다음 장에서도 상당한 존재감을 갖고 또 아내의 후일담까지 이야기하고 있어서는 '황천왕동이'장이 앞 장의 연속으로 읽힐 우려가 있다. 이를 걱정한 작자가 앞 장과의 관련을 끊기 위해 막봉이의 존재감을 제거했다고 생각되는 것이다.

홍명희는『임꺽정』집필 당초부터 각 장에 독립성을 부여하여 별개의 이야기로서도 읽힐 수 있도록 한다는 방침을 세우고 있었다. 제2기의 연재가 3년만에 시작되었을 때도 "워낙 복안을 편마다 따로 뗄 수 있게 세운 까닭으로 설혹 전편을 통히 모르는 독자에게라도 사건의 맥락

---

34 황천왕동이 1−51(1933.8.8)

이 혼란할 경우는 없을 줄로 믿습니다"[35]라고 하여, 예고 기사에 상세한 줄거리를 적지 않았을 정도이다. 해방 후 한 좌담회에서 그는 이런 창작 형식의 발상을 러시아 작가 쿠프린의 작품에서 얻은 것임을 밝히면서, "그게 장편소설인데 토막토막 끊어 놓으면 모두 단편이란 말야. 그래서 이건 단편소설이자 곧 장편소설로도 재미가 있단 말야. 그래서『임거정 전(林巨正傳)』의 힌트를 얻었"[36]다고 말하고 있다.

처음에 세웠던 이런 방침은「의형제편」에서도 지켜지며, 오히려 앞으로 나아갈수록 각 장의 독립성은 강화되어 간다.[37] 막봉이의 존재감과 그의 아내의 후일담은 이런 방침에 어울리지 않기 때문에 '황천왕동이'장에서 삭제되었을 것이다. '이봉학이'장의 첫 회가 완전히 삭제된 것도 이런 이유에서였다고 생각된다.[38]「양반편」에서 '왜변'장의 줄거리와 후일담을 내용으로 하는 이 부분이 삭제됨으로써, 단행본 '이봉학이'장의 첫 부분은 완전히 새로운 이야기의 시작이라는 인상을 준다.[39]

---

35 『조선일보』, 1932. 11. 30;『자료』, 36면.
36 「홍명희·설정식 대담기」,『신세대』, 1948. 5;『자료』, 222면.
    또『임꺽정』과 쿠프린의 작품과의 관계에 관해서는 강영주의 논문「홍명희의『임꺽정』과 쿠프린의『결투』가 있다.『통일문학의 선구, 벽초 홍명희와『임꺽정』』, 사계절출판사, 2005, 주 40 참조.
37 강영주는「의형제편」과「화적편」의 경우 각 장 속의 각 절까지도 각각 완결성을 갖고 있다고 지적하고 있다.『연구』, 286면.
38 이봉학이 1-1(1933. 11. 18)
39 단, 이렇게 수정한 이유로는 다음의 가능성도 배제할 수 없다. 하나는 이후 '양반편'을 완결시켜 간행할 예정이었기 때문에 중단 부분의 줄거리를 서술할 필요가 없었을 가능성이고, 다른 하나는 반대로 단행본을 낼 당시 애초에 전반 3부는 내지 않을 것을 염두에 두고 있었기 때문에 이 부분을 삭제했을 가능성이다.

8. 고증 결과를 반영한 수정

홍명희는 『임꺽정』을 '조선 정조(情調)로 일관한 작품'으로 만든다는 방침을 세우고 소설의 곳곳에 전통적인 관습과 풍속을 배치했다. 당연히 그는 이러한 장면을 묘사하기 위해 여러 문헌을 읽고 연구했을 것이고, 자료를 읽은 후 잘못을 깨달은 경우에는 단행본을 낼 때 잘못된 부분을 수정했을 것이다. 이런 경우에 해당한다고 생각되는 부분이 몇 군데 있다.

우선 '감자와 강냉이'가 단행본에서 '서속(좁쌀)'으로 바뀌어 있는 것을 들 수 있다. 『임꺽정』에서 묘사된 '감자와 강냉이'에 관해서는 지금까지 지리학과 민속학 두 분야의 입장에서 지적되어 왔다. 홍명희의 고향인 충북 괴산에서는 1996년부터 매년 '홍명희 문학제'가 개최되어 다양한 연구자가 각 전문 영역의 견지에서 『임꺽정』에 관한 강연을 진행하고 있다.[40] 1998년 제3회 강연회에서는 지리학 분야의 양보경이 백두산 근처에서 감자와 옥수수를 먹는 장면은 고증 부족임을 지적했고,[41] 2005년 제10회 강연회에서는 민속학 분야의 주영하가 조선의 음식문화라는 입장에서 본격적으로 이 문제를 언급했다.

주영하는 감자가 조선에 전파된 것이 19세기의 일임을 홍명희가 분명히 읽었을 문헌에 적혀 있는데도 어떻게 그가 이런 잘못을 저질렀는지 의문을 제기하고, '조선 정조의 수립'이라는 목적 때문에 감자를 채택했다고

---

40 필자도 제8회 문학제에 초빙되어 '동경유학시절의 홍명희'라는 제목으로 강연을 했다. 2005년 제10회 문학제를 기념하여 사계절출판사에서는 강연 내용을 담은 『통일문학의 선구, 벽초 홍명희와 『임꺽정』』이라는 제목의 학술논문집을 출판했다.

41 양보경, 「『임꺽정』의 지리학적 고찰」, 위의 책, 330면.

판단할 수밖에 없다고 말한다.[42] 또 반대로 임꺽정 시대에 이미 널리 보급되어 있던 옥수수에 관해서는 그것이 소설에서는 백두산에서만 등장하는 사실에 주목하여, 식민지시대 극빈층의 음식이었던 옥수수를 부유한 양반 출신의 홍명희가 먹었을 리는 없고 그래서 옥수수가 산간 지방에서만 먹는 음식이라는 이미지를 갖고 있었던 것이 아닐까 추측하고 있다.[43]

　제1기에 연재된 「피장편」에는 스승 병해대사와 함께 백두산으로 간 꺽정이 인가와 떨어진 허항령에서 아들딸과 함께 셋이서 살고 있는 도망한 관비(官婢)의 집에서 묵는 장면이 있는데, 이때 등장하는 것이 감자와 강냉이다.[44] 사계절출판사본에서 감자와 강냉이가 나오는 것은 이 장면뿐이지만, 신문연재본에서는 이 외에도 「의형제편」의 '박유복이'장에 세 번 나온다. 애기 어머니가 유복이에게 꺽정의 아내를 소개하면서 그녀의 일가가 백두산 화적으로 강냉이와 감자를 심어 지내고 있다고 이야기하는 장면,[45] 유복이의 신상 이야기 가운데 맹산의 오지에서 큰 병을 앓고 다리가 쇠약해져 감자로 배를 채우고는 하루 종일 아무것도 하지 않고 지냈던 일을 이야기하는 장면,[46] 그리고 유복이가 최영 장군의 신부로 결정되어 있던 처녀와 하룻밤을 보낸 후 도망갈 의논을 하면서 맹산의 오지에서 감자라도 먹으며 지내는 것이 어떠냐고 말하는 장면[47] 등이 그것이다. 홍명희는 나중에 자기의 잘못을 알아챘을 것이다.

42　·주영하, 「소설 『임꺽정』의 조선음식 묘사에 대한 연구」, 위의 책, 241면.
43　위의 책, 243면.
44　피장편 8(1929.6.7); 『임꺽정 2』, 293면.
45　박유복이 1−5(1932.12.5); 『임꺽정 4』, 20면.
46　박유복이 1−8(1932.12.9); 『임꺽정 4』, 29면.
47　박유복이 4−10(1933.2.1); 『임꺽정 4』, 141면.

그래서 단행본에서는 서속(좁쌀), 조팝으로 바뀌어 있다. 한편 「피장편」은 단행본으로 나오지 않았기 때문에 이 부분이 수정되지 않았고, 사계절출판사에서 단행본으로 간행될 때 그대로 등장하고 만 것이다. 또 그밖의 식사 장면에서는 극빈층이라도 평지의 경우에는 '밥'을 먹고 있는 것을 볼 수 있다.[48] 이로 보아 홍명희가 옥수수는 산간 지방의 음식이라는 이미지를 갖고 있었다는 주영하의 지적이 옳은 듯하다.

다음으로 청계천의 다리 이름이 수정되어 있는 것도 고증의 결과라고 생각된다. 기생 소홍의 집에서 노인정[49]의 한량패와 싸워 얻어맞고 분함을 이기지 못한 한온은 꺽정에게 앙갚음을 부탁하고, 그리하여 어느 날 밤 두 사람은 십여 명의 패거리를 끌고 소홍의 집으로 몰려간다. 남소문 한온의 집에서부터 마전교로 나와 강을 따라 효교, 파자교, 수표교까지 걸어서 장통교로 나오는 행로가 단행본에서는 영풍교 아래로 나와서 신교에서 수표교로 천변을 끼고 걸어 장통교로 나오는 행로로 바뀌어 있다.[50] 작가가 서울의 고지도를 조사하고 옛이름으로 바꾼 것이 분명하다.[51]

이후 두 사람이 도착한 기생집에서 술에 관한 서술 내용이 바뀐 것도 주목할 만하다. 신문연재본에는 꺽정과 한온이 소홍의 집에 도착해서

---

48 유복이가 신불출의 집에서 묵었을 때 노모가 차려준 것은 '밥'인데, 연재본에서는 "밥 한 사발 간장 한 종지"였던 것이 단행본에서는 "밥 한 사발, 장찌개 한 그릇뿐"으로 바뀌어 있다. 박유복이 2-10(1932.12.27); 『임꺽정 4』, 72면.

49 1894년 동학농민전쟁 때 일본과 조선 정부의 회담이 열린 것으로 유명한 이 노인정은 19세기 초 익종(翼宗)의 장인인 풍은 부원군 조만영(趙萬永)이 세운 정자로, 꺽정의 시대에는 존재하지 않았다. 고증 부족이었을까.

50 청석골 3-14(1934.12.3); 『임꺽정 7』, 111면.

51 허영환, 『정도(定都) 600년 서울 지도』(범우사, 1994)에 수록되어 있는 조선시대 서울의 지도를 보면, 영풍교와 신교의 이름이 보이는 것은 처음의 한 장(16쪽에 있는 1750년대 도성(都城) 지도)뿐이고, 다른 것은 거의 마전교, 효교, 파자교로 표기되어 있다.

문을 두드리자 어린기생이 나와 "(한량패가-인용자) 약주를 사다 잡수십니다"[52]라고 말한다. 두 사람이 방으로 들어가자 방 한가운데는 술상이 놓여 있고, 두령격인 젊은이가 "술상 그만 치우라게"[53]라고 소홍에게 말하자 방안은 갑자기 살기가 떠돈다. 꺽정이 괴력으로 한량패를 응징하고 쫓아낸 후 매우 기분이 좋아진 한온은 술 한 상 시켜올 수 없는지 소홍에게 묻고, 소홍이 한량패도 술은 자기들이 준비했다고 대답하자 자기 집에서 술상을 보아오도록 패거리에게 시킨다.[54]

단행본에서는 앞서 어린 기생이 한 말은 삭제되어 버리고, 방 한가운데 놓여 있는 것은 청동화로로 바뀌어 있다. 젊은이가 소홍에게 명한 것은 "장구 그만 치우게"[55]로 바뀌고, 한온은 소홍에게 의논하지 않고 술상을 준비한다. 요컨대 기생집에서 마시는 술의 출처가 흐지부지되어 있는 것이다. 꺽정에게 복수를 부탁할 때, 한온은 싸움의 자초지종을 이야기하면서 기생과 어울려 노는 객에게는 그 나름의 '기생집 격식'이 필요함을 설명하고 있다.[56] 실제로 조선시대 말 기생집에는 다양한 관습이 있어서 이에 근거하여 세련되게 응수하지 못하면 설령 돈을 지불하더라도 어엿한 유객(遊客)으로 받아들여지지 않았다고 한다.[57] 소홍의 기생집에서 한온이 한량패와 시조로써 세련됨을 다투는 장면은 당시 홍명희가 기생집의 관습을 연구했음을 짐작케 한다. 고증 과정에서 16세기에

---

52 청석골 3-14(1934.12.3)
53 청석골 3-14(1934.12.4)
54 청석골 3-14(1934.12.8)
55 『임꺽정 7』, 112면.
56 『임꺽정 7』, 107면.
57 임종국, 『ソウル城下に漢江は流れる－朝鮮風俗史夜話』, 平凡社, 1987, '十二野の花 －기생집의 관습' 참조.

객이 바깥에서 술을 사다가 기생집에 가져오는 관습이 있었는지 의심스러워진 작자가 나중에 이 부분을 삭제했을 것이다.

조선 정조(情調)를 정확하게 드러내기 위해 홍명희는 손닿는 대로 자료를 조사했을 것이다. 방금 살펴보았던 것과 같은 수정의 예로부터 홍명희가 항상 지속적으로 고증에 노력을 기울였던 것을 알 수 있다. 그러나 그가 묘사한 『임꺽정』의 세계가 16세기 조선을 그대로 반영하고 있다고 할 수는 없다. 주영하는 16세기에 아직 고추가 전래되지도 않았는데 고추장이 등장한다거나 18세기 이전에는 소금 절임이나 간장 절임의 형태였던 김치가 그런 설명 없이 빈번하게 등장하는 것을 들어, 『임꺽정』은 결코 풍속사를 재구성한 것이 아니라 홍명희가 '조선적'이라 간주한 것을 바탕으로 한 '소설'임을 지적한다.[58] 그리고 현재 '조선적'이라고 생각되고 있는 것 가운데 실제로 '20세기에 만들어진 계몽적인 근대성의 표상'이 섞여 있을 가능성을 들어, 『임꺽정』이 '역사소설'이라는 이유로 홍명희 등 20세기 초 식민지 지식인들이 추구한 '조선적인 것'이 후세 사람들에게 '상상적 조선'으로 기억되고, 나아가 현대에 이를 그대로 재현해낸 이미지가 의심 없이 받아들여질 위험성을 지적하고 있다.[59]

주영하가 말한 대로 『임꺽정』은 '소설'이다. 만약 여기에 묘사된 사물이 16세기 그대로의 것이었다면, 애초에 역사소설 『임꺽정』은 '소설'로서 성립되지 않았을 것이다. 강영주는 역사소설이란 과거 시대를 오늘날의 풍속과 언어로 번역함으로써 그 시대의 독자에게 친근하게 다가가는 것이며, 이를 위해 루카치가 말한 '필요불가결한 아나크로니즘(notwediger Anachronismus)'의

---

58   주영하, 앞의 책, 247~249면.
59   위의 책, 255~256면.

원리에 의거할 필요가 있다고 언급한다.[60] 현대와 완전히 동떨어진 이해하기 어려운 언어와 풍습으로 넘치는 소설은 독자의 흥미를 끌 수 없다. 설령 고증 면에서는 '시대착오'적이라 하더라도 독자가 이미지를 떠올릴 수 있도록 번역하는 것이 역사소설에는 어느 정도 필요한 것이다.[61]

홍명희가 김치를 수정하지 않은 것도 '필요불가결한 아나크로니즘'의 하나였다고 보아도 좋을 것이다. 감자와 옥수수를 수정한 홍명희가 고추의 전래시기를 알지 못했으리라고는 생각할 수 없다. 그러한 그가 김치에 관해서는 손대지 않았던 것은 주영하의 추측대로 김치를 '조선 정조'에 불가결한 것이라고 간주했기 때문이라고 생각된다. 그에게는 고증에 지나치게 얽매여 『임꺽정』을 '소설'이 아닌 것으로 만들 의도는 없었을 것이다. 『임꺽정』에 묘사된 주점에 대해서도 마찬가지로 말할 수 있다. 기생집에서 술이 나오는 방식에는 정확성을 기하여 수정했던 홍

60　강영주, 「홍명희의 역사소설 『임꺽정』」, 『자료』, 377면.

61　"분명히 바로 언어 문제야말로 '필요불가결한 시대착오'의 원리가 결정적인 역할을 한다. (…중략…) 북아프리카의 고대 도시국가 카르타고나 르네상스 시대, 또 영국의 중세나 로마제국에 대해서 오늘날의 독자에게 말을 건네는 것은 오늘날의 작가이기 때문이다. 이런 까닭에 역사소설의 일반적인 언어로 고어를 사용하는 것은 쓸데없는 기교로서 멀리하지 않으면 안 된다. (…중략…) 중요한 것은 오늘날의 독자가 과거 시대에 가까이 다가갈 수 있는 것이다."(『ルカーチ著作集 3』, 白水社, 1986, 313~314면) 또 김치와 '필요불가결한 아나크로니즘'과의 관계에 대해서는 강영주 선생과 주고받은 메일에서 시사받았음을 분명히 해둔다. 이 논문 집필 중 강영주 선생에게 여러 가지 문제를 상담하면서 크게 격려받았다. 이 자리를 빌려 감사드린다.
한편 '필요불가결한 아나크로니즘'을 시사하는 구체적인 수정 사례가 없는지 찾아보았지만, 필자의 역량 부족으로 발견할 수 없었다. '소주방'(소설에서는 '燒酒房'이라는 한자로 되어 있지만, 표준국어대사전에 의하면 궁중의 부엌이라는 의미의 한자어는 '燒廚房'에서 '수라간'으로 수정한 것(이봉학이 1-12; 『임꺽정 5』, 399면)과 '평조(平調)'에서 '시조'로 수정한 것(청석골 3-11; 『임꺽정 7』, 107면)은 그다지 사용되지 않는 용어를 잘 알려진 단어로 바꾼 것이라 주목했는데, 전자는 직전에 '수라'라는 말이 사용되고 있어서 고쳤을 가능성이 있고, 후자는 바로 뒤에 '시조'라는 말이 사용되고 있어 '평시조'의 오기일 가능성도 있으므로 해당 사항이 아닌 듯하다.

명희도 일반 주점에 대해서는 자기 시대의 이미지로 묘사하고 있으며 여기에 수정을 가하지도 않는다.[62] 사람들이 술을 마시는 주점은 소설에서는 꼭 필요한 장소였기 때문일 것이다.

9. 등장인물에 관한 수정

필자가 『임꺽정』 연구를 시작하게 된 계기는 꺽정의 인격이 도중에 변화되고 있는 데 의문을 품은 데서 비롯되었다.[63] 전반부에서는 청렴한 혁명가와 같은 인상으로 필자를 매료시켰던 꺽정이 「의형제편」에 들어서고부터는 확 바뀌어 거칠고 사나우며 가부장적인 성격으로 그려지는 것에 위화감과 거부감이 들었고, 이 때문에 필자는 사실 「의형제편」이 마음에 들지 않았다. 그런데 이번에 공들여 텍스트를 읽으면서 이전의 기억이 옅어지기라도 했는지 점차 꺽정의 인간상에 대한 거부감이 사라졌다. 그리고 작자는 바로 이런 식으로 『임꺽정』이 읽힐 것을 걱정하여 전반부 세 편을 단행본으로 내지 않았던 것이 아닐까 하는 생각이 들었다. 처음 이 세 편을 읽고 나서 「의형제편」을 읽으면 전반부와의 불연속성 때문에 후반부에서는 이야기에 몰두하지 못하게 된다.

1985년 북한에서 『임꺽정』을 간행할 때 홍명희의 손자 홍석중은 전

---

62 예컨대 봉산에서 유복이와 황천왕동이가 들어가는 '미역 주막'(『임꺽정 5』, 129면), '소굴장에서 노밤이가 꺽정의 수하를 데리고 들어간 남소문 근처의 '용수 달린 집'(『임꺽정 8』, 224면) 등이 그러하다.
63 주1의 졸고, 91면.

반부도 포함시킬 것을 고려했지만, "전반과 후반의 문학적 양상이 지나치게 차이가 많이 나고, 수정할 분량이 너무 많아서 도저히 한 작품으로 통합시킬 수 없음을 알았"[64]기 때문에 단념했다고 한다. 필자 자신의 경험에 비추어 보아도 처음의 세 편은 '별권'이나 '외전(外傳)'의 형식으로 뒤로 돌리는 것이 좋지 않을까 싶을 정도이다.

이런 까닭에 등장인물의 성격과 인간관계를 나타내는 서술을 조사할 때 필자는 꺽정의 변모에 관한 수정 여부에 주의했는데, 특별히 이에 해당한다고 생각되는 부분은 발견하지 못했다. 예컨대 그의 성격이 가장 직접적으로 설명되어 있는 부분은 꺽정이 청석골 두령으로 추대되는 장면에 이어지는 다음의 문장인데, 이곳은 다음과 같이 퇴고되어 있다.

대개 꺽정이가 처지의 천한 것은 그의 선생 양주팔이나 그의 친구 서기나 비슷 서로 같으나 양주팔이와 같은 도덕도 없고 서기와 같은 학문(공부)도 없는 까닭에 남의 천대와 멸시를 웃어버리지 못하고 안심하고 받지도 못하여 성질만 부지중 괴상하여져서 서로 뒤쪽되는 성질이 많았다. 사람의 머리 베기를 무 밑동 도리듯 하면서 거미줄에 걸린 나비를 차마 보지를 못하고(두지 못하고) 논밭에 선 곡식을 예사로(작란으로) 짓밟으면서 수채에 나가는 밥풀 한 낱을 아끼고 반죽이 눅을 때는 홍제원 인절미 같기도 하고 조급증이 날 때는(조급할 때는) 가랑잎에 불붙은 것 같기도 하였다.[65] (괄호 안은 신문연재본)

작자가 퇴고에 마음을 쓴 사실은 엿볼 수 있지만, 자구의 수정에 그치

64 홍석중, 『림꺽정 4』, '후기', 문예출판사, 1985, 354면.
65 청석골 1-7(1934.9.21); 『임꺽정 7』, 23면.

고 있을 뿐이어서 내용과는 아무런 관계가 없음을 알 수 있다. 이 외에 제주도에서 이봉학과 재회한 꺽정이 밤새도록 술을 마시면서 속마음을 토로하는 대목에서도 수정 사실은 발견되지 않는다.[66] 홍명희는 「의형제편」을 쓰기 시작할 때 꺽정의 인격을 결정하고, 그후에는 이를 변경하지 않았음을 알 수 있다.

그러면 동료들과의 관계는 어떠한가. 꺽정은 의형제들 가운데 본래 형으로서 윗자리를 차지했지만, 두령이 되자 이 상하관계는 더욱 엄격해진다. 이 점을 강조하기 위해 수정했다고 생각되는 부분이 대우법 일부에서 발견된다. 연재 당시 꺽정은 오주에게 처음부터 항상 '너 / 해라'를 사용했는데, 단행본에서는 이를 수정하여 처음에는 '자네 / 하게'를 사용하고 있다.[67] 마찬가지로 꺽정이 두령이 된 후에도 유복이와 봉학이에게 '자네 / 하게'를 사용했던 것을 단행본에서는 후반에 이르러 때로 '너 / 해라'를 사용하는 것으로 수정한다.[68] 이는 의형제들과의 상하관계를 두드러지게 하기 위해 수정한 것이 아니었을까 생각된다.

여성관계에 대해서는 "(한량패를 혼내주고 나서─인용자) 꺽정은 한온의 주선으로 몇 명의 계집과 동침하게 되었기로 이전처럼 혼자서 밤을 지내지는 않았다"[69]와 같이 꺽정의 문란한 여성관계를 나타내는 부분이 삭제되

---

66 이봉학이 3─10(1934.1.24);『임꺽정 5』, 393면.

67 곽오주 3─7(1933.6.27);『임꺽정 4』, 274~276면. 꺽정이 청석골에 놀러 가서 오주와 처음 만나 함께 사냥을 나가는 장면.

68 청석골 5─18(1935.10.22);『임꺽정 7』, 270~271면. 꺽정의 아내 운총과 함께 서울 한온의 저택에 간 박유복이와 이봉학이 꺽정과 씨울 듯한 기세로 이야기하는 장면. 다만 이제 막 두령이 된 꺽정이 '십팔반무예'의 내용을 알고 싶어 이봉학을 부를 때는 연재본에서 '너'였던 것을 단행본에서는 '자네'로 고치고 있다. 이 시점에서는 아직 '하게'체를 사용하고 있었던 것이 아닐까 싶다. 청석골 1─7(1934.9.21);『임꺽정 7』, 23면.

69 청석골 3─19(1934.12.11);『임꺽정 7』, 124면.

어 있다. 또 세 명의 아내 가운데 하나인 박씨에 대해서는 약간 수정을 가하고 있다. 박씨는 꺽정이 서울에 와서 처음 장가든 아내이다. 윤원형의 차지가 빚을 담보로 그녀를 데려가려 할 때 꺽정은 그녀를 구하다가 내친 걸음에 열두 사람이나 죽인다.[70] 그러나 그후 형조판서 원계겸의 딸을 얻자 꺽정은 자란 환경의 차이를 고려하여 원씨의 가구와 세간을 "박씨의 것보다 훌륭하게 장만(단행본에서는 삭제)"[71]하고 시중들어줄 이들도 마련해 준다. 음식 솜씨가 좋은 원씨 집에서 밥을 먹게 된 꺽정이 박씨 곁에서 밤을 지내는 횟수가 줄어든 것을, 작자는 꺽정이 박씨에게 냉담해져서가 아니라 "박씨가 꺽정이를 간간 괴로워하였"[72]던 탓이라고 연재본에서 설명하고 있다. 이것을 단행본에서는 "박씨가 속에 냉이 생겨서 꺽정이의 자러 오는 것을 괴로워하는 눈치가 간간 보이었다"[73]고 고쳐 박씨가 꺽정을 거부하는 태도를 완화시켜 표현하고 있다. 나중에 노밤이의 입에서 나온 유산 이야기와 맞춰 보면,[74] 이때 박씨는 임신 중이었음을 짐작할 수 있다. 필시 박씨의 심중에는 무언가 갈등이 자리하고 있었을 것이다.

꺽정의 아내들은 모두 행복하지 못한데, 운총을 제외하고는 그 심리가 직접 묘사되어 있지 않다. 납치되어 아내가 된 형조판서의 딸 원씨의 비극과 체념을 짐작케 하는 서술이 몇 군데 발견될 뿐이다.[75] 박씨에 관한 이러

---

70 청석골 4−8(1934.12.28);『임꺽정 7』, 145면. 연재본에서는 열네 명으로 나온다.
71 단행본에서는 이를 전후하여 네 줄이 삭제되어 있다. 청석골 4−26(1935.2.1);『임꺽정 7』, 191면.
72 청석골 4−26(1934.2.1)
73 『임꺽정 7』, 193면.
74 "남성 밑 박씨는 그 동안 한 번 낙태를 했지요." 청석골 5−10(193510.10);『임꺽정 7』, 246면.
75 예컨대 원씨는 꺽정에게서 이웃집 과부 김씨와의 관계를 듣고 억지 주장을 하는 그의 말끝에 눈물을 흘리지만, "그러나 이 눈물은 꺽정이의 말이 자아낸 것이 아니고 자기의 설움이 터져 나오는 것이었다"고 되어 있다. 청석골 4−37(1935.8.1);『임꺽정 7』, 220~221면.

한 수정의 예로 미루어 보아, 작자는 꺽정과 여자들의 갈등에는 깊이 파고들지 않고 독자의 상상력에 맡길 예정이었던 듯하다.

다음으로 단행본에서는 꺽정을 비롯한 등장인물들의 잔학성이 옅어지는 경향이 보인다. 예컨대 꺽정이 자기들을 밀고한 이웃집 최가 일가를 습격했을 때, 연재본에서는 꺽정이 최가 부부는 물론 노모와 아이들까지 자기 손으로 직접 무참하게 죽이고 있지만, 단행본에서 꺽정이 직접 해치운 것은 최가 부부뿐이고 나머지 가족은 불을 지른 집에서 빠져나오지 못해 죽는 것으로 설정되어 있다.[76] 또한 서울로 압송된 이봉학이를 돕기 위해 천왕동이와 막봉이가 금부도사 일행을 습격하는 장면에서, 연재본에서는 잔혹하게 머리를 베인 포도부장이 단행본에서는 걷어차여 산골 아래로 떨어질 뿐 다시 살아나고 있다.[77]

이봉학이의 갓난아이에 대한 서술이 줄어든 것도 잔학성을 약화시키는 경향과 상통하는 것처럼 보인다. 꺽정을 위해 배를 내어준 것이 발각되어 임진 별장 이봉학이 병조판서 이윤경(단행본에서는 우의정 이준경)의 도움을 구하러 서울로 가려다가 포도군사에게 붙들렸을 때 '상직할미'가 나와서 계향에게 '동태(動胎: 태아가 움직여 유산될 우려가 있는 증상)'가 있음을 알리는 장면이 있는데,[78] 이 부분이 단행본에서는 '관속'이 나와서 계향이 '복통'이 났음을 알리는 것으로 바뀌어 있다.[79] 그리고 '상직할미'는

---

76 서림 3−19(1934.4.15); 『임꺽정 6』, 127면.
77 "부장은 목이 다 떨어지지 아니한 머리를 땅에 끌어 박고 쓰러진 채 다시 일어나지 못하였다." 서림 4−11(1934.5.14); 『임꺽정 6』, 159면.
78 "안에서 상직할미가 나와서 "안으서님이 놀라서 동태가 되셨습니다"하고 말하여" 서림 4−4(1934.5.5); 『임꺽정 6』, 143면.
79 "관속 하나가 앞에 와서 "안으서님께서 갑자기 복통이 나셔서 정신을 못 차리신답니다"하고 고하여" 『임꺽정 6』, 143면.

젖이 나오는지 묻는 이봉학에게 "젖이 도셨소이다"[80]라고 산모를 대신하여 대답하는 장면과 더불어 모습을 감춘다. 그밖에 봉학이 사랑스러운 듯이 모자를 바라보는 모습과 그들에게 바람이 들지 않도록 멀리 떨어진 쪽의 문으로 나오는 모습도 삭제되어 있어,[81] 연재본에서는 전체적으로 부모자식 간의 정이라는 인상이 약화되어 있다.

또 청석골 일당이 금부도사 일행을 습격한 것이 자기들을 구하기 위해서였는지 묻는 계향에게 봉학이 입맛 쓴 모양으로 ""우리를 구해주러 왔는지 죽을 고루 몰아넣으러 왔는지 나는 모르겠네"하고 대답한 뒤 갓난애 젖 먹는 것을 넌지시 들여다 보았다"[82]고 서술되어 있는 부분은 대답의 뒷 부분이 삭제되어 있다.[83] 껵정들의 선의는 이윤경 형제의 힘으로 구제될 수 있었던 이봉학이 일가를 화적의 길로 끌어들이는 결과를 낳고, 그후 이봉학은 일종의 체념과 더불어 살아가게 된다.[84] 갓난아이의 존재감을 약화시킴으로써 작자는 부자가 말려들어갈 운명의 잔혹함을 약화시켰던 것이 아닐까 생각된다.

주목할 만한 것은 이봉학의 '의적다움'이라 할 만한 요소를 수정한 대목이다. 서울로 돌아가는 전 평안감사 이량(단행본에서는 김명윤)의 행렬이 임진강을 건널 때, 임진 별장 봉학이는 그들에게 거행이 기민하지 못하

---

[80] 서림 4-5(1934.5.6)
[81] 위와 같음
[82] 서림 4-13(1934.5.16)
[83] 『임껵정 6』, 163면.
[84] 예컨대 '소굴' 장에서 껵정이 감옥을 부수는 무모한 계획을 세웠을 때의 이봉학의 심정이 그러하다. "이봉학이는 껵정이의 계획을 섶 지고 불로 기어드는 것과 같은 무모한 일로 알지마는 언제든지 한번 당할 일을 미리 당할 뿐이거니 생각하여 마음이 태연하였다. 그러나 사랑하는 첩 계향이와 같이 앉아서 어린 아들의 재롱을 볼 때는 한숨이 부지중 절로 나왔다." 『임껵정 8』, 292면.

다는 문책을 받고 수치스러워한다. 그후 나타난 천왕동이에게서 행렬이 청석골을 지날 때 동료들 간의 의견이 일치하지 않아 일행을 습격하지 않았다는 이야기를 들은 봉학이가 이를 꾸짖으며 "그 여러 바리 봉물이 무엇인지 알았나. 그것이 죄다 평안도 백성의 고혈이라네"라고 말하고, 이에 천왕동이 "날도둑놈이 우리더러 되려"라고 대답하는 대목이 단행본에서는 삭제되어 있다.[85] 작자는 의적이나 할 법한 이 말이 이봉학에게 어울리지 않는다고 생각했을 것이다.

껄정이 제주도에 있는 이봉학을 방문하여 세상의 부정을 푸념했을 때도 봉학은 이에 동조하지 않았다.[86] 을묘왜변에서 전공(戰功)을 세워 이윤경의 총애를 입고 그의 아우이자 조정의 고관인 이준경이 뒷배를 봐주고 있는 그에게는 악정(惡政)을 증오하는 마음은 있어도 의적과 같은 사고방식은 없다. 그가 나중에 청석골로 들어간 것도 자기를 압송하는 금부도사 일행을 청석골 동료들이 습격한 탓에 다시 예전으로 돌아갈 수 없었기 때문일 뿐이다. 작자는 신문연재 때 이러한 언급을 봉학의 입에 올리지만, 연재본에서는 그의 인물상에 어울리지 않는다고 판단하여 이를 삭제하고 자기에게 창피를 주었던 전 평안감사에 대한 개인적인 원한의 말로 "왜 가만두었나?"[87]라는 언급만 남겼다고 생각된다.

그밖에 눈에 띄는 것이 '청석골'장에 등장하는 노밤이에 관한 수정이다. 그의 여성편력 이야기에서 여자를 겁탈한 적이 없다는 순전한 거짓말이 첨가되어 있는 것은 그의 후안무치함을 강조하려는 의도에서였을 것

---

85 서림 4-6(1934.5.20); 『임꺽정 6』, 147면.
86 이봉학이 3-10(1934.1.24); 『임꺽정 5』, 393면. "형님, 그런 속상하는 이야기는 그만두고 다른 이야기나 합시다."
87 서림 4-6(1934.5.20); 『임꺽정 6』, 147면.

이고,[88] 의식을 잃은 여편네를 범하면서 "내가 지금 꽃 본 나비 같구 물 본 기러기 같아서 그저 갈 수가 없소. 용서하우"[89]라고 골계적인 대사를 삽입한 것은 희극적인 요소를 강조하려 함이었을 것이다. 노밤이의 인물설정에 작자는 꽤 애를 쓴 듯하며, 이 외에도 수정의 흔적이 많이 보인다.[90]

10. 『조선왕조실록』에 관한 수정

지난번 논문에서 추론했듯이, 홍명희는 「의형제편」 집필 중에 『실록』을 만났지만 우선 「의형제편」을 그대로 써나가고, 「화적편」의 '청석골'장부터 본격적으로 『실록』을 작품에 반영하여 단행본으로 낼 때 먼저 썼던 「의형제편」을 나중에 쓴 「화적편」의 내용에 맞춰 수정한다. 이러한 추론의 근거로 필자는 '이봉학이'장에서 봉학이 왜구를 격퇴하러 원정을 가던 도중에 만난 '호남병마절도사'를 '호남병마절도사 남치근'으로 고친 예와 '서림'장에서 '이흠례가 청석골 일당을 포박한 이야기'와 '이억근사건'을 삽입한 예를 들었다.[91]

그밖에도 이번에 필자는 새로 '결의'장에서 꺽정이 양주의 감옥을 부수고 가족을 구출한 다음에 나오는 "꺽정이는 속히 체포하라고 상감이 친히

---

88 청석골 2-8(1934.10.19); 『임꺽정 7』, 63~64면.
89 청석골 2-14(1934.10.28); 『임꺽정 7』, 74면.
90 가장 긴 수정의 예로는 힘겨루기 삽화를 완전히 삭제한 대목을 들 수 있는데, 이는 장황함을 제거하기 위한 것이 아니었을까 싶다. 청석골 2-9,10(1934.10.21, 24)
91 주1의 졸고, 본서, 315면.

분부를 내리셔서"[92]라는 기술이 삭제되어 있는 것을 발견했다. 이 부분은 앞서 언급한 이흠례 및 이억근 관련 기술이 삽입되어 있는 곳의 바로 앞부분이다. 추측건대 홍명희는 「의형제편」을 쓰면서 『실록』에서 발견한 '파옥' 관련 기술에서 양주파옥 및 안성파옥의 구상을 얻었지만, 단행본에서 본격적으로 『실록』의 사건을 삽입하면서 '왕이 직접 체포를 명했다'는 표현의 부정확함이 마음에 걸려 이를 삭제한 것이 아닐까 싶다. 이 시점에서는 아직 왕이 직접 임꺽정을 체포하라는 명령을 내린 일이 없기 때문이다.[93]

'결의'장에 있는 '개도치'[94]에 관한 삽화가 완전히 삭제되어 있는 것도 『실록』과 관련하여 수정한 예이다. '개도치'란 순경사 이사증이 꺽정으로 꾸민 '가도치(加都致)'를 가리키는 듯하다. 『임꺽정』의 연재는 이사증이 황해도에 파견되는 장면에서 중단되고 있지만, 『실록』에 의하면 그후 이사증이 꺽정을 체포했다 하여 그를 서울로 압송했으나 그 인물은 나중에 서림과의 대면에서 꺽정의 형 '가도치'임이 판명된다고 한다.[95] 당시 홍명희

---

92 서림 3-22(사실은 4-1, 1934.4.7); 『임꺽정 6』, 123면. 단행본에서는 '결의'장으로 되어 있지만, 연재 당시에는 '서림'장에 속했다.

93 파옥의 구상을 얻었다고 추정되는 근거는 삼공(三公)이 올린 다음의 의계(議啓) 내용이다. 홍명희는 이 기사를 단행본에서 '청석골'장의 첫머리에 삽입하고 있다. 明宗 14年 3月 13日 "乙酉, 三公,領府事, 兵曹, 刑曹同議啓曰, 黃海道賊勢兇獗, 非徒搶殺人物, 至於白晝之中, 圍抱官門, 而射其守令之羅卒, 打破獄門, 而奪其囚繫之黨類" 꺽정의 이름이 『실록』에 처음 등장하는 것은 바로 다음의 27일자 이억근사건에 관한 기술에서이며, 왕이 직접 꺽정의 체포를 명한 것은 이듬해 11월 서림의 체포 직후의 일이다. 본고 집필 중 참고한 조선왕조실록 텍스트는 국사편찬위원회의 『조선왕조실록』 사이트에서 검색했고(http//sillok.history.gp.kr/main.main.jsp), 『李朝實錄』(學習院大學 東洋文化研究所)에서 확인했다.

94 등장인물의 이름

95 明宗 16年 1月 3日 "甲子, 黃海道巡警使李思曾, 江原道巡警使金世澣復命, 以捕捉賊魁林巨叱正入啓, 【其實非林巨叱正, 乃賊人加都致也 思曾脅以刑杖取供, 巫服指爲巨叱正】傳曰, 得捕大賊, 予用嘉焉, 義禁府啓曰, 拿致徐林, 【獷賊也】與林巨叱正面質, 則徐林云, 非林巨叱正, 乃巨叱正之兄加都致, 亦大黨也. 眞僞難辨, 拿其妻子, 一處憑閱何如. 傳曰, 如啓"(강조는 인용자)

는 이 사건을 반영할 구상을 세우고 있었던 듯하며, 그 포석으로 '청석골' 장에서 오가의 이름이 '개도치'임을 한온의 아버지인 한 첨지의 입을 통해 밝혀 놓고 있다.[96] 그러나 그가 '결의' 장을 연재하고 있던 무렵에는 '가도치'의 역할을 곽능통이라는 인물에게 맡길 예정이었던 것 같다. 곽능통이란 안성파옥을 돕고 꺽정과 그 일당을 친척집에 숨겨준 도적이다. 그런데 수색 나온 포도 관군이 이름을 묻자 그가 순간 부하의 이름인 '개도치'를 입에 올리고, 그때 등장한 꺽정이 관군과 군사 칠팔 명을 베어 죽이고 집에 불을 질러 시체를 태우고 마을을 빠져나오는 이야기가 단행본에서는 전부 삭제되어 있다. 홍명희는 '청석골' 연재 당시의 구상을 변경하여 오가에게 이 역할을 맡겨서 능통이의 존재감을 약화시켰을 것이다. 능통이는 나중에 꺽정의 호위병이 되지만, 그리 커다란 역할을 맡지는 않는다. 결국 제2기 연재 당시 '개도치'는 분명 두번 등장하지만, 1560년이 두번 진행되었을 때와 마찬가지로 이를 알아챈 독자는 거의 없지 않았을까 싶다.

이상의 예는 『실록』을 반영하겠다는 뜻이 아직 정해지지 않은 무렵의 시행착오의 흔적이라고 할 수 있다. 방침을 결정한 '화적편'의 '청석골' 장에 이르면, 『실록』을 원천 자료로 삼은 기술은 나중에 언급할 한 군데를 제외하고는 바뀌지 않는다. '청석골' 장에서 본격적으로 『실록』의 내용을 반영한 최초의 기술은 서림이 두령이 된 꺽정에게 야망을 불어넣으면서 이번 봄에 황해 감사가 교체된 것과 무관이 송도 도사가 된 것이 모두 자기들 때문이라고 말하는 대목이다.[97] 조정이 황해도 도

---

96 청석골 3−2(1934.11.19); 『임꺽정 7』, 90면.
97 청석골 1−4(1934.9.18) "늦은 봄에 황해 감사가 갈리구 송도 도사가 새로 나지 않았습니까. 사람 좋은 전 황해 감사가 대간(臺諫)의 탄핵을 맞구 갈린 것두 우리네 때문이구 남행짜리루 나려오던 송도 도사를 전에 없이 호반이 해온 것두 우리네 때문이니"; 『임꺽정 7』, 15면.

적을 위험시하여 대책을 고려하고 있다는『실록』의 기술[98]을 작품에 반영함으로써 홍명희는 꺽정들의 존재를 역사적 사실의 틀 속에 짜넣었던 것이다. 서림이 꺽정들에게 근거지를 만들도록 권하면서 후보지로 든 지명[99]과 양반들의 이름[100]도 역시『실록』에서 취하고 있다.

'청석골' 장에는 서울에서 노니는 꺽정의 모습이 묘사되어 있다. 홍명희는 꺽정에게 세 명의 아내가 있다는『실록』의 기술에서 구상을 얻고는[101] 무대를 지방에서 서울로 옮겨 그때까지와는 다른 조선 정조를 묘사하려 했을 것이다. 그러나『임꺽정』을 역사의 틀에 끼워 맞추려는 방침은 이야기를 써나가면서 애매해진다. 아내 운총과 대판 싸운다든지 의형제들에게 폭군처럼 구는 꺽정의 태도는 소세계에 군림하게 된 인간의 변모를 보여주는 하나의 전형으로서도 매우 흥미롭지만, 이러한 인

---

98 明宗 14年 3月 25日 "丁酉, 上御朝講, 憲府啓曰, 黃海道 獷悍大黨, 厥類繁滋, 爲患益甚. 所謂腹心之疾, 不可緩治. 本道觀察使 愼希復, 以其父母墳塋與田庄, 在於 平山, 慮其報復, 不爲號令節制, 督令捕捉. 請速遞差, 別爲擇差, 以期設策督捕, 盡殲無遺. 答曰, 如啓."
　　明宗 14年 3月 27日 "己亥, 上御朝, 晝講 領議政 尙震, 左議政 安玹, 右議政 李浚慶, 領中樞府事 尹元衡 同議【因朝講 金鎧 所啓, 命議于大臣, 故同議如此】啓曰, 開城府 都事, 以武臣擇遣, 上敎至當."

99 강원도 이천, 평안도 양덕·맹산·성천 등이 그 예이다. 청석골 1-5(1934.9.19) "제가 생각한 데를 말씀하면 강원도 땅에는 이천의 광복산이나 주읍동이 좋구요 함경도 땅에는 안변 황룡 산속이나 덕원 철관 근처가 좋구요 평안도 땅에는 양덕의 양암과 맹산의 두무산이 좋은데 성천 회산 제물성 같은 데두 좋습니다.";『임꺽정 7』, 18면. 단행본에는 양덕의 양암이 고수덕으로, 두무산이 철옹성으로 되어 있다.
　　明宗 15年 10月 22日 "甲寅, 兵曹判書 權轍 等啓曰, 黃海道 獷悍之賊, 措捕之策, 三公已啓矣. 近聞賊勢, 日漸熾張, 至稱官號, 出入列邑, 橫肆無忌, 或有守令, 不知而接待者云, 至爲駭愕. 賊徒聞其本道追捕之聲, 則例必投入於 平安道 成川·陽德·孟山, 江原道 伊川 之境, 而未聞兩道監司, 兵使措置捕捉之策, 至爲非矣."

100 평산 부사 장효범, 금교 찰방 강려(주 16) 참조), 우변포도대장 이몽린, 형조판서 원계검 등.

101 明宗 15年 11月 24 "日丙戌, 捕盜大將 金舜 皐啓曰, 側聞 黃海道 獷賊 林巨叱正 同黨 徐林者, 變名 嚴加伊, 來接于 崇禮門 外, 伺而捕之, 推其所犯. 其言曰, 去九月初五日, 其黨聚于 長水院, 欲持弓矢, 斧斤, 乘昏入城, 打破典獄署獄門, 出其魁 林巨叱正之妻.【前日 長通坊 掩捕之時, 林巨叱正 出走, 只獲其妻三人.】"

간 비극의 묘사가 목적이라면 굳이 『실록』을 원천 자료로 삼을 필요는 없다. 작자도 이를 느꼈던 것이 연재 중단에 이른 하나의 원인은 아니었을까. 병도 깊어져 연재 속도는 차츰 느려지고, 세 번째 아내 김씨 이야기의 도중에 연재를 장기간 쉰 것이 두 번, 그러다가 결국 '청석골'장의 종료와 더불어 연재는 중단되는 것이다.

'청석골'장에서 『실록』에 관한 유일한 수정은 첫머리 문장의 삽입이다.[102] 연재 당시 「화적편」 첫머리는 꺽정이 청석골의 두령으로 뽑히는 장면이었다. 그런데 단행본에서는 그보다 먼저 작자가 얼굴을 내밀어 16세기 조선에서 황해도를 도적의 소굴로 만든 제도상의 두 가지 문제점, 즉 백성의 부담능력을 훨씬 넘어선 '공물'과 평안도 변경을 수비하는 '서도부방(西道赴防)' 제도의 폐해에 관해 상세히 설명하고, 마지막으로 황해도 현황을 언급하고 있다. 전반부의 '공물'과 '서도부방'의 폐해에 관한 부분은 『율곡전서』에서 취한 것이고,[103] "명화적패가 밤에 불을 켜가지고 촌에 들어오는 건 예삿일이고 대낮에 읍에 들어와서 옥문을 깨뜨리고 관문을 에워싸고 관예(官隷)를 죽이고 관물(官物)을 뺏어가는 일까지 혹간 있었다"고 서술하고 있는 부분은 『실록』을 원천 자료로 삼은 것이다.[104]

삽입된 이 대목은 단행본을 낼 무렵 홍명희가 '청석골'장에 불만을 느

---

102 『임꺽정 7』, 5~8면.
103 『栗谷先生全書 1』, 卷五, 疏箚三「陳海西民弊疏」"道內民瘼, 大者有二, 一曰, 西塞遠戍之苦, 二曰, 進上煩重之弊也." 임꺽정 반란의 사회적 배경으로 율곡이 지적한 이 두 가지 민폐를 들고 있는 논문으로는 失澤康祐, 「林巨正の反亂とその社會的背景」, 『旗田巍先生古稀記念朝鮮歷史論集』, 龍溪書舍, 1979, 561면 참조. 홍명희가 이 대목에서 원천 자료로 삼은 것이 『율곡전서』임을 알게 된 것은 이 논문 덕분이다.
104 주 93에 나오는 다음의 대목. "至於白晝之中, 圍抱官門, 而射其守令之羅卒, 打破獄門, 而奪其囚繫之黨類."

끼고 있었음을 시사한다. 16세기 사람들은 어떠한 정치제도 아래서 살았고 어떤 모순이 사람들을 괴롭혔는지, 홍명희는『임꺽정』에 조선 정조뿐만 아니라 역사적 지식도 부여하여 그러한 역사적 틀 속에서 사는 인간을 보다 객관적으로 묘사하고자 단행본 간행 때 이 대목을 삽입했다. 집필 제3기 당시 홍명희는 역사에 깊은 관심을 갖고 연구하고 있었고, 이에 따라『임꺽정』의 창작 방침 또한 변화했던 것이다.

'청석골'장의 마지막 부분에서 홍명희는『실록』에 이름만 나오는 김산[105]이라는 인물을 등장시켜 그의 나이와 출생년을 밝힘으로써 이야기 시간을 1560년으로 고쳐 설정하는 시점에서 연재를 중단한다. 2년 후 재개한 「화적편」과 '송악산'장의 이야기 시간은 1560년 5월의 단오절이다. 제2기 연재를 중단한 때부터 제3기 연재를 시작할 때까지의 2년간은 '청석골'장과는 또 다른 형식으로『실록』을 원천 자료로 삼은 역사소설을 쓰기 위한 준비기간이었다고 생각된다.

11. 기타

마지막으로 그밖에 눈에 띄는 수정의 예를 간단히 적어둔다. 홍명희는 문장 전체에 걸쳐 공들여 퇴고 작업을 했다. 단순한 실수를 정정한 예로는 박유복이의 고향 '강령'을 '옹진'으로 바꾼 것,[106] 기생 '소홍'의 이름

---

105 청석골 6–14(1935.12.18);『임꺽정 7』, 344면.
明宗 16年 12月 20日 "乙亥, 傳曰, 平壤庶尹洪淵, 捕捉大黨金山. 准給加賞, 陞授安州牧使."

을 한때 이봉학이의 첩이었던 '계향'으로 잘못 쓴 부분을 고친 것 등이 있지만,[107] 그다지 많지는 않다. 후자는 병으로 장기간 연재를 쉬었던 기간을 전후한 때의 일이라 집중력이 떨어져 있었던 것이 아닐까 생각된다. 말을 바꾼 예는 굉장히 많다. 재미있는 예로는 '걱정이 없으십니다'를 '태평이십니다'로 바꾼 것,[108] '걱정'을 '근심',[109] '염려',[110] '탈'[111] 등의 단어로 바꾼 것이 가끔 발견된다. 아마도 꺽정의 이름 '꺽정'이 자주 등장하는 탓에 혼란을 피하기 위해서였을 것이다. 자주 등장하는 것을 피하기 위해 수정을 가한 예로는 '왜(倭)'라는 단어도 있다. 왜구가 등장하는 장면에서는 이 글자가 지나치게 많이 등장하는 탓인지, '왜난'과 '왜변'은 '난리'로, '왜선'은 '적선'으로, '왜'를 '왜적'이나 '도적' 등으로 수정한 예가 몇 군데 눈에 띈다.[112]

홍명희는 퇴고할 때, 문장을 다잡고 조선어다운 리듬을 가진 문장을 만들려고 노력했던 듯하다. 문장의 길이에 관해서는 " ~ 낮에는 별일이 없었고 밤에 원씨가"를 " ~ 낮에는 별일이 없었다. 밤에 원씨가"라든가 " ~해결하는데 꺽정이가"를 " ~해결하였다. 꺽정이가"와 같이 긴 문장을 짧고 간결하게 고친 예도 있지만,[113] 전체적으로는 두 문장이나 세 문장을 한 문장으로 길게 바꾼 경우가 많이 발견된다. 예컨대 "돌석이가 젊

---

106 이봉학이 3-7(1933.1.18); 『임껵정 5』, 385면.
107 청석골 4-29, 청석골 5-5,6,17,18; 『임껵정 7』, 198, 231, 238, 242면 그 외.
108 청석골 4-30(1935.7.24); 『임껵정 7』, 200면.
109 박유복이 1(1932.12.13); 『임껵정 4』, 37면.
110 박유복이 4-19(1933.2.13); 『임껵정 4』, 167면.
111 곽오주 3-3(1933.5.20); 『임껵정 4』, 246면.
112 배돌석이 1-13, 이봉학이 1-16, 이봉학이 2-2,5, 그 외.
113 청석골 2-5(1934.10.13); 『임껵정 7』, 56면.
　　　청석골 4-36(1935.7.31); 『임껵정 7』, 219면.

은 장교의 성명을 물었다. 황천왕동이란 돌석이 귀에 생소한 성명이다. 돌석이가 고개를 흔들며"가 "돌석이가 젊은 장교의 성명을 물어보니 황천왕동이라는데 성명이 생소하여 돌석이는 고개를 흔들며"로 바뀐 경우가 그러하다.[114] 이러한 퇴고의 흔적을 더듬고 있자니, 조선어 문장과 어휘의 아름다움을 추구했던 작자의 노력이 느껴져 "『임꺽정』은 조선어 광구(鑛區)의 노다지"[115]라고 상찬한 이극로의 말이 떠올랐다.

12. 마치며

이상에서 홍명희의 소설 『임꺽정』의 제2기 신문연재본 텍스트와 단행본 텍스트를 비교하여 알아낸 몇 가지 사항을 보고했다. 이러한 비교 작업에 역점을 둔 탓에 이야기 시간의 부정합성에 대해서는 유감스럽게도 그 이유를 밝히지 못했지만, 단행본에서는 삭제되어 신문연재본에만 남아 있는 작자의 창작상의 '동요'를 발견할 수 있었다. 다음번에는 이러한 '동요'가 수습된 후에 해당하는 제3기 텍스트를 분석해 보고 싶다.

---

114 배돌석이 1−11(1933.10.1); 『임꺽정 5』, 212면.
115 『조선일보』, 1937.12.8; 『자료』, 255면.

제4부
김동인 편

김동인 문학과 일본의 관련 양상

「여인」에 대하여

1. 「여인」 이전−「조선근대소설고」

1919년 일본 체류를 끝내고 조선에 귀국한 김동인(金東仁, 1900~1951)은 2년 뒤인 1921년부터 방탕한 생활을 시작한다. 그러나 그러한 가운데서도 계속하여 소설을 써서 「배따라기」(1921) · 「태형(笞刑)」(1922) · 「감자」(1925) 등 초기의 뛰어난 단편을 내놓는다. 그런데 일단 수그러들었던 방탕한 생활이 재개된 1925년 후반 무렵부터는 집필량이 극도로 감소하며, 1927년에 발표한 두 개의 단편[1]을 제외하면 거의 4년 간 소설 창작에

---

1   「명화(名畵) 리디아」, 『동광』, 1927. 「딸의 업(業)을 이으려」, 『조선문단』, 1927.3.

서 멀어지고 만다.[2] 이 기간 동안 그는 생활의 격변 속에 있었다. 1926년 정월 재산을 점검하다 재산이 급격히 줄어든 데 놀란 김동인은 이를 만회하기 위해 관개사업(灌漑事業)에 손을 대었다가 실패하여 막대한 빚을 진다. 이듬해 1927년에는 파산하고, 처는 남은 돈을 가지고 집을 나가 버린다. 이러한 생활 속에서 그는 창작 의욕을 상실했을 것이다. 김동인이 가까스로 오랜 공백기를 벗어난 것은 1929년 여름에 발표한 평론 「조선근대소설고(考)」를 통해서였다.

17회에 걸쳐 『조선일보』에 연재된 이 글에서 김동인은 조선의 근대소설이 걸어온 도정을 정리하며 이인직에게 "조선 근대소설 작가의 조(祖)"[3]라는 영예를 부여하는 한편, 이광수에 대해서는 그의 교화주의를 신랄하게 비판한다. 그리고 『창조』의 문예운동을 통해 비로소 조선의 소설은 "인생 문제 제시라는 소설의 본무대"[4]에 올랐다고 자신들의 동인지를 높이 평가하고 있다. 이인직을 평가하고 반대로 이광수의 업적에는 냉담한 이러한 태도는 1925년에 씌어진 평론 「소설작법」에서도 발견되지만, 『창조』지에 대한 자화자찬은 이 글이 처음이다. 또한 김동인은 마지막 '나의 소설'장에서 자신들이 사회의 "완전한 무시"[5]를 감내하며 근대적 문체를 창출한 사실에 대해 언급하면서 자신의 공적을 주장

---

2   그 사이 「떤톤의 「에일윈」 등 많지는 않지만 몇 편의 평론과 수필이 있다.
3   김치홍 편저, 『김동인 평론전집』, 삼영사, 1984, 66면.
    * 본 논문을 집필하면서 소설 작품은 주로 『동인전집』(홍자출판사, 1964)을 사용하고 조선일보사판 『전집』(1988)과 삼중당판 『전집』(1976)으로 보충했고, 평론작품은 김치홍 편저, 『김동인 평론전집』에 의거했다. 또 「여인」의 텍스트는 『별건곤』 영인본(국학자료원, 1993)과 『혜성』 영인본(원곡문화사, 1976) 및 삼문사 간행 단행본을 참고했다.
4   위의 책, 71면.
5   위의 책, 76면.

하고 있다. 구어체(과거형)의 철저화, '그'와 '그녀'라는 대명사의 보편적 사용, 형용사와 명사가 부족한 가운데서의 단어와의 격투 등 자신이 벌여온 온갖 시도를 구체적으로 설명하면서, 근대문학에 기여한 공적을 스스로 칭찬하고 있는 것이다.

그런데 이 '나의 소설'장 후반부에는 김동인이 그때까지 수년 간의 생활에 대해 언급하고 있는 대목이 나온다. 김동인은 자신의 방탕한 생활을 "나의 광폭한 사상과 그 사상의 반향인 광포한 생활 양식"[6]이라 규정하며 자기가 방탕한 생활을 시작한 원인을 창작 이론의 파탄 탓으로 돌리고 있다. 즉 자기가 창조한 세계인데도 불구하고 소설 안에서 등장인물이 인형처럼 움직여주지 않는 까닭에, 자기 안의 "이원적 성격"을 의식한 그는 "온갖 것을 '미(美)'의 아래 집어넣으려"[7] 방탕한 생활을 시작했다는 것이다. 방탕한 생활 가운데 틈을 내어 소설을 쓰면서, 그는 1924년 무렵 문체 면에서 "강렬한 동인미(東仁味)"[8]를 확립한다. 그러나 그후 사업에 실패하여 조부대(代)부터 내려오던 재산을 모두 잃고, 아내는 남은 돈을 가지고 집을 나가 버린다.

문학적인 이유에서 시작된 방탕한 생활이 초래한 파산, 아내의 출분(出奔), 그리고 "빈인(貧人)"[9]으로 전락할 것에 대한 무시무시한 공포―1년 간의 고투 끝에 이를 극복하여 정신적으로 원상회복한 일을 언급한 김동인은 마지막으로 다음과 같이 적고 있다.

---

6   위의 책, 81면.
7   위의 책, 80면.
8   위의 책, 81면.
9   위의 책, 83면.

나는 이때에 더 쓰고 싶은 많은 말을 가지고 있다. 사업실패의 도정은? 처의 출분은? 그후는? 아이들은? 해주, 선천, 정주 등지의 표랑(漂浪)은? 지금의 생활은?

그러나 이 모든 것은 다시 기회를 기다리고 다만 외로운 몸이 두 아이들 데리고 나의 어머니의 품안에 들어와서 다시 문예의 전선에 나설 준비를 하고 있다 하는 것으로 그치겠다.[10]

수년에 걸친 격동 생활 속에서 창작 의욕을 잃었던 김동인이 '문예의 전선'에 복귀할 준비에 돌입했다는 사실을 엿볼 수 있게 하는 대목이다. 김동인에게 「조선근대소설고」라는 평론은 문학 면에서 과거의 총괄이자 "문예의 전선에 나설 준비"였다고 할 수 있다. 재산을 잃고 아내에게 거부당하여 자존심이 갈기갈기 찢겨진 김동인이 그래도 "오만한 성격뿐은"[11] 잃지 않으려고 고투했을 때, 의지가 된 것은 그때까지 자기가 해온 문학과 관련된 일이었을 것이다. 재력 덕분에 문단의 중심적 인물이 되었던 김동인이 재산을 잃은 뒤 자존심을 지키기 위해 한 일은 자신의 업적을 조선근대문학사상에 부동의 것으로 각인시키는 일이었다. 「조선근대소설고」에서 처음으로 문체 면에서 자신의 공적을 뚜렷이 과시한 그는 그후 몇 번이나 이를 반복하며, 이윽고 그의 주장은 문학사상의 사실로서 정설화되어 간다.[12] 또한 『창조』의 창간에 대해서도 2년 뒤에 쓴 평론 「문단회

---

10 위의 책, 83면.

11 위의 책, 82면. "그 뒤 1년 간 나는 나와 타락하려는 품성과 파산하려는 성격을 억제키에 온 힘을 썼다. 개산은 없었다. 처도 없었다. 그러나 나의 그 고귀한 흔끼 순일한 품성끼 오만한 성격뿐은 결코 잃고 싶지 않았다."

12 김우종, 長璋吉 譯註, 『韓國現代小說史』 Ⅲ, 龍溪書舍, 1975, 2. (2) '20년대 초기의 문체운동의 공적'을 참조할 것. 김우종은 근대적 문체를 창출하는 데 김동인이 기여한 공적을 부정하고, 다만 방언을 소설에 채용한 점만 인정한다. 그러나 최원식은 이것조차도 현진건의 「희

고」 이래 문학사상의 중요한 사건으로 거듭하여 회상하고 있는데, 시간이
지남에 따라 그의 글에는 미묘한 과장이 섞여간다.[13]

2. 「여인」

"나는 이때에 더 쓰고 싶은 말을 가지고 있다"고 했던 「조선근대소설
고」의 마지막 언급을 잇기라도 하듯, 4개월 후 연재되기 시작한 것이 「여
인」이다. 「여인」은 1929년 12월부터 『별건곤』에 게재되었고, 1931년 3월
에 『혜성』이 창간되자 지면을 옮겨 같은 해 11월까지 2년 간 모두 14회에
걸쳐 연재된다. 『별건곤』 연재 때의 제목은 「여인-추억의 더듬길」[14]이
고, 『혜성』 연재 때는 「추억의 더듬길-「여인」의 계속」[15]으로 제목이 바

생화」(1920) 쪽이 빨랐다고 지적하고 있다. 최원식, 「김동인 연구사」, 『김동인연구』(한국
　　문학연구총서-현대문학편 3), 새문사, 1989.
13　김윤식은 회상의 내용을 "실증적 사실"이 아니라, "김동인의 심정적 차원에서의 사실"로
　　간주하고 있다. 김윤식, 『김동인연구』, 민음사, 1987, 104면.
　　김동인이 문체 개혁을 자기 공적으로 과시하거나 『창조』 창간의 경위에 대해서 언급한 것
　　은 다음의 글에서 볼 수 있다. 문체에 대한 언급이 있는 글에는 ※ 표시를, 『창조』 창간에
　　대한 언급이 있는 글에는 ◎ 표시를 붙여 둔다.
　　1. 「조선근대소설고」, 『조선일보』, 1929.7.8. ※◎
　　2. 「문단회고」, 『매일신보』, 1931.8.9 ※◎
　　3. 「문단 15년 이면사」, 『조선일보』, 1934.3.4 ※◎
　　4. 「나의 문단 생활 20년 회고기」, 『신인문학』, 1934.11 ※◎
　　5. 「조선문학의 여명 『창조』 회고」, 『조광』, 1938.6 ※◎
　　6. 「조선문단과 내가 걸어온 길」(日文), 『국민문학』, 1941.11 ※
　　7. 「여의 문학도(道) 30년」, 『백민』, 1948.11 ※
　　8. 「문단 30년의 자취」, 『신천지』, 1948.3~1949.8 ※◎
14　「女人-追憶의 더듬길」.
15　「追憶의 더듬길-「女人」의 繼續」.

<표>

	게재 잡지	게재 시기	제목	소제목	스토리 시간
1	별건곤	1929년 12월	女人−追憶의 더듬길	1. 메리	1915년 가을~
2		1930년 1월	創作 女人(續)−追憶의 더듬길	2. 中島芳江	~1916년 여름
3		2월	女人(三)	3. 萬造寺あき子	1918년 가을~ 1919년 여름
4		7월	女人−追憶의 더듬길	4. M 5. 金玉葉	1921년
5		8월	創作 女人−追憶의 더듬길	金玉葉과 黃瓊玉(속)	
6		9월	女人(六)−追憶의 더듬길	5. 金玉葉과 黃瓊玉(속)	
7		11월	女人(七)−追憶의 더듬길	6. X 7. 蟬丸	1921년 말
8		12월	小說 女人(八)−追憶의 더듬길	7. 蟬丸(속)	~1923년 봄
9	혜성	1931년 3월	創作 追憶의 더듬길−「女人」의 繼續	9. 盧山紅	1925년 봄~
10		4월	小說 追憶의 더듬길−「女人」의 繼續	盧山紅(속)	
11		6월	小說 追憶의 더듬길−「女人」의 繼續	盧山紅(속)	1926년 봄
12		8월	創作 追憶의 더듬길−「女人」의 繼續	盧山紅(속) 金白玉	~1927년 겨울 1928년 겨울
13		9월	小說 追憶의 더듬길−「女人」의 繫束	金白玉(속)	1929년
14		11월	女人−追憶의 더듬길	金白玉(속)	~1930년 봄

뀐다(〈표〉 참조).[16] 그리고 연재가 끝난 뒤에는 『여인』이라는 제목으로 삼문사에서 단행본으로 간행된다.[17] 잡지 연재 때는 모두 9장으로 열 명의

16　『별건곤』에 마지막으로 실린 연재 8회째의 소제목이 '7. 세미마루(蟬丸)'로 되어 있는데도, 『혜성』 창간호에 게재된 연재 9회째의 소제목은 '9. 노상홍(盧山紅)'으로 번호가 하나 빠져 있다. 『별건곤』 그 다음 호에는 「여인」이 실리지 않았다. 다른 잡지에 1회분이 실렸을 가능성도 부정할 수 없지만, 분명하지 않다.

17　삼문사, 1932년 4월 16일 발행. 「문단 30년의 자취」에 의하면, 김동인은 1930년경 조선에

여성이 등장했지만, 삼문사 판본에는 두 장이 삭제되어 모두 7장으로 여덟 명의 여성이 등장하며, 이에 따라 서두도 정리되어 있다. 또 1968년에 간행된 홍자사의 『동인전집』에는 연호(年号)가 서력에서 타이쇼(大正)·쇼와(昭和)로 바뀌어 있는데, 출전은 분명치 않다.[18]

「여인」은 화자 '나'를 주인공으로 하는 일인칭소설이지만, 수사적 인칭으로서 '나'를 '김동인'이라는 고유명사로 부르는 곳도 있다. 연재 제1회를 보면, 서두가 "나의 삼십 년의 일생을 통하여"라는 문장으로 시작하고, 이어지는 본문의 시작은 "1915년 가을이었다. 명치학원(明治學院) 중학부 이학년생, 열여섯 살 되는 소년 김동인은……"이라고 되어 있다.

「여인」은 주인공이 과거에 만났고, 지금도 마음에 새겨져 있는 여성들의 이야기이다. 연재 제1회의 서두에는 이제부터 말하고자 하는 여성들의 이름이 열거되어 있다.

나는 차례로 그것을 한번 적어보려 한다. 메리, 나카지마 요시에(中島芳江), 만조지 아키코(萬造寺あき子), 김옥엽(金玉葉), M, 세미마루(蟬丸), 황경옥(黃瓊玉), X(성명조차 모를), 노산홍(盧山紅), 김백옥(金白玉)─합하야 열 사람, 그 가운데 황경옥, 김옥엽의 두 사람(한 사람은 서울, 한 사람은 진남포 기생)은 벌써 고요한 저 세상으로 길떠난 사람(하느님이여, 어린 그들의 영을 보호하여 주시옵소서)이오, 메리, 나카지마(芳江), 아키코(あき子),

---

돌아온 전 광익서관 주인 고경상의 재출발을 위해 「여인」의 원고를 주었고, 고경상은 삼문사(三文社)를 만들었다고 한다.

18 「지나는 시절의 출판물 검열」(1946)에서 김동인은 서력을 '메이지(明治)·타이쇼(大正)·쇼와(昭和)·황기(皇紀)'로 고쳐 써야 했던 사정에 관해 이야기하고 있다(『전집』 10, 홍자출판사, 1964, 321면). 삼문사에서 발행한 『여인』에는 서력이 사용되어 있고 후기도 없다. 따라서 홍자출판사 전집의 출전은 이것과는 별개의 단행본인 듯하다.

세미마루(蟬丸), X의 다섯 사람은 그 거처는커녕 생사조차 모르는 사람이오, 남아 있던 세 사람 가운데 김옥엽은 제7회(?)의 가정생활을 시작하였다는 소식을 들었으며, M은 단란한 가정의 어진 지어미로서 몇 아이의 어머니 노릇을 잘 한다 하며, 노산홍은 현재 서울서 잘 팔리는 기생 노릇을 그냥 한다 한다.[19] (인명은 괄호 안이 원문—옮긴이)

첫 사랑의 상대인 메리는 금발의 혼혈아이다. 중학시절 근처에 살던 소녀 나카지마 요시에와 F화백 문하생시절의 연인 만조지 아키코, 그리고 평양에서 특별히 뒤를 보아준 기생 세미마루 세 사람은 일본인이다. 나머지 여섯 사람은 조선인으로, 그 가운데 X는 대동강 강가에서 만난 이름도 모르는 여성이고, M은 유부녀,[20] 그리고 김옥엽, 황경옥, 김백옥, 노산홍 네 사람은 기생으로 되어 있다.

무대는 연재 3회까지가 토쿄이고 그 나머지는 조선으로, 후반부는 주인공과 기생들과의 만남과 이별을 축으로 방탕한 생활, 사업의 실패, 파산, 아내의 출분 등이 그려진다. 경제적 전락과 가정 생활의 붕괴 속에서 주인공은 급속히 청년시절을 마치고 중년 남성으로 변모해간다. 마지막은 '시간'에 의해 깊은 상처가 치유된 주인공이 신문소설 집필을 위해 온천으로 가는 도중 년전에 급사한 기생 김백옥의 무덤을 공동묘지에서 찾는 장면으로 끝난다.[21] 〈표〉에서 보는 대로 마지막 장면의 이야

---

19 『별건곤』 영인본 제3권, 국학자료원, 1993, 38면.
20 이 X와 M 두 여인은 『전집』에는 삭제되어 있다.
21 이때 용강온천에서 기고한 소설이 동아일보에서 의뢰받아 쓴 김동인 최초의 장편 『젊은 그들』이다. 예고가 나간 뒤 『동아일보』가 정간되었기 때문에, 연재는 반년 후인 1930년 11월부터 시작되었다고 한다. 김동인, 「『젊은 그들』의 회고」, 『김동인 평론전집』, 418면; 「문

기 시간은 1930년 봄이고, 「여인」의 연재가 시작된 것은 1929년 12월이다. 따라서 마지막 회의 주인공은 이때 이미 집필 활동을 재개하여 「여인」의 연재 3회분까지 끝냈다는 얘기가 된다. 김동인은 「여인」에서 1915년 가을의 중학시절부터 「여인」을 연재하기 시작한 직후까지의 자신을 그렸던 것이다.

김동인에게 「조선근대소설고」가 문학 면에서 과거의 총괄이었다면, 4개월 후 연재를 시작한 「여인」은 그의 개인 생활 면에서의 총괄이었다고 할 수 있을 것이다. 「여인」의 후기에서 김동인은 이렇게 적고 있다.

> 자전(自傳)—그 가운데도 여인에 관한 부분을 쓰기는 힘들다. (…중략…) 그러나 삼십을 일기로 한 과거를 청산하려고 쓰기 시작한 붓인지라, 좀체 내어던질 수가 없었다.[22]

1930년부터 1932년에 걸쳐 김동인은 가정과 경제 면에서 생활을 재건한다. 약혼에 이어 결혼을 하고,[23] 그때까지 거절했던 신문 연재소설을 떠맡는 한편 서울로 이사하여 월부로 집을 구입하고, 이윽고는 야담과 역사소설의 집필에도 손을 대게 된다.[24] 부친에게 물려받은 재산을 모두 잃은 김동인은 마침내 문필에 의지하여 생활할 수밖에 없게 되었던

단 30년의 자취」, 『김동인 평론전집』, 477면.

22 홍자출판사 『전집』 2, 412면.

23 「문단 30년의 자취」에 의하면, 김동인이 약혼한 것은 1929년의 일이고 결혼한 것은 1931년의 일이다. 결혼에 앞서 경제 문제를 해결하기 위해 『동아일보』의 연재소설을 떠맡았다고 한다(위의 책, 447~448면). 1930년 9월에는 약혼자에게 보낸 편지 「약혼자에게」가 잡지 『여성시대』에 발표되었다. 『전집』 8, 5~10면.

24 김동인, 「문단 30년의 자취」, 『김동인 평론전집』, 477 · 480 · 489면.

것이다. "원고는 쓰되 돈은 받을 것이 아니라"[25]고 큰소리쳤던 김동인으로서는 그때까지의 생활 방식을 근저에서부터 뒤엎는 커다란 변화였다. 이렇게 생활을 만회하던 시기에 씌어진 작품이 「여인」이다. 새로운 결혼 생활을 시작하는 마당에 과거의 여성 관계를 속속들이 드러내어 청산하려는 생각도 있었겠지만, 그 이상으로 그에게는 과거의 자신을 다시 들여다봄으로써 지금까지의 생활 방식과는 다른 인생을 걷겠다는 결심을 할 필요가 있었던 것 같다.

그런데 『별건곤』과 『혜성』의 목차를 보면, 「여인」은 항상 문예란이나 창작란에 들어 있고 제목 아래에는 '소설' 혹은 '창작'이라는 분류 명칭이 붙어 있다. 또 〈표〉에서 보는 것처럼, 본문의 제목에도 때때로 '창작'이라든가 '소설'이라는 명칭이 붙는다. 적어도 본문의 제목을 결정하는 데는 작자의 의지가 움직였을 텐데, 스스로 자전(自傳)이라고 부르고 있는 작품에 왜 김동인은 '창작'이나 '소설'과 같은 명칭을 붙였을까. 물론 그 자신도 자기와 주변 인물들을 실명으로 등장시켜 '여인'이라는 선정적인 제목으로 여성 편력을 이야기하는 것은 낯간지러웠을 것이고, 이러한 형식으로 조금이나마 애매함을 부여하고자 했을 것이다. 그러나 그 외에도, 그에게는 이 자전이 자기가 '창작'한 '소설'이라는 의식이 있었던 것이 아닐까.

자전소설의 경우, 시간과 공간이 현재의 지점에서 멀어질수록 창작적 요소가 개입될 여지가 커진다. 시간의 여과작용을 경과한 기억은 망각이나 깊은 생각에 의해 왜곡되고, 멀리 떨어진 이국(異國)이 배경이 되

---

25   위의 책, 465면.

면 부자연스러운 기술에 대한 독자의 촉수가 무뎌지기 때문이다. 필시 「여인」의 독자들은 토쿄가 무대가 되어 있는 부분에 관해서는 약간 부자연스러운 기술이 있어도 개의치 않고 받아들였을 것이다.

그러나 일본인인 필자는 「여인」 가운데 '만조지 아키코'장을 읽고 곧 몇 가지 의문을 품었다. 모델도 아직 드물었던 타이쇼시대에,[26] 이성(異性)인 은사나 친구들 앞에서 나체를 드러낼 수 있는 여성이 정말로 있었을까. 또 후지시마의 문하생이었다고 하는데, 석고상 하나 묘사해 본 일이 없는 젊은 이방인이 후지시마 타케지(藤島武二)와 같이 저명한 화가에게 직접 배울 수 있었을까. 그리고 관립미술학교의 교수이자 현역의 대화가였던 후지시마가 자택에서 문하생을 모아 자기가 "가지고 있는 온갖 지식"[27]을 물려줄 필요가 있었을까.

이러한 의문을 분명히 밝히기 위해 필자는 「여인」을 실증적으로 고찰하고자 한다. 물론 「여인」의 기술에 사실이 아닌 것이 섞여 있다고 하더라도, 이는 이 작품의 문학적 가치와는 아무런 관계가 없다. 다만 필자가 문제삼고 싶은 것은 '자전'이라고 작자 자신이 밝히고 있는 작품 가운데 '창작'이라고밖에 생각할 수 없는 부분이 섞여 있을 때 그것은 어떤 의미를 갖는 것인지, 즉 작자의 어떤 측면이 그러한 형태로 표출된 것인지 하는 점이다.

다음에서는 「여인」 가운데 일본과 관련된 부분에 대해 그 사실성을 가능한 한 실증적으로 검증하고, 창작으로 여겨지는 부분에 대해서는

---

26 1916년(大正 5) 무렵의 모델 사정에 대해서는 金森敦子, 『お葉というモデルがいた』(晶文社, 1996), 제1장 '모델 탄생' 참조.

27 『별건곤』 영인본 제4권, 53면(영인본을 보면 연재 제3회는 1930년 2월호 목차에 들어 있음에도 불구하고, 본문은 3월호에 들어 있다. 영인본 작성시의 실수인 듯하다).

그것이 김동인에게 무엇을 의미했는지 고찰하고자 한다.

1) '메리'와 '나카지마 요시에'

1900년 음력 10월 평양에서 태어난 김동인은 1914년(大正 3) 봄 일본의 토쿄학원 중등부에 입학한다. 평양에서 같은 소학교에 다녔던 주요한 이 선교사인 부친과 함께 먼저 일본으로 건너와 메이지학원에서 공부하고 있었기 때문에, 그의 후배가 되는 것이 싫어 토쿄학원으로 갔다고 한다. 그런데 입학한 이듬해 봄에 토쿄학원 중학이 폐쇄되어 재학생들은 아오야마학원(青山學院)과 메이지학원(明治學院)의 중등부에 나뉘어 들어가게 된다. 김동인은 메이지학원에 들어가게 되어 결국 2학년부터 주요한의 후배가 되고 만다.[28]

토쿄학원은 미국의 침례교 단체가 1895년(明治 28) 츠키지 (築地) 거류지에 창립한 사립학교로, 김동인이 입학할 무렵은 우시고메구 이치가야 사나이자카(牛込區 市ヶ谷 左內坂)에 있었다.[29] 학교가 이치가야의 육군사관학교 근처에 있어서 방과후에는 아오야마 연변장을 돌아 군것질을 하면서 나카시부야(中澁谷)에 있는 하숙집으로 돌아왔다고 한다. 휴일에

---

28 김동인, 「문단 30년의 자취」, 『김동인 평론전집』, 430면.
29 『東京の私立中學校』(東京都公文書館 編集 兼 發行, 1975) '토쿄학원 중학부' 항목 참조. 토쿄학원은 요코하마(橫浜)로 이전하는 데 따른 임시 조치로서 1917년(大正 6) 3월 중학부를 폐쇄한다. 이전 후에는 칸토학원(關東學院)으로 개칭하고, 중학부도 재개하여 현재에 이르고 있다. 김동인의 전학은 1915년(大正 4)의 일이기 때문에, 이 일시 폐쇄와는 무관한 듯하다. 시라카와 유타카(白川豊) 씨의 조사에 의하면, 1937년의 학원 폐쇄는 기독교계 중학교의 합병운동의 일환이었다고 한다. 白川豊, 「한국 근대문학 초창기의 일본적 영향」, 동국대 석사논문, 1981, 주 78 참조.

는 아사쿠사(淺草)로 나와 제국관(帝國館)이나 전기관(電氣館) 등 외화(外畵) 전문 영화관에서 채플린의 영화를 보거나 상점가를 돌아다녔다고 하니, 타향 생활이라고는 해도 나름대로 즐거운 소년시절을 보낸 듯하다.[30]

「여인」의 연재 제1회 '메리'장과 제2회 '나카지마 요시에'장에는 김동인이 메이지학원 재학 때 만난 두 소녀의 추억이 이야기되어 있다. 2학년 봄 메이지학원 중등부에 편입학한 김동인은 그해 가을 나카시부야의 하숙을 나와 메이지학원과 가까운 시로가네 다이마치(白金 臺町)의 하숙으로 옮긴다. 다음은 '메리'장의 서두이다.

1915년 가을이었다. 메이지학원(明治學院) 중학교 2학년생, 열여섯 살 되는 소년 김동인은, 시바구 시로가네 다이마치(芝區 白金 臺町) 어떤 사숙으로 이사를 하였다. (…중략…) 메구로(メグロ) 가는 전차를 시로가네 다이마치에서 내려서, 오른편 쪽으로 세이신여학원(聖心女學院)으로 가는 언덕 길을 한 절반이나 내려서, 오른편 쪽으로 있는 다락집이 내가 새로 잡은 하숙이었었다.

당시의 시로가네 다이마치(白金 臺町) 일대는 아직 신개지(新開地)로서, 나의 새집의 동서와 북쪽은 인가와 접속되었지만, 남쪽으로는 길을 건너서 몇 천 평의 빈터가 있고, 서쪽 역시 삼사백 평의 빈터를 건너서야 집이 있었다.[31] (지명은 괄호 안이 원문—옮긴이)

주인공 '김동인'은 이사하자마자 곧 하숙집 근처에 사는 금발의 소녀 메

---

30 「문단 30년의 자취」, 『김동인 평론전집』, 431면.
31 『별건곤』 영인본 제3권, 국학자료원, 1993, 381면.

리를 사랑하게 된다. 그러나 서로 알게 될 기회도 없이 이윽고 크리스마스를 맞아 메리 일가는 이사해 버리고 만다. 처음에는 여행이라고 생각하고 있었는데, 겨울방학이 지나도 메리가 돌아오지 않자 상심한 그는 봄이 되어 결국 병이 든다. 이 무렵 근처에 사는 열두세 살 가량의 심상소학교에 다니는 소녀를 사랑하고 있던 같은 하숙집의 R이 김동인에게 소녀의 친구인 나카지마 요시에(中島芳江)를 연인으로 삼으라고 권한다. 요시에는 '김동인'에게 어린애다운 의사(擬似) 연애감정을 품고 있었던 듯하지만, 메리에게 열중하고 있던 그는 그럴 생각이 없었다. R은 결국 상사병으로 정신에 이상이 생겨 자살을 시도한다. '1916년 7월 16일' 요시에의 전송을 받으며 주인공이 여름 방학을 맞아 귀성하기 위해 '시로가네 다이마치 정류장'에서 전차에 오르는 것으로 「여인」의 제2회는 끝나고 있다.

　김윤식은 『김동인연구』에서 메리의 실재 유무와 관계없이 그의 첫사랑 사건은 문학에 눈뜨려 하고 있던 김동인이 체험한 '환각'에 지나지 않는다고 적고 있다.[32] 확실히 이 유치한 첫사랑의 이야기는 마치 동경(憧憬)이 만들어낸 꿈 같은 인상을 준다. 김동인에게는 가끔 극단적으로 감상적인 작품이 눈에 띄는데, 특히 '메리'가 씌어진 시기에 그런 경향의 작품들이 집중되어 있다. 「수정 비둘기」·「소녀의 노래」·「무지개」 등이 전형적이며, 「순정」 시리즈(부부애편/ 연애편/ 우애편)도 그러한 부류에 넣어도 좋을 것이다.[33] '메리'를 쓰면서 자기가 일찍이 겪었던 소년의 세

32　김윤식, 『김동인연구』, 민음사, 1987, 61면.
33　「수정 비둘기」, 『매일신보』, 1930.4.22; 「소녀의 노래」, 『매일신보』, 1930.4.27; 「무지개」, 『매일신보』, 1930.6.7, 6.9~6.16; 「순정-부부애편」, 『매일신보』, 1930.1.1; 「순정-연애편」, 『조선일보』, 1930.1.1~2; 「순정-우애편」, 『동아일보』, 1930.1.23.
　사에구사 도시카스(三枝壽勝)가 아이러니·동경·허무·유머의 유무에 따라 김동인 작품을 분류한 것에 의하면, 위쪽의 세 작품은 동경에 속한다. 三枝壽勝, 「金東仁と近代文學」,

계를 소생시킨 김동인은 비참한 현실과 비교하여 인생의 허무함을 통감했을 것이다. 「수정 비둘기」 등의 소품에 넘치는 서양적인 분위기는 김동인이 중학시절에 읽고 열중하여 1925년에는 일부 번안까지 했던 영국소설 『에일윈 이야기』[34]와 통하는 점이 있다.

이 무렵 씌어진 단편 「죽음」[35]에는 「여인」의 마지막 장면에서와 같은 공동묘지가 나오는데, 파산한 김동인이 가난에 대한 공포에 짓눌려 죽음을 강하게 의식했음을 엿볼 수 있다. 극한적인 상황에 놓여 있던 김동인은 소년시절에 본 꿈의 감상적인 정감에 잠김으로써 현실에서 도피하여 심리적인 위안을 얻었을 것이다.[36]

그런데 '메리'장과 '나카지마 요시에'장을 읽으면, 예컨대 메리가 주워서 던져준 야구공을 잡지 못해 '김동인'이 코피를 흘리는 에피소드처럼 지어낸 듯한 인상을 주는 부분도 있지만, 메리의 이름을 처음에는 그녀의 오빠의 이름인 아더로 잘못 안 이야기 등은 구체적이고 현실감이 있다. 또 "주홍 바탕에 당초(唐草) 무늬 모양의 하오리(ハオリ : 일본옷의 위에 입는 짧은 겉옷―옮긴이) 겨드랑이 구멍에 늘 손을 찌르고 있는 창백하고 동글납작한 얼굴의 주인"(강조 부분의 원문은 일본어)[37]이라는 요시에에 관한 묘사에는 확실히 타이쇼시대의 심상 소학생다운 리얼리티가 느껴진다. 특히 구체적

『朝鮮學報』 140輯, 1991, 38면 및 부록의 〈표〉 참조.

34 와츠 던튼, 戶川秋骨 譯, 『エイルヰン物語』, 初版 國民文庫刊行會, 1915.5; 三枝壽勝, 앞의 논문, 30면 참조.

35 김동인, 「죽음」, 『매일신보』, 1930.6.5~15, 6.17~6.19.

36 그러나 이해 말 평양 시민이 중국인을 습격한 사건을 묘사한 르포 「대동강의 악몽」(삼중당 『전집』 6)의 차갑고 건조한 필치는 극한 상황을 경험한 김동인이 「조선근대소설고」에서 이인직을 절찬한 이래 지향해온 '냉정한 붓끝'(『김동인 평론전집』, 63면)을 획득했음을 느끼게 한다.

37 『별건곤』 영인본 제3권, 438면.

인 인상을 주는 것은 하숙집 근처의 지리에 관한 기술이다. 필자는 기술의 정확성을 확인하기 위해 현지를 조사해 보았다.[38] 김동인이 시로가네 다이마치에 살았던 1915년(大正 4)의 지도에 의거하여 이 하숙집의 위치를 추정하고 싶었지만, 유감스럽게도 그 당시의 지도를 손에 넣을 수 없었다. 그래서 약간 시대를 내려와 1921년(大正 10)과 1930년(昭和 5)의 지도, 그리고 현재(부기:1998년) 주택가 지도를 사용했다(지도 참조).

　옛 지도에 의하면, 구(舊) 시로가네 다이마치에는 1가와 2가가 전찻길(현재의 메구로길)을 따라 길게 뻗어 있었다. 지금은 이 두 곳이 합쳐져 시로가네 다이 4가로 이름이 변경되어 있다. "메구로(メグロ) 가는 전차를 시로가네 다이마치(白金 臺町)에서 내려서"라는 서술에서 '시로가네 다이마치'란 구(舊) 1가와 2가의 경계에 있던 히요시자카(日吉坂) 위의 정류장인 듯하다. 이곳은 김동인이 '1916년 7월 16일' 나카지마 요시에의 전송을 받으며 여름 방학을 맞아 귀성하기 위해 전차에 올랐던 정류장이기도 하다.

　이 구(舊) 시로가네 다이마치의 정류장 근처에서 '세이신여학원(聖心女學院)으로 가는 언덕길'에 해당하는 길을 찾아봤더니, 정류장이 있던 부근에 비슷한 언덕길이 있다. 전찻길 건너편에는 쿠와바라이다(桑原坂)라는 내리막길이 있고, 그 아래 메이지학원이 있다. 따라서 통학하는 데는 편리했을 것이다.[39] 세이신여학원을 향해 이 언덕길을 내려와 봤더니, 길의 왼쪽에는 국립공중위생원의 커다란 건물이 우뚝 솟아 있고 그 뒤쪽으로 토쿄대학 의과학 연구소가 있다. 1930년(昭和 5)의 지도에는 이 장

---

38 1997년 3월 21일에 첫 번째 조사를 했고, 7월 18일에 두 번째 조사를 했다.
39 「선로벽(選路癖)」(1935)이라는 수필에 의하면, 하숙집은 "학교까지 5, 6분이면 갈 수 있는 근거리"였지만 일부러 에둘러서 등교했다고 한다. 삼중당 『전집』6, 663면.

「토쿄시 시바구 전도(東京市芝區全圖)」(東京遞信局, 1921)

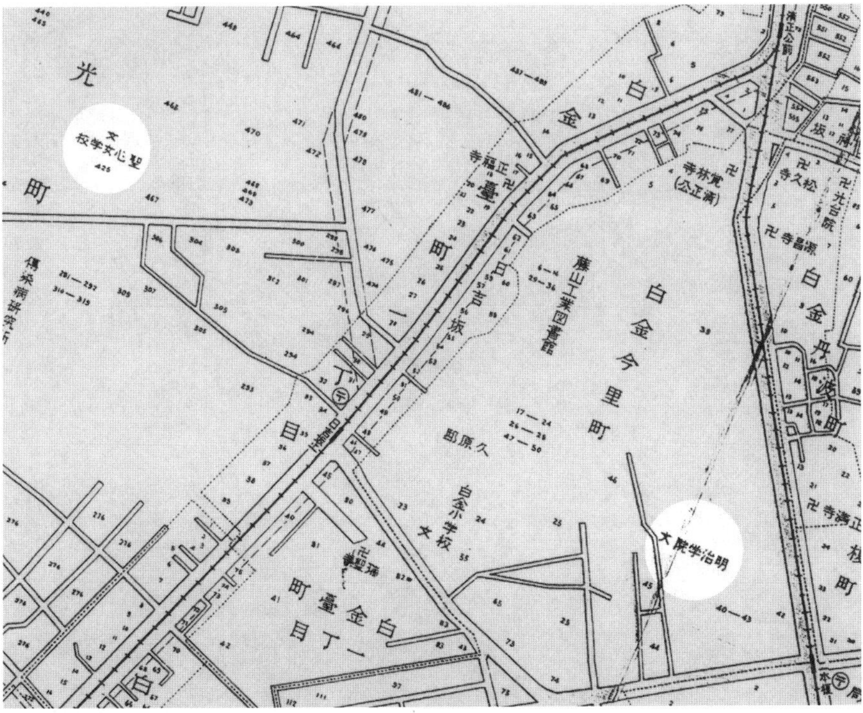

「토쿄시 시바구 전도」(內山模型製圖社, 1930)

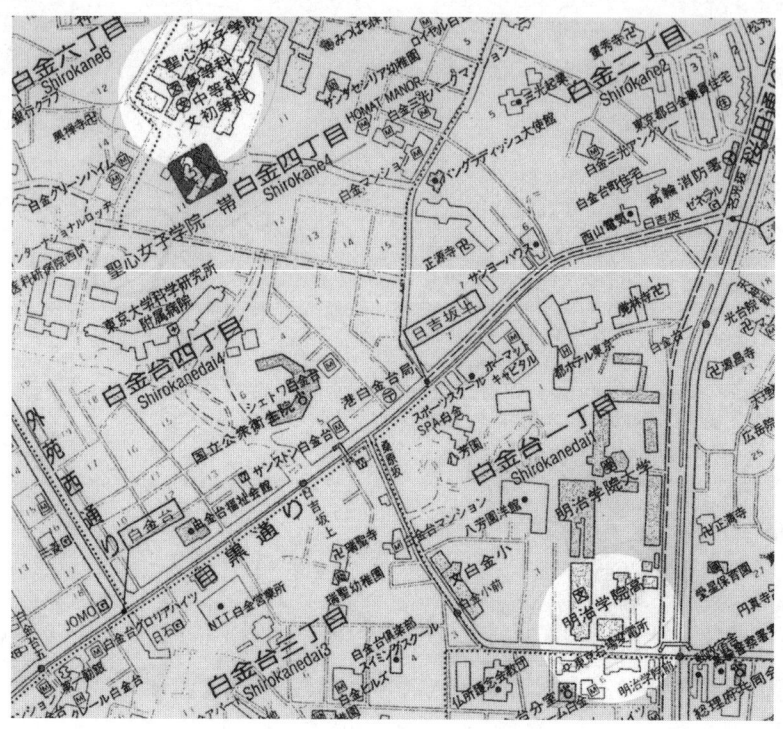

「토쿄도 지도(東京都 地圖)」(人文社, 1996)

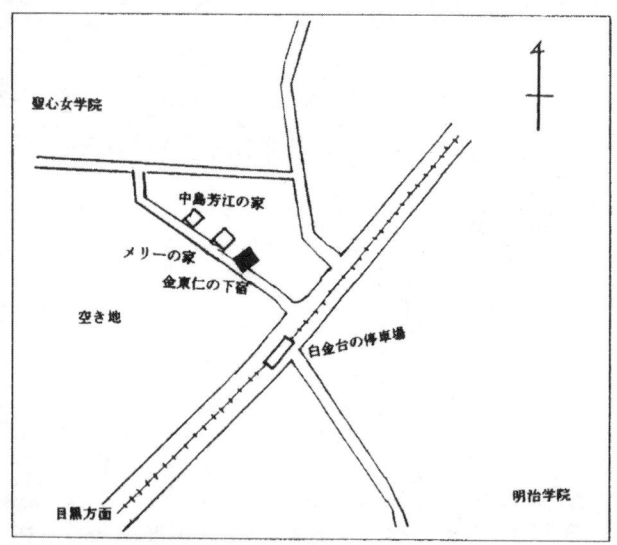

약도

소가 제국대학 전염병연구소의 광대한 부지로 되어 있다. '남쪽으로는 길을 건너서 몇 천 평의 빈터'란 이 부지에 해당하는 셈이다.

이상의 추정을 토대로 하여, 현지를 걸으면서 김동인이 메이지학원에 다녔던 1915년(大正 4)부터 1916년(大正 5) 당시의 모습을 상상해보았다.

히요시자카(日吉坂) 위에서 메구로 방면행 노면 전차에서 내려 오른쪽 모퉁이를 돌아 세이신여학원 쪽으로 언덕을 내려가면, 오른쪽에 높은 목조 건물이 있다. 김동인의 하숙집이다. 그 근처는 아직 신개발지로, 하숙집 맞은 편은 물론 서쪽 인근도 빈터이다. 서쪽 인근의 3, 4백 평 빈터의 맞은 편으로는 서양풍으로 개축된 일본 가옥이 보이는데, 그것이 메리의 집이다. 하숙집 앞 몇 천 평이나 되는 광대한 빈터(전염병연구소 부지)에서 소년 김동인은 가끔 야구를 하며 논다. 하숙집 2층에 있던 김동인의 방은 이 언덕길로 향해 있고, 서쪽으로는 복도를 끼고 빨래 말리는 곳이 딸려 있다. 그곳에서는 서쪽에 위치한 서양풍 집의 창이 보이는 까닭에, 밤이 되면 김동인은 망원경으로 몰래 그 집에 사는 메리를 응시한다. 낮에는 때로 하숙집 앞을 지나 전찻길로 나가는 메리를 하숙방의 창에서 엿보기도 한다. 하숙집을 나와 왼쪽으로 언덕을 오르면 전찻길이 나오지만, 반대로 세이신여학원 쪽으로 내려가 메리의 집 앞을 지나면 바로 나카지마 요시에가 사는 커다란 집이 있다. 근처의 소녀들은 언제나 이 하숙집 앞의 길 위에서 논다. 때로 소년 김동인도 그녀들과 섞여서 놀곤 한다.

'메리'장과 '나카지마 요시에'장에서 지리에 관한 부분을 뽑아내어 현지를 조사한 결과, 적어도 하숙집과 메리, 나카지마 요시에의 집에 대한 정보는 정확하다는 느낌을 받았다. 김동인은 자기가 살고 있던 하숙집과 그 근처의 일을 「여인」에 그대로 썼던 듯하다. 미션계 학교인 메이지학원이나 세이신여학원이 있어서인지, 지금도 이 부근에는 서양인의 것이라 여겨지는 문패를 곳곳에서 볼 수 있다. '메리'와 '나카지마 요시에'와 같은 소녀들의 이름이 실명인지는 알 수 없지만, 어린 시절의 때문지 않은 추억인데다 먼 나라 일본의, 그것도 꽤 옛일을 적은 것이라 거리낄 필요는 없었을 것이다.

김동인은 이 하숙집에서 두 번 새해를 맞고, 1917년 초 부친의 죽음을 계기로 귀국한다. 1915년 가을에 이사했으니 햇수로 3년을 이 하숙집에서 보낸 셈이다.[40] 메이지학원에서는 주요한처럼 우수하고 눈에 띄는 학생은 아니었던 듯하다.[41] 그러나 주요한에 대한 반항의식에서 읽기 시작한 소설에 몰두하여 문학에 눈을 뜨고 또 첫사랑을 경험한 메이지학원 중등부시절은 김동인에게 잊을 수 없는 마지막 학창 생활이었다.

---

[40] 본 논문의 초고를 읽어준 시라카와 유타카(白川豊) 씨는 정래동(丁來東)의 연보에 이 무렵 김동인에 관한 언급이 있다는 지적과 더불어 연보를 복사해서 보내주었다. 이 자료에 의하면, 1917년 여름 일본에 와서 이듬해인 1918년 봄 메이지학원 중등부에 입학한 정래동은 자전 연보에서 다음과 같이 적고 있다. "처음(1917년 여름—인용자)에는 시바구 미타(芝區三田)에 있는 하숙집에 들어갔는데, 그 하숙집에 2학년에 유급한 김동인씨도 있었다. 그의 방에 들어가 보았더니, 월간 『신조(新潮)』를 수십 권 흩어두고 이책 저책 휘젓고 있는 모양이 이상하게 보였다."(『정래동전집』 I, 금강출판사, 1971) 1917년은 김동인이 부친의 죽음으로 귀국했던 해이다. 정래동의 기억이 옳다면, 김동인은 부친의 죽음 후 일단 토쿄에 돌아왔다는 얘기가 된다.

[41] 심원섭, 「주요한의 초기 문학과 사상의 형성과정 연구」(연세대 박사논문, 1992), 3-5 '백금학보 편집부원 경력이 지닌 전기적 의미', '3-6 명치학원의 조선인 영웅' 참조.

2) '만조지 아키코'

(1) 김동인의 토쿄시절

김동인의 토쿄시절은 2기로 나눌 수 있다. 제1기는 지금까지 언급해온 1914년부터 1917년까지의 3년간으로 토쿄학원과 메이지학원에서의 학창시절에 해당한다. 1917년 초 부친의 급작스런 죽음으로 귀국했던 김동인은 메이지학원 중등부 3학년 과정을 마칠 수 없었던 듯하다. 3학년의 성적표를 보면 김동인의 학년 성적이 기입되어 있지 않다.[42] 이는 본인이 3학기 시험 전에 귀국해 버려 성적이 나올 수 없었기 때문이라고 생각된다. 따라서 김동인의 정식 학력은 메이지학원 중등부 3학년 중퇴인 셈이다. 메이지학원의 졸업생 명부에 김동인의 이름이 보이지 않는 것은 졸업하지 않았기 때문일 것이다.[43]

귀국한 김동인은 이듬해 1918년 음력 4월 8일 평양에서 결혼한다.[44] 열여덟 살이었던 터라 조혼의 풍습이 남아 있던 당시로서는 이르지 않은 나이였다. 그해 가을 그는 아내를 평양에 두고 재차 일본으로 건너와 이듬해 3월 모친의 거짓 전보를 받고 귀국할 때까지 토쿄에서 체류한다. 토쿄에서 정치집회에 참가하여 구속된 김동인의 이름이 신문에 실린 까닭에 놀란 모친이 불러들인 것이었다고 한다.[45] 그후 평양에서 3·1운동 선동문을 써서 구속되었던 김동인은 출옥 후 7월에 한번 더 토쿄에

---

42 김춘미, 『김동인연구』, 고려대 민족문화연구소, 1985, 264면 참고자료.
43 메이지학원 졸업생 명부에 김동인의 이름은 보이지 않는다고 한다. 메이지학원 대학 언어문화연구소의 요모타 이누히코(四方田犬彦) 씨가 일러주었다.
44 김동인, 「문단 30년의 자취」, 『김동인 평론전집』, 425면.
45 김동인, 「문단 15년 이면사」, 위의 책, 408면.

건너오고 나서 완전히 귀국한다. 옥중이었지만 토쿄에서 마음이 떠나지 않았던 이 시기를 포함시킨다 해도, 김동인의 토쿄시절의 제2기는 1918년 가을부터 1919년 여름까지 1년이 채 안 되는 셈이다.

이 시기 김동인은 유학생 동료인 주요한 · 전영택과 함께 조선 최초의 문예동인지 『창조』를 창간한다. 앞서 언급했듯이, 「조선근대소설고」에서 『창조』를 스스로 높이 평가했던 김동인은 그후 잡지 창간의 경위에 대해 반복하여 회고하고 있다. 창간의 경위를 눈부시게 그려낸 이들 회상록이 김동인의 제2기 토쿄시절의 공식 기록이라면, 「여인」의 제3회 '만조지 아키코'장은 같은 시기의 그의 개인 생활의 기록이라고 할 수 있을 것이다. 여기에 쓰어진 것은 현재까지 특별히 검증되지 않은 채 사실로서 받아들여졌다.[46] 그러나 앞서 언급한 것처럼, 그 내용에는 몇 가지 의문을 품게 만드는 점이 있다. 이번 절에서는 '만조지 아키코'장의 내용을 실증적으로 고찰하고자 한다.

(2) 줄거리

우선 줄거리를 소개한다. '만조지 아키코(萬造寺あき子)'장은 다음과 같이 시작된다.

1918년 그때는 나는 아버지를 잃는다는 일과 결혼이란 인생의 커다란 두 사건을 겪은 다음이었었다. 그해 가을 나는 다시 동경으로 갔다.

---

46 김치홍, 「김동인의 생애의 문학관」, 『김동인 평론전집』. 조선일보사 『전집』 17 연보. 김윤식, 『김동인연구』 그 외 참조.

열아홉 살 소년기에서 겨우 청년기로 들어선 이 숫젊은이는 마음속에 예술에 대한 동경과 문학욕을 채워가지고 다시 학창에 자기를 발견하려 각 학교의 규칙서를 책상 위에 벌여놓고 고르고 있었다. 그러다가 입학원서를 카와바타미술학교(川幡畵學校)에 들이트렸다.

그러나 학교에는 가는 일이 쉽지 않았다. 그리고 그 대신으로 F화백에게 미학에 대한 강술을 들으러 다녔다. 일본 양(洋)화단의 중진 F화백은 후진(後進)을 인도키 위하여 몇 사람의 문제(門弟)를 두고 자기의 가지고 있는 온갖 지식을 그 문제에게 물려주려 하였다. 나도 그 문제의 한 사람이 되었다.[47]

주인공은 거기서 같은 문하생인 만조지 아키코를 알게 된다. 논의를 즐기는 그녀는 어느 날 F화백에게 자기가 미인이냐는 기상천외한 질문을 던진다.

어떤 날 화백이 '단순미'와 '구성미'에 대하여 강술을 할 때였었다. 아키코가 문득 얼굴이 벌겋게 상기가 되면서 선생을 찾았다.

"선생님, 모두들 저를 미인이라 합니다. 그렇지만 제 얼굴에 '표정'이라는 것이 없어져도 저는 그냥 미인이겠습니다, 어떻겠습니까. 감정해 주세요."

화백도 이 뜻밖의 질문에 그만 고소(苦笑)하여 버렸다 —

"말괄량이 조용해라."

"감정해 주세요."

"가만 있어!"

---

47 『별건곤』 영인본 제4권, 53면.

"싫어요. 감정해 주세요!"

억지쓰려는 아이와 같이 그의 눈은 별하게 쫑그러지며 눈물이 그렁그렁 하여졌다.

"표정이 있어도 너는 미인이 아니다."

화백은 그만 웃으면서 이렇게 단안을 내려 버렸다. 아키코도 이 대답을 듣고야 만족한 듯이 하하하 웃어버리고 입을 다물었다.

그러나 강술이 다 끝나고 각기 돌아가렬 때였었다.

"흥! 선생님은 나를 미인이 아니라고 그랬겠다."

보를 싸고 있던 그는 화백이 들어가려는 것을 보고 화백에게까지 들리게 이렇게 나무렴하였다. 들어가려던 화백은 발을 멈추고 돌아보고 웃었다. 아키코도 픽하니 웃어 버렸다.[48]

이 일이 있은 후 '김동인'은 아키코에게 흥미를 품게 되고, 어느 날 저녁 칸다(神田)의 서점가에서 우연히 만나 유혹을 받고부터 그녀와 깊이 사귀게 된다. 그러나 그 관계는 애정과 증오가 번갈아 분출하는 이상한 성격의 것이었다. 사귀기 시작한 지 3개월이 되어 가던 1919년 2월 말의 어느 날, F화백의 집에 가니 모델이 감기에 걸려 오지 않아 학생들이 소란을 피우기 시작했다. 그때 아키코가 뛰쳐나온다.

내 모델이 되지요 하더니 옷을 홀홀 벗어버리고 모델대 위로 올라갔다. 모두들 벙벙하여졌다. 붓을 잡으려는 사람이 없었다. F화백은 어망처망한

48 위의 책, 54면.

지 아무말도 못하고 모델대를 바라볼 뿐이었다.[49]

아키코의 일탈적인 성격을 알고 있는 '김동인'만은 놀라지 않고 "좋은 돼지야. 햄을 만들면 맛있겠지"[50]라며 빈정거린다. 이 말에 화가 난 아키코는 "조선인! 원숭이!(朝鮮人! 山猿!―원문 일본어)"라고 내뱉고, 이 "민족적 모욕"에 불끈한 그는 아키코를 들이받고는 "조선인―때려라, 두들겨라"[51]라는 소리를 뒤로 하고 F화백의 집을 뛰쳐나온다.

3월에 귀국하여 출판법 위반으로 수감되었지만, 옥중에서도 아키코의 '풍만한 육체'가 잊혀지지 않았던 '김동인'은 출옥하자 곧 토쿄로 되돌아와 토쿄의 우체국과 파출소를 순례한 끝에 마침내 그녀를 찾아낸다.

그러나 찾기는 찾았으나 찾지 못한 것과 다름이 없었다.

"당신은 조선 사람이이죠. 나는 일본 사람이에요."

쌀쌀한 이 한 마디뿐이었다.

나는 그날 밤차로 귀국하였다.[52]

6년 후인 1925년 여름, 평양에서 신혼여행 중인 아키코와 우연히 만난 것이 그녀를 본 마지막이었다.[53]

---

49   위의 책, 57면.
50   위의 책, 57면.
51   위의 책, 57면.
52   위의 책, 58면.
53   잡지 발표시에는 1926년으로 되어 있던 것이 『전집』에서 1925년으로 정정되어 있다. 아키코와의 재회는 두 번째 방탕한 생활을 하던 무렵의 일이므로, 1925년이 맞다.

다소 길어졌지만 이상에서 '만조지 아키코'장의 줄거리를 소개했다. 다음으로는 텍스트에 나오는 구체적인 이름들을 토대로 내용의 사실성을 검토해보자.

(3) 카와바타미술학교(川端畵學校)

텍스트에 의하면, '김동인'은 "입학원서를 카와바타미술학교(川幡畵學校)에 들이트렸"으나 "학교에는 가는 일이 쉽지 않"아서 "그 대신으로 F 화백에게 미학에 대한 강술을 들으러 다녔다." 즉 입학원서는 냈지만 어떤 사정이 있어서 학교에는 다니지 않았던 것이다. 그럼에도 불구하고 김동인 연구서 가운데는 김동인이 카와바타미술학교에 다녔거나 졸업했다고 간주하고 있는 경우가 많다. 이는 김동인 자신이 다른 회상록에서 그렇게 이야기하고 있기 때문인 듯하다. 「여인」에서 처음 카와바타미술학교의 이름을 거론한 이래, 김동인은 몇 번인가 회상록에서 이 학교에 대해 언급하고 있다.

당시─카와바타미술학교(川幡畵學校)에 적을 두고, 후지시마(藤島)씨의 문하에 미술에 대한 상식을 구하려 다니던 여(余)는······[54] (「문단 15년 이면사」, 1934, 학교명과 인명은 괄호 안이 원문─옮긴이)

나는 남에게 지지 않을 만큼 그림을 좋아하여 카와바타미술학교(川幡畵學校)까지 졸업을 하였으나 그림은 몇 장 그려본 일이 없고, 도리어 전공

---

54 『김동인 평론전집』, 402면.

이외의 문학적 길로 나타나게 된 것이다.[55] (「나의 문단 20년 회고기」, 1934)

대정(大正) 7년 당시에는 요한은 제일고등학교 1학년이요, 여(余)는 카와
바타미술학교(川幡畵學校)라는 사립학교의 초년생이었다.[56] (「조선문학
의 여명—『창조』 회고」, 1938)

「여인」을 포함한 4개의 텍스트에서 모두 한자로 표기된 학교 이름 가
운데 '端'이 '幡'으로 되어 있는 것은 단순한 오식(誤植)으로 볼 수 없다.
필시 김동인 자신이 이렇게 착각했을 것이다. 「나의 문단 20년 회고기」
에는 카와바타미술학교를 '졸업'했다고 되어 있지만, 앞서 언급한 것처
럼 김동인은 1919년에 귀국했기 때문에 이것은 불가능한 일이다. 도대
체 카와바타미술학교란 어떤 학교였는가. 여기서 이 학교에 대하여 약
간 상세히 보아두기로 한다.

카와바타미술학교(川端畵學校)는 일본화 화가 카와바타 교쿠쇼(川端玉
章)가 일본화 화가 양성을 목적으로 1909년(明治 42) '토쿄도 코이시카와
구 시모토미자카초(東京都 小石川區 下富坂町) 19번지'에 설립한 사립 미술
학교이다. 1913년(大正 2) 교쿠쇼가 죽자 상속인인 카와바타 토라사부로
(川端虎三郎)가 뒤를 잇고, 학교 이름을 사립 카와바타회화연구소로 개칭
하여 서양화과를 신설한다. 따라서 김동인이 입학원서를 낸 학교의 정
식 명칭은 '카와바타회화연구소'이다. 그러나 당시의 학교 안내서나 미
술 연감에는 '카와바타미술학교'라는 명칭을 사용하고 있다. 후자 쪽이

---

55   위의 책, 409면.
56   위의 책, 411면.

유명하고 더 잘 통했을 것이다. 서양화과의 지도는 일본화 수행시절 카와바타 교쿠쇼의 제자였던 후지시마 타케지(藤島武二)가 맡았다. 타이쇼 말기 이 학교는 학생수 228명, 교원수 9명을 헤아려 정원·교원의 규모 면에서 토쿄에서는 가장 충실한 사립 미술학교로서 유망한 화가들을 배출시켰다고 하는데, 지금은 존속하지 않는다.[57]

1909년(明治 42) 설립 당시의 학교 규칙에 의하면(이때에는 아직 일본화과만 있었다), 이 학교에는 예과·본과·연구과의 세 과가 있었다. 예과는 수시입학이 가능했고, 수업 내용은 모사(模寫)와 사생(寫生) 등의 실기가 전부였다. 예과를 수료하면 본과로 진급하여 5년 간 수학하고, 그 뒤에도 학교에 남고 싶은 사람은 연구과에 들어갔다. 본과에는 예과 수료자 외에도 "시험을 쳐서 예과 수료자와 동등 이상의 기술 학력이 있다고 인정되는 자"도 입학이 허용되었고, 본과에 들어가면 1년차에는 실기 외에도 회화사나 심미학 등의 강의가 있었다. 또 본과는 매년 9월에 신학기가 시작되는 3학기제를 취하고 있었다.

1926년(大正 15)의 『토쿄 학교 안내』[58]를 보면, 이 학교의 일본화과의 입학자격은 고등소학교(심상소학교를 졸업한 후 진학했던 중등교육기관－옮긴이) 졸업 이상, 서양화과 쪽은 중학 3년 수료 정도로 되어 있다. 메이지학원 중학에서 3학년 3학기까지 재학했던 김동인에게는 간신히 서양화과에 입학할 수 있는 자격이 있었던 셈이다. 서양화과의 학비는 4주당 4엔이었다. 이 학교가 남녀공학이었는지는 확실하지 않다. 설립 당시의 학교 규칙에는 입학 자격이 '고등소학교를 졸업한 남녀'로 되어 있지만, 1937

---

57 『東京の各種學校』, 東京都公文書館 編集 兼 發行, 1968, 40~50면.
58 『東京學校案內』, 東京市役所 編纂, 三省堂, 1930, 329면.

년(昭和 12)의 『토쿄 학교 안내』[59]에는 카와바타미술학교가 '남자 부문'으로 분류되어 있다.

김동인이 입학원서를 제출한 무렵의 서양화과의 수업 내용이 어떤 것이었는지는 분명하지 않다. 그러나 만약 서양화과도 일본화과와 마찬가지로 예과 · 본과 · 연구과로 나뉘어 있었다면, 중학교 때 도화(圖畵) 수업 외에는 특별히 그림 공부를 한 적이 없는 김동인은 시험이 있는 본과가 아니라 예과밖에 들어가지 못했을 것이다. 그리고 예과의 수업은 실기만이었을 가능성이 높다. 실제로 어떤 수업이 이루어졌는지 엿보기 위해, 시대는 약간 내려오지만 1931년(昭和 6) 이 학교에 입학했던 어느 화가가 회상한 수업 풍경을 보도록 하자.

그 무렵 후지시마(藤島) 선생은 우에노(上野)에 있는 토쿄미술학교의 교수인 동시에 카와바타미술학교의 서양화과 선생이었다. 나는 시험을 위한 예비학교이기도 한 이 카와바타미술학교에서 공부했는데, 당시도 요즘처럼 미술학교의 유화과(油畵科)의 입시는 경쟁이 심하여 이 카와바타미술학교도 엎치락밀치락 성황이었고, 시험 직전이라도 되면 넓은 교실에 열기를 머금은 일종의 애달픈 공기가 가득 차 수험생으로 가득한 조용한 교실에 다만 목탄지 위를 달리는 목탄의 소리만이 들리는 듯했다.[60]

1931년 당시 카와바타미술학교는 토쿄미술학교를 목표로 하는 수험

59　『東京學校案內』, 日本敎育調査會, 1937, 244면.
60　藤本東一良, 「回想の藤島武二 ─ 藤島敎室のころ」, 『みづゑ』 No.867, 1977.6, 92면, 후지모토는 그후 토쿄 미술학교에 입학하여 후지시마에게 배웠다.

생들의 시험 준비 학원의 성격을 띠었음을 알 수 있다. 김동인이 입학원
서를 제출했던 13년 전에는 그 사정이 어떠했는지 알 수 없다. 그러나 후
지시마라는 선생이 바뀌지 않은 이상 수업 방식은 기본적으로 다르지
않았다고 보아도 좋을 것이다. 따라서 '카와바타미술학교(川幡畵學校)까
지 졸업'을 하면서 '그림은 몇 장 그려본 일이 없'다는 「문단 20년 회고
기」의 기술은 이 점에서 보더라도 무리가 있는 것이다.

　카와바타미술학교는 '중학 3년 수료 정도'의 학력을 가진 자라면 누구
라도 수시입학이 가능한 각종학교(各種學校 : 학교 교육법의 적용을 받지 않고
기술·직업 교육을 하는 학교—옮긴이)라고는 해도, 미술학교 시험이나 화가
의 길 등 명확한 목적이 없으면 계속 공부하기 어려운 학교였고, 무엇보
다도 실제로 그림을 그리는 곳이었다. 필시 김동인은 입학원서를 내고
나서 곧 이런 사실을 깨닫고 학교에 다닐 것을 단념했을 것이다.

(4) 후지시마 타케지

　「여인」의 텍스트에는 주인공이 입학원서를 냈던 '카와바타미술학교
(川幡畵學校)'에는 다니지 않고, '그 대신에' F화백의 문하생이 되어 미학에
대한 강의를 들으러 다녔다고 되어 있다.

　일본 양(洋)화단의 중진 F화백은 후진(後進)을 인도키 위하여 몇 사람의
문제(門弟)를 두고 자기의 가지고 있는 온갖 지식을 그 문제에게 물려주려
하였다. 나도 그 문제의 한 사람이 되었다.

　그러나 나의 목적한 바는 결코 그림을 배우고자 함이 아니었다. 미학에 대
한 보편적 지식과 그림에 대한 개념을 얻는 것—이것이 나의 목적이었었다.

그런지라 이 갸륵한 문제는 석고상 한 번을 모사하여 본 적이 없었다.[61]

　'F화백'이 누구인지 「여인」만으로는 알 수 없지만, 앞에서 인용한 바와 같이 김동인은 1934년에 발표한 「문단 15년 이면사」에서 "당시 카와바타미술학교(川幡畵學校)에 적을 두고 후지시마(藤島)씨의 문하에 미술에 대한 상식을 구하러 다니던 여(余)는……"이라고 언급하여 F화백이 후지시마 타케지(藤島武二)라는 것을 밝히고 있다. 이 때문에 김동인이 후지시마의 문하생이었다는 것은 지금까지 김동인 연구에서 대개 사실로서 취급되어 왔다. 그러나 '만조지 아키코'장에 묘사되어 있는 후지시마의 이미지는 일본 근대 서양화단의 중요 인물인 후지시마 타케지의 이미지와 어울리지 않는 점이 있다.

　후지시마의 약력을 간단히 소개한다.[62] 후지시마 타케지(藤島武二, 1867~1943)는 1867년(慶応 3) 카고시마(鹿兒島)에서 태어났다. 18세에 일본화 화가 카와바타 교쿠쇼(川端玉章)의 문하에 들어가 교쿠도(玉堂)라고 호를 지

61　『별건곤』영인본 제4권, 53면.
62　후지시마에 관한 자료는 대단히 많다. 후지시마의 연보와 타이쇼시대의 화단의 상황에 대해서 참고한 주된 자료를 제시해 둔다.
　　① 藤島武二, 『藝術のエスプリ』, 中央公論 美術出版, 1982.
　　② 陰里鐵郎 監修, 東京都 庭園美術館 編集, 『藤島武二展圖錄』, 讀賣新聞社, 1989.
　　③ 『20世紀 日本の美術 11: 黒田淸輝 / 藤島武二』, 集英社, 1990.
　　④ 『現代 日本美術全集 7: 靑木繁 / 藤島武二』, 集英社, 1977.
　　⑤ 匠秀夫, 『大正の個性派』, 有斐閣, 1988.
　　⑥ 限元謙次郎, 「藤島武二」, 『近代の洋畵人』, 中央公論 美術出版, 1958.
　　①은 잡지에 게재된 후지시마의 담화와 회고록, 그리고 제자들에 의한 후지시마의 어록을 정리한 것인데, 후기에 "사후 40년이 지나 나오는 이 책이 거의 최초의 후지시마 타케지의 전집이라 해도 좋다"고 적혀 있듯이 후지시마라는 화가의 견해를 아는 데 꼭 필요한 책이다. ②③④는 화집인데, 연보와 제자들의 회상과 평론 등이 실려 있어서 편리하다. 특히 ② 권말의 참고문헌 일람은 많은 참고가 되었다. ⑤는 타이쇼기 화단의 흐름을 알 수 있어 좋고, ⑥은 후지시마의 생애를 대강 살펴보는 데 도움이 된다.

었으나 나중에 서양화로 방향을 바꾸었고, 1896년(明治 29) 토쿄미술학교에 서양화과가 신설되자 쿠로다 세이키(黑田淸輝)에게 발탁되어 이 학교 조교수가 된다. 메이지 30년대에는 낭만파 시인들과 교유하여 문예잡지 『묘죠(明星)』의 표지와 삽화를 그리는 등 낭만적ㆍ장식적인 작풍으로 이름을 떨쳤다. 4년 간의 유럽 유학에서 귀국한 1910년(明治 43)에는 토쿄미술학교 교수가 되어 창작과 후진 양성의 양 방면에서 활약했다.

근대 일본의 서양화단에서 반세기에 걸쳐 그야말로 '중진'으로 군림했던 후지시마 타케지가, 그림 붓을 쥘 생각이 없는 김동인이나 돌발적인 행동을 하는 만조지 아키코 같은 문하생을 두고 그들에게 '자기의 가지고 있는 온갖 지식을 물려주려' 했을까. 우선 「여인」의 기술과 후지시마의 연보를 대조해 봄으로써, 그 가능성의 유무를 살펴보자.

미에현 즈(三重縣 津)의 중학교 교사로 부임했던 후지시마 타케지는 1896년(明治 29) 30세에 쿠로다 세이키의 추천을 받아 신설된 토쿄미술학교 서양화과 조교수가 된다. 같은 해 쿠로다를 중심으로 하쿠바카이(白馬會)가 결성되어, 메이지의 화단에 외광파(外光派 혹은 紫派 : 빛이 닿는 부분에 황색ㆍ밝은 녹색ㆍ붉은 계통의 색을 사용하고, 또 그림자의 부분에도 빛이 반영됨을 인식하여 자주색 계통의 색을 사용하는 등 본 대로 자연을 밝게 묘사한다 하여 외광파, 자주색 계열의 색을 많이 사용했다 하여 자파라고 불렸다―옮긴이)의 화풍을 일으킨다. 후지시마는 쿠로다의 감화를 받으며 제작에 힘쓰고, 이윽고 낭만적ㆍ장식적인 작풍으로 나아가 문단과도 교제하며 문예지의 표지나 삽화 등을 그리게 된다.

후지시마가 사숙(私塾)에 문하생을 둔 것은 1904년(明治 37)의 일로, 유럽으로 건너가기 바로 전 해이다. 혼고구 코마고메 아케보노초(本鄕區

駒込 曙町) 13번지(자택은 12번지)의 화실에 세운 사숙 후지시마 서양화연구소에서는 아리시마 이쿠마(有島生馬), 다카무라 코타로(高村光太郞), 오카모토 잇페이(岡本一平), 아타카 야스고로(安宅安五郞) 등이 배웠다.[63] 이듬해 11월 후지시마는 문부성(文部省)에서 파견되어 유럽으로 건너간다.

아리시마 이쿠마는 이때 듣고 적었던 후지시마의 말을 나중에 「후지시마 선생 어초(藤島先生語抄)」라는 제목으로 정리했다. 이 글의 서언에 의하면, 후지시마 서양화연구소는 연고자만 받아들였던 듯하다.

내가 아케보노초(曙町)에 있는 후지시마 타케지 선생의 연구소에 입문한 것은 토쿄외국어학교의 졸업식이 끝난 바로 그날이었다. 사전에 제일고등학교의 이와모토 테이(岩元禎)[64] 선생의 소개를 통하여 그것이 허락되었던 것이다. 두 사람은 동향인이자 친밀한 죽마고우였다. 이와모토 선생은 당시 우리 동료 ─ 시가 나오야(志賀直哉), 타무라 히로사다(田村寬貞)[65] ─ 등에게 영향을 주었던 철학자였다. [66]

1910년(明治 43) 귀국하여 미술학교의 교수로 승진한 후지시마는 2년 뒤 동료인 오카다 사부로스케(岡田三郞助)와 함께 자택 근처의 혼고 하루키초(本鄕春木町)에 혼고 서양화연구소를 설립한다. 그러나 1913년(大正 2) 카와바타미술학교에 서양화과가 신설되자 연구소는 오카다(岡田)에게 맡기

---

63 주 62의 자료 ①, 150면.
64 독일철학 연구자. 제일고등학교에서 독일어를 가르쳤고, 소세키의 『산시로(三四郞)』에 등장하는 '위대한 어둠' 히로타 선생의 모델이 되기도 했다.
65 당시 동경 음악학교 교수.
66 有島生馬, 「藤島先生語抄」, 주 62의 자료 ①, 303면.

고 오로지 카와바타미술학교의 지도만 맡는다.

이해 말 후지시마는 처음으로 조선을 여행한다. 그는 조선의 대륙적인 풍경과 색채의 신선함에 감명을 받고 '조선 관광 소감'이라는 제목으로 그에 대한 인상을 썼다.[67] 조선인의 예술적 재능을 상찬하는 이 기사를 김동인도 읽었을 가능성이 높다.

같은 해인 1913년, 문전(文展 : 문부성 미술전람회) 개최 중에 그 유명한 서양화 부문의 2과(科) 설립운동이 일어난다. 이는 관전(官展)의 경직화된 심사 방침에 불만이었던 유학파 신진 화가들이 작풍의 차이에 따라 서양화 부문을 제1과와 제2과로 나누자고 주장한 것으로, 후지시마도 이에 동조한다. 그러나 이들의 주장은 받아들여지지 않으며, 운동은 니카카이(二科會)의 설립 및 문전으로부터의 분리 · 독립으로 나아간다. 후지시마는 젊은 축과 쿠로다 세이키 등의 문전 심사위원 사이에서 애썼으나, 결국 문전으로 돌아가 이듬해부터는 문전의 심사위원이 된다. 문전은 1919년(大正 8)에 폐지되어 제전(帝展 : 제국미술원 미술전람회)로 바뀐다. 후지시마는 계속하여 심사위원을 맡으면서 문전 · 제전의 양 시기 내내 착실하게 작품을 출품한다.

1918년(大正 7)에는 후지시마가 근무하고 있던 토쿄미술학교의 서양화과에 커다란 제도 개혁이 단행된다. 교실에 한 사람의 주임 교수를 두어 학생들이 자기가 배우고 싶은 교실을 선택하는 이른바 교실제도의 개시가 그것이다. 이 개혁은 교육 방침을 교수 본위로 하고 개인적인 훈화에 무게를 두는 것을 목적으로 했다. 새로운 제도는 1918년 9월의 신

---

[67] 『美術新報』13−5, 1914, 3月 号189~191면. 주 62의 자료 ①에도 수록되어 있다.

학기부터 실시되어, 미술학교의 3~4학년 학생들은 오카다 사부로스케(岡田三郎助) 교실과 와다 에이사쿠(和田英作) 교실, 후지시마 타케지 교실 가운데 어느 하나를 선택하게 되었다. 후지시마 타케지 교실에는 후지시마의 작풍과 풍모를 동경하는 희망자가 많이 모여 받아들일 것인지의 가부를 실기시험으로 정했을 정도였다고 한다.[68]

이상의 연보에 따른 사실을 종합해 보면, 1918년 가을부터 1919년에 걸쳐 김동인이 후지시마의 문하생으로서 그의 집에 드나들었을 가능성은 대단히 낮았다고 봐야 한다. 이 시기 후지시마 타케지는 토쿄미술학교 외에 카와바타미술학교에서도 학생들을 가르치고, 문부성 미술심사위원회 위원으로 문전(文展)의 심사를 맡으면서 자기 작품의 제작에도 몰두하는 정력적인 생활을 하고 있었다. 특히 1918년부터 미술학교에서 시작된 교실제도는 학생 지도를 위해 교수의 개인적인 감화력을 제도로서 도입한 것이어서, 이 무렵의 후지시마에게는 문하생을 일부러 자기 집에 모을 필요는 물론 그럴 여유도 없었을 것이다.

그런데 이러한 연보에 따른 사실 외에도 '만조지 아키코'장에 기술된 내용에는 신빙성을 의심케 하는 점이 있다. 그것은 텍스트에 묘사된 후지시마의 인간상과 그의 지도 방법에 관한 것이다. 후지시마의 지도를 받았던 제자 가운데 몇 사람은 은사를 회상한 글을 남기고 있는데, 그것이 '만조지 아키코'장 속의 후지시마의 이미지와는 꽤 차이가 있다. 후지시마의 수업 풍경을 회상한 글을 두 개 소개한다.

68　『東京美術學校の歷史』, 日本文敎出版, 1977, 201~202면.

후지시마 선생님은 여행 중일 때를 제외하고 화요일과 금요일에는 교실을 순례하셨다. 그날은 왠지 모르게 긴장하여 일찍부터 등교했는데, 선생님께서 하급반에서부터 차례로 둘러보고 오시기 전부터 교실 안은 쥐죽은 듯 조용해지는 것 같았다. 당당한 체구의 대장부인데다 그 눈빛이 예리하여, 한번 주시당하면 우리 학생들은 그의 위광에 몸이 위축되는 것을 느낄 지경이었다. 붓을 깨끗이 씻고 팔레트도 잘 닦아놓지 않으면 그림을 보아주지 않으셨다. 간신히 그림 앞에 앉아주시더라도, 아무 말 없이 지그시 그림을 보며 일언지하에 "뎃상이 좋지 않다"고 하실 뿐이었다. 그리고 불완전한 곳을 손보아주실 때에는 한번 굵은 붓을 들어올려 척척 고쳐 버려서, 본래 자기 그림의 면모는 싹 없어지곤 했다[69]

선생님께서는 일주일에 두 번 우리들의 교실에 들르셨다. 그날도 한 명의 나체 모델을 둘러싸고 묘사를 하고 있었는데, 거의 완성에 가까운 날이었다. 오늘이야말로 선생님께서 무언가 말씀하실 것이라고 우리들은 기대하고 있었다. 이윽고 문이 열리고, 선생님께서 내가 그리고 있는 앞쪽에 앉으셨다. 모델의 바로 앞쪽에 있는 낮은 의자였다. 잠깐 모델과 그림을 비교하면서 고개를 갸우뚱거리시더니, 일언지하에 "뎃상이 좋지 않다"고 하셨다. 그리고 그 옆쪽의 낮은 의자에 걸터앉아 또 "뎃상이 좋지 않다"고 하셨다. 그 다음 자리에서도, 또 다음 자리에서도 계속하여 "뎃상이 좋지 않다"고 말씀하실 뿐, 그 밖의 말은 한 마디도 안 하셨다. 그 다음 문이 열리고, 잠시 선생의 구둣발 소리가 기다란 복도에 계속 울렸다(猪熊弦一郎,「藤島先生は太陽」),.[70]

69　藤本東一郎,「回想の藤島武二 － 藤島教室のころ」,『みづゑ』 No.867, 1977.6, 92면. 회상 내용은 1935년 무렵의 일이다.

후지시마가 제자들에게 얼마나 경외의 대상이었는지 전해주는 글이다. 무엇보다도 주목할 만한 것은 후지시마의 지도가 항상 실제의 창작을 통해 이루어지고 있다는 점인데, 이는 제자들 모두의 회상에 공통된다. 두 번째 회상의 저자는 "뎃생이 좋지 않다"고 이야기를 들었을 때의 일을 "검도 스승에게 제자가 '에잇'하고 있는 힘껏 내리친 순간 쨍하고 일격하여 번개같은 빠르기로 되튄"[71] 것 같았다고 적고 있다. 이러한 진지한 승부와 같은 지도를 통하여 후지시마는 말로는 전할 수 없는 것을 제자들에게 전했던 것이다.

평론가 타쿠미 히데오(匠秀夫)는 후지시마를 "회화의 아르티잔"[72]이라고 평하고 있다. 예술가(artist)라기보다 장인(artisan) 기질을 갖고 있던 후지시마에게는 예술론 등의 저작은 없다. 그가 화실에서 했던 말을 제자가 정리한 것이나 잡지의 담화기사를 정리한 것이 그의 회화론의 전부이다. 제자들의 회상에 의하면, 후지시마는 이론 따위를 입에 올리는 것을 싫어하고 편지를 쓰는 것조차 싫어했으며, 독서 시간도 극히 적었다고 한다.[73] 후지시마는 결코 미학을 논하는 유형의 교육자는 아니었다. '미학의 보편적 지식과 그림에 관한 개념을 얻'기 위해 후지시마의 문하에 드나들었다는 「여인」의 기술은 이러한 후지시마의 실상과 비추어볼

70　猪熊弦一郎, 주 62의 자료 ②, 18면.

71　위의 책, 18면.

72　『藝術のエスプリ』, 후기, 주 62의 자료 ①, 321면.

73　"무엇이든 그도 속속들이 알고 있지만 이론 따위를 입에 올리는 것을 싫어하고, 나도 '그림장이는 그런 일을 걱정하지 않아도 좋다'고 여러 번 꾸지람 들었다."(伊原宇三郎, 「藤島武二先生への追憶」, 『藝術のエスプリ』, 『みづゑ』 No.593., 1955.1, 44면). "선생은 편지 쓰는 것을 매우 싫어하셨고, 독서 시간도 극히 적었다." 有島生馬, 「藤島武二先生語抄」, 주 63의 자료 ①, 302면.

때 신빙성이 없다.

이상에서 먼저 연보에 따른 후지시마의 실상과 다음으로 제자들의 회상에 의한 후지시마의 인간상과 교수 방법을 「여인」의 기술과 비교하여 보았다. 그 결과 김동인이 후지시마 타케지에게 배웠다는 「여인」의 기술이 사실일 가능성은 극히 낮음이 판명되었다. 물론 완벽한 증명은 불가능하며, 사실이 아니라고 단언할 수는 없다. 그러나 가능성은 거의 없을 것이다. 그러면 김동인은 왜 자신을 후지시마의 문하생으로 가정했을까. 이 점에 대해서는 본고의 마지막 장에서 검토하기로 하고, 우선 '아키코'라는 여성에 대해 보아두기로 한다.

(5) 아키코

김동인이 후지시마 타케지(藤島武二)의 문하생이 아니었다면, 후지시마의 문하생 만조지 아키코는 존재하지 않았다는 얘기가 된다. 아키코가 자기가 미인인지 감정해 달라고 후지시마에게 강요한 이야기나 모델 대신 나체가 된 이야기는 모두 김동인의 창작이었던 셈이다. 그러면 여기에 그려진 아키코의 모습은 김동인에게 무엇을 의미하고 있었을까. 이 점에 대해서 고찰해 보자.

아키코는 다음과 같이 묘사되어 있다.

눈이 크고 광채가 있으며, 뺨에 살이 풍부하고 유난히 끝이 뾰죽한 손가락 끝에는 몹시 반짝거리는 연분홍빛 손톱이 박혀 있고, 언제든 즐겨 붉은 빛이 많이 도는 옷과 붉은 리본과 붉은 신을 신었다.[74]

이 문장은 구체적인 듯하면서도 실은 꽤 모호하다. 연분홍빛 손톱은 본래의 색깔인지 칠을 한 것인지,[75] '옷'은 키모노인지 양복인지 명시되지 않은 채 독자의 판단에 맡겨져 있다. 1930년(昭和 5) 당시의 독자는 이러한 묘사에서 당대 최신 유행하던 모던 걸을 떠올리지 않았을까. 「여인」의 제1회에는 제목 위에 모자를 쓴 모던 걸 같은 여성이 그려져 있다.

그러나 사실 '만조지 아키코'장의 시대 배경인 1918년(大正 7)에 양복은 대단히 드물었다.[76] 김동인은 「김연실전」(1939)에서 같은 시대에 토쿄에서 음악학교에 다니고 있는 김연실의 모습을 "보랏빛 치마와 화려한 긴 소매와 뒷덜미에 나비 모양으로 맨 리본과 뾰족한 구두"[77]라고, 분명히 키모노를 입은 모습으로 묘사하고 있다. 그것이 이 시기의 '선구녀(先驅女)'[78]의

---

74 『별건곤』영인본 제4권, 53~54면.
75 메니큐어용 에나멜이 팔리기 시작한 것은 '만조지 아키코'장이 발표된 시기와 같은 1930년 대의 일이므로, 아키코의 손가락 끝에서 반짝거리고 있는 것이 메니큐어는 아니다. 메니큐어가 일반화되기 전에는 손톱을 반짝거리게 하기 위해 분홍색이나 무색의 니스를 사용했다. 1918년(大正 7)의 정황이 분명하지는 않지만, 손톱이 반짝거리고 있는 것을 강조하고 있는 것으로 보아, 이때 아키코는 니스를 칠하고 있지 않았을까 싶다. 春山行夫,『おしゃれの文化史』, 平凡社, 1976, 메니큐어 항목 참조.
76 예컨대 타이쇼기의 여성해방운동 지도자 히라츠카 라이테우(平塚らいてう)와 이치카와 후사에(市川房枝)가 양복을 입기 시작한 것은 1920년(大正 9) 7월부터였는데, 그 달의 연설회에서 두 사람의 양복 차림은 신문에서 화제가 되었을 정도였다. 재미있는 예로는, 일본 양복개선회의 오자키 겐(尾崎げん)이라는 여성이 1921년(大正 10) 양복으로 시로키야(白木屋 : 토쿄에 있던 백화점의 하나로, 일본에서 최초로 엘리베이터를 설치한 것으로 유명하다—옮긴이)에 통근하기 시작했을 때, 종종 길 위에서 돌을 맞았다는 이야기가 전해진다. 양복은 칸토(關東) 대지진 후 급속히 보급되었고, 타이쇼기 말에 출현한 모던 걸은 1930년(昭和 5) 무렵 전성기를 맞는다. '고현학자(考現學者)' 콘 와지로(今和次郎)가 1925년(大正 14) 긴자(銀座) 거리의 풍속을 조사한 바에 따르면, 조사 당시 긴자를 걷고 있던 여성의 양복 착용률은 1퍼센트에 지나지 않았다고 한다. 中山千代,『日本女性洋裝史』, 吉川弘文館, 1987, 제2부 제3장 '타이쇼기 양복'.
77 홍자출판사『전집』2, 286면.
78 작품 속에서 김연실은 자기 자신을 자각한 선구 여성으로 간주하고 있다. 이 중편은 1941년 5, 6, 12월에『문장』에 각각 '김연실전', '선구녀(先驅女)', '집주름'이라는 제목으로 연재되고, 1947년에 단행본『김연실전』으로 간행된다.

모습이었다. 「여인」이 쓰여진 것은 「김연실전」보다 10년이나 앞서기 때문에 김동인의 기억이 흐릿했을 리는 없다. 김동인은 일부러 모호한 묘사 방식을 취함으로써, 독자가 제멋대로 모던 걸을 연상하기를 기대했던 것 같기도 하다.

시대 고증에 충실하자면, 아키코가 입고 있는 옷은 키모노이다. 그러나 철학자처럼 이론을 좋아하고 참새처럼 지껄이며 스승에게 천진난만하게 자기의 얼굴을 감정해 달라고 강요하는 여성에게는 양복이 어울리며, 훌훌 벗어 던지기에도 역시 양복이 어울린다. 김동인은 독자의 착각을 이용하여 1918년(大正 7)에 쇼와 시기의 모던 걸을 등장시킨 것이 아닐까. 말하자면 스승이나 친구들 앞에서 나체를 드러내는 상식을 벗어나는 사건을 일으키는 아키코라는 인물을 설정하기 위해 그녀로 하여금 시대를 뛰어넘도록 했던 것이라고 짐작되는 것이다.

그러면 김동인은 왜 그런 인물을 창조했던 것일까.

아키코를 실재 인물로 받아들인 김윤식은 김동인이 그녀에게 접근하여 두 가지 대상과 만났다고 간주한다. 우선 김동인은 아키코를 통해 '일본'과 만났다. 그에게는 친구라고 할 수 있는 일본인이 없었기 때문이다. 다음으로 그는 '파격적인 일본인'인 그녀를 통하여 '인간'과 만났다. 왜냐하면 그녀와 같은 파격적인 인간이 아니고는 돌파할 수 없을 정도로 김동인은 에고의 벽이 두꺼웠기 때문이라는 것이다.[79]

아키코가 실재의 인물이 아니라 김동인이 창조한 인물이라는 것이 거의 분명해진 지금, 우리는 반대로 아키코가 이들 두 가지 대상과의 만

---

[79] 김윤식, 『김동인연구』, 민음사, 1987, 209면.

남을 추구했던 김동인의 마음의 투영이었다고 생각해 볼 수 있다. 김동인은 어느 글에서 5~6년 동안 토쿄에 유학하면서도 대개의 조선인은 그 곳의 가정에 대해서 알 기회를 갖지 못한다고 적었다.[80] 그 자신의 경험에서 나온 말일 것이다. 일본인 친구를 갖지 못하고 '일본'과 만난다는 실감을 갖지 못한 채 토쿄시절을 보내 버린 김동인은 아키코를 통하여 '일본'과의 만남을 창작한 것이 아니었을까.

또 오만함을 자인하던 김동인의 경우 타인과 사귀는 것이 어려웠으리라는 것은 충분히 짐작할 수 있다. 「X씨」라는 소품에서 김동인은 타인에 대한 우월성에 이상할 만큼 집착하는 주인공이 매일 길에서 스쳐지나가는 남자와 혼자 씨름 끝에 결국 자살하고 마는 이야기를 쓰고 있다. 이 작품은 작자 자신이 에고의 어리석음과 공허함을 주체스러워하고 있음을 감지케 한다. 계속하여 타인을 내려다보는 오만한 태도를 취했던 김동인의 내면에는 에고의 벽을 깨고 '타인'과 만나고 싶다는 생각이 있었고, 그것이 아키코와 같은 '파격'적인 인물의 창조로 이어진 것은 아닐까. 이러한 만남을 바라던 김동인의 마음이 투영된 것이 아키코라는 인간상이었다고 보는 것은 충분히 가능한 일이다.

아키코는 또한 '토쿄'를 상징하는 존재이기도 하다고 김윤식은 지적한다. 식민지에서 온 모든 유학생들에게 '토쿄'는 사모와 증오의 양면을 지닌 도시였다. 모델대에 서서 윙크하고 있는 나체의 아키코라는 압도적인 이미지는 바로 김동인에게 '토쿄'의 이미지였다는 것이다.[81]

---

80 김동인, 「예술의 사실성」, 『김동인 평론전집』, 27면.
81 김윤식, 앞의 책, 209면. 그런데 김윤식은 여기서 김동인과 아키코의 '남녀 관계'를 강력하게 부정하고 있다. 그러나 텍스트를 곧이곧대로 읽으면 김동인과 아키코의 '남녀 관계'는 분명히 존재하며, 이를 부정하는 것은 아키코의 실재성을 부정하는 것과 마찬가지이다.

이러한 지적, 특히 아키코가 에고의 벽을 깨고 김동인과 만난 '타자'이자 매혹되면서도 증오하지 않을 수 없는 도시 '토쿄'를 상징하는 존재였다는 예리한 지적에는 필자도 동감한다. 아키코의 눈짓 한번에 매혹당한 듯이 질질 끌려가는 「여인」의 주인공이 그녀에게 내보이는 혐오감에는 '타자'와의 만남을 갈망하는 오만한 청년이 품었을 법한 자기 자신이 객체화되는 것에 대한 공포, 그리고 식민지 청년이 영화나 박람회 등의 문화로 넘치는 도시에 매료되면서 느꼈을 제국의 수도에 대한 반발이 동시에 드러나 있다.

주인공은 아키코를 '풍만한 육체'라는 냉소적인 형용을 통해 객체화하고자 한다. 그러나 아키코의 매력은 육체적인 것만이 아니라, 에고의 벽을 깨고 단숨에 그와 마주대해 준 인격적인 매력—그에게 타자와의 만남과 자기 해방을 가져다준 "인격적 매력"[82]이었다. 그렇기는 해도 작자가 아키코를 묘사하는 붓끝에서는 식민지에서 온 청년이 '토쿄'에서 맛본 소외감과 굴욕감이 스며 나오고 있다. 두 사람이 우연히 맞닥뜨린 날 밤 아키코는 그에게 "당신 조선사람이지요? 별하지 않아요?(あなた朝鮮人でせう?變ぢゃないの?—원문 일본어)"라고 이야기를 걸며, 누드사건 때에는 "조선인! 원숭이!(朝鮮人! 山猿!—원문 일본어)"라고 소리질러 그를 분개시킨다. 그리고 마지막에는 가까스로 그녀를 찾아낸 그에게 "당신은 조선인이지요, 나는 일본인입니다"라며 냉혹한 선고를 내린다. 아키코는 주인공을 유혹하고 '타자'로서 만나면서도 결국은 민족을 방패로 그를 거

아키코에게서 실재성을 빼앗고 상징에 가두고자 하는 김윤식은 무의식중에 아키코가 창작된 인물임을 간파하고 있었던 것처럼 보인다.

82 위의 책, 209면.

부하는 존재로 그려지는 반면, 주인공은 민족적 자존심을 다치면서도 결국 그녀를 증오할 수 없는 존재로 그려지고 있는 것이다.[83]

아키코의 특성으로 강조되는 '풍만한 육체'라는 말은 '토쿄'에 대한 김동인의 심정을 대변하고 있다. 김동인에게 '풍만한 육체'는 결코 긍정적인 이미지를 수반하는 말이 아니다. 그는 「변태성욕」(1927)이라는 수필에서 여성의 나체는 "마음을 끄는 것"이지만 "마음을 끄는 것"이 반드시 "미(美)"는 아니고, 나체가 아름답게 보이는 것은 성욕(그는 그것을 변태성욕이라 부른다)이 부리는 조화이며, 있는 그대로 본다면 "미"는커녕 "털을 깎은 커다란 돼지"라고 매도하고 있다.[84] "좋은 돼지야. 햄을 만들면 맛있겠지"라며 아키코의 나체를 냉소하면서도 옥중에서는 그녀의 몸을 떠올리며 성적 충동에 몸을 떨고 출옥하자 곧 토쿄로 돌아오는 주인공 '김동인'을 묘사하면서, 김동인은 그가 '변태성욕'에 사로잡혀 있다고 생각했을 것이다. 이 성욕은 '타자'와의 만남을 갈망하면서도 혐오하는 '양가감정(ambivalence)'인 동시에, 제국의 수도 '토쿄'에 대한 '양가감정'이기도 하다. 아키코에게서 "당신은 조선인이지요, 나는 일본인입니다"라는 말을 듣고 그날 바로 토쿄에서 떠나버리는 주인공을 묘사함으로써, 김동인은 자기 안에 남아 있던 '토쿄'에 대한 미련을 떨쳐 버리려고 했던 것

---

83 그러나 예컨대 누드사건이 일어나기 전날 밤은 청년회관에서 철야한 것으로 되어 있고, 사건 뒤 "조선인 때려라, 두들겨라" 하며 욕하는 일본인 학생들의 고함을 뒤로하고 후지시마의 집을 뛰쳐나오는 등, '만조지 아키코'장에는 제2기 토쿄시절을 3·1운동 당시의 민족주의적인 분위기의 고양과 결부짓고자 하는 김동인의 의도도 느껴진다. 「조선근대소설고」에서 처음 『창조』의 창간을 높이 평가한 이래, 시간이 지남에 따라 그의 회상에는 토쿄 2·8선언과 『창조』의 창간을 결부시키고자 하는 경향이 강해지는 것처럼 보인다.

84 삼중당 『전집』 6, 435면. 이 수필의 제목은 1931년 문명협회에서 간행된 폰 크라프트 에빙 (von Kraft-Ebing)의 저작 『변태성욕심리』에서 가져온 듯하다. 당시 일본에 '변태성욕 붐'을 일으킨 이 책은 김동인의 「광염소나타」나 「포풀러」 같은 작품에도 영향을 주었다.

은 아닐까. 귀국 후에도 매년 치르곤 했던 호사스러운 '동경 산보'[85]도 파산해 버린 그의 처지에서는 꿈이 되어 버렸다. 아키코에게 버림받은 자신의 분신을 묘사함으로써 김동인은 자기가 청춘시절을 보냈던 '토쿄'에 대한 추억을 묻어버렸던 것이다.

그런데 아키코의 모델이 될 만한 여성이 실제로 있었을까. 아니면 그녀는 김동인이 100퍼센트 창작한 인물일까. 3 · 1운동으로 투옥된 김동인이 출옥 후 곧 토쿄에 간 것은 사실인 듯하지만,[86] 그 이상의 추측은 불가능하다. 다만 당시의 화단이나 출판 상황을 알기 위해 자료를 조사하는 과정에서 김동인이 아키코라는 여성을 창작하는 데 발상의 계기가 되었음직한 작품을 한 편 발견했다. 1927년(김동인이 파산하고 아내도 출분했던 해이다) 5月부터 『미야코신문(都新聞)』에 연재된 타케히사 유메지(竹久夢二)의 자전소설 『출범(出凡)』[87]이 그것이다. 주인공이 아내와 헤어져 두 아들과 쓸쓸하게 살고 있다든가 화실의 우상이자 후지시마 타케지에게 사랑받았던 모델과 구운 돼지를 연상케 하는 '붉은 여인(赤い女)'이 등장

---

85 '동경 산보'라고 이름 붙인 사람은 이광수였다고 한다. 『김동인 평론전집』, 464면.

86 김동인 자신이 여기저기에서 그렇게 적고 있는 것은 물론이거니와, 창조 동인 김환이 『창조』3호에 실은 기행문 「동도(東渡)의 길」에는 "우리의 동인 K군(김동인)을 방문하였다. 군은 3월 일로 인하여 입옥(入獄)하였다가 나온 뒤에 잠깐 동경을 건너갔다가 7, 8일 전에 귀국하였다고 한다"(14면)이라는 언급이 있어 김동인의 토쿄행이 사실임을 방증한다.

87 타케히사 유메지(竹久夢二)의 자전소설 『출범』은 『미야코신문(都新聞)』에 1927년 5월 2일부터 9월 12일까지 연재되었다. 1958년에 나온 단행본 『출범』(刊行者 澤田伊四郎, 龍星閣)의 후기에 의하면, 타케히사 유메지의 여성 관계는 유명한 모델들로 인해 당시 상당히 세간의 화제를 불러일으켰다고 한다. 이 작품에 등장하는 타케히사 유메지의 연인이자 모델인 사사키 카요(佐佐木カヨ), 별명 오요(お葉)는 후지시마 타케지(藤島武二)의 모델이기도 했다. 후지시마는 부친처럼 상담 상대가 되어 주었고, 종국에는 그녀를 번듯한 집안에 시집보내 주었다고 한다. 그녀의 옆 얼굴을 그린 「호우케이(芳蕙)」는 후지시마의 대표작 가운데 하나이다. 『출범』에서 오요(お葉)는 '하나코(花子)'로, 후지시마(藤島)는 '코마고메 선생(駒込先生)'으로 등장한다. 粟田勇, 「畵家によって貌を變えたモデルお葉 藤島武二 · 竹久夢二 · 伊藤晴雨」, 『藝術新潮』, 1985.9; 金森敦子, 『お葉というモデルがいた』, 晶文社, 1996.

하는 등, 「여인」과의 공통점이 몇 가지 있다. 다만 이것은 어디까지나 추측이다. 이에 대해서는 이후의 과제로 남겨두고자 한다.

3. 김동인과 후지시마 타케지

왜 김동인은 자신을 '후지시마의 제자'로 내세웠을까. 마지막으로 이 번 장에서는 그 이유를 고찰하고자 한다.

1918년(大正 7) 가을 신혼의 아내를 고국에 남겨놓고 토쿄에 온 김동인은 "마음속에 예술에 대한 동경과 문학욕을 채워가지고, 다시 학창의 자기를 발견하려고 각 학교의 규칙서를 책상 위에 벌여놓고 골"랐다고 한다. 그의 마음을 차지하고 있는 것이 '문학욕' 이전에 '예술에 대한 동경'이었던 것에서 타이쇼기 일본의 문화적 풍조를 느낄 수 있다. 1914, 5년(大正 3, 4)에서 1918, 9년(大正 7, 8)에 걸쳐 일본의 문단은 시라카바파(白樺派)가 전성기였다. 잘 알려져 있다시피, 시라카바파는 서양 미술에 경도되어 잡지 『시라카바(白樺)』에 매회 미술 작품의 사진을 게재할 정도였다. 김동인이 일본에 유학온 것은 1914년(大正 3)의 일이므로, 이러한 분위기 속에서 문학에 눈을 뜬 그가 "문학과 미술의 동질성"[88]을 의식하게 된 것은 극히 자연스러운 결과였다고 생각된다.

다시 한번 학생이 되고자 했던 김동인이 메이지학원과 같은 중학교

---

[88] 김윤식, 『김동인연구』, 민음사, 1987, 81면.

가 아니라 각종학교인 미술학교에 다니려고 생각한 데는 타이쇼시대의 이러한 분위기가 관련되어 있는 것 같다. 그는 갑갑한 학교 생활보다 자유롭고 예술적인 공기를 기대했을 것이다. 그리고 '책상 위에 벌여 놓은 규칙서'에서 카와바타미술학교를 골라낸 것은 그 학교에 교수로서 후지시마 타케지(藤島武二)의 이름이 있었기 때문이었다고 생각된다. 김동인이 후지시마의 이름에 마음이 끌린 이유는 몇 가지로 생각해 볼 수 있다. 첫째, 그는 문예지 『묘죠(明星)』의 표지와 삽화를 그리며 문단과 교류하는 것으로 알려진 화가였다. 둘째, 김동인이 일본에 오기 직전 후지시마는 조선을 여행하고 조선 땅의 풍광과 사람들의 예술적 재능을 상찬하는 기행문을 썼는데, 김동인이 이 글을 읽었을 가능성이 높다. 셋째, 김윤식이 언급하고 있는 것처럼 서양화단의 중진인 '후지시마의 제자'가 됨으로써 시인인 '카와지 류코(川路柳紅)의 제자'였던 라이벌 주요한과의 "심리적 균형감각"[89]을 얻었을 것이다.

그러나 그 외에도 생각할 수 있는 이유로서, 김동인이 후지시마의 회화론에 관심을 갖고 있었던 점도 들 수 있을 것이다. 이것은 「여인」의 다음 대목에서 엿볼 수 있다. 다음은 아키코가 후지시마에게 자기의 얼굴을 감정해 달라고 강요하는 장면이다.

어떤 날 화백이 '단순미'와 '구성미'에 대하여 강술을 할 때였었다. 아키코가 문득 얼굴이 벌겋게 상기가 되면서 선생을 찾았다.

"선생님, 모두들 저를 미인이라 합니다. 그렇지만 제 얼굴에 '표정'이라는

---

[89] 위의 책, 81면.

것이 없어져도 저는 그냥 미인이겠습니까, 어떻겠습니까. 감정해 주세요."[90]

이 장면에는 '단순미'라든가 '구성미', '표정' 등 확실히 화실다운 분위기가 감도는 말이 난무하고 있다.

이미 언급한 것처럼, 후지시마는 이론가 유형이 아니라 장인 유형의 화가였다. 화실에서 제자들을 지도할 때도 말을 많이 하는 법 없이 한 가지를 철저하게 반복하는 지도법을 취했던 듯하다. 앞서 인용한 수업 풍경에서 후지시마는 '뎃상이 좋지 않다'는 말을 반복하고 있는데, 후지시마에게는 이런 식으로 항상 언급하는 말이 몇 가지가 있다. '단순화'도 그 가운데 하나이다.

회화 예술에서는 단순화가 가장 중요한 것이라고 생각한다. 복잡한 것을 간략하게 만든다. 어떤 복잡성이라도 엉클어진 실을 푸는 것처럼 화가의 힘으로 단순화하는 것을 화면 구성의 제1의(第一義)로 삼아야 한다.[91]

위의 인용문은 후지시마의 회상록 가운데 한 구절인데, 후지시마에 관한 평론에는 반드시 인용되는 유명한 말이다. 당시로서는 유럽에서 새로운 회화를 접하고 온 후지시마가 아니고는 할 수 없는 말이었다.[92] 「여인」에서 후지시마가 강의했다는 '단순미'는 이 '단순화'를 통해서 얻을 수 있는 미(美)를 말하는 것이라고 생각된다. 그러면 '구성미'란 무엇

90   『별건곤』 영인본 제4권, 54면.
91   藤島武二, 「足跡を辿りて」, 『藝術のエスプリ』, 220면.
92   "선생님은 당시 일본에서는 금시초문인 '단순화'나 자연스러운 해석과 취사선택의 자유를
     역설하셨다." 伊原宇三郎, 「藤島武二,追慕」, 『みづゑ』 No. 593, 1955.1, 43면.

인가. 후지시마는 다음과 같은 말을 남기고 있다.

화면을 구성하는 데는 여러 가지 약속이 따른다. 지나치게 자연에 충실하게 노예적으로 그대로 묘사한다고 해서 그림으로서의 효과가 큰 것은 아니다. 그래서 나는 사실 이외에 때로는 명암의 위치를 변경시키고, 구도상의 필요에 따라서는 풍경과 인물의 위치까지 완전히 바꾸어 버리기도 한다. 완전히 자연에서 이탈하는 것은 아니지만, 이를테면 산속에 한 그루의 나무를 배치할 경우 왼쪽에 있는 나무를 오른쪽으로 가져다 놓을 정도의 위치 전도가 있어도 전혀 지장이 없을 뿐만 아니라, 그 구도를 정리할 바에는 철저히 자유로워야 한다. 화면을 구성하는 선과 색은 그것이 완성될 때 가치를 낳는 것이며, 자연에 충실한 노예가 된다 해서 화면 효과가 커지는 것은 아니다.[93]

화가가 눈앞의 물체를 화폭에 담을 때 선과 색의 가치를 최대한 고양시키기 위해 화면에서 피사체의 위치나 명암을 자유롭게 구성해도 좋다는 얘기다. 이는 요컨대 '복잡한 것을 단순하게 만든다'는 단순화의 개념을 실제 제작하는 입장에서 구체적으로 언급한 것이라 해석해도 좋을 것이다. '구성미'란 이렇게 자유로운 구성에 의해 얻어지는 화면 효과=미(美)라고 할 수 있다.

후지시마가 사용한 '단순'과 '구성'이라는 말을 엮어 넣음으로써 김동인은 텍스트 속의 후지시마라는 인간상에 신빙성을 부여하려고 했을 것이다. 이로부터 알 수 있는 것은 김동인이 후지시마의 회화론에 관한 지

---

93 藤島武二, 앞의 책, 308면.

식을 갖고 있었다는 사실이다. 앞으로 언급하겠지만, 이 '단순'이라는 말은 김동인의 창작론에서도 중요한 역할을 담당하고 있다. 그런 까닭에 필자는 김동인이 자신의 창작 이론을 구축하는 데 후지시마의 회회론을 참조한 것은 아닐까 추측하고 있다.

1925년 『조선문단』에 연재된 「소설작법」은 김동인 최초의 본격적인 창작론이다. 이 글에서 김동인은 소설을 쓰기 위해서는 플롯(사건) · 등장인물의 성격 · 배경(분위기)의 세 가지 요소가 있어야 한다는 스티븐슨[94]의 말에 동의하고, 플롯에 대해 다음과 같이 언급하고 있다.

> 플롯트에 가장 귀한—없지 못할 것은, 단순화와 통일과 연락이다. 세 가지 말(단순화, 통일, 연락)이 다 제각기 뜻이 다른 듯하지만, 추구하면 같은 것에 지나지 못한다. 복잡한 세상(世相)에서 통일된 연락 있는 어떤 사건을 집어내어, 소설화하는 것, 이것이 단순화이겠다.[95]

'단순화' · '통일' · '연락'은 모두 결국 '단순화'라는 말로 정리할 수 있다. 김동인은 복잡한 세계를 단순화하여 맥락 없이 발생하는 온갖 사건으로부터 끄집어낸 '한 조각의 사건'만이 소설의 재료가 될 수 있다고 주장한다. 바로 화가가 눈에 비치는 복잡한 물상(物象)을 화면 위에서 '단순화'하는 것처럼, 작자는 이 세상에 넘쳐나는 맥락 없는 복잡한 현상을 소설 속에서 '단순화'한다는 것이다.

---

94   Robert Louis Balfour Stevenson(1850~1894). 영국의 소설가 · 수필가 · 시인 · 문예비평가. 단, 김동인이 인용한 언급이 출전은 확인하지 못했다.
95   『김동인 평론전집』, 42면.

1934년에 발표된 두 편의 평론 「소설학도(學徒)의 서재에서」와 「근대소설의 승리」에서도 '단순화'는 핵심어로 제시되고 있다. 특히 후자에서는 그것이 근대소설의 리얼리즘과 결부되어 있는 점이 주목된다.

리얼리즘이라 하면 흔히 '있는 대로'를 묘사하는 것이라고 오해를 하는 이가 있지만 결코 그렇지 않다. 리얼리즘의 사명은 이 복잡하고 불통일되고 모순 많은 인생 생활을 단순화하고 통일화하는 데 있다.[96]

김동인에게 리얼리즘이란 있는 그대로 묘사하는 것이 아니다. 복잡하고 모순 투성이인 인생을 '있는 대로' 재현하는 것은 소설 속에서는 오히려 부자연스러우며, 따라서 '단순화'라는 소설 기법을 통해 '있음직하게' 바꾸는 것이 김동인이 말하는 '리얼'인 것이다.

강인숙은 김동인의 예술론의 세 가지 골자 가운데 하나로 '소설회화론(小說繪畵論)'[97]을 들고 있다. 소설은 사진이 아니라 회화라든가[98] 소설에서 문체는 회화에서의 색채와 같다든 등,[99] 김동인은 소설 창작을 곧잘 회화 창작에 비유하여 설명한다. 문학과 미술을 동일하게 예술로서 취급하는 태도에는 앞서 언급한 것처럼 김동인이 청소년기를 보냈던 타이쇼시대의 시라카바파의 영향이 감지되는데, 특히 후지시마의 회화론

---

96   위의 책, 52면.
97   강인숙, 『자연주의 문학론』 I, 고려원, 1991, 384면. 나머지 두 가지 골자는 '인형조종술'과 '문예오락설'이다.
98   김동인 「소설작법」, 『김동인 평론전집』, 42면.
99   김동인, 「소설 학도(學徒)의 서재에서」, 위의 책, 59면. 이 평론에서 김동인은 우리가 '문체'라고 부르는 것에 '문장'이라는 단어를 사용하고 있다.

이 김동인에게 미친 여향은 무시할 수 없을 듯하다.

1941년에 씌어진 평론 「창작수첩」에서는 '단순화'가 '순화(純化)'라는 말로 바뀐다. 그리고 '순화'는 플롯뿐만 아니라 등장인물의 성격 조형에도 불가결하게 되는 등 그 중요성이 증대하며, 회화와의 비교도 한층 명확해지고 있다.

'순화(純化)'라 하는 것은 알기 쉽게 설명하자면 회화로 비유할 수 있다. 어떤 물체(경치, 정물, 인물 무엇이든 간에)를 지상(紙上)에 재현하는 데 두 가지의 종류가 있다. 사진과 회화다.

한 물건을 지상에 재현하는 데 사진이라는 방법을 취하면 정확 무비(無比)하여 부족을 칭할 데가 없다. (…중략…) (그러나 사건에서는 모든 것이 ─인용자) 같은 정도로 중요하게 인화(印畵)에 나타난다. 그러므로 관자(觀者)는 대체 그 화면의 무엇을 중요하게 나타내려고 제작된 것인지, 판단할 수 없다. 즉 제작자의 주관이라는 것은 나타낼 수 없다.

거기에 반하여 회화는 그렇지 않다. 만약 제작자가 노대(露臺)를 무시하고 만들은 것이면 노대 이외의 것은 즉, 불긴(不緊)한 것은 몽롱히 나타내든가 혹은 전혀 무시해서 제거해 버릴 권리가 있고 필요한 노대는 더욱 명료히 두드러지게 나타낼 권리가 있다. 뿐만 아니라, 그 노대에도 자기의 주관에 따라서 가(加)하고 감(減)하고 첨(添)하고 삭(削)하고 혹은 색깔의 형태 위치 등은 변경할 수까지 있을 뿐더러…….[100]

---

100 위의 책, 262면.

소설의 경우도 이와 마찬가지로 작자는 사건과 관련맺는 방식의 경중(輕重)에 따라 등장인물과 행동의 묘사를 과장하거나 삭제할 수 있다. 이것이 바로 김동인이 말하는 '순화'이다. 그는 '순화'야말로 "소설의 생명을 지배하는 귀중한 연금술"[101]이라고 보았다.

'순화'를 회화에 비유하여 설명한 이 글을 앞에서 인용한 화면 구성에 관한 후지시마의 언급과 비교하여 읽어보면, 매우 흡사하지만 미묘하게 다른 점이 있다. 후지시마가 화면 위에서 자유로운 구성을 취하는 것은 화면 효과 때문이다. 선과 색이 완성될 때 최대의 가치를 발휘하도록 화가는 캔버스 속에서 피사체를 '단순화'하여 구성한다. 화면 효과란 바꾸어 말하자면 화면의 미(美)이다. 후지시마에게 '단순화'는 화면의 내부에 완결된 최대한의 미를 창조하기 위한 방법론이었다.

그런데 김동인이 회화를 예로 들어 설명하는 '단순화'의 목적은 '창작자의 주관'을 전달하는 것이다. 긴요한지 불필요한지에 대한 판단을 감상자에게 납득시키기 위해 제작자는 어떤 것은 강조하고 어떤 것은 모호하게 처리하며, 또 어떤 것은 제거할 수 있다. 제작자는 화면 위에 모사(模寫)한 세계를 '자기의 주관에 따라' 자유롭게 변경시킬 '권리'를 갖는다. 그 기법이 곧 '순화'인 것이다. 후지시마와는 달리, 김동인은 회화에서도 주관=자아에 집착하고 있음을 엿볼 수 있다. 그에게는 회화 또한 "자기의 창조한 세계"[102]이며, 거기에 존재하는 것은 자기가 "종횡 자유로 손바닥 위에서 놀릴"[103] 수 있어야 한다. 초기의 김동인은 자주 '미'라는 말을 사용하지만,

---

101 위의 책, 263면.
102 김동인, 「자기가 창조한 세계」, 위의 책, 20면.
103 위의 책, 22면.

이것은 거의 그대로 '자아'라는 말로 바꿔놓을 수 있을 정도이다.[104] 필시 김동인에게 '미'란 그런 것이었을 터이다.

지금까지 보아온 사실로 미루어 보건대, 김동인은 후지시마의 회화론에서 '단순화'라는 말을 자기 나름대로 받아들여 소설창작론을 구축했다고 생각해도 좋을 것이다. 김동인이 어떻게 후지시마의 회화론을 접했는지는 분명하지 않다. 필자가 조사한 범위에서는, 김동인이 '단순화'라는 말을 처음 쓴 평론 「소설작법」이 발표된 1925년 이전에 후지시마가 '단순화'에 대해서 쓰거나 언급한 기사는 발견되지 않는다. 따라서 김동인은 누군가 후지시마의 '단순화'에 대해서 쓴 것을 읽었든가, 카와바타미술학교에 입학원서를 제출한 후 강연 등에서 후지시마에게 직접 이야기를 들을 기회를 가졌든가, 아니면 후지시마의 수업에 출석하고 있는 학생들에게서 간접적으로 이야기를 들었든가 하는 방법으로 후지시마의 회화론에 접했을 것이라 추측해 볼 수 있다. 여하튼 1925년에 씌어진 「소설작법」에는 후지시마의 '단순화'가 김동인 나름의 이해를 거쳐 채용되어 있다.[105] 1924년 무렵 확립되었다는 '강렬한 동인미(東仁味)'가 이 방법론과 관련되어 있다는 것은 충분히 설득력을 갖는다.[106] 1929년에 집필한 「여

---

104 예컨대 「조선근대문학고」 가운데 "나는 선(善)과 미(美), 이 상반된 양자의 사이의 합치점을 발견하려 하였다. 나는 온갖 것을 미의 아래 잡아넣으려 하였다. 나의 욕구는 모두 다 미(美)다. 미는 미다. 미의 반대되는 것도 미다. 사랑도 미다. 미움도 또한 미다. 선도 미인 동시에 악도 또한 미다" 등의 언급이 그러하다. 위의 책, 80면.

105 「소설작법」은 (1)서문, (2)소설의 기원과 역사, (3)구상, (4)문체의 네 장으로 이루어져 있고, (3)에서 '단순화', (4)에서 '일원묘사'에 대하여 언급하고 있다. 강인숙은 김동인의 '일원묘사(一元描寫)'가 이와노 호메이(岩野泡鳴)의 '일원묘사론'과 매우 흡사함을 지적하면서, "문제는 이상의 글에서 김동인이 호메이에 대해 언급하지 않았다는 데 있다"고 적고 있다(『자연주의 문학론』I, 320면). 마찬가지로 그는 '단순화'에 대해 논하면서도 후지시마 타케지를 전혀 언급하지 않았지만, 「여인」에서 후지시마를 자신의 미학선생으로 간주함으로써 이를 대신한 것이 아니었을까 싶다.

인」에서 김동인이 자기를 '후지시마의 제자'로 내세운 이유 가운데 적어도 하나는 후지시마 타케지의 회화론에서 배웠다는 의식이었던 것이다.

4. 마지막으로

마지막으로 '표정'이라는 말에 대해서 언급해 둔다. 아키코는 F화백에게 "제 얼굴에 '표정'이라는 것이 없어져도 저는 그냥 미인이겠습니까"라고 질문한다. 이 사실로부터 후지시마는 '표정'이라는 말을 특수한 의미로 사용하고 있으며, 김동인이 이를 알고 있었음을 엿볼 수 있다. 후지시마는 어느 잡지에서 근대적 개성과 표정에 대해 말한 적이 있다.[107] 필시 김동인은 「모델과 미인의 초상」이라는 제목이 붙여진 1910년(明治

---

106 강인숙은 "암시와 생략 속에서 한 인물의 전생애가 명확하게 파악되고 짧은 지면 속에서 요령 있게 수렴되는 역동적인 템포는 김동인만이 갖는 강렬한 동인미(東仁味)이다"(강인숙, 「동인문학의 두 개의 축」, 『문학의 이해와 감상 2-김동인』, 건국대 출판부, 37면)라고 언급하며, '동인미'를 기법이나 문체와 관련시키고 있다. 한편 김윤식은 '동인미'는 김동인의 인형조종술에서 발원하는 것으로 간주하고 있다(김윤식, 『김동인연구』 '9. '영대' 人 「유서」). 앞으로는 '단순화'라는 기법을 시야에 넣은 검토가 필요할 것이라 생각된다.

107 "일본에서는 그다지 깨닫지 못하고 있지만, 화가가 '아름다운 얼굴(美顔)'이라고 할 때 보통 사람은 저것이 미인인가 하여 어디가 아름다운지 바로 수긍하지 못하는 경우가 있다. 외국인은 무언가 특색이 있는 미인을 좋아하여 다만 이목구비가 갖추어졌을 뿐 흐리멍덩해서는 미인의 조건을 만족시키지 못하며, 이런 의미에서 쭈글쭈글한 늙은이라도 경우에 따라서 '아름다운 얼굴'이라고 할 수 있다. 옛날 그리스 계통의 이른바 우아한 아름다움이나 단아함을 사랑하는 화가는 표정이 있는 얼굴을 야비하다고 하여 내려다 보았다. 근래 인물의 표정에 무게를 두는 예술가는 성격이 표현된 생기 있는 얼굴을 좋아한다. ……." 「モデルと美人の肖像」, 『美術新報』 8월호, 1910, 172면.

43)년의 이 담화 기사를 읽었을 것이다.

애초에 그가 '모델'이라든가 '표정'에 대해서 흥미를 갖게 된 계기는 중학시절에 애독했던 번역소설 『에일윈 이야기』였다고 생각된다. 이 소설에는 이상적인 표정을 가진 모델을 탐구하는 화가가 등장하며, 주인공의 표정도 작중에서 커다란 역할을 하고 있다. '표정'이라는 말은 나중에 김동인의 대표작 가운데 하나인 「광화사」(1935)에서 중요한 역할을 담당하게 된다.[108]

---

108 이 문제에 대해서는 하타노 세츠코, 「『광화사』 다시 읽기」, 본서 440~490면 참조.

『광화사』 다시 읽기
새로운 해석의 가능성 및 이미지의 원천에 대하여

1. 시작하며

1935년에 발표된 「광화사」는 김동인의 대표작 가운데 하나로 지금까지 많은 연구가 이루어져 온 작품이다. 본고의 목적은 이 작품에 대한 새로운 해석의 가능성을 탐색하고자 하는 것이다.[*1]

백철 이래 김동인 문학에는 심미주의·예술지상주의라는 형용이 부

---

* 본고에서는 소설은 주로 『김동인전집』(조선일보사, 1988)과 『동인전집』(홍자출판사, 1964)을, 평론은 『김동인 평론전집』(김치홍 편저, 삼영사, 1984)을 사용했다. 다만 「광화사」는 『전집』 외에 『야담』 창간호와 『김동인소설집 광화사』(백민문화사, 1947)를 사용했다. 전자의 자료는 쿠마키 츠토무(熊木勉) 씨가, 후자의 자료는 호테이 토시히로(布袋敏博) 씨가 힘써주신 덕택에 손에 넣을 수 있었다. 본고를 집필하면서 두 분께는 이 외에도 많은 도움을 얻었다.

여되는 한편,[1] 이를 부정하는 논의도 있어 왔다.[2] 그러나 본고에서 문제 삼고자 하는 것은 김동인의 문학적 경향이 아니라, 작품을 어떻게 읽을 것인가 하는 해석에 관한 것이다.

예컨대 「광화사」가 심미주의적 작품임을 인정하든 그렇지 않든, 어머니에 대한 사모가 작품의 중요한 모티브라는 해석에는 대개의 연구가 일치하고 있다.[3] 그러나 「광화사」에 나오는 어머니상(像)은 지나치게 상투적이어서 오히려 작자가 의도적으로 이를 이용하고 있다는 인상을 준다. 본고에서는 주인공에게는 어머니에 대한 동경이나 사모보다 자기를 받아들여 줄 여성에 대한 갈망이 보다 절실하며, 그것은 또한 예술가로서의 자신을 받아들이려 하지 않는 '세상'에 대한 김동인의 집착과도 관련이 있다는 해석을 시도할 것이다.

---

1 백철은 김동인이 특정한 주의에 의거하지 않고 때에 따라 경향과 수법을 변경시키며 창작하고 있지만, 전체 작품을 통하여 보면 예술지상파에 속하는 작가로서 영국의 유미파(唯美派) 작가 와일드를 연상시킨다고 적고 있다. 그러나 「광화사」를 직접 거론하고 있지는 않다(백철·이병기, 『국문학전사』, 신구문화사, 1960, 282~285면).

2 현창하는 김동인이 탐미주의 작가를 자인하여 예술가를 자부한 일은 의심할 수 없지만, 그의 작품 자체는 그의 주장과 거리가 있다고 본다(현창하, 「탐미주의 작가로서의 김동인 ─특히 와일드 및 타니자키 준이치로(谷崎潤一郞)와의 관련성을 중심으로」, 『天理大學學報』 44집, 1964). 또 김춘미는 「광화사」에 사회로부터 소외된 예술가의 광적인 죽음은 그려져 있어도 예술 창작을 위한 광기는 그려져 있지 않다고 하면서, "동인은 엄밀한 의미에서는 탐미주의 작가가 아니"라고 단정하고 있다(김춘미, 『김동인연구』, 고려대 민족문화연구소, 1985, V. 「'광화사」와 「문신(刺靑)」의 비교', 223·247면). 이 두 논문은 모두 타니자키 준이치로와의 비교 연구를 통해서 이러한 결론을 얻고 있다.

3 주 2의 논문들도 이 점에서는 마찬가지이다. 또한 이문구는 솔거의 어머니와 소녀의 아름다움의 공통점을 '전통적인 애상미'로 간주하고 있다(이문구, 『김동인 소설의 미의식 연구』, 경인문화사, 1995, 94면). 이러한 관점을 극단적으로까지 밀고 나간 논자는 이경희일 것이다. 이경희는 「「광화사」의 심리적 연구」에서 주인공의 심층 심리를 치밀하게 분석하면서, 주인공의 살인은 그가 어머니에게 품고 있던 근친상간적인 애정을 배신해 버린 죄의식의 보상 행위였다는 결론을 이끌어내고 있다(김열규·신동욱 편, 『김동인연구』, 새문사, 1989). 김동인의 어머니가 「광화사」가 발표된 바로 전 해에 죽은 사실도 이러한 견해를 부추긴 한 원인이 되었던 것 같다.

이렇게 본고에서는 가능한 한 해석의 폭을 넓힐 가능성을 모색하지만, 텍스트를 자의적으로 읽고 해석하려는 것은 아니다. 분석을 할 때 본고에서는 다음의 두 가지 점에 유의할 것이다. 우선 김동인이 창작론으로 주장한 방법이 실제의 창작과정에서 어떻게 쓰이고 있는지를 고려하고, 다음으로 영향이 지적되고 있는 외국소설과 연관이 있어 보이는 부분을 구체적으로 추출하면서 해석을 시도할 것이다.[4]

본고의 논의 순서는 다음과 같다. 먼저 「광화사」를 집필하던 당시의 김동인이 어떠한 생활 환경에 놓여 있었는지 살펴본다. 다음으로 「광화사」의 서술 양식인 액자 형식과 김동인의 창작론과의 연관성을 고찰하면서 김동인의 방법론을 개괄한다. 그런 다음 상세한 텍스트 분석을 통하여 새로운 해석의 가능성을 제시하고자 한다.

2. 「광화사」 집필 전후의 김동인

「광화사」는 1935년 12월 김동인이 주간하던 월간지 『야담』의 창간호에 발표되었다. 야담 잡지를 위해 작품을 쓰고 있던 김동인은 이런 종류의 잡지가 잘 팔린다는 것을 알고 몸소 잡지 경영에 착수했던 것이다.

소설가 김동인이 왜 잡지 경영에 착수했는지 그 경위를 간단히 설명

---

4   현창하는 주 2의 「탐미주의 작가로서의 김동인」에서 『에일윈 이야기』와 『도리안 그레이의 초상』 등 두 편의 영국소설이 「광화사」에 준 영향을 지적하면서도, "그러나 김동인의 그러한 예술의식에 가장 가까운 것은 뭐니뭐니해도 타니자키 준이치로"라고 적고 있다.

해두자. 젊었을 때 부친에게서 막대한 유산을 물려받은 그는 1920년대 후반 방탕한 생활로 재산을 잃고 손을 댄 관개사업(灌漑事業)에도 실패하여 파산하며, 아내도 집을 나가 버리는 등의 일을 겪는다. 한때는 절망에 빠지기도 했지만, 그는 결국 직업 작가로서 생활할 것을 결심하고 재혼하여 살림살이도 출판사가 있는 서울로 옮긴다. 1932년의 일이다. 생활을 위해 신문연재소설과 야담을 쓰게 된 그는 1934년 가을 윤백남이 창간한『월간 야담』의 의뢰를 받고 이 잡지를 위해 글을 쓰게 되며, 결국에는 스스로 야담 전문잡지를 낼 것을 결심한다. 김동인은 그 이유를 다음과 같이 회상하고 있다.

문필생활이 지난한 이 땅에 있어서, 그새 문필만으로 살아오자니 과연 진저리가 났다. (…중략…) 글 주문도 없고 한때에는 등이 달았다. 물가 비싼 서울 살림에서, 더욱이 새살림을 차려놓고 건설하는 판이니, 그 살림이란 여간 초조하고 등다는 것이 아니었다.
백남의『월간 야담』경영 상태를 보니 수지는 제법 맞는 모양이었다.『월간 야담』은 거진 내 글로 꾸며진다. 그럴진대 내 글로써 내가 잡지를 간행하면 매번 구구하게 원고료를 받지 않고도 내 살림은 영위가 될 것이다.[5]

1935년『월간 야담』의 목차를 보면 김동인은 매월 한두 편 정도 쓰고 있다. 그러므로 '거진 내 글로 꾸며진다'는 것은 과장이다.[6] 김동인은 창

---

5   김치홍 편저,『김동인 평론전집』, 삼영사, 1984, 497~498면. 이하『김동인 평론전집』으로 적는다.
6   김근수 편저,『한국 잡지 외관 및 호별 목차집』, 한국학연구소,『한국학자료총서』1집, 1988 참조.

간 자금을 준비하고 잡지 이름을 『야담』으로 결정하여 1935년 2월호부터 잡지를 간행한다. 『월간 야담』과 헷갈리기 쉬운 이름이다. 그 자신의 회상에 의하면, 그 수개월 전에 윤백남은 만주로 가버리고 『월간 야담』은 출판사가 계속 간행하고 있는 상태였다고 한다.[7] 그러나 『월간 야담』의 11월호에는 윤백남의 이름으로, 김동인이 자기 이름을 제멋대로 사용했다는 항의 성명이 실려 있다. 필시 무언가 말썽이 있었던 게 아닐까 싶다.[8] 『야담』 창간호의 톱기사란에 게재된 윤백남의 「신문고」는 윤백남의 이름을 차용하여 김동인이 쓴 것인 듯하다.[9]

창간호에는 이 외에도 전영택 · 방인근 · 이광수의 이름이 나란히 보인다. 이광수의 작품 「천 리 밖의 여인」은 1923년 『동아일보』에 게재된 「가실」의 제목을 바꾼 것으로, 말미에 "원고의 독촉이 심하여 구고(舊稿)로서 우선의 책임을 다한다"[10]는 언급이 덧붙어 있다. 어떻게 해서든 자신의 잡지 창간호에 유명 작가의 이름을 갖춰 놓고 싶어하는 우인(友人)의 부탁을 거절할 수 없었던 이광수의 곤혹스러움이 전해지는 듯하다.

그런데 위의 인용문에 드러나 있듯 김동인이 잡지 경영을 시작한 목적은 경제적 기반을 얻는 것이었지만, 그 배후에는 생활을 안정시키면

---

7 「문단 30년의 자취」(1948~49), 『신천지』, 『김동인 평론전집』, 497면.
8 쿠마키 츠토무(熊木勉) 씨의 조사에 의하면, 1935년(昭和 10) 1월 발행된 『월간야담』 제13호에 다음과 같은 문면 사고(社告)가 게재되어 있다. "김동인씨 주간으로 창간하려 하고 있는 모 잡지에 대해서, 본인이 관계하고 있는 것처럼 각 신문 또는 항간에 전해지고 있습니다만, 이것은 전혀 무근한 설임을 본지상에서 해명하오니, 독자 제위께서 이해해주시기 바랍니다. 윤백남 백(白)" 또 주 6 자료에 의하면, 1934년 10월에 윤백남이 창간한 『월간야담』은 1939년 10월까지, 1935년 12월에 김동인이 창간한 『야담』은 1945년 3월까지 계속 간행되고 있다.
9 「신문고」는 『김동인전집』(홍자출판사, 삼중당, 조선일보사 모두)에 수록되어 있으며, 『김동인 평론전집』의 작품 연보에도 들어 있다.
10 『야담』 창간호, 112면.

서 여유를 가지고 창작에 몰두하고자 하는 생각이 있었던 것 같다. 이 무렵 발표한 단편소설 「소설 급조(急造)」[11]에서 생활을 위해 소설을 급조하는 자신의 모습을 희극적으로 그리면서, 그는 '자기의 소설'이라는 말을 반복하고 있는 것을 볼 수 있기 때문이다.

어떤 가정잡지에 단편을 쓸 것을 약속한 주인공 K는 약속한 날이 되어서도 쓰지 못한 채 신문사에서 받은 원고료를 밤새 마작으로 써 버리고 신혼의 아내에 대한 미안함으로 괴로워하면서 하루종일 거리를 헤맨다. 밤이 되어 집으로 돌아가 아내에게 용서를 빌고 자리에 든 K는 이튿날 아침 9시에 일어나서 9시 반에는 신문연재소설 1회분을 끝내고, 30분 휴식한 뒤 붓을 들어 정오까지 단숨에 써낸다. 그것은 소설가 K가 소설을 급조하게 되는 과정을 그린 단편이다. 빈정거리는 투로 이 소설이 나오기까지의 경위를 소설화했던 것이다.

자신을 비하하고 있는 듯한 희극적인 터치로 쓰여진 작품이지만, 거기에는 매우 분주한 일일지언정 붓 한 자루로 생활해 나갈 수 있는 재능에 대한 그의 자부심의 느껴진다. 저널리즘이 발달하지 않았던 당시의 조선에서, 문필 활동만으로 생계를 유지하는 것은 어려운 일이었다.[12] 신문사나 잡지사로부터 일을 대량으로 떠맡는 김동인에게 젊은 작가들로부터 일을 독점하고 있다는 비난이 일었을 정도였다고 한다.[13]

---

11 「소설 급조(急造)」는 1933년 『제일선(第一線)』에 발표되었다. 제목이 「소설 급고(急告)」로 오식되어 있는데, 삼중당과 조선일보사 『전집』에도 이 제목이 답습되고 있다. 그러나 본문에는 '급조'라고 되어 있으며, 조선일보사 『전집』의 편자가 주를 달고 있듯이 '급조'임에 틀림없으므로 본고에서는 「소설 급조」라 표기한다.

12 「문단 30년의 자취」에서 김동인은 "붓 한 자루만으로(다른 직업을 갖지 않고) 생활을 한 인간은 나 혼자밖에 없다"고 적고 있다. 『김동인 평론전집』, 489면.

13 비난했던 이는 안회남으로 되어 있다. 위의 책, 489 · 497면.

「소설 급조」에서 김동인은 다음과 같이 적고 있다.

　‘신문에는 신문소설’
　‘잡지에는 자기의 소설’
　이것이 K의 모토이었다. 매달의 정기 수입을 위하여 신문에 소설을 싣는
다. 그러나 그것은 자기의 소설이 아니었다. 신문이 주문하는 대로 베끼어
나아가는 한 기사에 지나지 못하였다. 신문의 경제 기자가 봉급을 위하여
쓰는 경제 기사와 마찬가지로 그는 신문에 있어서는 소설 기자로 자임하였
다. 봉급을 위하여 쓰는 글이지 자기의 소설이 아니라 공언하여 문제를 일으
킨 일까지 있었다. (강조는 인용자)[14]

　“붓을 잡기만 하면 그래도 어름어름 남의 눈을 넉넉히 속이어 넘길 만
한 것을 급조할 자신은 있”[15]다고 자부하고 있는 K가 소설을 쓰지 못하
여 괴로워하는 이유는 게재할 곳이 가정잡지이긴 해도 잡지였기 때문이
다. 이러한 자세는 그대로 당시 김동인의 자세로 간주해도 좋을 것이다.
주목되는 것은 이 시기 김동인이 생활을 위해 소설을 쓰는 한편, ‘자기의
소설’을 쓰고자 하는 예술적 의욕을 갖고 있었다는 점이다. 나중에 김동
인은 신문연재소설을 쓰게 된 경위를 이야기하면서, 털의 깨끗함을 아
끼는 나머지 역으로 조금이라도 털을 더럽히면 함부로 뒹굴어 전신을
더럽히는 백초(白貂, 흰담비. 족제비과의 산짐승. 몸 빛깔은 회갈색이며, 가슴이 희고
꼬리가 매우 길다―옮긴이)에 자신을 비유하고 있다.[16] 그러나 실제로는 신

14　조선일보사 『전집』 3, 161면.
15　위의 책, 161면.

문연재소설을 쓰게 된 후에도 '자기의 소설'을 쓰고자 하는 의욕을 계속 갖고 있었던 것이다.

1933년 잡지에 발표된 소설은 이 「소설 급조」 한 편밖에 없다. 이듬해 1934년에도 단편 창작은 별로 없지만,[17] 「소설 학도의 서재에서—소설에 관한 관견 두세 가지」와 「근대소설의 승리—소설에 관한 개념을 말하다」 두 편의 평론을 발표하고, 대표적인 작가론인 「춘원연구」의 연재도 시작하고 있다. 이렇게 왕성한 평론 활동은 그가 당시 '자기의 소설'을 모색하고 있었음을 짐작케 한다.

「광화사」는 잡지 경영에 착수한 김동인이 잡지 창간호를 위해 쓴 작품이다. 그의 머릿속에는 바로 전 해에 쓴 창작론이 자리하고 있었을 것이고, 모처럼 '자기의 소설'을 쓰는 것이라 본격적인 예술 작품의 집필에 대한 의욕에 불탔으리라는 것을 충분히 짐작할 수 있다. 식후 산보삼아 훌쩍 인왕산에 올라서 이야기를 짓는다는 가벼운 형식을 취하고 있는 단편이지만, 사실 김동인은 이 작품의 창의와 고안에 꽤 노력을 쏟아부었던 것으로 보인다.

그러나 결과적으로 김동인이 자신의 잡지에 쓸 수 있었던 '자기의 소설'은 「광화사」 한 편뿐이다. 잡지 경영은 실패하고, 1년 반 뒤 그는 건강까지 해쳐 잡지를 다른 사람 손에 넘기게 된다. 남의 손에 원고료를 지불하기보다는 스스로 무엇이든 쓰려고 했을 것이다. 김동인은 그 동안 20편 가까이 야담을 양산한다. 1년 반 동안 그가 야담 이외에 쓴 것은 신문

---

16 김동인, 『『젊은 그들』의 회고』, 『조광』, 1939.12;『김동인 평론전집』, 420면.
17 「사진과 편지」, 「어떤 날 밤」, 「최선생」의 세 편과 몇 편의 수필이 있는데, 그 가운데는 어머니를 여의게 된 경위를 적은 수필 「몽상록(蒙喪錄)」도 있다.

연재소설과 수필뿐이다. 경영의 실패가 초래한 것은 돈과 건강의 상실에 그치지 않았다. 경영을 위해 닥치는 대로 붓을 휘두른 것은 그의 창작력의 저하와 의욕의 감퇴를 초래한 듯하다. 그리고 소설가로서의 그의 영락과 보조를 같이 하기라도 하듯, 사회 상황도 혹독해진다. 그가 『야담』에서 손을 뗀 1937년에는 동우회사건이 일어나고 일중전쟁도 발발하여 시대는 급속히 어두워져갔던 것이다.

3. 서술 양식

「광화사」는 작자인 '여(余)'가 작중에서 하나의 이야기를 창작한다는 설정으로 되어 있다. 소설 안에 또 하나의 이야기가 포개져 있는 이른바 액자소설(frame story)이다.[18] 초기 단편인 「배따라기」(1921)[19]를 비롯하여 「K박사의 연구」(1929),[20] 「광염 소나타」(1930)[21] 등에서 볼 수 있는 것처럼, 김동인은 이 양식을 즐겨 사용했다. 김동인이 액자 형식을 사용한 것을 두고 일본문학의 영향을 지적하는 연구가 있는데, 필자도 거기에 이견은 없다.[22] 그러나 김동인이 일본문학을 통해 액자형식을 알게 되었다고 해

---

18 이재선은 한국의 근대적 단편소설의 효시를 「배따라기」로 간주하면서, 그것이 액자소설이라는 점에 주목하고 있다. 『한국 단편소설 연구』, 일조각, 1977, 125~126면.
19 『창조』제9호, 1921.5.
20 『신소설』제1호, 1929.12.
21 『중외신문』, 1930.1.
22 丁貴連, 「國木田獨步と若き韓國近代文學者の群像」, 筑波大學 文藝言語研究科 博士論文, 1996, 제3장 '액자형식 소설의 경우' 참조.

도, 굳이 그것을 취한 데에는 그 나름의 이유가 있지 않았을까.

1919년에 발표된 첫 작품 「약한 자의 슬픔」[23]에 앞서 「소설에 관한 조선인의 사상을」[24]을 발표한 이래, 김동인은 소설 창작과 병행하여 「자기의 창조한 세계」(1920),[25] 「소설작법」(1925),[26] 「소설 학도의 서재에서」(1934),[27] 「근대소설의 승리」(1934),[28] 「창작수첩」(1941)[29] 등 창작에 관한 글을 다수 발표한다. 이들 창작론과 비교하여 고찰해 보면, 김동인이 액자 형식을 선호한 몇 가지 이유를 짐작할 수 있다. 다음에서는 이들 창작론에서 주장된 '인형조종론'·'분위기'·'단순화'·'일원묘사 A형식'을 단서로 하여 그가 액자 형식을 선호한 이유를 검토하면서, 그의 창작방법론을 개관하고자 한다.

1) 인형조종론

김동인은 「자기의 창작한 세계」에서 "예술가란 한 개의 세상―혹은 인생이라 하여도 좋다―을 창조하여 가지고 종횡 자유로 자기 손바닥 위에서 놀릴 만한 능력이 있는 인물"[30]이라고 정의한다. 이것이 이른바 '인형조종론'이다. 현실 세계에서도 타인에게 오만한 자세로 일관했던

---

23 『창조』 창간호, 1919.2.
24 『학지광』 제8호, 1919.1, 『김동인 평론전집』, 30~33면.
25 『창조』 제7호, 1920.7, 위의 책, 20~23면.
26 『조선문단』 제7~10호, 1925.4~7, 위의 책, 33~47면.
27 『매일신보』, 1934.3, 위의 책, 53~61면.
28 『조선중앙일보』, 1934.7, 위의 책, 47~53면.
29 『매일신보』, 1941.5, 위의 책, 260~267면.
30 위의 책, 22면.

김동인에게 창작이란 "자기가 지배할 자기의 세계"[31]의 창조이며, 그 세계에서 작중인물은 작자의 의도대로 움직여야 하는 존재였던 것이다.

그러나 사실 김동인 자신이 「소설작법」에서 언급하고 있는 것처럼 작중인물도 성격을 갖는 유기체인 이상 작자의 의도와 달리 행동하는 것은 피하기 어려운 일이다. 만약 작자가 작중인물을 무리하게 뜻대로 움직이면 거기에는 "모순과 자가당착"[32]의 위험이 생길 것이다. 액자소설은 이러한 위험을 피하는 데 적절한 양식이다. 즉 내부 이야기의 주인공과 독자 사이에 끼인 화자는 말하자면 작자가 배후 조종하여 작중에 등장시킨 주체로서, 주인공의 행동을 규제하고 모순처럼 보이는 곳에서는 설명을 덧붙여 파탄을 피하면서 등장인물을 작자가 생각하는 것처럼 움직일 수 있기 때문이다.

이러한 예로 「광염 소나타」를 들 수 있다. 「광염 소나타」는 서두에 먼저 얼굴을 내민 작자가 "자, 그러면 내 이야기를 시작하자"[33]라는 말을 꺼내는 것으로 이야기가 시작된다. 그후 음악비평가 K가 등장하여 사회 교화자에게 천재 음악가 백성수에 대해 이야기하고, 후반에서는 백성수가 일인칭의 고백 서간문에 등장한다. 「광염 소나타」는 마치 액자를 몇 개나 가진 회화

---

31 『김동인 평론전집』, 20면.
32 "작품 속에서 활약하는 인물들도 어떤 성격과 인격을 가진 유기체이며, 설령 작자라고 해서 뜻대로 그들을 처분할 수는 없다. 작품 중도에서 작자가 그 작중에서 활약하는 인물의 의지에 반하여 자기 멋대로 붓을 휘두르면, 거기에는 모순과 자가당착밖에 남는 것이 없다."(『김동인 평론전집』, 42면) 이 「소설작법」에서는 '어떤 작품'(「약한 자의 슬픔」인 듯하다)과 「마음이 옅은 자여」에서의 경험을 예로 들고 있다. 또 「조선근대소설고」(1929)에서는 「약한 자의 슬픔」과 「마음이 옅은 자여」의 창작과정에서 작중인물이 의도한 대로 움직여주지 않았던 까닭에 그 스스로 자신의 일원성에 의문을 품었고, 그것이 방탕한 생활을 시작하는 계기가 되었다고 적고 있다.
33 조선일보사 『전집』 2, 33면.

처럼 복잡한 양상을 드러내고 있으며, 그 속에서 주인공은 노골적으로 작자에 의해 움직여진다. 모친의 교육 덕분에 잠재워졌던 백성수의 광포한 혼은 복수를 위해 방화한 일을 '계기'로 명곡 「광염 소나타」를 만들어내고, 예술가적 감흥을 얻기 위해 결국에는 시간(屍姦)하거나 살인까지 저지르면서 많은 명곡을 산출해낸다. 부친의 동창생이자 지금은 백성수의 후원자인 K는 심야의 교회에서 처음 백성수를 보았을 때부터 그를 방화범이라고 생각한다. 그럼에도 불구하고 K는 백성수를 떠맡고부터는 그가 예술적 영감을 얻을 수 있도록 특별히 음산하고 비참한 방을 내어주고, 근처에서 화재가 발생하면 곧 일부러 그에게 보이는 등 마치 부추기는 듯한 행동을 취하며, 그의 범죄가 밝혀졌을 때에는 탄원 운동을 벌인다.

백성수가 방화까지 저질러가면서 명곡을 만들고자 한 것은 예술가적 욕구에서라기보다 K의 은혜에 보답하기 위한 것이다. 결국 백성수는 K에 의해 움직여졌다고 해도 좋을 것이다. 백성수를 움직이는 K의 배후에 또 한 사람의 조종자=작자가 있음은 서두에 밝혀져 있다. 여러 겹의 틀에 갇혀 있는 백성수는 숙명이라기보다는 오히려 작자에 의해 무리하게 범죄를 저지르거나 예술행위를 벌이는 쪽으로 질질 끌려다니는 것처럼 보인다.

작자의 개입이 노골적인 이 작품은 성공작이라고는 할 수 없지만, 이러한 서술 양식 덕분에 작품으로서의 파탄을 면하고 있다. 액자소설은 김동인이 창작 초기부터 주장했던 '인형조종론'을 작품 안에 실현하는 데 적합한 양식이었던 것이다.

「광염 소나타」에서 서두에 잠깐 얼굴을 내밀었던 작자는 「광화사」에서는 처음부터 마지막까지 무대에서 내려가지 않고 스스로 화자의 역할을 맡게 된다. 여기에서 화자 '여(余)'는 이미 들은 이야기를 전하는 존재가 아니다. '여'는 작가이며, 독자는 '여'가 한 편의 소설을 창작해가는 과정의 시행착오에서부터 주인공의 죽음에 애도의 뜻을 표하는 마지막 매독에 이르기까지 전 과정을 지켜보게 되는 것이다. 그런 의미에서, 「광화사」야말로 '자기의 창조한 세계'에서 작자가 작중인물들 손바닥 위에 놓고 놀리는 '인형조종론'을 그대로 실천한 작품이라 할 수 있다.

2) 분위기

1925년에 발표된 「소설작법」은 네 장으로 구성되어 있고, '분위기'는 그 가운데 제3장에 다루어져 있다.[34] 이 장에서 김동인은 스티븐슨의 창작론을 인용하며 "일분의 반박할 여지가 없"[35]다고 전면적으로 지지한다. 그의 인용에 따르면, 소설에는 사건(플롯) · 인물(성격) · 분위기(배경)의 세 요소가 있으며, 소설 창작은 이들 요소를 조합시킨 다음의 세 가지 방법으로 이루어진다.

① 우선 플롯을 만들고 거기에 인물을 배치한다.

---

34 「소설작법」은 (1)서문, (2)소설의 기원과 역사, (3)구상, (4)문체의 네 장으로 구성되어 있는데, 1925년 4월부터 7월에 걸쳐 한 장씩 『조선문단』에 게재되었다. (2)의 말미에서 김동인은 이 소설사에 참고서가 있음을 '자백'하고 있는데, 서적 이름은 밝히고 있지 않다. 「근대소설의 승리」에는 찰스 호온의 『소설의 기교』(주39 참조)를 참고했다고 설명하고 있고, 또 내용의 일부분이 「소설작법」과 매우 유사하다. 그런데 「소설작법」과 『소설의 기교』를 대비한 결과, 「소설작법」(2)가 호온의 저작을 참조한 것이 틀림없는 듯하다. 또 「근대소설의 승리」에 보이는 '평민소설'이라는 발상은 키무라 기(木村毅)이 『소설연구 16강』(新潮社, 1925.1)에서 취했을 가능성이 높다. 호온은 소설의 요소를 6가지로 간주하고 있지만, 키무라는 스티븐슨에 따라 3가지로 간주하고 있다. 시기적으로 보아 「소설작법」에는 키무라의 이 책이 참조되지 않았을까 싶다.

35 『김동인 평론전집』, 37면.

② 어떤 성격의 인물을 만들고, 그러고 나서 그러한 성격의 인물이라면 일으킬 만한 사건을 일으킨다.

③ 어떤 분위기를 준비하여 두고, 그 분위기에 맞는 국면이나 사건을 만들어낸다.[36]

이 가운데 세 번째 방법인 '분위기'는 액자 형식과 결부시켜 생각할 수 있다. 액자소설에는 내부 이야기가 시작되기 전에 화자에 의해 '어떤 분위기'가 준비되기 때문이다. 회화에서 액자가 색이나 크기에 따라 그림 본체에 미묘한 영향을 주는 것처럼, 화자는 그의 기분이나 인생관에 따라 액자 내부의 이야기에 간섭한다. 이를테면 「배따라기」는 토쿄 유학에서 돌아와 고향에서 오랜만에 봄을 맞은 '나'가 대동강의 물가에서 배따라기를 부르는 뱃사람에게서 들은 신상 이야기인데, 아내와 아우의 간통을 의심하여 일어난 꺼림칙한 이 사건은 화자의 젊고 싱싱한 감성과 '나'와 '그' 앞에 흐르는 대동강 이른 봄의 아름다운 풍경으로 인해 어둡고 비참함을 털어버리고 역으로 낭만적인 비극으로서의 색조를 가득 띠게 된다. 또 「K박사의 연구」에서는 똥으로 떡을 만드는 연구라는 황당무계함이 조수 C의 냉정하고 객관적인 말투로 인해 진실미와 골계미를 증가시키고 있으며, 「광염 소나타」에서는 화자의 예술지상주의적인 인생관이 내부 이야기에 영향을 주고 있다. 이렇게 액자소설에서는 내부 이야기가 화자가 준비하는 분위기의 영향 아래 놓여 있는 것이다.

---

36 이 방법은 스티븐슨이 바일리마(Vailima)에서 전기(傳記) 기자인 그레엄 바르파에게 설명한 것이라고 한다(『研究社 英美文學評傳叢書 復刊版 63 スティーヴンソン』, 1960, 173면. 키무라도 스티븐슨의 이 말을 『소설연구 16강』에서 소개하고 있다. 木村毅, 위의 책, 184면.

3) 단순화

「소설작법」의 같은 장에서 김동인은 소설의 세 가지 요소에 대해 각 각 자세히 설명하고, 그 가운데 플롯에 불가결한 것으로서 '단순화'를 들고 있다.

> 복잡한 세상(世相)에서 통일된 연락 있는 어떤 사건을 집어내어 소설화 하는 것, 이것이 단순화이겠다.[37]

이 세계에서 끝없이 일어나는 온갖 사건을 그대로 묘사한다 하더라 도 소설이 되지는 않는다. 그 가운데서 재료가 될 만한 '일편의 사건'을 취하여 독자에게 통일된 인상을 주는 소설을 만들어내는 것, 그것이 바로 '단순화'이다. 이 '단순화' 이론은 「소설작법」에서는 플롯에서만 필요하다고 간주되고 있지만, 나중에 「창작수첩」으로 가면 성격 묘사에도 불가결한 것으로 간주된다.

필자는 이전에 쓴 논문에서, '단순화' 이론은 김동인이 자전적 소설 「여인」 및 그밖의 글에서 자기의 스승으로 내세운 화가 후지시마 타케지(藤島 武二)의 회화창작론에서 받아들인 것이라고 주장한 적이 있다.[38] 그러나 나중에 김동인이 「소설작법」을 쓰면서 참고한 책 가운데 스티븐슨의 '단순화'에 관한 기술이 있는 것을 알게 되었다. 그 기술에 의하면, 소설 내부 로부터 이야기의 중심과 관계없는 요소는 모두 제거하고 소설을 인생의

---

37 『김동인 평론전집』, 42면.
38 하타노 세츠코, 「김동인 문학과 일본의 관련양상」, 본서 385~439 참조.

한 측면 혹은 한 점에 '단순화'시키는 것이 스티븐슨의 주장이라고 한다.[39] 자기가 존경하는 화가와 동일한 말을 사용하고 동일한 주장을 하고 있는 사실에 김동인은 주목했을 것이다. 이미 지적한 것처럼, 시라카바파(白樺派)가 전성기였던 타이쇼시대의 일본에서 문학에 눈뜬 김동인은 회화와 소설을 같은 '예술'이라는 관점에서 보는 경향이 있다.[40] 또 창작 방법에도 공통점이 있다고 생각했던 듯하다. 눈앞에 펼쳐지는 복잡한 세계를 "엉클어진 실을 푸는 것처럼 화가의 힘으로 단순화하는 것이 화면 구성의 제일의(第一義)"라고 간주한 후지시마의 '단순화(simplicité)'[41] 개념은 김동인에게 스티븐슨의 '단순화(simplication)' 개념과 결부되어 받아들여졌던 것이다.

그런데 액자소설이란 그 명칭이 보여주는 것처럼 화자라는 외부의 틀에 의거하여 세계의 일부분을 잘라내는 양식이다. 그리고 화자는 잘

---

39 チャールズ・ホーン, 尾崎忠男 譯, 『小說の技巧』, 內外書房, 1924. 다만 쇼와 시기까지 거듭 판(版)을 내고 있는 것은 이듬해 3월에 발매소 星文館 · 內外書房 발행으로 간행된 것이다. 『소설작법』은 1925년(大正 14)의 『조선문단』 4월호부터 7월호까지 발표되었으므로, 시기적으로 보아 김동인은 1924년 간행판을 읽었을 가능성이 높다.
『소설의 기교』에는 스티븐슨의 다음과 같은 말이 두 번에 걸쳐 인용되어 있다. "성격(character)이든 감정(passion)이든 그 동기를 선택하라. 각 사건이 동기의 예증이고, 쓰이는 각 도구가 동기에 대해서 일치 내지는 대조의 밀접한 관계를 갖도록 주의하여 구상을 하라. (…중략…) 자기의 소설은 인생의 사본(寫本)이 아니고 또 엄밀하게 인생을 판단한 것이 아니며, 단지 인생의 한 측면 내지 한 점을 단순화(simplification)한 것이다. 이 의미심장한 단순화라 부르는 것의 여하에 따라, 작품이 성공도 하고 또 실패도 하게 된다는 사실을 염두에 두라."(위의 책, 27면 및 166면) 이 부분은 키무라 기의 『소설연구 16강』에도 인용되어 있다. "작자로 하여금 먼저 인물 본위여도 좋고 정열(사건) 본위여도 좋으니 하나의 동기를 선택하게 하라. 그리고 모든 사건이 이 동기의 예증이 되도록 신중하고 치밀하게 플롯을 구성하게 하라."(木村毅, 위의 책, 194면)
40 김윤식, 『김동인연구』, 3−6 '교양과 탐미' 및 김춘미, 『김동인연구』, IV '백화파문학' 참조.
41 "회화 예술에서 단순화라는 것은 가장 중요한 것이라 생각한다. 복잡한 것을 간략하게 한다. 어떤 복잡성도 엉클어진 실을 푸는 것처럼 화가의 힘으로 단순화하는 것이 화면 구성의 제일의(第一義)가 되어야 한다." 藤島武二, 「足跡を辿りて」, 『美術新報』 4, 5月号, 1930. 이 에세이는 『藝術のエスプリ』(中央公論 美術出版, 1982)에도 수록되어 있어 이를 참조했다. 220면.

라낸 세계의 통일성을 보증한다. 그런 의미에서, 액자소설은 회화와 소설의 창작에서 공통점을 발견했던 김동인의 '단순화' 이론에 적합한 양식이었다고 할 수 있다. 소설과 회화를 동등하게 '예술'로 간주하는 예술관이 김동인을 자연스레 이 양식으로 이끌지 않았을까 싶다.

4) 일원묘사 A형식

「소설작법」 제4장에 언급되어 있는 '일원묘사 A형식'[42]이란 작중 주요인물의 눈에 비친 것, 마음에 떠오르는 것 이외에는 아무리 중요한 것이라도 작자에게는 서술할 권리가 없는 묘사법이다.[43] 김동인은 이 방법이 간단명료하다는 점에서 '다원묘사'보다 우월하지만, 시점이 하나이기 때문에 이야기를 복잡하게 진전시켜 갈 때 무리가 따른다고 보았다. 이러한 결점은 주인공 외에 화자의 시점이 더해지는 액자 형식을 통해 어느 정도 보충할 수 있다. 즉 액자 형식은 '일원묘사 A형식'의 장점을 살리면서도 전개를 복잡화할 수 있는 장점을 갖고 있는 것이다.

그런데 이 '일원묘사 A형식'에 대해서 김윤식은 이 형식이 결국 자아의

---

42 정확히 말하면 「소설작법」에서 김동인은 '일원묘사 A형식'이라는 말은 사용하지 않는다. 「소설작법」 (4)에서 '문체'로 '일원묘사체' · '다원묘사체' · '순객관묘사체'의 세 종류를 들고 있는 김동인은 '일원묘사식' 항목에서 '일원묘사'와 '일원묘사 B형식'의 도식을 제시한 뒤, 각각 실례를 들어 'A형식'(시점이 한 개)과 'B형식'(시점이 여러 개)을 설명하고 있다. 그러나 'A형식'의 설명 부분에서는 '일원묘사'라는 말만 사용하고 있을 뿐 '일원묘사 A형식'이라는 말은 나오지 않는다. 필자로서는 김동인이 '일원묘사'의 변형으로서 'B형'이 있다고 인식했던 것이 아닐까 추측하고 있는데, 본고에서는 시점이 여러 개가 아니라 한 개라는 점을 중시하는 의미에서 '일원묘사 A형식'이라는 말을 사용하기로 한다.

43 『김동인 평론전집』, 43면. 또 김동인의 일원묘사에 대해서는 강인숙이 이와노 호메이(岩野泡鳴)의 일원묘사론과 매우 유사하다는 점을 지적한 바 있다. 강인숙, 『자연주의문학론』 I, 고려원, 1991, 314~320면.

내면을 이야기하는 방편에 지나지 않는데도 불구하고 내면의 중요성에 주의를 기울이지 않은 채 이야기하는 예술가의 우월성을 고집한 것이 김동인의 작가로서의 한계라고 지적하고 있다.[44] 이 견해에 따르면, 김동인에게 액자 형식은 작자의 이야기를 작자 자신과 작자의 대리인 주요인물 두 사람의 시점에서 독자에게 강요하는 형식일 뿐이며, 이야기 전개를 복잡화할 가능성은 있어도 이러한 한계를 극복하는 형식은 아닌 셈이다.

이상에서 「광화사」의 서술 양식인 액자 형식과 그의 창작론과 관계를 통하여 김동인의 창작방법론을 개관했다. 다음에서는 지금까지의 고찰을 근거로 하여 텍스트 분석에 들어가기로 한다.

4. 텍스트 분석

1) 구성

「광화사」는 ×기호로 단락지어진 24절로 이루어져 있다.[45] '여(余)'가 주어로 되어 있는 이른바 액자 부분은 이 작품의 시작과 끝, 그리고 중간

---

44 김윤식, 『한국 근대문학사 연구』, 을유문화사, 1986, 105면.
45 본고에서 절의 분절 방식은 『야담』창간호에 따랐다. 『전집』에 의한 절의 분절 방식은 각기 다르다. 『야담』에서는 각 절의 단락마다 ×표시가 들어가 있지만, 1947년에 백민문화사에서 간행된 『김동인소설집 광화사』에는 ×표시가 붙어 있지 않으며, 각 절의 단락이 페이지의 단락과 겹치는 곳이 네 군데, 단락 자체를 없앤 곳이 한 군데 있다. 『전집』에서 절의 분절 방식이 다른 원인은 여기에 있는 것이 아닐까 싶다.

의 세 곳으로, 내용과 구성을 간단히 언급하면 다음과 같다. 편의상 절에 번호를 붙여 표시한다.

① 인왕산 산보 중 '여'는 반짝하고 빛을 발하는 샘물에서 착상을 얻어 아름다운 이야기를 지어내기로 한다. (1~5절)

② 유행가 소리로 인해 창작이 중단된 '여'는 샘이 있는 곳까지 내려가 본다. (18~20절)

③ 이야기를 끝낸 '여'가 주인공의 죽음에 애도의 뜻을 표한다. (24절)

내부 이야기는 도중의 '여'의 개입으로 중단되고 있으며, 이를 표로 나타내면 다음과 같이 된다.

① 산보
'여'　　내부 이야기－전반
(액자)　　② 개입
내부 이야기－후반
③ 애도

내부 이야기－전반은 다시 솔거가 소녀와 만나기 이전과 이후로 나눌 수 있다.

① 한여름 낮 왕실의 뽕밭에 숨어 있는 솔거의 경력이 이야기된다. (6~14절)

② 어느 가을날 솔거는 눈 먼 소녀를 만나 집으로 데리고 온다. (15~17절)

내부 이야기─후반은 시간적 추이에 따라 다음과 같이 세 부분으로
나눌 수 있다.

③미녀상(美女像)을 거의 완성한 솔거는 그날 밤 소녀와 관계를 맺는다. (21절)
④다음날 아침 솔거는 소녀의 모습이 변한 것에 화가 나서 소녀를 죽여
버리고 만다. (22절)
⑤미친 솔거가 수년 뒤에 얼어죽는다. (23절)

그런데 김동인이 「소설작법」에서 '일분의 반박의 여지도 없다'고 전
면적으로 지지한 스티븐슨의 세 가지 소설창작법 가운데 「광화사」는
어느 것에 해당할까. 앞에서 언급한 것처럼, 액자소설에서는 화자가 '분
위기'를 준비하게 된다. 따라서 산보 중이던 '여'가 반짝하고 빛을 발하
는 샘물에 이끌려 지어내는 '아름다운 이야기'라는 분위기가 작품에 우
선 설정되어 있는 점에서는 제3의 방법에 속한다고 할 수 있다. 그러나
내부 이야기를 보면, 처음에 주인공의 경력이나 성격이 만들어진 뒤 사
건이 일어나고 있다는 점에서 제2의 방법에 속한다. 결국 전체적으로는
제3의 방법을, 부분적으로는 제2의 방법을 따르고 있는 셈이다. 다음에
서는 이러한 스티븐슨의 방법을 염두에 두면서 텍스트를 보다 상세하게
들여다보기로 한다.[46]

---

[46] 키무라 기의 『소설연구 16강』에 인용되어 있는 스티븐슨의 다음과 같은 말은 「광화사」가
분위기를 출발점으로 삼는 제3의 방법에 따라 창작되었음을 방증하고 있는 것처럼 보인
다. "그런 장소에서는 그 저녁 우리의 선조에게 무슨 일인가 일어났음이 틀림없다. 나는 마
치 어렸을 때 장소에 적절한 무언가 즐겁고 좋은 일을 생각해내려 했던 것처럼 그 장소에
어울리는 이야기를 고안한다. 어떤 장소는 분명히 이야기하고 있다. 어떤 음침한 정원은
살인 사건을 소리 높여 주장하고, 어떤 낡은 집은 유령의 출현을 요구하고 있으며, 어떤 쓸

2) 분석

앞의 도표를 기초로 하여 다음의 항목을 통해 분석 고찰할 것이다.

    (1) '여'의 산책

    (2) 이야기—전반

    a. 만남 이전

    b. 만남

    b—1 아름다운 표정

    b—2 성격

    (3) '여'의 개입

    (4) 이야기—후반

    (5) '여'의 애도

(1) '여'의 산책

이 부분은 이제부터 시작되는 이야기의 액자이자 이야기를 도입하면서 분위기를 준비하는 부분이다.

식후 산보삼아 인왕산에 오른 '여(余)'는 산 위에서 조선의 도읍인 시가를 내려다보며 과거로 생각을 달린다. 등 뒤에 있는 동굴이 그의 공상을 조선시대의 어두운 음모로 끌어들이려 하지만, 그때 반짝이는 샘물이

쏠한 해안은 난파선을 위해 준비되어 있는 것이다."(제9강, 배경의 진화와 그 철학적 의의, 12—(A) 행위의 동기로서의 배경, 269면) '여(余)'가 인왕산을 산보하면서 이야기를 만들기 시작하는 「광화사」의 첫 부분을 연상시키는 말이다.

눈에 띄어 '여'는 그것을 기초로 '아름다운 이야기'를 지어내기 시작한다.

동굴을 발견한 '여'가 불쾌한 공상에 억지로 끌려들어가는 것을 전후로 담배가 떨어진 것이 두 번에 걸쳐 강조되고 있는데, 이는 반짝이는 맑은 샘물을 발견하기 전의 긴장감을 높이는 데 효과를 발휘하고 있다. 또한 시가(市街)의 소란과 심산(深山)의 고요함이 대비되고 불쾌한 공상이 반짝이는 샘에서 모종의 구원처럼 '아름다운 이야기'로 전환되는 전개도 '여'가 인간 세계의 번거로움에서 도피하려 아름다운 것에서 구원을 구하고 있음을 감지케 하며, 독자로 하여금 '아름다운 이야기'에 대한 기대를 품게 만든다.

이 무렵 김동인은 서울의 서쪽 인왕산 기슭에 자리한 행촌동에 살았다. 당시 그는 행촌동인(杏村洞人)이라는 필명도 사용하고 있었기 때문에, 다소 사정을 아는 독자라면 식후의 산보로 인왕산에 올라 시가를 내려다보고 있는 '여'를 곧 작자 김동인과 중첩시켰을 것이다. '인왕산'·'무학재'·'청운동' 등 작중에 나오는 지명은 모두 독자의 귀에 친숙한 것이어서, 신변의 공간을 무대로 하여 시간만 과거로 거슬러 올라가게 한 외부 액자 만들기는 이 점에서 성공했다고 할 수 있다.

'여'의 눈앞에 펼쳐지는 인왕산의 풍경은 그대로 시간을 초월하여 이제부터 시작되는 이야기의 배경으로서 기능하게 된다. "여가 지금 앉아 있는 자리는 개벽 이래로 과연 몇 사람이나 밟아 보았을까. 이 바위 생긴 이래로 혹은 여가 맨 처음 발 대어 본 것이 아닐까"(2절)[47] 등, 산 속의 자연이 지금도 예전과 변함없음을 강조하고 있는 것은 그러한 의도에서였

---

47 『야담』 창간호, 65면.

을 것이다. 자연 묘사가 길게 이어지고 있는 것은 현재를 과거와, 현실을 허구와 결부시키는 중요한 역할을 담당하고 있기 때문이다.

그러나 「배따라기」에서 액자 부분의 자연 묘사가 앞에서 언급한 것과 같은 효과를 올리고 있는 것과 비교하면, 「광화사」에서 그것은 약동감을 결여하고 있다. 소나무와 이끼의 녹색, 난초의 황색, 바위의 검푸른 빛깔, 눈 아래 내려다보이는 옛 도읍의 잿빛 지붕 등 가라앉은 색조로 산수화풍의 분위기를 내려고 했으나 성공하지 못했고, '유수(幽邃)'라는 말이 네 번에 걸쳐 반복되고 있는 점 등은 오히려 형식적인 인상을 준다. 예컨대 "바람이 있고, 암굴이 있고, 산초산화(山草山花)가 있고, 계곡이 있고, 샘물이 있고, 절벽이 있고, 난송(亂松)이 있고—말하자면 심산(深山)이 가져야 할 유수미(幽邃味)를 다 구비하였다"(1절)[48] 등의 경직된 표현으로는 바람 소리나 풀꽃의 향기가 재현되지 않는다. 「광화사」의 묘사는 액자와 주요 이야기를 잇는 배경으로서는 힘을 결여하고 있는 듯하다.

음모와 살육의 불쾌한 공상에 끌려들어 가려던 '여'는 샘물의 맑은 빛에 구원되어 발 아래 바위를 지팡이로 가볍게 두드리면서 "좀더 아름다운 다른 이야기"[49]를 지어내려고 마음먹는다. 시끄러운 경성 시가에서 그다지 떨어져 있지 않은데도 불구하고 태곳적 고요함이 감도는 인왕산 속에서 발견한 반짝이는 샘, 그곳을 입구로 하여 '여'는 독자를 이야기 세계로 끌어들인다. 이제부터 시작되는 이야기의 '분위기'는 바로 그 샘에서 준비되었던 것이다.

---

48 위의 책, 65면.
49 위의 책, 67면.

(2) 이야기—전반

앞서 언급한 것처럼, 내부 이야기는 '여'의 개입을 사이에 두고 전반과 후반으로 나뉘어 있다. '여'는 전반에서 등장인물을 만들고, 후반에서는 사건을 일으킨다. 또 그 가운데 전반은 또한 솔거와 소녀의 '만남 이전' 과 '만남'의 두 부분으로 나뉜다. 여기서는 소녀와 만나기 전까지의 솔거 에 대한 이야기와 소녀와 솔거의 만남에 대한 이야기를 나누어서 각각 고찰하기로 한다.

a. 만남 이전

"한 화공이 있다"[50]라고 '여'는 이야기를 시작한다. 이름은 "지어내기가 귀찮으니"[51] 신라의 화성(畵聖)에게서 취하여 솔거라 명명하고, 시대는 눈 앞에 펼쳐진 시가가 도읍으로서 번영했던 세종 무렵으로 설정한다(6절). 과연 아무렇게나 지은 것으로 보이는 이 명명은 그러나 계산된 것이 분명 하다. 신라시대의 유명한 화공의 이름을 사용함으로써 세종 무렵이라는 시대 설정이 모호해지고,[52] 그림이 매우 핍진하여 새가 날아오다가 부딪 혀 죽었다는 이야기가 전해지는 황룡사의 노송(老松)을 묘사한 천재 화가 의 이미지가 그대로 주인공에게 부여되는 효과를 낳고 있기 때문이다.[53]

---

50 위의 책, 67면.

51 위의 책, 67면.

52 「소설작법」에서 김동인은 이인직의 『혈의누』를 예로 들어 이 소설의 배경에 비참한 축첩 제도가 있음을 지적하면서, 사회 상황이나 시대 상황이 '배경(분위기)'의 중요한 요소임을 주장하고 있다. 그러나 「광화사」에는 시대 배경으로서의 분위기의 요소는 오히려 의식적 으로 배제되어 있다. 이러한 자세는 「광염 소나타」에서 시대와 장소를 일부러 특정(特定) 짓지 않은 것과 공통적이다.

53 김동인은 단편 「송첨지」(1946)의 후기에서 소설가는 등장인물의 이름에 대해 독특한 '취택 벽(取擇癖)'을 갖고 있는데, 그러한 예에 빠지지 않고 자신에게도 일정한 '코스'가 있다고 적

경복궁의 북문(北門)인 신무문 밖에 왕후친잠(王后親蠶)에 쓰이는 뽕밭이 있다. 물론 일반인에게는 금단의 지역인 이 뽕밭에 중로(中老)의 솔거가 몸을 숨기고 있다. 해가 저물자 "오늘은 헛길"[54]이라고 중얼거리면서 집으로 돌아가는 그의 얼굴은 놀랄 만큼 추하다(7절). 이 얼굴 때문에 두 번이나 신혼 초의 아내에게 버림받은 솔거는 여성에 대한 혐오가 인간에 대한 혐오로 자라나 벌써 30년이나 백악산 속에 틀어박혀 있다(8절). 화도(畵道)에 들어선 지 40년째인 솔거는 20년쯤 전부터 재래의 기법이 마음에 차지 않게 되었다. 백발의 노옹이라든가 소나 목동과 같이 극히 진부한 제재(題材)와는 다른 무언가를 그리고 싶다는 "이단(異端)"[55]적인 욕구에 사로잡힌 것이었다. 그것이 얼굴에 움직임이 있는 인간이라는 사실을 깨달은 그는 10년 전부터 재래의 수법을 아낌없이 버리고 "인간의 표정"[56]을 그리게 된다. 그러나 세상과 떨어져 지내온 솔거에게는 행상인에게서나 볼 수 있는 시시한 표정밖에 떠오르지 않는다(9절). "색채 다른 표정"[57]을 구하는 솔거의 뇌리에 어렴풋이 떠오른 것은 다정하게 자기를 쳐다보던 "어머니의 표정"[58]이다. 솔거는 추한 용모를 가진 자기를 배척하는 세상을 원망하면서도, 세상을 향한 강렬한 그리움을 떨치지 못한다. 그리고 이러한 갈등으로 인해 그는 미녀상(美女像)을 그리게

고 있다. '솔거'의 경우도 고민을 거듭한 결과일 것이다. 「솔거」의 출전은 『삼국사기』「열전 (列傳)」第八.

54 『야담』창간호, 68면.
55 "그것은 어떻게 보자면 화도에는 이단적인 생각일런지도 모를 것이다." 『야담』창간호, 69면.
56 "좀더 얼굴에 움직임이 있는 사람을 그려보고 싶다. 표정이 있는 얼굴을 그려보고 싶다." 위의 책, 69면.
57 위의 책, 70면.
58 위의 책, 70면.

된다(10절). 이윽고 솔거가 구하는 것은 단순히 아름다운 표정을 가진 미녀상에서 "자기 아내로서의 미녀상"[59]으로 바뀐다(11절). 그러나 미녀의 얼굴이 어떤 것인지 알지 못하는 그는 거리를 헤매며 모델을 구하고, 혹시 상류 계층에는 미녀가 있지 않을까 하여 결국 왕실의 뽕밭에 몰래 들어간다(13절). 그러나 한 달이 지나도 이상적인 표정을 가진 미녀는 발견하지 못하여 솔거는 뽕밭에 다니는 일을 그만둔다(14절).

이상의 논의로부터, 솔거가 '아내로서의 미녀상'을 그리려는 원망(願望)을 품게 된 과정을 정리해보면 다음과 같다.

① 전통적인 화제(畵題)에 불만을 품게 되어 '인간의 표정'을 그리고 싶다는 욕구를 품게 된다.

② '인간의 표정'이 '어머니의 표정'으로 수렴된다.

③ '미녀상'을 그릴 것을 결심한다.

④ 목표가 '아내로서의 미녀상'으로 바뀐다.

②에서 ③으로의 이행에는 비약이 있다. 어째서 솔거가 그리고 싶은 대상이 '어머니의 표정'에서 '미녀상'으로 바뀌고, 결국에는 '아내로서의 미녀상'이 되었을까.

살아 있는 '인간의 표정'을 그리고 싶다는 욕구에 사로잡힌 솔거는 주변에서 흔히 대하는 "상인들의 간특한 얼굴"[60]이나 "새꾼들의 싱거운 얼굴"[61]에는 만족할 수 없어 끊임없이 '색채 다른 표정'을 찾는다. 이러한

---

59   위의 책, 70면.
60   위의 책, 70면.

솔거의 욕구는 과연 전통 회화에 대한 '이단'을 의미하는 것일까. 근대 회화가 보여주는 것처럼, 인간의 개성을 표현하는 초상화의 모델은 보통 성·연령·계층을 문제삼지 않는다. 예컨대 김동인이 자기의 스승으로 내세운 서양화가 후지시마 타케지(藤島武二)는 근대 초상화에서는 개성이 존중되기 때문에 "쭈글쭈글한 늙은이라도 경우에 따라서는 아름다운 얼굴이라고 할 수 있다"[62]고 어느 잡지의 대담 기사에서 말하고 있다. 솔거가 구하는 '인간의 표정'이 이윽고 '어머니의 표정'으로 수렴되는 데서 알 수 있는 것처럼, 사실 솔거의 욕구는 예술적이라기보다 좀더 인간적인 욕구, 곧 고독에서 도망치고 싶은 심정에서 나왔다고 해석할 수 있다. 어렸을 때 죽은 어머니의 환영이 고독을 치유하는 이미지로서 그의 뇌리에 문득 떠오르게 된다. 그것은 '동경과 애무'로 가득찬 '어머니의 표정'이다. 그렇다면 그러한 이미지를 구체화하는 것이 어째서 모성애의 상징이라 할 수 있는 '성모상(聖母像)'이나 '자모관음(慈母觀音)'이 아니라 '미녀상'으로 향한 것일까. 그 경과는 다음과 같이 기술되어 있다.

커다란 눈에 그득이 담긴 눈물. 그러면서도 동경과 애무로서 빛나던 눈. 입가에 떠오르던 미소.

---

61 위의 책, 70면.
62 "일본에서는 그다지 깨닫지 못하고 있지만, 화가가 '아름다운 얼굴(美顔)'이라고 할 때 보통 사람은 저것이 미인인가 하여 어디가 아름다운지 바로 수긍하지 못하는 경우가 있다. 외국인은 무언가 특색이 있는 미인을 좋아하여 다만 이목구비가 갖추어졌을 뿐 흐리멍덩해서는 미인의 조건을 만족시키지 못하며, 이런 이미에서 쭈글쭈글한 늙은이라도 경우에 따라서 '아름다운 얼굴'이라고 할 수 있다. 옛날 그리스 계통의 이른바 우아한 아름다움이나 단아함을 사랑하는 화가는 표정이 있는 얼굴을 야비하다고 하여 내려다 보았다. 근래 인물의 표정에 무게를 두는 예술가는 성격이 표현된 생기 있는 얼굴을 좋아한다. ……." 藤島武二, 「モデルと美人の表情」, 『美術新報』, 1911.8, 172면.

번개와 같이 순간적으로 심안(心眼)에 나타났다가 사라지는 이 환영을 화공은 그려보고 싶었다.

세상을 피하고 세상에서 숨어살기 때문에 차차 비뚤어진 이 화공의 괴벽한 마음에는 세상을 그리는 정열이 그만치 컸다. 그리고 그것이 크면 크니 만치 마음속에는 늘 울분과 불만이 차 있었다.

지금도 세상에서는 한창 계집 사내들이 서로 부둥켜 안고 좋다고 야단할 것을 생각하고는 음울한 얼굴로 화필을 뿌리는 화공.

이러한 가운데서 나날이 괴벽하여 가는 이 화공은 한 개 미녀상을 그려보고자 노심하였다.[63] (10절, 강조는 인용자)

'어머니의 표정'이 '미녀상'으로 바뀌는 과정에 개입하고 있는 것은 '세상을 그리는 정열'이다. 솔거가 단순히 '어머니의 표정'에 계속 집착했다면, 그의 목표는 '성모상'이 되었을 것이다. 그러나 여성에 대한 혐오가 인간에 대한 혐오로 자라나 '세상'을 버린 솔거의 마음속에는 사실 그 '세상'으로부터 받아들여지고 싶고, 자신도 남들과 비슷한 행복을 얻고 싶다는 생각으로 가득 차 있다. 솔거의 욕구는 '성모상'으로는 해결할 수 없을 만큼 세간적으로 절실한 것이었던 셈이다. '그리고 싶다'는 욕구는 사실 '만나고 싶다'는 욕구였다고 할 수 있다. "철이 들은 이래로 자기를 보는 얼굴에서는 모두 경악과 공포밖에는 발견하지 못한 이 화공"[64]이 '만나고 싶은' 인간이란 무엇보다도 '동경과 애무의 눈빛으로 다정하게 자신을 쳐다봐 주던 어머니지만, 그녀는 이 세상에 없다. 그리고 모성

---

63 『야담』창간호, 70~71면.
64 위의 책, 70면.

애의 상징인 '성모상'으로 그의 '세상을 그리는 정열'이 채워지지 않게 되자, 그것은 어머니와 같은 눈빛으로 자기를 쳐다보고 자신의 고독을 치유해주는 존재, 즉 자기를 받아들여주는 여성='미녀'라는 존재로 바뀌게 되었을 것이다. 그렇다면 '미녀상'이 '아내로서의 미녀상'으로 바뀌어간 것은 그다지 이상할 것이 없다.

　처음에는 단지 아름다운 표정을 가진 미녀를 그려보고자 하였다. (…중략…)
　어느덧 미녀상에 대한 관념이 달라갔다.
　자기의 아내로서의 미녀상을 그려보고 싶어졌다.
　세상놈들은 자기에게 아내를 주지 않는다.
　보면 한 마리의 곤충 한 마리의 날짐승도 각기 짝을 찾아 즐기고 짝을 찾아 좋아하거늘 만물의 영장인 사람이 짝 없이 50년을 보냈다 하는 데 대한 불만이 일어났다.
　세상놈들은 자기에게 한 짝을 주지 않고 세상 계집들은 자기에게 오려는 자가 없이 홀몸으로 일생을 보내다가 언제 죽는지도 모르게 이 산골에서 죽어 버릴 생각을 하면 한심하기보다 도리어 이렇듯 박정한 사람의 세상이 미웠다.
　세상이 주지 않는 아내를 자기는 자기의 붓끝으로 만들어서 세상을 비웃어 주리라.[65]

65　위의 책, 71면.

솔거의 마음 깊은 곳에는 독신으로 죽어갈 일에 대한 원통함과 자기를 받아들여줄 여성을 갈구하는 마음이 소용돌이치고 있다. 이리하여 사람을 그리워하는 정과 어머니에 대한 사모의 정은 '미녀상'을 거쳐 '아내로서의 미녀상'을 그리려는 집념으로 변용된 것이다.

그러나 미녀의 얼굴이 어떤 것인지 알지 못하는 그는 미녀를 찾아 거리를 방황하게 된다. 솔거에게 '절세미녀'의 필요 조건은 용모가 다는 아니다. '아름다운 표정'이 있어야 한다. 그런데 '아름다운 표정'이 어떤 것인지, 그 정의는 실로 애매하여 포착하기 어렵다. 저잣거리에서 볼 수 있는 하층의 하녀는 "표정이 더럽고 비열"[66]하므로 실격이며, 궁녀와 같은 규중의 여성은 고아(高雅)하긴 해도 눈에 "애무와 동경", "철철 넘어 흐르는 사랑"이 없기 때문에 "보통의 미녀"[67]에 지나지 않는다. '아름다운 표정'에 대해서는 나중에 상세히 검토하겠지만, 지금까지의 분석에 의하면 다음과 같이 말할 수 있을 것이다. 즉 '아내로서의 미녀상'을 그리고 싶다는 솔거의 집념의 근저에는 고독을 치유해 주는 인간과의 만남을 바라는 마음, 특히 자기를 받아들여 줄 여성에 대한 갈망이 있다. 따라서 솔거에게 '아름다운 표정'이란 적어도 그의 추함에 '경악과 공포=거부를 나타내는 여성의 얼굴에는 떠오르지 않을 것이 분명하다.

왕실의 뽕밭 장면에서 시작된 솔거의 신상 이야기는 솔거가 뽕밭에서 집으로 되돌아가는 장면에서 일단락 지어지고, 한달 후 솔거가 그곳으로 다니기를 단념한 곳에서 끝난다. 그리고 이윽고 솔거는 소녀와 만나게 된다.

66　위의 책, 73면.
67　위의 책, 74면.

b. 만남

뽕밭에 다니던 여름이 끝난 가을 어느 날 솔거는 '아름다운 표정'을 가진 눈먼 소녀를 만나 그녀를 집으로 데리고 돌아온다. 여기서는 이 만남의 장면을 두 개의 항목으로 나누어 분석하고자 한다. 우선 김동인이 중학시절 애독했던 영국소설 『에일윈 이야기』와의 관련성을 시야에 넣고 솔거가 소녀의 얼굴에서 발견한 '아름다운 표정'의 정체에 대해 고찰하고, 다음으로 그가 소녀와 만났을 때 취한 행동을 통해 솔거의 성격을 분석한다.

b-1 아름다운 표정

저녁쌀을 씻기 위해 작은 냇가로 간 솔거는 황혼의 빛 속에서 냇물을 들여다보고 있는 소녀를 발견하고 그녀의 얼굴에서 '아름다운 표정'을 읽어낸다.

> 화공의 얼굴에는 피가 떠올랐다.
> 세상에 드문 미녀였다. 나이는 열일여덟. 그 얼굴 생김이 아름답다기보다 얼굴 전면에 나타난 표정이 놀랄 만치 **아름다웠다**.[68] (15절, 강조는 인용자)

> 아아.
> 화공은 드디어 발견하였다. 그새 10년 간을 여항의 길거리에서 혹은 우물가에서 내지는 친잠상원에서 발견하여 보려고 애쓰다가 종내 달하지 못한

---

68 위의 책, 75면.

놀랄 만한 아름다운 표정을 화공은 뜻 안한 여기서 발견하였다.[69] (16절, 강조는 인용자)

솔거가 발견한 '놀랄 만한 아름다운 표정'이란 졸졸 맑은 소리를 울리며 흐르는, 자기에게는 거부된 시각 세계의 아름다움을 공상하는 소녀의 표정이다. 그렇지만 솔거는 왜 소녀의 표정이 아름답다고 느꼈을까. 냇물을 들여다보고 있는 소녀의 눈에는 솔거가 그토록 추구했던 '동경과 애무', '철철 넘어 흐르는 사랑'이 있다고 서술되어 있지는 않다. 어쩌면 소녀의 얼굴은 도달할 수 없는 세계에 대한 동경과 사랑으로 넘치고 있었을지도 모르지만, 아직 소녀가 소경이라는 사실을 모르는 솔거는 그 얼굴에 자기를 거부하는 '경악과 공포'의 표정이 떠오르지 않을 것이라는 사실도 알지 못한다. 그럼에도 불구하고 그녀를 본 솔거가 여기서 곧 '발견하였다'고 부르짖은 것은 어째서였을까.

그 이유는 이 이야기의 출발점이 바로 이 냇가 장면이었다는 점에서 찾을 수 있을 것이다. 백악산을 산책하던 중 불쾌한 공상에 끌려들어가게 된 '여'가 반짝이는 샘에서 구원되어 이 '아름다운 이야기'를 짓기 시작했을 때, '여'=작자의 머릿속에는 이미 "솔가지 틈으로 내려 비추이는 얼룩지는 석양을 받고 망연히 앉아서 흐르는 시냇물을 내려다보고 있는"[70] 소녀의 이미지가 있었다고 할 수 있다. 사실 "인가에서 꽤 떨어진 이곳. 사람의 동리보다 꽤 높은 이곳. 길도 없는 이곳—아직껏 30년 간을 때때로 초부나 목동의 방문은 받아본 일이 있지만 다른 사람의 자취

---

69   위의 책, 75면.
70   위의 책, 74면.

를 받아보지 못한 이곳"[71]에 눈먼 소녀가 혼자서 올 수 있을 리 만무하다. 그런 장소에 옷가지 하나 흐트러짐 없이 단정하게 앉아 있는 아름다운 소녀는 선녀나 요정처럼 현실과는 동떨어져 있다. 그리고 상상화를 떠올리게 하는 이러한 낭만적인 풍경이야말로 이야기의 출발점이 되고 있다고 할 수 있는 것이다.

'아름다운 표정'이란 반짝이는 샘에서 환기된 이미지 속에서 소녀가 떠올리고 있는 표정이다. 이 명제가 앞서고, 이를 충족시키기 위해 소경이라는 속성이 소녀에게 부여되었을 것이다. 자기를 받아들여 줄 여성을 찾는 솔거에게 '아름다운 표정'은 그의 추한 용모에 거부반응을 보이는 여성의 얼굴에는 절대로 떠오르지 않을 것이기 때문이다. '아름다운 표정'의 정의가 모호하고 막연한 것은 이러한 구성상의 이유에 기인한다. 10년간 솔거가 '아름다운 표정'을 찾으러 돌아다닌 것은 말하자면 오늘 여기서 그녀와 만나기 위해 밟지 않으면 안 되었던 절차였던 셈이다.

그런데 소녀는 왜 '아름다운 소녀'가 아니라 '아름다운 표정을 가진 소녀'가 아니면 안 되었을까. 도대체 솔거의 '절세 미인'에게는 왜 '아름다운 표정'이 필요했던 것일까.

'표정'이라는 말에 김동인은 특수한 의미를 부여하고 있다. 이를테면 자전적 소설 「여인」의 제3회(1930)에 등장하는 만조지 아키코(萬造寺あき子)는 서양화가 F에게 "제 얼굴에서 '표정'이라는 것이 없어져도 저는 그냥 미인이겠습니까"[72]라고 질문한다. F란 앞에서 언급한 후지시마 타케지(藤島武二)로, 김동인은 후지시마다운 성격을 강조하기 위해 후지시마

---

71   위의 책, 74면.
72   『별건곤』 27호(5권 3호), 1930, 127면.

가 사용한 '표정'이라는 용어를 특별히 사용했던 듯하다. 아키코의 이 말에는 '표정'과 용모는 별개의 것이며, 아름다움에는 용모보다도 '표정' 쪽이 중요하다는 사고 방식이 드러나 있다.[73]

　본래 김동인이 '표정'이라는 말에 흥미를 갖게 된 계기는 그가 중학시절에 탐독했고 나중에 초역(抄譯)까지 했던 왓츠 던튼의 장편소설 『에일윈 이야기』[74]에서 비롯된 것으로 보인다. 현창하는 『에일윈 이야기』가 「광화사」에 미친 영향을 지적하면서, 이상적인 표정의 모델을 찾아 주인공을 발견하는 화가 윌다 스핀의 예를 들고 있다.[75] 그러나 『에일윈 이야기』에는 '표정'이 그 소유자의 정신 상태로 인해 소멸되어 버린다는 에피소드가 들어 있다는 것까지 지적해 두고자 한다. 저주를 받고 미쳐 버린 주인공은 또 다른 화가 다아시(역자의 서문에 의하면, 모델은 로제티라고 한다)의 도움으로 제 정신으로 돌아온다. 그러나 동시에 선녀와 같이 무구(無垢)한 표정을 잃어 버려 다아시는 그녀를 모델로 한 그림의 완성을 단념하지 않을 수 없게 된다.[76] 모델의 의식에 따라 '표정'이 변화하고 그것이 그림 창작의 실패와 결부된다는 모티프는 「광화사」에서 그대로 답습되고 있다.

　김동인이 의식했는지의 여부와는 별도로, 이 이야기의 출발점인 냇가의 이미지 자체가 『에일윈 이야기』에서 발원한 것이라고 필자는 생

73　후지시마 타케지(藤島武二)는 서양의 회화계에서 '표정'이라는 말이 특수한 쓰임새로 취급되고 있음을 이야기하고 있다. 주 62 참조.

74　ヮッツ・ダンドン, 戸川秋骨 譯, 『エイルヰン物語』(國立國會圖書館 編, 『明治・大正・紹和 飜譯文學目錄』, 風間書房, 1959, 50면)에 의하면, 『에일윈 이야기』는 국민문고 간행회가 1915년(大正 4) 태서명저문고 『영국 근대걸작집』 가운데 하나로 발행되었다. 필자가 참고한 텍스트는 1925년(大正 14) 7월 같은 국민문고 간행회에서 세계명작대관(大觀) 제1부 부록 제6권으로 개정 발행된 것이다.

75　현창하, 앞의 논문, 85면.

76　ヮッツ・ダンドン, 戸川秋骨 譯, 『エイルヰン物語』, 國民文庫刊行會, 1925, 711~713면.

각한다. 역자 토가와 슈코츠(戶川秋骨)가 라파엘전파(1848년 런던에서 형성된 예술운동으로, 공허해진 당시의 고급예술에 도전하기 위해 라파엘 이전의 소박한 화풍을 본보기로 삼아 자연에 대한 조용한 성찰과 새로운 종교감정의 앙양을 지향했다-옮긴이) 의 회화를 소설화한 것이라고 평가한 『에일윈 이야기』에는 주인공이 바닷가의 벼랑 위에서 하늘에 떠있는 금빛 구름을 쳐다보며 꿈꾸듯 노래를 부르고 있는 소녀를 발견하는 만남의 장면이 있다.[77] 「광화사」는 무대가 인왕산이고 시간적 배경이 세종 년간으로 설정되어 있기 때문에 독자는 등장인물이 조선옷을 입고 있다고 제멋대로 상상하겠지만, 사실 소설 전편을 통하여 의복에 대한 묘사는 전혀 없다.[78] 이름만 조선 식으로 되어 있는 『에일윈 이야기』의 초역(抄譯) 「유랑인의 노래」나 「광염 소나타」에 비하면 서양적 분위기가 덜 하지만, 「광화사」에서 냇가에서의 만남 장면에는 『에일윈 이야기』와 마찬가지로 라파엘전파적인 상상화의 정취가 느껴진다.

김동인은 중학시절 희미한 첫사랑의 추억을 그린 자전 소설 「여인」을 쓸 무렵 자신이 과거에 탐독했던 『에일윈 이야기』의 세계를 그리워하기라도 하듯 「수정 비둘기」, 「소녀의 노래」, 「무지개」 등 확실히 감상적인 작품을 몇 편 쓴다.[79] 아름다운 무지개를 잡으려고 집을 나와 여행

---

77 「광화사」와 『에일윈 이야기』의 만남의 장면에는 모두 '용궁'이라는 말이 나온다. 『에일윈 이야기』에서 처음 소녀를 발견한 주인공은 그녀를 '용궁의 미인'보다도 아름답다고 생각한다(김동인이 초역한 「유랑인의 노래」에는 이렇게 번역되어 있지만, 토가와 슈코츠(戶川秋骨)의 번역에는 '해저의 미인'으로 되어 있다). 또 「광화사」에서는 작은 냇물을 들여다보는 소녀를 묘사하면서 '역=작자가 "남벽(藍碧)의 시냇물에는 용궁이 보이는가'라고 적고 있다. 솔거는 그후 '용궁' 이야기를 소녀에게 해주고, 그녀의 얼굴에 '아름다움 표정'을 떠오르게 하는 데 성공한다.
78 솔거와 소녀의 의복에 관한 묘사는 전혀 보이지 않는다. 얼굴이 그려지지 않은 채 완성을 기다리는 '미녀상'이 어떤 옷을 걸쳤는지조차 독자는 상상에 맡길 수밖에 없다.

을 계속하던「무지개」의 주인공 소년은 결국 무지개 찾는 것을 단념해 버리는데, 이와 동시에 그의 머리카락은 백발로 변하고 얼굴에는 주름이 잡힌다. 이러한 소년의 모습은 중년에 들어선 것을 자각한 김동인 자신의 모습이었을 것이다.[80] "모든 것을 '미(美)' 아래 두고자 했던"[81] 질풍노도의 청년기를 끝내고, 김동인은 생활의 재건에 뜻을 두고 재혼하며 생활을 위해 소설을 쓰게 된다. 그러한 그가 다시 한번 창작 의욕을 일으켜 쓴「광화사」에서 '미(美)'는 무지개처럼 덧없이 소멸하는 '아름다운 표정'이라는 형태로 나타나고 있다. 김동인의 미의식과 인생관의 변화를 엿볼 수 있게 하는 대목이다.[82]

---

79 「여인」은 1929년 12월부터『별건곤』에 연재되고, 1931년『혜성』의 창간과 함께 이 지면으로 옮겨 같은 해 11월까지 모두 14회에 걸쳐 연재된다. '만조지 아키코(萬造寺あき子)'장까지는 토쿄가 무대로 되어 있다. 제1회 '메리'장은 1929년 2월에, '나카시마 요시에(中島芳江)'장은 1930년 1월에 발표되었는데, 같은 1월에는 「순정─부부애편, 연애편, 우애편」, 「구두」 등 감상적인 작품이 잇달아 발표된다. 「수정 비둘기」와 「소녀의 노래」는 같은 해 4월, 「무지개」는 9월(조선일보사『전집』의 작품 목록에 의한 것. 김치홍의『김동인 평론전집』의 작품 연표에는 6월로 되어 있다. 필자는 자료가 없어서 확인할 수 없지만, 작품 연보에 관해서는 조선일보사『전집』쪽이 정확하다)에『매일신보』에 발표되었다. 이들 일련의 작품들은 동일한 심리 상태에서 발원하고 있는 것이 아닐까 싶다(주 38의 논문 참조). 「무지개」는「대동강」과 합쳐져「대동강은 속삭인다」라는 제목으로「광화사」발표 3개월 전에『삼천리』에 다시 게재된다. 또『야담』창간호를 보면「광화사」의 제목 위에 "22년 전의 작자"라는 설명과 더불어 김동인의 중학시절 사진이 게재되어 있는데, 이 또한 이 소설이 중학시절의 정신적 세계와 연관이 있음을 짐작케 한다.

80 정한숙도 김동인론에서「무지개」의 중요성을 지적하며, 소년의 모습은 절망과 허탈에 빠진 작자 자신의 심정이라고 해석하고 있다. 다만 그는 이 작품이 1939년의『김동인단편선』에 처음 발표된 것으로 받아들이고 있는 까닭에, 김동인이 이러한 심정을 품은 시기를 그 무렵으로 간주하고 있다.『현대한국작가론』II(소년과 무지개─김동인론, 2. '오만과 좌절'), 고려대 출판부, 1994(초판 1976) 참조.

81 김동인, 「조선근대소설고」, 『김동인 평론전집』, 80면.

82 김동인은 다감한 소년기에 이 책을 접했기 때문에 낭만적인 면이 강하게 인상에 남았을 것이다. 나츠메 소세키(夏目漱石)는 1899년(明治 32) 8월『호토토기스(ホトトギス)』에「소설『에일윈』의 비평」이라는 제목으로『에일윈 이야기』의 내용을 소개하고 그에 대해 비평하고 있다. 소세키는 이 작품이 정에 호소함으로써 줄거리의 부조리함을 잊게 만드는 힘을 갖고 있다고 칭찬하고, 특히 조연인 집시 소녀의 강한 정신력을 높이 평가하고 있다.

b-2 성격

　지금까지 언급해온 솔거의 경력으로부터 산에 틀어박혀 화필을 휘두르는 솔거의 마음속에 자기를 받아들여 줄 여성에 대한 갈망이 존재함을 분석했다. 그러면 솔거는 도대체 어떤 성격의 소유자일까. 이에 관한 구체적인 기술은 보이지 않는다. 독자가 솔거라는 인간의 성격을 알게 되는 것은 소녀와의 만남 장면에서 솔거가 소녀에게 취하는 태도를 통해서이다. 작자는 여기서 솔거에게 일정한 성격을 부여하는데, 그것이 후반의 이야기 전개를 방향짓게 된다. 다음에서는 그것이 어떠한 것인지 솔거의 행동을 통해 고찰하고자 한다.

　저녁쌀을 씻으러 냇가로 내려간 솔거는 냇가에서 허리를 구부리고 있는 소녀를 발견하고 그녀의 얼굴에서 지금까지 계속 탐구해왔던 '아름다운 표정'을 발견한다. 그러나 이때 솔거는 지금까지 언급해 온 그의 경력과는 앞뒤가 맞지 않는 부자연스러운 행동을 취한다. 우선 솔거는 소녀가 눈이 멀었다는 사실을 곧바로 알아채지는 못하며, 게다가 알아챘을 때도 별다른 반응을 보이지 않는다.

　화공은 걸음을 빨리 하였다. 자기의 얼굴이 얼마나 더럽게 생겼는지 이 처녀가 자기를 쳐다보면 얼마나 놀랄지 이 점을 온전히 잊고 걸음을 빨리 하여 처녀의 쪽으로 갔다.
　처녀는 화공의 발소리에 머리를 번쩍 들었다. 화공을 바라보았다. 그 무

소세키에 의하면 『에일윈 이야기』는 당시 영국과 미국에서 드물 정도의 판매고를 올렸다고 한다. 소세키의 비평이 나온 것은 『에일윈 이야기』가 일본어로 번역되기 15년 전의 일인데, 이로부터 지금은 거의 잊혀진 이 책이 당시에는 평판이 높았고 또 인기도 오래 지속되었던 사실을 엿볼 수 있다. 『漱石全集』第20卷, 岩波書店, 1967, 217~235면.

한히 먼 곳을 바라보는 듯한 기묘한 눈을 들어서…….[83]

일시적으로 자신의 추함을 잊고 소녀에게 접근했다고는 해도 소녀의 얼굴에 '경악과 공포'가 나타나지 않은 사실로써 솔거는 곧 그녀가 소경임을 깨달았을 것이다. 그런데 솔거는 아무 것도 알아채지 못하는 소녀와 말을 나누고(그 동안 자기의 용모는 잊어버린 채로), 그러고 나서 눈의 움직임이 이상한 것을 알아채고 "너 앞이 보이느냐"라고 외친다. 이에 소녀는 "소경이올시다"[84]라고 자기를 비하하는 듯이 눈물을 글썽이며 대답한다. 지금까지 여성과 관계를 맺는 일에 장벽이 되었던 외모의 추함이 이 소녀와의 사이에서는 장벽이 되지 않는다는 사실에 대해 솔거는 감동해야 마땅할 것이다. 그럼에도 불구하고 그는 아무런 감개도 느끼지 않는 듯 오히려 소녀의 얼굴에서 '아름다운 표정'이 사라져버렸다는 이유로 갑자기 그녀에 대한 호기심을 잃어버린다. 그리고 바로 전까지 그가 10년 동안이나 탐구했던 표정을 지니고 있던 소녀에게 집착하기는커녕 서로 관계맺는 것이 귀찮아져 "저녁도 가까워 오는데 어둡기 전에 집으로 내려가"[85]라며 소녀를 냉담하게 내려보내는데, 이는 지나치게 부자연스러운 태도이다.[86]

「광화사」가 발표된 해인 1935년, 김동인은 평론 「춘원연구」에서 『무

---

83 『야담』 창간호, 75면.
84 위의 책, 76면.
85 위의 책, 같은 면.
86 김춘미는 솔거의 이러한 태도에 대해서 "이것은 '솔거'가 자신이 구하는 이상미에 대해 얼마나 엄격했는가를 나타내는 사실"이라고 하여 특별히 부자연스러움을 느끼고 있지는 않다. 김춘미, 앞의 책, 221면.

정』의 주인공의 성격이 통일적이지 못한 것을 혹렬히 비판하고 있다.[87] 그러한 그가 자기의 작품에서 등장인물의 성격의 통일성에 구애받지 않았을 리 없다. 스티븐슨의 소설 창작 방법을 지지했던 김동인은 소설 내의 작중인물의 언동은 모두 사건의 진전을 위해 기능해야 한다는 스티븐슨의 말에서 커다란 시사를 받았을 것이다. 나중에 김동인은 작중인물에게 현실의 인간이 지니고 있는 복잡한 성격 가운데서 이야기의 중심에 부합되는 명료한 성격을 갖도록 하는 것이 성격의 '단순화'라고 언급하기도 한다.[88] 김동인의 이러한 창작론을 고려하면, 일견 솔거의 부자연스러운 행동은 사실 작자가 일부러 그렇게 만든 것이 아닐까 싶다.

그러면 솔거가 보이는 일련의 모순된 행동은 그의 어떤 성격을 드러내고 있는 것일까. 필자는 다음과 같이 해석한다. 소녀가 눈멀었다는 사실을 알아챈 솔거는 자신의 약점인 추한 얼굴을 감춘 채 소녀의 약점(소경)을 강조함으로써 소녀에 대해 우월한 위치에 선다. 그리고 자기가 소녀에게 집착하고 있다는 사실을 깨닫고는 심리적으로 그녀보다 아래 놓일 것을 두려워하여 일부러 관심이 없는 것처럼 냉담한 태도를 취한 듯하다. 산 속을 헤맸을 약한 소녀가 가까스로 만난 사람에게 버림받는다면 얼마나 불안할 것인가. 이리하여 솔거는 소녀에 대해 전면적인 우위를 확보한 다음 그녀를 손에 넣는 쪽으로 행동한다. 즉 교묘한 화술로 그

---

87 「춘원연구」(4) '『무정』과『개척자』, 성격의 불통일' 참조. 다만 김동인의 이러한 비판이 타당한 것은 아니다. 필자는 이전의 논문에서, 형식의 성격이 통일되어 있지 않은 듯이 보이는 것은 인간의 행동 패턴이 다양한 요인에 의해 바뀌는 것을 그려내고자 했던 이광수의 의도에 의한 것이었다고 주장한 바 있다(하타노 세츠코, 『『무정』을 읽는다(상)』, 『『무정』을 읽는다』, 최주한 옮김, 소명출판, 2008 참조). 「춘원연구」(4)는 1935년 『삼천리』신년호와 2월호 2회에 걸쳐 게재되었다.
88 김동인, 「창작수첩」(3) '성격의 복잡', 『김동인 평론전집』, 263면.

녀의 얼굴에서 '아름다운 표정'을 떠올리게 하는 데 성공하여 결국 그녀를 자기 집에 데리고 가는 것이다. 이러한 일련의 행동을 통해 드러나는 솔거의 성격은 자기 본위적이고 오만하며, 솔직하지 못하고 교활하다고까지 할 수 있을 것이다.

그렇다 해도 '여'는 왜 솔거에게 '아름다운 이야기'에 어울리는 행복한 결말을 예상케 하는 성격이 아니라, 이렇게 자기 중심적인 성격을 부여했을까. 생각해볼 수 있는 이유 가운데 하나로 「광화사」보다 1년 앞서 발표된 평론 「근대소설의 승리」에 나오는 다음의 구절을 들 수 있다.

성격적 방면을 대표하는 리얼리즘의 골자와 사건적 방면을 대표하는 로맨티시즘의 가미가 잘 조화되어 여기서 비로소 근대인의 기호에 꼭 맞는 근대소설이 대성(大成)을 하게 되었다.[89]

줄거리는 낭만적이더라도 등장인물의 성격은 어디까지나 사실적이어야 한다고 김동인은 생각했을 것이다. 그러나 사실적인 것과 자기 중심적인 것은 별개의 문제이다. 여기서 한 가지 더 생각해볼 수 있는 이유는 앞서 언급했던 「춘원연구」의 다음과 같은 구절에서 짐작해 볼 수 있다.

여기서 우리가 매우 흥미를 느끼는 점은 다른 것이 아니라, 이 흔들리기 쉽고 줏대가 없는 주인공 이형식을, 우리는 즉시로 이 소설의 작자인 이춘원으로 볼 수가 있는 점이다.[90]

---

89 위의 책, 52면.
90 위의 책, 95면.

마찬가지로, 자기 본위적이고 오만한 「광화사」의 주인공을 이 소설의 작자 김동인으로 간주할 수 있을 듯하다. 솔거의 모습은 타인에 대해 오만한 자세로 일관했던 작자 김동인을 방불케 하기 때문이다. 필시 김동인은 솔거에게 자신의 모습을 투영했을 것이다. 천재라고 자부하고 있음에도 불구하고 세상에 받아들여지지 못한 채 세상을 그리워하는 정열을, 세상을 원망하고 그 앙갚음으로 세상에 성공해 보이려는 비뚤어진 정열로 바꾸어 가는 중로(中老)의 주인공은 심정적으로 작자 자신의 모습이 아니었을까. 예술가를 특권 계급으로 간주했던 김동인은 세상이 그에 상응하는 대우를 해주지 않는 것에 항상 불만을 품었다. 생활을 위해 붓을 잡으면서도, 자기는 좀더 좋은 작품을 쓸 수 있을 것이라는 오만함을 잃지 않았다. 그럼에도 불구하고 점점 생활에 쫓겨가는 그의 모습은 천재적인 실력을 갖고 있으면서도 추한 용모 때문에 세상에서 배척당하고 여자에게 거부당하여 아무도 모르게 산 속에서 죽어가려 했던 화공의 모습과 그대로 겹쳐진다.[91] 솔거의 성격 형성에는 작자의 이런 생각이 적지 않게 영향을 끼치고 있는 듯하다.

지금까지 보아온 내용을 정리하면 다음과 같다.

우선 소녀와의 만남 이전 솔거의 경력에서 밝혀진 것은 추한 용모 때문에 산 속에 틀어박혀 있으면서도 세상에 대한 열정을 버리지 못한 솔거가 타인과의 만남을 바라고 자기를 받아들여줄 여성을 찾고 있는 고

---

[91] 김춘미는 이에 대해 다음과 같이 언급하고 있다. "동인이 '솔거'와 '백성수'를 통해 표출하고자 한 것은 천재 예술가에게는 모든 것이 용납되어야 한다는 사상과 그들을 용납 안 하는 사회현실에 대한 분노이다. 동인이 일생 지속한 예술가적 자부심의 재천명인 것이다." 김춘미, 앞의 책, 229면.

독한 인간이었다는 점이다. 다음으로 소녀와 만났을 때 솔거가 취한 일련의 행동에서 밝혀진 것은 그가 솔직하지 못하고 자기 본위적이며 오만한 성격의 소유자라는 점이다.

만남을 바라는 마음과 솔직하지 못한 성격, 이 두 가지의 조합이 후반의 이야기 전개를 규정하게 된다. 눈이 먼 소녀는 솔거가 기다리고 바랐던 여성이 될 수 있는 가능성을 갖고 있다. 소녀를 자기 집에 데리고 간 솔거가 잠재적으로 갈망한 것은 그녀를 반려자로 삼는 것이었을 것이다. 그러나 오만하고 자기 본위적인 솔거의 성격은 독자에게 평온한 결말을 예상하는 것을 주저하게 만든다. 준비된 '아름다운 이야기'라는 분위기와 인물에게 부여된 성격이 어긋나고 있다는 불안이 감지되는 것이다. 작자도 이를 알아챘는지, 여기서 '여'를 개입시키고 있다.

'여'의 상념은 지나가는 사람들이 부르는 유행가로 인해 중단되고, 뒷이야기는 이어지지 않는다. '여'는 그들을 저주하면서 세 가지 결말을 생각해본다.

첫 번째는 집으로 데리고 온 소녀에게 용궁 이야기를 들려주면서 그녀의 표정을 묘사하여 오랜 숙원을 달성한다는 결말인데, '여'는 "이런 싱거운 결말이 어디 있으랴"[92]고 일축해 버린다. 두 번째는 소녀가 집에서는 그런 표정을 떠올리지 않아 작품은 미완성으로 남는다는 결말로, 이것도 "역시 마음에 들지 않는"[93]다. 세 번째가 가장 상세하게 서술되어 있는데, 그 이유는 그것이 처음에 설정된 분위기에 어울리는 결말이기 때문이다.

---

[92] 『야담』창간호, 78면.
[93] 위의 책, 78면.

화공은 처녀를 데리고 돌아왔다. 돌아와서 처녀를 보면 볼수록 탐스러워서 그림은 집어던지고 처녀를 아내로 삼아버렸다. 앞을 못 보는 처녀는 이 추하게 생긴 화공에게도 아무 불만이 없이 일생을 즐겁게 보냈다. 그림으로나 아내를 얻으려던 화공은 절세의 미녀를 아내로 얻게 되었다.[94]

첫 번째 결말과 합쳐 그림을 완성시키고 또 소녀를 아내로 삼는다는 가능성도 솔거에게는 있었을 것이다. 그러나 '여'는 이러한 행복하고 평범한 결말이 만족스럽지 않은 듯 "역시 불만이다"[95]라고 처리해 버리고, 위험한 벼랑을 내려가 이미지의 원천인 샘까지 간다. 가까스로 샘가에 다다라 보니, 멀리서는 짙푸를 정도의 깊이를 가진 것처럼 보였던 샘은 "겨우 한뼘 미만의 얕"고 "바위 위를 기운없이 똘똘 흐르고 있"[96]는 작은 물줄기에 불과했다. '여'가 "흐르는 모양도 아름답거니와 흐르는 소리도 아름답고 그 맛도 아름다운 샘물"[97]을 머릿속에서 그리면서 지어낸 '아름다운 이야기'의 원천은 여기에 이르러 빈약한 샘물에 지나지 않았다는 사실이 드러나고 있는 것이다.

'여'는 이 사실을 담담하게 기술할 뿐 실망했다고 적지는 않는다. 그러나 샘의 정체가 초라한 샘물에 불과했다는 사실을 밝힘으로써, 작가는 처음에 설정한 분위기를 수정했다고 볼 수 있다. 그것은 멀리서 보았던 반짝이는 샘물에 환기되어 시작된 '아름다운 이야기'가 그러한 분위기 그대로 종결되지는 않을 것이라는 예감을 주는 불길한 수정이다.

94　위의 책, 78면.
95　위의 책, 78면.
96　위의 책, 79면.
97　위의 책, 67면.

(3) 이야기-후반

『에일윈 이야기』외에 「광화사」에 영향을 준 것으로 지적되고 있는 또 다른 작품이 오스카 와일드의 『도리안 그레이의 초상』이다.[98] 『에일윈 이야기』의 다아시는 이성을 회복하고 무구한 표정을 잃어버린 주인공을 모델로 하여 다른 주제의 그림을 완성시키고 있다. 따라서 소녀의 변신이 비극을 가져오는 「광화사」의 모티프와 공통적인 것은 『에일윈 이야기』가 아니라 『도리안 그레이의 초상』이라고 할 수 있다. 천재적인 연기력을 가지고 있던 여배우 시빌은 도리안과의 입맞춤으로 진짜 사랑에 눈뜨게 되어 무대 위의 허구적인 사랑을 연기할 수 없게 되어 버린다. 예술지상주의자 도리안은 자기를 사랑한 탓에 재능을 잃어 버린 소녀에게 "너는 나의 사랑을 죽여버렸다"[99]고 매도하여 그녀를 자살하게 만든다.

「광화사」와 『도리안 그레이의 초상』에는 몇 가지 공통점이 발견된다. 여주인공들은 상대방을 매혹하고 있는 자신의 장점(배우로서의 재능, 아름다운 표정)을 알아차리지 못하며,[100] 남주인공들은 상대가 지닌 예술적 장점에 매료되지만 자기 탓으로 그것이 소멸되자 이번에는 예술을 이유 삼아 냉혹한 분노로써 상대방을 죽음에 이르게 한다는 점 등이 그렇다. 김동인은 『도리안 그레이의 초상』의 이러한 예술지상주의적 살

---

98 현창하는 「광화사」와 『도리안 그레이의 초상』에 공통적인 요소로서 '정욕이 예술을 소멸시킨다는 관념'과 '범죄자의 비밀이 그림 위에 현현된다는 구상'을 들고 있다. 또 그는 "김동인은 타니자키 준이치로(谷崎潤一郎)에 관해서는 한 마디 언급도 하지 않는다"고 적고 있지만, 김동인은 에세이 「안동(眼瞳)의 통각(痛覺)」에서 제목은 언급하지 않은 채 타니자키의 「춘금초(春琴抄)」에 대해 언급하고 있다.

99 ワイルド, 福田恒存 역, 『ドリアン・グレイの肖像』, 新潮文庫, 1988, 131면.

100 솔거가 소녀에게 집착하고 있는 것을 소녀는 알아채지 못하고 있음은 앞서 언급했다. 도리안은 시빌이 "자기의 재능을 전혀 알아차리지 못하고 있는 듯하다"고 친구에게 말하고 있다. 위의 책, 83면.

인이라는 플롯에 매료되어 소녀의 변신 모티프를 자기 작품에 받아들인 것이 아닐까 싶다. 다음에서는 이 점을 시야에 넣고 이야기—후반을 분석하고자 한다.

소녀를 집으로 데리고 온 솔거는 용궁의 '여의주'만 있으면 소녀의 눈이 보이게 되고, "광명한 일원, 무지개라는 칠색이 영롱한 기묘한 것, 아름다운 수풀, 유수한 골짜기, 무엇인들 못보랴"[101]라는 말로 소녀의 얼굴에 '놀랄 만한 아름다운 표정'을 떠올리게 하여 그 표정을 그린다. 해가 저물었을 때, 그림은 양쪽 눈만 남게 된다. 그리고 그날 밤 솔거는 소녀와 같이 자리에 든다(21절). 다음 날 아침 소녀의 눈은 솔거를 연모하는 '여인의 눈', '애욕의 표정'으로 바뀌어 있다. 그림을 완성할 수 없게 된 솔거는 분노한 나머지 실수로 소녀를 죽여 버리고 만다. 다음의 인용문은 소녀의 얼굴에서 '아름다운 표정'이 없어진 것을 솔거가 깨닫는 장면이다.

그러나 화공의 심미안에 비추인 그 눈은 어제의 눈이 아니었다.
아름답기는 다시없는 아름다운 눈이었다. 그러나 그 눈은 사내의 사랑을 구하는 '여인의 눈'이었다. (…중략…) 소경의 눈에 나타난 것은 아름답기는 아름다우나 그것은 애욕의 표정에 지나지 못하였다. 그런 눈을 그리려고 10년을 고심한 것이 아니었다.[102]

소녀의 몸이 맥없이 쓰러지는 찰나 튄 먹이 미녀상의 눈동자가 되어 그

---

101 『야담』 창간호, 80면.
102 위의 책, 81~82면.

림은 완성된다. 그러나 그것은 소녀의 원망어린 눈이었다(22절). 솔거는 광인이 되어 도읍을 떠돌게 되고, 수년 후 눈보라 속에서 얼어죽는다(23절).

이 이야기—후반에는 지금까지 언급해온 화공으로서의 솔거의 역량과 관련하여 모순이 있다. 미녀를 찾아 거리를 방황하던 때의 솔거는 "길에서 순간적으로라도 마음에 드는 미녀를 볼 수만 있으면 그것을 머리에 똑똑이 캐취하여 그 기억으로서 화상을 그릴"[103] 수 있는 역량의 소유자였다. 왕실의 뽕밭에서는 궁녀의 얼굴을 아득히 멀리서 보는 것만으로 그 얼굴을 그리려고 했던 솔거이다. 그럼에도 불구하고 소녀의 얼굴을 가까이에서 오랜 시간 관찰한 그가 결국 그림을 완성할 수 없었던 것은 이상하다. 솔거는 그 원인을 다음 날 아침 소녀의 변모 탓으로 돌리고 있지만, 그의 역량이라면 변모 전 소녀의 모습이 '캐취'되지 않았을 리 없다.

한 가지 더, 솔거가 바라고 있던 것이 과연 무엇이었는지도 혼란스럽다. 앞서 분석한 것처럼, 그의 '미녀상'에 대한 집념은 자신을 받아들여줄 여성에 대한 갈망이 변형된 것이었다. 그렇다면 설령 그림을 완성하지 못했다 하더라도, 솔거는 소녀를 아내로 삼음으로써 고독을 치유하고 만족하는 것으로도 충분했을 것이다. 그런데 이런 가능성은 중도에 개입한 '여'의 '역시 불만이다'라는 한 마디 말로 봉쇄되고, 솔거는 예술지상주의적인 분노에 사로잡혀 소녀를 죽음에 이르게 만들고 있는 것이다. 이는 솔거에게 '미녀상' 쪽이 '만남'보다도 중요했다는 것을 말해준다. 「광화사」가 예술지상주의적 작품으로 간주되는 이유도 바로 이 때문이다. 그러나 이러한 전개는 앞서 행한 분석의 결과와 모순된다. 이

---

[103] 위의 책, 72면.

모순을 어떻게 이해하면 좋을까.

『도리안 그레이의 초상』에서 착상을 얻은, 예술지상주의적인 분노로 인한 살인이라는 플롯이 작자의 머릿속에 먼저 있었다고 생각하면 이들 모순은 해결되는 것 같다. 우선 솔거의 역량에 관해서는 소녀가 변모했기 때문에 그림을 완성할 수 없게 된다는 이야기 전개의 필요상 작자가 솔거의 능력을 굳이 무시해 버렸다고 볼 수 있을 것이다. 두번 째 모순에 대해서는 지금까지 솔거가 보인 행동을 통하여 살인에 이른 그의 심리를 분석할 때 다음과 같은 해석이 가능하다. 이 살인은 사실 솔거의 자기 본위적인 성격이 일으킨 사건이며, 예술지상주의는 그 구실로 사용된 데 지나지 않는다는 해석이 그것이다.

어제 저녁 무렵 소녀와 만났을 때, 솔거는 추한 용모를 지닌 자신의 약점을 숨기고 소경이라는 상대의 약점을 강조함으로써 우위성을 확보했다. 그후 소녀를 집에 데리고 온 솔거는 '아름다운 표정'을 떠오르게 만들기 위해 여의주 이야기를 지어내고, 수일 이내에 앞을 볼 수 있게 해주겠다고 임시방편적인 거짓말을 덧붙인다. 솔거에게는 소녀에 대한 성실함이 전혀 보이지 않는다. 그토록 '만남'을 바랐던 솔거였지만, 그에게는 인간끼리의 '만남'에 가장 중요한 진실과 솔직함이 결여되어 있는 것이다. 이튿날 아침 '이미 남이 아닌' 사이가 된 두 사람은 함께 아침을 먹고, 솔거는 화필을 쥔다. 그림을 완성하면 두 사람은 부부가 되어 살게 될 것이다. 소녀의 마음은 첫 남성인 솔거로 가득 채워져 있고, 여의주를 얻어 한시라도 빨리 그의 얼굴을 보고 싶다는 일념뿐이다. 실현 불가능한 거짓말을 믿고 있는 소녀를 앞에 두고, 자기 본위적인 솔거는 필시 맹렬한 초조함에 사로잡혔을 것이다.

황혼의 빛 속에서 '아름다운 표정'이었던 것이 아침의 빛 속에서 '애욕의 눈'으로 변한 것은 보는 쪽의 마음이 시킨 조화이며, 어저께 그토록 '아름다운 표정'을 눈앞에 두고도 솔거가 그림을 완성시킬 수 없었던 것은 소녀의 변모가 아니라 솔거의 변심 탓이라 해석할 수 있다. 그림이 완성되면 솔거는 소녀에게 진실을 고하고, 새로운 인간 관계를 맺어 살아가야 한다. 이러한 번잡함을 앞두고 초조해진 오만한 솔거의 눈에 이미 순결을 상실한 소녀는 어제 저녁과 같은 매력을 지니지 못했을 것이다. 소녀에 대한 돌연한 폭력은 솔거의 자기 본위적인 초조함의 폭발이었던 셈이다. 그리고 솔거의 이러한 폭력에 대해 작자는 예술지상주의에 의한 분노라는 대의명분을 접목시켰던 것이다.

이야기─후반에 보이는 모순은 이상과 같은 해석을 내리는 것으로 해결된다. 창작 활동을 시작하던 시기에 스티븐슨의 방법론에서 배운 김동인은 어떤 성격의 인물을 만들고 나서 그런 인물이 일으킬 만한 사건을 일으킨다는 제2의 방법에 따라 이 「광화사」도 창작한 것으로 보인다. 이런 해석에 의하면, 솔거의 성격은 확실히 통일성을 갖고 있으며, 사건은 솔거의 이러한 성격이 초래한 비극으로 볼 수 있다. 김동인은 이러한 비극을 파탄에 빠뜨리지 않고 예술지상주의에 결부시킬 만큼 역량을 지닌 작가였던 것이다.

한편 시빌이 자살한 사실을 알고 일시적으로 격렬히 후회에 사로잡혔던 도리안은 곧 자신의 운명을 받아들이고 미소 짓는다. 솔거가 만일 참된 예술지상주의자였다면, 그도 소녀의 시체를 냉혹하게 내려다보았을 것이다. 그러나 솔거는 우연에 의해 그려진 원망의 눈을 보고 미쳐 버린다. 미녀상의 눈동자에 어려 있는 원망의 표정은 격정에 사로잡혀 마지막 반려자를 죽여 버린 사실을 깨달은 솔거의 미칠 듯한 후회의 투영물이었던 것이다. 어떤 평론가는 도리안의 궁극적인 파탄이 와일드가 결국 고지식한 모랄리스트였음을 시사한다고 평가하고 있다.[104] 마찬가지로, 솔거의 파탄은 「광염소나타」에서는 예술을 위해서라면 살인도 허용할 듯 위악적으로 붓을 놀리고 있던 김동인이 의외로 고지식한 모랄리스트였음을 시사하고 있는 듯하다.

(4) '여'의 애도

> 늙은 화공이여. 그대의 쓸쓸한 일생을 여는 조상하노라.[105]

'여'는 예술을 위해 살인을 저지르고 죽은 솔거에게 애도의 뜻을 표하고는 석양이 지는 인왕산을 내려간다. 죄도 없이 죽임을 당한 소녀에 대한 동정의 말은 없다. 이러한 '여'의 태도는 백성수의 범죄도 예술을 위해서라면 허용된다고 여겼던 「광염 소나타」의 화자 K와 동질적이며, 이 작품이 예술지상주의로 분류되는 이유가 되고 있다. 그러나 본고에서 행해온 분석과 해석에 의하면, 「광화사」는 결코 예술지상주의적 작품이 아니다. 솔거는 작자가 부여한 성격에 따라 행동한 데 지나지 않기 때문이다. 굳이 말하자면, 이 작품은 예술지상주의적인 포즈를 취한 작품 정도로 간주하는 것이 적절할 것이다.

104　佐伯彰一, 앞의 책, 주 99 해설.
105　『야담』 창간호, 84면.

5. 마치며

김동인이 창작방법론에 집착한 것은 문학이란 창조하는 것이라는 그의 문학관과 관련이 있다. 창조해내기 위해서는 방법이 필요하기 때문이다. 그러나 얄궂게도, 그의 방법론은 오히려 그의 창조력이 고갈되었을 때 그에게 도움에 되었던 것처럼 보인다. 「광화사」를 쓰던 무렵의 김동인은 초기에 비해 분명히 창작력이 저하되어 있고, 그것을 보충하기 위해 다른 작품에서 받아들인 이미지나 모티프, 그리고 이제까지 구축한 방법론을 총동원했다는 인상을 준다.

본고를 쓰는 과정에서 알게 된 것은 김동인이 일본어로 씌어진 문예이론서를 꽤 참고했다는 점이다. 김동인은 자기 나름의 창작론을 구축하기 위해 참고가 될 만한 서적을 이것저것 뒤지며 읽었을 것이다. 본고에서는 김동인이 참고한 것으로 보이는 일본어 서적을 각주에서 두 권 제시했다. 이들 참고 서적을 읽은 덕분에 김동인의 방법론을 깊이 있게 이해할 수 있었고, 그의 작품을 해석하는 데도 크게 도움이 되었다. 「광화사」와 같은 시기에 씌어진 「춘원연구」의 이광수에 대한 비판에도 이들 '참고 서적'이 근저에 자리하고 있지 않았을까 싶은데, 이 문제는 이후의 과제로 남겨두고자 한다.*106

---

* 필자는 1996년부터 3년 간 문부성 과학연구비 보조를 받은 공동연구 「근대 한국문학과 일본의 관련 양상」(대표 大村益夫)에서 김동인 연구를 맡아 마지막 년도에 보고논문을 쓴 이래 김동인의 작품을 하나 분석해 보고 싶은 생각을 갖고 있었다. 김동인이 유학시절에 읽은 외국소설이나 그가 쓴 창작론을 대하는 과정에서, 이러한 독서 체험과 방법론을 염두에 두고 작품을 읽으면 새로운 해석의 가능성이 드러날지도 모른다고 생각했기 때문이다. 「광화사」를 선택한 이유는 이 작품에 특히 『에일원 이야기』의 이미지가 감지되었기 때문이다. 지나치게 주관적이라는 비판을 각오하고서 해석의 가능성을 탐색해 본 사정이 여기에 있다.

한국 근대 단편소설과 김동인

이 글은 한국에서 근대 단편소설의 확립자로 간주되고 있는 작가 김동인(金東仁, 1900~1951)의 작품 가운데 12편을 선정하여 일본에서 번역서의 출간을 앞두고 쓴 해설이다. 작품집에는 초기작에 「배따라기」, 「태형」, 「눈을 겨우 뜰 때」, 「감자」를, 중기작에 「여인」, 「구두」, 「광염 소나타」, 「잡초」, 「대동강의 악몽」, 「광화사」를, 후기작에 「곰네」를 시대순으로 수록했다. 이 작품집은 〈조선근대문학선집〉의 하나로 기획된 만큼 해방 이전의 작품을 대상으로 삼았지만, 김동인이라는 작가를 이해하는 데 중요하다는 점을 고려하여 해방 후의 작품인 「민족반역자」를 함께 실었다. 같은 이유로, 김동인의 대표작으로 간주되는 단편소설뿐 아니라 길이로 보아 중편에 해당하는 「여인」, 「눈을 겨우 뜰 때」, 「잡초」도 수록했다. 또 「대동강의 악몽」은 소설이라기보다 르포타쥬에 가깝지만, 만보산사건에 관한 자료로서의 의의를 고려하여 싣기로 했다.

김동인은 활동기간이 길었던 인기작가였던 만큼 생존 당시는 물론이고 사후에도 간행된 단행본 수가 매우 많다. 전집으로는 1958년에 간행된『동인전집』(정양사, 전10권)이 가장 오래되었고, 1964년에 간행된『동인전집』(홍자출판사, 전10권: 정양사 판본을 사용했다고 한다)과 1976년에 간행된『김동인전집』(삼중당, 전7권)이 있으며, 1987년에는 조선일보사에서『김동인전집』을 17권으로 펴냈다. 조선일보사의『김동인전집』은 처음 발표된 것을 수록한다는 방침을 밝히고 있지만, 그밖의 전집은 수록작품의 출전이 명확하지 않다. 또 전집에 수록되어 있지 않은 작품도 있다. 유명한 작가 치고는 서지연구도 제대로 되어 있지 않아 저본을 고르는 데 애를 먹었다. 결국 작품마다 처음 발표된 것과 단행본과 전집을 비교하여 가장 적당하다고 생각되는 것을 골라 저본으로 삼았다.

1. 평양에서 태어나다

김동인은 1900년 10월 평안남도 평양에서 태어났다. 평안도는 조선시대에는 함경도 · 전라도와 더불어 차별의 대상으로 간주되었던 지방이다. 김동인은 같은 평안도 태생인 이광수를 모델로 하여 「민족반역자」라는 단편을 썼는데, 이 작품의 서두에 나오는 "아무리 날고 기는 재간이 있을지라도 일생을 진토에 묻히어서 허송치 않을 수 없는 것이 '평안도 사람'에게 부과된 이 나라의 태도였다"는 구절은 이러한 사실을 알지 못하는 독자로서는 이해하기 어려울 것이다. 평안도는 그곳에 태어났다는 사실만으로 출세의 길이 막힌 불우한 지방이었다. 이 때문에 중앙에서의 입신출세를 단념하고 중국과의 교역으로 자수성가한 인물도 나왔다. 개화기 무렵 이 지방에 기독교의 진출이 두드러지고, 또 새로운 시대에 호응하는 인재가 다수 배출된 배경에는 이러한 역사적 사정이 있다고 한다. 김동인도 이를 꽤 의식했던 듯하다.

김동인의 부친은 지방의 재산가로서 기독교 장로직을 맡았고, 민족독립운동 지사들과도 교류가 있어 그 지방에서는 명사(名士)로 손꼽혔다. 김동인은 이러한 부친이 평양의 가장 좋은 땅에 세운 부지 사백 평의 커다란 저택에서 태어나 자랐다. 맏형인 김동원이 전처의 자식으로 18세나 연상이었던 터라, 마치 장남처럼 자랐다고 한다. 동인은 자기의 '유아독존'적인 성격이 부친에게 물려받은 것이라고 적고 있다. 중학시절 동인은 성서 암송 시험 때 다른 책을 보다가 교사에게 주의를 들은 적이 있는데, 이 사실에 오히려 부친 쪽이 화가 나서 자식을 퇴학시켰다고 한다. 이러한 가정에서 자란 탓인지, 소년시절부터 김동인은 자존심이 세고 다른 사람을 깔보는 오만한 인간이었던 듯하다.

2. 토쿄유학

1914년 동인은 토쿄로 유학을 온다. 같은 기독교 중학교인데도 메이지학원을 피해 토쿄학원을 선택한 것은 소학교 동창이었던 주요한이 이미 메이지학원에 있었던 터라 그의 후배가 되고 싶지 않다는 오기 때문이었다고 한다. 그런데 1년 뒤 토쿄학원은 폐쇄되고, 그는 2학년 신학기부터 메이지학원 중학에 편입하게 된다. 그해 가을 새로 옮긴 시로가네(白金)의 하숙이 이 책에 실린 「여인」 가운데 첫머리 '메리'장과 '나카지마 요시에'장의 무대이다. 이 시로가네에서 그는 사춘기를 맞고 문학에 눈떠 창작을 시작한다. 시마자키 도손(島崎藤村), 이와노 호메이(岩野泡鳴) 등의 문학자가 다녔던 학교로 유명한 이 메이지학원에는 김동인이 입학하기 전까지 이광수가 다녔는데, 그도 마찬가지로 이곳에서 문학과 만나 창작을 시작했다. 김동인은 이 동향의 선배를 이상할 정도로 항상 의식하고 있었던 듯하다. 그는 나중에 이광수의 소설을 상세하게 분석하여 「춘원연구」(1934)를 쓰고, 해방 후에는 앞서 언급했듯이 이광수를 모델로 한 소설도 쓴다.

1917년 초 중학 3학년 3학기에 부친이 갑자기 사망하는 바람에 동인은 급작스레 귀국했다가 그대로 퇴학하고 만다. 부친의 죽음으로 막대한 재산을 상속받은 그는 이듬해 4월 평양 대상인의 딸과 결혼한다. 보통이라면 3년간 상복을 입었을 테지만, 조혼이 일반적인 당시로서는 혼기가 꽤 지났던 터라 모친이 걱정했던 것이 아닐까 싶다. 하지만 그는 평양에 오래 머무를 기분이 아니었고, 1918년 가을 신혼의 아내를 두고 재차 토쿄에 온다. 그가 조선 최초의 문학동인지 『창조』를 창간한 것은 이 두 번째 토쿄 체류 때이다.

3. 문학동인지『창조』

재차 토쿄에 온 김동인은 미술학교에 다니려고 했던 듯하다. 한국에서 간행되어 있는 김동인 전집의 연보와 연구서에는 본인의 회상기에 근거하여 가와바타 미술학교(川端畵學校)에 입학했다거나 졸업했다고 되어 있다. 그러나 이는 신빙성이 없다. 김동인은 회화이론을 익혔을 뿐 붓은 든 일이 없다고도 언급하고 있는데, 가와바타 미술학교는 실기를 익히는 곳이어서 붓을 들지 않는 학생이 다닐 만한 학교는 아니었다. 김동인도 학교에 대해 알아보면서 곧바로 이 사실을 깨달았을 것이다. 그렇지만 김동인이 미술에 그 정도로 관심을 보인 것은 문학과 미술을 함께 예술로 간주했던 시라카바파(白樺派)의 영향 때문인 것이 분명하다. 한 가지 더 김동인의 문학을 고려할 때 간과하면 안 되는 것은 그가 중학시절부터 일요일마다 아사쿠사(淺草)에 다닌 영화광이었다는 사실이다. 그후로도 그는 토쿄에 올 때마다 영화관을 찾고 있다. 김동인은 다이쇼 문화가 한창일 때 토쿄에서 청춘을 보냈던 것이다.

김동인이 재차 토쿄에 온 1918년 가을부터 1919년 2월까지 토쿄의 조선인 유학생들은 한창 열기에 들떠 있었다. 제1차 세계대전이 끝나고 윌슨의 민족자결선언과 파리 강화회의 개최 소식을 알게 된 그들은 본국의 독립운동가들과 협력하여 2월 8일 칸다 오가와초(神田 小川町)에 있는 재일본 기독교 청년회관에서 이광수가 기초한 독립선언을 낭독한다. 이 사건은 한 달 후인 3월 1일 본국에서 일어난 3·1운동의 선구가 된다. 이 무렵 김동인은 자비를 출자하여 주요한·전영택 등과 동인지 간행을 계획하고 있었다. 그리하여 조선 최초의 문학동인지『창조』의 창간호는 1월 28일 요코하마(橫浜)의 후쿠인 (福音) 인쇄소에서 인쇄되어 2월 1일에 발간된다. 김동인은 이광수의 계몽주의 문학을 공격하고 예술지상주의를 표방했는데, 당시 그의 문학에 대한 정열은 주위 유학생들의 민족독립에 대한 열기와 통하고 있었던 것이다.

4. 평양에서의 창작과 방탕

토쿄에서 유학생들의 소동을 알고 걱정이 된 동인의 모친은 전보로 자식을 불러온다. 그러나 이번에는 조선에서 3 · 1운동이 일어나 그는 평양에서 격문을 쓰고 3개월간 감옥에 갇히는 신세가 된다. 당시의 경험을 바탕으로 그는 3년 후 「태형(笞刑)」을 썼다. 감옥에서 나온 그는 토쿄생활을 청산하고 평양으로 돌아가 가족과 지내게 되지만, 얼마 안 있어 기생을 불러 밤에 놀러 다니는 방탕한 생활을 시작한다. 이렇게 방탕한 생활을 하는 틈틈이 그는 「배따라기」, 「눈을 겨우 뜰 때」, 「감자」 등 평양을 무대로 한 주옥같은 단편을 써낸다. 필시 이 무렵 그는 자신의 문체를 확립하기 위해 피나는 노력을 했을 것이다.

김동인은 문장을 만드는 기술에 관해 매우 고심을 거듭했던 작가였다. 이러한 수고는 그가 문장을 조선어로 쓰기 시작한 처음 단계에서부터 시작되었다. 그에게 창작은 우선 일본어로 생각하고 나서 이를 조선어로 옮기는, 마치 번역과 같은 작업이었다. 그리고 이때 문제가 된 것이 모어 (母語)인 조선어 능력의 부족이었다. 그는 소년시절 조선을 떠난데다 평양이라는 한 지방의, 그것도 커다란 저택 안에서 살았기 때문에 다양한 계층의 언어와 접할 기회를 갖지 못했다. 게다가 그는 조선의 표준어로 간주되는 서울말부터 배우지 않으면 안 되었다. 이와 관련해서는 서울 출신의 작가 염상섭이 김동인에게 서울말에 숙달하고 싶으면 서울 여성과 결혼하라고 농담을 했다는 일화가 전해지고 있을 정도이다.

그는 창작을 시작한 무렵 문체를 만드느라 고심했던 경험을 나중에 「조선근대소설고(考)」에서 구체적으로 회상하고 있는데, 이러한 고심의 흔적은 『창조』에 연재된 처녀작 「약한 자의 슬픔」과 「마음이 옅은 자여」 등에 보이는 대단히 생경한 문체에서 역력히 드러난다. 그러나 이러한 생경함은 창작을 거듭하는 과정에서 점차 옅어지고, 동인은 지방 사투리를 역이용하여 지방색을 살릴 궁리를 해나감으로써 차츰 자신의 문체를 완성해 간다. 그렇지만 그가 창작시 일본어를 떠올리는 습관은 줄곧 계속되었던 듯하다. 필자는 그의 작품을 번역하면서, 조선어 텍스트 저 너머에 김동인이 머릿속에 떠올렸을 일본어 문장이 투과되어 보이는 듯한 느낌이 종종 들곤 했다.

김동인은 「조선근대소설고」에서 자기 작품의 등장인물이 작중 의도대로 움직여주지 않는 까닭에 자기 내부의 이원성을 깨닫고 이로부터 광포한 방탕이 시작되었다고, 방탕이 시작된 원인을 극히 문학적으로 설명하고 있다. 물론 그것도 하나의 원인으로 작용했을 것이다. 하지만 그보다도 어려서 조선을 떠나 일본에서 문학에 눈떠 몸소 소설을 쓰기 시작한 그가 고향에 돌아와 고향의 언어로 창작을 시작했을 때 맞닥뜨린 정체성의 갈등, 그리고 보통사람보다 한층 자존심이 센 그가 식민지 종주국 일본에서 지내는 동안 받아야 했던 마음의 상처도 그를 방탕으로 끌고간 원인이 아니었을까 싶다.

　방탕은 이윽고 그의 생활기반을 위협하고, 마침내 그는 파산을 맞게 된다. 파산 후 그에게 남겨진 생활수단은 얄궂게도 소설을 쓰는 것이었다. 김동인은 그때까지 경멸했던 신문연재소설을 생활의 양식으로 삼아 후반기 인생을 스트레스 속에서 보내게 된다.

5. 작품 해설

　다음은 김동인 소설집에 수록된 작품에 대한 간단한 해설이다.

　「배따라기」는 1921년 『창조』 제9호에 발표되었다. '배따라기'란 뱃사람들이 노를 저으면서 부르는 '뱃노래'를 말한다. 주인공이 아내와 자기 아우의 관계를 의심한 일로 인해 아내는 자살하고 아우는 실종된다. 형은 뱃사람이 되어 아우를 찾아 유랑한다는 이야기로, 김동인의 초기 대표작 가운데 하나이다. 아내와 아우 간의 간통을 의심한다는 이야기는 윤리 규범이 혹독한 당시 조선에서는 파격적이었다. 이와 관련해서는 구니키다 돗포(國木田獨步)의 영향도 지적되고 있는데, 돗포와의 연관성을 고려한다면 오히려 작가의 근대적 내면과 풍경이 긴밀하게 결부되어 산출된 묘사, 곧 '풍경의 발견'(가라타니 고진, 『일본근대문학의 기원』)이라는 측면에서의 공통성에 주목해야 할 것이다. 동인은 오랜만에 만끽하는 고향의 봄을 다소 패기가 느껴지되 생생하고도 기쁨에 넘친 눈길로 아름답게 묘사하고 있다. 여기서 묘사되고 있는 조선의 풍경은 청춘을 구가하는 청년의 내면을 비추는 풍경이다. 하늘에 떠있는 구름은 "우리와 서로 손목을 잡자"고 말을 걸어오는 사랑의 구름이고, 아득히 멀리 푸른 보리의 빛깔은 만족한 웃음을 띤 농부를 연상케 하며, 바람은 조선 솔을 꿰고 돋아나는 풀을 스치면서 음악을 연주한다. 그리고 그 봄풍경의 한가운데서 '나'는 "인간의 위대함을 끝까지 즐긴" 진시황이야말로 유토피아를 건설하고자 했던 위인이었다고 생각하는 것이다.

그때까지 한국에서 자연과 풍경이 이처럼 개인의 내면과 결부되어 묘사된 일은 없었다. 이때 평양의 풍경은 비로소 김동인이라는 근대인의 눈길로 발견되고 형상화되었던 것이다. 이런 의미에서, 「배따라기」은 역사적인 문학작품이라고 할 수 있다.

이 작품의 번역은 홍자출판사 전집의 텍스트를 저본으로 삼았다. 출전은 분명치 않은데, 『창조』 제9호에 발표된 원고와 대조하여 봤더니 꽤 손을 댄 흔적이 있다. 잘 정돈되어 있고 필시 본인이 손보아 고쳤다고 생각되어 이 전집의 텍스트를 채택했다.

「태형—옥중 기록의 일절」은 김동인이 3·1 운동으로 평양 감옥에 수감되었을 때의 경험을 바탕으로 쓴 작품이다. 3·1 운동이 일어나고 3년이 지난 1922년 12월부터 이듬해 1월에 걸쳐 『동명』에 연재되었다. 당시에는 전문이 게재되었지만, 이듬해 이 작품을 단행본에 넣으려 했을 때는 과격한 내용이 화가 되어 전문 삭제되고 만다. 그런데 1935년에 간행된 단편집 『감자』(한성도서)에는 전문이 게재되어 있다. 왜 그렇게 되었는지는 분명하지 않다. 그 이후의 판본 단계에서는 3·1 운동에서 봉기한 사람이 살해되는 장면이 삭제된 듯하다. 해방 후 1946년에 출간된 단편집 『태형』(대조출판사)에는 일부 삭제된 것이 그대로 수록되어 있고,

이와나미문고(岩波文庫)의 『조선단편소설선』에 수록된 초 쇼키치(長璋吉)의 번역은 이 텍스트를 저본으로 삼고 있다. 필자의 번역은 전문이 실린 1935년 한성도서판본을 저본으로 삼았다. 이 판본은 일본어를 표기할 때는 일본어 활자를 사용하고 있는 까닭에, 번역서에서는 이를 고딕체로 표기했다.

감방의 협소한 공간과 견디기 어려운 온도에서 비롯된 극한 상황, 그리고 개인이 이름이 아니라 번호로 불리우는 익명성으로 인해 사람들은 점차 정상적인 감각을 잃고 이상한 심리로 내몰린다. 김동인은 인간이 왜 범죄를 저지르는가 하는 문제에 대해 지대한 흥미를 품었다. 자기도 왜 그런 일을 저질렀는지, 시간이 지난 뒤 생각해 봐도 알 수 없는 범죄를 그는 곧잘 작품의 제재로 삼았다. 이 작품을 쓸 무렵, 그는 집단적 이상 심리라는 측면을 의식했던 것으로 보인다. 감방의 사람들이 그저 사소한 생리적 쾌락을 구하고, 사람들과 함께 독립을 외치다 수감된 불쌍한 노인을 궁지로 몰아가는 장면에서는 오싹 소름마저 돋는다.

「눈을 겨우 뜰 때」는 1923년 『개벽』에 연재되었다. 필자의 번역은 이 텍스트를 참조하면서 홍자출판사의 판본을 저본으로 삼았다.

4월 초파일 불놀이가 한창인 밤. 손님과 대동강에서 뱃놀이를 하던 도중 우연히 기생을 경멸하는 여학생들의 이야기를 듣게 된 기생 금패는 자신의 장래에 불안을 품게 되고, 이윽고 인생이란 무엇인가라는 철학적인 의문을 갖게 된다. 이렇게 자아에 눈뜬 기생의 번민이 대동강의 봄 풍경을 배경으로 묘사되다가, 결국 금패가 그네에서 떨어져 죽는 것이 사고인지 아니면 자살인지 불면명한 채로 여운을 남기며 이야기는 끝을 맺는다.

이 무렵부터 김동인은 요정에 기생을 불러 노니는 방탕한 생활을 시작한다. 그러면서 그는 기생이라는 존재에 관심을 가지고 그네들의 생활을 관찰하게 되었을 것이다. 당시 기생의 생활이 이렇게 극명하게 생생히 묘사된 소설은 달리 찾아보기 어렵다. 또한 이 작품에는 그가 사랑한 평양의 풍경과 1920년대 전반 평양인의 풍속이 아름답게 묘사되어 있다. 대동강 뱃놀이나 어죽놀이 등 당시 풍류객들의 놀이법, 또 낚시와 강놀이를 즐기면서 대동강과 함께 살고 있는 평양인의 풍속도 매우 흥미롭지만, 단오날 펼쳐지는 여인들의 세계는 단연 압권으로 마치 두루마리 그림을 보는 듯하다. 이 가운데 평양 여인들의 복장은 다음과 같이 기술되어 있다.

기다란 은행색 치마에, 남빛 배자로 장식한 송화빛 저고리와, 그 위에 나비와 같이 예쁘게 올라앉은 수건 새로, 때때로 펄럭이는 새빨간 댕기의 뒷모양은 (…후략…)

여기서 '나비와 같이 예쁘게 올라앉은 수건'이란 어떤 물건일까. 작가 이태준은 1938년에 쓴 단편 「패강랭(浿江冷)」에서 사라져 버린 평양 여인 특유의 아름다운 풍속으로서 이 머릿수건을 회상하고 있다. 필자가 머릿수건의 모양새를 알 수 없어 곤란해하고 있던 차에 동국대학의 황종연 교수가 당시의 그림과 사진을 보내주었다. 아래 자료가 그것이다.

평양 여인들의 머릿수건

『李朝服飾図鑑』(朝鮮文学芸術同盟出版社, 1964)에 수록된 머릿수건 그림

이 작품을 번역하면서 힘들었던 것은 방언 문제였다. 금패의 언어는
서울말이 아니라 평양 방언이다. 표준어에 능숙하지 못했던 김동인은
사투리를 역이용하여 향토색을 내는 데 성공했던 것이다. 이를 일본의
방언, 이를테면 쿄토(京都) 방언으로 번역하면 어떨까도 생각했지만, 금
패가 일본 기생과 같은 쿄토말로 이야기한다면 그 배경에는 대동강이
아니라 카모가와(賀茂川)가 떠오를 듯한 기분이 들었다. 또한 지방을 특
정할 수 없는 가상의 사투리를 쓴다면 세련된 고향 기생의 이미지를 손

상시킬 듯해서, 결국 표준어로 번역하기로 했다.

「감자」는 김동인의 대표작이자 한국 근대 단편의 대표작으로, 이 시기 그가 도달한 정점이라고도 할 수 있는 단편이다. 1925년 1월 『조선문단』에 발표되었다. 필자의 번역은 이 텍스트를 저본으로 삼았다. 이 시기 김동인은 여전히 방탕한 생활을 계속하면서 틈틈이 진지한 창작에 몰두했다. 이해에는 최초의 본격적인 창작론 「소설작법」도 발표하는데, 그가 이론 면에서도 연구를 게을리하지 않았던 것을 엿볼 수 있게 한다. 이 무렵 동인은 예술로서의 완성도만을 생각했다. 흡족할 만큼의 시간을 투자하여 창작하고, 납득할 수 있을 때까지 퇴고를 거듭했으며, 원고료 따위는 염두에도 두지 않았다. 「감자」는 이러한 사치를 부린 작품답게 쓸데없는 문구는 거의 찾아보기 어렵고, 사건의 전개도 속도감 있고 알기 쉽게 정돈되어 있는 좋은 단편이다.

원래 가난은 해도 엄한 가율이 있는 집안에서 자라 도덕에 대해 막연하나마 두려움을 품고 있던 주인공 복녀는 무능한 남자에게 시집가면서 전락하기 시작한다. 하지만 그녀는 오히려 도덕으로부터 해방된 인생에서 즐거움과 사는 보람을 발견하며, 당당하고 씩씩하게 살아간다. 이러한 그녀가 왕서방에게 보이는 집착은 어쩌면 그녀에게 첫사랑과 같은 감정이었을지도 모른다. 그러나 그러한 집착이 화가 되어 그녀는 뜻밖의 죽음을 맞고, 세간에 흔히 있는 거래 속에 조용히 매장당하고 만다.

복녀의 남편은 지게를 지고 대동강 근처 누각 옆에서 아침부터 저녁까지 강물만 바라보고 있는 게으른 사람이지만, 그야말로 김동인이 말하는 전형적인 평양 사람이었다. 김동인은 「눈을 겨우 뜰 때」에서 평양 사람은 "종일 패수(浿水)가 흐르는 것을 들여다보고 앉아서도 조금의 갑갑함도 깨닫지 않던 선조의 피를 받"았다고 적었고, 「대동강의 평양」 (1932)이라는 수필에서는 이러한 평양인을 감동어린 필체로 칭찬하고 있다. 대동강은 평양인의 생명의 근원이며, 그런 까닭에 '평양의 대동강'이 아니라 '대동강의 평양'이라는 것이 이 수필의 내용이다. 그러나 그토록 대동강과 평양을 사랑했던 김동인은 방탕한 생활로 인하여 얼마 안 있어 그 고장을 떠나게 된다.

1926년 정월 재산을 정리하다가 재산이 지나치게 줄어든 데 놀란 동인은 관개사업(灌漑事業)에 손을 대지만 실패하고, 이듬해 결국 파산하고 만다. 현실을 도피하여 대동강 낚시에 날을 지새는 남편에게 정나미가 떨어진 아내는 남은 돈을 가지고 집을 나가 버리고, 김동인은 실의의 구렁텅이에 빠진다. 그가 겨우 기운을 차지고 생활의 재건을 생각하게 된 것은 1926년 여름, 평론 「조선근대소설고」를 『조선일보』에 발표할 무렵이었다. 이 평론에서 그는 『창조』 창간 시대부터 동인들이 일으켜 온 문학활동을 스스로 칭찬하는 한편, 방탕에서 파산에 이르는 이 수년 간의 일을 언급하면서 '문예전선'에 복귀할 것을 선언한다. 그리고 생활을 일으켜 재혼할 것을 결심하고는 그때까지 인연이 있던 여성들의 이야기를 모두 쓰기로 하는데, 「여인」이 바로 그것이다.

「여인」은 1929년 말 『별건곤』에서 연재를 시작하여 1년 후 『혜성』으로 옮겨 연재를 계속하다가 1931년 11월에 연재를 마쳤다. 연재 도중 김동인은 재혼하며, 연재가 끝난 이듬해 4월 삼문사에서 단행본 『여인』이 나온다. 잡지에는 메리, 나카지마 요시에, 만조지 아키코, 김옥엽, 세미마루, 황경옥, 노산홍, 김백옥 외에도 M과 X까지 모두 10명의 여성이 등장하지만, 단행본에는 M과 X가 삭제되어 8명으로 줄어든다. 둘 다 길이가 너무 짧아 전체의 균형이 붕괴될 것을 우려하여 삭제했다고 생각된다. M의 경우는 어릴 적 친구이지만 지금은 남의 아내라는 점이 고려되었을지도 모른다. 단행본에서는 약간 손보는 데 그치고 있을 뿐이라 이 텍스트를 저본으로 삼았다.

그런데 「여인」에서 일본을 무대로 한 이야기는 어느 정도 신빙성이 있을까. 역자는 이 점에 흥미를 갖고 이를 조사해 본 일이 있다. '메리'장과 '나카지마 요시에'장에 묘사되어 있는 시로가네(白金)의 하숙에 관해서는 '세이신여학원(聖心女學院)으로 가는 언덕길'과 '남쪽으로는 길 건너서 몇 천 평의 빈터'가 있다는 언급 덕분에 대강의 위치를 특정할 수 있었다. 또 영국인 모친과 일본인 부친 사이에서 태어난 혼혈이라는 '메리'에 대한 설명과 '주홍 바탕에 당초무늬 모양의 하오리'와 같이 '나카지마 요시에'에 대한 구체적인 묘사로 미루어 보건대, 필시 중학시절 그의 하숙 근처에 살고 있던 여자들은 실재 인물이었을 것이라 생각된다.

한편 '만조지 아키코'장에 묘사되고 있는 다음의 대목, 즉 은사와 친구들 앞에서 나체가 되어 모델대 위에 서는 '아키코'는 현실감이 현저히 떨어진다. "유난히 끝이 뾰족한 손가락 끝에는 몹시 반짝거리는 연분홍빛 손톱이 박혀 있고, 언제든 즐겨 붉은 빛이 많이 도는 옷과 붉은 리본과 붉은 신을 신었다"는 그녀의 차림새부터가 도대체 애매하기 짝이 없다. 이 무렵(大正 7年, 1918) 매니큐어는 아직 시중에 나오지 않았으므로, 여기서 연분홍빛 손톱이란 건강하다는 증거이든가 분홍색이나 무색의 니스를 칠한 상태를 가리키는 듯하다. 입고 있는 옷은 당시라면 기모노일 텐데, 하카마(겉에 입는 주름잡힌 일본옷 하의 - 옮긴이) 차림에 신을 신고 머리에는 리본을 매는 복장은 이 무렵 여학생들의 일반적인 모습이었다. 하지만 독자는 '아키코'가 벗어던진 것이 양복이라고 착각할 것이다. 김동인은 이렇게 헷갈리기 쉬운 묘사를 통해 아키코에게서 이 소설이 발표된 1930년경의 모던 걸을 연상하도록 독자를 유도하고 있었던 것이다.

　김동인은 다른 지면에서 후지시마 타케지(藤島武二)에게 배웠다고 언급한 적이 있기 때문에 「여인」에 나오는 F화백이란 토쿄미술학교 교수였던 화가 후지시마 타케지를 가리킨다고 생각하기 쉽다. 하지만 당시 후지시마가 처한 상황을 조사한 결과, 그가 동인을 제자로 삼는 것은 거의 불가능한 일이라는 것이 판명되었다. 가와바타 미술학교를 졸업했다는 동인의 회상과 마찬가지로, 「여인」의 이 대목도 창작으로 간주해야 할 것이다.

　그러면 어째서 김동인은 '아키코'와 같은 특이한 여성을 창조했을까. 그는 타인과 인간관계를 잘 맺지 못하는 사실에 고독을 느끼고 오만한 자아를 힘겨워했던 것 같다. 그런 그는 자아의 벽을 깨뜨려 자기를 상대해 주는 강력한 타자를 욕망했을 것이다. 한 가지 더 간과할 수 없는 것은 '아키코'에 대한 증오와 집착이 교착하는 동인의 양가적인 감정이다. 여기에는 식민지에서 온 청년이 제국의 수도에 대해 품고 있었을 동경과 반발이 투영되어 있다. '동인'에게 '아키코'는 여성이자 토쿄를 상징하는 존재이기도 했다. 그는 '아키코'를 '풍만한 육체'라는 냉소적인 언어로 객체화하는 한편, 감옥 속에서는 그녀에 대한 성욕에 몸을 떤다. 김동인은 「변태성욕」(1927)이라는 평론에서 여성의 나체는 '털을 깎은 돼지'와 같은 것이므로 그런 것에 남자가 성욕을 품는 것은 변태라고 적고 있다. 증오하면서도 마음이 끌리는 자기의 '변태성욕'을 '아키코'를 통해 묘사함으로써, 그는 자기 내부의 일본에 대한 감정의 정체를 응시하고자 했던 것이 아닐까 싶다.

흥미롭게도 후지시마 주변을 조사하던 중 김동인이 읽은 것으로 생각되는 소설이 눈에 띄었다. 타케히사 유메지(竹久夢二)가 자신의 여성관계를 다룬 자전소설 『출범(出帆)』이 그것이다. 1927년부터 『미야코신문(都新聞)』에 게재되어 당시 세간에 꽤 화제가 되었다고 한다. 이 소설에는 화실의 우상인 누드 모델이라든가 구운 돼지를 연상시키는 '붉은 여인' 등이 등장한다. 그리고 두 사람 모두 그렸던 유명한 모델 '오하(お葉)'의 이름은 「여인」의 동인이 사랑했던 일본 기생 '요코(葉子)'를 연상시킨다.

후반부 '동인'의 여성편력 상대는 기생들로서, '기생 노릇을 하다(左褄をとる-원문은 일본어)' '이미 다른 손님의 접대 자리에 나가 있는 기생을 불러내다(貫いをかける - 상동)' '접대 자리에 나간 기생이 다른 손님의 부름에 응하지 않다(貫い止め 상동)' 등 지금은 사어(死語)가 된 희귀한 유곽 언어가 빈번히 등장한다. 이들 언어는 일본어 활자를 사용하여 일본어 그대로 표기하고 있어서 번역할 때 굵은 고딕체로 표기했다. 이들 기생에게는 아무래도 모델이 있었던 듯하다. '동인'이 처음 사랑한 기생 '김옥엽'은 「눈을 겨우 뜰 무렵」의 주인공과 같이 철학적인 면모가 눈에 띈다. 「여인」이 연재되고 있던 무렵 잡지 『신여성』에 「가족제도와 성(性)문제의 동향」, 「청산해야 할 연애론」 등의 평론을 발표했던 김옥엽이라는 여성이 있는데, 이 여성이 모델인지는 명확하지 않다. 「여인」에는 일시 자취를 감추었던 '옥엽'이 지식인이 되어 나타났을 때 '동인'이 몹시 혐오감을 표명하는 대목이 나온다. 김동인은 초기의 작품에서 조선에서의 여성 차별을 고발하곤 했지만, 나중에는 '신여성'이라 불리는 지식인 여성을 혐오하게 된다. 이러한 경향은 해를 거듭할수록 강해져, 1941년에

발표한 「김연실전」(한국 신여성의 선구인 김명순과 나혜석이 모델이라고 한다)에
서는 냉혹한 필치로 여주인공의 비참한 말로를 그리고 있다.

방탕한 생활을 하던 무렵의 김동인은 원고료도 받지 않고 기분 내키
는 대로 흡족할 만큼의 시간을 투자하여 창작에 몰두했다. 하지만 생활
수단으로서 붓을 들 결심을 굳히고 나서부터는 이전에는 경멸했던 신문
연재소설의 집필도 적극적으로 떠맡게 된다. 1930년에는 그가 처음 쓴
신문소설 『젊은 그들』을 『동아일보』에 연재하고 있다.

「구두」는 이 무렵에 쓴 소품이다. 김동인 단편의 특징인 아이러니가
매우 잘 드러나 있어서 선택했다. 1930년 1월 『삼천리』에 게재된 원본
을 저본으로 삼아 번역했다.

「광염소나타」는 「구두」와 같은 달 『중외신문』에 연재된 작품으로, 번
역은 이 텍스트를 저본으로 삼았다. 이 작품은 시간(屍姦)이라든가 시체
애호증과 같이 새디즘적인 충격적 제재와 더불어, 예술을 위해서라면
살인도 허용된다는 극단적인 예술지상주의를 표방하여 주목을 끌었다.
김동인이 이렇게 특이한 성적인 증상들을 취할 수 있었던 것은 당시 일
본에서 출간되어 인기를 끌었던 『변태성욕심리』 덕분이었던 듯하다.
이 저서는 독일의 리하르트 폰 크라프트 에빙 남작의 저서로, 1913년(大
正 2) 당시 서양의 명저를 번역 출판하고 있던 대일본문명협회에서 간행
되었다. 권위 있는 문명협회에서 간행된 연구서이면서 선정적인 내용
탓에 당시 '변태성욕 붐'을 일으켰고, 지금도 사용되고 있는 '변태'라는
속어는 이때 생겨났다고 한다.

이 책은 그후로도 지금까지 계속 재번역되고 있는 진기한 책의 하나

PSYCHOPATHIA SEXUALIS
MIT BESONDERER BERÜCKSICHTIGUNG DER
CONTRÄREN SEXUALEMPFINDUNG
VON
R. V. KRAFFT-EBING

R.V. KRAFFT EBING, 『變態性慾心理』

이다. 이 무렵 변태심리는 학문적으로도 주목되어 일본정신의학회에서
는 월간 기관지 『변태심리』를 간행하기도 했다. 일찍이 김동인은 「변태
성욕」이라는 제목의 평론을 썼고, 또 「광염소나타」를 발표할 무렵에는
성적 충동 때문에 무의식중에 강간 살인을 범한 중년 남성을 주인공으
로 한 「포플러」라는 단편도 발표하고 있다.

원고료로 생활해 갈 전망이 선 1931년 김동인은 재혼한다. 신여성을 혐
오하던 그였지만, 역시 배우자는 구식 여성으로는 성에 차지 않았을 것이
다. 상대는 소학교 교사였던 열 살 연하의 김경애로, 이른바 신여성이었
다. 평양에서의 신혼 생활은 모친, 이우, 누이와 함께 하는 대가족 속에서
삐그덕거린 점도 있고, 또 일의 편의상 신문사와 출판사가 있는 서울에
거주하는 편이 낫다는 판단에 따라 1932년 서울의 행촌동에 집을 사서 이

사한다. 그는 그토록 사랑했던 대동강을 마침내 떠나게 되었던 것이다.

「잡초」는 1932년 잡지 『신동아』 4월호(상)와 5월호(중)에 연재되다가 중단된 작품이다. 홍자출판사 전집에 수록된 「잡초」 말미의 주에 따르면, 총독부의 간섭 때문이었다고 한다. 이 주는 해방 후 작품을 완성시켜 단행본에 넣을 때 붙인 것인 듯한데, 출전은 불분명하다. 필자의 번역은 1932년 처음 발표된 원고를 저본으로 삼고, 해방 후에 씌어진 부분은 홍자출판사 전집의 텍스트를 참고했다.

자연 조건으로 인해 외부로부터 차단된 ○○골. 양반촌인 오학동과 노비의 자손이 모여사는 정방 두 마을의 세력이 개화라는 역사의 흐름 속에서 역전되어 서로 대립하다가 결국 외부의 세력(일본) 앞에 함께 몰락해간다. ○○골을 조선 전체로 본다면 일종의 우화로 볼 수 있다. 도식적이기는 하지만, 개화기부터 식민지시대에 걸쳐 조선에서 전개된 현실을 꽤 정확하게 그리고 있다. 앞서 언급했듯이 김동인의 출신지인 평안도는 조선시대에 차별을 받았던 지역이지만, 오히려 그런 까닭에 진취적인 인재를 많이 배출한 지역이기도 하다. 남보다 갑절이나 자존심이 강한 동인은 자신의 출신지에 대한 부당한 취급에 민감했는데, 이 소설에는 그러한 지역감정도 반영되어 있다. 이 작품을 번역하면서 시대를 상징하는 노래가 모두 일본 노래라서 새삼스레 가슴이 아팠다. 자신의 청춘을 떠올릴 때 배경에 흐르는 노래가 일본어인 것이 서글프다던, 식민지시대에 청춘을 보낸 어느 지인의 말이 떠올랐다.

「대동강의 악몽─3년 전 조중인사변(朝中人事變)의 회고」는 1934년 『개벽』 12월호에 게재되었다. 삼중당 전집에는 수록되어 있지만, 홍자출판사와 조선일보사 전집에는 들어있지 않다. 필자의 번역은 삼중당 전집

1931년 만보산 사건 당시 평양의 중국인 거리
(출처: 위키피디아 http://ja.wikipedia.org)

의 텍스트를 저본으로 삼았는데, 처음 발표된 글과 다른 부분이 있는 것으로 보아 필시 단행본으로 낼 때 손을 본 것이 아닐까 싶다.

1931년 만주의 만보산에서 조선인 개척 농민과 그 고장의 중국인 농민이 용수로(用水路) 문제로 대립하여 7월 2일 유혈사태를 일으키고, 이 사건이 조선에서 과대 보도되자 보복을 위해 조선 각지에서 중국인 거리가 습격당한다. 「대동강의 악몽」은 3년 후 김동인이 평양에서 일어났던 이 습격사건에 대한 기록이다.

'기억을 더듬으면서'라고 적고 있지만, 시시각각의 변화가 상세히 기록되어 있는 것으로 보아 필시 당시 사건을 메모해 두었던 것으로 추측된다. 집단 속에서 공포에 휩싸여 군중과 함께 중국인 가게의 포목을 찢는 데 동참하고 있는 골계적인 자신의 모습까지 기록하고 있는 귀중한 증언 자료이다.

그 이듬해 동인은 만주의 조선인을 주인공으로 하여 「붉은산」이라는 단편을 쓴다. 이 단편은 한국에서 오랫동안 민족주의 소설로 간주되어 중학교 교과서에도 실렸다. 그러나 최근에는 만보산사건을 배경으로 한 이 단편의 근저에 '중국인에게 핍박받는 조선인'이라는 습격사건과 동일한 의식이 가로놓여 있다는 점에서 비판받고 있다.

「광화사」는 1935년 12월 월간지 『야담』 창간호에 게재되었다. 필자의 번역은 이 텍스트를 저본으로 삼았다. 『야담』은 김동인이 자비로 출자

하여 간행한 잡지이다. 물가가 높은 서울에서 새로운 생활을 시작한 김동인은 붓 한 자루로 생활하는 데 어려움을 겪었던 듯하다. 원고 청탁이 들어오지 않는 달에는 식은땀을 흘리기도 했던 모양이다. 1930년대 조선에서는 야담(역사비화나 역사소설)이 유행했다. 당시 김동인은 친구 윤백남이 간행하던 잡지 『월간야담』에 원고를 썼는데, 보아하니 수지도 괜찮은 듯하고 원고 청탁 문제를 걱정하지 않을 수 있는데다 자기가 쓰면 원고료도 지불할 필요가 없다고 생각하여 결국 직접 『야담』이라는 잡지의 경영에 나선다. 「광화사」는 『야담』 창간호에 게재하기 위해 동인이 주도면밀한 준비와 패기를 가지고 집필한 작품이다.

얼굴이 추한 탓에 이성에게 거부당하고 세간에서도 따돌림받는 화가 솔거는 세간에 복수할 생각으로 절세의 미녀를 그리기로 결심한다. 모델을 찾아 헛되이 세월을 거듭하던 그는 어느 저녁 집 근처 작은 샘가에서 만난 눈먼 처녀의 표정에서 마침내 그 '아름다움'을 발견한다. 하지만 처녀의 표정에 떠도는 '아름다움'은 나타났다가도 곧 대수롭지 않게 사라져 버리는 변하기 쉬운 것이었다. 이윽고 처녀의 마음이 변했을 때 그 '아름다움'은 사라져버리고, 이에 그림을 완성할 기회를 놓쳐 화가 난 솔거는 실수로 처녀를 죽이고는 미쳐버리고 만다.

상당히 공들인 플롯이지만, 잘 읽어 보면 부자연스러운 점이 도처에서 발견된다. 눈먼 소녀 혼자서 산속의 샘가에 나타난다든가, 자기를 보고도 놀라지 않는 처녀가 눈이 멀었다는 사실을 솔거가 곧 알아차리지 못하는 점 등이 그렇다. 이러한 점을 모두 덮어두고, 이 소설이 마지막까지 단숨에 독자에게 읽히는 힘은 바로 '여'가 이 소설을 창조하고 있는 현장에 독자가 함께 하고 있다는 설정, 이른바 '액자소설'이라는 점에서 비롯된다. 김동인은 이 소설에 그가 지금까지 스티븐슨, 키무라 기(木村毅), 화가 후지시마 타케지 등에게 배워 만들어낸 창작론을 총동원했다. 그밖에도 그가 애독했던 워츠 던튼의 장편『에일윈』으로부터는 '아름다운 표정'을, 오스카 와일드의『도리안 그레이의 초상』으로부터는 사랑 때문에 '아름다움'을 잃고 살해되는 소녀의 모티프를 취하는 등 작품에 온갖 주의를 쏟았다.

소설의 마지막에서 '여'가 예술 때문에 살인을 하고 미쳐 죽은 솔거에게 애도의 뜻을 표하면서도, 죄 없이 살해된 눈먼 소녀에게는 동정의 말 한 마디 없는 것이 석연치 않은 독자도 많을 것이다. 이는 이 작품이 예술지상주의 소설로 분류되는 이유이기도 하다. 하지만 「광화사」가 진짜 예술지상주의 소설이라면 솔거를 미쳐 죽게 만들 필요는 없었을 것이다. 도리안 그레이는 자기가 자살로 몰아간 소녀의 죽음을 알고 일시

워츠 던튼, 『에일윈 이야기(エイルキン物語)』 표지

후회하지만, 곧 미소를 되찾는다. 살인 후 우연히 완성시킨 그림의 눈동자를 보고 미쳐 버린 솔거의 모습은 김동인이 의외로 진지한 모랄리스트였다는 것을 보여주는 것처럼 보인다.

이러한 의욕에도 불구하고, 잡지『야담』의 경영은 실패하고 동인은 건강마저 잃어 1년 반 뒤 이 잡지를 다른 사람 손에 넘기게 된다. 그가 잃은 것은 돈과 건강뿐이 아니었다. 잡지를 메우기 위해 몇 달간 20편 이상이나 되는 야담을 쓰는 어지러운 붓놀림은 창작의욕의 감퇴를 가져왔고, 그는 이전부터 복용해왔던 수면제에 더욱더 의존하는 처지가 된다.

「곰네」는 1941년 잡지『춘추』4월호에 '어머니'라는 제목으로 발표되었던 작품이다. 필자의 번역은 홍자출판사 전집에 수록된 「곰네」를 저본으로 삼았다. 처음 발표한 원본과 비교할 때 약간 고친 흔적이 발견된다. 출전은 불분명하지만, 단행본에 넣을 때 '어머니'에서 '곰네'로 제목을 바꾸고 문체도 손보았을 것이다.

신여성을 냉혹하게 묘사했던 김동인이 여성을 주인공으로 삼은 작품은 의외로 많다. 앞서 언급했듯 초기에는 여성 차별에 동정적인 작품도 썼고, 「곰네」와 같이 어머니로서의 여성을 묘사한 작품에서는 따뜻한 시선이 느껴지기도 한다. 소설의 마지막 장면, 곧 아기와 같이 시장에 갔던 곰네가 거기서 만난 여남은 살 남짓의 고아 소년을 데리고 집으로 돌아오는 모습에서는 이제부터는 무능한 남자의 아내로서가 아니라 자식의 어머니로서 살겠다는 결의가 느껴져 독자에게 감동을 준다. 그렇다고는 해도 곰네의 생활 방식은 어디까지나 '아내'에서 '어머니'로 중심을 옮긴 데 불과하며, 여성의 자립이라는 영역에는 도달하지 못했다. 이것은 그 시대 남성작가의 한계라도 할 수 있을지도 모른다.

사실 역자는 마지막 장면에서 곰네가 시장에서 만난 고아 소년을 집으로 데리고 오는 설정에서 약간 당돌한 느낌을 받았다. 여자 혼자 사는 집 안에서는 소작을 얻을 수 없으니까 남편 대신 소년이 필요했던 것일까. 이렇게 생각하고 있었는데, 토쿠다 슈세이(德田秋聲)의 「난폭함(あらくれ)」(1915)를 읽고는 결말 부분이 유사한 데 깜짝 놀랐다. 「난폭함」의 여주인공은 믿음직스럽지 못한 남편과 헤어지려고 결심했을 때, 젊은 고용인를 자기 곁에 두고 그의 활력을 자신의 양식으로 삼고자 한다. 필시 김동인도 이 소설을 읽었을 것이다. 김동인의 「태양지 아주머니」(1938)에도 이 작품에서 암시를 얻었다고 생각되는 대목이 있다. 김동인은 일본의 소설이나 영화에서 항상 눈을 떼지 않았던 듯, 그의 소설에는 어디선가 본 듯한 플롯이 종종 눈에 띈다.

「민족반역자」는 해방 직후 1946년 『백민』 10월호에 발표되었다. 필자의 번역은 이 텍스트를 저본으로 삼았다. 민족을 사랑하여 '애족광(愛族狂)'이라고까지 불리던 주인공 오이배가 항상 민족을 위해 행동하였으나 어느 사이 반역자가 되어버린 역사의 아이러니를 그리고 있는 작품인데, 당시의 독자에게는 평안도 출신의 이광수가 그 모델이라는 것이 한눈에 확연했을 것이다. 과연 김동인답게 주인공을 옹호하고 있는 것인지 비꼬고 있는 것인지 알 수 없는 글쓰기 방식을 취하고 있지만, 주인공 오이배의 삶을 함께 겪어왔던 독자는 이광수를 간단히 민족반역자로 내치는 데 주저하지 않았을까 싶다.

김동인의 형 김동원은 이광수 대표로 있던 수양동우회(안창호의 흥사단을 모델로 한 수양단체로, 최종 목표는 민족의 실력양성을 통한 독립이었다)의 회원으로, 1937년 동우회사건 때 이광수와 함께 수감되었다가 일단 무죄 판결을 받았으나 재심에서 유죄를 선고받는다. 이때 김동인은 형의 부탁으로 이광수와 만나 대책을 상의했다고 한다. 이광수가 일본에 협력하기 시작한 것은 그 이후의 일이다. 동인은 3심에서 동우회 회원 전원이 무죄를 선고받은 것과 이광수의 친일활동을 결부지어 생각했던 듯하다. 김동인은 불경죄에 걸려 수감되었던 일도 있고, 조선문인보국회 간사를 맡는 등 일본에 협력적인 태도를 취했다. 그는 자신이나 이광수와 같이 저명한 문필가가 조선 땅에서 자기와 가족을 지키며 살아가려면 일본에 대해 얼마간 협력하지 않을 수 없다고 생각했을 것이다.

김동인의 최후에 관해서는 오랫동안 확실한 내용이 전해지지 않았는데, 김동인의 차남 김명광 교수가 2010년 『대산문학』 봄호에 기고한 「아버지 김동인을 말하다」라는 글 덕분에 밝혀지게 되었다. 이 글에 따르면, 1949년 병으로 쓰러진 김동인은 1951년 1월 인민군이 서울에 가까이 왔을 때 이미 의식이 없는 상태였다. 1월 3일 아내 김경애는 자식들을 친척집에 피난시키고 나서 자기만 돌아와 남편의 임종을 지킬 예정으로 집을 떠났으나, 그대로 모두가 피난민의 대열에 휩쓸려 꼼짝할 수 없게 된다. 서울은 인민군에게 점령되고, 그대로 온양의 피난민 수용소에 들어갔던 가족이 서울의 자택으로 돌아온 것은 8월의 일이었다. 그리고 이때 집 근처 밭두렁에서 김동인의 시신을 발견했다고 한다. 일부러 신경써서 이 자료를 보내준 KAIST의 이상경 교수에게 이 자리를 빌려 감사드린다.

한국 근대문학의 고전으로 자리잡은 김동인의 이름을 오늘날 소생시킨 것은 '동인문학상'이다. 지금은 조선일보가 주재하고 있고, 한국에서 가장 권위있는 문학상이 되어 있다. 한국의 근대 단편소설을 확립한 김동인에게 어울리는 대우라고 생각한다.

문학 텍스트를 어떻게 번역할 것인가

『무정』의 번역 사례를 중심으로

1. 시작하며

본고에서는 필자가 한국문학 텍스트를 번역하면서 곤란을 겪었던 몇 가지 문제에 대해 고찰하고 싶다.

필자는 한국 근대문학 연구자이다. 그런 필자가 어째서 번역을 하는가. 연구대상인 작품이 훌륭하다는 생각이 들어 일본에도 소개되면 좋겠다는 생각이 들면 직접 번역할 수밖에 없기 때문이다. 읽는 사람은 물론 흥미를 가진 사람도 적은 이 분야에서는 그럴 수밖에 없다. 그밖에 번역이라는 작업이 가진 매력도 빼놓을 수 없는 것은 물론이다.

필자가 번역을 할 때는 먼저 한국어의 의미를 생각하고, 다음으로 거기에 어울리는 일본어를 찾고, 또 한국어로 되돌아가 문맥을 확인하는 식으로 한국어와 일본어를 오가면서 텍스트와 철저하게 마주대한다. 그러면 그때까지 간과했던 문맥을 알아차리게 되거나 단어의 의미가 지닌 뜻밖의 심오함에 놀라게 되는 등 여러 가지 경험을 하게 된다. 이런 방식으로 단어에 흠뻑 젖어드는 것, 그리고 그 단어를 통해서 작가를 깊이 이해할 수 있는 것, 이것이 번역의 묘미이다. 그러나 번역에는 즐거움뿐만 아니라 골치 아픈 문제들도 따르게 마련이다.

본고에서는 필자가 겪은 몇 가지 골치 아픈 문제에 대해서 고찰하고 싶다. 번역량도 그다지 많지 않고 번역 경험도 미미한 필자가 번역에 대해 논하는 것이 주제넘은 일이기는 하지만, 한정된 경험 속에도 독자에게 참고될 만한 것이 있으리라 믿는다. 작년에 이광수의 『무정』을 번역한 일도 있고 하니, 그 경험을 중심으로 서술해 보고자 한다.

2. 일본어와 한국어

일본어가 모국어인 사람이 한국어 텍스트를 번역할 때 필요한 것은 텍스트의 의미를 이해하기 위한 한국어 능력과 의미에 어울리는 일본어 문장을 구사하기 위한 일본어 능력, 그리고 단어를 둘러싸고 있는 문화에 관한 지식이다. 이 가운데 어느 것이 가장 중요한지 묻는다면 필자는 두 번째 일본어 능력을 꼽고 싶다.

일본어 능력이라고 했을 때 일본어에 대한 풍부한 어휘력과 표현 능력이 중요한 것은 당연하다. 그러나 여기서 필자가 일본어 능력으로 강조하고 싶은 것은 부자연스러운 일본어에 민감하게 반응하는 능력이다.

일본어와 한국어는 어순이 비슷하고 어휘도 공통적인 한자어가 많다는 점에서 특이한 유사성이 있다. 언어학적으로 일본어와 한국어가 공통 계열에 속하는지의 여부는 입증되지 않았지만, 실제로 매우 유사한 것은 확실하다. 나중에 다시 언급하겠지만, 이 유사성에는 역사적인 이유로 인한 요인도 있다. 그런데 이 한국어의 어순과 한자어를 그대로 사용하여 번역하면 의미는 통해도 어딘지 어색하고 부자연스러운 일본어가 되고 만다. 이른바 '간극[ずれ]'이 생기는 것이다.

한국어를 번역하고 있자면 자주 이 '간극'에 붙들리는 듯한 느낌에 빠지곤 한다. 머리카락 한올한올에까지 달라붙어 좀처럼 몸을 빼내기 어려운 이 느낌을 필자는 '끈끈이 감각'이라고 명명해 본다. 문학작품의 경우는 여기에 '원문에 충실'해야 한다는 의식까지 작동하기 때문에 더욱더 빠져나오기 어렵다. 이 '끈끈이 감각'에 지지 않고 집요하게 '간극'에서 비롯되는 거북함에 저항하는 감각이 한국어 텍스트를 번역할 때 특히 중요하지 않을까 싶다.

번역자 가운데는 일본어를 풍요롭게 만들기 위해서 이 '간극'을 오히려 적극적으로 받아들여야 한다고 생각하는 사람도 있다. 현재 우리들이 대하는 문장은 메이지 이래 많은 작가들의 노력으로 변천을 되풀이하며 성립한 것이고, 여기에는 번역이 커다란 역할을 해 온 것이 분명하다.[1] 앞으로도 일본어는 변해갈 것이고, 거기서도 번역은 커다란 역할

---

1   번역이 메이지 시기에 근대적 문체를 창출하는 데 기여한 역할에 관해서는 野間秀樹, 「ことばを學ぶことの根據はどこにあるのか」, 『韓國語敎育論講座』第1卷, 2007, 제4장 '근대

을 할 것이다. 따라서 이러한 '간극'을 일본어에 받아들이는 것을 부정할 수는 없다. 문제는 어느 정도 받아들일 것인가이다. '간극'이 거의 생리적으로 귀에 거슬리는 경계선이 있다. 이질적이고 새로운 것을 받아들이는 적극성과 현재의 언어를 지키려는 보수성의 경계라고 생각되는 선을 의식하는 균형 감각, 이것이 바로 필자가 말하는 일본어 능력이다.

이 경계선의 위치를 결정하는 것은 번역자뿐만 아니라 번역된 텍스트를 읽게 되는 '독자'들이기도 하다. 그런 까닭에 번역자는 항상 '독자'를 의식할 필요가 있다.

3. '독자'라는 시점

작가의 문체와 인생관의 관련성을 연구하는 사람으로서 애초에 필자는 이 '특수한 유사성'을 거스르면서까지 작자의 손으로 씌어진 원 텍스트에 손을 대는 일에는 저항감이 있었다. 그런데 다행스럽게도 "이래서는 일본어라고 할 수 없다"고 혹독하게 말해주는 편집자가 있어서 덕분에 번역이라는 작업을 다른 눈으로 보게 되었다. 원작자만이 아니라 '독자'를 의식하게 된 것이다.

원작을 지나치게 소중히 대하는 것은 거꾸로 말하면 원작에 지나치게 의존하는 것이고, 원문이 그러니 어쩔 수 없다고 주장하며 한국어의

이래의 '외국어' 학습 = '씌어진 단어'를 둘러싸고', 13~18면 참조.

구조를 떠나지 못하는 것은 갓난아이가 젖을 떼지 못하는 것과 같다고, 근래에는 그렇게 생각하고 있다. 번역의 역학은 원작자와 번역자 두 사람만이 아니라 독자까지도 고려한 세 사람 간에 작동하는 삼각관계와 같은 것이다. 독자는 번역자에 대해 원작자와 동일한 정도의 권리를 갖고 있다. 미시마 유키오(三島由紀夫)는 번역자에 대한 독자의 권리를 다음과 같이 강한 어조로 강조하고 있다.

어학 실력이 부족해서 번역문을 비평할 수 없다는 것은 어리석은 얘기입니다. 번역문은 적어도 일본어이고 일본의 문장입니다. 어학과는 관계없이 우리는 자신의 판단으로 좋은 번역문과 나쁜 번역문을 구별할 수 있는 것입니다.[2]

그는 또 독자가 원작자에게 갖춰야 할 예의는 번역자가 제공한 서투른 문장을 거부하는 것이라고도 말하고 있다.

일반 독자가 번역문의 문장을 읽을 때, 이해하기 어렵거나 문장이 서투르거나 하면 곧 내던져 버리는 것이 원작자에 대한 예의라고 생각합니다. 일본어로 통하지 않는 문장을 다만 원문에 충실하다는 평판만으로 참고 견디며 읽는 온순한 노예적 태도는 버려야 합니다.[3]

지금까지 일본에서는 한국문학이 상업적인 고려의 대상이 되지 못한

---

2 三島由紀夫, 『文章讀本』, 中央公論社, 1959, 112면.
3 위의 책, 111면.

탓도 있고 해서 문학 번역에서 독자의 존재는 다소 등한시되어 왔다. 최근에는 '한류' 덕분에 한국의 드라마 소설이 서점에 대량으로 쏟아지고 있다. 이 소설들의 번역은 대체로 독자에게 매우 친절하며, 대량의 번역 덕분에 번역 기술은 현격한 진보를 이뤘다. 또 케이블 TV의 한국 관련 채널은 대부분의 프로그램에 자막이 붙어 있고 자막 수준도 현저하게 향상되었다. 드라마를 보고 있자면 때로 깜짝 놀랄 정도로 훌륭한 자막이 눈에 띄기도 한다. 이제부터 문학 번역은 이러한 분야의 기술에도 주목할 필요가 있다.

4. 번역자는 배반자

앞서 '원작자'와 '번역자'와 '독자'의 관계는 삼각관계라고 언급했는데, 번역자의 입장을 비유한 이탈리아의 속담 "번역자는 배반자(Traduttore, traditore)"라는 말은 당연히 일본어와 한국어 사이에도 유효하다. 한국어와 일본어 사이에 언어와 문화의 차이가 존재하는 이상, 번역하는 사람은 독자의 이해를 돕기 위해 원문의 어떤 부분은 삭제하고 또 어떤 부분은 덧붙여야 하기 때문이다. 물론 번역자는 이런 일을 줄이기 위해 고도의 번역 기술을 발휘하거나 대상 지역의 문화를 독자에게 소개하여 문화적 격차를 메우는 데 힘쓴다. 그렇게 해서 최대한의 노력을 기울인 끝에, '배반'을 의식하면서 '배반'을 책임질 각오로 번역하는 것이 번역자의 양심이다.

번역자는 '악보를 보고 연주하는 음악가'라든가 '시나리오를 읽고 연기하는 배우' 등 여러 가지 비유를 사용하여 자기가 처한 입장을 표현한다. 다음의 어릿광대의 비유는 번역자 나부랭이에 불과한 필자로서도 절로 고개가 끄덕여진다.

원전이라는 왕에게 알랑거리고 그 일거일동을 모방하면 '독자'라는 관객으로부터 외면당하고, 관객에게 알랑거리며 그 간극을 피하면 왕에게 꾸중을 듣는다. 저쪽을 내세우면 이쪽이 문제라고 해서 적당히 도망쳐 숨을 수 있는 무대 뒤편도 없다. 항상 뭇사람의 시선에 노출되어 있어서 끊임없이 누군가로 존재해야만 하는 존재—이것이 어릿광대로서의 번역자인 것이다.[4]

러시아어 통역사인 요네하라 마리(米原万里)는 원어를 충실하게 전달하고 있는지의 여부를 가늠하는 좌표로 정숙도(貞淑度)를 재고, 통역문이 어느 정도 매끄럽게 표현되는 것이 좋은지의 정도를 여성의 미모에 비유하여 원어(원문)와 통역의 관계를 네 가지 패턴으로 분류하고 있다. 이상적인 것은 물론 '정숙한 미녀'이고 최악의 것은 '얌전치 못한 추녀'이지만, 통역자의 대다수는 각각의 경우에 따라 '얌전치 못한 미녀'와 '정숙한 추녀'를 적절히 분간해서 쓴다고 한다. 예컨대 분위기가 중요한 파티에서는 '얌전치 못한 미녀'를, 몇 억의 이해가 걸린 중요한 비즈니스에서는 '정숙한 추녀'를 택하는 것이 일반적이다.[5]

문학 텍스트의 경우는 장소나 시간이 제한이 없으므로, 원 텍스트를 존중하여 '정숙한 추녀'를 선택할지 아니면 독자의 귀에 듣기 좋은 '얌전

4   鷲見洋一, 『飜譯仏文法—下』, 日本翻譯家養成センター, 1987, 365면.
5   米原万里, 『不實な美女か貞淑な醜女か』, 德間書店, 1994, 138~139면.

치 못한 미녀'를 선택할지는 전적으로 번역자의 신념에 달려 있다. 필자로서는 '정숙한 미녀'를 지향하면서도 그것이 마땅치 않으면 '얌전치 못한 미녀' 쪽으로 기우는 편이다.

5. 일한 비교 언어학

앞서 일본어와 한국어의 '특수한 유사성'이 초래하는 '간극'으로부터 자유로워지려면 '독자'라는 시점을 갖는 것이 중요하다고 했지만, 그 외에도 유용한 시점이 몇 가지 더 있다.

우선 일본어와 한국어의 구조적 차이를 분명하게 해주는 비교 언어학의 시점이 있다. 김은애의 「일본어의 명사 지향 구조와 한국어의 동사 지향 구조」(2003)는 일본어가 명사를 지향하는 구조를 가진 데 반해 한국어는 동사를 지향하는 구조를 가진다고 분석하면서, 일본어와 한국어의 '언어다움'의 차이를 분명히 하고 있다. 예컨대

雨の日に會っためがねの子, 覺ている?

비 오던 날 만났던 안경 낀 애 기억나?[6]

일본어에서는 '雨の日'이라는 2개의 명사로 이루어진 표현이 한국어에

---

6   金恩愛,「日本語の名詞志向構造と韓國語の動詞志向構造」,『朝鮮學報』, 第188輯, 2003, 3면.

서는 '비오던 날'처럼 '오다'라는 동사와 더불어 표현되고, 마찬가지로 'め がねの子'는 '안경 낀 애'처럼 '끼다'라는 동사와 더불어 표현되고 있다. 명 사를 중심으로 성립한 것이 일본어의 '일본어다움'이라면 동사에 근간을 두고 있는 것이 한국어의 '한국어다움'이라는 주장인데, 치밀하고 방대한 자료를 통해 이를 입증하고 있는 논문을 읽으며 공감한 부분이 많았다.

번역을 하고 있자면 경험과 직감에 의존하면서 점차 나아가는 것이 기껏이고, 좀처럼 규칙성이라는 데까지는 생각이 미치지 않는다. 번역 작업을 하는 동안 이런 때는 이런 식으로 번역하면 좋겠다는 경험에 의 한 규범이 쌓이긴 하지만, 다른 데서 동일한 사항과 마주치더라도 거의 무의식적으로 이를 사용할 뿐 나중에는 잊어버리고 만다. 김은애의 논 문이 고마운 것은 첫째 평소에 막연하게 느끼고 있던 점을 논문의 형식 으로 명시했다는 점, 둘째 일본어와 한국어가 다른 부분을 확실히 지적 함으로써 원문으로부터 거리를 두기 쉽게 만들어 주었다는 점이다. 즉 언어학의 입장에서 인증받았다는 생각이 드는 것이다.

이 논문을 만났을 때 필자는 마침 『무정』을 번역하고 있던 터라 자신 감을 갖고 텍스트에 나오는 동사 표현을 명사를 사용한 일본어로 번역 했다. 예컨대(괄호 안은 직역)

의복 머리를 선형과 꼭 같이 하였으니[7](衣服と髪を善馨とまったく同じく しているので)

→衣服と髪型を善馨とおそろいにしていることからも[8]

---

7 김철 校註, 『바로잡은 『무정』』, 문학동네, 2003, 49면.
8 波田野節子 譯, 『朝鮮近代文學選集 1—無情』, 平凡社, 2005, 13면.

너 어디 있는 아해냐?[9] (おめえ, どこにいるガキだ?)

→ おめえ, どこのガキだ?[10]

돈 한 푼도 없이![11] (一文の金もなしに!)

→ 一文無しでねえ.[12]

그런데 지금 다시 읽어 보면 좀더 적극적으로 명사 표현을 취해도 좋겠다고 여겨지는 부분이 눈에 띈다.

'잠깐 울다가 얼른 눈물을 그치'지는 못 한다.[13]

→ 'ちょっと泣いてすぐに泣きやむ'ことはできない.[14]

→ 'ひと泣きしておしまいにする'ことはできない.

필자가 이전에 번역한 것을 읽으면 아직도 원문에 사로잡혀 있음을 느낀다. 자신감을 갖고 원문에 거리를 두면서 좋은 일본어 문장을 구사하라고 격려해주는 비교 언어학 연구가 앞으로 잇달아 나오기를 기대해 본다.

일본 소설을 한국어로 번역한 것을 주된 자료로 삼은 김은애의 논문을 읽고 새삼 깨닫게 된 것인데, 일본 소설이 한국어로 어떻게 번역되어

---

9   김철 校註, 위의 책, 81면.
10   波田野節子 譯, 위의 책, 36면.
11   김철 校註, 위의 책, 83면.
12   波田野節子 譯, 위의 책, 37면.
13   김철 校註, 위의 책, 373면.
14   波田野節子 譯,, 위의 책, 213면.

있는가를 보거나 소설을 직접 한국어로 번역해 보는 것은 한국어를 일본어로 번역할 때 발상이나 어휘의 폭을 확장시키는 데 매우 유용하다. 일본 소설의 한국어 역으로는 유타니 유키토시(油谷幸利)가 작성한 일한 대역(對譯) 자료[15]가 도움이 된다. 특히 필자는 그가 펴낸 학습서『한국어 실력 양성 강좌 2-틀리기 쉬운 한국어 표현 100』에 있는 연습문제의 별쇄본 해답집을 가지고 다니며 즐겨 보는 편인데, 이 책을 보고 있자면 '멋진 생활양식'이나 '세련된 생활양식'과 같은 한국어로부터 'おしゃれな生き方'[16]라는 일본어가 떠오르거나 '타고난 일벌레', '일에 미친 사람', '일밖에 모르는 사람' 등의 한국어를 보았을 때 '根っからの仕事人間'[17]과 같이 보통 떠올리기 어려운 표현을 연상할 수 있게 되고, 그런 표현을 문맥에 따라 사용할 수 있는 유연성을 갖게 된다. 일한 비교 언어학의 발전은 번역 기술과 밀접하게 관련되어 있는 것이다.

6. 다른 외국어 번역본

한국어를 일본어 이외의 외국어로 번역한 소설을 읽는 것도 발상의 폭을 넓히는 데 유익하다. 일한 번역에 국한하지 않고 다른 언어로 번역된 것을 봄으로써 다른 시점을 가질 수 있기 때문이다. 영어나 프랑스어

15　油谷幸利,『白河夜船・日韓對譯資料』, 同志社大學, 2004.
　　－,『だから, あなたも生き抜いて・日韓對譯資料』, 同志社大學, 2004.
16　油谷幸利,『韓國語實力養成講座 2-間違いやすい韓國語表現 100』, 白帝社, 2006, 98면.
17　油谷幸利, 앞의 책, 98면.

로 번역된 것을 보면, 일본어처럼 단어 하나하나에 또 미세한 부분에 구애되지 않는 대범함이 있다. 물론 여기에는 언어 구조의 차이뿐만 아니라 문화적 차이가 크다는 요인이 있고, 다른 언어로 번역할 때는 일본어의 경우와는 또 다른 종류의 수고로움이 있다는 것을 알게 된다.

필자가 번역한 이광수의 『무정』은 영문으로도 번역되어 있는데, 그 가운데 일부를 취하여 비교해 보자. 2005년 코넬대학에서 출판된 『이광수와 근대 한국문학: 무정(Yi Kwang-su and Modern Korean Literature: Mujŏng)』은 이광수의 손녀인 앤 성희 리(Ann Sung-hi Lee) 씨가 번역한 것으로, 주석이 많이 달려 있고 그녀의 연구논문도 수록되어 있는 연구서 겸 번역서이다. 영역본은 1917년 『매일신보』 연재본을 저본으로 삼았고 일역본은 1925년에 출간된 제6판본을 저본으로 삼았지만, 여기서는 모든 판본을 망라하여 교정과 주석을 가한 김철 교수의 판본을 참고하여 현대어로 표기하기로 한다(괄호 안은 직역).

[원문] 우선이가 창으로 엿보다가 고양이 모양으로 가만가만히 나오면서 형식의 어깨에 손을 짚고 가늘게 일본말로, "모오 다메다" 한다.[18](友善が窓からのぞきこんでから猫のようにそっと出てきて, 亨植の肩に手をつき, 小聲で日本語で'モウダメダ'と言う.)

[일역] 窓からのぞきこんでいた友善が猫のように忍そび足つで出てきて, 亨植の肩に手をかけ, 日本語で'モウダメダ'と小聲で言う.[19]

---

18 김철 校註, 위의 책, 278~279면.
19 大村益夫・布袋敏博 編, 『近代朝鮮文學日本語作品集』(1939~1945), 評論隨筆篇 3, 139면.

[영역] U-sŏn peered in through the windows, then sneaked out the front door surreptitiously like a cat. He put a hand on Hyŏng-sik's shoulder and said in Japanease, "We can be of no use now."[20]

일역은 'で'가 가까이서 반복되는 것을 피하기 위해 구문에 약간 변화를 주어 '小聲で'를 뒤로 돌렸다. 영역에서는 한 문장을 두 문장으로 나누었지만, 오히려 일역보다 원문에 가깝게 번역하고 있다. 전체적으로 이 영역본은 원문에 충실하게 번역했다는 인상을 준다.

우선이 일본어로 내뱉은 '모오 다메다'는 일역에서는 일본어라는 사실을 강조하기 위해 카타카나 표기에 강조점을 찍었다. 영역에서는 "We can be of no use now"라고 번역하고 원문은 한국어로 표기된 일본어라고 주를 달았다. 영채의 순결과 관련된 우선의 이 말을 어떻게 해석할지를 두고 이후 형식은 전전긍긍한다.

[원문] 그리고 우선이가 '모오 다메다' 하던 것을 생각하였다. 영채는 과연 김현수에게 몸을 더럽힘이 되었는가 하고 생각하였다. 우선이가 창으로 엿보고 '모오 다메다' 하던 것이 무슨 뜻인가 하였다.[21] (そして友善が'モウダメダ'と言ったことを考えた, 英采は果たして金賢洙を汚されるところとなったのかと考えた. 友善が窓からのぞきこんで'モウダメダ'と言ったのは, どういう意味かと考えた.)

---

20 Ann Sung-hi Lee, *Yi Kwang-su and Modern Korean Literature: Mujŏng*, Number 127 in the cornell East Asia Series, New York: Cornell University, 2005, 173면.

21 김철 校註, 위의 책, 278~279면.

[일문] そして友善が‘モウダメダ’と言ったことを考えた, 英采は果たして金賢洙に汚されたのだろうか. 友善が窓からのぞきこんで‘モウダメダ’と言ったのはどういう意味のだろう.[22]

[영역] He remembered how U-sŏn said, "It is no use, We are too late." Had her body indeed been soiled by Kim Hyŏn-su? What had U-sŏn meant when he looked through the window and said, "It is no use we are too late?"[23]

일역과 영역 모두 '하고 생각하였다'가 반복되는 부분을 생략하고 있다. 주목할 만한 것은 원문에 충실한 영어가 '모오 다메다'의 번역을 "we can be of no use now"에서 "It is no use. We are too late"로 바꾸었다는 사실이다. 순결을 빼앗긴 충격을 강조하려 한 것이 아닐까 생각되는데, 그렇다 해도 이렇게 중요한 핵심어를 바꿔 버린 것은 놀랍다. 영역에서는 번역자의 권한이 일역의 경우보다 크다는 얘기가 정말인 듯하다.

문화 사항에 속하는 가옥구조에 관한 부분을 비교하면 영역의 어려움이 눈에 들어온다. 우선이 '모오 다메다'라고 내뱉는 말을 들은 형식은 다음과 같이 행동한다.

[원문] 형식은 그만 눈에 불이 번득하면서 '흑'하고 툇마루에 뛰어 오르며 구두 신은 발로 영창을 들입다 찼다.[24] (亨植はたちまち目に火が煙えあがり,

---

22 大村益夫·布袋敏博 編, 위의 책, 155면.
23 Ann Sung-hi Lee, 위의 책, 173면.
24 김철 校註, 위의 책, 251면.

'えいっ'と縁側に跳びあがって, 靴を履いた足で英창をめちゃくちゃに蹴りっけた. ―강조 인용자)

[일역] 逆上した亨植は, 'えい!'と叫んで縁側に跳びながると, 靴を履いたまま障子窓を滅茶苦茶に蹴りつけた.[25]

[영역] Hyŏng-sik's eyes flashed with rage, and he jumped up onto the veranda of the house and kicked at the door panel.[26]

눈치 챘겠지만, 필자의 일역에는 실수가 있다. '발로'를 '채로'로 잘못 보고 "靴を履いた足で"로 번역해야 할 부분을 "靴を履いたまま"로 번역한 것이다. 하지만 이 점에 관해서는 '오역' 장에서 언급할 예정이니 일단 넘어가도록 하자.

"형식은 그만 눈에 불이 번뜩하면서"의 번역은 영역 쪽이 원문에 가깝다. 그러나 건물의 명칭과 관련해서는 가옥의 구조나 건축 자재가 한국과 유사한 일본과 달리 서양에는 적절한 어휘가 없기 때문에 번역하는 데 곤란을 겪게 된다.

'툇마루'는 형태는 일본의 '엔가와(緣側)'와 매우 유사하지만, 엔가와와 달리 외부를 차단하는 덧문이 없고 항상 바깥에 노출되어 있다. 바깥에 노출되어 있다는 점에서는 네레엔(濡れ緣)과 비슷하지만, 크기나 기능 면에서 보면 역시 엔가와에 가깝다. 무엇보다도 신발을 벗고 오르는 곳

---

25 波田野節子 譯, 위의 책, 139면.
26 Ann Sung-hi Lee, 위의 책, 163면.

이라, 형식이 신발을 신은 채 그곳에 오른 사실이 환기하는 비상시의 이미지가 독자에게 딱 들어맞게 전달된다. 다음으로 영창은 벽 쪽에 들창으로 붙어 있는 두 쪽짜리 미닫이문으로 일본의 쇼우지코(障子戶)와 매우 유사하다. 형식처럼 문약(文弱)한 남성도 신발을 신은 채로 차면 부서지는 연약한 이미지를 갖고 있으며, 실제로 이때도 걸어 채이자 곧 방 안으로 떨어져 내리고 있다.

영역의 경우, 서양에서는 실내든 베란다든 신발을 벗는 습관이 없기 때문에 베란다에 신발을 신은 채 뛰어 오른다는 행위에서 독자가 받는 충격은 엔가와보다 작을 것이라 짐작된다. 또 걸어 채인 'door panel'[27]은 아무래도 튼튼한 느낌을 주어서 나무와 종이로 만들어진 연약한 문을 신발을 신은 채 차는 행위의 난폭함이 제대로 전달되지 않는 홈이 있다.

문화의 차이에서 비롯되는 이러한 문제는 지리적으로 멀리 떨어져 있고 문화를 달리하는 지역의 언어로 번역할 때 뒤따르는 문제이다. 이는 거꾸로 유럽의 나라들끼리라면 번역할 때 문제가 되지 않는 석조건물의 세부 묘사가 일본어로는 번역하기 곤란함을 상상해 보면 알 수 있다. 이런 때는 신발을 신은 채 집에 들어가는 일의 비일상성과 창의 재료와 강도에 관한 정보를 덧붙임으로써 충격의 정도를 전달하는 방법도 있다.

다행히 일본은 한국과 문화가 비슷한 덕분에 이런 노력은 필요 없다. 그러나 비슷하다고는 해도 툇마루는 엔가와가 아니고, 영창은 쇼우지도가 아니라는 것은 항상 염두에 두어야 할 것이다. 비슷하되 다른 것의 '특수한 유사성'은 언어만이 아니라 문화의 영역에도 존재하는 것이다.

---

27   각주에 'Yŏngch'ang: door panels slide open slideways, installed between a room and the veranda of a traditional house'라고 되어 있다. Ann Sung-hi Lee, 위의 책, 163면.

일본과 한국의 문화적 유사성은 두 나라가 지리적으로 가깝고 특히 중국문화의 영향을 받았다는 점 외에도, 근대 시기 일본이 한국을 지배했던 역사적 요인에서 비롯된다. 한국의 근대소설에는 타이쇼ㆍ쇼와 시대의 일본 문물이 많이 등장한다. 『무정』에 나오는 기차 시간은 당시 일본의 철도 시간표에 의거하여 어느 정도 알아볼 수 있고, 형식이 걷는 장소도 총독부가 작성한 지도로 더듬어볼 수 있으며, 등장인물들이 피우는 담배의 상표까지 특정할 수 있다.[28] 박봉의 영어교사 이형식이 피우는 것은 중급에 해당하는 '조일(朝日)' 담배이고,[29] 야간 기차에서 잠든 소년 노동자의 주머니에 삐죽 나와 있는 것은 값싼 '국수(菊水)표 권련갑이다.[30] 또 기생인 영채가 갖고 있는 것은 '파이레트(パイレ―ト, 海賊)'로,[31] 이 담배 도안에 칼을 빼든 해적이 그려져 있는 까닭에 '칼표(劍票)'라 불렸다.[32]

일본에는 조선을 지배했던 당시의 기록이 남아 있어서 이러한 사실을 쉽게 조사할 수 있다. 따라서 식민지시대의 한국문학을 일본어로 번역할 때는 가능한 한 이러한 문화 사항을 조사하는 것이 기본 작업이라 할 것이다.

덧붙이자면, 영역본에서는 담배의 상표까지는 조사할 수 없었던 듯하다. '칼표 권련'을 '"K'al" brand cigarette',[33] '국수'를 'Kuksu', '조일'을 'Choil'

---

28 總督府專賣局, 『朝鮮專賣史』 第 2卷, 1936, 1492~1432면.
29 波田野節子 譯, 위의 책, p.233. 김철 校註, 위의 책, 403면.
30 總督府專賣局, 위의 책, 1429~1432면.
31 波田野節子 譯, 위의 책, 175면, 김철 校註, 위의 책, 311면.
32 趙豊衍, 『韓國の風俗―いまは昔』, 尹大辰 譯, 南雲堂, 1995, 54면. 이 책에는 'ベイアーリット'로 되어 있지만, 필자는 1929년 일본어신문 『朝鮮思想通信』에 연재된 번역을 참고하여 'パイレ―ト'라고 번역했다.
33 Ann Sung-hi Lee, 위의 책, 185면.

이라고 번역하고 각주에 'Asahi'라고 독음을 달았다.[34] 그건 그렇다 치더라도, 놀라운 것은 그 다음 문장인 "형식은 그 궐련에 불을 붙여 길게 빨았다(Hyŏng-sik lit the cigarette and drew a deep breathful)"에 붙인 각주이다. "127. 흡연은 암을 유발할 수 있다(Cigarette smoking can cause cancer)."[35] 미국은 흡연을 싫어하는 나라라고 듣긴 했지만, 역시 문화의 차이가 크다는 것을 실감했다.

7. 시대별 문체의 차이

식민지 시대의 이야기가 나온 김에 이 시대의 문체에 대해 언급해 두고 싶다.

일반적으로 한국의 근대문학은 1945년까지의 문학을 가리킨다. 당시의 문체는 60년 이상 된 현대의 문체와는 매우 다르며, 게다가 1910년대의 텍스트라면 독해하는 데 꽤 어려움이 따른다. 그러나 식민지시대 문학자의 대다수가 일본에서 유학하고 일본어를 통해 문학을 접했던 까닭에 이들의 문체가 일본의 메이지 · 타이쇼 시기의 문장과 유사한 것을 볼 수 있다. 물론 개인차가 있긴 하지만, 그들의 문장을 일본어로 번역하는 것이 현대소설을 번역하는 것보다 오히려 쉽다는 느낌조차 든다.

소설을 쓸 때는 우선 일본어로 생각하고 나서 이를 번역한다고 공언했던 김동인의 문장은 확실히 그렇고, 일본어 문장에 능숙했던 이광수

---

34 위의 책, 222면.
35 위의 책, 223면.

의 경우도 『무정』을 보면 메이지 시기의 문체를 방불케 하는 문장이 곳곳에 눈에 띈다. 필자가 『무정』을 번역할 때 번역하기 어려운 대목이 있어 혹시나 직역해 봤더니 마치 소세키의 글에 나오는 듯한 문장이 되어 버렸다. 이광수도 『무정』을 집필할 무렵 소세키의 작품을 애독했다고 회상하고 있으니, 이는 당연한 일일지도 모른다.

그렇다고 이런 직역을 그대로 사용할 수는 없다는 것이 필자의 판단이다. 필자에게 끝까지 소세키의 문체로 번역해나갈 자신이 없는 것은 일단 제쳐두고라도, 작자의 머릿속에 그러한 일본어 문장이 있었다 해도 이를 그대로 재생시키면 현대의 독자에게는 오히려 읽기 어렵게 되어 버리고 만다. 이와나미문고의 소세키전집에는 현대 독자를 위한 각주가 달려 있을 정도이므로, 필자는 『무정』을 일부러 옛 문체로 번역할 필요는 없다고 생각하여 될 수 있는 한 독특한 성질이 없는 중성적인 어조의 현대어로 번역하려 애썼다.

『무정』은 당시 사람들에게 문명의 필요성을 호소하기 위해 씌어진 계몽소설이다. 작자는 어려운 말이나 고풍스러운 말을 구사한 어려운 문장이 아니라 가능한 한 알기 쉬운 문장으로 독자의 마음을 파고들고자 했을 것이다. 다만 당시는 근대적인 문어가 성립되어 있지 않았기 때문에 표현이라든가 언어구사법을 궁리해야 했는데, 이로 인해 『무정』은 현대에 이르러 독해하기 어려운 고전적인 작품이 되었던 것이다. 이 작품이 당시 '신소설'의 이름으로 연재되어 인기를 얻은 것을 보면, 당시의 독자는 이 소설을 특별히 난해하다고 여기지는 않았던 듯하다. 그래서 당시 작자의 의도 및 독자와의 관계를 고려할 때, 이 작품은 평이한 문장으로 번역하는 것이 적당할 것이라고 필자는 판단했던 것이다.

8. '오역'에 대하여

마지막으로 번역에서 가장 커다란 문제인 '오역'에 대해 언급해 둔다.

변명 같지만, 번역자도 인간인 이상 오역은 피할 수 없다고 생각한다. 따라서 차라리 '오역은 하게 마련'이라는 전제 위에서 어떻게 하면 오역을 줄일 수 있는지를 생각하는 게 건설적일 것이다.

'오역'이 두려운 것은 자기의 오역은 눈치 채지 못하면서도 타인의 오역은 쉽게 알아챈다는 점 때문이다. 타인의 번역을 읽고 있자면 종종 오역을 발견하게 되는 경우가 있다. 물론 필자 자신도 늘 오역을 하고 있다고 생각하기 때문에 이에 대해 왈가왈부할 기분은 아니지만, 오역을 발견할 때는 이를 타산지석으로 삼기 위해 왜 실수를 저질렀는지를 조사하는 편이다.

원문을 읽지 않아도 오역을 알아채는 것은 그 부분의 번역이 문맥상 이상하기 때문이다. 책을 읽으면서 독자는 무의식적으로 문맥을 만들어 간다. 사건의 시간적 추이, 등장인물들의 인간관계, 인물의 행동 및 성격 등 소설 내에 직접 언급되어 있지는 않지만 그러한 정보에서 도출되는 모든 사항에 독자 자신의 상식을 동원하여 문맥을 만들어가는 것이 독서 행위인 것이다. 문맥의 정합성은 소설의 리얼리티와 관련된다. 만약 문맥에 모순이 있으면 독자는 거북함을 느끼고 소설은 리얼리티를 잃는다. 극단적인 예로 동일한 장면이 분명한데도 주인공의 복장이 갑자기 바뀌었다면 이상한 게 분명하다. 이럴 때 오역을 의심하게 되는 것이다. 따라서 오역을 피하기 위해서는 항상 문맥을 의식할 필요가 있다.

그런데 곤란하게도 일단 번역해 버리고 나면 믿음이 화가 되어 번역자 자신은 오역을 알아채지 못하게 되어 버리는 경우가 많다. 결국 다른 사람에게 읽히는 것이 오역을 줄이는 최선책일 것이다. 필자는 편집자가 있는 번역에서 오역을 발견했을 때 오역 책임의 절반은 편집자에게 있다고 생각하는 편이다.

실은 『무정』 영역본에 상당히 유감스러운 점이 있다. 바로 첫머리의 문장에 오역인 것이 분명한 대목이 있다는 점이다. 역자에게는 미안하지만, 문맥을 의식함으로써 오역을 피할 수 있는 예로 이를 언급해 둔다.

[영역] English instructor Yi Hyŏng-sik finished teaching his **two o'clock** fourth-year English class at the Kyŏngsŏng School, and set out for the home of Elder Kim in the Andong District of Seoul. He was sweating in the June Sunshine as he walked. The Elder had hired him as a private tutor to teach English for an hour every day to his daughter Sŏn-hyŏng, who would be going to study in the United States th following year. They would begin their lessons that day at **three o'clock**.[36](강조는 인용자)

경성학교에서 1회분의 수업에 몇 분을 할애했는지는 분명하지 않지만, 2시에 시작한 수업을 끝낸 뒤 땀을 흘리며 김장로의 집까지 걸어가서 3시에 선형에게 영어를 가르친다는 것은 아무리 생각해도 무리한 설정이다. 형식의 하숙은 현재의 탑골 공원 북쪽에 위치한 교동이라는 곳이고, 분명치는 않지만 학교는 거기서 그리 멀지 않은 듯하다. 학교를

---

36 Ann Sung-hi Lee, 위의 책, 77면.

나와 현재의 인사동길이나 삼일로 근처를 거쳐 안국동 로터리 가까이에서 신우선과 만나 수다를 떨고, 그와 헤어져 안동 김장로 집에 3시 전에 도착하기 위해서는(첫 번째 방문이므로 인사말도 오갈 것이다) 역시 2시 무렵에는 수업을 끝내지 않으면 안 된다. 원문은 "경성학교 영어교사 이형식은 오후 두시 사년급 영어 시간을 마치고"[37]라고 되어 있고, '오후 두 시' 뒤에 '에'가 명기되어 있지 않아서 역자가 실수를 범했던 듯하다. 그러나 이 부분은 앞뒤가 맞지 않기 때문에 문맥을 고려했다면 막을 수 있었던 오역이 아닐까 싶다. 3시라는 시간이 『무정』의 스토리 전개에 중요한 의미를 가지고 있는 만큼 이 오역은 특히 애석하게 여겨진다.[38]

앞서 '구두 신은 발로'를 '신은 채로'로 잘못 읽고 오역한 필자 자신의 실수를 지적했다. 이 부분은 본고에서 인용한 덕분에 우연히 발견했지만, 사실 이런 종류의 실수는 일단 저지르고 난 후에는 발견하기 매우 어렵다. 미닫이창은 어쨌든 '구두 신은 발'로 채인 것이므로 문맥의 안테나에 걸려들지 않기 때문이다. 이런 실수를 피하려면 역시 단어 하나하나에 마음 쓰면서 주의를 기울여 번역하는 수밖에 없다.

동작을 묘사한 곳의 오역을 피하기 위해서는 그 동작을 실제로 해보는 것이 가장 좋다고 야나세 나오키(柳瀬尚紀)는 말한다. 실제로 투르게네프의 「밀회」 가운데 발을 흔드는 동작이 나오는 대목에 대한 번역이 역자에 따라 '足を搖かし' '片足をぶらぶらさせ' '足をふり' 등으로 달라지는 것에 의문을 품었던 그는 이 동작을 직접 시현해본 결과 발동작을 납득할 수 있

---

37 김철 校註, 위의 책, 35면.

38 이형식이 선형과 처음 만난 오후 3시 영채는 형식의 하숙집을 방문하고 되돌아가며, 이 엇갈림은 나중에 중요한 의미를 가지게 된다.

었다고 한다.[39] 필자도 무정을 번역하면서 동작의 묘사 부분을 번역할 때는 가능한 한 직접 몸을 움직이려고 애썼다. 이렇게 함으로써 문맥상의 부자연스러움도 피할 수 있었다고 생각한다.

마지막으로 오역이 될지도 모른다는 것을 알면서도 문화의 차이를 메우기 위해 군이 의역한 예를 하나만 든다. 이효석의 단편 「도시와 유령」에는 다음과 같은 문장이 있다.

곁에는 보나 안 보나 파랗게 질린 김서방이 신장대 모양으로 벌벌 떨고 있었다.[40] (강조는 인용자)

주인공이 김서방과 함께 서울의 변두리에 있는 동묘(東廟: 관우를 모신 동관왕묘로 동대문 바깥에 있다)에서 하룻밤 묵으며 유령 같은 것을 보고 달아난 직후의 묘사이다. 신장대란 '神將―대', 즉 무당이 귀신을 불러내는 기도를 올릴 때 손에 쥐는 나뭇가지(막대기일 경우도 있다)로, 김서방은 이 신 내린 나뭇가지 모양으로 덜덜 떨고 있는 것이다. 그런데 긴박한 장면에서 이렇게 상세한 주를 달아 놓아서는 독자가 흥미를 잃고 만다. 독자에게 필요한 정보는 신장대가 신을 불러낼 때 무당이 손에 쥐고 흔드는 나뭇가지이므로, 필자는 생각한 끝에 '사카키(榊: 비쭈기나무, 일본에서는 예로부터 신성한 나무로 간주되어 그 가지는 신전에 바쳤다고 한다―옮긴이)'로 번역했다. '사카키'는 '사카키(境木)'라도고 쓰며, 본래 신의 영역과 인간의 영역 경계에서 자란다고 간주되는 신성한 나무이다. 일본신화에서는 아마노

---

39 柳瀬尚紀, 『飜譯はいかにすべきか』, 岩波書店, 200, 46~48면.
40 이효석, 『이효석전집 1』, 장미사, 2003, 52면.

이와토(天岩戸: 천상에 있다는 암굴의 문–옮긴이) 앞에 아메노우즈메(アメノウ
ズメ)가 손에 쥐고 춤추었다고도 하고,[41] 샤먼과도 관계가 깊다. 그러나
단지 '사카키'라고만 하면 집안의 감실[神棚]에 있는 타마구시(玉串: 신전에
바치기 위해 비쭈기나무 가지에 베 또는 종이 오리를 달아서 만든 것–옮긴이)가 연상
되고 만다. 그래서 이 대목을 번역할 때 필자는 무당이 기도할 때 손에
쥔다는 설명을 지문에 삽입하고 무당에 간략한 설명을 넣었다.

見るまでもなく, かたわらでは眞っ靑になった金書房が, ムーダン(巫女, 女
性のシャーマン)が祈るときに手にもつ榊のごとく震えていた.[42]

원작자와 독자 양쪽을 모두 배반하고 있다는 느낌이 들었지만, 이렇
게 번역할 수밖에 없었다.

9. 끝내며

이상에서 한국어 문학 텍스트를 번역할 때 마주친 몇 가지 문제에 대
해 평소 생각하고 있던 점을 서술해 보았다. 일본어와 한국어 간의 특수
한 유사성이 초래하는 곤란함을 해결하는 데는 '독자'와 '일한 비교 언어
학' 및 '일본어 이외의 다른 외국어 번역'에 주목하는 것이 도움이 됨을

---

[41] 綱野善彦他, 『いまは昔 むかしいは今』第4卷, 福音書館, 1995, 91면.
[42] 大村益夫・布袋敏博 編, 『朝鮮近代文學選集 3: 短篇小說집』, 平凡社, 2006, 121면.

밝히고, 이어서 '오역'에 대해 몇 가지 실례를 들어 서술했다. 두서없이 죽 늘어놓기만 한 것 같아 면목이 없긴 하지만, 이 논문이 한국문학의 번역을 발전시키는 데 조금이라도 도움이 되었으면 좋겠다.

※그 밖의 참고문헌

新元良一, 『飜譯文學ブックカフェ』, 本の雜誌社, 2004.

原卓也・西永良成, 『飜譯百年』, 大修館書店, 2000.

深町眞理子, 『飜譯者の仕事部屋』, 飛鳥新社, 1999.

丸山眞男・加藤周一, 『飜譯と日本の近代』, 岩波書店, 1998.

村上春樹・柴田元幸, 『飜譯夜話』, 文藝春秋, 2000.

柳父章, 『飜譯語成立事情』, 岩波書店, 1982.

油谷幸利, 『日韓對照言語學入門』, 白帝社, 2005.

일본 한국 근대문학 연구사의 발자취

　역자가 처음 하타노 세츠코 선생님을 뵌 것은 2005년 가을이었다. 이제 막 은행잎이 떨어져 내리고 있던 여의도의 어느 호텔 커피숍에서였던 것으로 기억한다. 얼떨결에 선생님 논문의 번역을 맡게 된 터라 잔뜩 긴장했던 탓인지, 그날 무슨 얘기가 오고갔는지는 거의 생각이 나지 않는다. 다만 헤어지는 길에 역자가 아직도 이광수에 대해서 할 얘기가 있으시냐고 여쭈었고, 그때 '이광수밖에 아는 게 없어서……'라고 수줍은 웃음이 묻은 대답을 들었던 기억은 아직도 생생하다. 당시 번역을 부탁받았던 이광수 관련 논문들(나중에 소명출판에서 『『무정』을 읽는다』라는 제목으로 출간되었다)이 상당한 분량이 되었던 까닭에 이광수에 대해서 더는 하실 말씀이 없으실 것이라고 생각했던 것인데, 지금 생각하면 당시 이제 막 연구에 발을 들여놓은 신참 연구자의 어리숙한 질문이었지 싶다.

　말씀은 그렇게 하셨지만, 저자 서문을 보면 이 무렵 하타노 선생님께서는 홍명희 연구에 집중하고 계셨던 것으로 되어 있다. 그리고 바로 전까지 김동인에 관한 비중있는 논문도 두 편이나 쓰신 터였다. 당시 역자에게는 이광수 관련 논문뿐만 아니라 이 두 편의 김동인 논문과 홍명희

541

의 유학시절 관련 논문도 한꺼번에 건네졌는데, 이광수 연구자로서 이광수 논문에만 정신이 팔려 있던 역자는 사실 이 논문들을 마뜩찮게 여기지 않을 수 없었다. 이광수 논문들과 함께 묶자니 전혀 내용이 동떨어진데다 분량도 실로 어마어마해서 하나의 책으로 묶는 것 자체가 곤란해 보였기 때문이다. 그런데 그렇게 역자의 눈 밖에 났던(?) 논문들이 이제『한국 유학생 작가 연구』라는 어엿한 제목 아래 당당한 제 역할을 하며 세상에 나오게 되었으니, 역자로서도 감회가 남다르지 않을 수 없다.

『한국 유학생 작가 연구』는 그 자체로 일본 한국 근대문학 연구사의 발자취를 선명하게 보여주는 역저이다. 저자 서문에도 상세히 언급되어 있듯, 이 저서는 1990년대 중반 일본에서 '조선문학연구회'가 꾸려진 이래 지금에 이르기까지 '한국 근대문학과 일본'이라는 문제의식을 중심으로 하는 공동연구의 핵심 구성원이었던 저자가 꾸준히 축적해 온 연구 결과를 그대로 묶은 것이나 다름없는 까닭이다. 사실 하타노 선생님의 연구 활동 맥락은 역자도 이번에 저자 서문을 번역하면서 처음 알게 되었다. 번역을 맡았던 당시에는 이번 저서가 이런 구성과 제목을 가지고 세상에 나오게 될 줄 전혀 짐작도 하지 못했다. 그저 그때그때 주어지는 논문들을 하나씩 번역하고 편집하면서 적절한 구성과 제목을 가질 수 있도록 손을 보았을 뿐인데, 이 저서에 그토록 중요한 연구 맥락이 뒷받침되어 있을 줄이야.

이런 중요한 저서를 한국에 소개할 수 있는 기회를 주신 하타노 선생님, 그리고 부족한 제자의 부탁을 흔쾌히 받아들여 여러 모로 마음을 써서 역서의 서문을 써주신 이재선 선생님께 진심으로 감사드린다. 또 오랜 기간에 걸친 번거로운 편집 작업에도 불구하고 항상 즐겁게 편집 작업에 임해주신 소명출판의 공홍 편집부장님께도 감사의 마음을 전한다.

7년 전 가을 노란 은행잎을 떨구고 있던 은행나무 아래서 아직도 이광수에 대해 할 얘기가 있으시냐고 묻던 어리숙한 역자에게 '아는 것이 이광수밖에 없어서……'라는 대답을 들려주셨던 하타노 선생님은 지금 이광수평전을 준비하고 계시다. 그리고 역자도 이광수와 불교라는 주제로 이광수의 평전을 준비하고 있다.

2011년 3월 12일

최주한

일본 유학생 학적자료

일본 유학생 학적자료 목록

金珖燮

1926年 4月 16日 早稲田大学 付属 第一高等学院 文科 入学

1929年 3月 31日 同 卒業

1929年 4月 早稲田大学 文学部 文学科 英文学 専攻 入学

1932年 3月 25日 同 卒業

|자료| ① 早稲田大学 第一高等学院 学生名簿 ② 早稲田大学 第一高等学院 学籍簿
　　　③ 早稲田大学 第一高等学院 成績表 ④ 早稲田大学 学生名簿

金明植

1915年 9月 13日 早稲田大学 専門部 政治経済学科 入学

1918年 7月 5日 卒業

|자료| ① 早稲田大学 学籍簿 ② 早稲田大学 1学年 成績簿 ③ 早稲田大学 2学年 成績簿
　　　④ 早稲田大学 卒業試験 成績簿

金史良(金時昌)

1933年 4月 旧制佐賀高等学校 文科 乙類 入学

1936年 4月 東京帝大 文学部 独逸文学科 入学

|자료| ① 佐賀高等学校 学籍簿(手書き筆寫) ② 佐賀高等学校 身上調査書 ③ 佐賀高等学校
　　　名簿

金興濟

1914年 3月30日 早稲田大学 第三高等予科 文学科 入学

1915年 7月3日 同 修了

1915年 9月11日 早稲田大学 文学部 文学科 英文科 入学

1918年 7月5日 同 卒業

|자료| ① 早稲田大学 高等予科 学籍簿 ② 早稲田大学 高等予科 試験成績表 ③ 早稲田大学
　　　学籍簿 ④ 早稲田大学 以呂波別 学生名簿 ⑤ 早稲田大学 1学年 成績表
　　　⑥ 早稲田大学 2学年 成績表 ⑦ 早稲田大学 卒業試験 成績表

金祐鎭

1915年 熊本 県立熊本農業学校 入学

1918年 3月 同校 卒業

1919年 早稲田大学 予科 入学

1920年 4月 早稲田大学 文学部 英文学科 入学

1924年 3月 同 卒業

|자료| ① 早稲田大学 学生名簿 ② 早稲田大学 卒業名簿

金廷漢

1930年 4月11日 早稲田大学 付属 第一高等学院 文科 入学

1932年 9月26日 学費 未納 除籍

|자료| ① 早稲田大学 付属 第一高等学院 学生名簿 ② 早稲田大学 付属 第一高等学院 学籍
簿 ③ 早稲田大学 付属 第一高等学院 成績表

金煥泰

1928年 同志社大学 予科 入学

1931年 同 修了

1931年 4月8日 九州帝大 法文学部 英文学科 入学

1934年 3月31日 同 卒業

|자료| ① 成績原簿關係資料(筆寫タイプ打ち) ② 卒業論文 表紙

羅蕙錫

1913年 4月15日 私立女子美術学校 西洋画部 入学

1915年 4月 除籍

　　　　10月 復学

1916年 9月 西洋画 高等師範科 転科

1918年 3月22日 同 卒業

|자료| ① 私立女子美術学校 学籍記録 ② 私立女子美術学校 高等師範科 学籍簿
③ 私立女子美術学校 高等師範科 2学年 成績表 ④ 私立女子美術学校 高等師範科 3
学年 成績表

朴泰遠

1930年 4月4日 法政大学予科 入学

1931年 6月18日 中退、帰国

|자료| ① 法政大学 離籍者 学籍簿 ② 法政大学 離籍者 成績簿 ③ 法政大学 成績 証明書

朴花城(朴景順)

1926年 4月 日本女子大学英文学部入学

1931年 4月 中退、帰国

|자료| ① 日本女子大学在学証明書

白南薫

1913年 9月29日 早稲田 高等予科 政治経済学科 入学

1914年 7月3日 同卒業

　　　9月29日 早稲田大学 政治経済学科 入学

1917年 7月5日 同卒業

|자료| ① 早稲田 高等予科 学生名簿 ② 早稲田 高等予科 学籍簿 ③ 早稲田 高等予科 成績表
　　④ 早稲田 高等予科 修了成績一覧簿 ⑤ 早稲田大学 学籍簿 ⑥ 大学部 成績

白石(白夔行)

1930年 4月1日 青山学院専門部高等学部英語師範科入学

1934年 3月31日 同卒業

|자료| ① 青山学院 専門部 高等学部 英語師範科 履修証明書

孫晉泰

1924年 4月 早稲田大学文学部史学科入学

1927年 3月25日 同卒業

|자료| ① 早稲田大学 学生名簿 ② 早稲田大学 卒業·進級報告

安國善(安明善)

1896年 9月21日 東京専門学校邦語政治科入学

1899年 7月 同卒業

|자료| ① 東京専門学校 1年級 試験評点表 ② 東京専門学校 2年級 試験評点表 ③ 東京専門

学校 学生名簿 ④ 東京専門学校 会員名簿 ⑤ 東京専門学校 卒業生 名簿
⑥ 東京専門学校 邦語政治科 履修科目

梁柱東

1921年 早稲田大学 予科 入学

1925年 早稲田大学 英文科 入学

1928年 早稲田大学 英文科 卒業

|자료| ① 早稲田大学 文学部 卒業·進級表

廉想涉

1913年 4月3日 麻布中学校 2年 編入

1914年 1月28日 同校 中退

1914年 9月10日 聖学院中学校 3年 2学期 編入

1915年 9月19日 同校 中退

1915年 9月 京都 府立第二中学校 3年 編入

1918年 3月 同 卒業

　　　　4月 慶応義塾 大学部 文科 予科 一類 入学

　　　　10月8日 同校 中退

|자료| ① 麻布中学校 学籍簿 ② 聖学院中学校 学籍簿

尹東柱

1942年 立教大学 英文科 入学

　　　　秋、同志社大学 英文科 編入

1943年 鴨川 警察署 逮捕

|자료| ① 立教大学 学籍簿 ② 同志社大学 学籍簿 ② 同志社大学 成績表

李光洙

1907年 9月10日 明治学院 普通部 3年 2学期 編入

1910年 3月 同 卒業

1915年 9月30日 早稲田大学 高等予科 文学科 2年 編入

1916年 7月5日 同 卒業

　　　　9月11日 早稲田大学 大学部 文学科 哲学科 入学

|자료| ① 明治学院 普通部 学籍簿 ② 早稲田大学 高等予科 学籍簿 ③ 早稲田大学 府県別 学生名簿 ④ 早稲田大学 高等予科 試験成績 ⑤ 早稲田大学 1学年 成績 ⑥ 同 2学年 成績(3年次は受験しなかったので成績なし) ⑦ 早稲田大学 学籍簿 調査結果報告書

李丙燾

1915年 5月3日 早稲田大学 高等予科 入学

1916年 7月5日 同 卒業

　　　　9月 早稲田大学 文学部 文学科 史学及社会学科 入学

1919年 3月 同 卒業

|자료| ① 早稲田大学 高等予科 学籍簿 ② 早稲田大学 高等予科 学生名簿 ③ 早稲田大学 1学年 成績簿 ④ 同 2学年 成績簿 ⑤ 同 3学年 成績簿

李燦

1929年 4月 早稲田 第一高等学院 入学

|자료| ① 早稲田 第一高等学院 学生名簿

李泰俊

1925年 4月 早稲田大学 専門部 政治経済科 聴講生 入学

1925年 9月16日 早稲田大学 専門学校 聴講生 入学

1926年 3月 早稲田大学 専門部 政治経済科 入学

1926年 5月31日 早稲田大学 専門部・同 専門学校 除名

1927年 4月18日 上智大学 文科 予科 入学

1927年 11月 ? 帰国

1931年 同校 除籍 退学

|자료| ① 早稲田大学 学生名簿 ② 早稲田大学 学生名簿下 ③ 早稲田大学 いろは名簿 ④ 早稲田専門学校 学籍簿 ⑤ 上智大学 学籍簿 ⑥ 上智大学 在学証書

李軒求

1925年 4月 早稲田大学 第一高等学院 文科 入学

1928年 4月 早稲田大学 文学部 仏文科 仏蘭西文学 専攻 入学

1931年 3月25日 同 卒業

|자료| ① 早稲田大学 学生名簿 ② 早稲田大学 卒業生 名簿

田榮澤

1912年 青山学院 中学部 4年 編入

1923年 3月 青山学院 神学部 本科 卒業

|자료| ① 青山学院 学籍簿 ② 保証人届·保証人 変更届 ③ 青山学院 高等学部 人文科 生徒 成績表

鄭芝溶

1923年 5月3日 同志社大学 予科 入学

1926年 4月1日 同志社大学 予科 修了 英文科 入学

1929年 6月30日同 卒業

|자료| ① 同志社大学 学籍簿 ② 同志社大学 成績表

趙靈出

1935年 4月 早稲田 第二高等学院 入学

1937年 3月 同 修了

　　　 4月 早稲田文学 文学科 フランス文学 専攻

1941年 3月 同 卒業

|자료| ① 早稲田大学 調査結果報告書

崔南善

1904年 11月 皇室留学生 府立第一中学校 入学

　　　 12月19日 中退帰国

1906年 9月 早稲田大学 入學

1907年 3月 退学

|자료| ① 明治40年 作成 早稲田大学 いろは別 人名簿

崔斗善

1913年 3月29日 高等予科 文科 入学

1914年 7月3日 高等予科 修了

1914年 9月11日 大学部 文学科 哲学科 入学

1916年 7月 特待生 3学年 進級

1917年 7月5日 文学部 文学科 哲学科 卒業

|자료| ① 早稲田大学 学籍簿(筆写)

許英肅

1914年 東京女子医学専門学校 入学

1918年 同 卒業

|자료| ① 東京女子医学専門学校 卒業生 名簿 ② 同 卒業アルバム 写真

玄相允

1914年 3月29日 早稲田大学 高等予科 入学

1915年 7月3日 同 卒業

1915年 9月 早稲田大学 文学科 史学及社会学科 入学

1918年 7月5日 同 卒業

|자료| ① 早稲田 高等予科 学籍簿 ② 早稲田 高等予科 成績原簿 ③ 早稲田大学 1学年 成績
原簿 ④ 同 2学年 成績原簿 ⑤ 同 3学年 成績原簿 ⑥ 早稲田大学 学生名簿

玄鎮健

1917年 4月 成城中学校 3年 編入

1918年 3月 4年 中退 帰国

|자료| ① 成城中学校 3学年 成績表

洪命憙

1907年 4月 大成中學 入學

1910年 3月 同 卒業

|자료| ① 大成中学校 學籍簿(燒失後 再作成)

洪奭鉉

1897年 東京専門学校 卒業

|자료| ① 東京専門学校 卒業生 名簿 ② 東京専門学校 2学年 成績簿 ③ 同 3学年 成績簿

黃錫禹

1920年 4月1日 早稲田大学 専門部 政治経済科 入学

1922年 9月30日 同 中退

|자료| ① 早稲田大学 学生名簿

黃順元

1934年 4月 早稲田大学 付属 第二高等学院 文科 入学

1936年 3月 同 卒業

1936年 4月 早稲田大学 文学部 文学科 英文学専攻 入学

1939年 3月 同 卒業

|자료| ① 早稲田 第二高等学院 学生名簿 ② 同 成績表 ③ 大学 志望書 ④ 身上調査書 ⑤ 早稲田大学 卒業成績 ⑥ 早稲田大学 学生名簿

摘要	組科別	科別	姓名	府縣
	D	文	嘉田利太郎	大阪
	〃	〃	金珖燮	朝鮮
	G	商	北川義顕	福井
	A	〃	金原健兒	東京
	C	〃	北川小亥太	高知
	J	〃	木下元義	香川
	A	〃	菊池次郎	群馬
	P	〃	北村忠夫	三重
	N	電	岸信男	愛知
	L	機	菊池詳四郎	愛知
	M	〃	木下隆二	鳥取

金珖燮 | 早稲田大学 第一高等学院 学生名簿

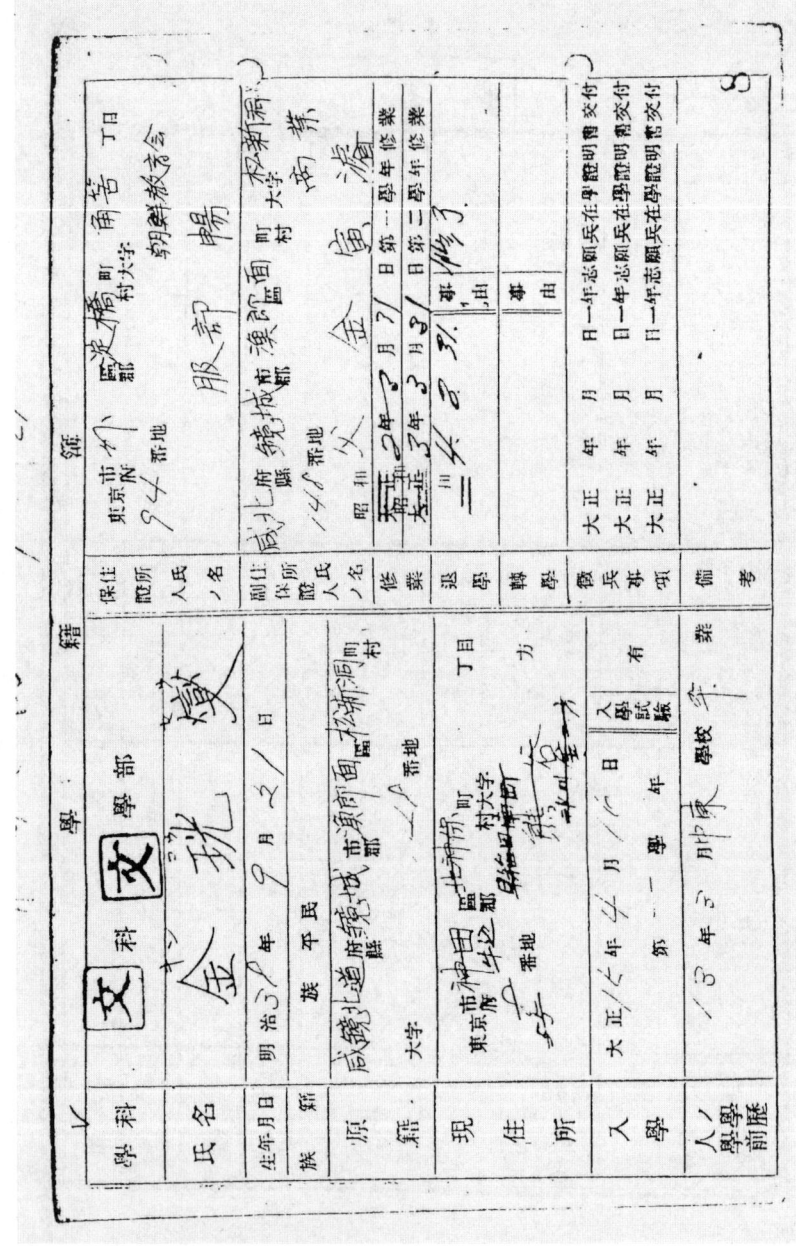

金珖燮 | 早稲田大学 第一高等学院 学籍簿 ①

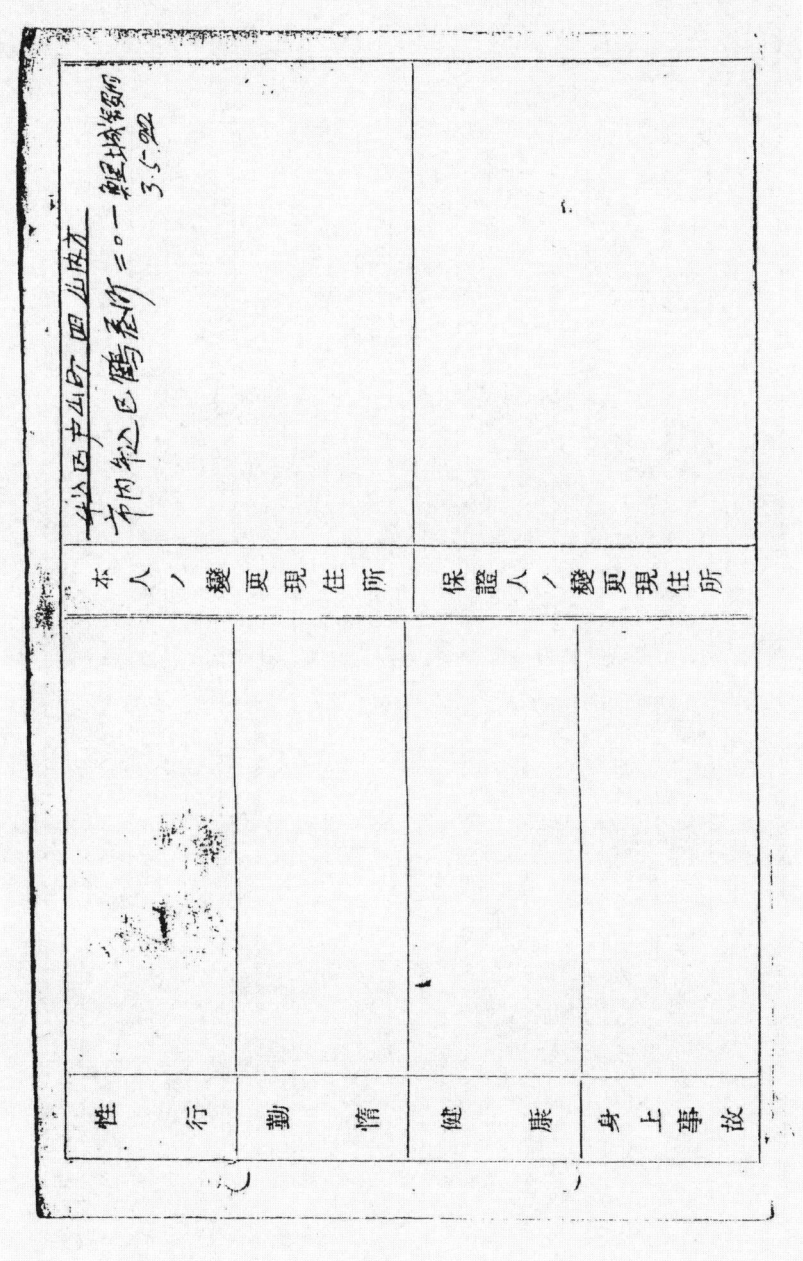

本人ノ變更現住所		
保證人ノ變更現住所		
性行		
勤惰		
健康		
身上事故		

金珖燮 | 早稲田大学 第一高等学院 学籍簿 ②

成　績　表

成績　應Ｆ組

文科　學部　野球

姓名			
大正　　年三月　中學　卒業			
入學試驗成績			

年度第一學年成績				得點
學科目 ＼ 學期	第一學期	第二學期	平均	係数
修身	53	75	44	
國語（語讀）	60	70	60	
（作文）	77	78	78	
漢文	60	83	73	
第一外國語（英）（讀）	68	88	81	
（作文）	65	85	78	
第二外國語（讀）	88	85	86	
（作文）	90	89	89	
歷史	55	78	67	
地理	50	70	70	
數學	60	70	70	
自然科學	65	78	73	
體操	50	78	77	
第三外國語	50	50	50	
合計	526			
總點			71	
總平均				備考

學歷	國語	作文	范文	歷史	和文英譯	英文和譯	數學
合計			備考				

卒業成績

	成績	備考
第一學年		
第二學年		
第三學年		
總點		
總平均		

金珖燮 ｜ 早稲田大学 第一高等学院 成績表 ①

金珖燮 ｜ 早稲田大学 第一高等学院 成績表 ②

第三學年成績

學科目	第一學期	第二學期	平均	係數	得點	備考
修身	66	85	71			
國語　講讀	66	85	71			
文學史	60	85	73			
作文	80	82	81			
漢文　講讀	53	75	64			
第一外國語　講讀	60	75	73			
全	60	74	71			
全	80	80	80			
作文	53	75	64			
西洋史	60	70	67			
哲學	63	90	77			
經濟	63	90	77			
體操	63	85	74			
英文國史		85	75			
第二外國語						
合計						

總點 116　　總平均 72

第二學年成績

學科目	第一學期	第二學期	平均	係數	得點	備考
修身	60	70	76			
國語　講讀	60	85	73			
文學史	53	75	74			
作文	60	85	73			
漢文　講讀	70	73	68			
第一外國語　講讀	77	83	65			
全	90	85	81			
作文	80	75	73			
文法	53	75	72			
歷史　東洋史	55	80	64			
西洋史	60	70	68			
心理	60	85	78			
法制	75	75	60			
自然科學	75	75	66			
體操	75	83	79			
第二外國語						
合計						

總點 1,045　　總平均 70

部 之 き

摘要	組、學部	姓名	府縣
		岸本一郎	兵庫
五三月元級	英文學	金珖燮	朝鮮
	獨文學	金原健兒	東京
四三月元級		木下元義	香川
五三月ㄜ之試ㄜ及	佛文學	喜多見浩	千葉
	佛文	菊地惠一	北海道
	國文學	菊地昌	静岡
	英文學	菊地喜三	青森
		北村鞆吉	香川
	税會推薦	北島巖	香川

金珖燮 ｜ 早稲田大学 学生名簿

科學	入學前學歴	入學	現住所	原籍	族籍	生年月日	氏名
鉄道科	校外生卒業	大正 年 月 日 高等豫科入學　大正四年九月一三日専政一科入學	鞍町三番町六五　細谷方	朝鮮全南羅州郡新左面朝天里房十六統 五戸　金汶株四男	平民	明治二四年九月二六日	金明植

備考	徴兵事項	轉科	退學	卒業	修業	氏名	住所	保證人
武練〇〇		大正 年 月 日 科ヨリ轉入　大正 年 月 日 科ヘ轉出	大正 年 月 日 事由	大正七年七月五日	大正 年 月 日 第 學年　大正六年七月五日第二學年	徐基殷	朝鮮留學生監督嘱託	

金明植 | 早稲田大学 学籍簿

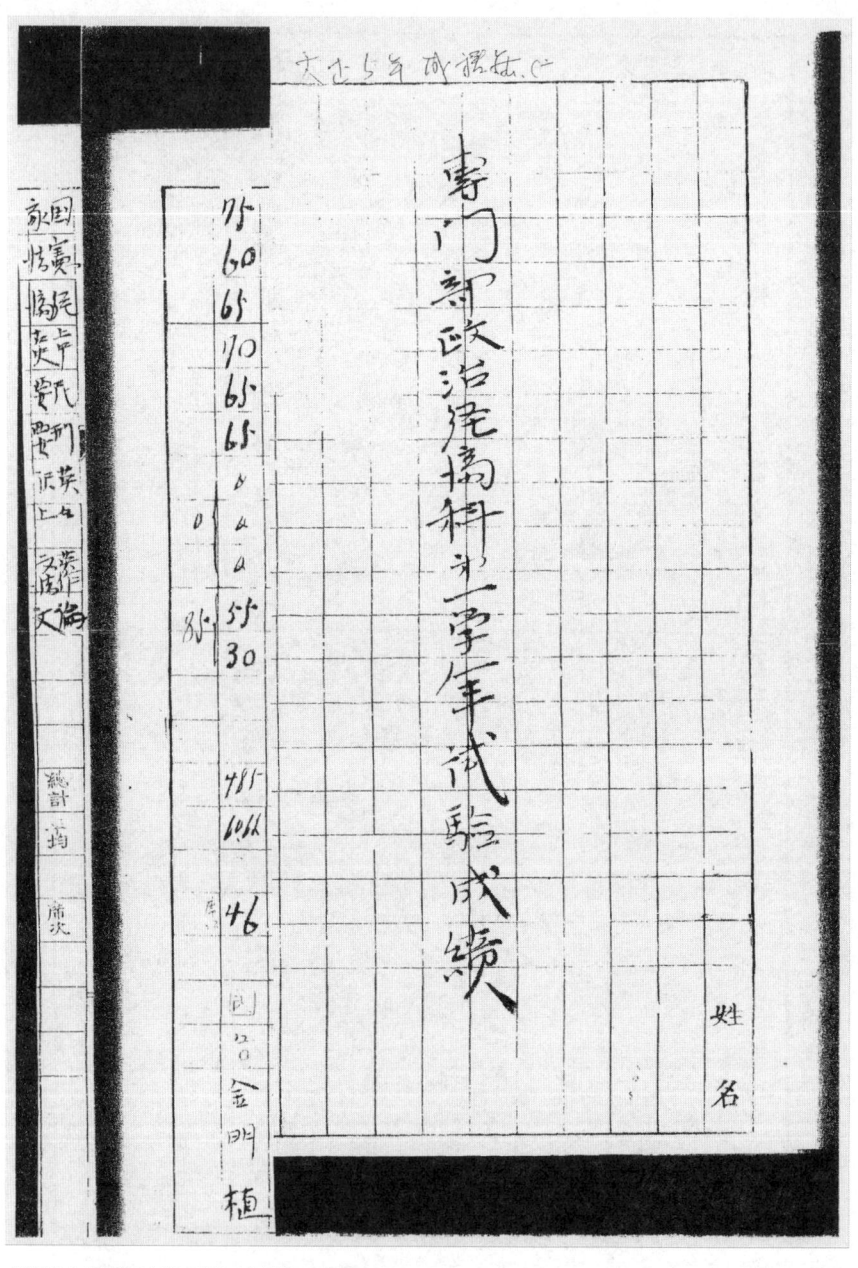

金明植 | 早稲田大学 1学年 成績簿

562　일본 유학생 작가 연구

大正6年　成績(民法、財政法)

財政二、

学科	平均	学年	平均	学年	平均	学年	平均	学年	平均	学年	平均	学年	平均	学年	平均	姓名
																姓　名

学科	平均	学年
政治学原論	65	70
政治史	65	50
近代政治文明史	65	62
近世社会政治史	70	75
財政学	70	80
統計学		68
総計	340	700
	6777	
	6666	
第三期 平均点	6733	
	91	

姓　名　金明植

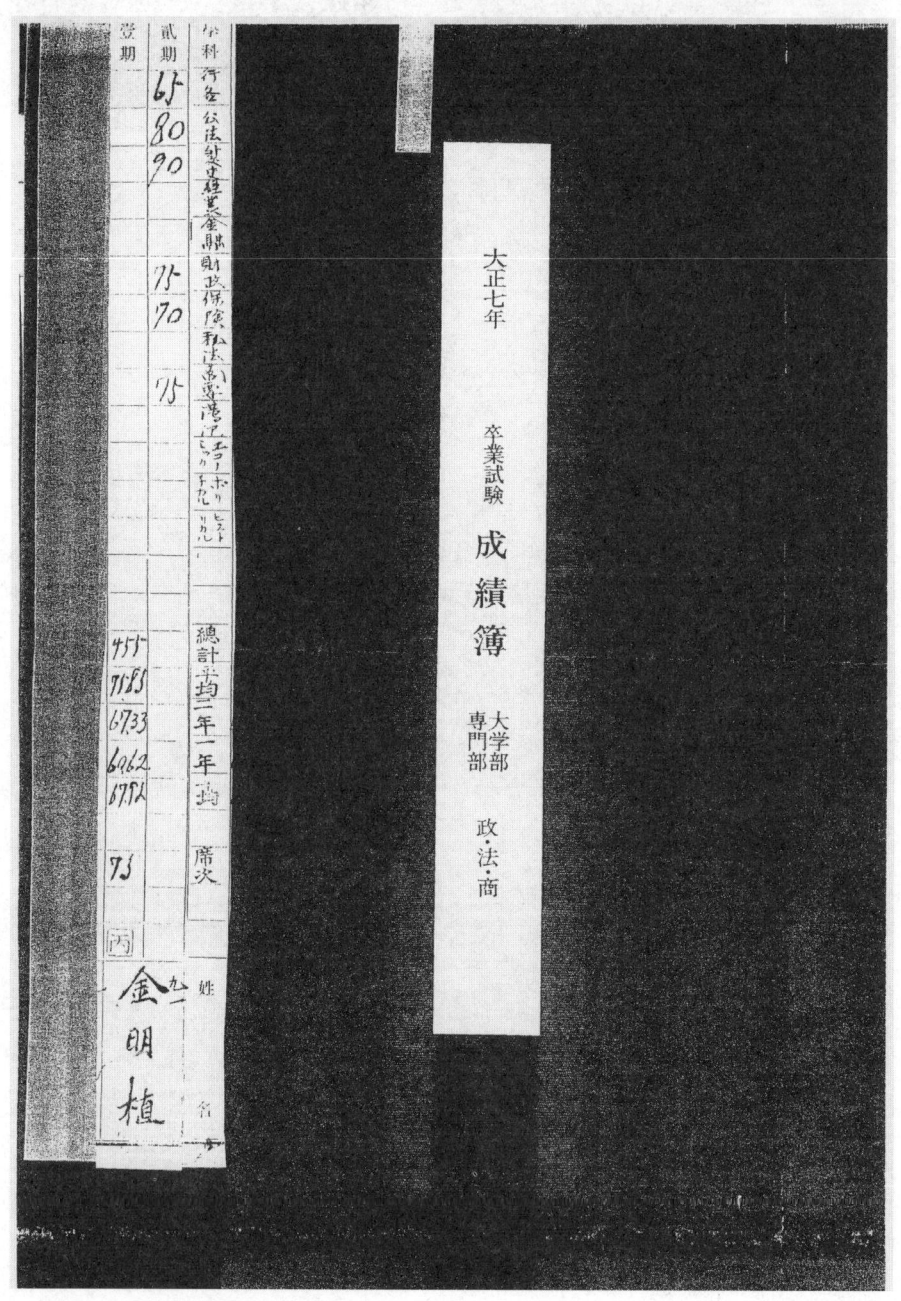

金明植 | 早稲田大学 卒業試験 成績簿

佐賀高等学校 学籍簿（手書き筆写）

本籍 族称　朝鮮平壌府陸路里一〇二
戸主氏名／生ノ続柄　金時明　弟

文科乙類

金　時昌

朝鮮　大正三年三月三日生
甫沐弟

昭和二年三月　朝鮮公立高等普通学校入学
全六年三月　全　全　中学校四年修了

保護者
　生徒トノ関係　兄
　職業　官吏
　氏名　金時明
　現住所　朝鮮京城漢江通給縫府第一益済寮

入学年月日　昭和八年四月一日
退学年月日　昭和　年　月　日（理由）
卒業年月日　昭和一一年三月十日

第三学年	第二学年	第一学年	学年 科目
67	67	78	修身
83	70	79	国語及漢文 一ノ其
90	62	76	二ノ其
79	71	90	三ノ其
64	77	86	獨語 一ノ其
88	66	96	二ノ其
78	60	78	三ノ其
77	70	75	英語
		86	歴史 日本史
	87		東洋史
82	65		西洋史
		92	地理
77			博物 植物学
68			理論 心理及論理
	67		心理
68	68		法政 法制及政治
		72	数学
66			自然科学 物質及地学
	74		理化学
51	67	79	操体
61	69	55	教練
74	67	79	平均
38/10	37/28	37/7	次序 人員

賞　罰

休学
自昭和　年　月　日　至昭和　年　月　日（理由）

備考

兵役事項
昭和九年三月一五日　昭和一〇年三月一五日　昭和二年三月一〇日

コピー不許可のため・手書き複写
×金肪郎の裏

金史良 | 佐賀高等学校 学籍簿(手書き筆写) ①

卒業後ノ状況

昭和二一年四月一日 東京帝国大学文学部大学

昭和　年　月　日 大学

昭和　年　月　日 大学

金時鐘の裏

コピー不許可のため・手書き複写

金史良 | 佐賀高等学校 学籍簿(手書き筆寫) ②

生徒身上調査書

岩本秀雄　　　　生徒身上調査書　　　　　　佐賀高等學校

本籍		家ノ職業		氏名	文科乙類（一）
父（兄）氏名	金　時　昌			名	金　時　昌
父（兄）住所					大正三年三月三日生
出身學校		入學			昭和八年四月一日
性質		卒業			昭和十一年三月十日
人物		行			

學業成績	學年	平均點	席次
	第一學年	七九	三七中七番
	第二學年	六七	三八中八番
	第三學年	七四	三八中十番

勤情	缺席日及數回席缺	第一學年	九　回		時	
		第二學年	一八　回		時	
		第三學年	三一　回		時	

病氣

休學

家庭

學費

備考

好嗜嗜慾

風采

特種ノ性格特徵

思想關係

兵役關係

備考

生徒身上調査書

文 三 乙
L. III. B.

1	T.	Ishikawa	石川禎輔
2	T.	Ishimaru	石丸利雄
3	H.	Itasaka	板坂　光
4	M.	Inoue	井上万龜男
5	S.	Egashira	江頭三一郎
6	O.	Oishi	大石　表
7	Y.	Ōdera	大寺嘉里
8	G.	Ōno	大野義一
9	T.	Uchiyama	內山　正
10	T.	Ogata	緒方泰介
11	K.	Katsuki	香月憲一郎
12	S.	Kawasaki	川崎新三郎
13	K.	Kitakawa	北川勝敏
14	H.	Kitakawa	北川秀雄
15	I.	Kin	金時昌
16	M.	Koga	古賀正義
17	Y.	Koyama	小山義雄
18	M.	Shiwa	志波益雄
19	H.	Tashima	田島博章
20	M.	Tsutsumi	堤正之
21	M.	Tsutsumi	堤正泰
22	T.	Tsurumaru	鶴丸辰雄
23	N.	Naito	內藤長安
24	T.	Nakao	中尾竹治
25	H.	Nishida	西田博
26	R.	Nokuchi	野口禮一郎
27	K.	Hattan	八段麟一郎
28	M.	Hara	原正寬
29	N.	Fujizane	藤實憲夫
30	K.	Funaki	舟木公弘
31	T.	Hosokawa	細川忠雄
32	K.	Mori	森清秀
33	S.	Morishima	森嶋靖吉
34	G.	Yamashita	山下五一郎
35	T.	Yamada	山田太市
36	K.	Yuasa	湯淺熊二
37	H.	Yokohata	橫畑久之
38	Y.	Yoshida	吉田義雄

金史良 ｜ 佐賀高等学校 名簿

學科	學歷前入學 入學	入學	現住所	原籍	族籍	生年月日	氏名
文科 科 轉科	四年 四月 五山 中學卒業	大正 三年 三月三十日	麹町區中六番町 區 町 丁目 丁目 丁目四九番地	朝鮮平安北道郭山郡南面安義里 金瑞麟 長男 縣 郡 村 大字 町 番地	平民 縣 郡	明治二十八年 五月二十九日	金興濟

	人 住所 氏名	轉科	修業	卒業	退轉學	除籍	除名	徵兵	事項	備考
保證	麹町區中六番町 丁目四九番地 李晩奎	大正 年 月 日 科へ	大正 年 月 日 科へ	大正 年 月 日	大正 明年七月三日 事由	大正 年 月 日	大正 年 月 日	年 月 日 猶豫證明書交付	年 月 日 猶豫證明書交付	

金興済 | 早稲田大学 高等予科 学籍簿

早稻田大學高等豫科試驗成績表 〔第　　回　明治四十　年度〕

番號	17					18				
姓名 科目						金　與　濟				
	第一期	第二期	不合格點	第三期	不合格點	第一期	第二期	不合格點	第三期	不合格點
國文				75		60			65	
漢文	50			50		78			70	
作文	60			85		85			86	
歷史				/					/	
地理	50					70				
物理學	40			45		75			70	
體操	66					83				
習語	90			60		95			90	
幾何	14		24	20	22	83			80	
代數	35		35	30	33	78			90	
算術	38		38	64		83			79	
三角	25		25			60				
論	40			30 35		48			70	
英文學史	54		5	37 21		50			58	
地歷	75			70		80			82	
博物				68					70	
合計	671			634		1101			910	
平均點	44.79			52.83		73.40			75.83	
成績	44.79			48.81		73.40	74.62			
備考				(八)(級)					(合)(格)	

金與済 | 早稲田大学 高等予科 試験成績表

科學	入學前學歷	入學	現住所	原籍	族籍	生年月日	氏名
〔印〕	四三年五月 五山高等 一七 〔印〕 本科	大正二年五月三〇日 高等豫科入學 大正四年九月一日 本科入學	牛込区下宮比町五ノ七 穀島鐵方	朝鮮平安北道郭山郡南面五義里	平民 鼎潤長男	明治二八年五月二九日	金興濟

考	備	事項	徵兵	科轉	學退	卒業	業修	氏名住所	人保證
	〔印〕			大正 年 月 日 科へ轉出	大正 年 月 日 事由 科ヨリ轉入	大正 七年 七月 立日	大正 五年 七月 五日 第一學年 大正 六年 七月 五日 第二學年 大正 七年 七月 立日	平安北道中... 李晩奎	魏...

金興済 | 早稲田大学 学籍簿

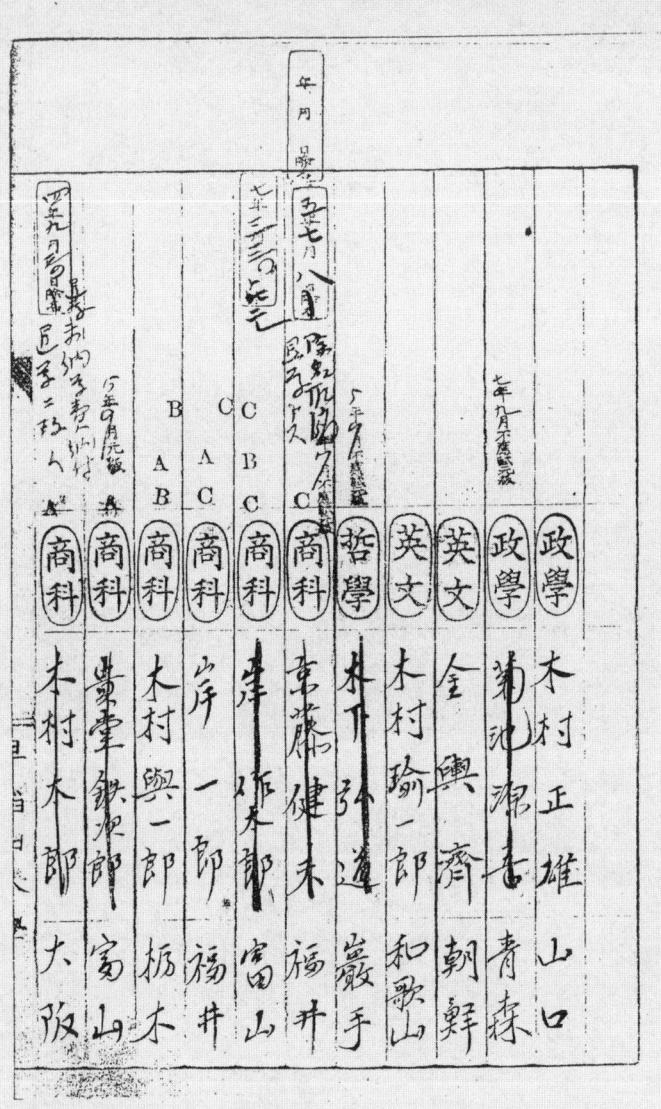

120

学科　英文學科第一學年	平均／学年						
哲學　理學概論 通論學史	50	75	70	70	60	69	70
普通心理學　哲學両洋哲學	60	80	80	75	70	65	70／72
英文學　英文學史	71	69	66	67	43	60	72
全上	78	78	83	77	66	78	78
全上	74	78	76	76	72	72	74
全上會	79	80	70	69	75	73	
講讀	60	75	85	80	60	60	
英語　作文			73	53			
會話			95	76			
發音			90	70			
國文學			85	78			
和漢文學							
獨語　文法		60	68	73 85 88			
譯解		75	68	88 90 88			
佛語　作文	33	39			0	0 15 20 18 65	65
譯解	45				0	65	65
實用英語　英文				1			
會話							
	72	70		80	60	72	70
総點	582	673	953	682	506	557	627
平均	64.66	74.77	79.41	75.77	56.22	61.88	69.66
成績順次	丙　甲	乙	甲	乙	九乙	廿		丙　美	丙	罢

金　興　済

大正五年六月施行

姓名

金興済 早稲田大学 2学年 成績表（手書き成績表）

科目								
教育史	/	80						
西洋教育史研究	80 / 95	80 / 80	75 / 95	80 / 82	75 / 85	75 / 78	80 / 90	
英文學	90	92	90	88	88	85	82	
英文學 上	83	85	85	80	80	83	77	
英文學 上上	70	90	85	80	80	80	65	
英文學 上上	75	90	85	85	85	90	88	
英語 講讀	90	85	80	75	75	75	75	
作文	/	81						
會話	/	80						
數學	85	80	80	80	80	75	80	
文法解 譯解	90 / 95	93 99 / 99 99		80 / 90	85 / 90	90	98 / 92	95
佛譯 作文解釋			70 / 75	73		75 / 95	85	
英文會話								
論文	78	/	70	80	85	85	80	
小計	839	1022	818	815	823	811	812	
平均	83.90	85.16	81.80	81.50	82.30	81.10	81.20	

英文學科二年

成績席次：甲七　甲五　甲十五　甲六　甲三　甲大　甲七

姓名：金興済　第貳種　無資格

教育・哲學									
教育	學法	75							
	教授法	78							
	倫理學	80							
	美學	80	75	70	75	70	65	60	
	西洋近代文明史	90	85	85	78	80	75	80	
英文學	英文	92	82	82	90	65	70	40	
	會 上横田	75	60	75	90	65	68	60	
	會 上野	82	82	64	88	59	72	63	
	會 上勝	65	70	80	65	65	60	60	
英語	講讀	88	45	78	75	75	70	40	
	作文	94							
	會話	90							
獨語	文法	75/98	87/80	70/75	70/70	70	75/75	80/90	85
佛語	文法					23/80	52		8/50 29
實用英語	譯 其文 會								
小計	計	1076	574	604	613	554	565	432	
平均	平均	82.76	71.75	75.50	76.62	69.25	70.62	54.00	
論文	文	78	73	75	74	73	80	81	
平均	均	82.42	72.37	75.25	75.31	71.12	75.31	67.50	

成績席次	甲一	乙 十六	乙 十三	乙 十四	十	乙 大	丙 十一	丙 五

金興済 | 早稲田大学 卒業試験 成績表

金祐鎭 | 早稲田大学 学生名簿

經濟學一　木藤了吉　鹿児島

經濟學一　木村研二郎　京都

經濟學一　木室虎三　佐賀

經濟學部　北田正夫　兵庫

經濟學部　北畠千畝　奈良

經濟學部　菊本太郎　兵庫

法學部　木澤建郎　石川

法學部　木室虎丰　佐賀

法學部聽講生　木　師　富山

聽講生　癈師

文學科　菊地又祐　東京

文學　金祐鎮　朝鮮

大正九年入學　大正十三年三月卒業

金祐鎮 ｜ 早稲田大学 卒業名簿

部 之 き

摘要		姓名	府縣
D	政	木村惣太郎	鳥取
C	〃	木田靖	奈良
F	〃	金鳳洙	朝鮮
E	〃	饒正太郎	台湾
F	〃	北里瀧夫	熊本
A	〃	木上實	京都
〃	法	姜箕錫	朝鮮
F	〃	許南壽	〃
H	文	金延漢	〃
J	〃	北川弘吉	大阪
H	〃	衣笠晋	兵庫

金廷漢 | 早稲田大学 付属 第一高等学院 學生名簿

學 籍 簿

學部　[文]　學科　[文]

氏名　金光漢

生年月日　明治／大正　四一年　九月　二〇日生

族籍　平民

本籍　朝鮮　慶尚南道釜山府東萊郡東萊邑温泉里六二三　番地

現住所　東京市本郷區元町大字　　町村大字　　番地　元町　一丁目

入學　昭和五年　四月　一一日　第一學年入學

入學前學歴　昭和三年　三月　東莱高等普通學校卒業

保證人住所　東京市本郷區元町　五七番地

保證人氏名　三上原蔵

本人トノ關係　下宿

保證人住所　府　市　町村

保證人氏名

本人トノ關係

父兄氏名　父　金盖卨

本人トノ關係

修業　昭和六年　三月　三一日　第一學年修業
　　　昭和七年　三月　三一日　第二學年修業

卒業　昭和　　年　　月　　日　第三學年修業了

退學　'7.9.26.

轉學

戒兵事項

備考

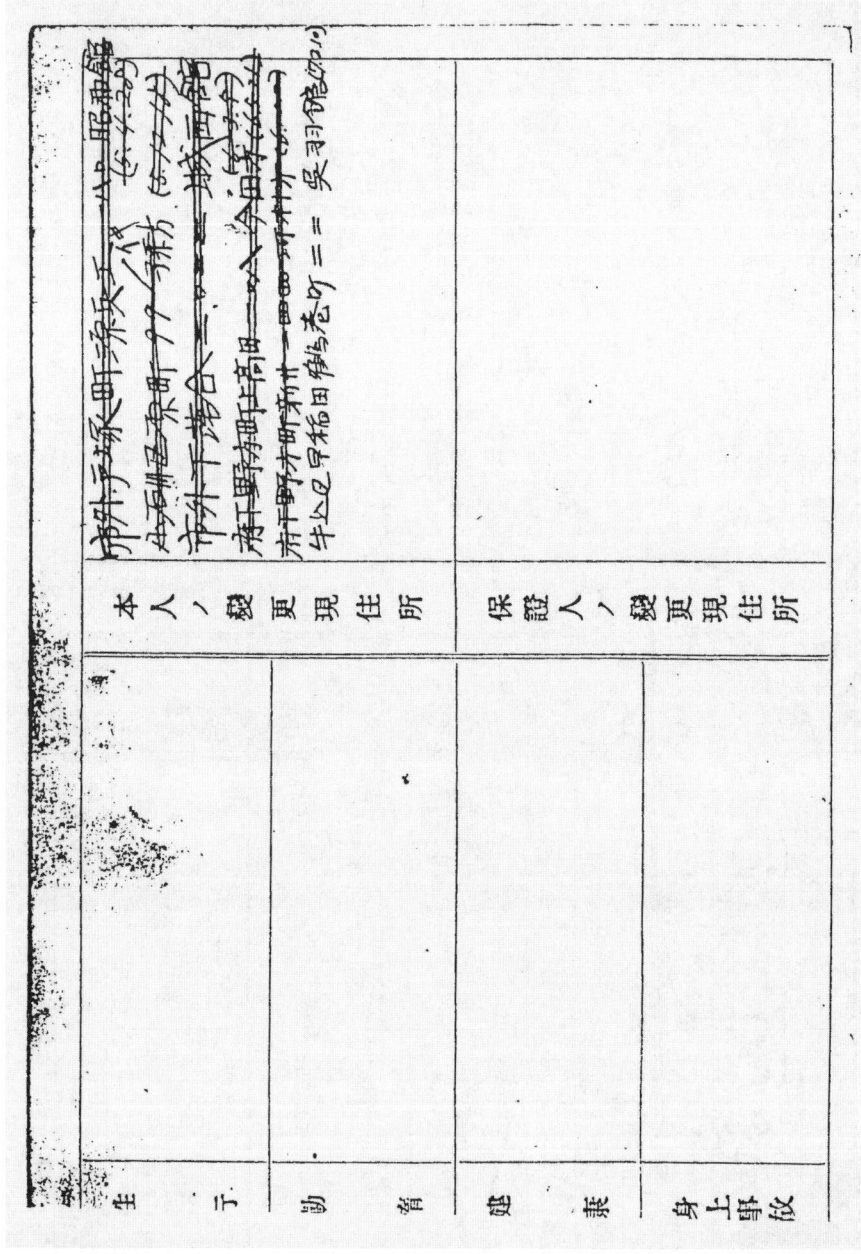

金廷漢 | 早稲田大学 付属 第一高等学院 学籍簿 ②

成績表

成績

學部　ⅡＦ組
　氏名　金延漢（印）
　正　昭和　年三月　中學　卒

入學試驗成績
語國閩
文作
文漢
史歷
和文英譯
英作文
數學
合計
備考

年度第一學年成績				
學科目	第一學期	第二學期	平均	得點　數　係
修 功	65	75	75	
國 語（讀書作文）	80	75	70	
漢 文	60	70	75	
譯（和譯）	65	65	63	
譯（英文）	83	90	80	
外國語（中文同同一）	85	80	82	
歷 史	75	90	88	
地 理	70	83	78	
數 學	75	85	78	
自然科學	78	75	75	
操	81	68	73	
第二外國語	66	81	77	
合 計		52	59	
總計/1041　總平均	70	63	67 / 74	

卒業成績
第一學年
第二學年
第三學年
總計
總平均
備考

金廷漢 | 早稲田大学 付属 第一高等学院 成績表 ①

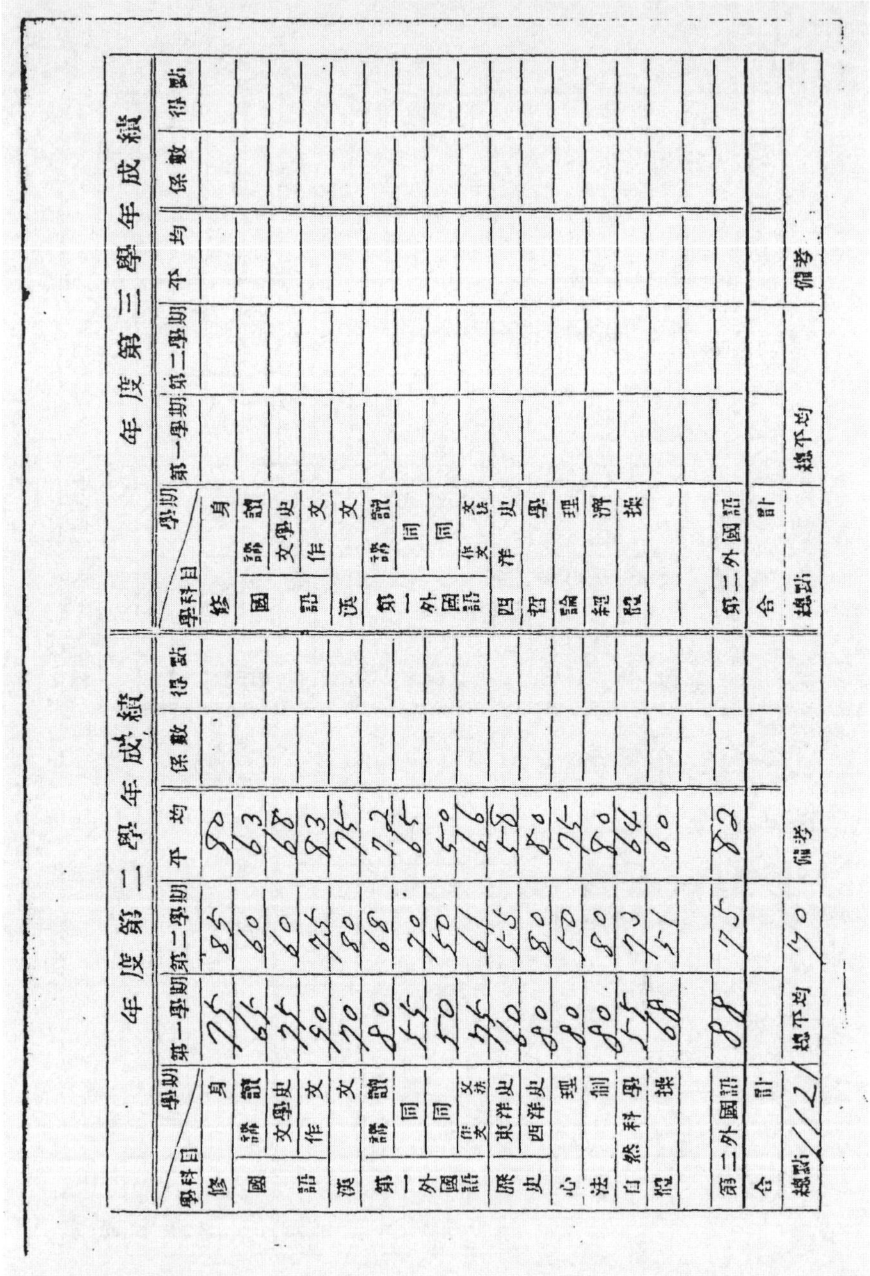

成績表 (縦書き・右から左)

年度第三學年成績（未記入）

學科目	第一學期	第二學期	平均	保數	得點
修身					
國語　講讀					
文學史					
作文					
文					
第一外國語　講讀					
同					
同					
作文					
文法					
史學					
哲學					
論理					
經					
體操					
第二外國語					
合計					
總平均					
備考					

年度第二學年成績

學科目	第一學期	第二學期	平均	保數	得點
修身	75	85	80		
國語　講讀	65	60	63		
文學史	75	60	68		
作文	90	75	83		
文	70	80	75		
第一外國語　講讀	80	68	72		
同	55	70	75		
同	50	50	50		
作文	75	61	76		
文法	60	75	78		
歷史　東洋史	80	80	75		
西洋史	80	70	60		
心理	80	80	64		
訓	55	73	60		
自然科學	60	51			
體操					
第二外國語	88	75	82		
合計					
總平均	112	75	70		

金廷漢 | 早稲田大学 付属 第一高等学院 成績表 ②

金煥泰成績原簿関係資料

※　便宜上、漢字は原則として現在の略字体とした。

※　「九州大学文学部」とあるのは後の補綴で、当時の呼称は「九州帝国大学
　　法文学部」である。

成績原簿 ［昭和七年（なーみ）一九年度］学士試験合格
　　　　　　　　　　　　　　　　　九州大学文学部

　　在籍番号第 103 号
　　卒業証書番号 287
　　備考　　改姓　昭和十五年五月参日　　改名　同　年五月十八日
　　　　　　（15.7.24 日届出）
　　　　　　入学　昭和 6 年 4 月 8 日
　　　　　　学士試験合格　文学士（英文専攻）昭和 9 年 3 月 31 日
　　　　　　原籍　朝鮮全羅北道茂朱郡茂朱面邑内里九五八

　　　　　　金垣　泰司　　　明治 42 年 11 月 29 日生

　　　　　　出身校　同志社大予科

卒業成績審査表
　　氏名：金煥泰
　　　学士試験 ［文学士］
　　必修科目単位（１６）　　１６
　　選択科目単位（４）法
　　　　　　　　　　　文　　　7
　　　　　　　　　　　経
　　第一外国語（2）　｜　英
　　　　　　　　　　｜　仏　2
　　第二外国語（1）　｜　独　1
　　卒業論文　　　　合格
　　在学継続者必修（6）
　　再入学者必修　（6）

金煥泰｜成績原簿關係資料(筆寫タイプ打ち) ①

成績原簿（九州帝国大学法文学部）

※　半：半単位

（科目）	（担当教官）	（年月　成績）		
仏文学史	須川	8年10月	良、半	
外国語　独語	栗村	8年10月	良	
仏語	進藤	7年10月	良、半	
仏語	進藤	8年3月	良、半	
仏語	認定	壹単位		
哲学	四宮	7年3月	可	
西洋哲学史	鹿子木	6年10月	良	
西洋哲学史	中島	7年10月	良、半	
論理学及認識論	四宮	7年10月	良	
国家及社会哲学				
倫理学及倫理学史／概論（第一部）	大島	7年10月	良	
心理学				
社会学　概論	井口	7年3月	良	
教育学及教育史　概論	松濤	6年10月	良	
	岡部	9年3月	良	
宗教学	石橋	8年3月	可	
美学	田村	8年10月	良、半	
	田村	8年10月	良、半	
東洋美術史				
西洋美術史	上野	8年3月	良	
支那哲学史				
印度哲学史				
日本思想史	竹岡	9年3月	可	
史学概論				
国史				
西洋史				
東洋史				
地理学				

金煥泰 ｜ 成績原簿關係資料(筆寫タイプ打ち) ②

言語学概論　　　　　　　吉町　　　　　　　　7年3月　　　良
文学概論
国語学及国文学

外国文学（外国文学ハ支那、英、仏、独各七単位トス）
　　英語学　　　　　　　　ロビンソン　　　　6年10月　　　良、半
　　英文学演習　　　　　　豊田　　　　　　　6年10月　　　優、半
　　英文学演習　　　　　　中山　　　　　　　6年10月　　　良、半
　　英文学　　　　　　　　豊田　　　　　　　6年10月　　　優、半
　　英文学（講読）　　　　豊田　　　　　　　7年3月　　　良、半
　　英文学演習　　　　　　中山　　　　　　　7年3月　　　良、半
　　英文学　　　　　　　　河瀬　　　　　　　7年10月　　　可、半
　　英文学演習　　　　　　浦瀬　　　　　　　7年10月　　　可、半
　　英文学演習　　　　　　中山　　　　　　　7年10月　　　優、半
　　英語史概論　　　　　　中山　　　　　　　7年10月　　　優、半
　　英文学演習　　　　　　中山　　　　　　　7年10月　　　良、半
　　英文学演習　　　　　　豊田　　　　　　　8年3月　　　良、半

英語学　　　　　　　　　　豊田　　　　　　　8年3月　　　良、半
英文学　　　　　　　　　　中山　　　　　　　8年3月　　　優、半
英文学　　　　　　　　　　マアター　　　　　8年3月　　　優、半
英文学　　　　　　　　　　マアター　　　　　8年10月　　　優、半
英文学　講義及演習　　　　豊田　　　　　　　8年10月　　　優、半
仏文学史　概論　　　　　　須川　　　　　　　7年10月　　　良、半
仏文学史　概論　　　　　　須川　　　　　　　8年3月　　　優、半
英文学　講義及演習　　　　豊田　　　　　　　8年3月　　　優、半

論文　　英文学　　　　　　豊田・中山　　　　68

※コメント：卒業論文の 68 点というのは必ずしもよくない。（ほかに 70 点、80 点台の者
もいる。）
※科目名の横が空欄のものは、履修していない科目。

※ 昭和九年　学士試験合格者氏名から朝鮮人と思われる人名を拾うと、次のとおり。

　　　英文　咸錫彰、金垣泰司（金煥泰）　　　　　西洋史　趙賢景

　　　なお、同期の卒業者数は哲学 9 名、史学 14 名、文学 34 名の計 57 名である。

　　　　　　　　　　　　　　　　　　　　　　　　（以上：白川　豊）

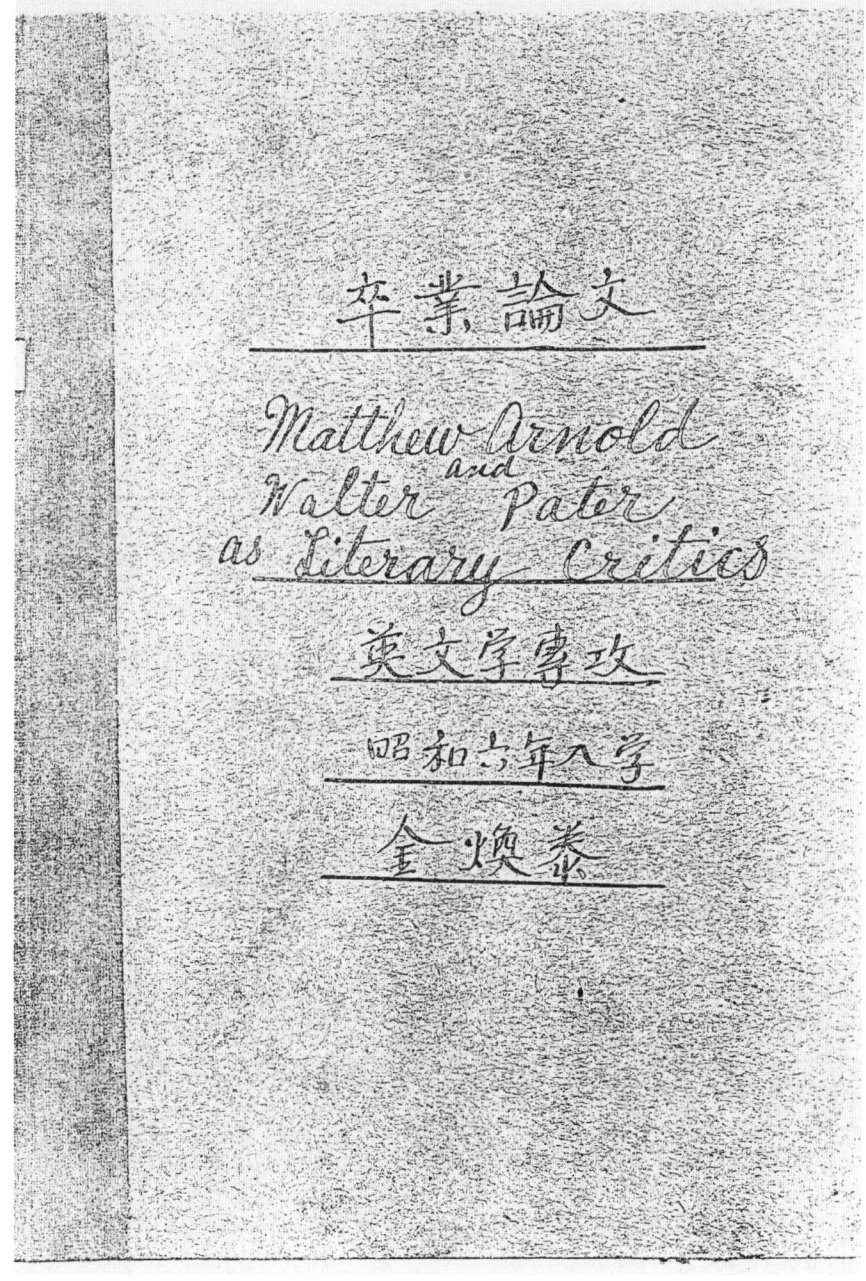

卒業論文

Matthew Arnold
and
Walter Pater
as Literary Critics

英文学専攻

昭和六年入学

金煥泰

金煥泰 | 卒業論文表紙 ①

金煥泰 | 卒業論文表紙 ②

羅蕙錫 | 私立女子美術学校 学籍記録

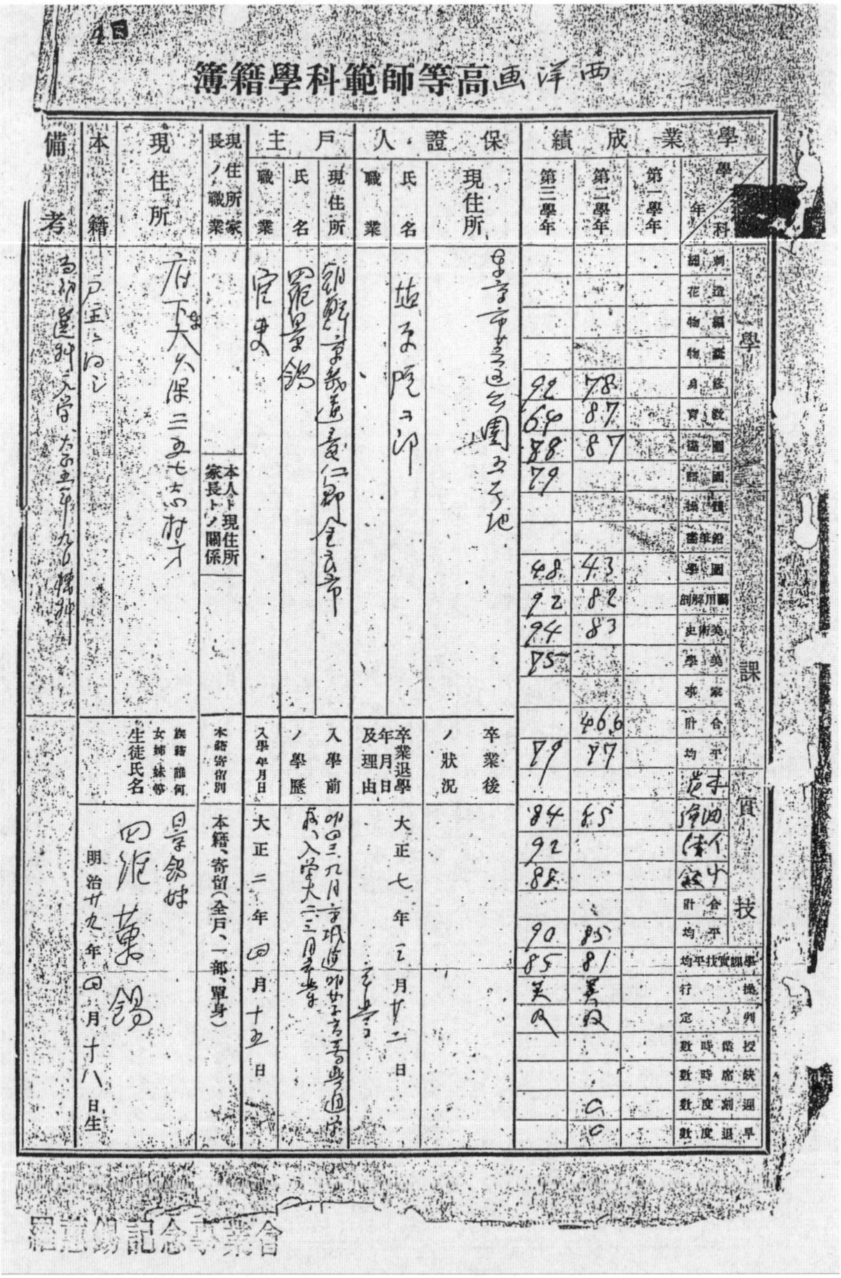

西洋画等高師範科學籍簿

學業成績			學年學科
第三學年	第二學年	第一學年	
			用器畫
			花模樣
			物
			器物
			人身
92	78		肖像畫
68	87		風俗畫
88	87		程度
79			講話
—			臨摹
			圖按
48	43		剖解用器
92	82		美術史
94	83		美學
95			家事
	46.6		合計
89	77		平均
84	85		修身
92			倫理
85			數學
			合計
90	85		平均
85	81		平均技實科數
			操行
			品定
			數時席授
			數時席缺
			數度刻遲
			數度退早

備考	本籍	現住所	現住所家長ノ職業	戸主		入證		保	
				職業	氏名	現住所	職業	氏名	現住所

(handwritten entries)

族籍何如女姉妹等	本籍宿留別	入學年月日	入學前ノ學歷	卒業選學及年月日並理由	卒業後ノ狀況	
生徒氏名						

本人ト現住所家長トノ關係

本籍、寄留(全戸、一部、單身)

大正二年四月十五日

大正七年三月廿二日

生徒氏名 羅蕙錫

明治廿九年四月十八日生

羅蕙錫 | 私立女子美術学校 高等師範科 学籍簿

羅蕙錫 | 私立女子美術学校 高等師範科 2学年 成績表

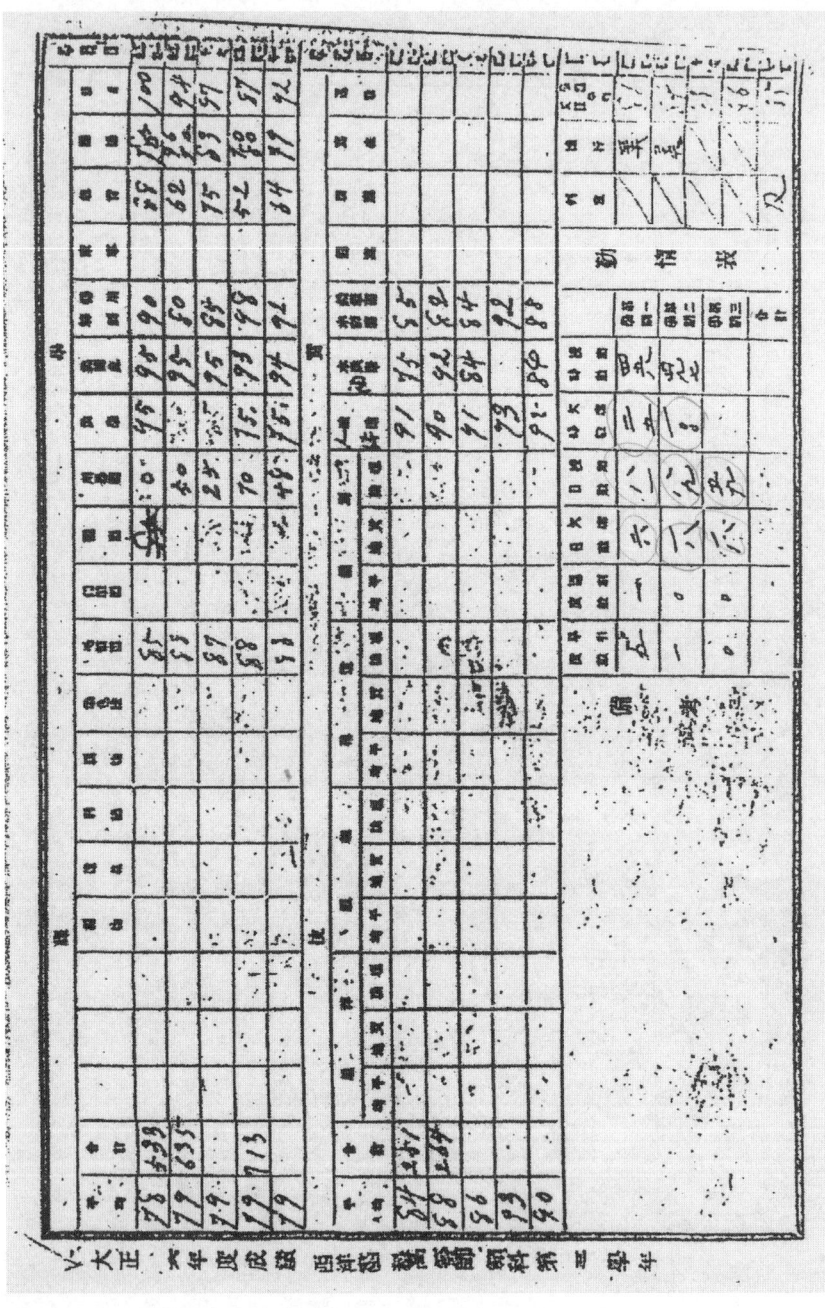

羅蕙錫 | 私立女子美術学校 高等師範科 3学年 成績表

學生證番號　年一 185　年二 112　年三

氏名	朴泰遠
生年月日	明治四二年十二月七日生
本籍	朝鮮京城茶屋町七
所居	東京府下戸塚町下戸塚五七一　改明館
志望學科	法律學科　文學科　經濟學科　政治學科　商業學科　商業學科（志望學科ハ一ヲ殘シ他ヲ抹消スベシ）
入學前學歷	昭和四年三月京城第（公立）高等普通學校卒業
別部	大學豫科第二部
外國語	第一　英語　第二　佛蘭西語
入學	昭和五年四月四日
修業	一學年修業　二學年修業　昭和六年六月二八日
卒業	
兵役事項	兵役關係在學證明書交付　上　同上　同上
學退	
除名	昭和六年六月二八日授業料不納除名
休學	許可年月日　期間　事由　懲戒　除名　其他
人證保正	本籍　朝鮮京城茶屋町上／所居／職業　種ト本人トノ關係　兄／氏名　朴寯震遠　明治四十年四月六日生
人證保副	本籍　東京府下戸塚町下戸塚五七一／所居／職業　藥種商　本人トノ關係　人／氏名　楠瀨年壽　明治廿四年三月十一日生
考備	

一、文字ハ凡テ楷書ニテ明瞭ニ記入シ本人ノ氏名ニハ必ズ片假名ヲ附スベシ
二、職業ハ何省何官何銀行何會社何役何製造業何商ト其具體的ニ記載スベシ
三、保證人及ビ本人宿所變更ノ場合ハ直チニ轉居屆ヲ提出スベシ

朴泰遠 ∣ 法政大学 離籍者 学籍簿

法政大學 豫科試驗成績表

(昭和 六 年度)　(昭和 七 年度)　和 年度)　(昭和 年度)

備考	學科	第壹學年 一學期	二學期	合計	平均	第二學年 一學期	二學期	三學期	合計	平均	學年 二學期	合計	平均	第 學年 一學期	二學期	合計	平均
昭和六年より十二ケ年檢業科ヲ納除ス	第一外國語 (1)( )	93	83	176	88												
	(2)( )	90	90	180	90												
	(3)( )	98	95	193	97												
	(4)( )	93	90	183													
	(5)( )	93	83	176	88												
	(6)( )																
	(7)( )																
	第二外國語 (1)( )	43	45	88	44												
	(2)( )	40	45	85	43												
	(3)( )																
	(4)( )																
	國語( )	70	90	160	80												
	作文( )	70	60	130	65												
	漢文( )	95	80	175	88												
	歷史( )	20	60	80	40												
	地理( )																
	論理( )	0	0	0	0												
	心理( )																
	哲學( )																
	法通( )	25	45	70	35												
	經通( )																
	數學( )	0	80	80	40												
	自然科學( )	60	50	110	55												
	修身( )	50	50	100	50												
	體操( )	65	40	105	53												
	合計	1005		1048													
	平均	63		66													
	受驗人員	40		38													
	成績順	16		16													
	及落			及及													

本籍　朝鮮
生年月日　昭 42.12.7
入 學　昭 5.4.4
離籍　昭 6.6.18
件 名　退學（自）

(第三年 組)

朴泰遠 | 法政大学 離籍者 成績簿

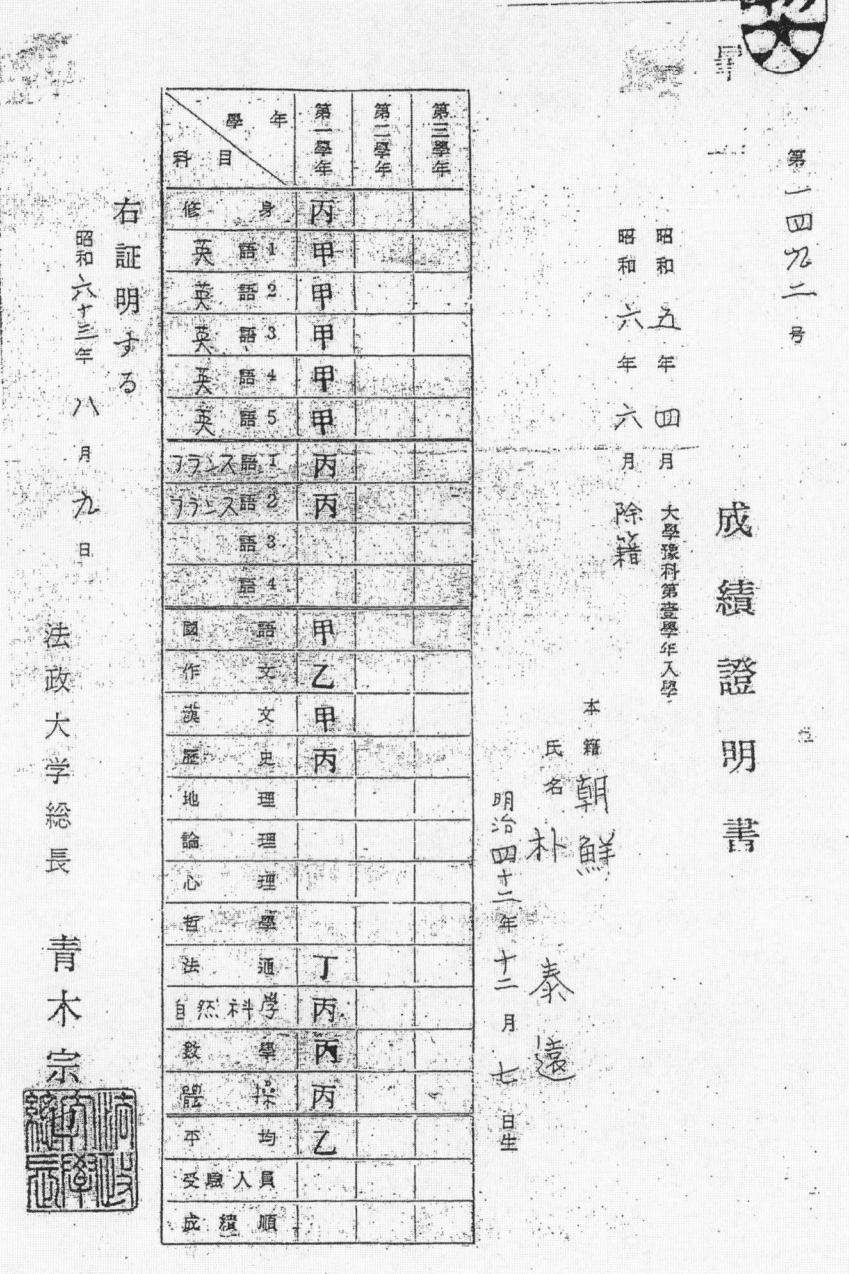

朴泰遠 | 法政大学 成績 証明書

在 籍 証 明 書

朴 景 順

1904年 4月 16日生

上記の者は旧専門学校令による
日本女子大学校 英文学部 へ
1926 年 4月 10日 に 入 学 し
1931 年 4月 7日 まで 在 籍
したことを証明します

2007年 5月 31 日

東京都文京区目白台2丁目8番1号

日本女子大学長 後藤祥子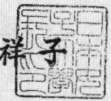

朴花城 | 日本女子大学 在学 証明書

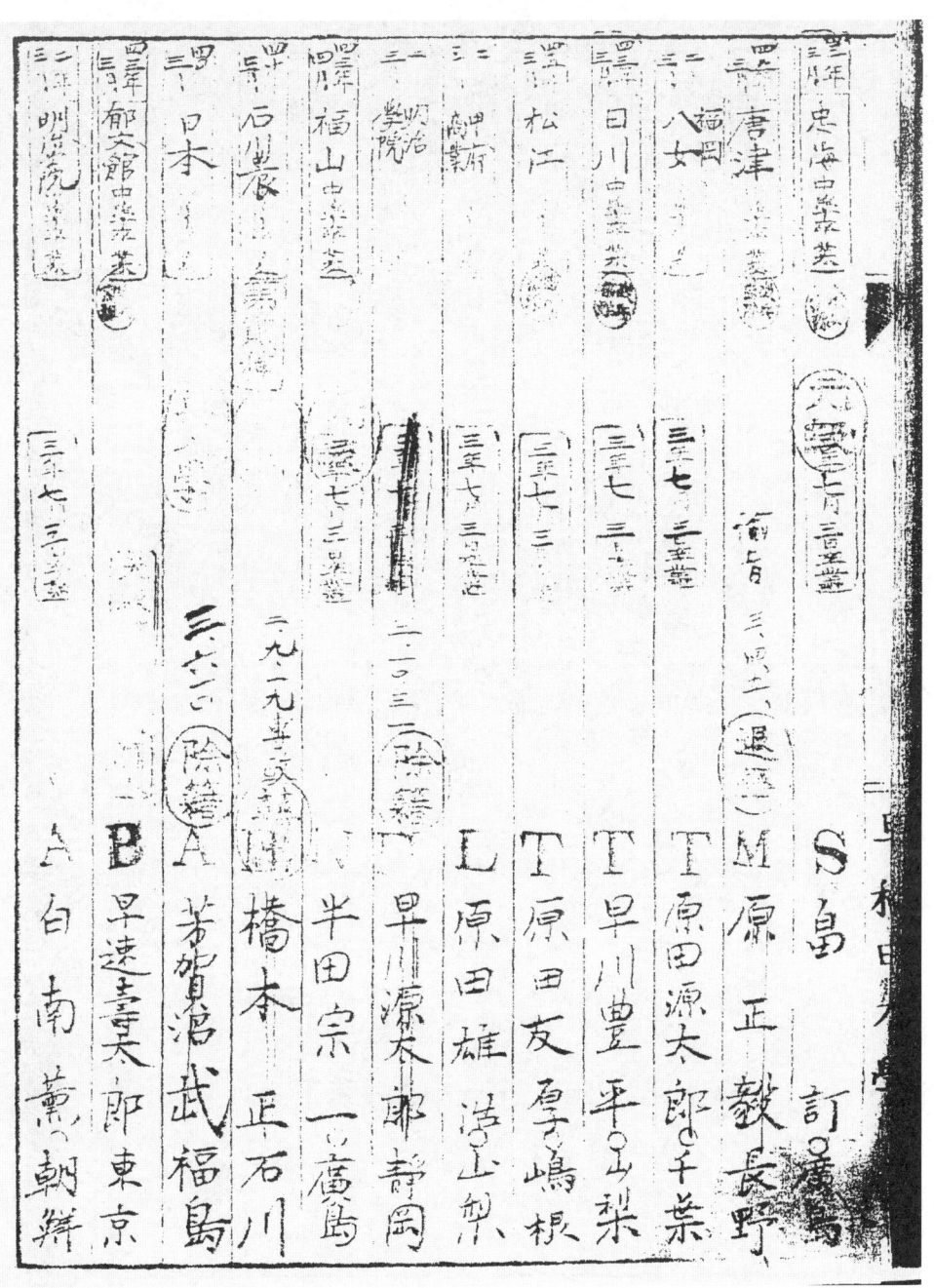

白南薫 ｜ 早稲田 高等予科 学生名簿

氏名	白　南　薫
族籍	平民
生年月日	明治十八年十一月三日
原籍	朝鮮府黃海道載寧郡敗業郡町村　大字長連高里一郡安全
現住所	牛込區〇柳町十丁目　主九番地養々護士　牛込區五反田町〇丁目〇五番地〇前〇　牛込區今〇里町丁目〇〇九番地先〇〇〇
學前學歷	二年　明治學院　中學卒業　三月
入學	大正二年九月廿九日
科學	高等予科　轉科　學科

保證人	住所	牛込區〇養町丁目〇九番地　李　晚　奎
	氏名	

轉科	修業	卒業	退學	轉籍	除名	徵兵	專項	考備
大正年月日　科八	大正年月日	大正三年七月三日　退學　科八	大正年月日	大正年月日	大正年月日　退學　出	年月日　獨逸語明書交付	年月日　獨逸語明書舊交付	

白南薫 | 早稲田 高等予科 学籍簿

番號		200				201			
姓名／科目		朱應祺				白南薰			
	第一期	第二期	不合格點	第三期	不合格點	第一期	第二期	不合格點	第三期	不合格點
作文		6.		1/0			85		58	
記記		50		78			58		82	
		50		45			100		100	
		63					90			
地理		62		40			74		65	
物理		75		70			85		89	
化學		86		81			75		87	
		60		45			50		55	
		70		60			70		80	
		/		/			/		/	
		60		55			75		86	
		50					75			
		73		40			100		78	
		6.		88			81		80	
				324					78	
合計		823		671			1048		962	
平均點		63,31		55,92			80,62		80,17	
成績	63,31		59,62			80,62		80,40		
備考				合格					合格	

白南薰 | 早稻田 高等予科 成績表

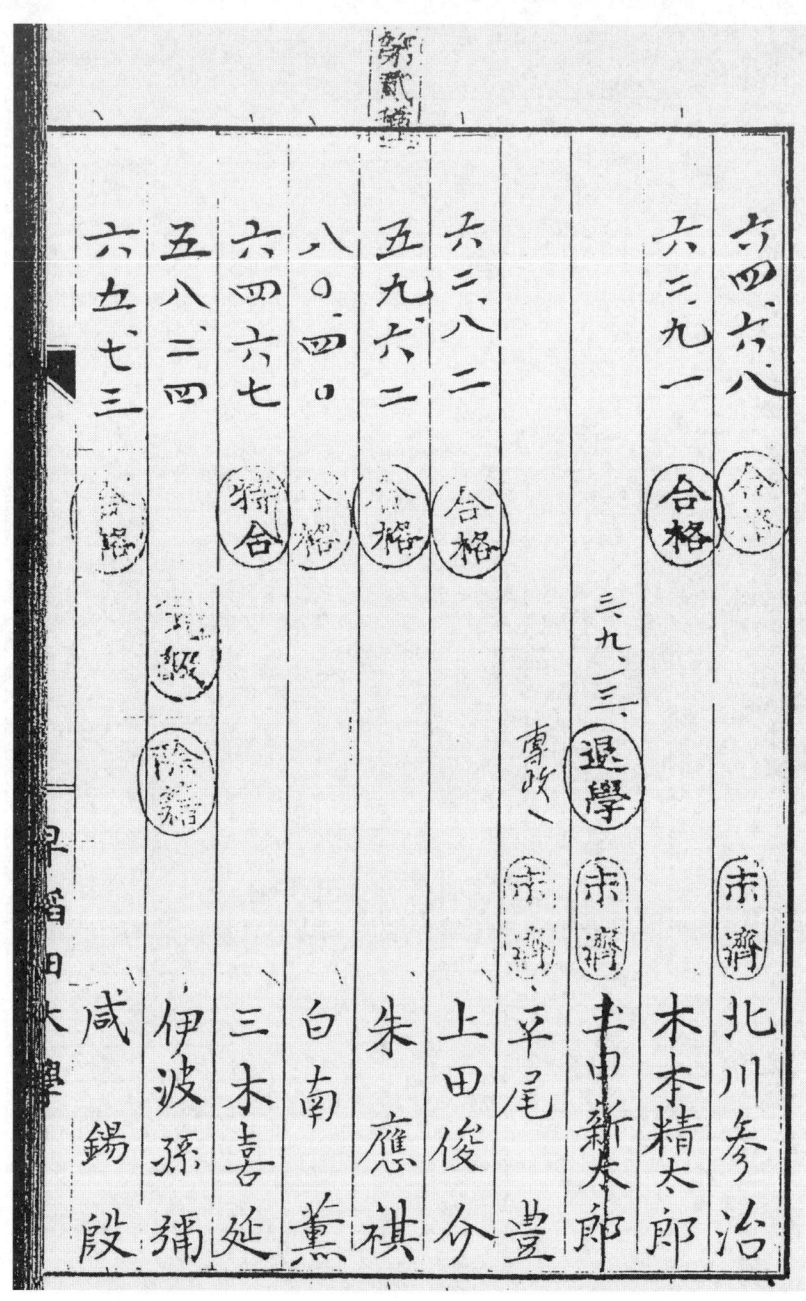

白南薰 | 早稲田 高等予科 修了成績 一覧簿

學科	入學前學歷	入學	現住所	原籍	生年月日	族籍	氏名
政學	乙巳...卒業 / 己...修業	大正四年九月九日 高等豫科入學 科入學	芝區三光町三三 / 芝區白金三光町三三 大倉方 ...	朝鮮黄海道...郡...	明治十八年十一月三日	平民	白南薫

考備	徵兵事項	轉科	退學	卒業	修業	保證人 氏名住所
		大正 年 月 日 科ヨリ轉入 / 大正 年 月 日 科ヘ轉出	大正 年 月 日 出	大正六年七月...日	大正四年七月五日 第一學年 / 大正五年七月五日 第二學年	李晚壽

白南薫 ｜ 早稲田大学 学籍簿

白南薰│早稲田大学 成績簿 ①

	金良洙	佐藤博四郎	青山稔	横井元二郎	無津呂召市	佐々木藤一	福島守治	白南薫	早稲田大學
姓名									

白南薫 | 早稲田大学 成績簿 ②

成績証明書

青山第　　号

青山学院 専門部 高等学部 英語師範科

氏名　白　愛行

明治４５年 ７月 １日生

入学　昭和 ５年 ４月 １日
卒業　昭和 ９年 ３月 ３１日

左記の授業科目を履修したことを証明する。

年　月　日

授業科目名	最終	４年	３年	２年	１年
英語講読					
英語文法					
和文英訳					
英語作文					
英語読方					
オーラル イングリッシュ					
英語演習音声学					
英文学					
英国民道徳					
基督教倫理					
心理学					
論理学概論					
哲学概論					
自然科学					
教育学					
教授法及実習					
歴史					
国文					
漢文					
国文学					
ドイツ語					
言語学					
体操					
以上					

優：100点〜75点　　良：74点〜60点　　可：59点〜50点

白石 | 青山学院 専門部 高等学部 英語師範科 履修証明書

```
┌─────────┐
│ 元 之 部 │
└─────────┘
```

摘要

組、學部、姓名、應縣

昭和二年三月三十日松下ヨリ改姓ノ届出ヅ

昭和二年ノ更

經濟學科		
經濟學	曾根豢實	山製
	柏木正龍綿	大阪
東洋哲學	園田英一	京都
國文學	染谷進	茨城
支學	孫晉泰	朝鮮
		和歌山
機械工學科	宗雄二	福島
	薗部正晃	福島
建築學科	曾村福夫	群馬

孫晉泰 | 早稲田大学 卒業·進級報告 ①

卒業	卒業	史學科 卒業	文學科露文學専攻 卒業	卒業	文學科獨文學専攻 卒業	卒業	卒業	卒業	卒業
离浩翔	孫晉泰	丸山秀至		高屋為雄	林直次郎	廣瀬靖	齋藤一寛	浅沼悦太郎	恒川義夫
朝鮮	朝鮮	山梨		長崎	愛媛	岐阜	山梨	東京	愛知

孫晉泰 ｜ 早稲田大学 卒業・進級報告 ②

安國善 | 東京專門学校 1年級 試驗評点表

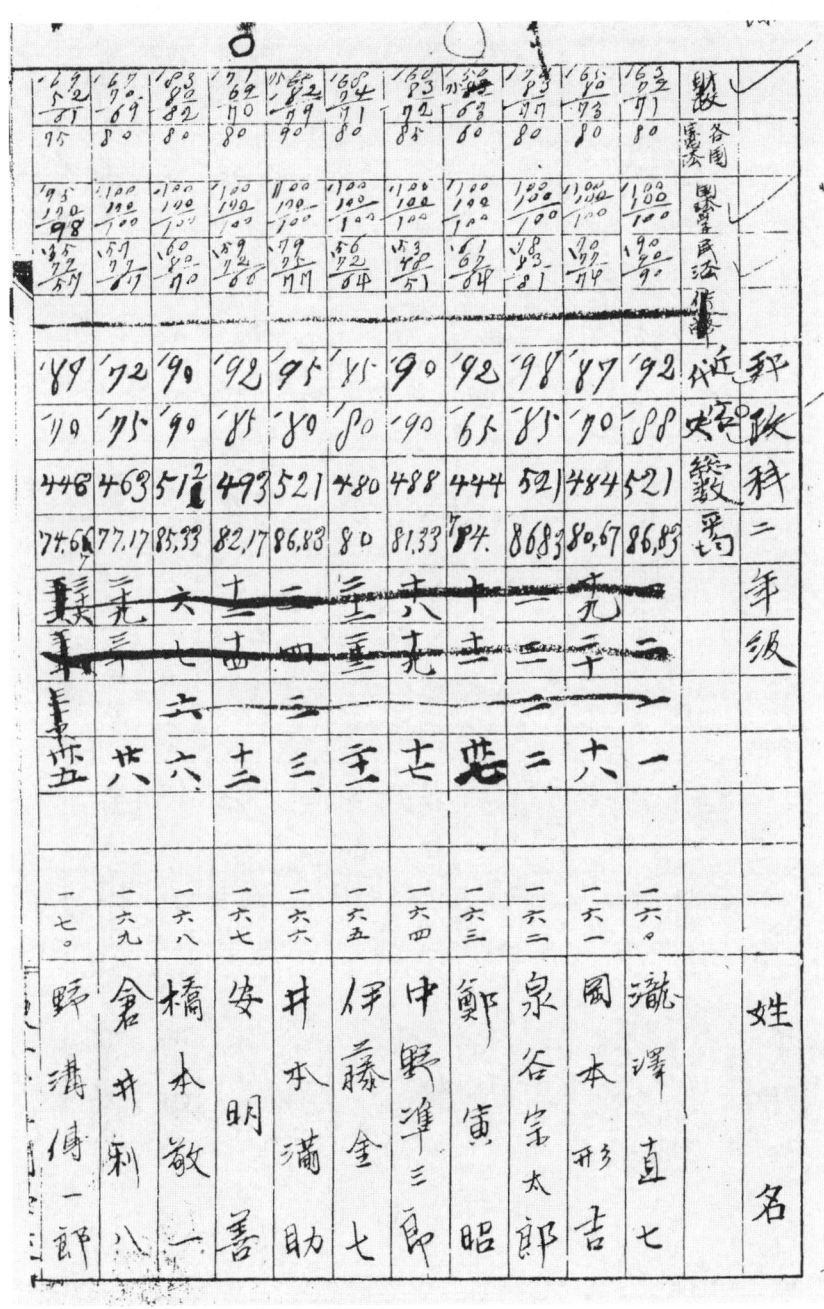

安國善 | 東京專門学校 2年級 試験評点表

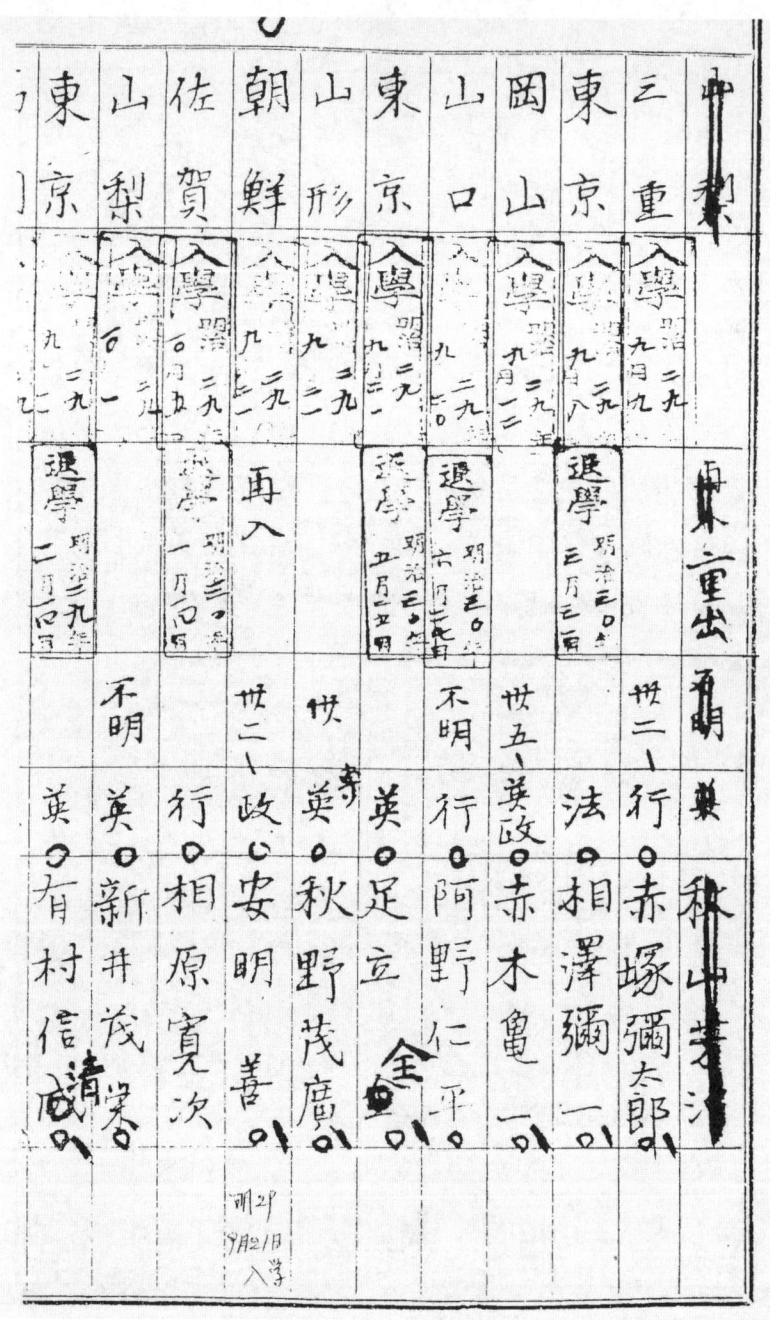

安國善 | 東京專門学校 学生名簿

安國善 | 東京専門学校 会員名簿 ①

安國善 | 東京專門学校 会員名簿 ②

學科	得業年號	席次	原籍	姓名	摘要
政治	三二			安國善	
政治	三一				
政治	三一				
政治	三一				
經濟	三〇				
政治	三〇				
政治	三〇				
經濟	二〇				
政治	二〇				
政治	三〇				
英學	二九				
文學	二八				
文學	二八				
文學	二八				

安國善 | 東京專門学校 卒業生 名簿

表1

東京専門学校　邦語政治科　科目名（履修科目）

1897 明治30年　1年級	1898 明治31年　2年級	1899 明治32年　3年級
経　　済	財　　政	予 算 公 債
国　　家	各 国 憲 法	外　交　史
憲　　法	国　法　学	最　　近
歴　　史	民　　法	公　　法
経　　史	近　　代	貿　　易
地　　理	憲　　史	私　　法

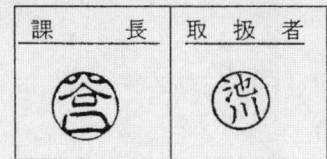

課　　　　長	取　扱　者

安國善ㅣ東京専門学校 邦語政治科 履修科目

卒業	卒業	卒業	卒業	卒業	卒業	卒業	卒業	卒業	卒業	卒業	卒業
○	○	○	○	○	○	○	○	○	○	○	○
大谷寬一 栃木	大友刀藏 東京	大庭武年 静岡	越智忠良 愛媛	梁柱東 朝鮮	張棟蘭 臺灣	千鰯谷佐郎 大阪	堀口五郎 岡山	西之原友方 鹿兒島	西原勇藏 鹿兒島	蓮尾辰夫 福岡	早淵精忠 鹿兒島

梁柱東 | 早稲田大学 文学部 卒業·進級表

廉想涉 | 麻布中学校 学籍簿

番號	4	2	2

族籍 誰ノ子 弟 生徒ノ 朝鮮京城府士族
圭桓三男

生徒ノ氏名　廉尚燮

生徒ノ生年月日　明治卅一年 八月 三日生

保證人トノ関係　叔已

生徒ノ原籍　朝鮮京城府昌成洞 原籍 百七十三番地

生徒ノ現居所　本郷区元町一丁目一番地 崇二初音館内

保證人居所　麹町区三番町廿八番地
保證人職業氏名　基督教牧師 金貞植
保證人ノ生年月日　明治十年 八月 六日生

入學前ノ履歴　朝鮮京城 府私立 徽成中学校 三学年

入學試験ノ有無　有

徴兵事故

入學年月日及其學年

第一學年	明治 年 月 日
第二學年	明治 年 月 日
第三學年	明治大正二年 九月 十日
第四學年	明治大正四年 三月 廿一日 進級
第五學年	明治 年 月 日

退學、轉學、放校ノ理由其年月日、卒業及其年月

大正四年九月十九日 家事ニ依リ退學ス

氏 名		（假假名） ヒラ ヌマ トウ チウ 左ノ	選科 平沼 東柱
戸主 續柄	戸主 夏儉 孫		大正七年十二月三十日生
本 籍	朝鮮咸鏡北道清津府浦項町二番地		
居 所	神奈川縣鎌倉郡三目ヨリ三 平沼永錫（鎌倉等係委人）		
學入學歷前部	中等學校 昭和十三年三月五日北滿明學園中學校五年卒		
	高等學校 昭和十六年十二月廿六日延禧專門學校文科本科年卒業		
保證人	氏名 平沼永錫		年齢 六十歳 ノ 職業 商業 本人トノ關係 父
	居所		

豫 科	學入年月日級	昭和 年 月 日 豫科 科 年入學
	修了年月日級	昭和 年 月 日 豫科 科 年修了
學 部	入學年月日	昭和十七年四月二日文學部英文學科一年入學
	卒業年月日	昭和 年 月 日 學部 學科 卒業
	退學除籍年月日	昭和十七年十二月十九日學部英文學科一年
徵兵關係		（要拂）

（備）

尹東柱 | 立教大学 学籍簿

平沼東柱

本　　籍	朝鮮咸北清津府浦項町七六
身分職業	
現住所	満洲國間島省龍井街靖安區 綺昌路一ー二〇.
生年月日	明治 大正 七年12月30日生
入學前ノ學歴	京城延禧專門　　16.12
入學年月日	昭和 17年 10月 1 日 1942
入學試驗ノ有無	文化學禾科 英語英文 (士選科) 有 1948
退學年月日及理由	昭和 23年 12月 24日
	19.10 休學セム 教授會決議ニ日 長期欠席 學費未納除名
卒業年月日	昭和 年 月 日
徴兵事故	
保證人住所氏名	平沼永錫
及落年月	18.9 蓁1.再 19.9 英1.再 休學ム 21.10 英1.再後 22.4 英1.と 23.6 英2.卒ム
備　　考	

尹東柱 | 同志社大学 学籍簿

英語英文學專攻

氏名 　平沼東柱（選科）

必修科目	評點	必修科目	評點	英文學選擇	評點
文學概論		獨逸語		作品研究	
英文學史	65	獨逸語		作家研究	
英文學史		佛蘭西語		文學思潮研究	
英文學特殊講義		佛蘭西語		文學史特殊講義	
英文學特殊講義		日本精神史		聖書文學	
英文學演習	85	社會學概論			
英文學演習		基督教通論		（共通特殊講義）	
言語學概論		基督教文學		倫理學	
英語學概論		卒業論文		哲學	
英語演習				心理學	
英作文	80	敎練1		社會問題	
英作文	73	敎練2		藝術學特殊講義	
英作文		敎練3		藝術史	
英作文				新聞學	75
英語音聲學					
歐洲文學史				（隨意科目）	
敎育學及敎授法				ギリシャ語	
敎育學及敎授法				ラテン語	
日本文學				支那語	
支那文學					

同志社大學

尹東柱 | 同志社大学 成績表

明治学院中等部ノ学籍簿

保證人	父兄	居所	族籍 職業	生年月	生徒 姓名
趙竹巳中九某ヨリ□十中澤永		本竹巳丸山行ヨリ二十二田中方	韓国平安北道定州郡	明治 年 月	李 寶 鏡

備考	卒業 年月	退學 理由	退學 年月	履歴 入學前	入學級	入學 年月
新ニ學籍簿ニ移ス				白山学舎	三年級	四十年九月十日

	卒業後 居所	徴兵 事故	退學級	入學 試驗		
				有		

李光洙 ｜ 明治学院 普通部 学籍簿

科學	學歴 前入學	入學	現住所	原籍	族籍	生年月日	氏名
科 本科 學科	四三年三月 明治學院中學卒業 普通部	大正四年九月三〇日	牛込區喜久井町一二五番地 四谷區片町一八番地 高木方	朝鮮平安北道定州郡高山面益城里	平民	明治二五年二月一日	李光洙

考備	事項	徴兵	除名	除籍	轉退學	卒業	修	科轉	氏名 住所 人 保證
		年月日 猶豫證明書交付	年月日 猶豫證明書交付	大正 年 月 日	大正 年 月 日	大正 年 月 日	大正 山一年七月三	大正 年 月 日 科へ	大正 年 月 日 科へ	喜久井町六丁目四九番地 徐 基殷

李光洙 | 早稲田大学 高等予科 学籍簿

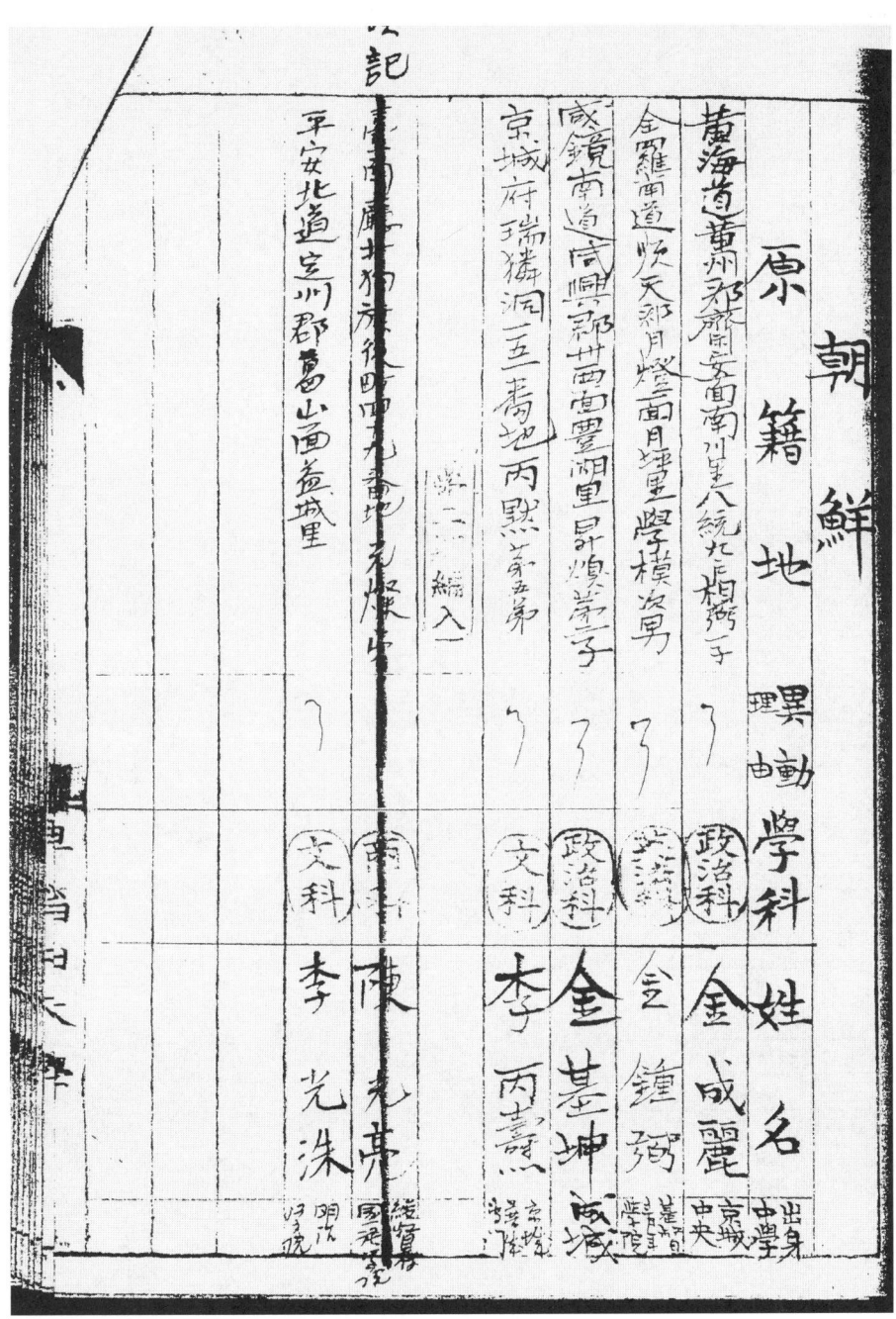

李光洙 ｜ 早稲田大学 高等予科 府県別 学生名簿

番號		138				139				
姓名		李　光洙				野村　源一				
科目	第一期	第二期	不合格點	第三期	不合格點	第一期	第二期	不合格點	第三期	不合格點
國語	85			90		52				
漢文	90			80		65				
歴史	90			90		55				
地理		70								
英語	54			71		45				
數學	90			99		65			70	
幾何	93			100		37	37			
物理	95			90		85	35			
化學	99			93		2	0			
博物	97			98		35	35			
圖畫	45			70		38	38			
體操	100			92		55				
倫理										
修身	95			90		80	30			
合　計	1038			1163		512				
平均點				8858						
成　績	86.50			8754		42.67				
備考										

李光洙 | 早稻田大学 高等予科 試験成績

文学科 哲学科 1年　　原寸×⅔

大学部文学科 1年

科目		①			
教室	普通心理	75	75	70	85
	教授校論	78	78	78	78
哲学	西洋哲学史	75	70	65	90
	印哲学史	55	75	60	78
	進化論	40	90	60	80
英学	英文学	75	75	75	80
	合・上	55	80	55	95
英語	英語講読	85	75	85	80
	国文学	85	88	77	90
獨訳	文法	95 / 99 / 110 / 100
	訳解	70 / 92 / 70 / 95

| 小計 | 計 | 706 | 802 | 710 | 852 |
| 小平 | 為 | 70.60 | 80.20 | 71.00 | 85.20 |

成績席次					
姓名		穂積孝平	木下弘道	玉林貞男	李光洙

早稲田大学

末済があけいば クラス最高の甲一

李光洙 | 早稲田大学 1学年 成績

科目		1	2	3	4	5
敎育學	實驗心理學	60	70	70	70	65
	敎育史	75	75	75	78	75
哲學	西洋哲學史	80	85	85	85	90
	日本哲學史	75	65	78	78	82
	西洋哲學研究	75	70	50	75	80
	印度哲學(佛敎史)	72	70	71	79	74
英語	文學(英文學)	75	65	75	80	85
	講讀	75	78	65	78	85
	作文	63	65	60	60	100
和漢文	漢文學	70	70	74	80	80
獨語	文法	70 / 85	65 / 78	75 / 85	75 / 75	75 / 95
	讀解/譯	78	85	90 / 83	18 / 60	85
小	計	798	788	786	831	901
平	均	72.54	71.63	71.45	75.54	81.90
成績席次		乙 十五	乙 十六	乙 十九	乙 九	甲 二
姓名		瀧 義哲	佐治 正朝	川岸 顯聖	河合 祖雄	李 光洙

李光洙 ｜ 早稲田大学 文学科 2学年 成績

教務 第 A3013号
２００８年 ８月 18日

調査結果報告書

李　延華　殿

早稲田大学　教務部長

２００８年６月13日付け、照会の結果を下記のとおり報告いたします。

調　査　結　果		
氏　　　　名	李　光洙	
生　年　月　日	1892(明治25)年 2月1日	
学　部　学　科　等	早稲田大学高等予科文学科	早稲田大学大学部 　文学科哲学科
入　学　年　月　日	大正4年9月30日　入学	大正5年9月11日　入学
卒業(退学)年月日	大正5年7月5日　修了(卒業)	大正8年2月18日　退学
調　査　事　項	学籍事項　　(在籍期間)	
確　認　内　容	李　光洙氏の学籍事項は以上のとおりです。 　　　　　　　　　　　　　　　　　　　以　上 参考：高等予科学籍簿　その他の記載事項 　　　現住所：四谷区片町18番地髙木方 　　　入学前学歴：明治43年3月　明治学院中学普通部　卒業 　　　保証人住所：麹町区中6番町49番地　除基段 参考：大学部文学科(哲学科)学籍簿　その他の記載事項 　　　現住所：市外戸塚町156　浅井方 　　　保証人住所：麹町区中6番町49番地　除基段 大正8年2月18日　都合未納除名の記載あり	

＊物故者 韓国における著名な作家　韓国及び日本での研究者が多い
ため資料整理のため

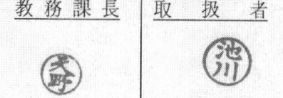

教務課長	取扱者

李光洙 | 早稲田大学 学籍簿 調査結果報告書 ①

参考　成績原簿から転記

科目＼姓名		李　光　洙			
早稲田大学大学部文学科(哲学科一年) (大正6年6月実施)			早稲田大学大学部文学科(哲学科二年) (大正7年6月実施)		
教育学	普通心理学	85	教育学	実験心理学	65
	哲学概論	78		教育史	75
哲学	西洋哲学史	90	哲学	西洋哲学史	90
	支那哲学史	78		日本哲学史	82
	進化論	80		西洋哲学研究	80
英文学	英文学	80		印度哲学史 (附仏教史)	74
	英文学	95	英文学 ミル		85
英語購読		80	英語	購読 エマーソン	85
和漢文学	国文学	90		購読 ミル サブジェクション	100
独語	文法	100	和漢文学	漢文学	80
	譯解	92	独語	文法	75
				譯解	95
小　計		852	小　計		901
平　均		85.20	平　均		81.90
成績席次			成績席次		甲

李光洙 | 早稲田大学 学籍簿 調査結果報告書 ②

生徒學籍簿

李丙熹

氏名	李丙熹
生年月日	明治二九年 八月一四日
族籍	士族
原籍	朝鮮府京城府瑞町大字 村大字 一五一番
現住所	牛込區築地丁目丁目丁目
入學	大正四年五月三日
入學前學歷	四年三月 普成中學卒業

備考		徵兵	除名	除籍	退學	卒業	修	轉科	氏名	住所	保證人

早稻田大學

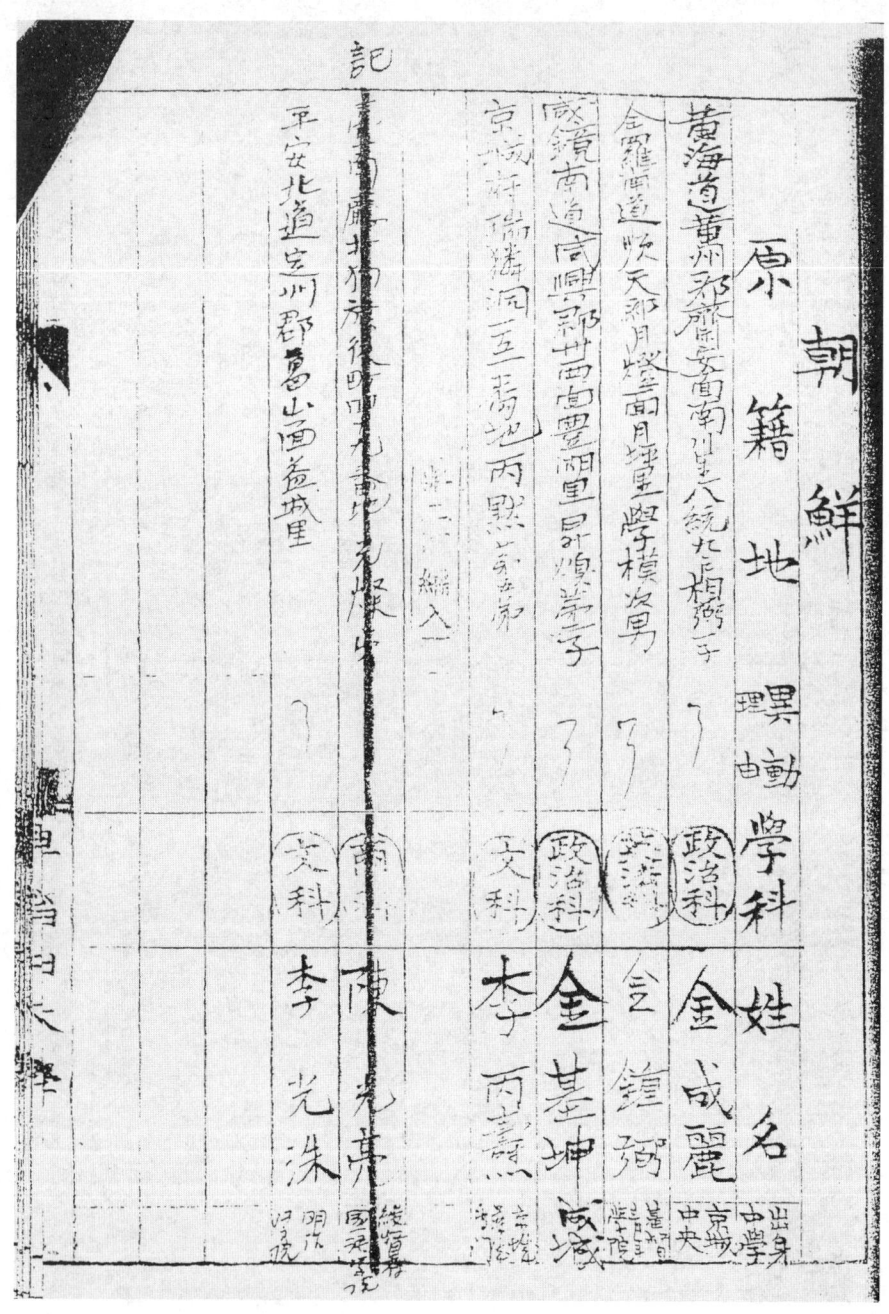

李丙燾 | 早稲田大学 高等予科 学生名簿

大正6年

科目							
普通心理學	70	65	70	85	78	70	60
文明史	70	75	65	70	65	65	60
國家學原理	40	65	70	75	80	65	60
國史	60	80	70	75	50	65	65
東洋史	80	92	50	65	50	70	60
西洋史	70	75	65	80	70	65	65
仝上	90	85	85	85	75	55	95
地理學	85	70	65	65	90	65	65
西洋書研究	75	75	70	75	80	75	75
論文	70	70	65	80	65	75	65
英講讀	54	45	61	61	50	48	50
讀 仝上	100	70	80	100	65	70	90
小計 計	864	867	816	916	818	788	810
平均	72.00	72.25	68.00	76.33	68.16	65.66	67.50
成績席次	乙	八乙	七丙	土乙	三丙	十丙	圭

李丙燾 | 早稲田大学 1学年 成績簿 ①

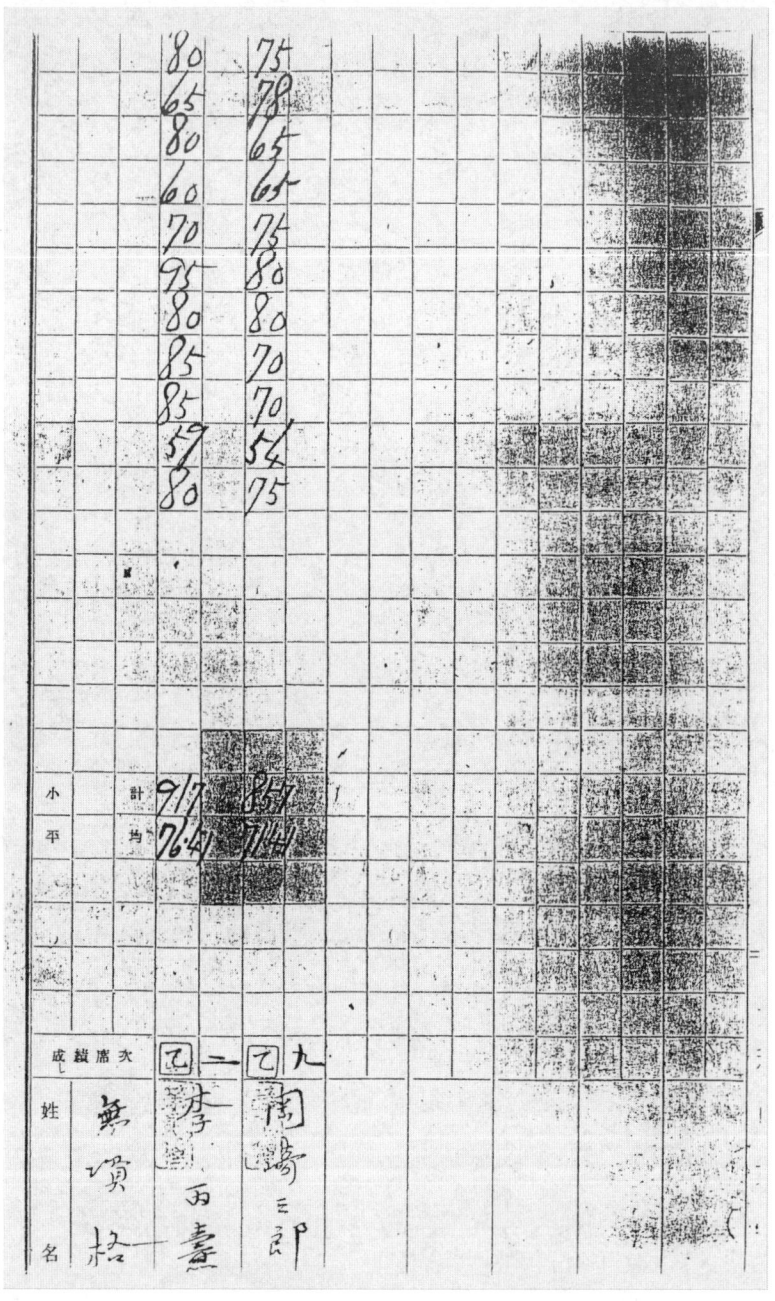

李丙燾 | 早稲田大学 1学年 成績簿 ②

科目								
倫理學	85	60	70	65			75	70
經濟學原理	78	80	80	70			75	75
心理學	85	75	70	70			75	65
國文	80	65	76	40			65	70
東洋史	73	64	66	73			82	67
史學概論	85	65	80	75			80	80
西洋史	70	60	70	65			80	55
地理學	90	75	72	73			75	70
漢文作文	75	85	80	80			75	60
西洋作文	85	75	85	80			90	70
英語 講讀	75	70	65	60			80	78
會話	60	60	65	60			71	60
計	941	834	879	811			923	820
平均	78.44	69.50	73.25	67.58			76.91	68.33
成績席次	乙 三	丙 士	乙 十	丙 圭	無資格		乙 四	丙 圭
姓名	田中清太	佐伯美登	林貞吾郎	和田清馬			李丙燾	峰三郎

早稻田大學

李丙燾 | 早稲田大学 2学年 成績簿

李丙熹 | 早稲田大学 3学年 成績簿

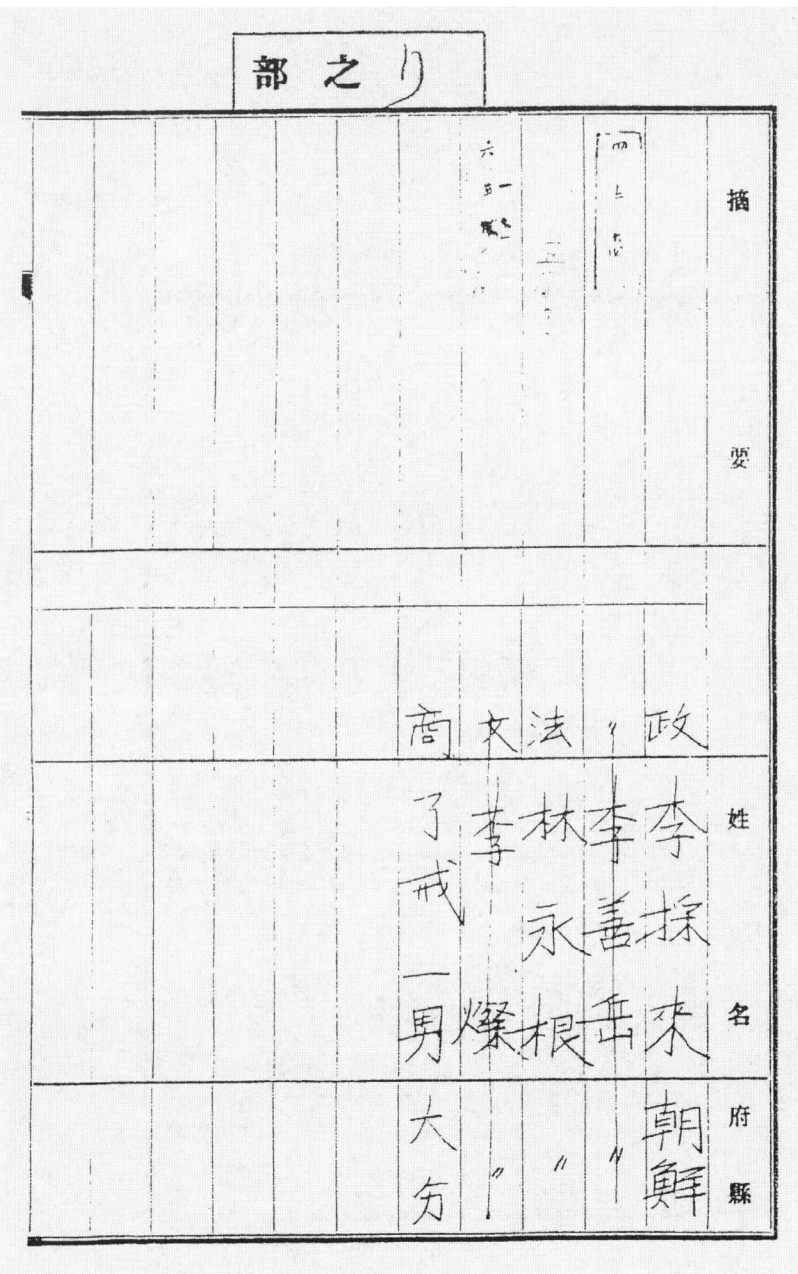

李燦 | 早稲田 第一高等学院 学生名簿

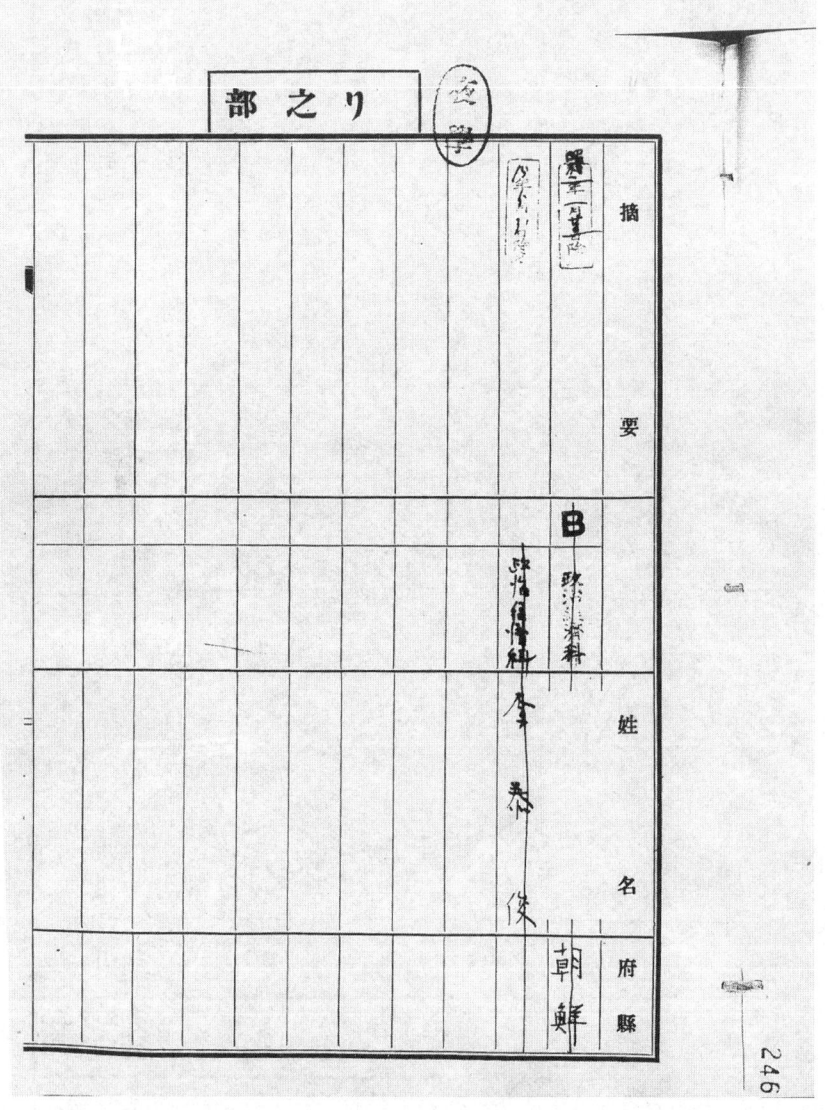

李泰俊 | 早稲田大学 学生名簿

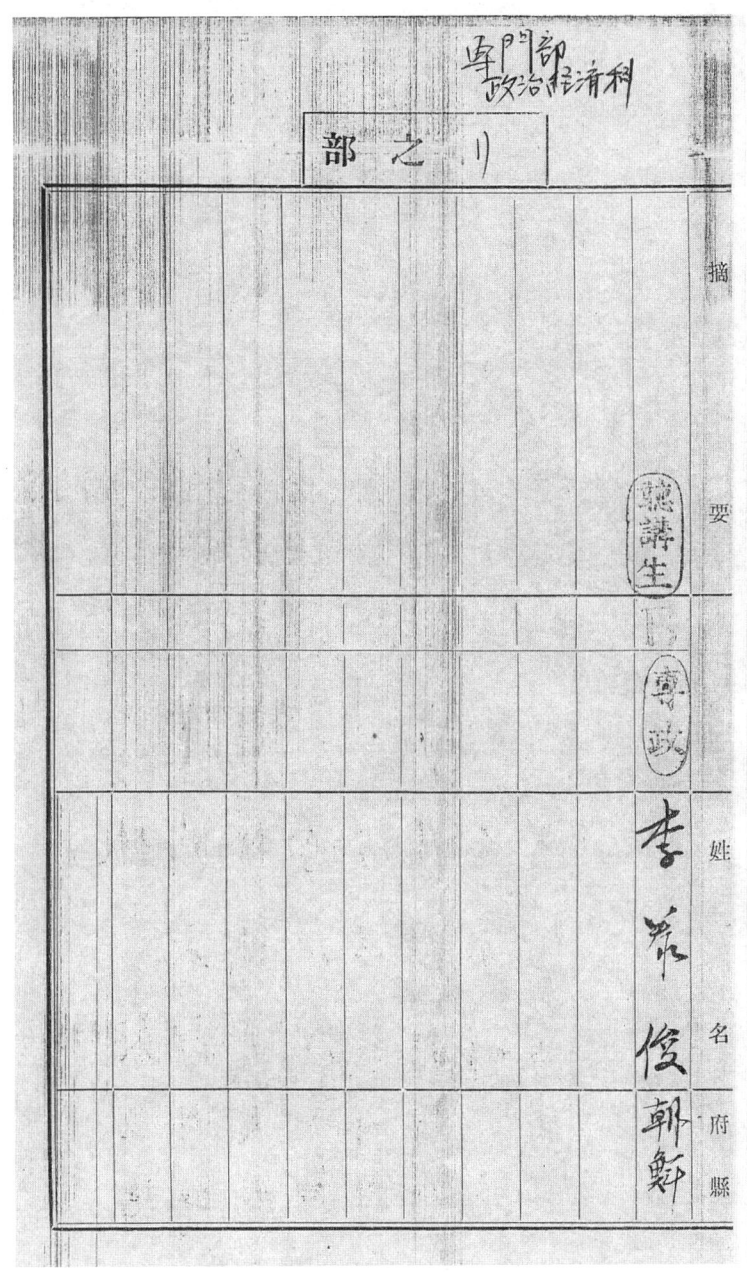

李泰俊 | 早稻田大学 学生名簿下

摘要		府縣
十六・十月 十六・三月休学	A（専政）	住所
十五年三月ヨリ三ヶ年	B 日（専政）	朝鮮
二十一歳		支那
十五年三月ヨリ三ヶ年		朝鮮
三・二月ヨリ		朝鮮
十五年三月元以	小事收	台湾
十五年三月元以	小事收	朝鮮
十五年三月元以	小事法	支那
十五年三月元以 後 政治経済科	聴政治経済科	支那

李泰俊

李泰俊 ｜ 早稲田大学　いろは名簿

李泰俊 ｜ 早稲田専門学校 学籍簿

科學	學前歴	入學	現住所	原籍	族籍	生年月日	氏名
政治經濟科 資格 第□種生	大正壹年三月 朝鮮縣徽文高普學校卒業	大正壹年九月十六日 政治經濟科入學	府下下戸塚ケ五五〇 スコツトホール内	朝鮮江原道縣鉄原郡鉄原面栗利里 大字六壱四	平民	明治卅七年 十一月 七日	李泰俊

氏名 住所 保證人	徴兵	轉科	退學	卒業	修	備考
東京府下戸塚五五〇 ベニシホール	年 月 日 入營延期證明書交付 年 月 日 入營延期證明書交付 年 月 日 入營延期證明書交付	大正 年 月 日 科へ	大正 年 月 日 由事	大正 年 月 日 大正 年 月 日 第 學年 大正 年 月 日 第 學年		繼續手續不履行

大正十五年五月卅一日除名

651

退學

選交

私立上智大学々生學籍簿

備考	學前ノ歴入學	及試第驗學年	卒業	退學	入學	族籍
				事由	年月日 煙函 二 年 四 月 十八 日	朝鮮江原道鉄原郡鉄原郡面栗梨里百六十番地 李泰俊

京城徽文高等普通學校夜四年修了

本科三年 大正　年　月　日
本科二年 大正　年　月　日
本科一年 大正　年　月　日
豫科二年 大正　年　月　日
豫科三年 大正　年　月　日

卒業 大正　年　月　日

退學 昭和六

明治三十七年十一月四日生

項事兵徵	人澄保	所　居	
	同上 戸田忠一郎	府下代々木南山谷四四七	

李泰俊｜上智大学 学籍簿

在學證書

本籍地	朝鮮慶尚北道達城郡壽城面上洞里六四
現住所	東京市外代々木西原四四七
族稱	兩班	職業戸主	學生
戸主氏名	李泰俊	戸主トノ續柄	本人

私儀今般貴大學文科予科ニ入學御許可被成下候ニ付テハ
在學中貴大學規則嚴守可致候也

　　　　　　入學者　　李泰俊 ㊞

右ノ者今般貴大學ヘ入學御許可相成候ニ付テハ在學中貴大學
規則堅ク相守ラセ且本人ノ一身上ニ關スル事件ハ一切拙者ニ
於テ引受可申候也　　　明治三十七年十一月四日生

　　　　　　現住所　東京市外代々木西原四四七

昭和貳年四月十八日　　保証人　廣田三〇郎　　㊞

上智大學々長哲學博士ヘルマン・ホフマン殿

	學　事　履　歷
大正九年四月	私立徽文高等普通學校ヘ入學ス。
大正十三年三月	右校四學年ヲ終了ス。
大正　年　月	
大正　年　月	
大正　年　月	

李泰俊 | 上智大学 在学証書

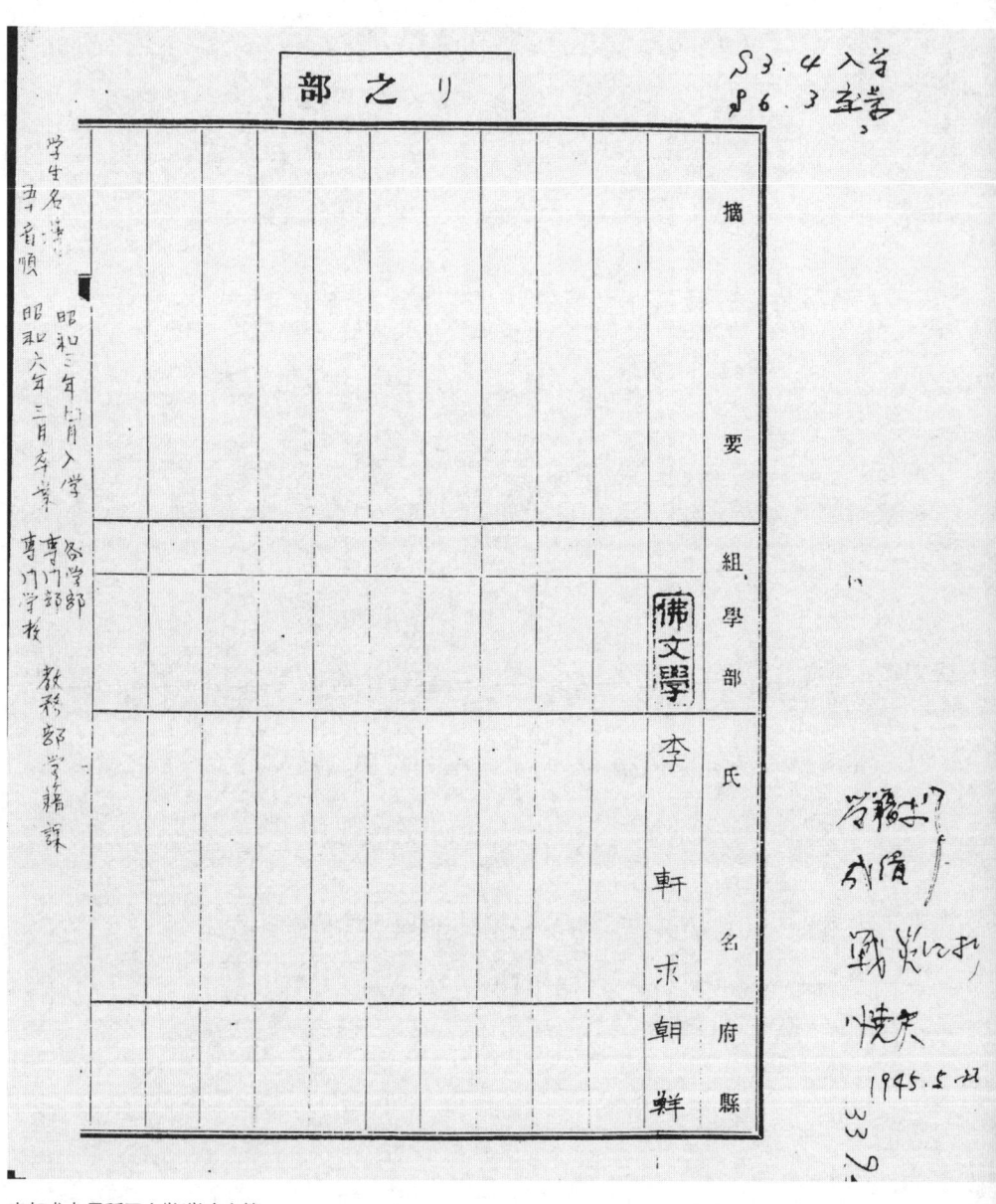

李軒求 | 早稲田大学 学生名簿

專修科名　氏名　生年月日　本籍

専修科名	氏名	本籍
	関諦三郎	新潟
	鈴木鈴雄	愛知
	住吉計夫	宮城
	好地隆	東京
	山本嘉一郎	山梨
	八住慎三	福岡（神奈川）
仏文	池丁辰二郎	釜山
	李軒求	朝鮮
	竹田三雄	
	中井駿二	京都
	船田公平	愛媛
	諸岡弘	
	弥吉三光	福岡
	小泉政穂	薬師
	早乙女静雄	栃木
	紀末和中	大阪
英文	尾崎義一	長野
	吉田實	静岡
	水野清	愛知
獨文	石井修二郎	佐賀史学
	信田信平	山口
	重茂徹夫	岩手
	岩佐利男	東京
	洞富雄	長野
	渡邊泰三	三重

李軒求 | 早稲田大学 卒業生 名簿

科　種　學　籍　簿

<table>
<tr><th colspan="3">生　徒</th><th colspan="2">保　證　人</th></tr>
<tr><td>氏名</td><td>在學中ノ履歴</td><td>入學
除籍</td><td>氏名</td><td></td></tr>
<tr>
<td>デン　エイ　タク
田榮澤</td>
<td>大正七年三月二十三日卒業</td>
<td>除籍　明治　年　月　日　第　學年　修業中
入學　明治四年四月　第一學年へ　試驗編入</td>
<td>金貞植
職業及生徒トノ關係　東京朝鮮青年會總務
誕生　文久二年八月六日
居所　東京市麹町區三番町</td>
<td></td>
</tr>
<tr>
<td>居所
青山學院神學部山崎治方
入學時年齡　廿二年二ヶ月
誕生及　明治廿六年一月十八日生
族稱及父兄ノ氏名職業　兄田柄澤　銀行員
本籍　朝鮮平安南道鎭南浦府三和面四口里</td>
<td></td><td></td><td></td><td></td>
</tr>
</table>

田栄澤 | 青山学院 学籍簿

一 入學前ノ學歷及賞罰

一 入學志望學年　　第　　學年

右入學御許可ノ上ハ校現命令ヲ遵奉シ學業ヲ勵ミ可申尚一切ノ義務
ニ於テ必ズ負擔可仕候也

　　　　　　　　　　　　　　　　　　本　人　田　榮　澤　㊞

印紙收入參
圓入義

保證人　金　貞　雄　㊞

等科第　　學年

姓名　　㊞　　榮　澤

右生徒ノ保證人今回都合ニ依リ左記ノ通リ協議ノ上御
規則承知ノ上變更致候ニ付此段及御届候也

大正六年参月弐拾参日

新現保證人所住所
舊現保證人所住所

田榮澤 | 保証人届・保証人 変更届

私立青山學院高等學部人文科生徒成績表

姓名 田 榮 澤 (大正 四 年四月入學 同 七 年三月卒
Name (Entered ; Graduated)

學年 YEAR / 學科 STUDIES	第壹學年 FIRST YEAR				第貳學年 SECOND YEAR				第三學年 THIRD YEAR				備考
	第一學期	第二學期	第三學期	學年平均	第一學期	第二學期	第三學期	學年平均	第一學期	第二學期	第三學期	學年平均	
倫理 Morals Japanese					84	82	75	80	84	83	84	84	
倫理 Morals English					74	90	82	82	90	50	78	73	
國民道德 National Ethics													
國語 Japanese					60	68	68	65					
漢文 Chinese					85	93	88	89					
英語及英文 文法 Grammar													
作文 Composition													
會話 Conversation													
讀方 Reading													
演說法 Elocution													
英文和譯 Eng.-Jap. Translation					74	60	76	70	77	60	73	70	
英文和譯 Jap.-Eng. Translation													
英文學 Eng. Literature													
歷史 History					80	88	90	86	65	72	70	69	
論理學 Logic													
心理學 Psychology													
法學通論 Introduction to Law													
宗教研究 Study of Religion					67	75	84	75					
倫理學 Ethics													
物理學 Physics					75	80	64	73					
化學 Chemistry					60	80	65	68					
生物學 Biology						30	80	55					
憲法 Constitutional Law					75	60	70	68					
民法 Civil Law					80	80	75	78	70	/	60	65	
國際法 International Law													
日本思想史 Japanese Thought										85	90	88	
現代思想研究 Modern Thought									67	85	80	77	
社會學 Sociology									76	86	95	86	
哲學史 History of Philosophy									65	95	75	78	
行政法 Administrative Law													
經濟學 Political Economy										76	70	73	
農政學 Agricultural Politics													
商業政策 Commercial Politics													
希臘語 Greek									70	71	70	71	
體操 Gymnastics					78	80	7.6	78	80	82	90	84	

田栄澤｜青山学院 高等学部 人文科 生徒 成績表 2,3学年

鄭芝溶

本　　籍	朝鮮忠清北道沃川郡沃	
身分職業	川面下桂里	
現住所		
生年月日	明治 36 年 5 月 15 日生	
入學前ノ學歴	本学予科修3(15)	
入學年月日	明治 15 年 4 月 1 日	
入學試驗ノ有無	無	
退學年月日及理由	明治　　年　　月　　日	明治　　年　　月　　日
卒業年月日	明治昭和 ○年 六月三十日	明治 4 年 3 月 21 日
徴兵事故		
保証人住所氏名	仕環率 京城材桂1日 79/12	父孝行 仙台市北区青葉町 柊青地
及落年月	2.4.2= 3.4.23.	2.4.2=
備　　考		

鄭芝溶 | 同志社大学 学籍簿

課目 SUBJECTS.	第一課程	課目 SUBJECTS.	第二課程	課目 SUBJECTS.	第三課程	備考
英文學	60	英文學	96	英文學	97	
英文學	90	英文學	85	英文學	84	
英文學	75	英文學	60	英文學	64	
英文學史	70	英文學	65	英文學	70	
古代文學	65	英文學史	70	英文學史	73	
米文學	77	英作文	88	教育學教授法	78	
言語學概論	60	近代文學	65	卒業論文	60/69	
英作文	55	教育學教授法	68			
學音發	65					
文學概論	65					
(選擇科目)		(選擇科目)		(選擇科目)		
國文學	68	心理學	100	倫理學	80	
支那文學		哲學				
獨逸語	76	獨逸語	83			
佛蘭西語		佛蘭西語				
平均		平均		平均		
順番		順番		順番		
操行	837	操行	780	操行	615	

鄭芝溶 | 同志社大学 成績表

調査結果報告書

大村益夫　殿

早稲田大学教務部長

１９９７年６月２７日付ご依頼の調査の結果を、下記のとおりご報告いたします。

調 査 結 果	
（フ リ ガ ナ） 氏　　　　　名	チョウ　レイ　シュツ 趙　靈　出　　　　　　　男
生　年　月　日	大正２年１１月１０日　生
学部・学科・専修等	文学部　文学科　フランス文学専攻
入 学 年 月 日	昭和　１２　年　４　月　　　日　入学
卒業・退学等年月日	昭和　１６　年　３　月　　　日　卒業
調　査　事　項	生年月日→大正２年１１月１０日 学部入学前の学歴→ 昭和１０年３月　京城府普成高等学校普通科卒業 昭和１０年４月　第二高等学院入学 昭和１２年３月　第二高等学院修了 保証人→高　大　輪（本人との関係…師傳） 当時の住所→牛込区鶴巻町４４２寺嶋方 朝鮮の本籍→朝鮮　忠淸南道　牙山郡　湯井面　梅谷里６４３番地
調　査　した　資料	○第二高等学院学籍簿　昭和１０年４月入学者 ○第二高等学院修了者成績表　学部別イロハ順 　　　　　　　　　昭和１０年４月入学　昭和１２年３月修了 ○学生名簿　昭和１０年４月入学　昭和１２年３月修了　第二高等学院 ○学生名簿　昭和１２年４月入学　昭和１５年３月卒業　た～わ 　　　　　　　　　各学部　専門部　専門学校 ○自昭和６年　至昭和１８年　旧制卒業者名簿　文学部　2-1

課　　　長	取　扱　者

趙靈出 | 早稲田大学 調査結果報告書

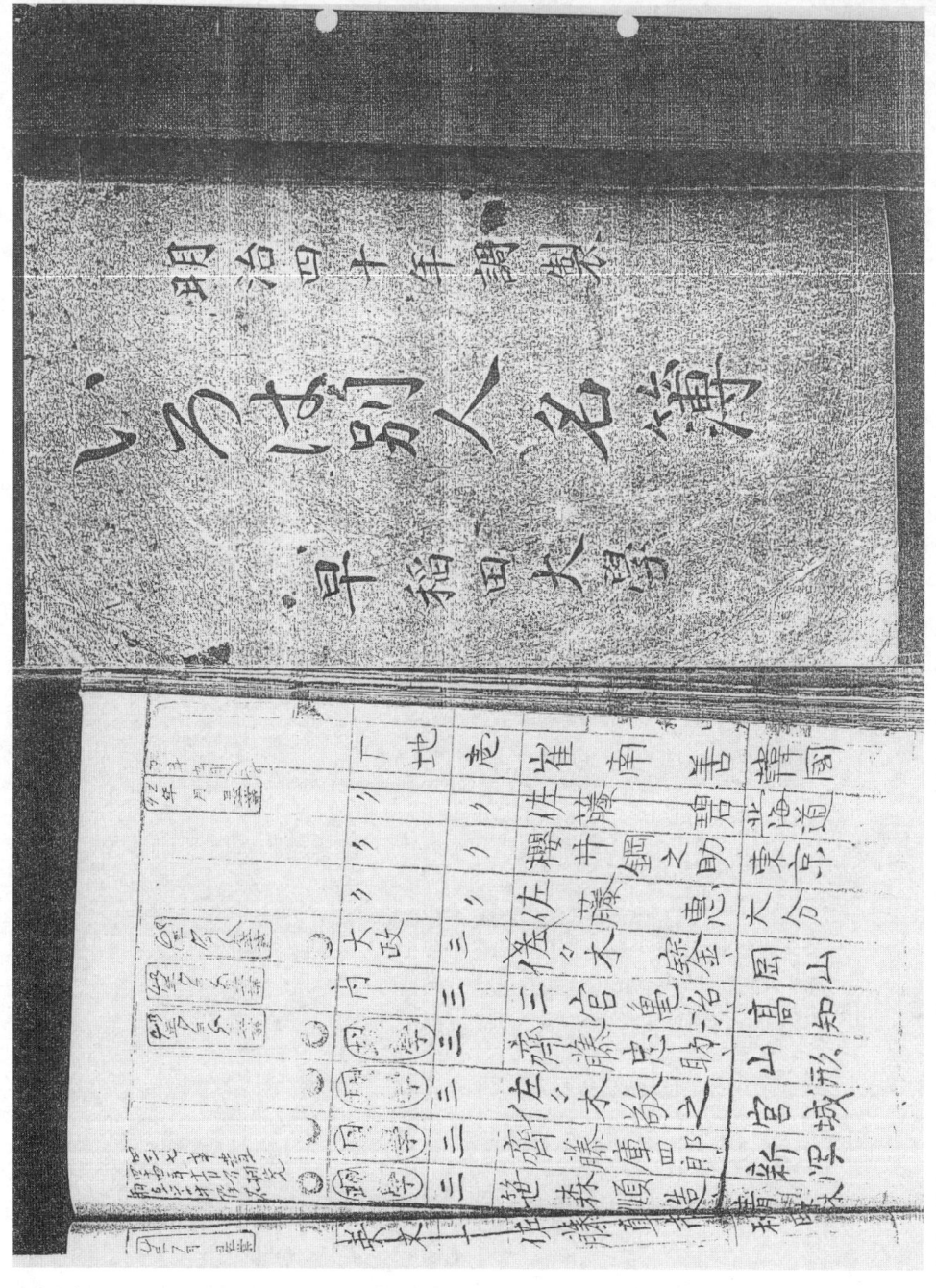

崔南善 | 明治40年 作成 早稲田大学 いろは別 人名簿

崔斗善　明治22年11月1日生

原籍　朝鮮京城古府南部上犁千洞32統四戸

堂献圭の三子

現住所　一北豊島郡高田村374　観芝庵　（旧）

　　　下戸塚村697　敷島館　（新）

武稲塗檜　　　　　　　　文科

正規の旧制中学を卒業
せずに、早稲田独自の入試
のみを受けて入学せし者

大正2年3月29日　高等予科　入学

大正3年7月半日　　″　　修了

大正3年9月11日　大学部文学科哲学科　入学

天正6年7月5日　　″　　　　卒業

高等予科
1年半。学院の前身。

大学付属で当時は専ら予校で3年生。
大正12年卒以降は「学生」（大8令による）。
それ以前は「早稲田
大学学士」で大学令
による学士でない。

玄相允　明26年6月14日生

原籍　朝鮮平安北道定州郡南西面二里講洞　玄鍗泰ノ二男

現住所　府下戸塚町下戸塚697　敷島館　（新）

第二種　一鶴町王鋪田町442　衆場館　（旧）

大正3年3月29日　高等予科文科　入学

″　4年7月3日　　同　　修了　社会学科

″　4年9月11日　大学部文学科史学科　入学

″　7年7月5日　　同　　卒業

崔斗善 ｜ 早稲田大学 学籍簿(筆写)

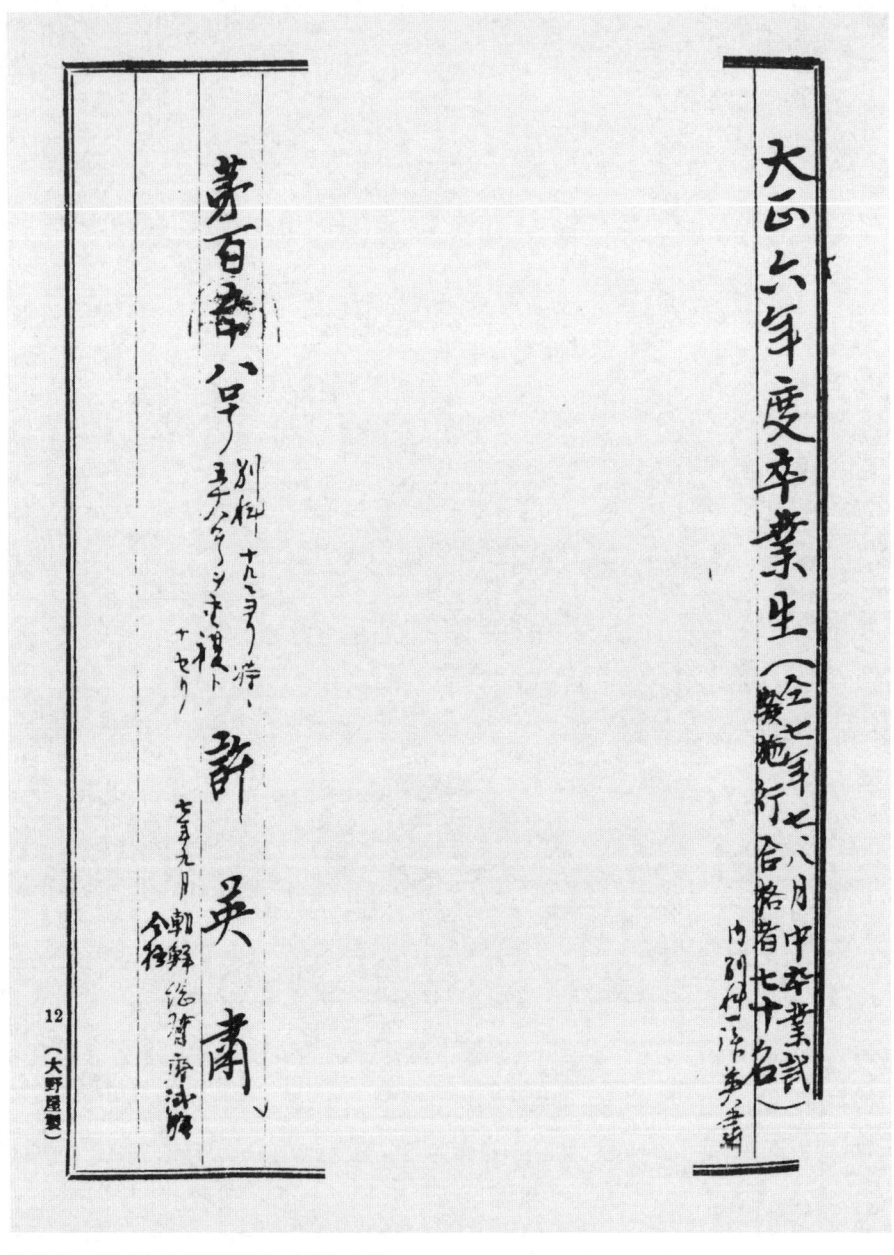

許英肅 | 東京女子医学専門学校 卒業生 名簿

許英肅 | 東京女子医学専門学校 卒業アルバム 写真

學科 學科 / 轉科	學歷 前入學 / 入學	入學	現住所	原籍	族籍	生年月日	氏名
本科 科 / 轉科	二年 京城 三月 養成 中學卒業 三年三月試驗合格	大正 三年 三月 二十九日	牛込區戸塚町下戸塚五九七 敷島館 麴町區紙田町五丁目 二番地 常陽館 牛込區若松町 丁目一四七番地 小峰方	朝鮮平安北道定州郡南面二里龍洞 玄銀府大二岫力 縣 郡 町 村大字 番	平民	明治二十六年 六月十四日	玄相允

保證人 住所 氏名	轉科	修業	卒業	退轉學	除籍	除名	徵兵	事項	備考
麴町區 町 丁目四九番地	大正 年 月 日 科へ	大正 年 月 日 科へ	大正 年 月 日	大正 四年 七月 三日 事由	大正 年 月 日	大正 年 月 日	年 月 日 猶豫證明書交付	年 月 日 猶豫證明書交付	

玄相允 | 早稲田 高等予科 学籍簿

早稻田大學高等豫科試驗成績表 〔第　　回／明治四十　年度〕

番號	13					14				
姓名／科目	鈴木長一					玄相允				
	第一期	第二期	不格點	第三期	不格點	第一期	第二期	不格點	第三期	不格點
國文						40			70	
漢文									75	
									89	
									75	
						75				
						80			78	
						80			90	
						98			53	
									50	
						43			65	
						68				
						35	35		65	
						30	30		52	
						90			90	
									38	
合　計						773			968	
平均點						66.20			69.14	
成　績						66.20			67.67	
備考						史學			合格	

玄相允 ｜ 早稻田 高等予科 成績原簿

史學及社會學科二年

科目		点	点				F			
	倫理學	70	60							
社會學	社會學	80	80							
經濟學	経済原理	75	70							
	國史	75	45							
史學	東洋史	87	78							
	上古史	90	70							
	西洋史	90	90							
地理學	理學	75	65							
	研究	70	70							
	講讀	85	80							
實誌	全上	85	80							
小計	計	967	878							
小平均	均	80.58	73.16							
成績席次		甲 二	五							
姓名		無賓格								

玄相允 | 早稲田大学 2学年 成績原簿

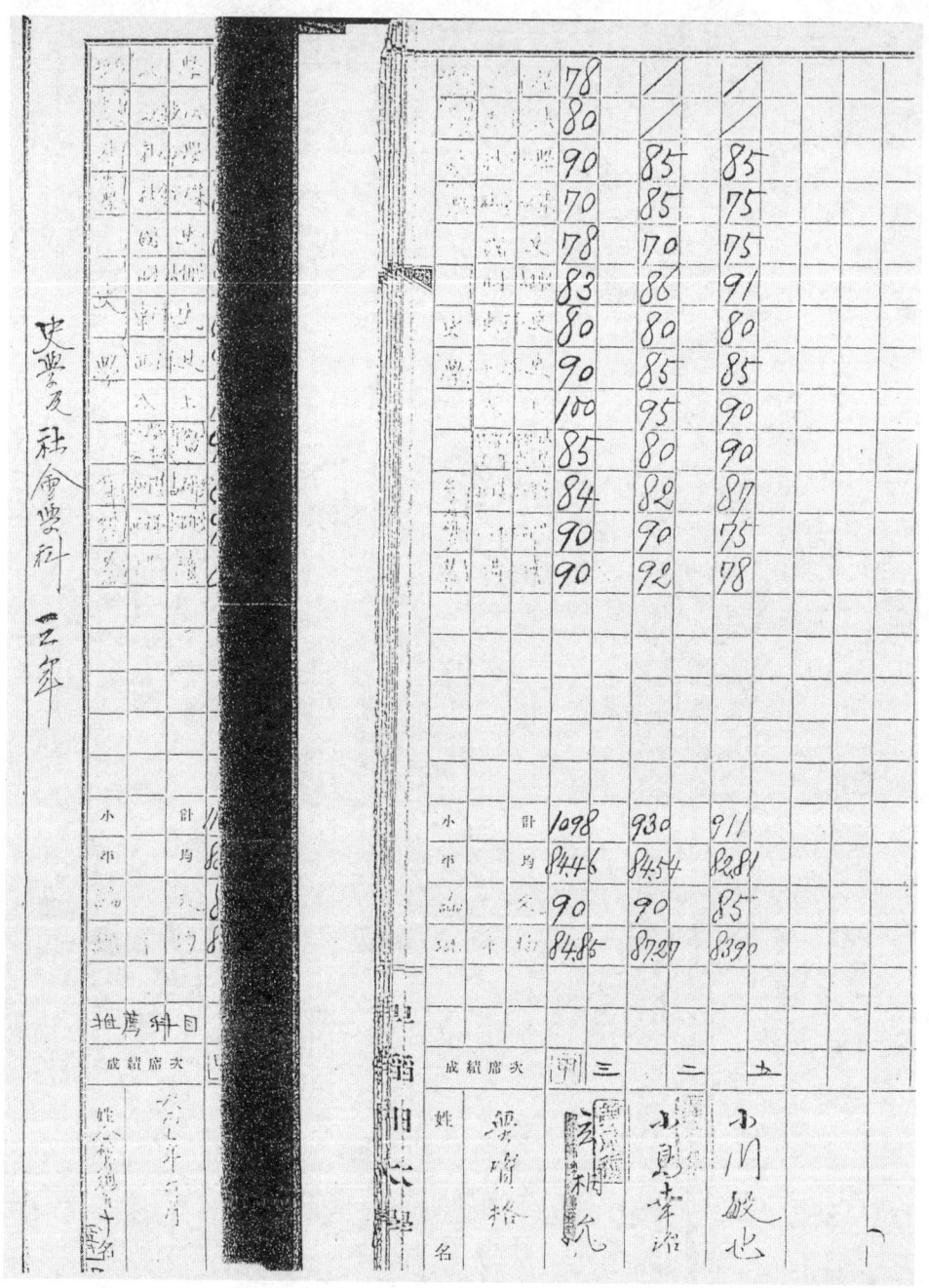

玄相允 | 早稲田大学 3学年 成績原簿

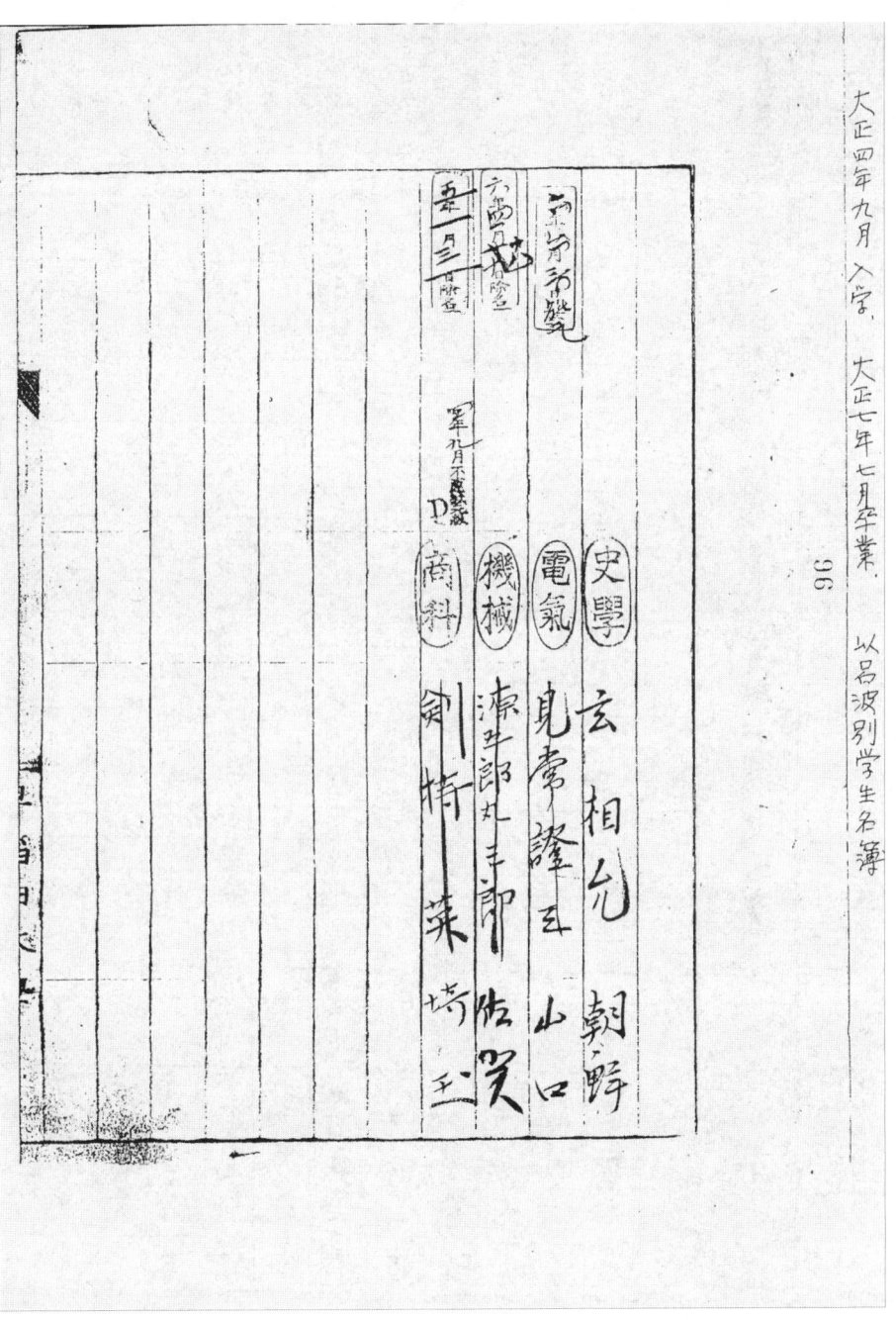

玄相允 | 早稲田大学 学生名簿

													科目
9	79	75	84	85	84	83	72	83	82	80	78	78	83	84	修身
0	(67)	88	70	80	72	77	81	93	96	76	91	74	96	77	國語
1	78	86	81	82	84	85	83	84	84	81	84	82	87	87	漢文
3	90	83	77	66	78	81	73	83	76	69	72	99	82	71	作文字習
5	80精	58	67	60	84精	86	83	65	80	77	63	79	77	68	外國語 一
6	87精	76	67	67	82精	81	84	74	76	80	68	80	82	74	二 三
8	74	79	72	66	89	95	92	71	72	86	76	86	59	60	地理 歷史
4	77	81	68	86	77	77	83 95	86	78	89	91	85	74	算術
7	97	79	59	68	80	65	72	83	68	72	63	88	80	代數
3	72	81	81	89	58	85	67	83	82	83	82	83	94	90	幾何 三角法
8	(66)	80	87	83	66	70	70	58	75	79	77	83	79	85	博物 化學
3	72		90	87	87	72	79	79	84	77	83	79	92	87	物理學 圖畫
4	56	83	85	93	80	58	70	71	78	73	72	63	84	72	體操
1	983	918	188	992	993	999	999	1001	1006	1007	1008	1010	1010	1010	合計
5	76	76	76	76	76	77	77	77	77	78	78	78	78	78	平均
															及落
0	49	48	47	46	45	44	43	42	41	40	39	38	37	36	序列 操行

甲支那	甲朝鮮	甲東京士	甲重土	甲東京	甲蔡川	乙千葉	乙栃木	乙大阪	甲群馬	甲栃木	乙島根	乙群馬	乙東京士	甲京士南部	族籍
吳家齊	玄鎭健	淺田欵之進	宮崎安樂	橋本哲夫	高井林之助	臼井五三助	佐竹光三郎	岩井淳一	亀田鎭男	和合直三郎	田中多一郎	高橋孝雄	東日出夫	南部松若丸	氏名

玄鎮健｜成城中学校 3学年 成績表

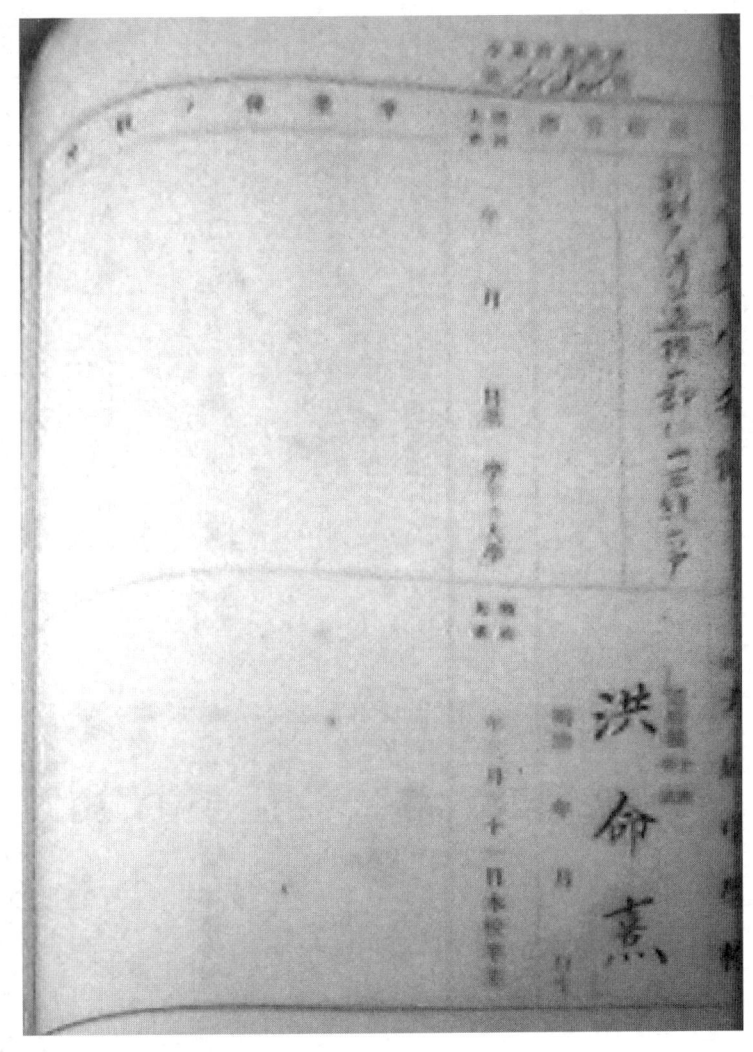

洪命憙 | 大成中学校 學籍簿(燒失後 再作成)

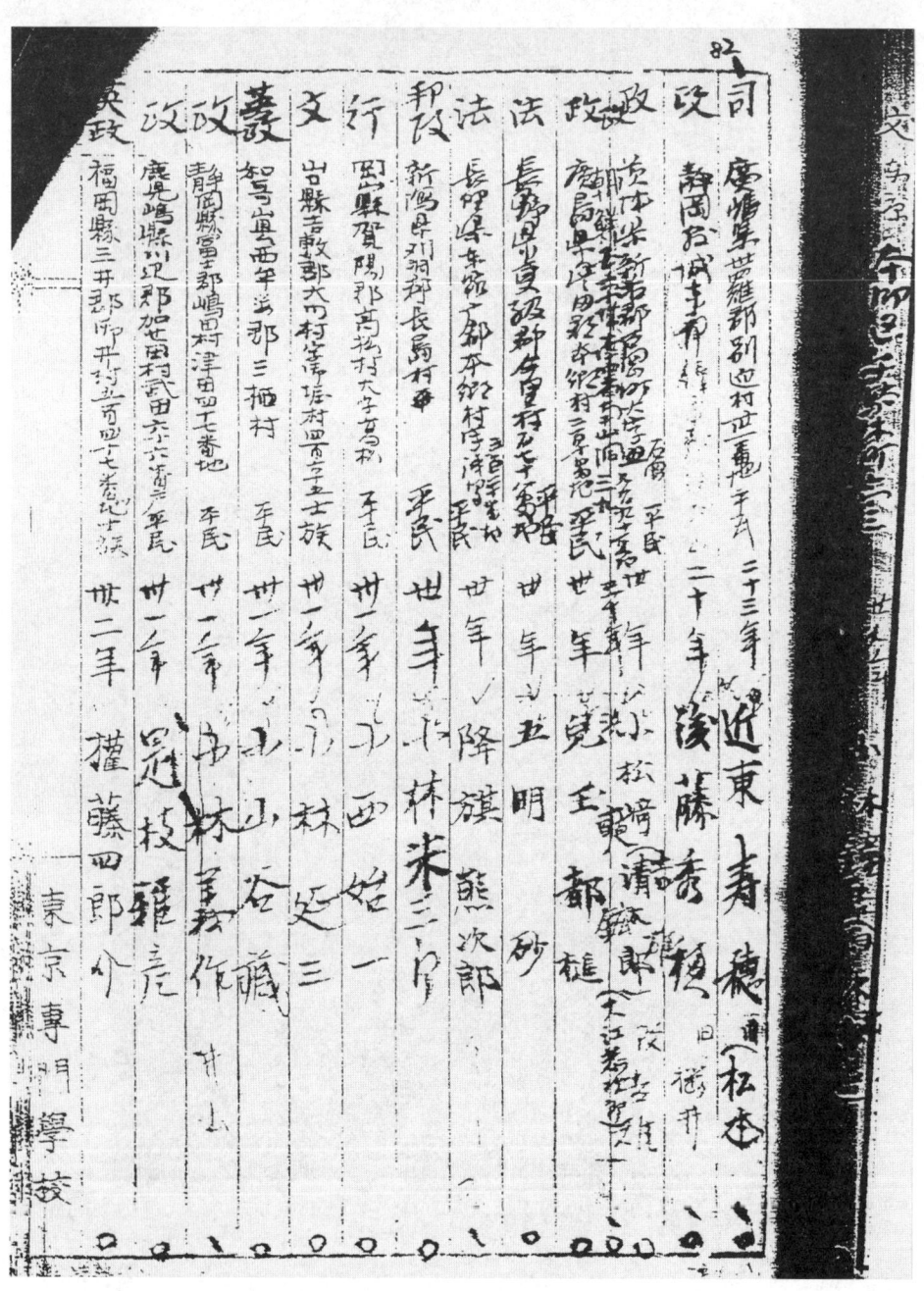

洪奭鉉 | 東京專門学校 卒業生 名簿

明治廿九年七月執行　邦語政治科二年級

科目	松岡勝輔	北山一郎	秋山正一	鈴木岩三郎	齋藤清三	小松崎清太郎	武田善之助	永田精一郎	田邊冨繁	筑田襄夫	北原種忠
默政	89	70	91	88	90	97	84	87	89	73	98
邦政 商法	86	74	81	84	82	77	83	85	78	89	90
邦文	68	78	80	75	83	83	83	80	80	83	83
信用 商法 經濟	83	92	93	94	85	93	95	88	95	95	99
要論 貨幣	86	88	80	89	84	81	83	93	71	72	98
近世	80	90	80	75	85	75	75	70	95	70	95
	87	81	97	92	79	88	80	80	79	85	88
總点	573	582	582	587	588	596	598	603	607	607	651
平均	8.87	83.19	83.17	85.86	84	85.14	85.43	86.14	86.71	86.71	93

13

洪奭鉉 | 東京專門学校 2学年 成績簿 ①

88	81	62	80	79	61	53	63	69	75	財政
78	63	72	84	71	65	70	63	38	78	國法
65	75	76	79	76	72	95	70	78	60	憲法
59	73	77	81	79	66	50	63	60	78	應用商法
78	58	69	66	76	50	62	59	73	63	要論 經濟
65	51	80	80	70	65	65	65	70	68	經濟
66	77	76	76	67	75	57	79	69	63	近史
521	508	512	546	578	454	732	462	477	485	計
74.28	72.57	73.11	78	74	64.85	61.74	66	68.14	68.29	平均

河村秀助	保科陽治	廣瀬毅	屍高幹太郎	湊長吉	拔城七郎	小林米三郎	田中信	洪奭鉉	尾崎勝巳	佐藤安造

洪奭鉉 | 東京専門学校 2学年 成績簿 ②

財政	54	72	90	70	70	81	70	85	70	70	90	68
銀行	89	89	90	99	65	92	76	97	99	89	91	53
行政	50	54	65	50		54		70	70	70		81
經濟	50	70	80	80	82	68	60	58	70	78	65	91
	50	65	55	50	90			60		80		63
筭	90	50	70		95	50	90	85	90	60	50	80
總數	346	366	424		452	405	432	507	469	445	427	437
平均	57.67	61	70.67		75.33	67.5	72	83.5	78.17	74.17	71.17	72.83
		45	35		23	41	31	8	20	25	84	30
		85										
	△											
番號	三六四	三六三	三七二	三七一	三七〇	三六九	三六八	三六七	三六六	三六五	三六四	三六三
姓名	尾崎勝巳	佐藤安造	安田秀音	竹園康長	大塚氏明	杉山慶之亟	福本新三郎	野口勘三郎	丹藤良輔	笠原第太郎	河村又一	伊藤本明

洪奭鉉 ｜ 東京專門学校 3学年 成績簿 ①

75

洪奭鉉	田中信	奥住冨士太郎	小林米三郎	柿並七郎	保科陽治	廣瀬毅	河村秀助	尾高幹太郎	黒崎増司	堺忠七	蓑輪亥三郎	有馬童男
三五五	三五六	三五七	三五九	三七一	三八〇	三八一	三八二	三八三	三八四	三八五	三八七	三八八
80.	70.	63	70.	70.	70.	100.	100.	60.	80.	60	95.	80.
75	55	68	89.	100	92	100	100	99		184	90.	100
75.	70.	63	60.	55.	52.	90.	80.	70.	70.	60.	80.	80.
70.	70.	90	80.			80.	70.	70.	70.	70.		80.
70.	50.	60	57.	80.	80.	60.	70.	65.	65.	65.	70.	70.
70	50	50	50	50	90	50	90	80	80/72	75	90	90
448	388	401	332	410	513	470	485	441		445	787	478
74.67	64.67	66.83	58.67	68.33	85.83	78.33	80.83	73.5		74.17	81.17	79.67
24	44	㊀2		39	6上	19	14	28		26	13	18

洪奭鉉 | 東京專門学校 3学年 成績簿 ②

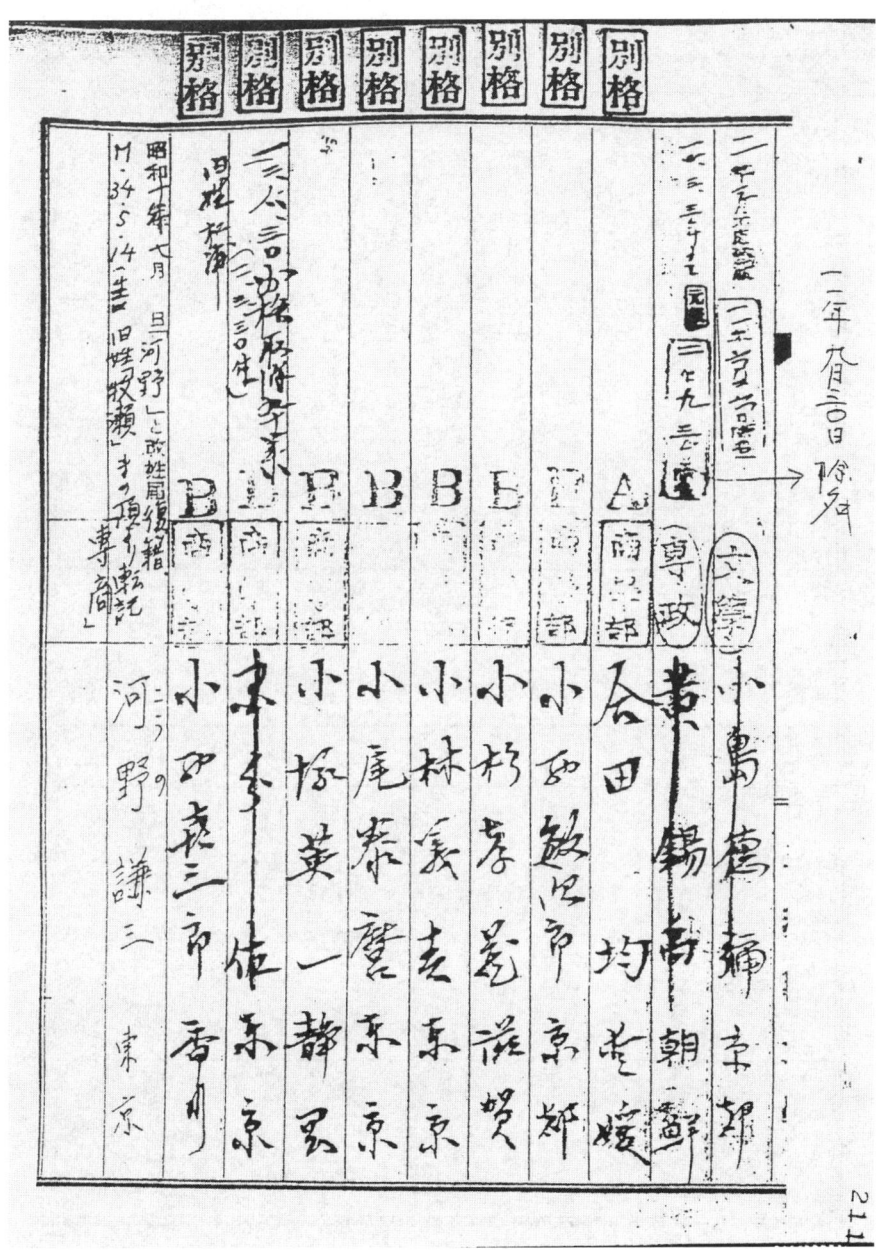

黄錫禹 | 早稲田大学 学生名簿

黄順元 | 早稲田大学 第二高等学院 学生名簿

昭和11年3月卒業

第 二 高 等 學 院 成 績 表

文科 J組	學科目＼學年	昭和　年度第一學年成績			學科目＼學年	昭和　年度第二學年成績			備考
		第一學期	第二學期	平均		第一學期	第二學期	平均	
姓名 黃順元	修身	80	81	80	修身	75	75	75	
	國語	81	80	80	國語	81	81	80	
	文學史	61	71	70	文學史	71	71	75	
年　中卒	作文	73	71	72	作文	71	71	75	
	漢文	71	71	71	漢文	80	70	75	
卒業成績	第一外國語　譯解(甲)	91	91	91	第一外國語　譯解(甲)	90	85	85	
第一學年	全(乙)	71	72	72	全(乙)	91	91	93	
第二學年	全(丙)	91	91	90	全(丙)	92	91	89	
總點數	文法作文	67	77	72	文法作文	79	92	80	
總平均	會話	92	87	89	會話	85	90	88	
判定	歷史　日本史	60	60	60	世界史 A・B	50	60	55	
第一學年　第二學年	東洋史	68	61	67		70	65	68	
	世界史 A・B	71	71	71	哲學	80	70	78	
	論理	80		56	心理	75	73	74	
	法制	70	71	75	經濟	90	85	88	
備考	自然科學 A・B	100	71	90	體操	50	60	55	
	體操	60	61	63	英・文	81	70	78	
	第二外國語(甲)	30	45	38	第二會話				
	第二外國語(乙)	60	45	50	第二外國語(甲)	60	60	60	
	社會學	60		70	第二外國語(乙)	60	60	60	
	合計				社會學	60	60	60	
	通計　總點 1499　總平均 71				通計　總點 1503　總平均 72				

入學試驗成績		第 一 學 年 参 考	第 二 學 年 参 考
國語			
文法作文			
漢文			
歷史			
地理			
數學	代數・幾何三刑		
和文英譯			
英文和譯			
合計			
備考			

黄順元 | 早稲田大学 第二高等学院 成績表

黄順元 ｜ 早稲田大学 志望書

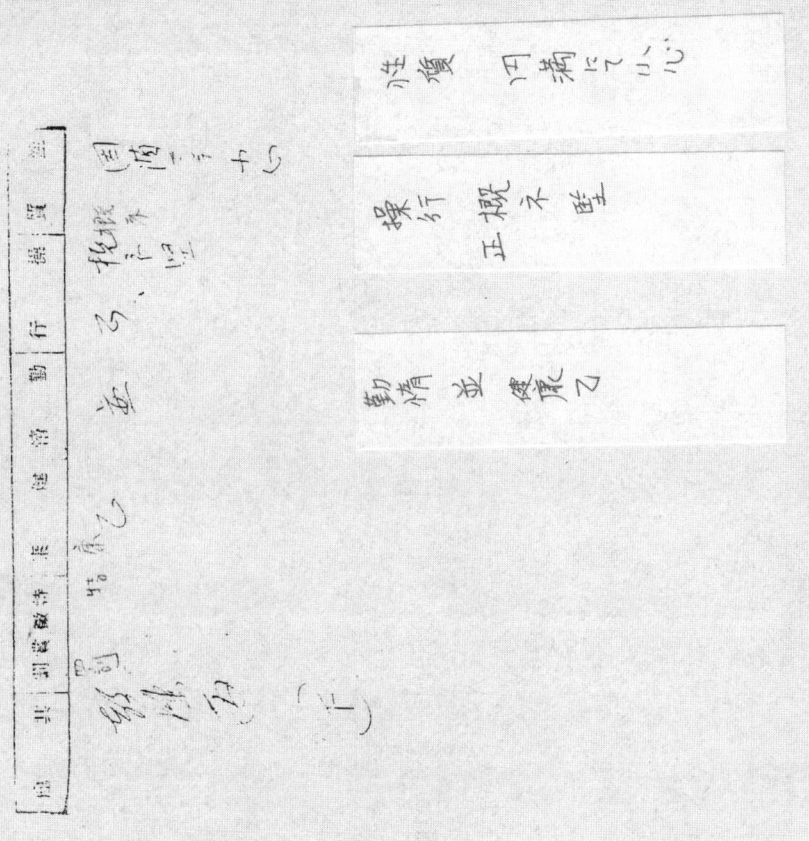

黄順元 ｜ 身上調査書

昭和十三年 月 早稻田大學文學部文學科英文學專攻卒業成績

姓名　黄 順元

科目	第一學年成績	第二學年成績	第三學年成績	備考
學年配當必修科目				
第一學年				
文學原論	優			
詩史（發達史ノ研究）	良			
小説史（發達史ノ研究）	良			
評論史（發達史ノ研究）	良			
ロツヂイデア	良			
英セツイ研究	可			
英詩研究	良			
英語學	可			
第二學年 必修科目				
演劇學通論		優		
同 演習		良		
小説 歌學		優		
批評學		可		
文學理論		優		
詩（發達史ノ研究）		良		
小説（發達史ノ研究）		可		
近代英詩英研究		可		
英語學		優		
古典英詩研究		優		
演劇研究		良		
英文演習		優		
英語學史		良		
西洋史學		優		
第三學年 選擇科目				
學			良	
日本文學概論			優	
近代思潮			可	
英詩研究			優	
現代英文學研究			良	
近世英文學研究				
創作研究				
出版學				
英文學及英文學史獨逸語			良	
西洋美術史				
哲學			優	
政治學			良	
教育學				
學校			優	
演劇批評論及近代英文學			可	
卒業論文				良

昭和　年　月　日

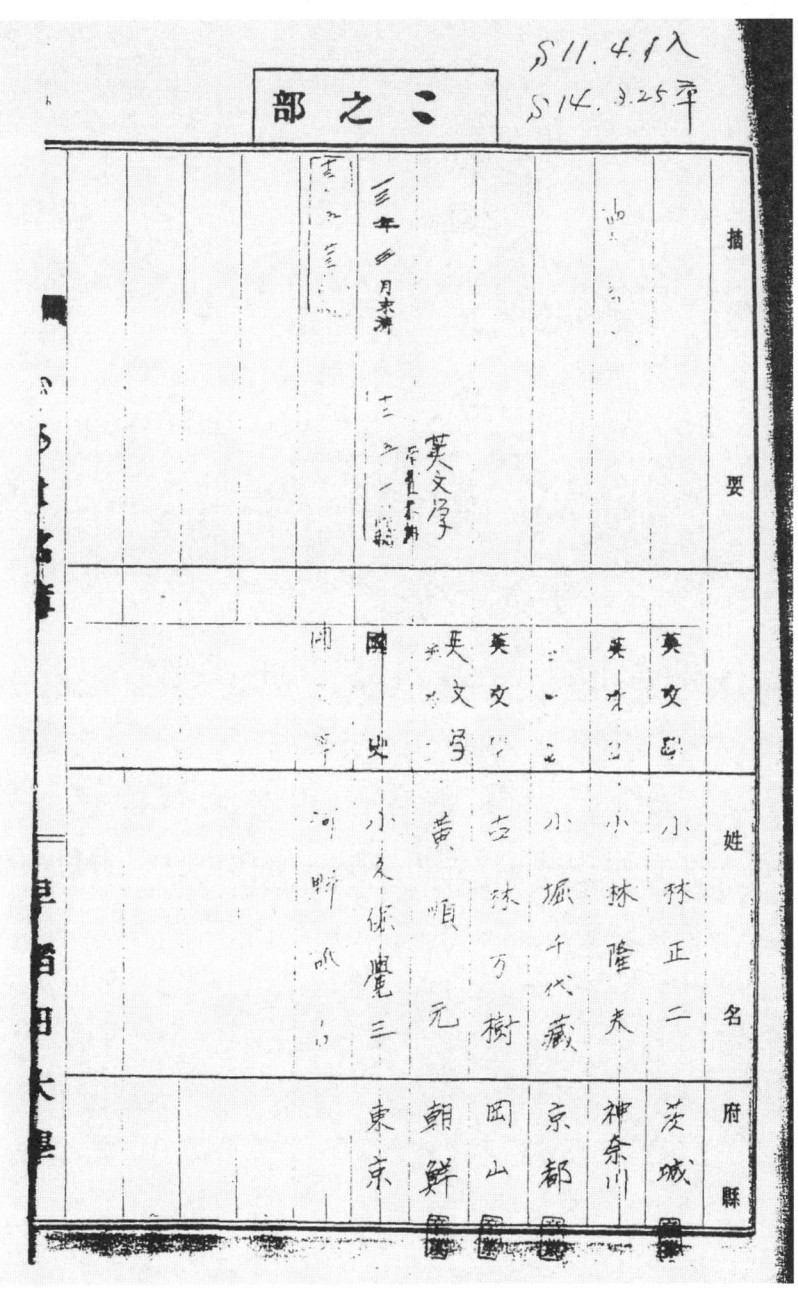

黄順元 | 早稲田大学 学生名簿